한
남
자
그리고
한
여
자

한 남자 그리고 한 여자

초판 1쇄 찍은 날 | 2015년 06월 05일
초판 1쇄 펴낸 날 | 2015년 06월 17일

지은이 | 미세스한
펴낸이 | 서경석

편집책임 | 나정희
편   집 | 최고은
         주은영

펴낸곳 | 도서출판 청어람
등록번호 | 제387-1999-000006호
등록일자 | 1999. 5. 31
어람번호 | 제5-0412호

주소 | 경기도 부천시 원미구 부일로 483번길 40 서경B/D 3F (우) 420-822
전화 | 032-656-4452 팩스 | 032-656-4453
http://www.chungeoram.com
E-mail | chungeorambook@daum.net

ISBN 979-11-04-90257-4 03810

Contents

럭셔리한 방이다. 5성급 호텔보다도 넓은 방엔 연인들을 위한 침대가 놓여 있고 분위기를 잡기 위한 미니바까지 보인다. 미니바 위엔 와인과 치즈를 곁들인 안주가 놓여 있다. 미니바에서 고개를 약간 돌리면 창을 통해 파란 바다가 보인다. 개인 섬인 듯 관광객은 보이지 않지만, 파도가 철썩이는 바다는 무척이나 아름답다.

미니바에 앉아 와인을 음미하던 재욱은 손을 들어 팔에 찬 시계를 보더니 맞은편에 앉은 지수를 바라보았다. 아기처럼 뽀얀 피부, 반듯한 이마, 맑고 총명해 보이는 눈과 붉은 입술. 어느 것 하나 사랑스럽지 않은 게 없는 여자다. 처음 볼 때부터 자신의 심장을 흔들어대던 여자. 하지만…… 이젠 실행에 옮겨야 한다. 더 이상 지체할 시간이 없다.

재욱은 지수에게 손을 내밀었다. 지수가 설렘을 담은 눈빛으로 재욱에게 환하게 웃어 보이며 재욱의 손을 잡고 일어났다. 재욱의 입술에 키스하며 재욱의 가슴에 손을 가져다 댄다. 선남선녀가 따로 없다.

180㎝가 넘는 키에 운동으로 다져진 듯한 재욱은 차갑고 이성적으로 보이는 얼굴로 인해 마치 제왕처럼 보인다. 지수도 제왕의 사랑받는 왕비로서의 품위가 넘쳐 난다. 두 사람은 사랑을 속삭이기엔 어울리지 않는 딱딱한 차림이다.

지수가 손을 뻗어 재욱의 재킷을 벗기려 하자 재욱이 고개를 가로저었다. 재욱은 자신의 몸에서 지수의 손을 떼어 낸 후 그 손을 잡고 침대로 향했다. 지수를 침대에 앉히고는 그 앞에 앉아 지수의 손을 토닥거리며 안심시켰다.

"잠시면 끝날 거야. 날 믿어."

그 말에 지수의 얼굴이 사색이 되었다. 지수가 자리에서 일어나려고 하자, 재욱이 지수를 꼼짝도 못 하게 붙들었다. 지수는 재욱에게서 벗어나려고 발버둥 쳤지만 재욱의 힘을 지수는 감당할 수 없었다.

"여, 여보. 난, 난 싫어요. 난 못해. 절대로 싫어!"

"해야 해."

거절은 용납하지 않는다는 듯 얼음처럼 차가운 목소리. 떨리는 목소리로 애원하는 지수에게 재욱은 단호하게 한마디 내뱉을 뿐 얼굴엔 그 어떤 감정조차 보이지 않는다.

똑똑.

노크소리가 들리자 재욱이 차가운 목소리로 대답했다. 가슴속에서는 태풍이 휘몰아칠지 모르지만, 겉으로 보기엔 냉정하기 그

지없었다.

"들어와."

문이 열리고 양복을 입은 두 남자가 해진의 양팔을 잡고 끌고 들어왔다. 역시 180이 넘는 큰 키에 준수한 외모의 청년이다. 재욱에 비한다면 따스한 느낌이 나는, 아직은 풋풋한 느낌의 청년. 두 눈동자엔 두려움과 절망이 서려있다.

재욱이 지수에게서 몸을 떼고 일어나자 지수는 두려운 듯 양팔을 교차해 반대쪽 팔을 부비기 시작했다. 지수의 양팔에 소름이 오소소 돋아났다.

재욱은 거침없이 해진에게로 가며 남자들에게 눈짓했다. 남자들이 알았다는 듯 고개를 끄덕이고는 해진을 붙잡던 손을 놓았다. 해진이 자유의 몸이 되자마자 재욱이 해진의 따귀를 힘껏 때렸다. 해진의 볼에서, 재욱의 손바닥에서 불이 번쩍 났다. 얼마나 힘을 주어 때렸는지 큰 체격의 해진이 휘청거렸다. 자세를 바로 하고 해진이 재욱을 노려보자 더 무서운 눈빛으로 재욱이 해진을 잡아먹을 듯 노려보았다.

"내 일을 망칠 셈이야? 감히 내 명령을 어기고 도망을 가? 니 인생과 함께 니 동생의 인생도 내 손아귀에 있다는 걸 잊었나?"

해진의 어깨가 절망으로 축 처졌다. 이젠 어쩔 수 없다. 더 이상 도망칠 수도 피할 수도 없다. 이렇게까지 내몰린 자신의 인생이 서럽다.

재욱이 고개를 끄덕이자 두 남자가 방에서 나가고 방에는 재욱과 해진, 지수만이 남았다.

"시작해."

감정이 섞이지 않은 차가운 재욱의 말에 해진의 얼굴이 수치심으로 붉어졌다.

"빨리 끝내자. 시간 끌어 봐야 서로에게 상처야. 여기서 더 버티면 니 동생이 감방 가야 한다는 사실을 잊은 건 아니겠지?"

지수의 얼굴이 점점 더 일그러졌고 눈물까지 흘러내렸다. 지수는 재욱에게 두 손을 비벼가며 애걸했다.

"여보, 여보 제발……."

재욱은 지수에게는 아무런 대답도 하지 않고 해진에게 눈짓을 했다. 해진은 모든 걸 포기한 듯 지수에게 다가갔다.

재욱의 얼굴에 미세한 균열이 생긴다. 불끈 쥔 주먹이 부들부들 떨린다. 모두에게 지옥 같은 시간이다.

1. 재회

"헉!"

잠을 자던 해진은 땀을 뻘뻘 흘리며 싫다는 듯 고개를 도리질하다 잠에서 깨어났다. 온몸이 땀이다. 손으로 얼굴을 쓸자 손이 흥건히 젖어 있다.

꿈이다. 또 그 꿈을 꾸었다. 절대로 기억하고 싶지 않은 기억이지만 자신의 의도와는 상관없이 잊힐 만하면 다시 꾸어지는 꿈. 아마도 자신이 죽기 전엔 놓기 힘들 꿈.

해진은 스탠드를 켜고 침대에서 내려와 방을 나섰다. 주방으로 가서 냉수를 마시자 조금 정신이 돌아온다. 아직도 몸이 떨려온다. 아직도 두렵다. 벽에 시계는 이제 겨우 새벽 세 시. 더 이상 잠을 자기는 힘들리라. 해진이 켜놓은 조명에 내부가 보였다.

고급스럽긴 하지만 사람 냄새가 전혀 나지 않는 오피스텔. 삭막해 보인다. 마치 지금 해진의 마음처럼.

해진은 깨끗이 잠을 포기하고 욕실로 가서 샤워를 시작했다. 바디샤워 거품이 흘러내리는 해진의 뒷모습은 더없이 매혹적이었다. 역삼각형의 상체에 탄탄해 보이는 엉덩이와 곧게 뻗은 다리. 모델을 해도 될 듯하다.

회사에 출근한 경철은 이미 출근하여 작업 중인 해진을 보고는 불만스러운 표정을 지었다. 또 잠을 설쳤나 보다. 잠을 자지 못해 충혈된 해진의 빨간 눈동자가 경철의 마음을 답답하게 했다.

"몇 시에 출근했냐? 프로젝트 끝난 지 얼마나 됐다고 또 새벽부터 출근이야? 사장이 몸 안 사리고 일하면 직원들이 힘들어한다는 거 몰라?"

투덜투덜 불평을 해대지만 해진은 대답도 없다. 그저 씁쓸한 웃음만 지을 뿐이다.

"밥은?"

"아직."

"나가자. 아침 먹어야지."

"입맛 없는데."

내켜하지 않는 해진을 데리고 경철은 24시간 운영하는 설렁탕 집으로 갔다. 주문한 설렁탕이 나오자 해진이 한두 숟가락 떠먹더니 수저를 내려놓았다. 경철은 화난 표정으로 설렁탕 그릇에 밥을 말더니 수저를 해진의 손에 쥐어주었다.

"먹어. 다 먹기 전엔 못 가."

경철의 단호한 표정에 해진이 억지로 입에 밥을 집어넣었다. 그 모습에 경철의 한숨이 늘어졌다. 누구보다도 밝고 똑똑하고 건강한 친구였다. 고아라는 것 하나만 빼면 무엇 하나 모자란 것이 없던 친구. 잘생긴 얼굴 하며 건장한 몸과 180이 넘는 키. 남들은 입학도 힘들다는 S대에 장학금 받아가며 다니던 친구. 성격도 좋아서 누구라도 탐을 내던 친구였는데 그 일이 있고 나서 완전히 변해 버렸다.

자원입대하여 군대를 가버리더니 제대하고도 일에만 열중할 뿐 아무것에도 관심을 보이지 않았다. 사람 냄새가 없어졌다고나 할까. 그나마 일에는 성공을 거두어 지금은 어엿한 회사의 CEO가 되어 있으니 다행이라고 해야겠지. 언제쯤 친구가 과거의 그림자에서 벗어나 행복한 삶을 살 수 있으려나.

Rrrrrr~ Rrrrrr~

해진의 휴대폰이 울렸다. 요즘 사람 같지 않게 노래가 아닌 고전적인 벨소리. 해진이 주머니에서 휴대폰을 꺼내 받았다.

"어, 해준아."

해진의 목소리에 경철의 이마가 찌푸려졌다. 해준이. 해진의 웬수 같은 동생. 이 모든 사달의 원흉이었다. 그런데도 자기는 뭐가 문제인지도 모르고 룰루랄라 즐기며 사는 놈. 울화가 불쑥 치밀어 올랐다.

[어디야? 벌써 출근한 거야?]

"어. 왜?"

[오늘 형 차 좀 빌려 달라고.]

마치 자기 것인 양 당당하게 빌려 달라는 해준의 말에 해진의 인상이 약간 찌푸려지지만, 자신을 보는 경철의 시선을 의식하고는 이내 표정을 풀었다.

"알았어. 사무실로 와."

해진이 전화를 끊자 경철이 물었다.

"또 왜?"

"차 좀 빌려 달라고."

인상이 절로 써졌다. 또 어떤 여자를 꼬시려고 형의 외제차를 빌려가는 건지. 자신을 구렁텅이로 몰아넣은 동생인데도 여전히 동생을 위하는 해진을 보면 존경스럽다.

해진을 보면, 가족이라는 게 꼭 좋은 것만은 아닌 것 같다. 해진의 인생 굽이굽이마다 나타나 발목을 잡는 동생 해준도, 자신의 행복을 위해 자식을 버렸다가 자식이 성공하자 나타나 엄마의 권리를 주장하는 해진의 어머니까지. 친구의 인생이 너무나 가엾다.

"그런 시선 싫다."

경철의 시선을 느낀 해진이 한마디 하자 경철이 민망한 듯 씨익 웃으며 말했다.

"참, 그렇지. 넌 남자 싫어하지? 요즘 남자 좋아하는 남자도 많던데. 내가 몸이 좀 부해서 그렇지 귀여운 스~따일 아니냐?"

경철이 모 탤런트 흉내를 내며 너스레를 떨자 해진도 마지못해 웃어주었다.

"그래, 억지로라도 웃어라, 자식아. 직원들이 너 보면 불편해하는 거 알아 몰라?"

해진의 표정이 다시 어두워지며 씁쓰레한 미소를 지었다.

"너 이제 과거의 망령에서 벗어나면 안 돼? 벌써 칠 년이야."

"잊을 만하면 꿈에서 나타나. 아마 내 잘못을 잊지 말라는 의미겠지."

저 자식은 평생 혼자서 지옥 속을 헤맬 것이다. 누군가의 도움이 절실히 필요하다. 해진을 지옥 속에서 구해줄 누군가가.

해진의 다문 입을 보다가 경철이 툭 내뱉었다.

"나 어제 지은이 봤다."

해진의 눈빛이 잠시 반짝 빛났다가 이내 빛을 잃었다. 경철은 해진의 그 찰나를 놓치지 않았다.

해진은 어디서 봤느냐고, 어떤 모습으로 살고 있더냐고 묻고 싶었지만 차마 묻지 못했다. 그저 숟가락을 내려놓고 자리에서 일어났다.

"지은이 봤다고!"

"그래서 어쩌라고?"

화가 벌컥 났다. 내 사정 다 아는 놈이 나보고 어쩌라고 지은이 소식을 전하는가? 해진의 날 선 대답에 경철이 해진을 설득하기 시작했다.

"지은이와 사귀어 보라고. 너 지은이 좋아했잖아? 아직도 좋은 감정 가지고 있지? 넌 한 번 가진 마음은 끝까지 가지고 가는 자식이잖아. 상대가 어떻든, 무슨 잘못을 했든. 해준일 대하는 널 보면 알 수 있지. 아직 남자친구 없다던데. 잘난 너 때문에 남자에 대한 기대치가 높아져서 연애도 못 한다고 투덜거리더라."

아니라고 변명하고 싶었지만 통하지 않을 것을 안다. 자기에 관해서는 뭐든 알고 있는 놈이니까. 고마운 친구다. 저 자식이 없었다면 자신이 이렇게 숨을 쉬고 살 수 있었을까?

해진은 아무런 대꾸도 없이 카운터로 나가 계산을 했다. 카드를 내미는 손이 약간 떨리고 있었다. 경철은 그런 해진을 보며 화를 벌컥 냈다.

"지은이가 얼마나 너 찾아다녔는 지 알아? 맨날 우리 학회방에 와서 네 연락처 가르쳐달라고 날 들들 볶았어. 아직도 너 기다리는 눈치던데."

피식 실소가 터져 나왔다. 말이 안 된다. 자기 같은 놈이 뭐가 좋다고 칠 년씩이나 기다려? 나의 실체를 모르니까 하는 소리지. 해진의 기분이 한없이 가라앉았다.

❅

겨울이 시작되는 길목이었다. 짝 없는 남녀들이 겨울나기를 위해 파트너를 찾아 헤매는 시기. 시려오는 옆구리를 데워주고 잦은 연말 행사에 함께해 줄 상대를 찾지 못한다면 올해도 외로운 크리스마스를 맞게 되리라.

카페에 들어선 지은이 고개를 두리번거리자 영희가 지은에게 손을 번쩍 들었다. 역시 강남 럭셔리녀다. 머리에서 발끝까지 명품으로 치장한 영희의 미모에 자신은 당할 수가 없었다. 나쁜 기집애. 소개팅 시켜 주면서 저렇게 쫙 빼입고 오면 어쩌자는 거야? 속으로 불만이 터져 나왔다.

눈으로 자신의 옷차림을 훑어보지만 성에 찰 리가 없다. 소개팅에는 맞지 않는 오피스 룩. 뭐 어쩌겠는가? 어깨를 으쓱하고 말았다. 하나밖에 없는 절친을 더 이상 싱글로 내버려 둘 수 없다는 친구 영희의 성화에 못 이겨 나온 자리였다.

혹시나 하고 나와서 역시나로 끝나는 게 보통의 소개팅이지만 오늘은 느낌이 좋았다. 쌈박한 외모에 지적으로 보이는 남자가 누군가를 생각나게 하면서 어쩐지 호감이 갔다. 영희의 옆에 앉은 지은은 상대 남자에게 미소를 지은 채 까딱 고개를 숙이며 자기소개를 했다.

"한지은입니다. 반갑습니다."

"김상배입니다. 반갑습니다."

상대 남자도 미소 지은 채 고개를 숙이며 인사했다. 두 사람의 훈훈한 분위기에 영희는 아무런 부담 없이 자리에서 일어나며 인사하고는 자리를 떴다. 지은에게 엄지와 새끼손가락을 펴 귀에다 대고 나중에 통화하자는 메시지를 남기며.

남자는 다정하고 부드러운 편이었다. 무엇보다 아는 것이 많았다. 같은 공학도라 그런지 대화도 통했다. 간만에 괜찮은 남자를 만나 기분이 좋던 지은은 남자의 한마디에 순식간에 마음이 식어 버렸다. 저녁 먹으러 가자는 지은의 말에 남자가 딴지를 건 것이다.

"잠시만요, 엄마한테 물어보고요."

헐, 기가 막혔다. 맞은편에 앉아서 엄마에게 전화를 하는 남자를 보는 지은의 얼굴에 막막함이 어렸다. 아무리 마마보이가 대세고 헬리콥터맘이 기승을 부린다지만 소개팅 나와서 저녁 먹으러 가는 것까지 엄마 허락이 떨어져야 움직인다니. 김이 팍 샜다. 어쩐지 좀 마음에 들더라니. 오늘도 혹시나 했다가 역시나로 끝나는구나.

"어, 엄마……. 어, 마음에 들어. 형부가 재성 사장이라는데 다른 거 볼 게 뭐가 있어? 평생 직장 걱정은 안 해도 될 텐데. 저녁 먹으러 가자는데 어떻게 해?"

지은은 미련 없이 자리에서 일어났다. 저런 남자는 트럭으로 실어다 줘도 싫다. 나이는 어디로 처드셨나? 스물아홉 살 먹은 남자가 여자와 소개팅하고 저녁 먹으러 가는 것까지 엄마에게 보고하고 허락 받아야 하다니 속에서 천불이 일었다.

"어, 엄마. 여자가 일어나는데? 그냥 가려나 봐. 어떻게 해?"

남자의 다급한 목소리였다.

아이고, 뒷골 당겨. 결혼하면 부부관계도 엄마에게 물어가며 할 놈이다.

'엄마, 여자가 샤워하러 들어갔는데 어떻게 해? 엄마, 여자 옷은 어떻게 벗겨? 엄마, 뽀뽀는 어떻게 해?'

상상만으로도 소름이 끼쳤다. 지은은 뒤도 보지 않고 빠른 걸음으로 카페 문을 열고 나왔다. 카페 유리문을 통해 통화하면서 허겁지겁 따라 나오는 남자가 보였다. 아마 나를 잡으라는 어마마마의 엄명이 떨어진 모양이다. 흥이다. 마마보이는 내 쪽에서 거절이다.

지은은 후다닥 카페를 벗어났다. 남자 복이 없다고 이렇게 없을까? 하지만 뭐 어때? 남자가 인생의 전부는 아니지 않은가? 휴대폰을 꺼내 씩씩하게 단축 번호를 눌렀다. 신호가 몇 번 울리자 휴대폰에서 코맹맹이 소리가 들렸다.

[지은아~ 어땠어?]

"너 죽을래? 어디서 그딴 마마보이를 나한테 찍어다 붙여? 너, 그 남자 떼어내려고 나한테 갖다 붙인 거지?"

[아, 아냐.]

아니긴 뭐가 아냐? 목소리 떨리는 거 보니 맞구먼. 하여간 원수가 따로 없다. 자신에게 들러붙는 남자들 떼어 놓는 용도로 친구를 이용하는 나쁜 년이다.

"당장 튀어나와라. 이 언니 배고프다."

[알았어. 밥은 내가 살게. 용서해 줘, 나의 베프야.]

"지랄도 풍년이다, 이년아."

욕을 내뱉은 후 지은은 통화 종료 버튼을 눌렀다. 저녁은 아마 영희가 거하게 살 것이다. 하지만 지은의 마음은 한없이 우울했다. 오늘따라 그놈이 더 생각난다. 오늘따라 그놈이 더 보고 싶다. 오늘따라 그놈이 더 그립다.

자기를 한껏 들뜨게 해놓고는 사라져 버린 그놈. 체격이면 체격, 외모면 외모, 성격이면 성격, 게다가 학벌까지. 자신의 기대치를 한껏 올려놓고서 사라져 버린 그놈. 오빠라 부르며 졸졸 따라다녀서 겨우 첫 데이트 약속까지 받아냈건만 결국은 바람맞히고 사라져 버린 나쁜 놈. 어쩌면 그놈으로 인해 다른 남자는 성에 차지 않아 평생 남자를 사귀지도 못할 것 같은 불길한 생각까지 들었다.

"할머니~"

영희에게 눈을 흘겨가며 저녁을 얻어먹고 집으로 돌아온 지은은 습관처럼 할머니를 불렀다. TV를 틀어놓은 채 거실 소파에 누워 꾸벅꾸벅 졸고 있던 할머니가 지은이 부르는 소리에 얼른 선잠에서 깨어 손으로 입가의 침을 닦고는 일어나 지은을 맞았다.

"아유~ 우리 강아지 왔어? 힘들지?"

"어, 할머니. 오늘 무지 힘들었어."

지은은 할머니에게 어리광을 부렸다. 할머니는 세상에서 자신의 어리광을 받아주는 유일한 사람이다. 엄마도 아빠도 자신에게는 관심이 없었다. 그저 언니 지수만 챙길 뿐이었다.

"저녁은?"

"영희랑 먹었어. 할머닌?"

"나도 먹었지. 지금 시간이 몇 신데."

"엄마, 아빠는?"

"안방에."

할머니의 대답에 지은은 안방 문을 노크하고 살짝 열어서 인사했다.

"다녀왔습니다."

아빠 영석만이 지은을 쳐다보며 왔느냐고 아는 척할 뿐 숙희는 침대에 누워 시선조차 주지 않았다. 엄마는 왜 자신을 미워하는 걸까? 어릴 적엔 자신을 미워하는 엄마가 친엄마가 아닐지도 모른다는 생각을 했지만 나이가 들면서 그 생각은 접었다. 스스로 생각해 봐도 자기가 언니에겐 모든 것이 못 미친다는 걸 깨달은 후부터였다.

안방 문을 닫고 할머니에게 잘 자라고 인사한 지은은 자신의 방으로 들어왔다. 이젠 자신의 방이 된 언니의 방. 어릴 적부터 공주 대접을 받고 자란 언니의 방은 럭셔리 그 자체다. 고급스러운 침대며 옷장까지.

언니가 결혼하고 나서도 그 방은 여전히 언니가 집에 왔을 때 쉴 공간이었고, 하여 고3 수험생 시절에도 지은은 할머니와 함께

방을 써야 했다. 언니가 임신을 하고 형부와 몇 년 일정으로 외국으로 떠난 다음에야 그 방은 지은에게 배정되었다.

월요일, 출근을 준비하는 지은의 손길이 분주했다. 오늘은 지은에게 정말로 중요한 날이었다. 입사 3년 차인 지은이 처음으로 책임지고 진행하는 계약을 체결하는 날.

효율적인 회사 시스템 운영을 위해서 새로운 프로그램이 필요했고, 회사 내에서 프로그램에 관해선 독보적인 능력을 보인 지은에게 프로그램 개발을 의뢰할 회사를 선택하고 계약을 체결하는 일을 맡겼다.

하여 지은은 그동안 프로그램 개발 회사들에 대해 조사하고 조율해 오다 오늘 비로소 프로그램 개발 회사로 유명한 H&K소프트와 계약을 체결하기로 했다.

프로그램 개발 회사로서는 국내에서 제일로 꼽는 H&K소프트와 계약을 체결하게 된 데도 지은의 공이 컸다. H&K소프트는 다른 프로그램 회사들과는 달리 늘 일이 밀리는 회사일뿐더러 지은의 회사에서 의뢰하는 것 같은 소규모 일은 취급하지 않는 회사였다.

하지만 지은은 꼭 그 회사에 일을 맡기고 싶었다. 하여 그 회사에 몇 번씩이나 찾아갔지만 매번 퇴짜를 맞았다. 그러다 자신을 바람맞힌 그놈의 친구를 만났다. 한동안 그놈을 찾아내라고 지은이 흔들어대던 경철 오빠였다.

경철 오빠는 반가워하며 자신의 사무실로 지은을 데리고 가서 차를 대접하며 어쩐 일이냐고 물었다. 상황을 설명하자 경철 오빠는 담당자를 불러 계약 진행하라고 지시했다. 경철 오빠가 그 회사의 이사라고 했다. 하긴 대학 시절부터 경철 오빠는 프로그램 개발에 일가견이 있었다. 나의 그놈보다는 조금 부족했지만.

H&K와 계약하게 될 것 같다고 했더니 회사에서는 지은에게 능력 있다고 난리가 났었다. 그런 계약을 체결하는 날이니 지은으로서는 신경이 쓰일 수밖에. 평소에는 하지 않던 아이섀도에 마스카라까지 해가며 화장도 다른 날보다 더 세심하고 꼼꼼하게 했다.

하나로 질끈 묶고 다니던 평소와는 다르게 헤어스타일도 세팅기를 말아 웨이브를 줬다. 의상도 신경을 썼다. 오피스 룩이 거기서 거기지만 오늘은 그중에서 제일 자신에게 잘 어울리는, 목이 드러나는 하얀 블라우스와 타이트한 블랙 스커트에 재킷을 걸쳤다. 그렇게 입으면 다들 섹시해 보인다고들 했다. 마지막으로 거울에 비춰 보고는 가방을 챙겨 들고 방을 나섰다.

할머니가 눈이 휘둥그레져서 보더니 이내 지은의 팔을 토닥거린다.

"아이구, 우리 강아지, 예쁜 강아지. 벌써 출근하려고?"

"어, 할머니. 오늘 중요한 계약 있어. 갔다 올게."

"그려, 그려. 잘 다녀와."

"예."

"다녀오겠습니다."

지은은 안방 문을 열고 부모님께 인사하고는 서둘러 현관을 나섰다.

서두른 탓에 평소보다 훨씬 일찍 회사에 도착한 지은은 오늘 계약에 필요한 서류들을 챙겼다. 아무리 아는 사람을 통해 계약을 체결하게 되었지만 엉성하게 하고 싶진 않았다. 이 일이 잘 마무리되면 대리로 진급도 가능하다고 했다. 서류를 챙기는 지은의 눈초리와 손놀림이 바빠졌다.

계약서 사인은 H&K에서 하기로 했다. 함께 준비해 온 김승수 씨와 같이 H&K 회의실에서 기다리고 있는데 지은의 가슴이 두근거렸다. 아무래도 자신이 맡은 첫 일거리라 그런 것 같았다. 담당자가 와서 지은과 승수에게 악수를 건네며 오늘은 사장님께서 나오실 거라고 해서 지은은 좀 놀랐다.

이런 계약 건은 주로 담당자들끼리 하지 않던가? 하지만 지은으로서는 불만을 표할 수가 없었다. 계약을 하기 위해 매달려야 하는 쪽은 지은의 회사 쪽이었으니까.

의자에 앉아 사장이 오기만을 기다리며 서류를 다시 검토하던 지은은 문이 열리는 소리에 고개를 들었다. 순간 지은은 너무나 놀라 들고 있는 서류를 떨어뜨리고 말았다. 문을 열고 들어선 사람은 자신과의 첫 데이트 약속을 펑크 내고 사라진 원흉, 해진 오빠였다.

얼빠진 얼굴로 눈을 깜빡이며 해진만 쳐다보자 지은의 시선을 느낀 해진도 지은을 보았다. 해진이 담담한 표정으로 지은에게 고개를 까딱하며 인사를 건넸다.

지은도 엉겁결에 고개를 까딱하며 인사를 건네고는 이내 속으로 욕설을 내뱉었다. 이런 바보탱이. 자신을 바람맞히고 사라진 남자에게 이렇게 속없이 인사를 받다니. 울화가 치밀었다. 하지만 이내 시선은 해진에게 다시 고정되었다. 여전히 멋진 남자였다.

아니, 그때보다 훨씬 멋있어졌다. 며칠 전에 소개팅이 깨지고 난 후 떠올린 그놈이 아니었다. 칠 년 만에 사람이 이렇게 바뀔 수도 있구나. 하얀 와이셔츠에 회색빛 넥타이를 매고서 짙은 네이비 색 양복을 입고 있는 남자는 여전히 지은의 가슴을 설레게 했다.

회의실 문을 열고 들어오던 해진은 가슴이 툭 떨어지는 느낌이었다. 제기랄. 지은이었다. 스스로에 대한 자신감으로 넘쳐나던 그때 마음을 주었던 아이. 지은을 알고 지낸 짧은 그 시절이 자신의 인생에서 유일하게 행복한 시기였다.

겨울이 시작될 무렵이었다. 남들은 대학 시절을 만끽한다고 하지만 해진은 늘 힘에 겨웠다. 어릴 적부터 사고란 사고는 다 치고 다니던 하나밖에 없는 동생 해준이 이번엔 어쩐 일인지 기숙학원에 입학해서 검정고시와 대입 준비를 한다는 말에 별다른 저항 없이 고개를 끄덕였다. 기숙학원비는 만만치 않았다. 고아인지라 누군가의 도움을 기대할 수 없던 해진은 결국 아르바이트를 늘릴 수밖에 없었고, 거기서 지은을 만났다.

돈이 급할 때면 달려오던 곳이라 해진은 거기서 인정받아 책임자로 일했고, 아직도 고등학생 티가 나는 여린 여자가 힘든 택배 상하차 알바를 하러 왔기에 과감히 커트시켰다. 하지만 지은은 집요하게 매달렸다. 미성년자라서 안 된다는 말에 아직 미성년자이긴 하지만 이미 수능도 쳤고 자기가 벌어서 대학 다니고 싶다며 왜 안 되는지 설명해 달라고 오히려 따져 물었다. 알바 조건에 미성년자 불가라는 말은 없었다면서.

또래 여자애들 같지 않게 씩씩하고 당당한 그 모습에 해진은 살짝 반했다. 결국 해진은 지은에게도 일을 시켰고, 지은은 생각한 것보다 근성도 있고 일도 잘했다. 걸어 다니는 알바의 신인 해진이 지은에게 좀 더 편하고 쉬운 알바 자리를 소개해 줬고, 그걸 계기로 오빠라고 부르며 자신을 따라다녔다.

싫지 않았다. 아니, 좋았다. 그래서 못 이긴 척 데이트 약속도 받아주었다. 그랬는데…… 그랬던 그 애가 이제는 성숙한 여자가 되어서 나타났다. 경철이 자식이 굳이 이 미팅에 나가라고 밀어붙인 이유를 알 것 같았다. 자신에게 좋았던 시절을 기억나게 해주고 싶었던 것이었다.

사실 이런 계약엔 자신이 굳이 나설 필요가 없었다. 순간적으로 눈동자가 흔들렸지만 이내 마음을 다잡았다. 자기는 여자를 사랑할 자격이 없었다. 그때 지은을 바람맞힌 것은 지은을 위해서 정말 잘한 일이었다.

지은은 회의 내내 프로그램의 진행 방식과 소요될 시간, 문제 발생 시 어떻게 책임질 것인지에 대해 해진에게 지나칠 만큼 따져 물었다. 자연 회의실 안의 분위기는 썰렁하기 그지없었다. 지은과 같이 온 승수도 의아해했고 H&K 직원들도 불편하긴 마찬가지였다. 모두 해진과 지은의 눈치만 보고 있었다.

해진은 긴 한숨을 내쉬며 눈을 감았다. 분명히 사적인 감정이 들어간 질문이고 트집이었다. 이렇게는 계약을 할 수 없다는 생각이 들었다.

"저희 프로그램이 마음에 들지 않는가 보군요. 그럼 계약은 없던 걸로 알겠습니다."

해진이 냉정하게 말하며 서류를 덮고 일어나자 지은이 당황했다. 지은을 쳐다보는 해진의 눈빛에는 한심해하는 빛이 역력했다.

이러려고 그런 게 아닌데. 그동안 기다리고 찾아다닌 것이 너무나 억울해서 화풀이 좀 해본 건데. 일어서는 해진을 노려본 지은이 이러지도 저러지도 못하고 있는 다른 사람들에게 양해를 구했다.

"죄송합니다. 처음 맡은 프로젝트라 제가 좀 흥분했나 봐요. 잠시만 쉬면 안 될까요? 잠시만 쉬었다가 회의 진행해요. 그리고 잠시만 자리 좀 비워주시겠어요? 전 사장님과 할 얘기가 좀 있어서요."

살벌한 분위기 속에서 가슴을 졸이던 직원들이 스르르 빠져나가자 회의장엔 지은과 해진 두 사람만 남게 되었다.

"사과부터 해야 하는 거 아니에요?"

지은이 톡 쏘아붙였다. 성격은 하나도 변하지 않았군. 급하고 마음 숨기지 못하는 거. 저런 모습의 지은을 좋아했다. 조잘거리며 따라다니는 지은이 귀여워서 데이트 약속까지 잡았고, 그 일이 없었다면 우린 어쩌면 다정한 연인이 되어 지금쯤 결혼을 했을지도 모른다. 하지만 인생이란 언제나 변수를 끼고 가는 것을.

"뭐를?"

"몰라서 물어요? 순진한 처녀 마음 설레게 해놓고 사라졌으면 미안해해야 하는 거 아니에요? 내가 오빠 때문에 트라우마가 생겨서 다른 남자는 만나지도 못해요. 멀쩡한 처녀 인생 망쳐 놓고 뭘 사과해야 하는지도 몰라요?"

"너 애야? 멀쩡한 처녀 인생 망쳐 놨다고? 내가 너에게 책임질 일 했어? 단순히 칠 년 전 내가 너 바람맞힌 일 때문에 지금 중요한 계약을 앞에 놓고 이런 장난질이야? 우리가 사귀는 사이였어?

아니잖아. 데이트도 한 번 안 해본 사이잖아. 네 성화에 못 이겨 데이트 약속을 했고, 사정이 생겨서 못 나갔어. 그럼 너에게 맘이 없다고 생각하면 되는 거 아니야?"

해진도 지은에게 사과하고 싶었다. 미안하다고, 많이 기다렸느냐고, 나에게 힘든 일이 생겨서 도망갔다고. 그렇게 얘기하면 마음 약한 지은은 자신을 용서할 것이다. 하지만 해진은 그것을 원치 않았다. 자기는 누군가의 용서와 사랑을 받을 가치가 없는 사람이었다.

사과를 해도 시원찮을 판에 해진이 다그치자 지은은 해진이 얄미워 눈물이 핑 돌았다. 하지만 절대로 이 남자 앞에서는 울지 않을 것이다. 아까 봤을 때 멋있다고 느낀 건 착각이었다. 하드웨어는 업그레이드되었는지 모르지만, 소프트웨어는 더 엉망이 되어 버렸다.

예전의 오빠 같았으면 이렇게 말하지 않았을 것이다. 다정한 목소리로 미안하다고 사과하며 달래주었겠지. 키 크고 잘생기고 아는 것 무지 많고 따뜻하던 오빠는 사라지고, 사람들의 접근을 막는 차가운 CEO만 남아 있었다. 사람 냄새가 사라졌다.

"결론만 얘기해 줬음 좋겠어. 계약, 진행할 거야, 아님 파기할 거야?"

"나한텐 중요한 프로젝트예요. 어떻게 파기해요?"

지은이 해진을 노려보며 야무지게 얘기하자 해진이 답답한 한숨을 내쉬었다.

"알았어. 그럼 경철이 부르지."

해진이 휴대폰 전원을 켜고 단축 번호를 눌렀다.

"나야. 니가 와서 진행해야겠다. 그래, 지금 바로."

전화를 하고 있는 해진을 지은은 노려보고 있었다. 속상해 죽을 것 같았다. 어쩜 인간이 저러냐? 미안하다는 한마디면 다 풀어질 텐데. 그래, 좋다. 이젠 나도 짝사랑의 트라우마를 극복할 수 있을 것도 같다. 어떻게 저런 인간을 칠 년씩이나 못 잊고 살 수가 있어? 자신이 바보 같았다.

파릇파릇한 이십대를 저 인간 때문에 남자 하나 못 사귀고 산 게 억울했다. 자신의 환상 속에서 존재하던 나의 왕자님은 오늘로써 죽었다. 나의 왕자님은 알고 봤더니 겉보기만 그럴듯한 허상이 었다. 그래, 잊어주마. 그게 너에 대한 나의 복수다. 지은은 이를 벅벅 갈았다.

속이 부글부글 끓었지만 일은 일인지라 계약은 무사히 마무리 되었다. 서류를 챙겨 나오는데 경철이 불렀다.

"지은아~"

저 오빠도 보기 싫다. 못 들은 척 지나가니 다시 불렀다.

"지은아~ 한지은!"

"왜요?!"

돌아서서 소리를 빽 질렀다.

"해진이랑 얘기 안 했어?"

"했죠, 얘기. 나한테 맘이 없어서 나 바람맞혔다는 얘기. 오늘로써 내 상상 속의 왕자님은 죽었어요. 이제 내 맘속에 더 이상 박해진은 없으니까 오빠하고도 더 이상 볼 일 없어요. 계약 끝났으니까 빨리 가버려요."

"우리 오늘 술 한잔 어때?"

"싫은데요. 난 해진 오빠보다 경철 오빠가 더 싫어! 내가 이십대를 외로운 싱글로 부낸 건 해진 오빠 때문이 아니라 경철 오빠 때문이야. 왜 해진 오빠가 나 싫어서 도망갔다고 얘기 안 해줬어요? 오빠가 해진 오빠 맘을 사실대로만 전해 줬어도 내가 아직까지 오빨 그리워했겠어요? 나도 나 싫다는 사람한테 매달리는 미련퉁이는 아니란 말이에요. 난 정말 나 싫어하는 사람한테는 관심 없거든요. 뭐 이제라도 해진 오빠 맘 알았으니 다행이에요. 나의 이십대는 아직 몇 년 남아 있거든요. 당장 결혼정보회사 등록해서 남자들 줄줄이 만날 거예요."

지은은 경철에게 다다다 쏴붙이고는 회의실을 나섰다. 정말이다. 나 싫다는 사람은 나도 싫다. 나 싫어하는 엄마, 아빠도 끔찍한데 나 싫어하는 남자친구라니. 내가 미쳤어? 나 좋다는 사람도 천진데.

지은이 해진을 찾아다니고 기다린 건 해진이 자신을 좋아한다는 느낌이 들어서였다. 아무래도 착각이었나 보다. 그 미소가, 그 다정한 말투가 다 거짓이었다니. 이젠 더 이상 착각하지 않을 것이다. 그저 나 좋다고 엎어지는 남자 만나서 행복해질 것이다. 사랑이 뭐 대순가? 내 마음만 접으면 세상에 남자는 널렸다.

화난 걸음으로 사무실을 나서는 지은을 보자 경철은 절로 한숨이 나왔다. 바보 같은 놈이 차려준 밥그릇을 엎어버린 것이다.

2. 신 포도

　"지은이 화 많이 났더라. 너보다 내가 더 싫다던데. 네 맘 제대로 안 전해줬다고. 당장 결혼정보회사 등록해서 남자 만난다더라. 넌 이제 끝났어, 자식아. 지은이 가슴에서 영원히 아웃이라고."

　룸에 들어선 경철이 해진의 맞은편에 앉으며 나무라듯 말했다.

　경철의 말에 해진의 얼굴이 굳어지며 양주잔을 털어 목으로 넘겼다. 높은 도수의 알코올이 목을 타고 내려가 심장까지 태웠다. 테이블은 비싼 안주로 가득했지만 안주엔 손도 대지 않은 듯 세팅한 그대로였다. 그저 양주병만이 반으로 줄어 있다. 어두운 조명 속에서 해진의 얼굴이 어두워져 갔다.

　"술만 마시지 말고 안주도 먹어."

　경철이 과일을 찍어 해진의 입에다 넣어 주었다. 손에 쥐어줘봤자 고개만 흔들 것이 뻔하다.

어쩔 수 없이 과일을 씹어 먹으며 해진은 낮에 만난 지은을 떠올렸다. 차라리 만나지 말 것을. 그랬다면 그냥 그런 애가 있었지 생각하고 말았을 텐데. 다시 본 지은은 그때보다 더 심하게 해진의 심장을 뒤흔들었다. 그때는 그냥 귀여운 동생 같은 느낌이었는데 이제는 여자로 느껴졌다.

자신을 발견하고는 놀라서 입을 벌리고 풍성한 속눈썹을 깜박이며 자신을 바라보던 모습이 아직도 눈에 선했다. 그 붉은 입술과 까만 눈동자라니. 더구나 하얀 블라우스에 타이트한 블랙 스커트가 지은의 몸매를 여실히 드러내며 해진을 자극해 왔다.

지은에게 자꾸만 시선이 가는 것을 억지로 붙들어야만 했는데, 지은은 해진에게 자꾸만 시비를 걸어왔다. 더 있다가는 자신이 어떻게 할지 믿을 수가 없어, 계약은 없던 걸로 하자며 자리에서 일어났다. 지은이 상처받을 줄 뻔히 알면서 지은에게 독한 말을 하고 회의실을 나와 사무실로 올라갔지만 해진은 마음을 진정할 수가 없었다. 자꾸만 주먹을 그러쥐었다.

그래서 일찌감치 단골 바에 와서 룸을 차지하고 대낮부터 술을 마셨다. 술이 들어가니 마음속의 악마가 꼬드기기 시작했다. 그냥 지은을 만나면 되잖아. 솔직히 지은이에게 잘못한 건 아니지. 너만 입 다물면 아무것도 아니야. 다른 남자들도 다 그렇게 살아. 넌 어쩔 수 없었지만 다른 놈들은 그냥 재미로 그런 짓 하고도 아무렇지도 않은 얼굴로 살아가던데. 그러니 너도 그 일은 잊고 지은이와 재미나게 살아.

하지만 그럴 수 있을까? 해진은 자신을 너무나 잘 알고 있다. 자신은 그렇게 살 수가 없는 인간이었다. 자기 자신도 사랑하지 않는 인간이 누구를 사랑하겠는가? 자신도 스스로를 용서하지 못했는데 누가 용서해 주겠는가? 지은의 행복을 위해선 자기가 마음을 접어야 했다. 시선을 거둬야만 했다. 술잔을 든 손이 자꾸만 흔들렸다. 아무래도 너무 많이 마신 것 같았다.

　퇴근하는 지은의 발걸음이 무겁다. 계약서를 가져다주자 부장님이 애썼다고 오늘은 일찍 들어가서 쉬라고 하셨다. 힘든 하루였다. 정말 술 생각이 간절했다. 알코올의 힘을 빌려서라도 그놈을 잊고 싶었다. 하지만 오늘은 술을 마시면 안 될 것 같았다. 그렇게 되면 칠 년의 세월이 억울해서 통곡하게 될 것만 같았다.

　다음날 아침, 호출을 받고 부장실에 올라가니 당분간 파견 근무를 하라는 지시가 떨어졌다. H&K에서 같이 작업할 직원을 한 명 요청하는데 아무래도 담당자인 한지은 씨가 가는 게 순리 아니겠냐고.

　가기 싫었다. 이젠 얼굴도 보기 싫었다. 그동안 그놈에게 희롱당한 것만 같아 미칠 것 같은데 같은 회사에서 근무까지 해야 하다니. 마음 같아서는 그쪽 방향은 쳐다보기도 싫지만, 세상에서 제일 무서운 줄이 밥줄이었다. 그것도 한 가정의 유일한 돈줄.

　몇 년 전 명퇴당한 아빠에 이어 가족의 생계를 위해 교사 생활을 계속 해오던 엄마도 작년부터는 건강이 좋지 않아 퇴직하셨다. 퇴직금을 몽땅 털어 대출금을 갚았지만 아직도 대출 원금은 억 단위나 남아 있었다.

　재벌가로 시집간 언니의 결혼 비용은 일반 서민 가정이 충당하기엔 너무나 버거웠다. 부모님은 집을 담보로 최대한 대출을 받아 언니 결혼식을 치러야만 했다. 자라면서 온갖 공주 대접을 다 받고 자란 언니는 결혼도 휘황찬란하게 했다. 하지만 그 결과, 가계가 어려워져 지은은 스스로 벌어서 대학을 다닐 수밖에 없었다.

수능을 치르고 돌아온 날 엄마와 아빠가 자신의 진로를 놓고 다투던 말을 들은 순간부터 지은은 부모님에게 손 벌릴 생각을 접었다. 장학금을 받거나, 장학금을 놓치면 학자금 대출을 받았다. 책값과 용돈은 알바로 충당했다.

그렇게 대학을 졸업하고 취직한 회사가 지금의 회사였다. 자신의 월급이 생활비로, 대출금 이자로 충당되어야 하기에 지은은 호기 있게 파견 근무 따위는 안 하겠다는 말을 할 수가 없었다. 아니, 꼭 돈 때문만은 아니다. 지은은 일이 좋았다. 빈둥거리고 노는것은 지은에게 맞지 않았다.

대차게 나갔다가는 잘릴 수도 있다. 이번 일만 잘 마무리되면 대리 진급도 가능하다고 했다. 요즘 같은 불경기에는 버티는 게 수다. 일은 일. 부장님께 알았다고 말하고 지은은 짐을 챙겼다.

해진에게 한바탕 해댄 일이 생각나자 어떻게 얼굴을 보나 걱정되었지만 뻔뻔함으로 치자면 한지은을 당할 사람이 없었다. 솔직히 자기가 잘못한 건 없지 않은가? 싫다고 솔직히 말해주지 않은 그놈 잘못이다. 살짝 걱정되었지만 후회는 없다.

지하철을 타고 해진의 회사로 향했다. 빌딩을 들어설 때까지만 해도 당당했는데 막상 엘리베이터를 타니 마음이 불안했다. 엘리베이터에서 내려 사무실 앞에 도착한 지은은 호흡을 가다듬었다. 뭐, 당분간이다. 당분간만 여기에서 근무하고 다시 회사로 돌아가는 거야. 그저 난 일을 하러 왔을 뿐이다. 가슴이 두근거리는 건 새로운 일에 대한 설렘 때문인 거야.

지은이 사무실에 들어가자 경철이 반갑게 맞아 주었다. 그 후덕한 몸으로 손까지 내밀어 악수를 청했다. 다행히 지은은 해진과 얼굴을 부딪치지 않아도 되었다. 해진은 대형 프로그램 개발에만 관여한다는 경철의 설명에 지은은 안도의 숨을 내쉬었다.

지은은 경철을 따라 개발2팀에 도착하여 같이 작업하게 될 사람들을 소개받았다. 남자 세 명에 여자 두 명. 그중에서 이신우라고 자신을 소개하는 남자에게 시선이 갔다. 개발2팀 팀장이라고 했다.

마음을 비우고 나니 다른 남자들이 눈에 들어오기 시작했다. 키도 훤칠하니 크고 피부도 뽀얀 것이 마음에 쏙 들었다. 무엇보다도 따스해 보이는 그 눈. 지은은 따스한 사람이 좋았다. 지은이 화사하게 웃으며 신우와 악수를 했다.

"미인이십니다. 오늘부터 작업 들어가도 될까요?"

"팀장님!"

신우의 작업 멘트에 2팀의 여직원 중 한 명인 미소가 벼락이라도 맞은 듯 소리를 지르며 지은을 노려봤다. 아마 이신우를 찜해 놓은 여자인 것 같았다.

"왜 그래, 미소 씨? 나 작업 들어가면 안 될 이유라도 있어?"

신우가 다시 농담을 건네자 미소는 어이없다는 듯 어깨를 으쓱하고는 피식 웃었다. 사무실 분위기가 재미있어 지은은 손으로 입을 가리며 고개를 돌리다 이쪽을 바라보고 있는 해진과 눈이 마주쳤다. 순간 좋던 기분이 확 나빠졌다.

지은이 오늘부터 여기서 근무한다는 말을 경철에게 들었다. 지은의 회사 일은 개발2팀에서 진행한다며 그 팀에 지은의 자리를 마련할 거라고 했다. 제기랄. 그 방엔 온 회사 여직원들의 로망인 이신우가 있는데. 능력 있고 잘생기고 유머까지 풍부해 여직원들이 모두 눈독 들이고 있다는 이신우.

해진은 어쩐지 초조해졌다. 지은도 이신우에게 마음을 홀라당 쥐버릴 것 같았다. 해진은 벌떡 일어나 사장실을 나와 개발2팀으로 향했다. 유리문을 통해 안을 들여다보니 지은이 화사하게 웃으며 신우와 악수하는 모습이 보였다.

저렇게 화사하게 웃다니. 절로 주먹이 쥐어지고 인상이 구겨졌다. 신우가 무슨 말을 했는지 지은이 재미있다는 듯 손으로 입을 가리며 고개를 돌리다 해진과 눈이 마주쳤다. 순식간에 지은의 얼굴에서 미소가 사라지고 얼굴이 굳어졌다. 해진의 인상이 더 구겨졌다.

H&K에서의 생활은 기대한 것보다 훨씬 즐거웠다. 회사 분위기도 자유로웠고 같이 일하는 팀원들도 좋았다. 무엇보다 지금 하는 일이 좋았다.

원래 지은은 프로그래머가 되고 싶었다. 졸업하고 상황에 쫓겨서 지금의 회사에 입사하게 되었고, 그곳에서 지은은 프로그램 개발이 아닌 프로그램 관리 쪽을 맡아서 일해 왔다. 그랬는데 오랜만에 프로그램 개발 일을 하게 되니 하루하루가 즐거웠다.

"야, 한지은, 왜 내 전화 씹냐?"

경철이 개발2팀에 들어서며 지은에게 섭섭하다는 듯 말을 걸었다. 아까 전화가 왔는데 별로 반갑지가 않아 통화를 거절했더니 여기까지 왔나 보다. 하긴 지은은 죄가 있으니 미안하긴 할 것이다. 지은은 성의 없이 고개를 까닥여 인사하고는 다시 일에 열중했다.

"야, 지은아, 우리가 이런 사이가 아니지. 사과하는 의미로 내가 맛있는 점심 쏠게. 어때?"

뭔 수작질이야 하는 표정으로 경철을 보던 지은은 진심으로 미안해하는 경철의 표정에 그냥 털어버리기로 했다. 경철 오빠가 무슨 죄가 있겠는가? 마음 여린 경철 오빠가 그놈의 말을 전할 수 없었겠지.

엄밀히 말하면 경철 오빠나 해진 오빠의 잘못이 아니다. 그가 어떤 놈인지도 모르고 홀라당 마음 주고, 그것도 모자라 칠 년 동안 가슴에 품어온 내 잘못이다. 하지만 쉽게 용서할 수는 없다. 그냥 넘어가기엔 왠지 억울했다. 칠 년 동안 수절 아닌 수절을 해온 내 청춘이 아까워서라도 뭔가 리액션이 필요했다. 독박이라도 씌워야지 속이 시원할 것 같았다.

"우리 팀 식구들 모두 다 점심 쏘면 사과 받아줄게요."

지은이 사과를 받아 준다는데 뭐가 아깝겠는가? 경철에게 제일 흔한 게 돈인데 돈으로 해결할 수 있다니 감사할 일이다. 날름 대답했다.

"좋아, 콜. 우리 지은이 용서를 받는 일인데 뭐가 아깝겠어. 가자."

"비싼 거 먹을 건데요."

"No problem. 나 돈 많은 남자야, 알잖아?"

그까짓 점심, 얼마든지 쏠 수 있다. 경철이 호기롭게 말했다. 부동산 갑부 아들로 태어나 돈 귀한 줄 모르고 살아온 경철이었다.

옛날에도 저 오빠가 돈은 많았다. 돈만 많은 것이 아니라 인심도 후했다. 만나면 맨날 맛있는 거 사준다는 말이 인사였다. 저 후

덕한 몸매를 봐라. 얼마나 먹는 걸 밝히겠는가?

경철과 지은의 대화를 들으며 호기심 어린 눈으로 보던 2팀 직원들은 경철의 말에 거한 점심 먹을 수 있겠다는 기대감으로 입이 벌어져 다들 한마디씩 했다.

"정말, 정말 우리도 사주는 거예요?"

"물론이지."

"와! 대박이다!"

"근데 두 사람, 무슨 사이예요?"

"우리? 아주 오래된 사이지."

경철이 푸근한 미소를 지으며 말하자 경철을 용서해 주려던 지은의 마음에 다시 열이 확 올랐다. 지은이 경철을 노려보며 다시 되받았다.

"말 똑바로 하세요. 전 다른 사람들이 오해하는 거 싫거든요. 우린 아주 오래된 웬수 같은 사이죠."

싸늘한 지은의 말에 경철이 머리를 긁적이며 민망해하자 신우가 두 사람 대화에 톡 끼어들었다.

"휴, 다행이다. 전 진 이사님하고 라이벌 되면 어쩌나 걱정했는데. 다른 건 다 제가 우원데 돈하고 직급에서 쬐끔 밀리잖아요."

쬐끔이란 단어에서 엄지와 검지를 평행으로 만들어 자기 얼굴 앞에 가져다 대며 신우가 말했다. 게다가 환하게 미소 지으며 지은에게 윙크까지 날리자 지은은 푸웃 하고 웃어 보였다. 참 유머가 풍부한 남자다. 미소의 매서운 눈초리가 다시 신우와 지은을 향했다.

"이 팀장, 우리 지은이에게 관심 있어?"

"예. 첫눈에 반했다고 할까요. 저도 이제 한 여자에게 올인할까 합니다. 지은 씨, 남자친구 있어요?"

"……아직이요."

"휴, 다행이다. 전 축구에는 자신 없거든요. 골키퍼가 있으면 골을 못 넣어요."

남자친구 있냐고 묻더니 뜬금없이 웬 축구 타령인가 싶었는데 결국은 애인 있으면 작업 걸지 않겠다는 분명한 의도를 밝힌 것이었다. 도덕적인 개념도 있는 남자다. 반듯하고 따뜻하고 유머도 있는 남자. 지은이 생각하는 이상형. 지은도 싫지 않은 듯 신우에게 웃어 보였다.

이런! 경철의 이마에 굵은 주름이 잡혔다. 지은을 해진과 연결해 주려고 회사로 불러들였더니 벌써 똥파리가 꼬이고 있다. 그것도 몹시 잘생기고 성격 좋은 똥파리가 말이다. 죽 쒀서 개 주는 거 아냐? 경철은 자신이 괜한 짓을 벌인 것 같아 속이 부글부글 끓었다.

마음이 있어도 행동으로 옮기지 못하는 친구를 위하여 자극 받으라고 지은을 H&K의 매력남 이신우가 있는 개발2팀에 넣었는데 아무래도 작전 미스인 것 같았다. 해진은 아무런 액션을 취하지 않는데 이신우는 벌써 발동을 걸었다.

직원들을 앞서 들여보내고 지은과 함께 레스토랑으로 들어서던 경철이 표정을 굳히며 걸음을 멈췄다.

저 마귀할멈이 여긴 또 어쩐 일이야? 참 뻔뻔하기도 하지. 자신의 행복을 찾아 자식 버리고 떠났으면 평생 모른 척하고 살아야할 게 아닌가? 버린 아들이 성공한 것을 알자마자 저 마귀할멈은 해진을 찾아와 자신의 권리를 주장하고 나섰다. 자기가 해준 게 뭐가 있다고 엄마의 권리를 주장해? 저 등신 같은 친구 자식은 또 자식 노릇 한다고 받아주는 건 뭐고? 가라앉았던 속이 다시 부글부글 끓어올랐다.

경철을 따라 레스토랑에 들어서던 지은은 경철이 걸음을 멈춰 서자 의아한 얼굴로 경철을 보았다. 경철의 표정이 굳어진 것을 보고 그의 시선이 향하는 곳을 바라보았다. 창가에 위치한 자리에 그놈이 우아하게 차려입은 웬 귀부인과 함께 앉아 있었다. 그 귀부인은 그놈, 해진 오빠와 많이 닮아 있다. 지은은 경철의 옆구리를 쿡 찌른 후 조그마하게 물었다.

"오빠, 해진 오빠랑 있는 저 사람 누구야? 해진 오빠랑 많이 닮았네."

"해진이 어머니."

경철이 재수 없다는 듯 짧게 내뱉었다.

어머니라니? 분명 고아라고 했는데. 어릴 적 보육원에 동생하고 같이 버려졌다고.

"어? 어머니? 해진 오빠 고아라고 했는데 어머니가 계셨어?"

"나중에 얘기하자."

지은이 이해하기 힘들다는 표정으로 되묻자 경철이 표정을 굳히고 더 이상 얘기하지 말라는 듯 단호하게 말했다. 평소의 경철답지 않은 모습이었다.

지은도 몇 걸음 앞서 있는 직원들을 의식해 더 이상 묻지 않았다. 사장의 사생활을 직원들 앞에서 물을 순 없는 일이니까. 자기에게는 그럴 권리도 없지 않은가. 나한테 맘 없으니 자기한테 관심 끊으라고 그놈이 분명히 말했으니까. 하지만 못내 궁금했다.

아무래도 버려진 게 아니라 잃어버렸다가 다시 찾았나 보다. 저렇게 우아하게 차려입은 걸 보니 어머닌 부자인 것 같다. 부자 엄마가 아들을 찾아서 그동안 애썼다고 유학도 보내주고 회사도 차려준 것 같았다.

그때 그놈이 연락도 없이 사라져 버려 화도 나고 걱정도 되고 해서 그놈 어디 있느냐고 경철에게 따져 물었더니 유학 갔다고 했었다. 이제야 이해가 되었다. 부자 엄마 만나고 나니 자기 같은 알바생은 우스워 보였겠지. 갑자기 식욕이 뚝 떨어졌다.

"뭐 드시겠어요?"

"조금만 기다려라. 한 사람 더 올 게다."

해진의 눈썹이 불만스레 휘익 올라갔다. 누가 오다니? 이번에는 또 어떤 남자인가? 어머니는 다시 만난 이후 수시로 해진에게 남자를 소개해 주었다. 어머니보다 훨씬 젊어 보이는 남자들을.

처음엔 엄마가 새로 만나는 분이라며 입을 뗐지만 시간이 지나면 영락없이 그 남자들의 사업 자금을 대어달라고 자기를 졸라댔다. 한숨이 절로 나왔다. 이번에는 또 어떤 남자인지. 남자가 없으면 살기가 힘든지 어머닌 잠시도 혼자 있지 않으려 했다.

같이 점심 먹자는 어머니의 전화에 득달같이 달려나온 이유는 단 하나였다. 회사에 어머니가 드나드는 건 더 이상 용납할 수 없다는 것. 계속되는 사업 자금을 대어달라는 요구를 거절했더니 회사엘 수시로 드나들며 온갖 트집을 잡아 이젠 비서 얼굴 보기도 부끄러웠다. 그랬던 어머니가 레스토랑으로 사람을 불러내니 불안할 수밖에.

"여기!"

벌써 자리를 차지하고 앉은 직원들이 경철과 지은을 불렀다. 직원들은 해진을 보지 못한 것 같았다.

"가자."

경철이 지은에게 말하고는 먼저 성큼성큼 직원들이 기다리고 있는 자리로 걸어갔다. 해진 쪽으로는 시선도 두지 않고서. 모른 척할 사이가 아닌데 왜 저러지? 의아해하며 지은도 경철을 따라 걸어갔다.

"여기 앉으세요."

신우가 자기 옆자리를 가리키자 지은은 어떡해야 하나 잠시 고민했다. 여기서는 그놈의 일거수일투족이 빤히 보이는 자린데. 별로 보고 싶지 않은데. 맞은편 자리에 앉으려고 하자 경철이 맞은편 자리에 먼저 앉아 버렸다. 할 수 없이 지은은 신우 옆에 앉았다.

"뭐 먹을래? 맛있는 걸로 시켜."

경철이 메뉴판을 지은에게 밀었다. 메뉴판을 꼼꼼히 보고 주문을 하려 고개를 드는데 그놈의 테이블 앞에 웬 묘령의 여자가 서 있는 것이 보였다. 가슴이 덜컥 내려앉았다. 자기와는 수준이 다른 여자였다. 늘 관리를 받아온 듯 보기만 해도 부티가 줄줄 흐르고 입고 있는 옷도, 가방도, 신발도 모두 명품이다. 언니가 즐겨 입는 로고가 새겨진 명품들.

업그레이드된 해진 오빠에게는 저런 여자가 딱 어울렸다. 그래서 아마 저 여자에게 질투조차 느끼지 못하는 것이리라. 지은에게 해진 오빠는 신 포도 같은 존재니까. 이솝우화에 나오는 신 포도.

너무 맛있어 보여 욕심을 내보지만 자기 능력으로는 도저히 따 먹을 수가 없어서 포기해야만 하는 신 포도. 속이 무지 쓰려왔다.

"신 포도요."

"뭐, 신 포도? 그런 메뉴도 있어?"

경철이 메뉴판을 뒤적이자 지은은 그사이 마음을 다독이고 빠르게 투덜거렸다.

"오빠는, 내가 언제 신 포도라 그랬어요, 포도주스 먹는다고 그랬지?"

그러고 나니 같이 온 직원들이 신경 쓰였다. 자기는 옛날의 인연 때문에 오빠라고 부르며 가끔씩 반말도 해대지만, 엄연히 경철 오빠는 회사 이사님이다. 직급에 맞는 대우를 해줘야 하는데. 아직도 나잇값을 못한다는 생각이 들어 얼른 다시 말을 이었다.

"죄송합니다, 이사님. 제가 옛날 생각이 나서 버릇없이 굴었네요. 조심하겠습니다."

지은이 정색을 하고 말하자 경철이 이마를 찌푸렸다.

"우리 회사 직원도 아닌데 뭐 어떠냐? 난 오빠라고 불러주는 게 더 좋은데. 정 불편하면 회사에서만 그렇게 불러."

"네."

지은이 고개를 끄덕이며 대답했다. 그사이 스텝이 지은의 테이블로 다가와 한 사람씩 주문을 받았다. 식욕이 없긴 하지만 지은도 주문을 했다. 신 포도는 먹을 수 없지만 점심은 먹을 수 있으니까.

테이블 앞에 그림자가 어른거려 고개를 들어 보니 여자가 서 있었다. 안면이 있는 여자였다. 얼마 전 프로그램 개발 회사를 창업하고 싶다며 조언을 구한다고 사무실에 찾아왔던 여자. 이름은 기억나지 않지만 유진전자의 딸이라고 했다. 여자는 해진과 눈이 마주치자 환하게 웃으며 인사를 해왔다.

"안녕하세요?"

"아, 예. 그럼."

해진은 지나가다 그냥 인사한 줄 알고 떨떠름한 표정으로 인사를 받고는 다시 시선을 돌렸다. 그러자 여자가 다시 말을 붙여왔다.

"저 여기 합석해도 되죠?"

무슨 말이냐는 듯 해진이 여자를 향해 고개를 휙 돌리고 쳐다보았다. 여자가 다시 쌩긋 웃으며 어머니 옆으로 가서 앉았다.

"제가 어머닐 졸랐어요. 해진 씨 만나게 해달라고. 저 해진 씨에게 관심 많아요. 진지하게 만나고 싶어요."

이런, 오늘은 남자가 아니라 여자를 소개받는 자리였구나. 도대체 어머닌 이 여자를 어떻게 알았을까? 정말 재주도 좋으시다.

"우리 어머닌 어떻게 아시고?"

"아~ 어머님이랑 저 같은 뷰티 숍에 다녀요."

한숨이 절로 나왔다. 뷰티 숍에서 얼마나 자기를 팔았으면 저 여자가 자신의 어머닐 알아봤겠는가?

"근데 성함이?"

"어머, 제 이름도 기억 못 하세요? 명함 드렸는데."

"죄송합니다. 제가 여자에겐 관심이 없어서요."

"어머, 그래요? 여자에게 관심 없는 남자라……. 해진 씨가 더 좋아지네요. 결혼하면 바람은 안 피울 거 아니에요. 제 이름은 진화영이에요."

제 이름을 밝히며 화영은 감히 나 같은 여자를 거절할 수 있느냐는 듯 당당한 표정을 지었다. 자기를 거절하는 남자는 지금껏 없었으니까.

해진이 인상을 찌푸리며 쳐다보자 순임의 가슴이 덜컥 내려앉았다. 저 여자 정도라면 아들 마음에 들 줄 알았는데 표정을 보아하니 틀렸다. 괜한 짓을 했다는 듯 자신을 보는 시선이 싸늘했다. 얼굴에 철판을 깔아야 한다. 어차피 철판 깔고 살아온 인생 아닌가? 무조건 저 여자를 며느리로 삼아야 한다. 저 여자가 자기에게 아들이랑 결혼만 하게 해주면 한밑천 두둑이 준다고 했다. 순임으로서는 마지막 동아줄이었다.

남편이 죽자 두 아들을 건사할 수가 없어서 보육원에 버렸다. 그때 만난 남자가 자식은 싫다고 해서였다. 괜찮았다. 가끔씩 아들들이 보고 싶었지만 자식을 위해 자신의 행복을 포기할 생각은 없었다. 남자가 떠나면 또 새로운 남자를 만나고 그렇게 살면서 나이가 먹어가자 더 이상 남자들이 붙지 않았다.

나이 들어 청소부 노릇을 하며 근근이 살아가던 차에 잡지에서 아들의 사진을 보았다. 버린 아들이 성공한 기업인이 되어 있었다. 로또 복권에 당첨된 것 같은 기분이었다. 당장 아들을 찾아갔다. 아들을 찾아서 경제적으로 여유가 생긴 것은 좋았다. 귀부인 놀이도 재미있었다.

하지만 너무나 고지식한 큰아들이 자신의 숨통을 꼭꼭 막았다. 수시로 바뀌는 엄마의 남자들을 못마땅해했다. 남자들은 수시로 사업 자금을 요구했지만 아들은 푼돈만 줄 뿐 목돈은 줄 생각을 하지 않았다. 저 여자가 며느리가 된다면 돈 걱정은 안 해도 될 것 같았다. 순임은 얼른 아들 손을 잡아 토닥이며 해진을 달랬다.

"해진아, 나도 이젠 며느리 보고 싶다. 너도 가정을 꾸리면 이 엄마가 니 걱정 안 해도 되지 않겠니? 당장 어떻게 하라는 소리는 안 할 테니 시간을 갖고 만나 봐. 내가 겪어본 바로는 정말 괜찮은 애야. 그럼 나 먼저 갈게. 젊은 사람들끼리 얘기 나눠."

해진이 뭐라고 하기도 전에 순임이 벌떡 일어났다. 화영이 순임에게 안녕히 가시라고 인사했다. 화영의 인사를 받은 순임은 화영에게 좋은 시간 보내라고 말하고는 총총히 자리를 떠났다. 순임이 일어나자 해진도 같이 일어나고 싶었지만, 확실하게 얘기하지 않으면 또다시 들이밀 것 같아서 자리를 지켰다.

"그냥 일어나죠? 전 화영 씨와 개인적인 시간을 갖고 싶지 않습니다. 혹시라도 저희 어머니께서 화영 씨에게 기대를 갖게 했다면 제가 대신 사과드리겠습니다."

어머니가 가고 난 후 해진은 화영에게 예의를 갖춰 단호하게 얘기했다. 관심 없다고, 그러니 더 이상 함께 있기 싫다고. 지금 식사를 놓치면 오늘 점심은 굶어야 했지만 함께 식사하고 싶지 않았다. 저 여자에게 그 어떤 미련도 갖게 하기 싫었다. 하지만 화영은 해진의 말에는 대꾸도 없이 주문을 하기 위해 벨을 눌렀다.

"제 생각은 다른데요. 정 개인적으로 엮이기 싫다면 일 때문에 만난 걸로 하죠. 전 지금 배가 몹시 고프고 다른 상대를 찾고 싶은 마음이 없거든요."

그사이 스탭이 와서 테이블 앞에 서자 화영이 해진의 의향도 물어보지 않고 주문을 했다.

"로스티드 갈릭 앤 립아이. 해진 씨는요?"

본인 주문이 끝나자 화영은 해진에게 물었다. 뭐든 자기 맘대로 휘저어야 성이 차는 여자였다. 그래, 일 때문에 만난 걸로 하자.

"……같은 걸로."

"난 미디엄 레어. 해진 씬요?"

머리가 지끈지끈 아파왔다. 도통 말이 통하지 않는 여자였다. 자신은 전혀 관심이 없다는데도 화영은 믿어 주지 않았다. 식사를 하면서 화영은 은근한 미소를 띠며 해진에게 작업을 걸어왔다. 어떻게 얘기해야 하나 답답한 마음에 마른세수를 하는데 청아한 웃음소리가 들려왔다. 웃음소리가 들리는 쪽으로 고개를 돌린 해진의 얼굴에 순간 미소가 어렸다. 지은이였다.

지은이 H&K에 온 이후로 가끔씩 지은을 보기 위해 개발2팀을 기웃거렸다. 화장실을 가려면 거쳐 가야 하는 곳이라 괜히 화장실을 들락거리면서 사무실 유리 너머로 지은을 훔쳐보곤 했다.

해진에게 있어 지은은 응달진 산골짝의 어두컴컴한 동굴에 잠시 잠깐 비치는 따스한 햇볕 같은 존재였으니까. 그 잠시 잠깐의 햇살 덕분에 해진은 몸도 녹고 마음도 녹았다. 마음의 안정을 찾았다. 뭐가 그렇게 재미있는지 오늘따라 미소가 더 환했다.

"뭐 좋은 거 보셨어요? 저도 같이 웃어요. 이렇게 웃을 줄 아는 사람인 줄 몰랐네요."

해진의 웃는 모습을 본 화영은 좀 전과는 다른 느낌으로 해진을 보았다. 입을 꾹 다물고 굳은 표정으로 있을 땐 느낄 수 없던 따스함이 느껴졌다.

재벌가의 사람들은 결혼 상대를 고를 때 상대와의 감정 교류보다는 회사의 이익을 우선시한다. 새로이 프로그램 개발 회사를 차리는 것보다는 해진과 결혼하여 H&K의 덩치를 키우는 게 훨씬 남는 장사였다. 화영에게 해진은 그런 존재였다. 남자로서의 끌림 보다는 자신의 이익을 위해 선택해야 하는 존재.

그런데 해진의 미소를 보고 나니 마음이 바뀌었다. 해진이 그냥 좋아졌다. 한 남자로. 해진이 자신에게 가져다줄 이익보다는 해진 의 마음을 얻고 싶었다. 그래서 저 미소를 자기에게 향하게 하고 싶었다.

화영의 말에 해진의 표정이 다시 굳어졌다. 내가 웃었던가? 그 럴 리가 없는데. 내가 무슨 웃을 일이 있다고 웃어? 하지만 귀를 파고드는 이름에 이내 시선이 지은에게로 향했다.

"지은 씨, 이거 좀 먹어봐요. 이것도 맛있어요."

먹기 좋게 자른 스테이크를 신우가 지은의 접시에 놓아주자 지 은이 난처한 표정을 지었다.

"팀장님 드세요. 제 것도 많아요."

"그래요? 그럼 지은 씨건 제가 조금 먹어줄게요."

지은이 거절할 틈도 주지 않고 지은의 접시에 놓인 파스타를 포 크로 말더니 입으로 가져갔다. 지은이 신우의 행동에 놀라 눈을 깜박이며 신우를 보았다. 신우가 지은에게 윙크를 했다. 저런 느 끼남은 싫은데…….

지은은 얼른 신우에게서 시선을 돌리다 자신을 보고 있는 해진 과 눈이 마주쳤다. 뭔가 마음에 들지 않는 듯한 구겨진 표정의 해 진의 눈과. 지은의 기분이 바닥으로 떨어졌다. 이제 아는 척하는 것도 싫다 이거지. 그렇잖아도 해진과 자신의 처지가 달라 속상하던 차에 자신을 외면하는 해진을 보니 지은은 오기가 생겼다.

그래, 너 아니면 남자가 없을 줄 알아? 꿈 깨셔. 나 좋다는 남자 깔렸어. 왜 이래? 자신의 비참한 마음을 숨기려 고개를 돌려 신우에게 더 환하게 웃어 보이며, 해진이 보란 듯 신우의 접시에 있는 무언가를 포크로 집어먹었다. 먹는 순간 멈칫했다. 뱉어내야 했다. 버섯 알레르기가 있는 지은은 버섯을 먹으면 안 되었다. 하지만 뱉을 수 없었다. 옆에 있는 사람들보다 해진이 더 신경 쓰여 맛있다는 듯 표정 관리를 해가며 버섯을 목구멍으로 넘겼다.

마치 연인처럼 신우가 지은에게 고기를 덜어주고 지은의 파스타를 덜어 먹는 것을 보자 해진의 가슴에 불꽃이 일었다. 자신은 마음조차 드러낼 수 없는 상대에게 마음껏 자신의 마음을 드러내며 웃어 보이는 신우가 부러우면서도 또한 미웠다. 주먹으로 한대 치고 싶을 만큼 미웠다. 그래, 이건 질투라는 감정일 것이다. 내가 부족해서 포기한 사람이지만 다른 사람과 행복해하는 모습을 보는 건 쉽지 않았다.

하지만 자신은 지은을 행복하게 해줄 수 없는 몸이었다. 여자를 안아줄 수 없는 몸. 그날 그 치욕적인 관계 후 여자에게 욕구가 생기지 않았다. 아무에게도 얘기할 수 없었지만 해진은 알 수 있었다. 자신은 더 이상 남자구실을 못할 것이라고.

그런 자신이 어떻게 지은을 욕심낼 것인가? 그냥 자신만 마음을 접으면 된다. 지은을 위해서도 그래야 한다. 뜨겁게 데워진 피가 순식간에 차갑게 식어갔다. 지은과 시선이 부딪치자 얼른 외면했다. 혹시라도 자신의 흔들리는 마음을 지은이 알아챌까 봐.

그 와중에 지은이 신우의 접시에서 버섯을 집어먹는 것을 보았다. 그 순간 해진의 가슴에 싸한 통증이 밀려왔다. 지은의 마음이 느껴졌다. 지은의 의도가 느껴졌다. 지은의 투정이 느껴졌다. 자기에게 보란 듯이 신우의 접시에서 음식을 집어먹었지만 지은은 그것이 무엇인지도 알아채지 못한 것 같았다.

해진의 이마가 찌푸려졌다. 삼키면 안 되는데……. 뱉어 내야 하는데…….

지은을 알아온 시간은 짧았지만 지은에 관한 것은 모두 기억하고 있었다. 지은은 버섯 알레르기가 있었다. 벌떡 일어나 지은의 테이블로 가서 뱉어 내라고 말하고 싶었다. 하지만 그러는 대신 해진은 화영을 향해 웃어 보였다. 지은은 아직 자신에 대한 마음을 접지 못한 것 같다. 지은이 접지 못한다면 자신이 접도록 만들어주면 된다.

냅킨을 들어 화영의 입가를 닦아주었다. 마치 다정한 연인처럼. 화영을 이용하는 것 같아 미안한 생각이 들었지만 다른 생각은 다 접기로 했다. 그저 지은만 생각하고 지은을 위해서만 행동하기로 마음먹었다.

갑자기 변한 해진의 행동에 화영은 의아한 생각이 들었지만 이제야 해진이 자신의 매력을 알아챘나 하고 마음 편하게 생각했다.

지은의 얼굴이 하얗게 질리는 것을 본 경철은 그제야 고개를 돌려 해진을 보았다. 마귀할멈은 사라지고 그 자리에 묘령의 여자가 앉아 있다. 마귀할멈이 이제 아들에게 여자까지 들이미는 건가? 지은이 하얗게 질린 이유를 알 것 같았다.

계집애. 싫다는 사람에게 매달리는 미련퉁이는 아니라더니. 해진에 대한 마음 접을 거라더니. 경철은 속으로 혀를 끌끌 찼다. 그런데 저 자식은 또 왜 저런대? 여자에게 무심하던 평소의 모습이 아니다.

"지은 씨, 왜 그래요? 어디 아파요?"

지은이 포크를 내려놓자 신우가 지은을 살피며 걱정스러운 목소리로 물었다. 신우가 보기에도 지은의 상태가 비정상으로 보였나 보다.

"아뇨, 괜찮아요. 아프지 않아요. 저 손 좀 씻고 올게요."

지은은 일어나서 화장실로 향했다. 비틀거리지 않으려 조심조심 걸어갔다. 화장실에 들어서자마자 지은은 변기를 붙들고 토하고 말았다. 속이 울렁거려서 참을 수가 없었다. 해쓱해진 얼굴로 화장실을 나온 지은은 가글을 하고 거울을 보았다. 웬 등신 같은 계집애가 해쓱한 얼굴로 지은을 마주하고 서 있었다.

✳

남편의 목소리가 심상치 않았다. 이런 날은 피하는 게 상책인데. 도망가 버릴까? 어디로? 도와줄 지인 한 명 없는 이 나라에서? 지수는 미국 생활이 너무나 힘들었다. 언어는 통하지만 마음 놓고 도움을 청할 이가 아무도 없었다. 당장에라도 한국으로 돌아가고 싶었지만 남편은 보내주지 않았다. 여권도 남편이 보관하고 있었다. 감옥이 따로 없었다.

우빈을 갖자마자 재욱은 외국 지사 근무를 자청하고 지수를 데리고 맨해튼으로 왔다. 처음 보는 맨해튼의 하늘은 몹시도 어두웠다. 먹구름이 잔뜩 몰려 있었다. 그때 아마 지수는 자신의 미국 생활이 어두울 것이라는 것을 예감했는지도 몰랐다.

그 치욕스러운 일이 있던 그날 이후 남편은 변했다. 독점욕이 강하긴 했지만 정열적으로 자신을 사랑해 주고 아껴주던 남편이 폭력을 쓰기 시작했다. 독설도 내뱉었다. 지수가 원한 게 아니었고 재욱이 벌인 일이지만 재욱은 지수만 몰아붙였다.

우빈이 태어나고 나서 더 심해졌다. 우빈이 그 남자를 많이 닮아서겠지. 태어나면서부터 아이답지 않게 이목구비가 또렷한 것이 그 남자를 꼭 닮았다. 아주 잠시 함께했을 뿐이지만 그 얼굴이 잊히지 않았다. 어떻게 잊겠는가? 자기를 이런 지옥 속에 몰아넣은 사람인데.

하루하루가 지옥 같았다. 아침에 남편이 출근하고 나면 숨을 쉬고 퇴근 시간이 다가오면 호흡이 가빠졌다. 아무도 지수의 삶을 알지 못했다. 지수의 영혼은 점점 피폐해져 가고 점점 무기력해져 갔다. 오늘도 지수와 우빈은 두려움에 떨어야 할 것 같았다.

저벅저벅.

늦은 밤, 어둠을 뚫고 규칙적으로 들려오는 남편의 구두 소리다. 화를 머금은 발소리. 구두 소리에 무슨 감정이 들어 있겠냐고 하겠지만 지수는 안다. 저 소리엔 화가 담겨 있다는 것을. 부리는 사람마저 모두 퇴근시킨 이런 날이 지극히 위험하다는 사실을.

인터폰으로 자신의 귀가를 알리는 재욱의 목소리에 지수의 심장이 떨리기 시작했다. 심장뿐 아니라 손발도 떨려왔다. 대문이 열리는 소리가 들리고 정원의 돌계단을 오르는 소리가 들렸다. 옆에 서서 두려움에 떨고 있는 우빈의 손을 가만히 잡았다. 따뜻한 손이다. 그 손도 조금씩 떨고 있다.

우빈도 느끼나 보다. 들리나 보다. 마주한 두 눈동자가 한없이 떨리고 있다. 또 지옥이 시작되겠지? 말이 필요 없었다. 그저 고개를 끄덕이며 서로를 위로했다. 한동안 조용해서 이젠 지옥이 끝난 줄 알았다. 하지만 아직 지옥은 끝나지 않은 것 같았다.

현관을 들어서던 재욱은 또 화가 치밀었다. 저놈. 그놈을 판박이처럼 빼다 박은 저놈. 남들은 모두 다 내 아들로 알고 있지만 사실은 다른 놈의 씨앗인 저놈. 현관에 가방을 내려놓고 굳은 얼굴로 벨트를 빼어 들자 우빈과 지수의 얼굴이 하얗게 질렸다. 오늘도 자신은 짐승이 될 것 같았다. 이런 자신이 점점 더 싫어졌다. 되돌릴 수 있다면 되돌리고 싶은 그날. 우리 모두를 지옥으로 몰아넣은 그날.

원래는 자신이 지켜볼 생각 따윈 없었다. 그저 둘을 한 방에 집어넣으면 나머진 알아서 진행될 줄 알았다. 그런데 그놈이 도망치는 바람에 계획이 틀어졌다. 틈만 생기면 또 도망갈 것 같았다. 아내 역시 자신의 계획에 동의하지 않은 상태라 두 사람만 두고 나갔다가는 일이 틀어질 것 같았다. 아무도 모르게 아내에게 임신을 시켜야 했기에 마음이 급했다. 그래서 자기가 지켜보는 걸 선택했다.

사랑하는 아내가 다른 놈과 몸을 섞는 것을 지켜보는 그때는 오히려 담담했다. 주먹이 쥐어지고 손이 부들부들 떨렸지만 견딜 수 있었다. 다른 길이 없다고 생각했으니까. 그 방법밖에는 알지 못했으니까.

결혼 2년 동안 아이가 생기지 않아도 재욱은 자신에게 문제가 있을 거란 생각은 한 번도 하지 않았다. 자신의 정력엔 문제가 없었으니까. 오히려 너무 넘쳐서 걱정이었으니까. 하여 담당의사가 이번 달에도 임신이 되지 않으면 남편과 같이 병원에 오라고 했다는 지수의 말에 별다른 저항감 없이 지수와 함께 병원을 찾았다.

며칠 후 나온 결과는 참혹했다. 자신이 무정자증이라고 했다. 지수는 자식이 없으면 어떠냐고 자신을 위로했지만 그건 안 될 말이었다. 내가 이 회사를 어떻게 키워놨는데 그걸 그 개자식들이 차지하도록 두고 보라고? 안 될 말이다. 그럴 수는 없었다.

내 자식을 가질 수 없다면 지수의 자식이면 된다. 내가 사랑하는 아내니까. 지수와 나는 한 몸이니까. 의사에게는 비밀을 지킬 것을 강요하고 방법을 찾았다.

정자를 구하자. 자기 대신 지수의 몸속에서 자리를 잡을 정자. 어차피 다른 남자의 정자를 구해야 한다면 최고의 정자를 구할 것이다. 자신에게 뒤지지 않는, 아니, 자신보다도 우월한 유전자를 가진 정자. 외모나 학벌, 체격, 성격, 두뇌까지 어느 하나라도 부족하면 안 되었다.

윤 비서에게 대리부를 찾아보라고 명령했다. 수많은 이력서가 재욱의 책상에 올라왔지만 마음에 들지 않았다. 자신의 자식을 팔겠다고 대리부 시장에 나온 그들의 도덕성에 환멸이 느껴졌다. 도덕적으로도 깨끗한 사람이어야 했다.

적임자를 찾지 못하고 있던 그때 재욱의 앞에 해진이 나타났다.

회사 창립파티 중 급한 업무를 처리하던 한 외국인 임원의 넷북에 오류가 생겼고, 시급을 다투는 일이라 모두가 난감해 하던 차에 초빙되어온 S대 교수님이 서빙 직원으로 아르바이트 와 있던 해진을 소개해주었다. 자신의 애제자라고 하면서. 프로그램에 관해선 자기보다 훨씬 실력이 낮다고 했다. 해진은 그 외국인과 영어로 유창하게 대화하며 순식간에 문제를 해결해 주었다.

파티가 끝난 다음 재욱은 해진의 뒷조사를 시작했고 모든 것이 완벽했다. 외모와 체격뿐 아니라 뛰어난 두뇌까지. 마치 돌아가신 어머니가 자신을 위해 보내준 사람 같았다.

그 이후로 재욱은 여러 번 해진에게 대리부를 제안했지만, 번번이 거절당했다. 자식을 팔고 싶지 않다고 하면서. 돈에 흔들리지 않는 그 도덕심까지 더 마음에 들었다. 놓치고 싶지 않았다.

방법을 찾던 재욱은 해진을 옭아매기 위해 동생인 해준에게 접근했다. 이미 여러 번 형의 이력으로 대리부 노릇을 했던 해준은 재욱의 계략에 쉽게 빠져들었다.

3. 통제되지 않는 마음

화장실에 다녀오니 해진 오빠와 여자는 이미 사라지고 없었다. 테이블엔 음식이 거의 그대로 남아 있었다. 얼마나 급한 일이기에 밥을 먹다 말고 나가? 그러니 얼굴이 그 모양이지. 힘없이 자리에 앉아 그 쪽 테이블을 멍하니 바라보자 옆에 앉아 있던 미소가 지은의 귀에 대고 속삭였다.

"지은 씨도 우리 사장님 봤구나? 여자 몸매 끝내주지? 우리 사장님 그렇게 안 봤는데 은근히 밝히나 봐. 얼마나 달아올랐으면 밥을 먹다 말고 나가?"

무슨 뜻인지 이해가 되지 않아 눈만 껌뻑거리자 미소가 말을 이었다.

"자기 별나라에서 왔어? 왜 이리 이해가 늦어? 밥 먹다 말고 둘이 파바박 시선이 부딪치더니 급하게 나가더라고. 이유가 뭐겠어?

청춘남녀, 불붙은 거지."

갑자기 성질이 버럭 났다. 마치 자신이 난도질당하는 느낌이었다. 어떻게 남의 사생활을 함부로 얘기할 수 있어? 잘 알지도 못하면서.

"미소 씨, 사장님 그런 사람 아니거든요! 설사 그렇다 하더라도 어떻게 이렇게 뒷담화 할 수가 있어요? 당사자도 없는 자리에서? 사장님이 유부남이에요? 임자 있는 사람이에요? 사장님은 여자랑 즐기면 안 돼요?"

지은이 자리에서 벌떡 일어나며 격하게 소리치자 직원들의 시선이 모두 지은과 미소에게로 향했다.

미소는 당황하여 얼굴이 빨개졌다. 나라님도 없는 데서는 흉본다는데 내가 뭘 그리 잘못했다고 저래? 젊고 잘생기고 능력 있는 사장님 뒷담화 좀 깠기로서니 이렇게까지 흥분할 일인가? 여직원들 사이에서는 흔한 일이지. 혹시 두 사람, 특별한 사이인 거 아니야? 괜히 다른 여자랑 왔다가 나가니까 질투 나서 나한테 짜증 부리는 거 아냐?

"왜 오버야? 자기가 사장님 대변인이야?

미소가 지은을 보고 입술을 삐죽거리며 빈정거리자 지은은 더 말하고 싶지도 않다는 듯 핸드백을 집어 들었다. 직원들이 자신을 이상한 눈으로 보는 것이 느껴졌지만 더 이상 말 섞기도 싫었다.

"죄송합니다. 먼저 갈게요."

고개를 꾸벅 숙이고 몸을 돌리자 신우가 팔을 뻗어 지은의 팔목을 잡았다.

"지은 씨, 왜 그래요, 밥 먹다 말고?"

지은이 팔을 빼려고 팔목을 움직이자 신우가 팔을 놓아주었다.

"알레르기 때문에 그래요. 버섯 알레르기가 있는데 모르고 버섯을 먹었어요. 여기 보세요. 두드러기가 올랐잖아요. 가려워 미치겠어요. 약부터 사 먹어야겠어요."

지은이 팔을 걷어 두드러기가 돋은 팔을 보여주자 신우도 자리에서 일어났다.

"그럼 같이 가요."

"아니요, 혼자 갈래요. 혼자 가고 싶어요. 팀장님 식사도 아직 안 끝났잖아요."

지은이 단호하게 말하자 신우는 할 수 없는 듯 자리에 앉았다. 신우가 따라 나올세라 지은은 서둘러 레스토랑을 나왔다. 정말로 온몸이 가려워 왔다. 빨리 병원부터 들러야 했다.

"너 오늘 낮에 호텔 갔었냐? 유진전자 딸이랑?"

노크도 없이 경철이 들어오더니 해진에게 질문을 툭 던졌다. 의자에 등을 기대고 고개를 젖힌 채 눈을 감고 있던 해진은 질문의 요지를 이해하지 못해 몸을 바로 하며 되물었다.

"뭔 소리야? 호텔이라니? 유진전자 딸은 또 뭐고?"

"밥 먹다 말고 둘이 파바박 시선이 부딪치더니 급하게 나갔다며? 청춘남녀 불붙었다던데."

"누가 그딴 소릴 해?"

"하긴 그 여자 정도면 남자가 달아오르는 거 하나도 이상할 거 없지. 얼굴 되고 몸매 되고 집안까지 빵빵하잖아?"

경철이 대답도 안 하고 계속 딴소리를 해대자 해진이 자리에서 벌떡 일어나며 버럭 소릴 질렀다.

"누가 그딴 소릴 했냐고! 누구야?"

"여직원이 그러던데. 이름은 밝힐 수 없지만."

이어서 경철은 미소의 흉내를 내며 말을 이었다.

"지은 씨도 우리 사장님 봤구나? 여자 몸매 끝내주지? 우리 사장님 그렇게 안 봤는데 은근히 밝히나 봐. 얼마나 달아올랐으면 밥 먹다 말고 나가?"

경철의 말끝에 웃음까지 묻어 있다. 해진의 얼굴이 하얗게 질렸다. 지은이 그 소릴 들었단 말이야? 내가 대낮부터 여자와 호텔 들락거린다는 말을? 내 이 여자를 가만두나 봐라. 해진은 헛소문을 퍼뜨린 그 여자를 찾아 목이라도 조르고 싶은 심정이었다.

"누구야? 이름 말해! 나 그냥 못 넘어가!"

해진이 평소와는 다르게 흥분하자 경철이 콧방귀를 뀌며 빈정거렸다.

"어이구, 복 많은 놈."

뜬금없이 저건 또 무슨 말? 해진의 얼굴이 찌푸려졌다. 빨리 설명해보란 듯 경철을 노려보았다.

"네가 나설 필요 없어. 그 여직원, 지은이한테 벌써 개박살 났다. 아주 사람 죽이겠던데? 여전히 박해진 광팬이야. 완전한 박해진 편. 지은이 걔는 널 칠 년 동안 보지도 않았으면서 어떻게 그렇게 널 믿을 수 있냐? 부럽다, 부러워."

경철이 해진에게 정말로 부럽다는 듯 말했다.

지은이 그랬다고? 그럴 리 없는데.

해진의 얼굴에 믿기지 않는 표정이 스치자 경철이 말을 이었다.

"사장님 그런 사람 아니거든요! 설사 그렇다 하더라도 어떻게 이렇게 뒷담화 할 수가 있어요? 당사자도 없는 자리에서? 사장님이 유부남이에요? 임자 있는 사람이에요? 사장님은 여자랑 즐기면 안 돼요?"

이래도 못 믿겠냐며 경철이 지은의 목소리를 흉내 내며 말하자 해진의 이마가 더 찌푸려졌다.

"지은이 걘 너 밉다 밉다 하면서 하나도 안 미운가 봐. 어떻게 그런 상황에서 네 편을 들 수 있냐? 잘못하다간 따 당하기 십상인데. 그것도 남의 회사에 와서 말이야. 프로그램 완성될 때까지는 이 회사에 있어야 할 텐데 여직원들에게 찍혀서 괜찮을지 몰라?"

이래도 네가 안 움직여? 경철은 해진의 눈치를 살폈다.

해진은 답답한 듯 한숨을 내쉬며 자리에 앉았다. 이래서 지은이와 엮이기 싫었는데. 무시할 수도 없고 참견할 수도 없고. 이런 걸 진퇴양난이라고 하지.

"참고로 지은이 조퇴했다."

"두드러기 때문에? 심해?"

걱정이 잔뜩 담긴 해진의 물음에 경철의 눈이 휘둥그레졌다. 자식, 그 여자하고 밥 먹으면서 지은이만 살펴봤나 보네. 그러면서 아닌 척하기는.

경철의 놀라는 표정을 보자 해진은 아차 싶었다. 두드러기는 어떠냐고 묻고 싶던 참이라 생각이 걸러지지 않고 입에서 나가 버렸다. 낭패다. 해진의 이마가 점점 더 찌푸려졌다.

띠리리리~ 띠리리띠~

휴대폰 알람이 울렸다. 다른 날 같으면 벌떡 일어나 출근 준비를 하겠지만 오늘은 정말 일어나기가 싫었다. 출근하기 싫다. 알람을 끄고 이불 속으로 다시 기어들어 갔다. 두드러기는 이제 가라앉았지만 회사에 나가서 팀원들 보기가 민망했다.

어제 그렇게 사고를 치고 나왔으니 오늘 어떻게 고개를 들이민다? 하여간 이놈의 성질이 문제야. 거기서 흥분을 왜 해? 해진 오빠 흥을 보든 말든 내가 무슨 상관이라고. 내가 다시는 그딴 놈 상관하나 봐라. 두 손으로 머리를 콩콩 쥐어박았다.

회사에 가서 파견 근무를 다른 사람으로 바꿔 달라고 해야 하나? 침대에서 비비적거리며 궁리를 하는데 문이 열리고 할머니가 들어왔다. 지은이 침대에 일어나 앉으며 박 여사를 불렀다.

"할머니~"

박 여사가 침대에 앉으며 걱정스럽게 물었다.

"우리 강아지, 아직도 가려워?"

박 여사가 확인하려는 듯 지은의 팔뚝을 걷으려고 하자 지은이 먼저 팔뚝을 쑤욱 걷어 올리며 내밀었다.

"이제 괜찮아, 할머니."

"그런데 왜 안 일어나? 출근하려면 준비해야지."

지은은 박 여사의 허리를 두 팔로 감으며 어리광을 부렸다.

"흠, 할머니 냄새. 회사 가기 싫다, 할머니."

"우리 강아지, 누가 괴롭혀? 어째, 우리 강아지 힘들어서. 그냥 오늘은 쉴래?"

박 여사가 엉덩이까지 툭툭 두드리며 안아주자 지은은 고개를 절레절레 저었다.

"아니, 출근해야지. 내가 애야?"

그래, 어젠 내가 잘못한 거다. 사람들 앞에서 그렇게 소리를 질렀으니 미소 씨가 얼마나 민망했겠어? 커피라도 사 들고 가서 사과해야겠다. 한 잔으로 안 되면 두 잔, 두 잔으로 안 되면 석 잔. 뭐 풀릴 때까지 커피 사야지 별수 있어? 그렇게 마음먹고 나니 마음이 조금 편해졌다.

"좋은 아침입니다!"

"좋은 아침!"

신우는 지은의 인사를 받아주었지만 여직원들은 지은의 인사에 대답조차 안 했다.

아무래도 따 당하나 보다. 그럴 만하지, 뭐. 그런다고 기죽을 지은이 아니었다. 책상 위에 핸드백을 올려놓고 포장해 온 커피를 한 잔씩 돌렸다. 먼저 미소의 앞에 가서 커피를 내밀며 사과했다.

"미소 씨, 미안해요. 어젠 내가 너무 흥분했어요."

"됐어요. 남 뒷담화나 까는 사람이 커피는 마셔서 뭐 해요?"

미소는 사과 받고 싶은 생각이 없는 듯 싸늘하게 말했다. 표정까지 싸했다.

"미소 씨, 미안하다니까. 사실 나도 사람 없을 때 뒷담화 까고 그러는데 어젠 괜히 오버했어요. 두드러기 때문이야. 미소 씬 가려울 때 괜한 일에 짜증나고 그러지 않아요? 난 좀 그런데. 미소 씨, 미안해요. 용서해 줘요."

팀원들의 시선이 모두 지은과 미소에게로 향했다. 지은이 애교까지 부리며 용서를 빌자 미소도 더는 고집을 부릴 수 없었다. 이렇게 공개 사과까지 하면서 용서를 비는데 속 좁게 굴 수는 없었다. 특히 신우에게 어제 깎인 점수를 되찾으려면 쿨하게 용서해 줘야 했다.

"나도 잘못했지, 뭐. 괜히 남의 뒷담화나 까고. 커피 잘 마실게요."

지은이 내민 커피를 받아 들어올리며 미소가 감사 표시를 했다. 그제야 지은은 안도의 표정을 지으며 다행이란 듯 작게 한숨을 내쉬었다. 팀원들도 다들 안도하는 표정이었다. 지은이 다른 직원들에게도 커피를 돌렸다. 커피를 돌리고 보니 지은의 책상 뒤로 못 보던 책상이 하나 들어와 있었다.

"어라, 못 보던 책상이네? 저 책상은 뭐예요, 팀장님? 신입 와요?"

"오늘부터 사장님이 우리 팀에 합류하기로 했습니다. 지은 씨 회사 일 빨리 마무리해 주고 싶으신가 봐요."

"예에?"

날 보는 게 그 정도로 싫은 건가? 하루라도 빨리 이 회사에서 몰아내고 싶어 안달인가 싶어 지은은 섭섭한 마음이 들었다. 이런 놈을 위해 내가 어제 그 사달을 냈단 말이야? 몹시도 속이 쓰렸다.

9시가 되자 기다렸다는 듯 해진이 개발2팀으로 들어와 지은에게는 시선도 주지 않고 자기 책상으로 가서 앉았다. 해진이 자리에 앉자 지은은 불편한 진실을 알게 되었다. 자기의 일거수일투족이 해진에게 오픈된다는 사실. 눈이 뒤에 달리지 않은 자신으로서는 근무 내내 마음 편히 앉아 있을 수 없다는 사실.

늘 있는 아침 회의가 끝나고 모두 자기 자리로 가서 앉았다. 해진 한 사람이 더 들어왔을 뿐인데 사무실 분위기가 확 바뀌었다.

화기애애한 사무실에 긴장감이 잔뜩 서렸다. 신우는 어제 괜히 사장의 부탁을 받아들였나 후회스러웠다.

"식사하고 오세요."

12시가 되자 해진이 팀원들에게 말했다. 해진의 말에 팀원들이 자리에서 일어났지만, 해진은 여전히 책상에 앉아서 키보드만 두드리고 있었다.

"사장님도 같이 가시죠?"

신우가 같이 가자고 권했지만 해진은 같이 갈 생각이 없는 것 같았다. 고개조차 들지 않고 대답했다.

"생각 없습니다."

해진의 짧고 싸늘한 대답에 신우가 머쓱해졌다. 다른 직원들도 더는 말 붙일 생각을 못하고 미적미적 사무실을 나섰다.

그래, 저놈이 먹든 말든 내가 무슨 상관이야? 지은도 아무 말 없이 사무실을 나섰다. 하지만 마음이란 건 한번 흘러가기 시작하면 통제하기가 힘든 법. 신경 쓰지 말아야지 다짐해도 신경이 쓰이고 눈길을 거두려고 해도 거둬지지가 않았다. 벌써 고개는 창문 너머 해진에게로 향해 있었다.

오늘따라 해진의 어깨가 축 처져 보였다. 남의 속을 뒤집어 놓았으면 자기라도 잘 살든지, 어깨는 축 처져서 왜 저래? 지은의 가슴이 싸하게 아파왔다. 저 오빠 왜 저리 불쌍한 모습으로 나타나 내 마음을 흔드는 거야? 칠 년 전 자신의 품에서 위로를 받던 때보다 더 가엾어 보였다. 가만히 다가가 안아줘야 할 것만 같았다.

해진은 팀원들과 같이 가서 먹고 싶었지만 지은이 불편해할 것 같아서 참았다. 경철이 자식도 오늘은 점심 약속이 있다고 하던데 난 누구와 먹나? 고픈 배를 쓸며 직원들이 나간 복도로 시선을 돌렸다. 그런데 갔으리라고 생각한 지은이 자기를 보고 있었다. 눈이 마주쳤다. 낭패감이 몰려왔다. 배고파하는 거 들켰으려나? 해진은 눈을 질끈 감고 얼른 고개를 앞으로 돌렸다.

무시하자. 무시해야 해. 지은은 앞서가는 팀원들을 향해 발걸음을 내디뎠다. 하지만 그건 생각뿐, 발걸음은 사무실을 향하고 있었다. 자기의 행동에 헛웃음이 나왔지만 어쩔 수 없었다. 뭐, 억지로 가는 마음 누른다고 눌러지지도 않는다. 그래, 마음 가는 대로 살자. 씩씩하게 뒤돌아서 사무실로 들어와 해진 앞에 섰다.

"밥 안 먹어요?"

"먹을 거야."

"누구랑요?"

"……"

"같이 가요. 아침도 안 먹었죠?"

"……"

여전히 해진은 대답이 없었다. 답답해서 지은이 소리를 버럭 질렀다.

"아니, 어떻게 칠 년 전 가난할 때보다 얼굴이 더 안 좋아요? 옷 사 입을 돈은 있어도 밥 사 먹을 돈은 없어요? 옷만 명품 걸치면 뭐 해, 얼굴이 죽상인데. 당장 따라와요!"

해진이 어떻게 해야 하나 망설이고 있는데 지은이 다시 소리쳤다.

"나 사장님한테 관심 없거든요! 키우는 강아지도 굶으면 신경 쓰이는 법이잖아요!"

뭐, 강아지? 내가 강아지야? 자신을 강아지 취급하는 그녀가 얄미워 노려보자 지은이 항복을 선언했다.

"아, 몰라, 몰라. 나 오빠 미워하는 거 그만 할래. 힘들어. 사람 미워하면 스트레스 땜에 머리 빠진다더니 내가 요즘 머리칼이 한 줌씩 빠진다니까. 나 대머리 되기 싫어. 오빠도 싫지? 오빠도 내가 대머리 되는 건 싫은 거지?"

대머리가 된 지은을 상상하자 웃음이 픽 나왔다.

"오빠 웃었다. 그거 알아? 우리 다시 만나고 오빠가 처음 웃는 거라는 거."

그랬나? 내가 그렇게 안 웃고 살았나?

"나 이제 오빠한테 작업 안 걸어. 오빠 애인도 봤는데, 뭐. 잘 어울리더라. 그러니 우리도 잘 지내자. 어, 오빠? 오빠 땜에 H&K 생활이 엉망으로 되는 거 원치 않아. 나도 그냥 아는 오빠로 생각할 테니까 오빠도 아는 여동생이다 생각해 줘. 그것도 안 돼?"

그건 해진도 원하는 바였다. 지은과 이렇게 불편하게 지내는 건 해진으로서도 스트레스였다. 머리칼은 안 빠졌지만 위는 엉망이 되어버렸다. 하루 종일 속이 쓰렸다.

"정말 그거면 돼?"

당연히 아니지. 하지만 그 이상은 바랄 수 없는 일. 하루라도 빨리 자신을 원래의 회사로 돌려보내려고 해진이 이 사무실까지 들어왔는데 내가 무슨 꿈을 꿔? 지은이 고개를 끄덕이자 해진도 이어서 고개를 끄덕였다. 말없이 계약이 성립되었다.

"그럼 당장 일어나. 점심 먹으러 가야지."

그제야 해진은 자리에서 일어나 지은과 같이 사무실을 나섰다. 당분간 점심 걱정은 안 해도 될 것 같았다.

그다음부터 지은은 수시로 해진에게 먹을 것을 제공했다. 아침이면 조금 이른 출근을 해서 사장실로 도시락을 전달했다. 해진은 근무 시간만 개발2팀에서 일했다. 사장으로서의 업무도 봐야 했으니까.

도시락이라고 해서 뭐 거창한 것은 아니었지만 해진으로서는 충분히 감동할 만한 것이었다. 칠 년 전 둘이서 맛있게 먹던 삼각김밥을 사 올 때도 있고, 주스를 갈아서 올 때도 있고, 그것도 안 되면 주먹밥이라도 만들어 왔다.

해진이 거절할라 치면 눈까지 부라리며 협박을 해왔다. 자기도 귀찮다고. 그러니 제발 잘 먹으라고. 살이 5kg만 더 찌면 가져오라고 해도 더 안 가져온다고. 오늘은 그중 최강이었다. 속 쓰린 건 어떻게 알았는지 전복죽을 끓여왔다. 탕비실에서 그릇 딸그락거리는 소리가 들리더니 지은이 쟁반을 들고 나왔다. 전복죽이다. 그것도 집에서 직접 끓인 전복죽.

온몸에 따스한 기운이 퍼졌다. 아무 말도 못하고 죽 그릇만 바라보는데 지은은 이미 사무실을 나가고 없다. 수저를 들고 한입 먹어봤다. 단단한 전복이 입안에서 씹혔다.

맛있다. 너무나 맛있다. 행복하다. 너무나 행복하다. 먹는 건 음식이지만 마음이 더 불러왔다. 이렇게 받기만 해도 되는 건지. 행복해해도 되는 건지. 그 일만 없었다면 얼마나 좋았을까? 아무런 거리낌 없이 지은과 마음껏 행복을 누릴 수 있을 텐데. 해진은 칠 년 전의 그날이 떠올랐다.

Rrrrrr~ Rrrrrr~

휴대폰이 울렸다. 공과대 건물 지하의 학회방에서 프로그램 개발에 매달려 있던 해진은 휴대폰 소리에 고개를 들어 액정을 확인했다. 한숨이 나왔다. 또 그 사람이다. 거액의 금액을 제시하며 자신에게 대리부를 제안한 사람. 사람인지라 갈등하지 않은 건 아니었다. 그 돈이면 해준이와 둘이서 돈에 구애받지 않고 마음껏 공부할 수 있었다.

하나 해진은 그러고 싶지 않았다. 부모의 생사를 모르는 건 어쩔 수 없다고 하지만 자식의 생사도 모르고 살고 싶지 않았다. 자기 자식은 자신의 보호 하에서 키우고 싶었다. 고아로 자라서 그런 것이 아니라 정상적인 남자라면 누구나 다 그렇게 생각할 것이다.

게다가 거기서 요구하는 것은 단순한 정자의 기증이 아니라 육체적인 관계로 인한 임신이었다. 아무리 아이가 필요하다고 하지만 어떻게 아내와 다른 남자의 육체관계를 용인할 수 있는지 이해가 되지 않았다. 그런 사고를 가진 남자에게 자신의 자식을 맡길 수 없었다.

이렇게 계속 전화가 오는 것을 보면 아무래도 자신의 의사가 제대로 전달되지 않은 것 같았다. 마지막으로 만나 확실하게 거절해야겠다는 생각이 들었다.

약속 장소는 고급스러운 바였다. 해진이 룸 안으로 들어가자 차디찬 기운을 뿜어내는 한 남자가 보였다.

재욱은 소파에 느긋하게 등을 기대며 룸으로 들어오는 해진을 탐색하듯 바라보았다. 저놈이 자신을 이곳까지 오게 한 놈이다. 저놈보다 나은 놈이 있었다면 자신이 여기까지 오지 않았을 것이다. 조건만 좋을 뿐 아니라 자신과 혈액형도 같았다. 외모도 비슷했다. 모든 것이 완벽했다.

군이 자신이 나설 필요가 없다고 생각하고 시작한 일이었는데 저놈의 고집 때문에 여기까지 올 수밖에 없었다. 생각해 보니 나쁠 것 같지 않았다. 내 아이의 아버지가 어떤 사람인지 직접 대화를 나눠보는 것도 괜찮을 것 같았다.

"앉아."

고압적인 분위기의 남자였다. 와이셔츠에 베스트를 걸치고 넥타이를 맨 차림이지만 권위가 뿜어져 나왔다. 기가 죽었다. 웅크려지는 가슴을 펴고 해진은 재욱이 가리키는 곳으로 가 앉았다.

"술 한잔 하겠나?"

재욱이 양주를 잔에 따르며 해진에게 물었다.

"하지 않겠습니다. 제 의사만 전달하고 나갈 겁니다."

"자네 의사라……. 좋아, 자네 의사를 말해보지."

재욱은 해진에게 더 권하지도 않고 따라놓은 양주를 입에다 털어 넣었다. 독한 술이건만 재욱은 얼굴을 찡그리지도 않았다.

"여러 번 말씀드렸지만 받아들이지 않으신 것 같아서요. 전 대리부 노릇 싫습니다. 안 합니다."

해진이 딱 잘라서 거절하자 재욱은 감정이 담기지 않은 차가운 말투로 짧게 질문했다.

"왜?"

"제 자식은 제가 키우고 싶으니까요."

재욱의 차디찬 시선을 똑바로 맞받으며 해진이 단호한 목소리로 대답했다. 당신처럼 차가운 사람에게 내 자식을 맡길 순 없지. 해진은 거절하길 정말 잘했다는 생각이 들었다. 대리인의 설득에 마음이 흔들린 적도 있었다. 돈 때문이 아니라 자식이 정말 필요한 집에 주는 산타클로스의 선물이라고 생각해 주면 안 되냐는 대리인의 말 때문에.

도덕성과 책임감까지 있었다. 재욱은 해진이 점점 더 마음에 들었다. 돈도 생기고 재미도 본다며 달려드는 다른 대리부 지망자들과 차원이 달랐다.

"난 너보다 네 자식을 더 잘 키워줄 자신이 있어. 가난한 고학생보다는 돈 많은 사업가의 자식으로 사는 것이 자네 자식에게도 좋지 않겠나?"

돈이 많은 부모를 만난다는 건 축복일 수도 있다. 하지만 해진은 자신이 그 아이의 입장이 된다면 감사하는 마음이 들 것 같지 않았다. 더 비참할 것 같았다. 원망스러울 것 같았다. 책임지지도 못할 자식을 낳고 부모의 손길이 필요한 어린 시절에 자식을 버린 부모님을 원망한 적도 많았으니까.

"길지 않게 생을 살아왔지만 힘들게 살다 보니 다른 사람보다 세상 이치는 더 빨리 깨우쳤지요. 세상에 비밀은 없고 생각보다 세상이 좁다는 것. 생부가 자신을 돈에 팔았다는 사실을 알게 된다면 그 아인 상처받을 겁니다. 버림받은 자식의 마음을 누구보다 잘 아는 사람이 저니까요. 자식이 정 필요하시면 입양을 하십시오."

"무슨 소리! 난 아무도 모르게 내 자식을 갖길 원해!"

격앙된 재욱의 목소리가 터져 나왔다. 할 수만 있다면 세상뿐 아니라 하느님도 속이고 싶은 마음이었다.

"그럼 다른 사람을 구하십시오. 그럼 이만."

해진은 더 들어볼 가치도 없다는 듯 고개를 숙여 인사하고 룸을 나왔다. 해진이 나가는 모습을 차갑게 쳐다보면서 재욱은 독한 양주를 다시 입에 털어 넣었다. 자신이 설득할 수 있을 줄 알았다. 자기 앞에서 자신의 뜻을 굽히지 않는 사람은 별로 본 적이 없으니까. 하지만 저렇게 나온다면 다른 방법을 찾아야겠지. 그 방법까지는 쓰고 싶지 않았는데. 재욱은 재킷에서 휴대폰을 꺼냈다.

재욱과 헤어져 밖으로 나오자 해진은 해준이 보고 싶었다. 부모에게 자신과 함께 버려진 세상에 하나밖에 없는 자신의 피붙이 해준. 해진은 해준이 좋아하는 족발을 사서 해준에게 가보기로 마음먹었다. 좋아할 것이다. 정이 그리운 아이니까. 오랜만에 동생을 만난다는 사실에 기분이 들떠 버스 정류장으로 가는 해진의 발걸음이 가벼웠다.

기가 막혔다. 해준이 학원을 그만둔 지 벌써 한 달도 넘었다고 했다. 오늘 아침에도 모닝콜을 해서 깨워 준 해준이었다. 어제 밤새 공부했더니 뒤늦게 잠이 들었다며 이제 일어나 공부하겠다고 하던 해준이었다.

그런데 학원을 그만두었다니. 화가 솟구쳐 전화를 걸었지만 해준은 전화를 받지 않았다. 정말 동생이 아니라 웬수였다. 족쇄였다. 보고 싶던 마음이 싹 가셨다.

다음 날 오후, 해준이 뿌사시한 얼굴로 나타났다.

"너 이 자식! 학원은 왜 그만둔 거야? 형이랑 약속했잖아! 검정고시 합격해 보이겠다고!"

"아씨! 형은 그게 나한테 가능할 거라고 생각해?"

형에게 미안해서 해준도 노력했다. 하지만 그 노력은 딱 한 달짜리였다. 약발이 한 달도 안 갔다. 강남에 놀러 나갔다가 호스트 바에 헌팅을 당했다. 여자들이랑 놀면서 공짜 술도 마시면서 돈까지 벌 수 있다는데 누가 마다할 것인가?

요령이 생기자 형의 이력을 팔았다. 그랬더니 다른 곳에서 스카우트 제의가 들어왔다. 지금 자신이 있는 곳과는 비교가 되지 않게 럭셔리하고 고급스러운 바. 당장 옮겼다. 세상이 달라졌다. 이런 세상이 있다니. 손님의 수준도 달랐다. 돈 쓰는 씀씀이도 달랐다. 옷도 사다 주고 시계도 사다 주고 넥타이도 사다 주었다. 로또가 따로 없었다.

그것만으로도 잔고가 쌓여가는 찰나에 어제 터진 로또는 대박이었다. 한 남자가 찾아와 정말로 S대 재학 중이냐고 물었다. 그렇다고 했더니 아무도 몰래 아이만 만들어 주면 거액의 돈을 주겠다고 했다. 철저한 비밀을 부탁한다는 말과 함께.

그거야 일도 아니다. 누이 좋고 매부 좋은 일이 아닌가? 잠자리 몇 번 해주고 아이만 만들어주면 돈이 굴러들어 온다는 얘기였다. 마다할 이유가 없었다. 두말없이 계약서를 썼다. 계약금만 해도 거액이라 형의 등록금과 오피스텔 보증금을 마련할 수 있었다.

아침 내내 부동산을 돌아다니며 오피스텔 계약을 하고 칭찬을 기대하며 형에게 자랑스럽게 키를 내밀었건만 칭찬 대신 질책만 하는 형이 해준은 섭섭하기만 했다.

"니가 무슨 수로 돈을 벌어? 무슨 일인지 빨리 말 안 해!"

해진이 다시 소리를 질렀다. 아무래도 해준이 일을 벌인 것만 같아 불안해 죽을 것 같았다.

"아씨! 대리부 하기로 했어. 그것도 안 돼?"

대리부라는 말에 해진은 기가 막혔다. 저 자식은 자신이 부모에게 버림받은 게 상처도 되지 않나 보다. 어떻게 저렇게 대리부 한다는 말이 쉽게 나와? 해진이 버럭 소리를 질렀다.

"너 미쳤어? 돈에 자식을 팔겠다는 거야? 당장 돈 돌려주고 와!"

"왜? 왜 그래야 되는데? 돈도 많이 준대. 애 만드는 데도 큰돈 주는 사람이 애는 오죽 잘 키워주겠어? 엄청 부자래. 내 자식을 나보다 더 잘 키워주겠다는데 내가 왜 거절해야 하는데? 누이 좋고 매부 좋은 일 아니야?"

"누가 누이고 누가 매부야? 누구에게 좋은 일이냐고!"

"나는 돈 생겨서 좋고 그쪽은 애 생겨서 좋은 거지."

"그럼 그렇게 생긴 애는? 그 애는 좋아할 것 같아? 고마워할 것 같아? 자기가 친자식이 아니라 대리부가 만들어준 자식임을 알면 그 아인 상처 안 받을 것 같아?"

"비밀로 한대."

"세상에 비밀이 어딨어, 이 자식아! 당장 계약금 돌려주고 못한다고 해!"

"싫어. 이렇게 쉽게 돈 벌 수 있는데 왜 내가 거절해야 해? 할거야!"

해준으로서는 로또를 포기할 수 없었다. 해진에게 핏대를 세우며 바락바락 대들었다.

저 자식에게 도덕심이니 인간의 도리니 호소해 봤자 아무런 효과도 없을 것이다. 자기 입장밖에는 내세울 줄 모르는 놈이니까. 한숨이 나왔다. 답답했다.

"넌 부모님한테 버림받은 게 아무렇지도 않아? 네가 어긋난 것도 부모님한테 버림받았기 때문 아니야? 내가 착각하고 있었니? 넌 아무런 상처도 받지 않았는데 내가 오버하고 있는 거야? 부모님께 버림받은 상처가 없었다면 네 맘대로 해."

그렇게 쏟아내고는 해진은 학회방을 쌩하고 나가 버렸다. 해준은 의자에 털썩 주저앉아 두 손으로 머리를 감싸 안았다.

형의 말이 맞았다. 자신도 상처받았다. 부모에게 버림받은 상처가 너무나 컸다. 자신이 어긋난 것은 부모에게까지 버림받은 자신의 처지 때문이었다.

아이들이 고아라고 놀릴 때마다 화가 났었다. 자신들을 버린 부모님이 너무나 원망스러웠다. 부모님과 행복한 아이들을 보면 분노가 치솟았다. 그래서 점점 더 폭력적으로 변해갔다. 아쉽긴 하지만 포기해야 할 것 같았다. 죄송하다고 하고 돈만 전해주면 될 것이라고 해준은 마음 편히 생각했다. 하지만 그것은 착각에 불과했다. 오래지 않아 해준은 자신이 함정에 빠졌다는 것을 깨달았다.

4. 첫 키스

파견 근무를 나온 지도 벌써 한 달이 다 되어갔다. 프로그램도 마무리 단계에 이르렀다고 했다. 코딩은 마무리가 되었고 버그만 잡으면 된다고. 거의 매일 야근한 덕분이었다.

하루하루가 즐거웠다. 해진 오빠의 얼굴이 점점 좋아졌다. 가끔씩 예전의 미소를 보여주기도 했다. 그를 위해 아침 식사를 준비하는 것도 행복했다. 해줄 수 있을 때 해주자. 지은의 지론이 바뀌었다. 자기가 욕심낼 수 없는 사람이지만 고마운 사람임에는 틀림없었다.

그 시절 그를 만나지 않았다면 지금의 나는 없겠지? 대학을 포기하고 억울해하며 살고 있거나 대학을 다니기 위해 이상한 곳으로 갔을 수도 있었다. 평범한 알바를 해서는 혼자 힘으로 사립대학을 다닐 수 없었을 테니까. 등록금은 감당하기 힘들게 많고 장학금은 내게 돌아오기 힘들 정도로 적으니까.

그에게 부끄러운 사람이 되지 않으려고 열심히 살았고, 그에게 당당하기 위해서 헛짓은 하지 않았다. 그러고 보면 그를 만난 것이 지은의 인생에서 가장 큰 행운이었다.

"사장님, 커피 드세요."

점심을 먹은 후 언제나처럼 커피를 그에게 전해주며 웃고 있는데 향수 냄새를 풍기며 어떤 여자가 사무실로 들어왔다. 그 여자다. 해진 오빠의 여자. 그를 만나러 온 것 같았다. 그 여자가 나를 보며 사나운 눈빛을 보였다. 어디서 작업질이야? 그녀의 눈빛이 그렇게 말하고 있었다.

그를 좋아하는 내 마음이 다 들킨 것 같았다. 그 역시 들키지 말아야 할 것을 들켰다고 생각했는지 얼굴이 굳어졌다. 어쩌지? 오해하면 안 되는데……. 마음이 급했다. 고개를 돌리다 이제야 사무실에 들어오는 신우와 눈이 마주쳤다. 그래, 팀장님께는 미안하지만 지금은 팀장님을 이용하는 수밖에 없다.

"팀장님도 커피 드릴까요?"

쌩긋 웃으며 의향을 묻자 신우 역시 쿨하게 받아들였다.

"좋죠. 전 진하게."

"요즘도 여직원이 커피 타나 봐요? 남녀 차별이 없는 회산 줄 알았는데 의외네."

약간 빈정거리는 듯한 화영의 말에 지은이 울컥했다.

"그건 아닌데요. 이 회사는 남녀 차별 없습니다. 전 이 회사 직원이 아닐뿐더러 저희 회사 프로그램 개발 중이라 감사의 표시로 식후 커피는 제가 자발적으로 담당하고 있죠."

자발적이란 단어에 악센트를 넣으며 대답하자 화영이 피식 웃었다.

누굴 속이려 들어? 눈에 뻔히 보이는구먼. 그러고 보니 지난번 레스토랑에서 본 기억이 났다. 해진이 미소 지어 그 시선을 따라가 보니 저 여자가 있었다. 둘이 그렇고 그런 사이라 이거지? 임자 있는 남자에게 매달릴 생각은 없지만 기분 좋게 축하해 주고 싶진 않았다.

"자기, 나 나가서 커피 마시고 싶은데."

평소라면 절대 내지 않을 콧소리까지 내어가며 해진에게 애교를 떨었다. 온몸이 오그라들었지만 자신 때문에 이 연인이 싸운다면 그것도 나쁘지 않을 것 같았다.

감사의 표시라고? 단지 자기 회사 프로그램 개발에 대한 감사의 표시일 뿐이라고? 아침까지 챙겨다 주기에 특별 대접 받는다고 생각했다. 하긴 지은이 그랬지 않은가? 그냥 아는 오빠로 생각한다고. 나 역시 동의한 바인데 왜 이리 화가 나는 거지? 게다가 신우에게 웃어주는 저 표정이라니?

그래, 신우. 신우가 지은에게 관심이 있었지? 지은도 신우가 좋아진 건가? 이제 나 따위는 잊어버린 건가? 해진의 얼굴이 점점 더 굳어지며 지은을 노려보았다.

굳어진 얼굴로 자신을 노려보는 해진을 본 지은은 속이 쓰렸다. 자기 여자에게 한마디 했다고 저렇게 속상해하는구나. 정말 두 사람 연인이 맞구나. 쓸쓸한 마음을 안고 지은은 커피를 타기 위해 몸을 돌렸다.

"앞으론 아침도 챙겨오지 마! 날 위해 아무것도 하지 마!"

그 여자와 나갔다 들어오며 해진은 전화로 지은을 불러내 차가운 목소리로 말했다. 그리곤 내 말은 들어볼 가치도 없다는 듯 몸을 돌렸다. 아무래도 그 여자가 태클을 건 것 같았다. 하긴 다른 여자가 자기 남자 챙기는 걸 어떤 여자가 보려 하겠는가. 그래도 그 여자의 한마디에 변해 버린 그가 몹시도 서운했다.

알고 있었으면서 바보같이. 지은은 미련한 자신의 마음을 탓했다. 가끔씩 야근으로 인해 퇴근이 늦어질 때면 집까지 태워다 준 적도 있었고 자기가 좋아하는 간식을 사오기도 했었기에 어쩌면 하는 기대가 있었나 보다. 실망감에 눈물이 삐져나올 것 같았지만 참았다.

조금만, 조금만 더 버티면 된다. 파견 근무도 얼마 남지 않았다. 감정을 추스르고 사무실로 돌아오니 그놈의 책상이 없다. 사장실로 복귀했다고 했다. 차라리 잘되었다. 눈에서 멀어지면 마음까지 멀어진다고 하지 않던가.

지은에게 냉정하게 얘기하고 해진은 자신의 짐을 챙겨 사장실로 돌아왔다. 갑자기 무서워졌다. 지은의 회사 일을 빨리 마무리 지어주기 위해 개발2팀으로 갔다는 건 어쩌면 거짓말인지도 모른다. 지은을 조금이라도 더 보기 위해 핑계를 댄 거겠지. 그랬으니 지은의 일거수일투족이 보이는 자리에 앉아서 흘끔흘끔 지은을 훔쳐보았겠지.

혼자 있는 텅 빈 집에 돌아가기 싫어서 온 팀원을 야근까지 시키며 지은을 붙들어 두었다. 팀원들의 불평 같은 건 아무렇지도 않았다. 지은을 계속 볼 수 있다면. 지은이 좋아하는 간식과 야식을 배달시켜 가며 지은이 맛있게 먹는 것을 보고 그것만으로도 행복이라고 여겼다.

그랬는데 그것도 다 그만두어야 했다. 아까 신우의 경계하는 눈빛을 보는 순간 모든 것이 정리되었다. 지은의 행복을 위해선 자신이 빠져주어야 했다. 그래야만 지은이 신우의 마음을 받아줄 것이다.

사무실로 돌아오는 길이 허탈했다. 그사이 지은의 관심을 받으며 행복했었나 보다. 지은이 해주는 것들을 익숙하게 받으며 지내다 막상 그것을 포기하려니 아득했다. 갑자기 온몸에 기운이 빠지며 열이 나기 시작했다. 독해져야 했다. 더 상처 입지 않으려면.

열이 펄펄 끓는데도 사무실에서 버티고 있던 해진은 결국 먼저 퇴근한다며 사무실을 나섰다. 경철은 해진이 걱정되어 뒤따라 나왔다. 개발2팀 내부를 들여다보는 해진이 보였다. 반가움을 담은 해진의 얼굴이 순식간에 어두워졌다. 해진의 시선이 향한 곳을 보던 경철은 혀를 끌끌 찼다. 다른 직원은 다 퇴근한 사무실에 지은이 신우와 다정하게 얘기를 나누고 있었다.

자식, 저러고도 지은이에게 감정이 없다고? 요즘 들어 둘 사이가 좋아 보여 안심하고 있었는데, 며칠 전 갑자기 짐을 싸서 사장실로 돌아왔다. 이유를 물었더니 퉁명스레 '이유는 무슨 이유, 일 끝났으니 돌아왔지'라고 짤막하게 대답하고는 자신의 책상으로 가서 앉았다.

경철이 물러나지 않고 진짜 이유를 대라고 따지고 들자 해진이 포기하는 듯 대답했다. 지은을 위해서라고. 자기가 떠나야 지은이 신우와 잘될 것 같다고. 아무래도 자기는 안 될 것 같다고.

멍청한 놈. 그 굴레를 아직 못 벗어났다 이거지? 그렇다고 좋아하는 여자를 다른 남자에게 밀어? 하여간 생각하는 짓거리 하고는. 가끔씩 이기적으로 살 필요가 있다고 하는데도 절대로 이기적으로 살지 못하는 인간이 박해진이라는 것을 잠시 잊었다.

"그럼 우리 오늘부터 사귀기로 한 겁니다."

신우의 씩씩한 목소리가 유리 너머로 들려왔다. 지은이 고개를 끄덕이자 신우가 고개를 내려 지은의 이마에 입술 도장을 찍었다. 해진의 얼굴에서 핏기가 가셨다. 그렇게 되길 바랐지만 막상 소원대로 이루어지니 마음이 아팠다.

박해진, 네가 원하는 대로 된 거야. 마음 아파할 것 없어. 해진은 쓸쓸하게 자신을 위로하며 혹시라도 지은이 이런 자신을 볼까봐 서둘러 걸음을 옮겼다. 자신에게 온 유일한 사랑이라는 건 안다. 자신의 단 하나뿐인 사랑. 하지만 놓아주어야 했다. 지은의 행복을 위해서는 놓아주어야만 했다. 행복을 빌어주어야 했다. 사랑이라는 건 꼭 함께 살아야 하는 건 아닐 것이다.

지은을 놓기 싫은 자신의 욕망과 지은을 놓아주어야 한다는 자신의 양심 사이에서 갈팡질팡하느라 먹지도 자지도 못하는 몸이 그에 반응을 보였다. 온몸이 으슬으슬 춥고 열이 펄펄 끓었다. 경철이 병원 다녀오라고 성화를 했지만 못 들은 척했다. 살고 싶지도 않았다.

신우가 계속 작업을 걸어왔지만 지은은 무시해 왔다. 어차피 파견 근무까지만 버티면 안 볼 사람이었다. 해진에 대한 방어막으로 가끔씩 자신도 신우를 이용하기에 신우에 대해선 미안한 마음도 있었다.

싫다고 하려는 순간 해진의 모습이 보였다. 사람을 잊는 데는 새로운 사람으로 잊는 게 최고라는 말이 생각났다. 사랑이 뭐 별건가? 별 남자 있나? 정 붙이면 다 거기서 거기지.

솔직히 말하면 신우도 상당히 매력적인 남자였다. 부드럽고 따뜻하고 실력까지 갖춘 이 회사의 최고 인기남. 그래, 사귀어보는 거야. 남자를 만나보는 거야. 상상 속에서가 아닌 현실 속의 남자를. 그래서 손도 잡아보고 키스도 해보고. 그러면 해진 오빠는 금세 잊게 될 거야. 암, 그렇고말고.

어깨가 축 처져서 걸어가는 해진을 본 경철은 안타까운 마음뿐이었다. 뭐든 적당한 게 최고다. 너무 맑아도, 너무 곧아도, 너무 착해도 살기 힘든 세상이다. 이 흐린 세상에서 너무나 꼿꼿하게 살아가려는 친구가 안타까웠다. 아무래도 자기가 한 번 더 나서야 할 것 같았다.

지은은 경철의 부탁에 난감했다. 해진의 오피스텔에 서류를 전달해 달라니. 해진 오빠와는 더 이상 엮이고 싶지 않았다. 더 엮일수록 자신만 다친다는 걸 알았다. 며칠 전 자신에게 더 이상 신경 쓰지 말라고 차갑게 말하던 얼굴이 떠올라 고개를 저었다.

"싫어요! 다른 사람 보내요! 오빠가 자기를 위해서는 아무것도 하지 말라고 그랬단 말이에요! 난 뭐 속도 없는 사람인 줄 알아요?"

지은이 싫다고 소리를 지르자 경철이 답답하다는 듯 한숨을 내쉬더니 지은을 설득하기 시작했다.

"지금 회사에 사람이 어딨어? 달랑 나하고 이 팀장 둘밖에 없는데. 이 팀장은 너희 회사 일 마무리해야 하고 난 다른 일 때문에 꼼짝도 못 해. 그리고 이건 해진이를 위한 게 아니야. 회사를 위한 거지. 너 공사 구분도 못 해?"

정말 가기 싫은데……. 그래도 싫다고 말해야 하는데……. 지은은 서류 봉투를 받아 들고 사무실을 나서고 말았다. 택시를 타고 경철이 문자로 찍어준 주소로 찾아가는 동안 지은의 마음은 내내 불편했다. 그 여자의 사나운 눈빛과 그의 차가운 눈빛이 계속 아른거렸다.

벨을 눌러도 대답이 없어 지은은 경철이 가르쳐 준 비밀번호를 누르고 들어갔다. 집안이 썰렁했다. 사람의 온기가 없었다. 분명히 집에 있을 거라며 직접 전해 주라고 했는데 어딜 간 거지? 노크를 하고 안방 문을 열자 신음 소리가 들렸다. 놀라 달려가 보니 해진의 온몸이 땀범벅이었다. 아까 회사에서도 안색이 나빠 보이더니 아팠나 보다. 급한 마음에 해진을 흔들어 깨웠다.

"사장님! 사장님!"

그리움이 깊어서 원망도 깊은지 오빠라는 호칭은 쓰기 싫었다. 그래도 해진의 의식이 돌아오지 않았다. 지은은 더 세게 해진을 흔들었다.

"사장님! 사장님!"

해진이 눈을 가늘게 뜨더니 믿기지 않는 듯 눈을 깜박였다. 입술을 달막이며 '지은이니? 지은이야?'라며 몹시도 반가운 듯 물었다. 그러곤 다시 정신을 잃었다.

너무나 놀라 어찌할 바를 모르겠다. 경철에게 전화했더니 혀를 끌끌 차면서 의사를 보내 주겠다고 했다. 자기는 일 때문에 시간을 낼 수 없으니 간병까지 부탁한다고.

마다할 수가 없었다. 아픈 사람을 두고 갈 수는 없었다. 아까 의식을 잃은 와중에 '지은이니? 지은이야?' 라고 반가운 듯이, 그리운 듯이 자신을 부르던 목소리가 자꾸만 지은을 붙들었다. 걱정이 되어 해진의 이마를 짚어보니 열이 펄펄 끓었다. 싱크대로 가서 볼에 얼음을 쏟아 부어 얼음물을 만든 다음 방으로 돌아왔다. 수건에 얼음물을 적셔 이마에 얹어주었다. 차가운 수건이 닿자 해진이 몸을 부르르 떨었다.

"으...... 으......"

그의 입에서 신음이 계속 흘러나왔다. 입술이 바짝 말라 있어 또 다른 수건으로 물을 적셔 그의 입술에 대어 주었다. 물에 젖은 수건을 그가 입술로 빨았다. 목이 마른가 싶어 얼른 주방으로 가서 가스레인지에 물을 끓였다. 차가운 물은 안 좋을 것 같았다.

미지근하게 데운 물을 가지고 방으로 들어와 해진을 일으켜 안은 다음 입에 대어 주었지만 마시지 못했다. 목은 마른데 마시지를 못하는 것 같았다. 다시 수저를 들고 와 숟가락으로 떠 먹였지만 그것도 옆으로 다 새어버렸다.

"물...... 물......"

해진이 물을 찾자 지은은 물을 먹여야 한다는 생각밖에는 들지 않았다. 망설이던 지은은 입에 물을 한 모금 머금고는 해진의 입술에 살짝 대어 조금씩 입 안으로 넣어주었다. 그제야 해진이 물을 받아먹었다. 달게 마셨다.

입 안에 있던 물을 해진에게 다 넘기고 지은이 입술을 떼려는 순간 해진이 지은의 입술을 붙들었다. 열에 들뜬 뜨거운 입술이 지은의 입술에서 떨어지지 않았다. 물을 넣어주기 위해 열린 지은의 입술 사이로 해진의 혀가 들어오더니 지은의 입 안을 헤매기 시작했다.

너무나 절박한 키스였다. 의식이 없는 남자가, 아파서 죽어가는 남자가 마지막 생명수라도 빨아들이는 양 지은의 혀를 빨아들였다. 아팠다. 정말 아팠다. 하지만 거부할 수가 없었다. 그러는 해진이 더 아파 보였으니까. 해진의 눈가에 맺힌 눈물을 보고 말았으니까.

"사랑해……."

라고 속삭이는 말을 듣고 말았으니까. 첫 키스라고 억울하다고 따질 수조차 없었다. 너무나 놀라서 눈만 깜박이는데 벨이 울렸다. 의사가 왔나 보다. 떨어지지 않는 해진을 떼어내고 거실로 나가 문을 열어주었다.

의사가 들어와 진찰을 한 다음 주사를 놓고는 링거를 달아 주었다. 링거가 다 들어가면 빼는 방법을 가르쳐 준 다음 열이 높으니 온몸에 냉찜질을 해주라고 지시하고 의사는 가버렸다.

지은은 의사가 시키는 대로 해진의 옷을 벗기고 냉찜질을 해주었다. 손이 덜덜 떨렸다. 남자의 벗은 몸은 처음 보았다. 여자들만 있는 집이라고 아빠는 집에서도 옷을 갖춰 입고 살았다. 속옷 차림으로는 안방 밖으론 나오질 않으셨다.

아픈 사람의 몸을 보고 할 말은 아니지만 참으로 아름다운 몸이었다. 초콜릿 복근이 바로 이런 걸 말하는 거구나. 자잘한 근육은

이런 걸 말하는 거구나. 여체 못지않게 남자들의 몸도 참 아름답구나.

지은은 만져보고 싶은 욕망에 손바닥으로 해진의 가슴을 쓸어보았다. 감촉이 참 좋았다. 해진의 입에서 가는 신음이 흘러나왔다. 지은은 놀라서 얼른 손을 거두고 자리에서 일어났다. 오늘 너무 많은 것을 겪었다. 신우에게 사귀자는 말을 들었고, 첫 키스를 했고, 남자의 몸을 만져 보았다. 감당하기가 힘들었다. 피로가 몰려왔다.

꿈을 꾸었다. 지은이 자신의 방으로 왔다. 아픈 자기를 간병해 주었다. 뜨거운 키스도 했다. 자신의 몸도 만져 주었다. 자꾸만 신열이 났다. 온몸이 뜨거웠다. 고개를 돌려보니 자신의 침대에 두 손을 얹고 그 위에 볼을 댄 채 잠든 지은이 보였다. 아직도 꿈을 꾸고 있나 보다. 지은이 여기 있을 리 없지 않은가.

꿈속이라면 자신의 마음대로 해도 되지 않을까? 해진은 손을 뻗어 지은의 얼굴을 만져 보았다. 참 부드러웠다. 아기 피부처럼 부드러웠다. 손가락으로 입술도 쓸어 보았다. 탱탱했다. 눈썹도 쓸어 보았다. 보드랍고 매끄러운 털이 만져졌다. 감고 있는 눈 위도 쓸어 보았다. 눈동자가 느껴졌다. 꿈속인데 어찌 이렇게 생생한 걸까? 자꾸만 만지고 싶었다. 온몸을 만져보고 싶었다. 슬며시 미소가 지어졌다.

겨우 의식을 찾고 방을 둘러보았더니 아무도 없었다. 아까 지은을 본 것 같았는데 역시 꿈이었구나. 달콤한 꿈이었다. 지은과 키스도 하고 얼굴도 만져보고 고백도 했다. 너무도 간절하면 꿈에 보인다더니. 허탈했다. 허무했다.

그 순간 문이 열리더니 마법처럼 지은이 방으로 들어왔다. 놀라서 눈이 커다랗게 떠졌다. 믿을 수 없어 해진은 계속 눈만 깜박거렸다.

"일어났어요? 몸은 어때요?"

지은이 아무렇지도 않게 말을 걸자 해진은 그제야 정신이 돌아왔다. 도대체 어떻게 된 일이지? 지은이 이 집을 어떻게 알고?

"어, 어떻게…… 어떻게 네가 여길……."

"경철 오빠가 보냈어요. 잠시만요. 죽 가져올게요."

이 자식이 또 쓸데없는 짓을 했구나. 혹시라도 쓸데없는 소리를 한 건 아니겠지? 무의식 속에서 지은을 찾았을까 봐 해진은 가슴이 덜컥 내려앉았다. 보내주기로 애써 다잡은 마음이었다. 자신의 감정을 지은에게 들켜서는 안 되었다. 마음과는 달리 해진은 차갑게 말을 뱉었다. 다행히 목소리는 떨리지 않았다.

"그럴 필요 없어. 돌아가. 네가 무슨 자격으로 여길 와? 네가 내 여자 친구라도 돼?"

무슨 자격으로 왔냐고? 네가 내 여자 친구라도 되냐고? 내가 오고 싶어서 왔어? 경철 오빠가 가달라고 부탁해서 왔지. 가슴속에서는 대꾸할 말이 가득했지만 지은은 아무 말도 하지 못했다. 아니, 말할 필요를 못 느꼈다.

차디찬 해진의 말에 지은은 실망을 넘어 절망을 느꼈다. 해진에게가 아닌 바로 자신 한지은에게. 어떻게 또 속을 수가 있어? 어떻게 또 바보같이 같은 사람에게 농락당할 수 있어? 정신을 잃고 의식을 잃은 사람이 어떻게 사람을 제대로 알아보고 키스했겠어? 자기 애인을 봤다고 생각했겠지.

사랑한다고 한 것도 나에게 한 말이 아니었어. 그때 그 여자인 줄 알았던 거야. 날 쓰다듬던 그 부드러운 손길도 다 다른 여자로 착각하고 만진 거였어. 오물을 뒤집어쓴 것처럼 더러운 기분이었다. 원망을 담아 해진을 노려보았지만 계속 보고 있을 수가 없었다. 해진의 차가운 눈빛이, 차가운 표정이 빨리 가라고, 어서 가라고 재촉하고 있었으니까.

수치심에 눈물이 차올랐다. 다시는 얼굴도 보지 않을 것이다. 다시는 목소리도 듣지 않을 것이다. 지은은 몸을 돌려 방을 빠져나와 그대로 현관을 나섰다.

노려보는 지은의 눈빛에서 상처를 보았다. 돌아서는 지은의 눈에 맺힌 눈물을 보았다. 가슴이 철렁 내려앉았다. 이젠 끝이다. 이제 정말 지은은 자신을 보아주지 않을 것이다. 보내면 안 된다. 저렇게 보내서는 안 된다. 한 번쯤은 자신도 욕심을 내보면 안 될까? 한 번쯤은 이기적으로 살아봐도 안 될까? 하지만 안 된다. 자신은 지은을 욕심내면 안 된다.

'지은아…… 지은아, 가지 마. 제발…….'

차마 소리 내어 부르지 못하고 해진은 속으로 지은을 불렀다. 가지 말라고 불렀다. 자신의 의지와는 달리 몸이 일으켜졌다. 지은을 붙잡으려 일어섰지만 다리에 힘이 없어 풀썩 쓰러졌다. 겨우 벽을 붙들고 걸어와 방문을 열려는 순간 지은이 현관문을 닫고 나가는 소리가 들렸다. 힘이 쑤욱 빠졌다. 바닥에 그대로 주저앉아 버렸다.

끝이다. 가버렸다. 지은이가, 나의 유일한 사랑이, 나의 유일한 온기가 가버렸다. 그래, 잘된 거야. 더 이상 지은이를 욕심내지 말라는 하늘의 뜻이야. 아직 내가 용서받을 때가 안 된 거야. 그러니까 내가 나가기도 전에 지은이 가버린 거지. 노력해 보고 싶었는데. 노력하면 나아진다고 했는데. 정 안 될 경우엔 보조 기구도 많다고 의사선생님이 그랬는데…….

칠 년 만에 지은을 다시 만나고 지은에게 여전히 흔들리는 자신의 마음을 알고는 해진은 처음으로 병원을 찾았다. 비뇨기과에 갔더니 아무런 이상이 없다며 정신과로 가보라고 했다. 심리적인 요인 같다고.

그래서 정신과를 찾았다. 그렇게 병원을 찾은 건 아마 이젠 행복해지고 싶다는 욕심이 생긴 때문인지도 모른다. 칠 년 동안이나 자신을 괴롭혔으니 이젠 면죄부를 주어도 되지 않을까 하는 마음. 쉽사리 나아지지 않았다. 먼저 자신을 용서해야만 한다고 했다. 스스로 그 굴레에서 벗어날 용기를 가져야만 한다고. 하지만 해진에겐 쉬운 일이 아니었다.

지은이 가는 뒷모습이나마 보고 싶은 마음에 해진은 없는 기운을 내서 문을 열고 거실로 나와 베란다로 나갔다. 베란다 문을 열자 차가운 겨울바람이 들어왔다. 계절이 순식간에 겨울로 변해 있었다. 감기로 땀에 젖은 해진의 몸이 순식간에 차갑게 식었지만 해진의 시선은 오피스텔 정문을 나서는 지은에게 꽂혀 있었다.

출근하는 인파 속에서 어깨를 축 늘어뜨리고 기운 없이 걸어가는 지은의 뒷모습에 해진은 가슴이 아팠다. 유난히 더 추워 보였다. 따뜻한 코트라도 사 입힐 수 있었으면 좋으련만. 사랑하는 사람에게 옷 한 벌도 사줄 수 없는 자신의 처지가 속상했다. 자신의 목도리라도 두르고 가라고 할 걸 후회되었다.

지은이 뒤를 돌아보았다. 그 멀리서 지은이 자신을 알아챌 리도 없건만 해진은 들킬세라 얼른 몸을 뒤로 뺐다. 또 오버한다, 박해진. 잠시 후 다시 내다보니 지은은 사라지고 없었다. 바닥에 뒹구는 낙엽만 눈에 들어왔다. 바람이 부는 대로 이리저리 나뒹구는 낙엽. 자신의 처지가 저 떨어진 낙엽들과 똑같았다. 바싹 말라서 비비면 먼지가 되어 사라져 버리는 낙엽.

술이라도 마셔야 했다. 지은을 위한 축배를 들고 싶었다. 이런 흠 많고 용기 없는 남자를 털어버리고 지은에게 훨씬 더 잘 어울리는 남자를 만나게 된 것에 대한 축배. 어쩌면 지은은 오늘부터 신우와 사귀게 될 것이다. 자신에 대한 미련은 훌훌 털어버리고 화사하게 웃으면서 신우에게 갈 것이다.

어제 신우가 지은에게 사귀자고 하면서 이마에 입술 도장을 찍던 장면이 떠오르자 해진은 질투로 피가 끓어올랐다. 주먹이 절로 쥐어지고 몸이 부들부들 떨렸다. 하지만 이내 질투라는 감정조차 자신에겐 사치라고 생각했다. 자신은 스스로 자격을 잃었으니까.

장식장을 열어 앱솔루트 보드카를 꺼냈다. 스웨덴 남부의 아후스에서만 생산되는 완벽하게 순수한 보드카. 그 투명한 병을 거실 소파로 들고 와 빈속에 병째로 보드카를 들이마셨다. 모든 것을 잊고 싶었다. 생각을 지우고 싶었다. 마시고 죽자 싶었다.

보드카가 목을 타고 넘어가 위장에 도착할 즈음 속이 홧홧해져 왔다. 온몸이 뜨거워져 견딜 수가 없었다. 울분이 넘쳐서 피가 뜨거워졌다. 참을 수가 없었다. 자신의 비겁함에 대한 분노. 자신의 상황에 대한 분노. 세상이 다 싫었다.

"바보, 등신, 머저리. 바보, 등신, 머저리. 바보, 등신, 머저리……."

어리석은 자신에게 욕을 해대며 고개를 뒤로 젖히고 손등을 이마에 올렸다. 눈물이 흘러내렸다. 지은이 자신을 완전히 떠났다고 생각한 순간 아이러니하게도 다시 한 번만 기회가 주어진다면 얼마나 좋을까 하는 생각이 들었다.

다시 한 번 기회가 온다면 절대로 비겁하게 물러나지 않을 텐데……. 부족한 만큼 더 많이 노력할 텐데……. 하지만 자신에게 더 이상의 기회는 없을 것이다. 자신보다 더 사랑해 주는 남자를 만나 행복하게 살길 바랄 뿐이다.

"지은아…… 사랑한다, 지은아."

"나도, 나도 사랑해, 오빠."

지은의 목소리가 들려왔다. 이젠 환청까지 들리는 것인가? 환청이라 여기고 해진이 대답했다.

"그래, 넌 꼭 행복해야 해."

"오빠만 있으면 난 행복해."

다시 지은의 목소리가 들려왔다. 퍼뜩 고개를 들고 보니 거기에 지은이 서 있었다. 마법처럼, 환상처럼 지은이 서 있었다. 눈물에 얼룩진 채 더없이 행복한 표정을 짓고서 말이다. 꿈인가 했다. 술에 취해 환상을 보는 건가 했다. 눈을 깜박이고 다시 보았지만 지은이었다. 지은이가 왜 또 여기에? 지은이는 아까 분명히 갔는데?

시선을 고정하고 몸을 일으켜 지은에게 걸어갔다. 확인해 보고 싶었다. 환상인지 현실인지. 손을 뻗어 지은의 얼굴을 만져 보았다. 부드러운 살결이 만져졌다. 따뜻한 피부가 느껴졌다. 그녀가 틀림없었다. 틀림없이 지은이었다. 지은을 와락 껴안았다. 가슴 가득 당겨 안았다. 따뜻했다. 온기가 느껴졌다. 온기가 점차 열기로 변하였다.

오피스텔을 걸어 나가다가 뒤를 돌아본 순간 지은은 베란다에서 자신을 보고 있는 해진을 본 것 같았다. 아주 먼 거리였지만, 아주 짧은 시간이었지만 지은은 해진이 틀림없다는 생각이 들었다. 어쩌면, 어쩌면 오빠도 내 맘과 같을지도 몰라. 어젯밤 신열에 들떠 자신의 이름을 부르던 해진이 생각났다. 너무나 애절하게, 너무나 간절하게 불러주던 자신의 이름.

무슨 이유인지 모르지만 오빠 의도적으로 날 밀어낸 거야. 내가 모르는 오해가 있는지도 몰라. 오해는 풀어주면 돼. 확인해야만 했다. 다시 한 번 상처받더라도 확인하고 싶었다. 서둘러 로비로 들어서서 엘리베이터를 기다렸다. 네 대의 엘리베이터가 모두 위층에 있었다. 네 개의 버튼을 모두 눌렀다. 급한 마음에 가만히 서 있을 수가 없어 의미가 없는 줄 알면서도 버튼을 계속 눌렀다.

땡.

도착 알림 음과 함께 엘리베이터가 열렸다. 지은은 안으로 뛰어들어 닫힘 버튼을 누르고 10층을 눌렀다. 마음이 진정되지 않고 동동 뛰었다. 엘리베이터가 10층에 도착해 문이 열리는 순간 지은은 서둘러 엘리베이터에서 내렸다. 번호 키를 누르고 들어서자 해진의 목소리가 들렸다.

"지은아…… 사랑한다, 지은아."

이게, 이게 무슨 소리야? 날 사랑한다는 거야? 해진 오빠가? 해진이 소파에 앉아서 지은에게 사랑을 고백하고 있었다. 맞구나. 아까 내가 본 사람은 해진 오빠가 맞았구나. 다행이다. 여기까지 다시 오는 데 용기가 필요했지만 헛된 용기는 아니었다. 눈물이 흘러내렸다. 감격의 눈물이었다. 지은의 입에서도 자동으로 말이 흘러나왔다.

"나도, 나도 사랑해, 오빠."

"그래, 넌 꼭 행복해야 해."

지은의 고백에 고개도 돌리지 않고 해진이 당부하듯 허공에다 대고 다시 말을 이었다.

"오빠만 있으면 나는 행복해."

그 소리에 해진이 지은을 향해 고개를 돌렸다. 지은이 해진을 향해 환히 웃어주었다. 해진의 눈동자에 반가움이 어렸다. 믿기지 않는 듯 눈물 젖은 눈을 깜박이더니 이내 손등으로 눈을 비볐다. 그리고 손을 뻗어 지은의 얼굴을 만졌다. 조심스러운 손길이었다. 간절한 손길이었다. 뭐라고 할 틈도 없이 해진이 지은을 와락 껴안았다. 가슴에 품어주었다. 너무나 따스했다. 고향처럼 평온했다. 행복했다. 또 눈물이 나왔다.

지은이 나를 보고 웃어주었다. 그렇게 밀어내는데도 다시 찾아와 사랑한다고, 나만 있으면 행복하다고 말해주었다. 난 이제 용서 받은 거야. 그런 거야. 해진은 그렇게 믿고 싶었다. 그렇게 믿어야 했다. 이제는 행복해지고 싶었다. 한 번쯤은 이기적으로 살아보고 싶었다. 지은을 안은 팔에 힘을 주었다. 지은의 몸이 느껴졌다. 여자라고 느껴졌다. 해진의 몸이 점점 뜨거워졌다.

안고 있는 해진에게서 열이 나고 있었다. 아직도 아픈 건가? 하긴 그렇게 쉽게 낫겠는가? 밤새 앓은 사람이. 근데 술 냄새가 났다. 고개를 빼고 거실을 보자 마시다 만 보드카 병이 보였다. 맘에 들지 않아 이마가 찌푸려졌다. 환자가 무슨 술?

"오빠, 근데 술 마셨어? 몸이 이렇게 안 좋은데?"

"다 나았어."

"뭔 소리야? 이렇게 열이 펄펄 나는데."

지은이 몸을 떼어내고 손을 올려 해진의 이마에 대었다. 이마가 불덩이처럼 뜨거웠다. 가슴에도 손을 넣어보았다. 가슴도 불덩이였다.

"안 되겠다. 오빠 몸이 불덩이야. 빨리 방에 들어가자. 또 얼음찜질 해야겠다."

지은이 해진을 부축하며 침실로 향했다. 혼자서도 갈 수 있었지만 그러기 싫었다. 지은에게 기대서 방으로 들어왔다. 지은이 해진을 침대에 앉혔다. 너무나 행복했다. 지은과 함께 있는 시간이, 떠난 줄 알았던 자신의 온기를 되찾았다는 것이, 자신의 유일한 사랑이 돌아왔다는 것이. 너무나 좋아 웃음이 비실비실 새어 나왔다.

"웃기는. 옷 벗고 누워 있어. 얼음찜질해야 해."

지은이 따끔하게 말하고 나가려 하자 해진이 지은의 손을 잡았다. 나가지 말고 같이 있자는 뜻이었다.

"얼음물 해올게. 조금만 기다려."

달래듯 지은이 말하자 해진이 쑥스러운 듯 시선을 피하며 대답했다.

"아파서 열나는 거 아니야."

"그럼 왜 나는 건데? 술 때문에 그래?"

"그것도 아니고."

해진의 목소리가 점점 작아졌다. 답답했다. 아픈 것도 아니고 술 때문도 아니면 도대체 열이 왜 나?

"그럼 열이 왜 나는 건데?"

지은이 다시 묻자 해진이 지은의 팔을 잡아당겨 자신의 품에 끌어안았다. 그러곤 가만히 지은의 귀에 속삭였다.

"너 때문에, 너 때문에 온몸이 뜨거워졌어. 지은아, 사랑한다. 이렇게 와줘서 정말 고마워."

해진의 고백에 지은은 가슴이 벅차올랐다. 원래 이렇게 따뜻한 사람이었다, 해진 오빠는. 그래서 칠 년 전 물색없이 해진 오빠에게 빠져들었던 것이다. 그 다정한 눈빛, 자신을 진정으로 걱정하는 말투, 배려해 주는 마음.

아르바이트하며 야식을 먹던 중 버섯을 먹고 알레르기를 일으켰다. 오빠가 온 동네를 돌아다니며 겨우 약을 구해주었다. 다행히 한 약국이 문을 늦게까지 닫지 않은 덕에 구했다고 했다. 겨울인데도 그때 오빠의 이마에 땀이 송송 맺혀 있었다. 감동이었다.

처음이었다. 할머니 말고 자신을 이렇게 위해주는 사람은. 부모님도 항상 자신의 편이 아니었다. 언니만 최고였다. 언니만 생각했다. 나 같은 건 안중에도 없었다. 당연히 받았어야 할 사랑을 받지 못해 항상 허기가 져 있었다. 그것을 채워준 사람이 해진 오빠였다. 아주 짧은 시간이었지만 그 느낌이 너무나 강렬했다. 그래서 잊지 못했다. 칠 년씩이나.

정말 힘들게 왔다. 칠 년 전 처음 만나 마음을 주었고 흔적도 없이 사라진 사람을 많이도 찾아다녔다. 칠 년 만에 나타나 자신을 밀어내며 속을 썩이더니 결국은 이렇게 자신에게 넘어와 주었다. 어젯밤 일은 기억하나 싶은 마음에 질문을 던졌다.

"어젯밤 오빠가 내 얼굴 만진 거 기억나?"

해진이 지은을 안은 채 그렇다는 듯 고개를 끄덕거렸다.

"오빠가 나에게 키스한 것도 생각나?"

해진이 다시 고개를 끄덕였다.

"오빠가 나보고 사랑한다고 했던 것도 기억나?"

해진의 고개가 다시 끄덕여졌다.

"고개만 끄덕이지 말고 말로 하란 말이야, 이 나쁜 놈아! 내가 얼마나 속상했는지 알아? 내가 얼마나 마음 상했는지 알아? 내가 얼마나 오빠 원망했는지 아냐고!"

지은이 원망을 담아 고함을 질렀다. 속이 시원했다. 가슴이 뻥 뚫리는 것 같았다. 발버둥을 치며 주먹으로 때렸지만 해진이 놓아 주지 않았다. 대신 가만히 속삭여 주었다.

"아니, 난 네가 날 얼마나 좋아하는지 몰라. 하지만 내가 널 얼마나 좋아하는지 그건 알아."

"그런데 왜 그랬어? 왜 날 떼어놓지 못해서 안달이었어?"

"널, 널 위해서."

"그런데 지금은 왜 잡아?"

"날…… 위해서. 너 없인 더 이상 살 수가 없어서."

"오빠, 선문답해? 왜 날 떼어놓으려 했는지 이유나 설명해 봐."

"그게……."

해진이 대답을 못하자 지은의 예쁜 이마에 주름이 잡혔다.

"뭔데?"

"……."

"뭐 때문인데?"

지은이 다시 다그쳤지만 해진은 차마 대답할 수 없었다. 어떻게 말할 것인가. 돈에 자식을 팔았다고. 널 가슴에 품고 다른 여자를 안았다고. 절대로 입 밖에 내어 말할 수 없었다. 그건 죽을 때까지 묻고 가야 할 비밀이었다. 아무리 상황이 나빴다고 해도 면죄부를 주기엔 너무나 큰 잘못이니까. 지은에게 그렇게 못난 잘못을 저지른 남자로 기억되고 싶진 않으니까.

지은이 그 사실을 알게 하는 건 지은을 보지 못하는 것보다 더 고통스러울 것 같았다. 지은이 자신에게 실망하는 모습은 보고 싶지 않았다. 못난 사내의 자존심이라고 해도 좋았다. 해진의 얼굴에 고통과 절망이 어렸다. 하지만…… 용서는 받고 싶었다. 그래서 안 열리는 입을 억지로 열었다.

"……죄를 지었어. 그래서 좀 많이 아팠어."

지은의 눈동자에 의혹이 실렸다. 죄를 지을 사람이 아닌데? 그랬다. 지은이 알기로 해진은 남들보다 자신에게 더 가혹한 사람이었다. 자신에게 더 인색한 사람이었다. 그런데 죄를 짓다니? 이해가 되지 않았다.

"무슨 죄?"

대답이 없었다. 눈을 깜박이며 궁금함을 담아 지은이 바라보자 해진이 슬며시 시선을 피했다. 뭔가 있긴 있구나.

"무슨 죄를 지었는데? 말해봐. 뭐든 내가 다 용서해 줄게."

"말 못해. 그래도 용서 받고 싶어. 안 되겠지? 너무 염치가 없지?"

"칠 년 전에 지은 죄야?"

해진이 대답 대신 고개를 끄덕였다. 그렇다면 이해가 된다. 해진의 성격상 자신이 죄를 지었다면 스스로 용서하지 않았을 테니까.

"그래서 날 떠난 거야? 그렇게 흔적도 없이 사라진 거야?"

해진이 다시 고개를 끄덕였다.

무슨 죄를 지었는지는 모르지만 해진이 죄를 지었다면 피치 못할 상황 때문이었을 것이다. 해진은 죄를 짓고 다니는 그런 사람이 아니니까. 지은은 용서해 주기로 마음먹었다. 칠 년 동안 스스로에게 벌을 줘왔는데 자신까지 보태고 싶지 않았다. 굳이 칠 년 전의 상처를 헤집어내어 지금의 좋은 기분을 망치기 싫었다. 오빠를 위해서, 그리고 자신을 위해서.

"그래, 인심 썼다. 그 죄가 뭔지는 모르지만 용서해 줄게. 당신의 죄를 사하노라."

지은은 신부님이 고해성사 후 신도들에게 해주는 것처럼 머리에 손을 얹고 해진의 죄를 사하여 주었다.

해진은 가슴에 얹혀 있던 돌덩이가 내려가는 것 같았다. 정말 용서 받은 기분이었다.

"지금 이 마음, 잊으면 안 돼. 꼭 기억해야 해. 무슨 일이 있어도 절대 날 버리면 안 돼. 약속할 수 있어?"

다짐을 받고 싶었다. 무슨 일이 있어도 떠나지 않겠다는 확답. 언젠가 자신의 비밀이 드러나 도망치려고 해도 그 말을 빌미로 지은에게 매달릴 것이다. 날 떠나려 해도 보내주지 않을 것이다.

알았다는 듯 지은이 고개를 끄덕였다.

그걸로 만족할 수 없었다. 대답을 들어야 했다. 말에는 힘이 있다. 한 번 뱉은 말은 주문처럼 그 사람을 따라다닌다. 약속이란 이름을 가지고.

"말로 해줘, 지은아. 날 사랑한다고. 무슨 일이 있어도 날 버리지 않겠다고."

자신을 몰아대는 해진이 이해가 되지 않았다. 그래도 좋았다. 날 이렇게까지 원하는 사람이 세상에 있다는 사실만으로도 가슴이 터질 것처럼 행복했다. 지은은 머리에 있던 손을 내려 해진의 얼굴을 가볍게 감쌌다. 불안에 흔들리는 눈을 마주하고 확고한 목소리로 대답했다.

"사랑해, 오빠. 무슨 일이 있어도, 세상이 무너져도 난 오빠 버리지 않아. 오빠를 떠나서는 내가 살 수 없는걸."

지은의 고백에 코끝이 시큰해져 왔다. 저절로 고백이 흘러나왔다.

"나도 그래, 지은아. 나도 널 떠나서는 살 수가 없어."

해진이 팔을 뻗어 지은을 끌어안았다. 용서해 줘서 정말 고맙다고. 네 용서 덕분에 난 다시 살아났다고. 거실 창을 통해 햇빛이 쏟아져 들어왔다. 두 사람을 축복해 주듯이.

겨울이라고 늘 추운 것은 아니다. 날씨가 춥다고 마음까지 추우라는 법은 없다. 이제 두 사람의 마음은 한여름보다 더 뜨거웠다. 마음뿐 아니라 몸도 뜨거워졌다. 욕구가 생겼다. 욕망이 생겼다. 다시 남자가 되었다.

의사 선생님 말씀이 맞았다. 의사 선생님께서 그러셨다. 사랑하는·여자가 생기면 낫게 될 거라고. 사랑을 할 만큼 내가 강해지면 스스로 지옥에서 벗어날 수 있을 거라고. 이제 내가 사랑을 할 만큼 강해졌나 보다. 지은아, 사랑한다. 해진은 지은의 입술로 다가가면서 가만히 속삭였다. 주문처럼 속삭였다.

"사랑해. 이제 다시는 널 떠나지 않아."

이제 정말 도망가지 않을 것이다. 이제는 강해질 것이다. 내 것을 지키기 위해서 나를 조금은 용서하고 살 것이다. 해진은 각오를 다졌다.

해진의 얼굴이 다가왔다. 한결 편해진 표정이다.

지은의 눈이 스르르 감겼다. 해진의 입술이 지은의 눈에, 콧등에 살짝살짝 입 맞추더니 살며시 입술로 날아왔다.

끝까지 가고 싶은 욕구를 떨쳐내고 억지로 입술을 떼어냈다. 더 있다간 일을 치를 것 같았다. 청혼도 하지 않고 지은일 안을 수는 없지 않은가. 입술을 떼자마자 지은이 고개를 숙였다. 얼굴이 빨갛게 달아올라 있다. 몹시도 사랑스럽다. 키스의 영향인지 입술도 잔뜩 부풀어 있다. 다시 맛보고 싶었지만 욕망을 눌렀다.

"나 봐. 나 좀 봐, 지은아."

그제야 지은이 고개를 들었다. 여전히 빨간 얼굴을 하고서. 귀여웠다. 두 손으로 지은의 얼굴을 감싸고 가볍게 베이비 키스를 했다.

"우리 나가자. 집에 있다간 사고 치겠다."

해진이 빙긋이 웃으며 말하자 지은이 만류했다. 말도 안 된다. 좀 전까지 아파서 죽어가던 사람이 어딜 가?

"아냐, 오빠. 나 혼자 갈게. 오빠는 좀 더 쉬어야 해. 아직 다 안 나았어."

지은이 가방과 휴대폰을 챙기며 말했다.

"괜찮다니까. 같이 갈 데가 있어. 씻고 나올 테니까 기다려."

"오빠 더 쉬어야 된다니까. 나 혼자 갈 수 있어."

지은이 고집을 부렸다.

지은의 고집이 만만찮은 거 해진도 알고 있다. 더 말해봤자 입만 아프다. 행동으로 보여야 했다. 지은의 가방과 휴대폰을 빼앗아 들고 단호한 목소리로 말했다.

"나 나올 때까지 압수야. 소파에 누워서 좀 쉬어. 너 어제 못 잤을 거 아니야. 나 간호하느라."

맞다. 사실 어제 해진을 간호하느라 거의 잠을 자지 못했다. 감정 소모가 심해서인지 더 피곤했다.

"쉬고 있어. 나 준비하는 데 시간 좀 걸려."

해진이 가방과 휴대폰을 들고 침실로 들어갔다. 할 수 없이 지은이 소파에 앉았다. 가방과 휴대폰 없이는 집에 갈 수가 없지 않은가. 긴장이 풀려서인지, 어젯밤 잠을 못 잔 때문인지 눈이 스르르 감겼다. 잠시만 쉬는 거야. 오빠가 씻고 나올 때까지만 쉬는 거야. 지은이 소파에 몸을 눕혔다.

방으로 들어온 해진은 어떡해야 하나 고민되었다. 청혼을 해야 하는데, 잊지 못할 청혼을 해야 하는데 해진으로서는 아는 것이 없었다. 그저 반지만 준비해 놓았다. 그럴 때 생각나는 사람은 경철뿐이었다. 휴대폰을 들고 단축 번호를 눌렀다. 신호음이 들리더니 경철의 목소리가 들렸다. 걱정스러운 목소리였다.

[몸은 어때?]

"괜찮아."

[그런데 왜? 또 쓸데없는 짓 했다고 잔소리하려고?]

경철의 목소리가 퉁명스러워졌다. 성질 내지 말라고 미리 선수 치는 것 같았다. 내가 성질을 왜 내? 이렇게 행복한데. 올라간 입꼬리가 내려올 생각을 안 했다.

"아니, 고맙다고 인사하려고."

[뭐?]

"나 지은이에게 청혼하려는데 어찌해야 할지 모르겠다. 네가 방법 좀 찾아서 가르쳐 줘."

[그게 정말이야? 정말 지은이랑 결혼할 거야? 지은이가 좋대?]

경철의 목소리가 기쁨으로 날아올랐다.

"그래, 자식아. 지은이도 나 사랑한대. 나 지은이와 결혼하고 싶다. 나도 이제 행복해지고 싶어."

[정말 잘됐다. 진짜 잘됐어. 청혼 이벤트는 나한테 다 맡겨줘. 내가 알아서 준비할게. 몇 시까지 나올래?]

"알아보고 전화 좀 줘."

[알았어. 자식, 축하한다.]

경철이 먼저 전화를 끊었다. 해진은 빙긋 웃으며 화장실로 향했다. 샤워를 하고 나오자 지은이 소파에 누워 잠들어 있었다. 천사 같은 얼굴을 하고 잠들어 있다. 턱을 괴고 가만히 들여다보았다.

어쩜 이리도 예쁠까? 기다란 속눈썹도, 오똑한 코도, 살짝 벌어진 입술도 너무너무 예뻤다. 보고만 있어도 행복했다. 손가락으로 가만히 얼굴을 쓸어 보았다. 보드라운 살결이 만져진다. 입술도 만져 보았다. 그래도 깨지 않았다. 많이 피곤했나 보다. 번쩍 안아서 침실에 데려다 눕혔다. 내 침대에 누워 있는 지은을 보니 기분이 묘했다. 정말 내 여자가 된 것 같았다. 가슴이 저리도록 행복했다.

"지은아, 지은아."

잠결에 그의 목소리가 들렸다. 언제 어디서든 알아들을 수 있는 그의 목소리. 그가 다정한 목소리로 내 이름을 불러주었다. 꿈인

가 보다. 깨고 싶지 않은 꿈이다. 다시 잠을 청했다. 입가에 미소
를 잔뜩 머금고서 말이다.

"지은아~ 지은아~ 일어나, 응?"

또 목소리가 들렸다. 이번에는 몸을 흔드는 손길까지 느낄 수
있었다. 꿈이 이렇게 생생한가? 슬그머니 눈을 뜨니 그가 바로 눈
앞에 서 있었다. 환한 미소를 짓고 어느새 외출 준비를 마친 모습
이었다.

하얀 와이셔츠에 정열적인 빨간 넥타이, 하얀 피부와 정말 잘
어울렸다. 어젯밤의 병색을 완연히 벗어버린 얼굴이었다. 얼굴에
서 빛이 났다. 아니, 이게 어떻게 된 일이야? 믿기지 않아 지은이
눈을 깜박거렸다.

"잘 잤어?"

그가 달콤한 목소리로 물었다.

"어, 어떻게, 어떻게 된 거야?"

당황해서 버벅거리며 물었다. 그사이에도 꿈인가 해서 살짝 허
벅지를 꼬집어 보았다. 아팠다. 그렇다면 꿈은 아닌데…… 꿈이
아니라면 그가 저렇게 멋진 모습으로, 저렇게 다정한 표정으로 내
게 말을 걸 리가 없는데? 이해가 되지 않아 울상이 되었다.

"생각 안 나? 오늘 아침에……."

아, 생각난다. 다 생각난다. 그에게 쫓겨 나갔다가 다시 돌아와
서로의 마음을 확인한 일, 그의 죄를 사해주던 일, 뜨겁게 키스를
나누던 일……. 그가 씻고 나올 동안 소파에 잠시 몸을 눕혔는데
여긴 도대체 어디야? 고개를 돌려 살펴보자 침대 위다. 그것도 그
의 침대 위.

이런, 어떻게 이런 일이……. 언제 여기로 옮겨졌지? 그것도 모르고 잠만 잤단 말이야? 잠자는 모습을 그가 봤을 거라고 생각하자 얼굴이 달아올랐다. 달아오른 얼굴을 감추려 두 손을 올려 볼을 감쌌다.

해진의 얼굴이 다가왔다. 시원한 향도 같이 다가왔다. 지은의 두 손을 잡아 내리더니 가볍게 키스를 해주었다. 이마에, 눈 위에, 그리고 입술에. 입술을 떼어내나 싶더니 다시 다가왔다. 입술을 가르고 혀가 들어왔다. 정열적인 입맞춤이었다. 정신이 하나도 없었다.

두 사람의 호흡이 거칠어졌다. 해진이 억지로 입술을 떼어내곤 엄지손가락으로 지은의 입술을 살짝 쓸었다. 그러곤 자신의 품에 당겨 안았다. 쿵쿵. 그의 심장 뛰는 소리가 들린다. 내 심장이 뛰는 소리도 들린다. 두 심장이 엇박자를 내며 지은의 귀를 두드렸다.

"사랑해, 지은아. 전심으로."

고백이 절로 나왔다. 정말 전심으로 사랑할 것이다. 내 여자 한지은을.

오피스텔을 나온 해진은 지은을 수입차 앞으로 이끌었다. 아주 비싸다고 소문난 차. 은색의 자동차가 햇빛을 받아 반짝인다. 해진이 뒷좌석 문을 열고 타라고 손짓했다. 가슴이 두근거렸다. 어딜 가려는 거지?

해진이 지은에게 그랬다. 묻지도 따지지도 말고 하자는 대로 따라달라고.

그래, 그러지, 뭐. 오늘 하루 그의 뜻대로 따라주지, 뭐.

지은이 올라타자 해진이 옆자리에 앉았다. 그러곤 습관처럼 또 손을 잡았다. 운전석의 경철이 고개를 뒤로 하며 생색을 냈다.

"니들 풀었다며? 다 내 덕이다."

"고마워, 오빠."

지은이 배시시 웃으며 대답했다. 정말 저 오빠 덕이다. 저 오빠 아니었으면 꿈도 못 꿀 일이었다.

차를 출발시키며 경철이 당연하다는 듯 요구했다.

"맨입으로는 안 되지. 내가 너 해진이한테 붙여 주려고 우리 회사에까지 불러들였는데."

"뭐야? 그럼 올 필요 없었던 거야?"

지은이 발끈했다.

"그래서 싫어? 내가 잘못한 거야? 그냥 견우직녀로 살도록 내버려 뒀어야 해?"

경철이 따져 물었다.

그건 아니다. 그랬다면 오늘처럼 좋은 날은 오지 않았겠지. 보답은 해야 할 것 같다.

"알았어. 뭐가 필요해?"

지은의 목소리가 금세 나긋나긋해졌다.

"내가 사 줄게."

지은의 대답에 해진이 재깍 나섰다. 지은에게 부담 주고 싶지 않았다.

"내가 돈이 없냐, 사는 걸로 받게?"

경철이 퉁명스럽게 받았다.

"그럼 뭘 원하는데?"

"영희. 네 친구 영희. 아직도 친하지?"

에이, 영희하고 경철 오빠는 아니다. 절대로 영희가 만족할 상대가 못 된다, 경철 오빠는. 내가 잘라주어야 했다.

"영희는 오빠한테 관심 없어. 걔가 눈이 얼마나 높은데?"

이번엔 경철이 발끈했다. 내가 걔 눈높이 아래에 있다는 거야, 뭐야? 자기에 대한 자부심이 넘치는 경철이었다.

"내가 수준 미달이라는 말이야? 나 차 돌린다?"

"야, 진경철!"

차를 돌리다니? 지금이 얼마나 중요한 시점인데. 내 마음이 얼마나 급한데. 한순간도 더 미룰 수 없었다. 어서 빨리 지은을 자신의 여자로 삼고 싶었다. 아내로 삼고 싶었다. 해진이 경철을 노려보았다. 저 자식이 이렇게 미워 보이긴 처음이었다.

저 자식이! 뒤통수가 뜨끈뜨끈하다. 뒤돌아보지 않아도 알 수 있었다. 친구가 레이저를 쏘아댄다는 것을.

"알았어, 인마. 늦바람이 무섭다더니 원. 그냥 한번 놀려봤다."

경철이 툴툴거렸다. 하지만 마음은 정말 좋다. 이제 친구가 행복해질 것 같아 마음이 놓였다.

"풋!"

두 사람 하는 양이 우스워 지은이 웃었다. 해진과 경철도 따라 웃었다. 지은이 해진의 어깨에 머리를 기대자 그가 한 팔을 올려 어깨를 감싸 주었다. 행복한 시간이다.

잠시 후 차가 멈추었다. 해진이 먼저 내려 손을 뻗었다. 그의 손을 잡고 내리자 그가 지은을 이끌었다.

지은은 한 번도 와보지 못한 토털 뷰티 숍이다. 매니저들의 손에 의해 지은이 변신하기 시작했다. 한 번도 해보지 못한 인형놀이가 시작되었다. 옷을 입히고, 화장을 하고, 머리를 만져주었다.

한 여자가 휘둥그레진 눈으로 거울을 들여다보고 있었다. 와인색 드레스가 무척 잘 어울렸다. 웨이브를 준 머리는 우아하게 어깨로 흘러내려 있었다. 가느다란 목과 움푹 파인 쇄골은 여성적인 분위기를 더해주고 있었다. 기다란 속눈썹으로 인해 눈이 더욱 매혹적으로 보였다.

'거울아, 거울아, 이 세상에서 누가 제일 예쁘니?'

지은이 거울을 보고 속으로 물었다.

'예. 이 세상에서 제일 예쁜 여자는 한지은입니다.'

거울이 대답했다. 거울 속의 여자가 만족스럽다는 듯 생긋 웃었다.

해진 역시 매니저의 손에 의해 변신하기 시작했다. 워낙에 잘생긴 얼굴이라 손볼 것도 없지만 몇 번의 붓질로 아름다움이 배가되었다. 하얀 셔츠에 까만 턱시도 차림으로 갈아입고 나니 영화배우보다 더 멋져 보였다. 매니저들도 해진의 매력에 뒤로 넘어갔다. 모두 침을 꼴딱꼴딱 삼키며 곁눈질했다.

대기실 소파에 앉아 기다리는데 지은이 들어왔다. 역시 나의 지은이다. 너무나 아름답다. 여신보다 더 아름다운 것 같았다. 시선을 뗄 수 없었다. 가슴이 격하게 뛰기 시작했다. 역시 청혼을 서두르길 잘했다. 이제 저 여자는 내 여자다. 하얀 코트를 들어 팔에 걸치고 자리에서 일어나 지은에게로 성큼성큼 걸어갔다.

대기실로 들어서는 순간, 지은은 자신이 백설공주임을 알았다. 저렇게 잘생긴 왕자님이 손을 내미는데, 암, 내가 백설공주고말고. 가슴이 콩닥콩닥 뛰었다. 너무나 멋져서 눈을 돌릴 수가 없었다. 정말 잘생긴 왕자님이었다. 칠 년 동안 내 마음을 쥐고 있던 왕자님. 두 시선이 만났다. 서로에게 녹아든다. 생크림보다 더 부드럽게, 아이스크림보다 더 달콤하게.

해진이 지은에게로 걸어갔다. 지은의 마음속으로 성큼성큼 걸어갔다. 지은도 걸어갔다. 해진의 마음속으로.

해진이 지은에게 코트를 입혀주었다. 오늘 아침 따뜻한 코트를 사 입히는 것이 희망 사항이었는데 이제 뜻을 이루었다. 다정히 어깨를 감싸 안고 대기실을 벗어났다. 매니저들의 부러워하는 시선이 느껴졌다. 지은의 어깨에 힘이 들어갔다. 이 남자는 내 남자다! 욕심내지 마!

그다음 도착한 곳은 63빌딩이었다. 그가 이끄는 대로 들어갔더니 대형 화면이 눈에 들어왔다. 영화관이었다. 그것도 대형 영화관. 스크린은 상상할 수 없을 만큼 컸다. 8층 높이는 되어 보였다. 흡사 공연장에라도 온 것 같았다.

빨간 좌석이 쫙 놓여 있다. 대충 봐도 500석은 되어 보였다. 고개를 뒤로 돌리니 거기서 조명이 비치고 있었다. 도대체 여기서 뭘 하려는 거야? 영화라도 보려는 걸까? 앞쪽 테이블엔 케이크와 와인, 촛불이 놓여 있었다. 로맨틱한 분위기였다.

멍하니 서 있는 지은을 해진이 자리로 이끌었다. 특별히 마련된 것으로 보이는 중간쯤의 위치로 와서 지은을 자리에 앉혔다. 그리고 지은의 볼에 살며시 키스하고 속삭였다.

"조금만 기다려. 금방 올게."

달콤한 목소리로 달래듯 속삭이며 해진이 지은을 안아 주고는 총총히 사라졌다.

잠시 후 조명이 꺼지고 스크린에 해진의 얼굴이 보였다. 당당한 사업가의 모습이었다. 배경 음악이 잔잔히 깔렸다. 사진 밑으로 자막이 떴다.

《당신을 나의 삶으로 초대합니다.》

자막에 맞추어 해진의 목소리가 흘러나왔다. 듣기 좋은 저음의 목소리. 지은을 설레게 하는 목소리. 설마? 설마 청혼? 우린 겨우 오늘 아침에 서로의 마음을 확인했을 뿐인데? 그래도 마음이 설레었다. 은근히 기대가 되었다.

아주 오래전 사진이 올라왔다. 지은과 해진이 풋풋하던 칠 년 전 사진. 패스트푸드점에서 같이 아르바이트할 때 지은이 찍어서 보내준 사진이었다. 둘 다 유니폼을 입고 환하게 웃고 있었다. 지은은 행복한 듯 손가락으로 V자를 만들고 있었다.

저 사진을 아직도 가지고 있었단 말이야? 놀라움으로 눈이 동그래졌다. 지은도 가지고 있는 사진이었다. 휴대폰을 바꿀 때마다 잊지 않고 꼭 옮겨 담은 사진이었다. 해진이 보고 싶을 때마다 꺼내보는 사진이었다. 그 시절이 생각나 슬며시 미소가 지어졌다.

자막이 올라오고 있었다.

《당신을 처음 만난 건 칠 년 전 겨울이었습니다. 참 추운 겨울이었습니다. 마음이 추운 겨울.

어두웠던 내 인생에서 한 줄기 햇살을 만났습니다. 바로 당신입

니다.》

　가슴이 욱신거렸다. 코끝이 시큰거리며 눈물이 흘러나왔다. 지
은도 그랬다. 엄마 때문에 힘들던 지은에게 해진은 한 줄기 빛이
었다. 햇살이었다. 구원자였다. 그가 아니었으면 자신의 인생은
어떻게 바뀌었을지 알 수 없었다. 대학을 포기했을 수도 있고 포
기 못해서 나쁜 길로 빠졌을 수도 있었다.
　나도 그랬어, 오빠. 내게도 오빠가 햇살이었어. 구원자였어. 우
린 정말 소울메이트인가 봐. 천생연분인가 봐. 자꾸만 눈물이 흘
러나왔다.

《내 잘못으로 당신을 놓아야만 했습니다. 그리고 내게 다시 겨
울이 왔습니다.》

　눈 쌓인 황량한 벌판이 나타났다. 바람에 나무가 흔들리는 사
진. 한 남자가 외로이 서 있었다. 몹시도 추워 보였다. 그 남자가
해진 오빠처럼 느껴졌다. 추운 곳에서 혼자 떨고 있는 저 남자가
그인 것만 같았다. 그의 외로움이, 고독이 절절이 느껴졌다. 자꾸
만 눈물이 나왔다. 가슴이 미어졌다. 나도, 나도 오빠가 없어서 외
로웠어. 추웠어. 황량했어.
　화면에 지은과 해진의 최근 사진이 올라왔다. 여러 컷이었다.
지은이 화사하게 웃고 있는 사진, 뽀로통하니 서 있는 사진, 기운
이 빠져 축 처져 걷고 있는 사진…… 그 옆에는 지은을 아련하게
바라보는 해진의 사진이 붙어 있었다.

《칠 년 만에 당신을 다시 만났습니다. 보기만 해도 좋았습니다. 그것만으로 만족하려 했습니다.》

그래서, 그래서 그렇게 밀어내려고 했던 거야, 오빠?

《하지만 이젠 그러고 싶지 않습니다. 당신과 사랑을 하고 싶습니다. 당신이 웃으면 같이 웃고, 화가 나면 달래주고, 기운이 빠져 있으면 북돋아 주고 싶습니다.》

꽃이 만발한 들판이 나타났다. 한 연인이 다정히 손을 잡고 꽃밭으로 걸어가고 있었다. 봄 햇살이 그들을 비추었다.

《소망을 갖게 되었습니다. 자꾸만 기도를 하게 됩니다. 나와 결혼해 주시겠습니까? 나에게도 행복을 주시겠습니까? 내게 따스한 봄 햇살을 보여 주시겠습니까? 사랑합니다, 한지은. 당신을 사랑합니다, 너무너무…….》

가슴이 벅차올랐다. 사랑받는 것이 이렇게 감동적이라니! 눈물이 나왔다. 자꾸만 흘러나왔다. 주체할 수가 없었다. 가방에서 손수건을 꺼내 눈물을 닦았다.

"흑흑……."

흐느낌도 흘러나왔다. 바보, 바보 멍충이. 이제라도 용기 내줘서 고마워. 너무나 고마워, 오빠. 나도, 나도 사랑해, 오빠…….

경철과 의논한 결과 청혼 장소는 63빌딩 아이맥스 영화관으로 잡았다. 사진과 편지가 필요했다. 스크린에 띄울 거라고 해서 아예 내가 작업하리라 마음먹었다. 마침 지은도 잠이 들었으니까. 컴퓨터로 작업을 시작했다. 휴대폰에 저장해 놓은 예전 사진을 불러오고, 경철이 찍어놓았다는 사진을 회사 서버로 들어가 몇 컷 골라내었다. 자신의 사진도 몇 컷 골랐다.

다른 사진들은 인터넷을 뒤졌다. 이런 작업은 해진에게 일도 아니었다. 최고의 날로 만들어 주고 싶었다. 최고의 여자로 만들어 주고 싶었다. 토털 뷰티 숍으로 가서 지은을 꾸며 주었다. 정말 예뻤다. 황홀했다.

그리고 지은을 데리고 영화관으로 향했다.

조명이 꺼지고 스크린에 해진이 준비한 것들이 올라가고 있었다. 청혼 이벤트였다. 준비된 꽃다발을 들고 천천히 걸어가며 스크린을 보았다. 아니, 지은의 반응을 보았다. 스크린에 올라가는 내용은 안 봐도 눈에 선하다. 자신이 몇 번씩 수정해 가면서 만든 영상이니까. 자신의 목소리가 흘러나왔다.

스크린에 옛날 사진이 떴다. 칠 년 전, 지은과 찍은 단 한 장의 사진. 패스트푸드 아르바이트를 할 때 지은이 졸랐다. 같이 사진 한 장만 찍자고. 못 이긴 체 포즈를 취해주었다. 그나마 그것이 해진의 지난 칠 년 동안 힘이 되어 주었다. 지치고 힘들 때는 아무도 몰래 그것을 열어보았다. 놀라운 듯 지은의 눈이 동그래졌다. 해진의 목소리가 다시 흘러나온다.

《당신을 처음 만난 건 칠 년 전 겨울이었습니다. 참 추운 겨울이었습니다. 마음이 추운 겨울.

어두웠던 내 인생에서 한 줄기 햇살을 만났습니다. 바로 당신입니다.》

그랬다. 해진에게 지은은 한 줄기 햇살 같은 존재였다. 고단한 해진의 삶에 선물 같은 존재였다. 그 햇살에 잠시 잠깐씩 몸도 녹이고 마음도 녹였다.

《내 잘못으로 당신을 놓아야만 했습니다. 그리고 내게 다시 겨울이 왔습니다.》

아마 황량한 벌판이 보이리라. 그때의 내 마음처럼 황량한. 얼마나 춥고 외로웠는지 모른다. 책임과 의무만 있고 웃음과 즐거움을 잃어버린 시절. 지은이 눈물을 흘리고 있었다. 아마도 나를 가엾게 여겼음이리라. 내 눈에서도 눈물이 흘러나왔다. 억지로 고개를 들고 눈물을 밀어 넣었다.

《칠 년 만에 당신을 다시 만났습니다. 보기만 해도 좋았습니다. 그것만으로 만족하려 했습니다.》

그래, 밀어내려고 했었다. 포기하려고 했었다. 볼 때마다 나는 욕심을 억지로 접으려 했었다. 마음을 꼭꼭 가둬두었다. 그 둑이 터져 버렸다. 오늘 아침 터져 버렸다. 이젠 어쩔 수 없다. 급류에

휩쓸리더라도 함께 가야 한다. 그래야만 한다. 그래야 내가 살 수 있으니까.

지은이 울고 있다. 가방에서 손수건을 꺼내서 눈물을 닦는다. 그 눈물에 가슴이 저민다. 내가 저 눈물을 닦아줘야 하는데……. 나도 눈물이 나오려고 했다. 눈에 다시 힘을 주고 해진은 지은을 향해 성큼성큼 걸어갔다.

"흑흑……."

이제 지은이 흐느낀다. 마음이 급했다. 어느새 해진은 지은 앞에 섰다.

"나와 결혼해 주겠니?"

떨리는 목소리로 해진이 꽃다발을 내밀며 물었다. 지은의 고개가 들렸다. 울어서 눈이 퉁퉁 부어 있었다. 그래도 예뻤다. 마냥 예뻤다. 울어서 토끼 눈처럼 빨개진 그 눈조차도 예뻐 보였다. 아무래도 내가 제정신이 아닌가 보다. 지은에게 홀딱 빠졌나 보다.

지은이 눈만 깜박거렸다. 대답을 하지 않았다. 초조했다. 불안했다. 설마 거절하는 건 아니겠지? 사랑한다고 했는데. 설마 사랑 따로, 결혼 따로야? 그렇다면 설득시켜야 한다. 프러포즈를 받아줄 때까지 설득해야 한다. 지은의 앞에 한쪽 무릎을 꿇고 앉아 다시 물었다. 자연 목소리가 강압적으로 흘러나온다.

"결혼해 주겠니, 지은아?"

"응, 오빠."

그제야 지은이 고개를 크게 끄덕거리며 대답했다. 목소리가 잠겨 있다. 울어서 그런가 보다. 감사의 눈빛으로 지은을 보았다.

"잘할게. 잘할게, 지은아. 앞으로는 잘할게. 널 실망시키지 않을게."

지은과 시선을 맞추며 약속했다. 그때는 지킬 수 있을 줄 알았다. 그럴 줄 알았다. 운명이라는 것이 그렇게까지 잔인하리라 생각지 않았으니까.

지은이 다시 고개를 끄덕거렸다. 해진이 재킷 주머니에서 반지를 꺼내 지은의 손가락에 끼워주었다.

가슴이 벅차올랐다. 드디어 청혼을 받았다. 사랑하는 해진 오빠에게서. 그것도 이렇게 멋진 이벤트로.

영상을 보고 감동해 해진을 찾는데 그의 목소리가 들렸다.

"나와 결혼해 주겠니?"

조명이 비춰졌다. 환한 조명이 해진과 지은을 비추고 있었다. 눈앞에 해진이 보였다. 턱시도 차림의 그가 보였다. 붉어진 눈으로 꽃다발을 들고 서 있었다. 레드 와인색의 장미꽃 다발. 꽃말이 불타는 사랑이던가? 진녹색의 잎으로 인해 더 강렬해 보였다. 긴장으로 해진의 얼굴이 굳어 있었다. 입술을 굳게 다물고 지은만 뚫어질 듯 보고 있었다. 그 눈빛이 너무 뜨거워 말을 잃었다.

"결혼해 주겠니, 지은아?"

멍하니 쳐다보는 사이, 해진이 지은의 앞에 한쪽 무릎을 꿇고 앉아 다시 물었다. 은근하면서도 힘이 있는 목소리였다. 거절은 용납하지 않겠다는 목소리. 카리스마가 느껴졌다. 부드러운 해진 오빠도 좋았지만 강하게 밀어붙이는 그가 더 좋았다. 너무나 멋졌다. 가슴이 울렁거릴 만큼.

"응, 오빠."

당연하지. 내가 오빠를 얼마나 사랑하는데. 고개를 크게 끄덕거리며 대답했다. 목이 잠겨 더 이상 말을 이을 수가 없었다. 해진이 지은의 손을 잡고 반지를 끼워주었다. 다이아몬드가 박힌 심플한 반지였다. 마음에 들었다. 화려하지 않아서 좋았다. 지은은 화려한 것보다 심플한 걸 좋아했다.

해진은 똑같은 디자인의 반지를 하나 더 꺼내 지은에게 끼워 달라고 했다. 커플링이었다. 이제 이 남자가 내 남자가 되는구나. 정말 내 남자가 되는구나. 감개무량했다. 기쁜 마음으로 그에게 반지를 끼워주었다. 반지를 낀 손을 펴 그의 손 옆에다 대어보았다. 똑같은 반지를 낀 두 사람의 손을 보니 정말 부부가 된 듯 뿌듯해졌다.

그의 입술이 다가왔다. 눈이 스르르 감겼다.

억지로 입술을 뗀 해진이 지은을 스크린 쪽으로 이끌었다. 케이크와 와인과 촛불이 세팅된 테이블로.

청혼 이벤트가 끝나고 밖으로 나왔다. 식사를 하러 가자고 했다. 그 말을 들으니 갑자기 배가 고팠다. 하긴 아침부터 먹은 게 별로 없다. 우유 한 잔, 토스트 한 쪽 먹었을 뿐이다.

사람들의 시선이 몰렸다. 드레스 위에 하얀 코트를 걸친 아름다운 여자와 턱시도 차림의 잘생긴 남자는 사람들의 시선을 모으기에 충분했다. 다른 여자들이 욕심낼까 봐 지은은 해진의 팔짱을 끼고 해진을 향해 화사하게 웃어 주었다. 해진도 화답하듯 환히 웃어 주었다. 다시 만난 후 처음 보는 환한 미소였다. 그 옛날 지은을 빠져들게 만든 그 미소. 사람을 따스하게 데워주던 그 미소. 사람들의 시선에 아랑곳하지 않고 두 사람은 서로에게서 눈을 떼지 못했다.

엘리베이터를 타고 위로 올라갔다. 여전히 사람들의 시선이 몰렸다. 해진이 팔을 올려 지은의 어깨를 감쌌다. 다른 남자의 접근을 막는 행동이었다. 지은이 해진의 어깨에 머리를 기댔다. 다른 여자의 접근을 막는 앙큼한 행동이었다.

중식당이었다. 입구부터가 고급스럽다. 직원이 두 사람을 룸으로 안내해 주었다. 미리 주문해 놓았는지 코스 별로 음식이 나왔다.

"이거 다 오빠가 준비한 거야?"

어느 정도 먹고 나자 지은이 물었다.

"아니, 경철이가."

혹시 실망할까 봐 해진이 지은의 눈치를 살피고 변명처럼 말을 이었다.

"난 동영상 준비하느라 바빴어. 혹시라도 네가 도망갈까 봐 지켜야 하기도 했고."

그랬구나. 하긴, 동영상 준비하기도 빠듯한 시간이었다.

"그럼 반지도 경철 오빠가 준비한 거야?"

"아니. 그건 내가."

좋았던 기분이 순식간에 나빠졌다. 뭐야? 그럼 이 반지는 날 위한 반지가 아니었어? 우리는 오늘 아침에야 사귀기로 했었다. 그러곤 쭉 같이 있었다. 반지를 살 시간 따위는 없었다. 그렇다면 그 전에 사놓았다는 얘긴데…….

저번에 본 그 여자를 위해 준비한 반지 아니야? 의심이 보글보글 끓어올랐다. 다른 여자를 위해 준비한 반지라면 사절이다. 확인을 해야 할 것 같은데 뭐라고 물어야 하지? 불만을 담아 그저 해진의 얼굴만 빤히 들여다보았다. 마치 그렇게 쳐다보면 대답을 들을 수 있는 것처럼.

지은의 표정에서 불만을 읽은 해진의 가슴이 철렁 내려앉았다. 눈동자가 불안으로 흔들렸다. 경철이 이벤트 준비를 해서 속상한 건가? 시간이 걸리더라도 내가 준비할 걸 그랬나? 아무래도 내가 너무 서둘렀나 보다.

"내가 준비하지 못해서 속상해? 난 더 기다릴 수가 없었어. 너에게 빨리 청혼하고 싶은 맘뿐이었어. 그래서……."

"그것 때문이 아니야."

다행이다. 그럼 무엇 때문이지? 혹시 반지 때문인가? 반지가 소박하긴 했다. 다이아몬드 크기가 작다 싶었다. 좀 더 큰 걸 준비할 걸 그랬나? 보는 순간 너무나 마음에 들었다. 지은에게 어울릴 것 같았다. 두 번 고민하지 않고 금액을 지불했다.

"혹시 반지가 맘에 안 들어?"

"반지는 마음에 들어."

"그런데 왜? 왜 화가 난 거야?"

왜 화가 나긴, 몰라서 물어?

"반지는 언제 마련했어? 누굴 위해 준비한 반지야? 난 다른 사람 대용품은 되고 싶지 않아."

자연 지은의 목소리가 딱딱하게 흘러나왔다.

"그건 무슨 소리야? 다른 사람 대용품이라니? 널 위해 산 반지야."

해진은 펄쩍 뛰었다. 말도 안 된다. 내가 어떤 마음으로 마련한 반진데…….

"그게 말이 돼? 우린 오늘부터 사귀기로 했어. 그리고 쭉 같이 있었고. 그런데 오빠가 어떻게 반지를 준비할 수 있어?"

파르르 떠는 목소리조차 듣기 좋았다. 질투를 한다는 건 그만큼 마음이 있다는 소리니까.

"정말 널 위해 산 거야. 레스토랑에서 널 아프게 한 날 너무 미안해서 널 위해 무언가 사주고 싶었는데 반지밖에는 눈에 안 들어왔어."

오해를 풀어주려고 해진이 얼른 해명했다. 그날도 많이 아팠다. 사랑하는 이를 위해 아무것도 할 수 없는 무기력함. 그때의 감정이 생각나 해진은 시선을 내리고 손가락으로 이마를 만지작거렸다.

"참, 그때 버섯 먹은 건 괜찮아? 두드러기 때문에 힘들었지?"

해진이 걱정을 담아 묻자 지은의 눈이 휘둥그레졌다. 그건 또 언제 봤대? 이렇게 세세하게 챙기는데 내가 어떻게 다른 사람을 좋아할 수 있었겠어? 그럼 혹시 그때 그 약도? 미소와 대판 싸우고 조퇴하기 위해 사무실에 돌아왔더니 책상 위에 알레르기 약이 놓여 있었다. 소화제와 함께.

"괜찮아. 혹시 그 약, 알레르기 약, 오빠가 사다 놨어?"

몰래 나쁜 짓 하다 들킨 사람처럼 해진의 얼굴이 붉어졌다.

지은이 고개를 끄덕이며 말했다.

"그랬구나. 오빠가 사다 놓은 게 맞구나. 여자랑 호텔 간 남자가 사 놓을 리가 없다고 생각했는데."

"호텔이라니? 정말로 내가 그 여자와 호텔에 갔다고 생각했어?"

호텔 건에 대해서는 해진도 경철을 통해 들었다. 이름을 밝힐 수 없는 어떤 여직원이 화영과 해진이 식사 도중에 불붙어서 나갔다고 얘기했다가 지은에게 개박살 났다고 했다. 그때 경철이 나보고 뭐랬더라? 복 많은 놈이라 그랬던 것 같은데. 칠 년 동안 보지도 못했으면서 어떻게 널 믿을 수 있느냐고. 여전히 한지은은 박해진 광팬이라고.

그랬는데 날 믿어준 게 아니란 말이야? 내가 정말로 여자와 대낮부터 호텔을 들락거린다고 생각한 거야? 날 그런 섹스에 환장한 놈으로 생각했다는 말이야? 해진의 얼굴이 잔뜩 찌푸려졌다. 섭섭했다.

"내가 대낮부터 여자와 호텔에 갔다고 생각했냐고!"

해진이 화난 목소리로 다시 다그쳐 물었다.

하긴 이건 그냥 넘어갈 문제는 아니었다. 짚고 넘어갈 문제였다. 지은이 눈에 힘을 주고 해진에게 따져 물었다.

"아니야?"

"미쳤어, 내가? 널 두고 다른 여자와 어떻게 호텔을 가? 그런 일 없어! 절대 없어!"

해진이 거칠게 부정했다. 자기는 사랑하는 여자를 두고 다른 여자와 호텔에 갈 수 있는 사람이 아니다. 생각조차 해본 적이 없다. 단 한 번 그때를 빼고는. 해진의 말투에서 진심이 묻어났다. 지은은 알았다는 듯 고개를 끄덕였다.

"알았어. 믿을게."

해진의 표정을 보아하니 그날 호텔 운운한 건 순전히 미소의 착각이었나 보다.

지은이 계속 생각에 잠겨 있자 해진은 불안해졌다. 믿는다고 하면서도 혹시 의심하는 건 아닐까? 그렇다면 그 의심을 잠재워 줘야만 한다.

"나 거짓말 못하는 사람인 거 알지? 딱 한 번 실수한 적 있어. 그래서 널 떠났고, 그 이후로 여자에게 욕구도 생기지 않았어."

딱 한 번 실수한 적 있다고? 전에 죄를 지었다고 한 것이 그것인가? 그렇다고 욕구도 없어? 말도 안 돼. 남자들은 52초에 한 번씩 욕구를 느낀다던데? 지은이 믿기지 않는다는 얼굴로 해진을 쳐다보았다.

후! 한숨이 절로 나왔다.

"맹세코 나에게 여잔 너뿐이야. 믿어도 돼. 앞으로도 널 배신하는 일은 절대 없을 거야."

해진은 지은의 시선을 똑바로 보며 약속했다. 다시는 그런 일 없을 것이다. 지은을 배신하는 일은 그 한 번뿐이어야 했다.

"그럼 그때 그 여잔 누구야?"

해진을 믿긴 하지만 확인은 해야 할 것 같았다.

"그 여잔 프로그램 개발 회사 창업하려고 우리 회사에 자문을 구하러 온 예비 CEO야."

"오빠 어머니랑 친한 것 같던데, 혹시 내가 밀리는 거 아냐?"

"밀리면 도망칠 거야? 우리 안 그러기로 했잖아."

"난 옛날부터 도망치지 않았어. 오빠가 도망쳤지. 오빠만 도망 안 가면 돼."

"이젠 도망 안 가. 맹세할 수도 있어. 반지까지 끼워줬잖아."

해진이 단호하게 약속하며 지은을 안심시켜 주었다.

"손가락 사이즈는 어떻게 알았어?"

"네 우정 반지."

우정 반지? 우정 반지라니? 영희와 나의 우정 반지 말이야? 지은이 눈을 동그랗게 뜨고 해진을 바라보았다.

"너 그 반지 칠 년 전에도 끼고 있었잖아. 영희라는 친구와의 우정 반지라면서. 그때 내가 한번 끼어봤지. 네가 손 씻는다고 잠시 빼놓았을 때. 내 새끼손가락에 맞더라고. 그때 우린 천생연분인지도 모른다고 생각했어. 여자의 약지와 남자의 새끼손가락 사이즈가 같으면 천생연분이라는 소리를 들은 적이 있거든."

해진이 미소 지으며 주절주절 말을 이었다. 참 말이 없는 남자였는데, 회사에선 여전히 말이 없는 남자인데 오늘따라 말이 유난히 많았다. 그만큼 자신에게 하고픈 말이 많기 때문이 아닐까 하는 생각에 지은은 뿌듯해졌다.

"우리 천생연분 맞아. 그러니까 칠 년이 지나서도 다시 이렇게 만난 거 아니겠어?"

해진이 대답 대신 손을 뻗어 지은의 손을 잡았다. 그 손에 입을 맞추고는 눈이 가늘어지도록 미소를 지었다. 지은의 눈도 같이 가늘어졌다.

6. 각오

깊은 밤이었다. 자동차 소리도 들리지 않았다. 침대에 누웠건만 잠이 오지 않았다. 너무나 좋아서 그런 것 같았다. 침대에서 뒤척이던 지은은 결국 휴대폰을 집어 들어 화면을 열었다. 동영상이 뜬다. 프러포즈할 때 해진이 준비한 동영상부터 두 사람을 찍은 동영상까지 모두 다 다시 보았다. 아무리 보아도 질리지가 않았다. 좋아서 미칠 것만 같았다. 입이 연방 벙긋거렸다. 온몸을 비비적거렸다.

다음 날 아침, 지은은 옷장을 열어놓고 패션쇼를 했다. 해진에게 예쁘게 보이고 싶은 마음에 얼마 되지 않은 옷들을 펼쳐놓고 이걸 입었다 저걸 입었다 난리를 쳤다. 아무리 봐도 입을 옷이 없었다. 지은의 옷은 거의가 다 무채색이었다. 유행을 타지 않는 무채색 옷.

화사한 옷으로 입고 싶은데…… 오빠에게 예쁘게 보이고 싶은데……. 할머니와 영희가 옷 좀 사 입으라고 할 때 사 입을 걸 후회가 되었다. 당장 옷 좀 사야 할 것 같았다.

"우리 강아지, 밥 먹자."

박 여사가 문을 열고 들어오다 말고 방 안의 모습을 보곤 깜짝 놀라 눈을 동그랗게 뜨고 물었다.

"지은아, 무슨 일이냐?"

"할머니, 이 옷이 예뻐, 이 옷이 예뻐?"

대답 대신 지은은 옷 두 벌을 들어 자기 몸에 대어가며 박 여사에게 물었다.

"우리 강아지야 뭘 입어도 예쁘지. 근데 정말 무슨 일이야?"

정말 궁금한 표정이었다.

"할머니, 나 해진 오빠한테 청혼 받았다, 어제."

"뭐? 정말이야? 그놈이랑 오빠 동생 한다고 하지 않았어?"

박 여사에게 비밀 같은 건 만들지 않는 지은이었다. 당연히 해진과의 일도 알고 계셨다.

"그랬는데 오빠가 나 사랑한대. 너무너무 사랑한대. 이거 봐. 우리 커플링도 했다!"

지은이 목소리 끝을 올리며 자랑스럽게 얘기했다. 박 여사의 얼굴이 환하게 피어났다. 지은이 해진을 얼마나 좋아하는지 알고 있기 때문이었다.

Rrrrrr~ Rrrrrr~

지은의 휴대폰이 울렸다. 액정을 보니 해진이었다. 표정이 벌써 환하게 밝아졌다. 얼른 전화를 받으며 부드러운 목소리로 물었다.

"오빠 왜?"

[아직 집이지? 나 너희 집으로 가는 중이야.]

아니, 이게 무슨 소리야? 회사에 출근할 사람이 여길 왜 와? 의아함을 담아 물었다.

"오빠가 여기로 왜 와?"

[너 버스 타고 다니려면 힘들잖아.]

나 힘들까 봐 데리러 온다고? 이런 감동이! 그래도 이건 아니다. 출근 시간이라 차가 밀릴 것이다. 그냥 버스 타고 가면 된다. 만원버스에 조금 시달리긴 하겠지만.

"그러지 마, 오빠. 나 버스 타고 가면 돼."

[벌써 출발했어. 10분이면 도착할 것 같아. 천천히 준비하고 나와.]

10분 후면 도착이라고? 헐, 마음이 급했다.

"알았어, 오빠. 일단 끊어."

지은이 휴대폰을 끊자 통화 내용을 듣고 있던 박 여사가 지은에게 물었다.

"여기로 온대?"

"어, 할머니. 나 바빠. 10분 후에 도착이래."

바쁘다. 화장도 아직 제대로 안 했는데, 옷도 못 골랐는데…….
지은의 동작이 빨라졌다.

서둘러 준비를 마치고 나가자 해진이 차에서 나왔다. 고급스러운 재킷 안에 하얀 와이셔츠와 브라운색 넥타이가 보였다. 다 좋은데 넥타이가 조금 중후해 보였다. 아무래도 좀 젊은 취향으로 골라 주어야겠다.

그의 얼굴에서는 빛이 났다. 반짝반짝 빛난다. 오빠가 뱀파이어였나? 햇빛에 나오면 자잘한 다이아몬드 수천 개가 박힌 것처럼 피부가 반짝거린다는 트와일라잇의 한 구절이 생각났다. 지은의 눈에는 소설 속의 에드워드보다도, 영화 주인공 로버트 패틴슨보다도 해진이 훨씬, 훠얼씬 더 잘생긴 것 같았다.

그런 그가 자동차 문을 열어주었다. 지은을 위해 열어주었다. 환한 미소를 짓고서. 벨라가 부럽지 않았다. 크리스틴 스튜어트도 부럽지 않았다. 온 세상 어떤 여자도 지은보다 더 행복할 순 없을 것이다.

자동차 안에서 할머니가 싸준 주먹밥을 나눠 먹었다. 현관을 나서는 지은에게 차에서 먹으라고 할머니가 속성으로 만들어 주신 주먹밥이었다. 멸치조림과 김자반으로 만든 박 여사표 주먹밥. 고소한 참기름 냄새가 차 안을 가득 채웠다.

"정말 맛있다. 할머니 음식 솜씨가 장난 아니시네."

엄지를 치켜 올리며 해진이 칭찬했다.

"그럼, 누구 할머니신데."

지은이 자랑스럽게 대답하며 주먹밥을 해진의 입에 하나 더 넣어 주었다. 오물오물 먹는 것이 보기 좋았다.

자동차가 회사 주차장에 도착했다. 벨트를 풀고 내리려고 하자 해진이 지은을 잡았다. 자동차 문을 열어주려고 그러나? 이러다 정말 나쁜 버릇이 들 것 같았다. 내가 무슨 여왕이라도 된 것 같았다. 고개를 바로 하는데 지은의 몸이 돌려졌다. 해진의 입술이 다가왔다. 참기름 냄새와 함께 깔끔한 해진의 향기도 다가왔다.

쪽. 가볍게 입술을 맞추고 떨어지더니 다시 지은의 머리를 두 손으로 부여잡고 입술을 부딪쳐 왔다. 이내 혀가 들어왔다.

아니, 이 오빠가? 늦바람이 무섭다더니 시도 때도 가리지 않았다. 여기는 회사 주차장인데? 지금 출근 시간인데? 회사 직원들이 보면 어쩌려고? 달아오르는 몸을 억지로 식히며 해진을 주먹으로 때렸다.

주차장에 차를 세우고 그냥 내리려니 아쉬웠다. 아까는 지은의 집 앞이라 사랑의 액션을 취할 수가 없었다. 가볍게 뽀뽀만 하려고 했다. 마음만 보여주려고 했다. 그런데 그럴 수가 없었다. 부족했다. 그것도 많이.

키스를 시도했다. 지은의 머리를 부여잡고 입 안을 헤집었다. 아까 먹은 주먹밥의 고소한 맛이 느껴졌다. 지은이 주먹으로 때리는데도 멈출 수가 없었다. 억지로 입술을 떼어내니 빨갛게 달아오른 지은의 얼굴이 보였다. 부풀어 오른 입술도 보였다. 사랑스러웠다.

"뭐야, 오빠? 여기 회사란 말이야. 사람들 보면 어쩌려고 그래?"

지은이 투덜거렸다.

그게 뭐 대순가? 조만간 결혼할 사인데.

"보면 어때? 난 오늘부터 광고하고 다닐 건데? 우리 약혼했다고."

뭐, 뭐라고? 오늘부터 광고하고 다닌다고? 우리 약혼했다고? 미치겠다. 도망치듯 자동차 문을 열고 나와 엘리베이터로 빨리 걸었다. 하지만 몇 걸음 걷기도 전에 해진에게 잡혔다. 해진이 지은의 어깨에 팔을 두른다. 지은이 울상이 되었다.

해진이 데리러 온 덕분에 다른 날보다 출근이 빨랐다. 해진이 자기 사무실로 가자고 조르는 것을 일 핑계로 개발2팀으로 왔다. 지은이 자신의 책상으로 걸어가는데 신우가 들어왔다. 지은을 보고 반갑게 인사했다.

"지은 씨, 좋은 아침. 오늘은 출근이 빠르네?"

"아, 예. 그냥 조금 일찍 나섰어요."

사장이 집까지 픽업하러 왔다고 할 수는 없지 않은가.

"근데 지은 씨, 오늘 좀 다르다?"

신우가 고개를 살짝 젖히고 눈을 가늘게 뜨며 의심스럽다는 듯 말했다.

"뭐, 뭐가요?"

도둑이 제 발 저린다고, 지은이 버벅거리며 물었다. 혹시라도 아까 키스한 거 들킨 거 아니야? 얼굴이 빨갛게 달아올랐다.

"오늘 왜 이리 예쁘게 입고 왔어요? 얼굴도 화사하게 빛나고. 혹시 퇴근하고 나랑 데이트하려고 그런 건가? 이거 엄청 기분 좋은데요."

아차 싶은 생각이 들었다. 그제 신우가 사귀자고 할 때 해진 때문에 거절할 타이밍을 놓쳤다. 타이밍을 놓쳤을 뿐 아니라 좋다고 고개까지 끄덕였다. 이 일을 어쩌지? 졸지에 두 남자를 가지고 논 여자가 되고 말았다. 신우와 사귀기로 하고 그 다음 날 다른 남자의 청혼을 받아들이다니. 부끄러움에 얼굴이 달아올랐다.

한지은 너, 제정신 아니구나? 일단 신우에게 사과해야 했다. 진심으로 용서를 빌어야 했다.

"저, 팀장님, 사실은요, 저 좋아하는 남자 있어요."

"알아요. 사장님 좋아하시죠?"

"예. 그 마음 접으려고 팀장님 이용했어요. 죄송합니다."

고개까지 숙여가며 지은이 사과했다. 전심을 담아 사과했다.

"괜찮아요. 시작이야 어쨌든 앞으로 절 좋아해 주면 돼요."

이를 어째. 한지은, 복 터졌구나. 잘난 두 남자의 사랑을 듬뿍 받고. 그래도 이건 아니지.

"그게…… 그게 안 될 것 같아요."

"왜요?"

"사실은…… 사장님에게 청혼 받았어요."

눈을 질끈 감고 후다닥 얘기했다. 그래야 희망을 가지지 않을 테니까. 아직 결혼하기엔 여러 절차가 남아 있지만, 우린 반드시 결혼할 것이다.

"언제요?"

놀란 신우의 목소리였다. 믿기지 않는다는 목소리.

"어제요. 죄송해요. 정말 죄송해요."

지은의 목소리가 기어들어갔다.

섭섭하지만 할 수 없었다. 받아들일 수밖에. 사실 신우는 벌써 눈치채고 있었다. 두 사람이 사귀게 될 것이라는 것을. 알면서도 시도해 보았다. 혹시나 하는 기대를 가지고 말이다. 개발2팀에 사장이 입성한 것부터 이상했다. 자리조차도 이상했다. 지은의 바로 뒷자리였다. 고개만 들면 지은을 볼 수 있는 자리.

신우의 자리에서는 팀 내의 모든 사람이 눈에 들어왔다. 사장이라고 예외는 아니었다. 사장은 늘 지은만 바라보고 있었다. 그러다 자기와 눈이 마주친 적도 여러 번이었다. 그럴 때마다 얼른 시선을 피하며 아닌 척했지만 신우가 눈치를 못 챌 정도는 아니었다.

지은 역시 사장을 많이 챙긴다는 느낌이 들었다. 레스토랑에서 사장을 위해 미소와 대판 싸운 것도 그랬고, 밥을 먹을 때마다 사장을 데리고 다니는 것도 그랬다. 둘 사이에 무언가 있다는 생각을 하면서도 신우는 지은이 좋았다. 그래서 지은에게 작업을 걸었다. 하지만 두 사람이 결혼할 정도로 깊은 마음이라면 자신은 방해하고 싶지 않았다.

다른 직원들이 들어오기 시작했다. 다들 자리에 앉아 업무를 시작할 준비를 하는데 해진이 들어왔다. 테이크아웃 커피를 사 들고서. 해진의 밝은 미소에 직원들은 다들 놀란 표정을 지었다. 지금껏 알아 오던 사장의 얼굴이 아니었다. 너무나 행복해 보이는 얼굴이었다.

"부탁드리러 왔습니다. 지은이, 잘 부탁드립니다. 지은이와 저 약혼했습니다."

"오빠!"

지은이 소리쳤지만 해진은 끄떡도 안 했다.

"이 팀장, 잘 부탁해요."

해진이 신우에게 손을 내밀며 말했다. 사실은 선언이다. 내 여자이니 욕심내지 말라는. 두 남자의 시선이 부딪쳤다. 신우도 손을 내밀어 악수를 했다. 마음이 아프지만 어쩔 수 없었다.

미소의 표정이 떨떠름하게 변했다. 어이가 없다. 그럼 그때 자기와 대판 싸울 때부터 그렇고 그런 사이였단 말이야? 정말 사장님의 대변인이 맞았구먼. 솔직히 얘기해 줬으면 자기가 그런 말해서 개망신당할 일은 없었을 텐데 아닌 척 내숭 떨고 있었다고 생각하니 많이 얄미웠다.

＊

도저히 참을 수가 없었다. 견딜 수가 없었다. 우빈이 자라면서 모든 면에서 두각을 드러내자 재욱은 예전의 모습으로 조금씩 돌아오기 시작했다. 아직 다정한 말은 건네지 않았지만 자제하려는 노력이 느껴졌다. 폭언과 폭력도 잠잠해졌다. 이제 지옥은 끝났구나 생각했다.

하지만 어젯밤 다시 시작된 폭력은 지수를 절망에 빠뜨렸다. 더이상 살고 싶지 않았다. 자신을 결혼으로 밀어 넣은 엄마가 원망스러웠다. 어릴 적부터 엄마가 지수에게 갖는 기대는 딱 하나였다. 재벌가의 남자를 사로잡아 재벌가의 사모님이 되는 것.

결국 지수는 기자 생활을 그만두고 엄마의 뜻에 따라 재욱과 결혼했다. 어르고 달래고 협박하는 엄마의 뜻을 더 이상 거스를 수가 없었다. 재욱을 사랑하게 된 이유도 한몫했다. 재욱은 지수에게 매일같이 꽃을 선물하고, 멋진 곳에 데리고 가고, 명품을 안겼다.

사실 재욱은 어떤 여자든 욕심을 낼만큼 멋지고, 돈 많고, 카리스마 넘치는 최고의 남자였다. 재욱이 지수를 따라다니는 걸 알고 친구들이나 동료들 모두가 부러움이 섞인 눈으로 자신을 보았다. 현대판 신데렐라라고 비아냥거렸지만, 그 바탕에 깔린 것이 질투라는 걸 모를 만큼 둔한 지수가 아니었다.

그때 지수는 엄마만큼이나 자신에게도 허영기가 있다는 것을 알았다. 사람들이 자신에게 특별 대우해 주는 것이 좋았다. 강재욱의 아내라는 호칭으로 모든 것이 통했다. 백화점이고 부띠끄고 지수가 나타나면 매니저급이 움직였다. 엄마 말 듣기를 잘했다는 생각까지 들었다.

게다가 재욱은 다른 사람들이 지수를 우습게 보는 것도 용납하지 않았다. 상대가 시아버지라도 거칠 것이 없었다. 혼자 있을 땐 두렵기만 하던 시아버지도 남편 재욱과 함께 있으면 두렵지 않았다. 행복했다. 진심으로. 우빈을 가지기 전까지는.

우빈은 누구나 탐낼 만큼 잘난 자식이었다. 외모는 물론이고 공부와 운동, 리더십까지 타의 추종을 불허했다. 상이란 상은 우빈이 모두 휩쓸었다. 또래 아이들과는 수준 자체가 달랐다. 오죽하면 백인 남자애들을 제치고 유색 인종인 우빈이 유치원생 대표를 맡았겠는가.

재욱은 원생 대표로 나와서 부모님에게 감사 인사를 전하는 우빈을 바라보았다. 누구나 인정하는 당당하고 똑똑한 자신의 아들. 저런 아이가 자기 자식이라는 데 자부심도 느껴졌다. 이것이 키운 정인가 싶기도 했다.

정을 주지 않으려 노력했지만 저절로 시선이 가는 아이였다. 가끔씩 자기도 모르게 우빈을 보며 미소 지을 때도 있었다. 혹시라도 남들이 알아챌까 봐 얼른 표정을 감추긴 했지만. 옆에 앉아 있는 지수에게도 따스한 미소를 지어 보냈다. 오랜만에 손도 잡아왔다.

지수의 손이 두려움으로 바르르 떨리는 게 느껴졌지만 이내 재욱의 마음이 전해진 듯 지수도 손바닥을 돌려 손을 맞잡고는 깍지를 끼었다. 지수도 재욱을 향해 미소를 지었다. 오랜만에, 정말 오랜만에 느끼는 부부 사이의 순수한 애정 표현이었다.

지수는 속으로 안도의 한숨을 내쉬었다. 재욱에게 오늘 있는 학부모 초청의 날에 같이 가자고 청해야 할지 말아야 할지 많이 고민했다. 부모님을 모두 초청하는 행사였지만 혹시라도 재욱의 심사를 건드려 더 나쁜 결과가 나올까 봐 미적거리고 있었는데 어제저녁 퇴근하고 돌아온 재욱이 먼저 말을 꺼내주었다. 표정도 좋았다.

"내일 우빈이 유치원 학부모 초청의 날이라며? 우빈이가 대표로 인사한다고 하던데, 맞나?"

"……예."

혹시라도 또 불똥이 튈까 봐 대답도 머뭇거렸다. 눈을 살짝 올려 재욱의 표정을 살폈지만 아직까지 나쁜 반응은 없었다.

"몇 시까지 가면 되는 거지?"

지수가 놀란 얼굴로 보자 재욱이 오히려 지수의 반응이 이상하다는 듯 쳐다보았다. 지수가 여전히 말도 못하고 눈만 깜박거리자 재욱은 조금 미안한 마음이 들었다.

"왜? 아빠도 참석하는 거라고 하던데. 설마 내가 가는 게 싫은 건가?"

그럴 리가. 우빈이도 아빠가 참석해 주었으면 좋겠다고 했다. 자기도 우빈이의 잘난 모습을 남편에게 보여주고 싶었다. 지수는 고개를 도리질하며 시간을 가르쳐 주었다.

"Finally I offer thanks on behalf of the kindergartner. Thank you for your good care. We'll be good daughters and sons(마지막으로 부모님께 저희 원생들을 대표하여 감사 인사를 드립니다. 엄마, 아빠, 길러주셔서 정말 고맙습니다. 앞으로

도 좋은 아들딸이 되도록 노력할게요).”

두 손으로 하트까지 만들어가며 우빈이 인사말을 하자 우레와 같은 박수가 쏟아졌다. 인사를 끝낸 우빈이 단상에서 지수와 재욱을 찾아내고는 손을 흔들어주었다. 사람들의 시선이 재욱과 지수에게로 향하자 재욱은 다시 으쓱한 기분을 느꼈다. 어쨌든 우빈은 자신의 아들이니까.

행사가 끝나고 선생님들과 인사를 나누었다. 모두 하나같이 우빈에 대한 칭찬을 아끼지 않았다. 기분이 정말 좋았다. 하지만 한 선생님의 말에 재욱의 잠재워놓았던 분노가 터져 버렸다.

집에 돌아오자마자 재욱은 사람들을 다 내보내고 다시 폭력을 휘둘렀다. 폭력이 끝나고, 벌주는 듯한 가학적인 섹스가 끝난 후 재욱은 지쳐서 잠이 들었다. 재욱이 잠들자 지수는 살며시 침대에서 일어났다. 욕실 욕조에 물을 받았다.

이제 아무런 미련도 남지 않았다. 더 이상 나아질 거라는 기대도 할 수 없었다. 끝났다고 생각한 지옥이 다시 시작되자 지수는 더 이상 버틸 수가 없었다. 더 이상 견딜 수가 없었다.

이런 생활을 꿈꾸고 결혼한 것이 아니었다. 이런 삶을 살게 될 거란 건 상상도 하지 못했다. 자신의 삶은 언제나 환한 봄날 같을 거라고 생각했다. 이제 자신의 삶에 봄은 다시 오지 않을 것이다. 언제나 춥고 어두운 겨울일 것이다. 욕조에 몸을 담근 지수는 아무런 주저함도 없이 면도날로 자신의 손목을 그어 버렸다.

잠결에 옆자리가 서늘해 재욱은 잠에서 깨어났다. 더듬더듬 침대를 만져 보았지만 옆자리는 비어 있었다. 오래전부터 자리를 비웠는지 싸늘하게 식어 있었다. 불길한 느낌에 재욱은 정신이 번쩍 들어 자리에서 일어나 스탠드를 켰다. 방 안을 둘러보았지만 지수는 보이지 않았다.

어디 갔지? 술이라도 마시나? 재욱은 가운을 걸치고 서둘러 안방을 나와 온 집에 불을 켜며 거실로, 주방으로, 우빈의 방으로 찾아다녔다. 하지만 지수는 보이지 않았다. 가슴이 덜컥 내려앉았다. 어젯밤 자신이 심했다는 생각이 들자 불안감이 몰려왔다.

"지수야! 지수야!"

지수의 이름을 부르며 정원으로 뛰어나가 찾아보았지만 지수는 보이지 않았다. 가슴이 덜컥 내려앉았다. 온 집안의 불빛이 환하게 밝혀졌다. 혹시 하는 생각에 안방으로 뛰어들어 화장실 문을 열어본 재욱은 자리에 털썩 주저앉고 말았다.

하늘이 빙글빙글 돌고 세상이 뒤집히는 것 같았다. 욕지기가 치밀어 올랐다. 욕조의 물빛이 온통 붉은 빛이었다. 그 붉은 빛 속에 지수가 있었다. 핏기를 잃은 얼굴로 시체처럼 욕조에 기대 앉아 있었다. 재욱의 심장이 툭 떨어졌다.

'안 돼! 안 돼, 지수야!'

너무나 큰 충격에 재욱은 차마 움직일 수도, 말을 할 수도 없었다. 하지만 움직여야 했다. 지수를 살려야만 했다. 지수가 없는 세상은 상상 할 수도 없으니까. 후들거리는 다리를 일으켜 일어서 보려고 했지만 재욱은 서 있을 수가 없었다. 할 수 없이 기어서 지수에게로 갔다.

손을 뻗어 지수를 만져보니 이미 싸늘하게 식어 있었다. 재욱의 가슴이 서늘해졌다. 지수가 죽을 수도 있다. 지수가 내 곁을 떠날 수도 있어. 재욱의 마음이 급해졌다. 얼른 욕조에서 지수를 안아

올렸다.

다행히 아직 숨은 쉬고 있었다. 젖은 옷을 벗기고 커다란 타월로 지수의 몸을 감싼 다음 지수를 안고 나와 침대에 눕혔다. 지혈을 한 다음 떨리는 손으로 전화를 걸어 윤 비서를 불렀다. 마음을 진정할 수가 없었다. 멀리서 앰뷸런스 소리가 들려왔다.

윤 비서가 안타까운 눈빛으로 재욱에게 지수의 유서를 건넸다. 재욱이 상처받을 것을 알지만 전해 주어야만 했다.

—더 이상 이런 지옥에서 살 수 없어요. 차마 우빈이까지 데리고 갈 수는 없네요. 우빈인 친아빠를 찾아 보내 주세요.

재욱이 그것을 받아 읽었다. 손이 부들부들 떨렸다. 가슴도 덜덜 떨렸다. 지수는 정말로 죽을 생각이었다. 재욱을 두고 떠날 생각이었다. 재욱에 대한 말은 한마디도 없었다. 그저 우빈에 대한 걱정뿐이었다. 그만큼 재욱에 대한 사랑이 식어버렸다는 거겠지. 아니, 오만정이 떨어져 버린 거지.

광기가 지나고 나면 지수는 습관처럼 자신과 우빈을 놓아달라고 애걸 했다. 이렇게 살 수는 없다고. 자신은 이렇게 살 수 있는 인간이 못 된다고. 서로에게 고통을 줄 뿐이라고. 하지만 재욱은 지수를 놓아줄 수 없었다. 생각해 보지 않은 것은 아니지만 결론은 언제나 같았다. 지수와 우빈을 보낼 수 없다는 것.

허무했다. 허탈했다. 자기는 지수에 대한 사랑을 놓지 못해 괴로웠는데 지수는 너무나 쉽게 자신에 대한 사랑을 놓아 버렸다. 자신이 잘못한 걸 알지만 재욱은 한편으론 자신을 이해해 주지 못하는 지수가 원망스러웠다.

원하면 가질 수 없는 것이 없던 강재욱이, 이루고자 하면 못 이룰 것이 없던 강재욱이 단 하나 가질 수 없는 것이 자신의 피를 이은 자신의 아들이었다. 2년 동안 그렇게 노력해도 안 되었던 일을 그놈은 단 한 번에 성공시켰다. 그것에 대한 열등감은 엄청났다.

아마도 지금껏 실패나 패배를 모르고 살아와서 더 그랬는지도 모른다. 그 분노를, 그 원망을 모두 다 지수와 우빈에게 쏟아냈다. 그러고 나면 자신이 환멸스러워 견딜 수가 없었지만 통제하기가 힘들었다.

우빈이 크면서 점점 나아졌는데 어제 자신을 안 닮았다는 선생님의 말에 다시 폭발하고 말았다. 그 선생님이 자신의 아킬레스건을 건드렸다. 이제 더 이상 그렇게 살아선 안 된다. 지수를 잃을 순 없으니까.

그래, 돌아가자. 한국으로 돌아가면 자제할 수 있겠지. 다른 사람과 함께 살면 참을 수밖에 없을 거야. 아버지와 함께 사는 건 싫었지만 지수를 살릴 수 있는 일이라면 견뎌야 하리라. 견뎌내리라. 병원 특실에서 수혈을 받으며 파리하게 잠들어 있는 지수를 보며 재욱은 결심했다.

"왜 살렸어? 왜 살렸냐고! 누가 살고 싶대? 살고 싶다고 했냐고!"

지수가 절규했다. 정말 살고 싶지 않았다. 고통은 지수가 견딜 수 있는 삶의 행태가 아니었다. 대접 받고 사랑 받는 것이 지수가 추구하는 삶의 행태였다. 결혼 전 그렇게 살아왔고, 결혼 후에도 2년간은 그렇게 살아왔다. 그 이후 끔찍한 삶이 지수를 피폐하게 만들었지만 점점 나아지는 것에 위안을 삼았다.

하지만 다시 시작된 폭력엔 더 이상 견딜 재간이 없었다. 육체적으로 당하는 고통보다도 남편에게 더러운 여자라고 불리는 것이 더 견디기 힘들었다. 정신이 들자마자 지수는 수혈 중인 바늘을 빼면서 발악했다. 두 눈을 번뜩이며 주위를 둘러보더니 과도를 발견하고는 얼른 달려와 과도를 집어 들었다.

놀란 재욱이 지수의 손에서 과도를 빼앗으려고 했지만 쉽지 않았다. 한참의 몸부림 후 과도는 재욱의 손에 넘겨져 바닥으로 떨어졌다. 재욱은 얼른 발로 과도를 멀리 차버렸다. 과도를 빼앗기자 원망스러운 눈으로 재욱을 노려보던 지수는 자신의 가슴을 손톱으로 쥐어뜯었다. 지수의 환자복 단추가 뜯어져 나가며 가슴에 생채기가 나기 시작했다.

재욱이 달려들어 움직이지 못하도록 지수를 꼭 껴안았지만 몸 안의 피를 온통 쏟아내고 겨우 살아난 여자라고 하기엔 힘이 넘쳤다. 그만큼 재욱에 대한 원망이 깊었다.

자신이 원한 일이 아니었다. 지수는 끝까지 거절했다. 그 남자를 끌고 온 것도, 그 남자를 침대에 데려다 준 것도 다 남편이었다. 그래놓고선 모든 죄를 자신에게 뒤집어씌우고 자신을 징벌했었다. 용서할 수 없었다.

재욱은 지수의 상태가 심상치 않다는 것을 알았다. 지수를 붙들고 있어야 했기에 호출 벨을 누를 수도 없어 다급하게 간호사를 불렀다.

"간호사! 간호사!"

"내가 원했어? 내가 원했냐고? 당신이 원했잖아! 그 알량한 회사 빼앗기기 싫다며 나에게 다른 남자를 갖다 안겼잖아! 그래 놓고 왜 나를 괴롭혀? 왜 나를 때려? 왜 나에게 더러운 년이라고 욕해!"

다시 원망이 솟구치는지 지수가 발악을 시작했다.

"미안해. 미안해, 지수야. 내가 잘못했어. 잘못했어, 지수야. 다시는 안 그래. 그러니 제발 그만 해."

저렇게까지 상처를 받았구나. 저절로 사죄의 말이 나왔지만 지수의 원망은 계속되었다.

"나 죽을 거야! 죽을 거라고! 이것 놔, 이 자식아!"

간호사가 뛰어들어 오더니 상황을 보고 나가서 오더를 받아 진정제를 놔주었다. 약기운이 돌자 지수가 스르르 의식을 잃었다. 재욱은 자책감이 몰려왔다. 알고 있었다. 모든 것은 다 자기의 잘못이라는 것을. 못난 열등감이 자신으로 하여금 못난 행동을 하게 만들었다.

회사 일이 밀려 있었지만 재욱은 지수의 병실을 비울 수가 없었다. 또다시 지수가 자해할까 봐 불안해서 잠시도 눈을 뗄 수가 없었다. 화장실도 갈 수가 없었다.

"이리 와."

우빈이 윤 비서의 손에 이끌려 병실로 들어서자 지수의 침대 옆에 앉아 있던 재욱이 우빈에게 말했다. 그 이후로 지수는 발악을 멈췄지만 재욱을 외면하고 보지 않았다. 정신과 의사의 말이 지수가 삶에 대한 애착을 버린 상태라며 무언가 애착을 가질 만한 계기를 만들어 주어야 한다고 했었다.

그래서 재욱은 윤 비서에게 우빈을 데려오라고 시켰다. 지수의 마음을 움직이려면 우빈이라도 이용해야만 했으니까. 죽을 결심을 하면서 걱정한 유일한 존재니까. 우빈은 두려움에 떨며 차마

다가오지 못하고 윤 비서 뒤에 숨었다. 눈동자에 공포가 가득했다. 내가 정말 몹쓸 짓을 많이 했구나. 재욱은 더욱 자책감에 빠졌다.

윤 비서도 답답하긴 마찬가지였다. 그 일에 자신이 연관되어 있어 더 괴로웠다. 재욱이 지수와 우빈에게 가끔씩 폭력을 행사한다는 걸 알았지만 어쩔 도리가 없었다. 옆에서 충고를 한다고 들어줄 재욱이 아니란 건 처음부터 알았으니까. 그 스스로 벗어나야 할 문제였다.

사장이 아내를 사랑한다는 건 의심할 여지가 없었다. 재욱을 보필한 이래 지금처럼 재욱이 회사 일에서 손을 떼고 있는 것을 본 적이 없었다. 재욱에겐 회사보다 아내가 훨씬 더 중요하다는 반증이었다. 제발 이번 기회에 사장의 콤플렉스가 극복되기를 진심으로 빌었다.

"이리 와. 엄마 옆으로 와서 엄마 손 잡아줘. 엄마가 아파."

재욱이 다시 말했다. 우빈은 쭈뼛거리면서도 명령을 거역하지 못하고 머뭇머뭇 다가왔다. 여전히 눈동자엔 공포가 담겨 있다. 괜찮다는 뜻으로 머리를 쓰다듬어 주려고 손을 올리니 우빈의 몸이 웅크려지며 굳어졌다. 재욱의 손이 멈칫 허공에서 머물다 차마 우빈을 쓰다듬지 못하고 스르르 내려왔다. 내가 이렇게 공포스러운 존재였구나. 점점 더 씁쓸해졌다.

지수의 몸이 돌려졌다. 재욱의 말에 우빈이 온 것을 알아차렸다. 공포에 질려 있는 아들이 보였다. 내 아들. 내 가엾은 아들. 지수는 몸을 일으켜 앉아 우빈에게 오라는 듯 팔을 벌렸다. 한쪽 팔에 주렁주렁 달린 줄이 지수의 팔을 따라 움직였다.

"우빈아, 우빈아, 이리 와."

우빈이 달려와 지수의 품에 안겼다.

"엄마아, 엄마아……."

"우리 우빈이, 불쌍한 우빈이."

지수는 우빈을 안아 등을 토닥거렸다.

"엄마…… 다음엔 나도 꼭 데리고 가. 혼자 죽지 마. 나 혼자 두고 가지 마. 혼자는 무서워……."

우빈은 지수가 죽으려고 했다는 것을 알고 있었다. 지수도 재욱도 윤 비서도 놀랐다. 아직 어린애라 상황을 짐작하지 못할 줄 알았다. 우빈이 다른 애들과 다르다는 걸 잊었다.

내 아들. 불쌍한 내 아들. 내가 저 아들을 두고 떠나려고 했구나. 저 가엾은 아들을 혼자 남겨두고 떠나려고 했어. 그때는 우빈도 지수의 결심을 막지 못했다. 그저 혼자라도 도망가고 싶었다. 포기하고 싶었다. 자책감이 몰려왔다. 지수의 눈에 눈물이 차올랐다.

"엄마, 울지 마. 난 괜찮아. 엄마만 괜찮으면 난 다 괜찮아."

지수의 눈물을 닦아주며 우빈이 어른스럽게 말했다. 울지 말라는 우빈의 눈에도 눈물이 그렁그렁했다. 하지만 다른 어린애들처럼 펑펑 울지는 않았다. 자신의 감정을 죽이고 있었다. 엄마의 마음을 아프게 하기 싫으니까.

난 우빈이보다도 더 어린애였구나. 저 어린것도 엄마만 괜찮으면 자긴 아무래도 상관없다는데. 재욱은 부끄러웠다. 정말 부끄러웠다. 그까짓 게 뭐라고 저들을 그렇게 괴롭혔나 싶었다. 그것도 자기가 저지른 일을 가지고. 잊자. 이제는 정말로 잊고 살자. 기억하기 싫은 일은 모두 잊고 행복하게 살자. 그 일은 없던 것처럼, 우빈이 자신의 친아들인 것처럼 그렇게 살자.

윤 비서도 더 이상 자리에 버티고 있을 수 없어 눈물을 닦으며 밖으로 나갔다.

"엄마, 여기가 아파? 호오."

우빈이 붕대로 감긴 지수의 팔목을 들어 호오 입김을 불어 주었다. 빨리 나으라는 듯.

그래, 이런 아들을 두고는 떠날 수가 없다. 지수는 다시 용기를 내었다.

"여보, 우리 한국으로 보내줘요. 아무것도 필요 없어요. 그냥 몸만 보내줘요. 이혼해 줘요. 네?"

"이혼은 안 돼."

"왜 안 돼! 당신도 우리 보는 거 괴롭잖아! 서로 안 보고 살면 좋잖아!"

지수가 애원했다. 제발 놓아달라고 애원했다.

"내가 살 수가 없어. 널 못 보면."

재욱의 말에 지수는 다시 절망에 빠졌다. 헤어날 수 없는 수렁에 빠진 느낌이었다. 우빈과 함께 죽어야 끝날 지옥인가 싶었다. 우빈을 안고 원망의 시선으로 재욱을 노려보며 마구마구 소리를 질렀다.

"그럼 어쩌라고! 나보고 어쩌라고! 우리 둘이 죽어야 해? 그러길 바래?"

"다시 한 번 네 몸에 손댄다면 절대로 용서치 않아. 네가 죽는 걸 내가 용납할 것 같아?"

이빨이 으드득 갈리며 음산한 목소리가 새어 나왔다. 사과하려고 했다. 용서를 빌려고 했다. 다시는 널 괴롭히지 않겠다고, 우빈이 괴롭히지 않겠다고 약속하려고 했다. 하지만 다시 죽겠다고 소리 지르는 지수를 보자 재욱은 분노가 솟았다.

자기가 이 며칠 동안 어떤 마음으로 버티고 있는데, 지수가 죽을까 봐 얼마나 벌벌 떨었는데. 잠도 못 자고 제대로 씻지도 못하고 살았는데 다시 죽는다고?

"난 당신 허락 없으면 죽지도 못한다는 거야?"

"그래. 당신은 내 허락 없인 어디도 갈 수 없어. 당신은 나 강재욱의 아내니까. 내가 유일하게 사랑하는 여자니까."

"이게 사랑이야? 이게 사랑이냐고! 이건 집착이야! 집착일 뿐이라고! 제발, 제발 우리를 놔 줘."

따지고 들며 소리 지르던 지수의 목소리가 점점 낮아지며 마지막엔 애원으로 바뀌었다.

"제발……."

"안 돼. 그건 안 돼."

절대 안 된다는 듯 재욱이 고개를 흔들었다. 지수의 눈동자에서 절망이 느껴졌다. 그 절망이 오롯이 재욱에게로 전해졌다. 재욱도 노력해 보지 않은 건 아니었다. 자신이 지수에게 가하는 폭력에 자괴감을 느끼고 지수를 보내주려고 했다. 하지만 다른 여자는 안고 싶지 않았다. 아무리 예쁜 여자도, 몸매가 뛰어난 여자도 재욱의 마음을 움직이지 못했다.

"대신 한국으로 가자. 우리 모두 다 같이. 내가…… 내가 변할게. 다시는 어리석은 짓 안 할게. 좋은 남편이 되고 좋은 아빠가 되도록 노력할게. 부탁해, 지수야."

재욱이 용기를 내어 지수의 손을 잡았다. 부드럽고 따뜻하게. 그 옛날 시아버지의 협박에 떨고 있던 지수에게 손을 내밀어 잡아 주던 그때처럼 다정하게.

믿어도 될까? 지수의 눈동자가 흔들렸다.

"믿어. 믿어도 돼, 지수야. 난 여전히 널 사랑해. 나에게 여자는 너뿐이야. 너 없인 살 수가 없어. 이제 다신, 다신 그런 짓 안 해. 그 기억도 지웠어. 니가 죽어가는 걸 보는 그 순간에 그 기억은 지워져 버렸어. 우빈인 온전히 우리 두 사람만의 아이야."

그래도 지수가 대답하지 않자 재욱은 다시 말을 이었다. 간절함을 담아서.

"난 정말 두려워. 널 잃을까 봐. 그러니 지수야, 다시는 죽겠다는 생각은 하지 마. 날 떠나겠다는 생각도 하지 마. 제발……. 사랑한다, 지수야."

재욱이 다른 손으로 우빈의 손을 가만히 잡으며 우빈에게도 용서를 빌었다.

"우빈아, 미안해. 아빠가 그동안 잘못했어. 엄마보고 아빠 용서해 달라고 부탁해 줄래? 그래줄래?"

우빈은 지수의 몸에서 고개를 빼고는 재욱을 가만히 바라보았다. 재욱의 진심이 느껴졌다. 우빈도 아빠랑 엄마랑 함께 행복하게 사는 게 꿈이었다. 허락의 뜻으로 우빈이 고개를 끄덕이자 재욱이 안도의 숨을 내쉬었다. 재욱에게 지수와 우빈은 애증의 관계였다.

지수와 우빈을 보면 자동적으로 우빈의 생부와 그때의 장면이 떠올라 분노를 참을 수 없었다. 하지만 그들은 재욱에게 유일한 가족이다. 자기가 사랑해야 할 가족.

이제는 그렇게 살지 않을 것이다. 그 기억은 지워졌다. 지수가 욕조에 앉아 핏물 속에서 죽어가는 것을 본 그 순간 지워져 버렸다. 우빈인 내 아들이다. 내 피를 받은 아들. 그렇게 여기니 마음이 편해졌다.

결혼 준비는 일사천리로 진행되었다. 오랜만에 집이 벅적거렸다. 언니가 외국으로 떠난 이후로 언제나 조용한 집이었는데 음식 냄새가 풍겨 나왔다. 엄마는 지은이 결혼하고 싶은 남자를 데리고 온다는데도 별 관심이 없었다. 하지만 할머니는 정말 좋아하셨다. 과일 바구니와 갈비 세트를 사들고 해진이 집으로 들어와 어른들께 큰절을 하자 박 여사는 눈물을 찍어냈다.

"우리 지은이에게 잘해줘야 하네."

"네, 할머니!"

해진이 씩씩하게 대답했다. 당연하다. 지은에게 잘해주는 것이 자기의 행복이다.

해진의 씩씩한 대답에 박 여사는 해진의 손을 잡고 좋아서 어쩔 줄 몰라 했다. 지은이 이만큼 자라 결혼까지 한다니 박 여사는 죽어도 여한이 없었다.

"아이고, 우리 손주사위, 싹싹하기도 하지. 암, 사위라면 이런 맛이 있어야 딸 주는 맛이 나지. 안 그런가? 어떤 놈하고는 비교도 되지 않네."

"어머니!"

숙희가 소리를 빽 질렀다. 재욱을 흉보는 듯한 말에 더 이상 참을 수가 없었다. 숙희는 모든 것이 마음에 들지 않았다. 지은이 결혼하고 나면 이 집 생활비는 어쩐단 말인가? 이 집에 돈 버는 사람은 지은이 하난데. 지수가 결혼하면서 혼수 비용으로 대출 받은 것도 아직 반은 남아 있는데. 결혼 비용은 또 어쩌고. 머리가 아팠다.

요즘은 결혼 안 하고 사는 여자들도 많던데 굳이 결혼하겠다고 나서는 지은이 못마땅했다. 해진이 회사 대표라는 것도 마음에 들지 않았다. 거기에 맞추려면 허리가 휠 것이다. 지수 때도 혼수 때문에 집이 휘청거렸다. 또다시 그런 결혼은 못 시킨다. 이럴 땐 얼굴에 철판을 까는 것이 장땡이었다.

"우린 혼수 같은 거 못해주네."

"여보!"

숙희의 말에 영석이 그만 하라는 듯 숙희를 불렀다.

"필요 없습니다, 어머니. 저흰 식구도 단출하고 그런 격식 따지지도 않습니다. 이렇게 지은이 예쁘게 키워주셨는데 무얼 더 요구하겠습니까. 그냥 지은이만 데리고 가겠습니다. 그냥 결혼식에 참석만 해주십시오. 나머진 제가 다 알아서 하겠습니다."

해진의 싹싹한 말에 숙희는 더 이상 불만을 표할 수 없었다. 결혼식에 참석만 해도 된다면 어려울 건 없다. 다만 생활비가 걸렸다. 딱 봐도 예비사위는 지은에게 폭 빠져 있었다. 마누라가 좋으면 처갓집 말뚝에도 절한다는데 돈 잘 버는 사장이니 처갓집 생활비 대는 게 뭐가 그리 어려울까?

"사실 우리 집 수입원이 지은이 하나밖에 없네. 그래서 결혼하더라도 지은이가 생활비를 대야 하는데⋯⋯."

"여보!"

영석은 정말 화가 났다. 처음 보는 사윗감 앞에서 채권자처럼 당당하게 요구하는 아내가 처음으로 미웠다. 한평생 사랑하고 아껴온 아내의 실체가 이것이었나? 어머니가 항상 지은이 불쌍하다고 한 이유를 알 것 같았다.

대학도 자기가 벌어서 간 아이였다. 취직하고는 생활비를 꼬박꼬박 대어온 아이였다. 그런데 결혼하고도 생활비를 대라니? 아내가 제정신인가 싶었다. 하긴 자신도 지은에게 죄인이긴 마찬가지였다. 아내의 눈치를 보느라 지은을 방관해 온 것이 사실이니까. 방관도 엄연히 죄다.

해진이 숙희가 민망하지 않게 분위기를 끌어갔다.

"당연하지요, 어머니. 지은이 부모님은 저에게도 부모님입니다. 생활비는 당연히 제가 드리겠습니다."

해진은 지은의 상황을 짐작했다. 지은이 지금 이 집의 가장인 것 같다. 돈이야 뭐 자기가 충분히 대어줄 수 있다. 오히려 해줄 수 있어서 더 좋았다.

지은은 낮이 좀 뜨거웠다. 해진에게 부끄러웠다. 이런 모습까지 보여주게 될 줄은 몰랐다. 언니와 너무나 다른 대접에 속상했다. 언니 결혼 때는 집을 담보로 대출까지 최대한 받아서 혼수를 해주었다. 그것 때문에 가계가 흔들려 자기는 대학도 못 갈 뻔했다.

수능을 치고 돌아온 날 지은은 부모님이 나누는 대화를 듣고는 정신이 번쩍 들었다. 과외 한 번 안 시켜주고 학원 한 번 안 보내주었지만 대학까지 안 보내 줄 생각인 줄은 몰랐다.

아빠는 그래도 대학은 보내야 한다고 우겼지만 엄마는 무슨 돈으로 대학을 보낼 거냐고 따졌다. 지수 결혼 비용으로 대출 받은 돈은 어떻게 갚을 거냐고. 이자만 해도 내 월급 반이 나간다고. 그냥 취직시켰다가 적당한 애 나서면 결혼이나 시켜 주자고 했다.

백수로 살고 있는 아빠가 우긴다고 해결될 것은 없었다. 이 집의 경제권은 엄마가 쥐고 있었으니까. 그래서 그 다음 날부터 당장 아르바이트에 나섰다. 혼자 벌어서라도 대학은 갈 생각이었다.

아르바이트를 해서 대학을 다닌다는 건 쉬운 일이 아니었다. 아르바이트로 마련하기엔 등록금은 거금이었다. 국립대라면 그나마 조금 낫겠지만 자신의 실력으로 S대는 힘들었다. K대나 Y대를 꿈꾸고 있던 지은은 절망에 빠졌다.

그때 아르바이트 시장에서 해진 오빠를 만났고, 그가 방법을 가르쳐 주었다. 산업대를 가라고. 거긴 국립이라 등록금도 싸고 장학금도 많다고, 취업도 잘된다고 했다. 자신이 얼핏 푸념을 한 것 같다. 언니와 너무 다른 대접에 속상하다고.

그때 그가 그랬다. 자신의 어깨를 다독거리며 부모를 원망하지 말라고. 누군가를 원망하는 마음은 돌고 돌아 결국 자신에게로 돌아온다고. 자기도 그래서 자신을 버린 부모님 원망 안 한다고. 남들은 착해서 그런다고 하지만 착해서 그런 게 아니라고. 그게 결국 자신을 위한 거라는 걸 아니까 그런 거라고.

"아이구, 착하기도 하지."

할머니가 다시 해진의 칭찬을 늘어놓았다.

"생활비를 댈 필요는 없네. 그건 내가 알아서 하겠네."

"여보!"

이번엔 숙희가 소리를 질렀다. 주겠다는데 왜 거절하느냐는 말투였다. 영석은 숙희에게 더 이상 아무 말도 말라는 듯 눈을 부라렸다. 남편이 자신에게 화내는 모습은 처음이었다.

항상 허허 웃으며 자신의 투정을 받아주던 남편이었다. 하지만 정말로 화가 나면 무서운 사람이라는 걸 알고 있었다. 그래서 지은이 미워도 꾹 참고 비밀을 발설치 않았다. 그랬는데 결국은 저것 때문에 남편이 화를 낸다고 생각하니 지은이 더 미웠다.

Rrrrrr~ Rrrrrr~

집 전화가 울리자 숙희는 얼른 전화기를 집어 들었다. 남편도, 시어머니도, 지은도 모두 꼴도 보기 싫었다. 자연 목소리가 거칠게 나갔다.

"여보세요!"

[엄마 나.]

지수의 목소리에 숙희의 화는 순식간에 풀어졌다. 조금 전까지 화가 났던 것도 잊을 만큼 반가웠다. 자연 숙희의 목소리는 부드럽게 변했다. 비단결보다도 더 부드러웠다.

"지수니? 어떻게 전화했어? 잘 지내는 거야? 몸은? 몸은 괜찮아? 정말? 정말 한국에 들어온다고? 잘됐다. 먹고 싶은 건 없어? 비싸다고 우리 딸 먹고 싶은 걸 못해줄까?"

걱정이 잔뜩 담긴 목소리. 반가움이 넘치는 목소리. 어느새 숙희는 다른 사람들의 존재는 모두 잊었다. 세상에 사람은 지수만이 존재하는 양 지수와 통화를 이어갔다. 어떻게 두 딸을 대하는 모습이 저렇게 다를 수 있을까? 영석도, 박 여사도, 지은도, 해진도 모두 느끼고 있었지만 아무 말도 하지 않았다. 그저 얼굴만 굳히고 있을 뿐이었다.

해진은 지은의 손을 가만히 잡아 주었다. 지은이 해진을 쳐다보자 해진은 신경 쓰지 말라는 듯 웃으며 지은의 손등을 토닥거려 주었다. 굳어 있던 지은의 얼굴이 조금 펴졌다.

혼자 벌어서 대학 가야 한다고 당차게 말했을 때도 그냥 가정 형편이 어려워서 그런 줄 알았다. 언니에게 편애가 심하다고 했지만 이 정도인 줄은 몰랐다. 두 딸에 대한 대접이 너무나 달랐다. 그런데도 엇나가지 않고 씩씩하게 잘 버텨준 지은이 고마웠다. 기특했다.

이제 결혼만 하고 나면 자신이 듬뿍 사랑해 주며 보호해 줄 것이다. 지은을 잡은 손에 힘을 주었다. 마음 아파하지 말라고, 내가 있다고…….

"오빠, 미안해. 우리 엄마 때문에 속상했지?"

"난 오히려 고맙던데. 결국은 허락해 주셨잖아. 돈으로 해결할 수 있어서 다행이야. 아버지 없어서 안 된다고 했으면 힘들 뻔했어."

지은의 마음을 풀어주려고 해진이 농담처럼 말했다. 그래도 지은의 표정은 풀어지지 않았다. 아마 언니와의 통화 때문에 더 속상해하는 것 같았다. 해진이 지은의 손을 가볍게 잡아 주면서 다시 말을 이었다.

"그래도 지은이 어머닌 지은일 버리지는 않으셨잖아. 우리 어머닌 더 심각하시거든. 니가 좀 힘들더라도 이해 부탁해. 자주 만나진 않아도 될 거야."

해진의 말에 지은은 며칠 전 레스토랑에서 본 해진의 어머니가 떠올랐다. 우아하고 멋진 해진의 어머니.

"참, 오빠 어머닌 어떻게 만난 거야? 어머니가 찾아오셨어? 보니까 부잣집 사모님 같던데? 유학도 어머니가 보내준 거야?"

"유학이라니? 누가 그래?"

해진이 놀라며 펄쩍 뛰었다. 그런 해진이 지은은 더 이상하게 여겨졌다.

"경철 오빠가 그러던데. 오빠 유학 갔다고. 예전에 내가 오빠 찾아 학회방 뻔질나게 드나들었을 때 경철 오빠가 그러더라고. 오빠 유학 갔으니까 더 이상 찾아오지 말라고. 무슨 돈으로 오빠가 유학을 가냐고 따졌더니 물주가 생겼다고 하던데, 그 물주가 어머니 아니었어?"

지은이 학회방으로 뻔질나게 드나들자 경철은 진저리를 치며 해진이 유학 갔으니 더 이상 찾아오지 말라고 했다. 지은이 말이 되느냐고, 해진 오빠 사정을 자기가 잘 아는데 무슨 유학이냐고 따졌더니 물주가 생겼다고.

물주라고? 그렇지. 물주였지. 자신의 정자를 제공한 대가를 과하게 지불한 물주. 잊고 싶은 과거가 생각나 잠시 우울해졌지만 해진은 이내 마음에서 그 기억을 지웠다. 그런데 그 물주가 어머니인 줄 알았다고? 해진은 실소가 나왔다.

해진의 회사가 성공을 거듭하자 2년 전 회사로 잡지사에서 취재 요청이 왔고, 경철이 회사 홍보 차원으로 꼭 필요하다며 자신의 인터뷰를 강요했었다. 자수성가형 CEO라며 보육원 출신이라는 자신의 이력과 사진이 잡지에 실리게 되었고, 몇 달 후에 어머니가 회사로 찾아왔다.

"니가, 니가 해진이니?"

눈물을 흘리며 순임은 해진의 얼굴을 쓰다듬었다. 어렴풋이 엄마의 얼굴이 기억났다. 보육원 앞에서 어린 해진의 손을 잡고 그랬다. 동생 손 놓지 말라고. 동생 잘 돌보고 있으면 돈 많이 벌어서 데리러 오겠다고. 반가웠다. 이렇게 어머니가 찾아오다니 꿈만 같았다.

"……어머니?"

"그래, 내가 니 엄마다, 해진아. 내가 널 얼마나 찾아 헤맸는지 아니? 그래, 얼마나 힘들었어? 애썼다. 고맙다, 우리 아들. 혼자 살아가려니 외로웠지? 이제 내가 니 곁에 있어줄게."

자신을 찾아 헤맸다는 어머니의 말에 감동할 즈음 '허!' 하는 헛웃음 소리가 들렸다. 해준이었다. 말쑥한 차림으로 나타나 해진에게 달콤한 말을 해대는 순임의 말을 그대로 믿은 해진과 달리 해준은 순임을 간파했다.

"혼자 살아가려니 외로웠겠다고? 당신, 우리 엄마 맞아? 우리 엄마가 버린 자식은 하나가 아닌데? 우리 형은 나 돌보느라고 외로울 틈이 없었는데? 형, 이 여자, 엄마 맞아? 사기꾼 아냐? 친자 검사 해 봐. 어떻게 나에 대해선 한마디도 안 물을 수 있어?"

순임의 얼굴이 찡그려졌다. 말년에 돈 없이, 남자 없이 살기 힘들던 와중에 잡지에서 해진을 보고 로또를 맞은 기분으로 찾아왔는데 저 자식이 산통을 깨나 싶어 원망스러웠다. 산통이 깨지기 전에 수습해야 했다. 얼른 얼굴을 돌려 해준의 얼굴을 어루만졌다.

"니가 해준이구나. 넌 입양된 줄 알았지. 넌 그때 어렸으니까."

"이것 놔! 어디다 손을 대?"

더러운 벌레라도 떼어내듯 해준이 순임의 손을 뿌리치며 계속 따지고 들었다. 자신의 이름을 아는 걸 보니 엄마가 맞는 것 같긴 했다. 하지만 해준은 엄마가 용서되지 않았다. 자식을 버린 부모는 용서받으면 안 되었다.

"그리고 알려면 똑바로 알아. 입양될 뻔한 사람은 내가 아니라 형이었어. 형을 탐낸 사람이 많았거든. 왜? 형은 반듯했으니까. 나처럼 말썽꾸러기가 아니었으니까. 항상 내가 문제였지. 나 때문에 형은 부잣집에 입양도 못 갔어. 왜? 동생 손 놓지 말고 잘 돌보고 있으면 데리러 온다는 엄마라는 인간의 말을 철석같이 믿었으니까. 우리 형이란 등신 같은 인간은 그래서 그 좋은 양부모도 마다하고 날 놓지 않았지. 동생과 함께 데려가지 않으면 싫다고 버텼지. 그래서 형 인생이 꼬인 거야. 우리 엄마라는 인간 때문에. 나때문에. 우릴 찾아 헤맸다는 말도 다 거짓말이지? 찾으려 들었으면 헤맬 필요도 없었을 테니까! 우릴 버린 그 보육원에서 우린 고등학교 졸업할 때까지 살았으니까!"

소리를 꽥꽥 질렀다. 울화가 치밀었다. 해준은 순임의 속이 그대로 다 들여다보였다. 버린 아들 성공한 걸 보니 아들 덕 좀 보고 싶어서 찾아온 게 틀림없었다.

"해준아, 무슨 말을 그렇게 해? 엄마도 살기가 힘들었어. 그래서 니들을 찾으러 못 간 거야."

"아까는 찾아 헤맸다며?"

"그, 그건……."

핵심을 찌르는 해준의 말에 순임은 버벅거렸다.

"해준아, 그만 해."

해진이 씩씩거리는 해준을 잡으면서 그만 하라는 듯 눈치를 주었다. 해준의 말이 틀린 건 아니지만 심하단 생각이 들었다. 해준의 성격이 튀어나올까 두려웠다. 오늘은 그냥 헤어지는 것이 나을 것 같았다.

"어머니도 이제 집으로 돌아가세요. 해준이 마음이 진정되면 다시 연락 드릴게요."

집으로 돌아가란 말에 순임은 아찔했다. 이렇게 나타나면 일단 자기 집으로 데리고 갈 줄 알았다. 그런데 집으로 돌아가라니? 돌아갈 집 같은 건 없었다. 더 이상 쪽방 생활은 하기 싫었다. 조금 뻔뻔해지자. 그래도 엄마가 아닌가? 자식이라면 엄마를 부양할 책임이 있다.

"그냥 니들과 같이 살면 안 될까? 난 그러고 싶다. 이제껏 못 보고 살았는데 매일매일 니들 보면서 살고 싶어."

순임이 가면을 벗는 데는 오랜 시간이 걸리지 않았다. 함께 살며 2주가 지나자 좀쑤셔서 미칠 것 같았다. 놀고 싶은데 놀 수도 없었다. 돈이 필요했다. 착한 엄마 노릇 하는 건 성미에 맞지 않았다. 착한 엄마, 좋은 엄마 노릇을 하고 싶었으면 애당초 자식들을 버리지도 않았을 것이다. 자신의 행복을 찾아가지 않았을 것이다.

아침을 먹으면서 순임은 해진의 눈치를 보면서 입을 열었다.

"오늘부터 가사도우미 오지 말라고 했다. 내가 있는데 가사도우미가 왜 필요해? 지금부터라도 니들 먹는 거, 입는 건 내가 챙기고 싶어. 그러니 생활비를 내게 다오."

"허! 이제야 본심을 드러내는군. 버린 자식에게 생활비 받아서 쓰고 싶어?"

"어쨌든 지금은 잘됐잖아. 성공했잖아. 내가 똑똑하게 낳아 줬으니까 성공한 거 아냐?"

기가 막혔다. 해준의 입바른 소리에도 순임은 끄덕도 하지 않았다. 당당하게 자기의 생각을 밝혔다. 생모의 권리를 주장했다. 해진은 순임에게 카드를 하나 만들어 주었다. 어쨌든 어머니지 않는가.

그리고 한 달 후 카드 내역서를 본 해진은 기함할 뻔했다. 해준보다 강적이었다. 해진과 함께 내역서를 본 해준도 기가 막혔다. 백화점에 마사지 숍, 미용실, 술집까지 버라이어티하게 긁어댔다. 형과 자신이 너무나 달라서 이상하게 생각했는데 자신은 아무래도 엄마를 닮은 것 같았다.

"유학 간 건 아니고, 물주는 어머니 맞아."

굳이 다른 물주 얘기는 하고 싶지 않았다. 차라리 지은이 그렇게 알고 있는 것이 해진으로서는 맘이 편했다. 여러모로.

"그런데 어머니가 날 좋아해 주실까? 오빠 동생도 나 싫어할 텐데."

막상 인사를 가려 하니 지은도 걱정이 되었다. 며칠 전에 해준과 한 판 뜬 생각이 났다. 그렇잖아도 해진의 여자가 나타나 해진의 팔짱을 끼고 나가는 것을 보고 속이 좀 아파 있었다. 그 찰나에 사무실에 들어와 일을 방해하는 해준을 참아줄 수가 없었다. 자기가 상관이라도 되는 양 이것저것 시키더니 커피까지 타달라고 주문하자 지은은 성질이 벌컥 났다.

"누구세요? 누구신데 이 사무실에 들어와서 바쁘게 일하는 직원에게 커피 심부름을 시키냐구요?"

미소가 그러지 말라는 듯 지은을 툭툭 쳤지만 지은은 아랑곳하지 않았다.

"나 사장 동생인데?"

해준이 지은을 흘깃 보더니 어쩔 거냐는 표정을 지었다.

오호라? 니가 바로 해진 오빠의 동생이구나. 그에게 트러블메이커 동생이 있다더니 니가 그놈이었어? 잘 걸렸다 싶었다. 해진이야 워낙 걸고 넘어갈 틈이 없어 한판 붙지도 못하고 있었지만 너 정도야 내가 충분히 감당할 수 있지. 우습지도 않다. 요즘 세상이 어떤 세상인데 사장 동생이라는 직함으로 어디 회사 직원을 쥐고 흔들려고 해? 지은은 그런 유의 인간을 제일 경멸했다.

"그래서 사장 동생이 뭐? 웃기는 인간이네. 니 형 직함 말고 니 직함이 여기서 뭐냐고? 내 상관이라도 돼? 상관이라도 그렇지, 요즘 세상에 어디 여직원에게 커피 심부름을 시켜?"

자신이 가끔씩 직원들에게 커피를 타주는 건 여직원이라서가 아니었다. 순전히 감사의 표시로 자발적으로 하는 일이었다. 누군가가 시켰다면 절대로 하지 않았을 것이다.

아예 반말로 질책하고 나서는 지은의 반응에 해준은 어이가 없었다. 뒤에서는 뭐라고 수군거릴지는 몰라도 자기 앞에서 이렇게 망신 주는 직원은 지금까지 없었다. 이게 진짜! 뻗치는 열을 삭이지 못하고 손이 올라갔다 내려갔다 했다.

"아후~"

차마 여자를 때릴 순 없어 결국 팔을 내렸다. 입으로 바람을 불어 머리칼을 날리더니 답답하다는 듯 주먹으로 가슴을 툭툭 쳤다. 그러다 무슨 생각이 났는지 손가락으로 턱을 만지작거리며 느릿하게 지은에게 물었다.

"너, 이 회사 직원 아니지?"

"그래, 아니다. 그래서 어쩌라고?"

두 사람의 말싸움이 점점 크게 번지자 말리려고 하던 직원들도 해준이 일방적으로 당하는 모습에 한발 물러나 구경꾼 모드로 들어갔다. 해준이 당하는 모습에 통쾌하기까지 했다. 잘난 얼굴 하나로 여직원들에게 작업 거는 모습이 그동안 좋게 보이지 않았다.

"그럼 그렇지. 이 회사 직원이면 나한테 이럴 리가 없지. 사장 동생한테 이럴 순 없는 거야."

이제야 지은의 행동이 이해된다는 듯한 해준의 말에 지은은 어이가 없었다.

"어째 형제가 똑같이 웃겨?"

"이 여자가 어디서 말을 함부로 해? 나야 그렇다지만 우리 형이 뭐가 웃겨?"

해준은 화가 치밀었다. 자신에게 뭐라고 하는 건 뭐 이해한다. 하지만 우리 형까지 왜 물고 늘어져? 해준에게 해진은 유일한 자랑거리다. 세상 어디에 내놓아도 부끄럽지 않은 자랑거리.

"점심 먹다 말고 여자랑……."

미소가 얘기할 땐 그럴 리 없다고 생각했지만, 그 여자와 다정하게 나가는 모습을 보니 그럴 수도 있겠다는 생각이 들었다. 울컥하는 마음에 말을 뱉다가 하얗게 질린 미소와 눈이 마주쳤다.

지은도 이건 아니다 싶었다. 그건 남의 사생활이다. 자신이 왈가왈부할 일이 아니었다.

"여자랑 뭐?!"

해준이 발끈했다. 여자관계라면 이 세상 누구보다 깨끗한 형이다. 그런 형에게 여자 운운하는 지은이 이상해 보였다.

"아, 아냐. 그건 내 실수. 말이 잘못 나왔어. 그리고 이제 그만 여기서 나가줄래? 우리 무지 바쁘거든."

어서 나가라는 듯 지은이 손까지 흔들어대자 해준은 꼭지가 확 돌았다. 열 받아 죽을 것 같았다. 보통 다른 여자들은 자신을 처음 보면 외모에 넘어가서 시선도 제대로 맞추지 못하는데 저건 꼬박꼬박 말대꾸다. 아무래도 시력이 나쁜 게 틀림없었다. 그것도 아니면 동성애자거나. 비주얼에 대한 자부심이 대단한 해준으로서는 지은의 반응에 무지 자존심이 상했다.

"야, 너 몇 살이야? 몇 살인데 꼬박꼬박 반말이야?"

"너랑 동갑인 줄 알고 있는데? 스물여섯 살 아냐?"

어라, 내 나이까지 알고 있단 말이지? 혹시 나한테 관심 있는 거 아냐? 내 관심 받으려고 일부러 세게 나온 거구만. 그럼 그렇지. 아직은 여자들에게 먹히는 얼굴이지. 그제야 해준의 얼굴에 만족스러운 미소가 어렸다.

"진작 얘기하지. 나한테 관심 있다고. 좋아, 콜. 언제 시간 내줄까? 너처럼 접근해 오는 여자는 처음이다, 야. 색달라서 좋네."

해준이 지은을 아예 자기에게 작업 거는 여자로 받아들이자 지은은 더 이상 견디지 못하고 버럭 소리를 질렀다.

"야, 박해준! 너 아직도 정신 못 차렸니? 아직도 니 형 속 썩이고 다니는 거야? 제발 나잇값 좀 해라! 아직도 네가 열아홉 살인 줄 알아?"

"이게 진짜 말이면 단 줄 알아? 야! 니가 나 알아? 아냐고?!"

"너는 몰라도 네 형은 좀 알지. 네 이야긴 경철 오빠한테 들었어. 네가 해진 오빠 속 썩인 거 읊어볼까? 여기 더 있어봤자 너에 대해 좋은 얘기는 안 나오니 그만 가줄래?"

이런, 씨이! 해진 형이라면 모르지만 경철 형이라면 자신의 비리를 폭로하고도 남았다. 오늘 재수 옴 붙었다. 결국 해준은 더 이상 아무 말도 못하고 씩씩거리며 쫓겨나듯 사무실에서 나갔다.

아파트 주차장에 해진의 차가 멈췄다. 지은도 생각에서 깨어났다. 뭐가 급한지 해진은 오늘 자신의 집에도 인사를 가자고 했다. 차만 한 잔 마시고 나올 거라며 해진이 걱정 말라고 지은을 안심시켰지만 아직도 마음이 편치 않았다. 레스토랑에서 화영을 해진에게 소개하던 해진 어머니 모습과, 며칠 전 해준과의 다툼을 생각하면 마음이 무거운 게 정상이다.

하지만 여기서 물러날 수는 없었다. 어떻게 얻은 내 남잔데. 암, 여기서 포기할 순 없지. 전쟁에 임하는 마음으로 긴 호흡을 내쉬고는 세팅으로 말아 풍성한 머리를 손가락으로 다시 매만지고 준비되었다는 미소를 지어 보였다.

"나 어때?"

"최고야. 정말 예뻐. 주머니에 넣고 다니고 싶어."

간질거리는 말을 해대는 해진이 낯설어 지은은 눈을 깜박거렸다. 그 달콤한 말에 심장이 오그라드는 것 같았다. 얼굴이 빨갛게 달아오르는 것 같아 두 손을 들어 얼굴을 감쌌다. 좋아서 입이 절로 벌어져 이번에 두 손을 X자로 만들어 입을 가렸다.

어떻게 저런 감정을 숨기고 살았을까? 얼마 전까지 자신을 밀어내려고 차갑게 굴던 그 사람이 맞나 싶었다. 고개가 절레절레 저어졌다. 사람이 변해도 너무 많이 변했다.

"오빠, 그런 말도 할 줄 알아?"

"몰랐는데 그냥 나오네. 사랑해. 사랑해, 지은아."

한술 더 떠서 눈을 맞추며 사랑한다는 말까지 해주었다. 지은의 손을 잡아 손바닥에 입맞춤을 해주고 이마에도, 입술에도 가볍게 버드키스를 해주었다. 힘내라는 듯, 걱정하지 말라는 듯.

해진도 이런 말을 하는 자신이 낯설었다. 여자에게 이런 달콤한 말을 해본 적이 없어서 더 그랬다. 하지만 그동안 감춰오던 감정이 터지고 나니 막을 수가 없었다. 더 이상 숨기며 살고 싶지 않았다.

"혹시라도 우리 가족이 너에게 싫은 소리 해도 물러나기 없기야? 약속했어?"

"어머님이 반대하셔?"

"그건 아니지만 우리 어머니가 워낙 강적이시라……."

해진이 말끝을 흐렸다. 어제 결혼할 여자를 데리고 오겠다는 자신의 말에 화영을 밀어붙이던 어머니가 떠올랐다. 쉬이 화영에 대한 욕심을 접지 않을 것 같았다.

"알았어, 오빠. 어떻게 되찾은 오빤데 내가 물러나겠어? 나 몰라? 나도 강적이라는 소리 많이 듣는데."

"안심이 되네."

해진이 지은을 보고 다행이라는 듯 화사하게 웃어주었다. 그 미소에 지은의 입이 다시 벌어졌다.

차에서 내려 순임과 해준을 위한 선물을 들고 해진을 뒤따랐다. 현관을 들어서자 자신을 보고 놀란 얼굴이더니 이내 인상이 구겨지는 해준을 보았다. 지은 죄가 있어 지은은 몸이 약간 굳어졌다. 시동생 될 사람인 줄도 모르고 그렇게 퍼부어 댔으니 후환이 두려울 수밖에. 그렇다고 앞으로 죽어지낼 생각은 없었다. 얼굴에 철판을 깔고 순임과 해준에게 고개를 숙여 인사했다.

"안녕하세요?"

"어라, 이게 누구십니까? 우리 형보고 웃기다고 하던 분 아니십니까?"

해준은 해진의 뒤에 따라 들어오는 지은을 보자 기가 막혔다. 형이 오늘 결혼할 여자를 데리고 오겠다고 했는데 그 여자가 저 여자였어? 결혼한다고 인사 올 정도면 그때 이미 자신이 시동생 될 거라는 걸 알고 있었을 것이다. 시동생 될 사람에게 그렇게 막말을 했다 이거지? 날 우습게 봤다 이거지? 시동생 노릇할 생각은 꿈도 꾸지 말라는 뜻이야? 속이 부글부글 끓었다.

해준의 말에 해진은 무슨 뜻인가 싶어 해준과 지은을 번갈아 보았다. 의기양양한 해준과 난감해하는 지은을 보니 두 사람이 벌써 한판 붙은 것 같았다.

"해준이와 무슨 일 있었어?"

해진이 지은의 귀에 대고 살며시 묻자 지은이 그렇다는 듯 고개를 끄덕였다.

"무슨 일인데?"

"나중에 얘기할게."

"나보고도 반말이더니 우리 형한테도 반말이냐? 우리 형은 너보다 세 살이나 많다."

이런 쪼잔한 놈. 그때 일에 앙심을 품고 이렇게 훼방을 놓는다 이거지? 내가 네 형수만 돼봐라. 버릇을 고쳐주마. 속으로 이를 벅벅 갈았지만 겉으로는 화사한 미소를 지으며 지은이 해준에게 사과했다.

"그땐 미안했어요. 사과할게요."

"사과한다고 넘어갈 일이 아니지. 그때 뭐라고 하셨더라? 형 직함 말고 내 직함이 뭐냐고 물었지? 반말 찍찍 해대면서."

"박해준! 너 형수에게 그게 무슨 말버릇이야?"

해진이 해준에게 소리를 버럭 질렀다. 아까부터 해준에게 그만하라는 시선을 보냈지만 해준이 그치지 않자 마침내 폭발하고 말았다. 어제 그만큼 주의를 줬는데도 이런단 말인가?

혹시라도 지은 앞에서 안 좋은 소리라도 할까 봐 해진은 어제 집에 들러서 순임과 해준에게 신신당부를 했다. 그러고도 미덥지 않아 지은이 인사 왔을 때 조금이라도 안 좋은 기색을 한다면 앞으로 경제적인 지원을 다 끊어버릴 거라고 경고까지 했다.

"형수는 무슨 형수. 난 저 기집애 형수로 못 받아들여. 형이 내게 제대로 된 직함을 줬으면 저 기집애가 그런 소리를 했겠어? 저 기집애가 형보고 뭐라고 한 줄 알아? 형제가 똑같이 웃긴다고 그랬어."

해준은 화가 나 해진에게 바락바락 대들었다. 지은과 한판 붙은 날 해준은 해진에게 제대로 된 직함을 달라고 졸라댔지만 해진은 말도 꺼내지 못하게 잘라 버렸다.

지은의 얼굴이 벌겋게 달아올랐다. 쥐구멍이라도 들어가고 싶었다. 해준을 먼저 따로 만나 사과를 하고 풀었어야 했는데……

"너 정말! 형수에게 사과 못 해!"

"못 해! 내가 왜 저 기집애한테 사과를 해? 형이 뭐가 모자라서 저런 기집애하고 결혼하겠다는 거야?"

그 말에 해진이 눈빛을 차갑게 번뜩이며 해준을 노려보았다. 니가 그걸 몰라서 묻느냐는 듯한 눈빛에 해준은 가슴이 서늘해졌다. 아이씨, 형의 저 눈빛은 감당하기 힘든데.

"해준이 너, 어제 내 말을 허투루 들었구나? 내가 사랑하는 여자라고 했어. 내가 원하는 여자라고. 무엇과도 바꿀 수 없다고. 좋아, 네 맘이 정 그렇다면 사과 안 해도 돼. 대신 넌 이제부터 내 동생 아니야. 하나뿐인 형수에게 형수 대접 안 해주는 동생, 난 필요 없어."

"형!"

해진의 말에 해준의 인상이 더 찌푸려졌다. 지금껏 자기가 무슨 짓을 해도 받아준 형이었다. 그런데 저 계집애한테 홀려서 이제 동생도 나 몰라라 한다 이거지. 여기서 한마디만 더 했다가는 정말 형이 내칠 것 같았다.

"오빠아~"

지은이 그러지 말라는 듯 해진의 팔을 잡고 불렀지만 해진의 태도는 단호했다. 해준을 똑바로 보면서 행동을 요구했다.

"사과할 거야, 말 거야?"

"……미안해."

기어들어 가는 목소리로 울며 겨자 먹기로 해준은 지은에게 사과했다. 어쩔 수 없었다. 해준은 해진 없이 살 수 없었다. 해준에게 해진은 엄마이자 아빠이며 형이자 하느님이었다.

"죄송합니다, 형수님."

따라 하라는 듯 해진이 또박또박 말하자 지은은 더 난감해졌다. 해진이 왜 이리 세게 나오나 불편해 죽을 것 같았다. 해준이 저렇게 나오는 것도 이해하는 지은이었다. 자기가 그때 심하긴 했다. 해진에게 다시 간절히 부탁했다.

"오빠, 내 잘못도 커요. 오빠 때문에 속상해서 해준 씨에게 심하게 굴었어요. 제발 그만 해요. 어머님도 보고 계신데."

해준의 지적으로 지은은 자연스럽게 존댓말이 나왔다. 시동생을 우습게 본 며느리를 어떤 시어머니가 곱게 보겠는가? 순임의 눈치를 보며 지은은 안절부절 어쩔 줄 몰라 했다. 이 난국을 어떻게 타개해야 할지 난감했다. 물러나지 않는다고 큰소리 뻥뻥 치긴 했지만 딱 도망가고 싶은 심정이었다. 도망가고 싶은 지은의 마음을 알았는지 해진은 지은의 손을 꼭 잡고 놓지 않았다.

"죄송합니다, 형수님."

절대로 나오지 않을 것 같았던 말이 해준의 입에서 나오자 지은은 어안이 벙벙해 눈만 깜박거렸다. 그러다 얼른 정신을 차리고 고개를 숙여서 사과를 받고 사과를 했다. 다행이다. 저 철부지도 무서운 사람은 있었다.

"저도 많이 죄송했습니다, 도련님."

순임은 지금 이 사태가 어떻게 돌아가는지 어안이 벙벙했다. 해진이 오늘 결혼할 여자를 데리고 오겠다고 해서 기다리는 중이었다. 유진전자 딸도 뿌리친 해진이 선택한 여자이기에 얼마나 대단한 여자인지 해준과 기대에 차서 기다렸는데 이게 도대체 무슨 일이야?

아무래도 저 여자가 해준에게 막말을 한 것 같았다. 시동생 될 사람에게 막말을 해? 시댁 될 집을 우습게 보나 해서 괘씸한 마음까지 들었다. 하지만 지금 돌아가는 추세로 보아 자신이 싫은 티를 내면 그대로 돌아가 버릴 태세였다. 그대로 돌려보낼 순 없었다.

어제 분명히 그랬다. 흔쾌히 허락해 주지 않으면 경제적인 지원은 모두 끊어버리겠다고. 해준에게 이렇게 세게 나오는 것은 아마 나보고 알아서 하라는 본보기겠지. 해진이 경제적인 지원을 끊으면 해준과 순임은 살아갈 수 없다.

"들어와요, 들어와. 해준이랑 오해가 있었나 보네. 오해야 천천히 풀면 되지, 뭐."

붙임성 있는 순임의 말에 해진과 해준, 지은이 거실로 들어왔다. 지은은 바늘방석이 따로 없었고, 해준은 불만에 가득 찬 표정이었다. 순임도 지은이 별로 마음에 들지 않았다.

자신의 뜻대로 하자면 유진전자 딸 화영이 며느릿감으론 제격이었다. 하지만 해진의 말대로 자신이 며느릿감에 대해 왈가왈부 따질 처지가 아니었다. 특히 해진의 앞에서는. 어제 반대 의향을 표했다가 해진에게 제대로 한 방 맞았다.

"어머니가 제게 어머니의 권리를 주장할 수 있으세요? 제가 맘에 들지 않으시면 저와 인연 끊으셔도 좋습니다."

해진이 세게 나오자 순임은 기가 죽었다. 해진을 다시 만난지 2년이 다 되어가지만 자신에게 이렇게 직접적으로 비난과 협박을 해온 적은 없었다. 순한 놈이 화내면 무섭다더니 순임은 지금은 물러나야 할 때라는 걸 알았다.

항상 툴툴거리며 성질을 내는 해준과는 달리 너무나 반듯하게 대해주는 해진이 순임은 항상 어려웠다. 그만큼의 거리를 유지하며 더 이상 가까이 다가오지 않는 큰아들이다. 해준은 술에 취할 때면 순임의 방에 들어와 순임 옆에 붙어 자곤 했다. 술 깨고 나면 방을 잘못 찾아들었다고 툴툴거리면서 나갔지만 엄마의 정을 그리워한다는 생각이 들었다. 반면에 해진은 엄마의 정을 그리워하는 느낌이 없었다.

"어머니, 너무나 고우세요. 아까는 시끄럽게 해서 죄송했습니다."

절을 하고 앉아 지은이 순임에게 인사말을 건넸다. 굳어 있던 순임의 얼굴이 순식간에 펴졌다. 들어오기 전에 지은은 해진으로부터 어머니가 곱다는 말을 제일 좋아하신다고 전해 들었다. 그런데 이렇게 좋아하실 줄은 몰랐다.

"뭐, 그런 소리 자주 들어. 너도 예쁘네."

분위기는 순식간에 좋아졌다. 여전히 해준은 불퉁해 있지만 노골적으로 싫은 소리를 하진 않았다. 다행이었다. 순임은 지은을 찬찬히 살펴보았다. 얼굴도 그만하면 미인 소리 들을 정도는 되어 보였다. 집안은 살 만한가? 해진은 예단은 생략하기로 했다지만 그게 그럴 수 있는 일인가? 시어머니에 시동생 하난데 예단은 챙겨야지. 뭐, 해진 모르게 요구하면 될 일이었다.

해진은 그제야 한시름 놓았다. 워낙에 별난 순임과 해준이라 바짝 긴장하고 있었다. 어제 주의를 주고도 맘이 놓이지 않아 아까 지은에게 물러나지 않기로 약속까지 받았다.

8. 행복의 절정에서

"오빠, 아까는 왜 그랬어?"

인사를 마치고 집을 나와서 안도의 한숨을 내쉬고는 지은이 해진에게 물었다.

"뭘?"

"해준 씨에게 사과하라고 우겼잖아. 나 민망해서 죽는 줄 알았단 말이야."

"난 그 누구라도 널 우습게 보는 사람은 용납할 수 없어. 넌 내 여자야. 나 박해진의 여자라고. 당당하게 살아. 기죽지 말고. 내가 다 커버해 줄게."

해진의 진심이 지은에게 오롯이 전달되었다. 지은은 가슴이 뭉클했다. 이렇게 사랑을 받아본 적이 없었다. 이런 대접을 받아본 적도 없었다. 너무너무 행복했다. 자신이 칠 년 동안이나 해진에 대한 마음을 접지 못한 이유를 알았다. 이런 사람인 줄 알았기에 접을 수 없었던 것이었다. 지은은 감동에 찬 얼굴로 해진을 보았다. 눈에는 눈물이 그렁그렁 맺힌 채.

"오빠, 나 정말 사랑하는구나?"

"그럼. 전심을 다해 사랑해."

햇살이 두 사람의 얼굴에서 보석처럼 반짝거렸다. 지은의 눈물은 보석보다 더 영롱했다. 해진이 지은의 눈물을 엄지손가락으로 닦아주며 가슴에 안았다. 해진의 거칠게 뛰는 심장 소리가 지은의 귀에 들렸다. 지은의 심장도 거세게 펌프질하기 시작했다.

자동차 안에는 조용한 음악이 흐르고 있었다. 깍지 낀 두 사람의 손을 통해 서로에게 마음이 전달되었다. 차가 멈출 때면 해진의 시선은 언제나 지은에게로 향했다. 벌어지는 입을 다물지 못한 채로 말이다. 가끔씩 입도 살짝살짝 맞추면서.

지금 두 사람이 가는 곳은 해진의 오피스텔이었다. 둘 다 험한 관문을 통과한 후인지라 지쳐서 편히 쉴 곳이 필요했다. 아니, 그건 핑계일 것이다. 이제 막 사랑을 시작한 연인에게는 사랑을 속삭일 둘만의 공간이 필요하다는 게 맞는 말일 게다.

현관 비밀번호를 누르고 들어오자마자 해진은 두 손으로 지은의 얼굴을 감싸고는 지은의 입술로 얼굴을 향했다. 입술과 입술이 닿았다. 순식간에 열기가 피어올랐다. 엘리베이터 안에서부터 얼마나 이러고 싶었는지 모른다. 자신에게도 이런 욕구가 살아 있다는 게 믿기지 않을 정도였다. 수도승처럼 여자를 모르고 살아온 시간이었으니까.

지은도 해진의 목에 팔을 감고 해진의 키스를 받았다. 키스를 하면서도 두 사람은 어느새 침실에 들어와 있었다.

뜨거운 키스를 나누며 두 사람은 서로의 몸을 만졌다. 두 사람의 손이 분주히 움직이며 뜨거운 호흡이 새어 나왔다. 잠시 입술을 뗀 해진이 열정을 담은 뜨거운 눈빛으로 지은의 눈을 맞추고는 허락을 구했다.

"널 갖고 싶다. 허락해 줘."

해진은 더 이상 기다리고 싶지 않았다. 너무나 오래 기다렸다. 이제 양가 부모님의 허락도 받았다. 미룰 이유가 없었다. 어서 하나가 되고 싶었다. 지은이 허락의 뜻으로 고개를 끄덕이며 먼저 해진의 옷에 손을 대었다. 떨리는 손으로 와이셔츠 단추를 열기 시작했다. 해진도 순식간에 지은의 원피스 지퍼를 내렸다. 서로에 대한 열정을 숨기지 못하고 서로의 옷을 벗기고 서로를 탐하기 시작했다.

❊

─세상 단 한 사람, 운명 같은 내 사람.

휴대폰 벨소리가 울렸다. 액정을 보니 해진이었다. 아쉬워하는 표정으로 지은을 집 앞까지 바래다준 지 5분도 안 되었는데 그새 그에게서 전화가 왔다. 어른들을 깨울까 봐 살금살금 걸어서 방에 들어와 겨우 침대에 앉을 만큼의 시간이 지났을 뿐이었다. 지은이 미소를 짓고는 반갑게 휴대폰을 받았다.

"어, 오빠."

[어른들은?]

"다 주무셔. 지금 12시도 넘었어."

[그럼 더 있다 보낼걸.]

핸즈프리로 통화를 하며 운전하는 해진의 입에서 아쉬운 한숨이 흘러나왔다.

집에 가야 한다는 지은의 말에 어쩔 수 없이 오피스텔 침대에서 몸을 일으켰다. 그러고도 아쉬운 마음에 5분만 더, 5분만 더 하던 것이 11시가 넘고 말았다. 지은이 아예 자리에서 일어나 가방을 집어 들자 해진은 일어날 수밖에 없었다.

집에 가야 한다는 말이 저렇게 쉽게 나오나 싶어 서운하기까지 했다. 자신만 안달이 난 것 같아 어린애처럼 심통이 났다. 몸을 나누고 나니 더 보내기 싫어졌다. 사랑하는 감정이 더 진해졌다.

"지은아, 우리 빨리 결혼하자. 혼자 돌아가는 길이 너무 쓸쓸하다."

[나도, 나도 빨리 결혼하고 싶어. 빨리 결혼해서 오빠랑 같이 살고 싶어. 오빠랑 한시도 떨어지고 싶지 않아.]

"알았어. 그럼 우리 내일 결혼할까?"

[오빠아~]

"왜, 안 돼?"

허걱! 아무리 급하다고 내일 당장 어떻게 결혼식을 하겠는가? 말도 안 되는 소리 그만 하라는 듯 지은이 해진을 불렀지만 해진은 오히려 안 되느냐고 뿌루퉁한 목소리로 반문했다. 자꾸만 재촉하는 해진이 귀여워 지은은 살짝 웃음이 새어 나왔다. 해진이 점점 어린애가 되어가는 것 같았다.

[왜 웃어?]

"내일 당장 결혼을 어떻게 해? 결혼식장은 어떻게 잡으려고?"

[결혼식장이 뭐가 필요해. 우리하고 친한 사람만 불러놓고 아무 데서나 결혼하면 되지.]

"오빠, 지금 말 안 되는 거 알지? 꼭 떼쓰는 어린애 같아."

[……]

떼쓰는 어린애 같다는 지은의 말에 해진도 동의할 수밖에 없었다. 살면서 이렇게 신나고 들뜨고 설레는 게 처음이었다. 회사를 세울 때도 이 정도는 아니었다.

[오빠, 전화 끊자. 운전하면서 통화하는 거 위험하다고 했단 말이야. 그것도 야간 운전이잖아. 집에 가서 전화해. 내가 안 자고 기다릴게. 응?]

지은이 먼저 휴대폰을 끊어버렸다. 아쉽지만 어쩔 수 없었다. 빨리 집에 도착해서 거는 수밖에. 액셀을 밟는 발에 힘이 들어갔다.

겨우 해진의 전화를 끊었는데 다시 휴대폰이 울렸다. 집에 가서 하라니까 그새를 못 참고. 그래도 자꾸 전화하는 것이 싫지는 않았다. 사랑받는 것 같아 좋았다. 슬며시 웃음이 나왔다. 결국 씻으러 가려던 걸 멈추고 전화를 받았다.

[야! 한지은!]

휴대폰을 받자마자 버럭 질러오는 영희의 고함 소리에 지은은 휴대폰을 귀에서 떨어뜨려 놔야만 했다.

[너, 너 결혼한다는 소리가 무슨 말이야? 어떻게 내 허락도 없이 결혼을 할 수 있어?]

"미안해, 영희야. 갑자기 그렇게 됐어."

[어떤 놈이야? 어떤 놈이 갑자기 널 채간다는 거야?]

"……해진…… 오빠."

지은의 목소리가 기어들어 갔다. 해진과 재회하고 난 후 영희를 만나 해진에 대한 욕을 바가지로 했었다. 그러다 결국에 지은이 울음을 보이자 영희가 지은을 달래주면서 쌈박한 놈으로 소개해 준다고 약속했었다. 그래놓고 해진 오빠랑 결혼하겠다고 하려니 입이 안 떨어져 아직 전화도 하지 못했다. 부끄러움은 아는 인간이다, 한지은.

그 사이 캐치콜 메시지가 뜬다. 해진 오빠다. 집에 도착하자마자 전화한다고 했는데 벌써 도착했나 보다.

[뭐? 그 재수뽕이랑 결혼을 해? 너 미쳤어? 돌았어? 니가 매달린 거야? 죽어도 못 잊겠다고?]

"그런 거 아냐, 영희야. 우리 내일 만나서 얘기하자."

영희와의 통화가 길어질수록 지은은 애가 탔다. 계속해서 캐치콜이 들어오고 있었다. 전화를 끊고 해진의 전화를 받고 싶었지만 영희는 계속해서 지은을 닦달했다.

[그럼 어떻게 이렇게 갑자기 결혼 말이 나오냐고.]

"내일 전화할게, 영희야. 그럼 전화 끊는다."

결국 지은은 영희의 전화를 끊어버렸다. 여자의 우정이란 사랑

앞에서 아무런 힘도 없는 건가?

통화 중에 들려오는 캐치콜 메시지를 영희도 들었다. 아마도 그놈 전화라 이렇게 급하게 끊어버린 거겠지. 영희는 울화통이 치밀어 휴대폰을 집어 던져 버렸다.

그놈이랑 결혼을 해? 영희는 지은이 이해가 되지 않았다. 그놈이 자기에게 어떤 상처를 주었는지 다 잊어버린 건가? 며칠 전에도 해진을 원망하며 울고불고 난리도 아니었다. 얼마나 좋아하면 칠 년을 기다릴 수 있는지 도저히 영희의 상식으로는 이해할 수 없었다.

해진은 결국 화가 폭발해 휴대폰을 침대에 집어 던지고 말았다. 도착하자마자 전화를 걸었지만 계속 통화 중이다. 전화하라는 말을 하지 말든가. 벌써 열 번도 넘게 전화를 걸었다.

Rrrrrr~ Rrrrrr~

해진의 휴대폰이 울렸다. 마음 같아서는 받고 싶지 않았지만 해진의 손은 벌써 휴대폰 화면을 밀고 있었다.

[미안, 오빠. 전화 했었지?]

"뭐 하느라 전화를 안 받아?"

자연 대답이 퉁명스러웠다.

지은이 해진을 달래느라 부드럽게 얘기하였다.

[영희랑 통화했어. 하도 안 끊어주기에 내가 끊어버렸어. 잘했지?]

지은의 사과에 해진은 배시시 웃음이 나왔다. 자신과 통화하기 위해 절친의 전화까지 끊었다는 말에 치솟았던 화가 스르르 사라졌다.

＊

한국으로 돌아왔다. 공기부터가 달랐다. 엄마가 사는 곳이라 그런 걸까? 벌써 안심이 되었다. 재욱과 지수, 우빈과 윤 비서가 출국장을 나오자 수행원들이 기다리고 있었다. 그들이 모든 잡무를 해결해 주었다.

재욱의 가족은 인천공항에서도 단연 돋보였다. 수행원 때문이 아니라 그들의 외모에서 뿜어져 나오는 고급스러운 분위기 때문이었다. 부러움이 가득한 눈으로 다들 힐끔거리며 살피기에 바빴다.

지수는 그들의 표정을 보고 오히려 턱을 치켜세웠다. 여왕 같은 모습을 연출했다. 우빈은 연출하지 않아도 이미 황태자였다. 아이답지 않게 진중한 표정하며 깊이 있는 눈빛이 사람들의 고개를 끄덕이게 했다.

인천공항을 나오자 두 대의 차가 대기 중이었다.

"먼저 집에 가 있어. 난 회사에 들렀다 갈게."

재욱의 말에 지수가 고개를 끄덕였다. 재욱이 먼저 차에 올라탔다. 칠 년 만의 귀국이건만 집보다는 회사에 먼저 가야만 했다. 칠 년 동안 비워두었던 회사를 재정비하려면 한동안 바쁠 것이다. 기사가 뒷좌석을 열어주었다.

"우빈아, 우리도 가자."

우빈이 안쪽으로 타고 지수가 이어 올라탔다. 벤틀리 플라잉 스퍼. 승차감이 좋은 차다. 언젠가 이 차가 편하다는 말을 재욱에게 했는데 그걸 새겨들었는지 지수의 차는 항상 이 모델이었다. 우빈을 옆에 앉히고 지수는 멍하니 밖을 내다보았다.

칠 년 만에 돌아온 한국은 많이 달라져 있었다. 새로운 건물도 많이 보였고 거리를 걷는 사람들도 지수와 달리 활기차 보였다. 시어른들과 같이 사는 건 싫었지만 어쩌면 그들이 재욱의 폭력을 막아줄 방패가 될 수도 있다는 생각에 흔쾌히 승낙했다. 차가 집 앞에 멈췄다. 우빈과 차에서 내리는 동안 기사가 벨을 눌러주었다.

"사모님 도착했습니다."

기사의 말에 문이 열렸다. 지수는 크게 심호흡을 한 후 우빈의 손을 잡고 집 안으로 들어섰다. 잘 꾸며진 정원이 보였다. 겨울 초입이라 꽃은 지고 없지만 다른 건 다 그대로였다. 칠 년이란 세월이 멈춘 것만 같았다.

저기서 처음 그 사람을 만났는데……. 그땐 행복하기만 했는데……. 우리가 왜 이리 되었을까? 남들은 차갑다고 했지만 지수에게 재욱은 더없이 따뜻하고 뜨거운 남자였다.

"어서 오너라."

현관문을 열고 안으로 들어가자 어쩐 일인지 강 회장이 자신들을 반겼다. 이렇게 반길 사람이 아닌데? 의아한 생각이 들었다. 강 회장은 좀 늙은 것도 같았다.

"안녕하셨어요?"

지수가 강 회장과 정 여사에게 인사를 건네자 강 회장이 고개를 끄덕이며 인사를 받았다.

"인사드리자. 할아버지와 할머니이셔."

지수와 우빈이 강 회장과 정 여사 앞에서 큰절을 했다. 한국에 들어오기 전 지수는 우빈에게 큰절을 가르쳐 주었다. 한국의 풍습으로는 어른을 오랜만에 만나면 큰절을 하는 것이 예의니까. 우빈이 시어른의 눈에 들어야 자신도 편할 것 같았다. 강 회장의 입가에 만족스러운 미소가 어렸다. 큰절을 하고 무릎을 꿇고 앉자 강 회장이 입을 열었다.

"그래, 니가 우빈이가? 영재교육을 받고 있다고? 이리 온나."

우빈이 지수를 보자 그렇게 하라는 듯 지수가 고개를 끄덕였다. 무릎걸음으로 우빈이 가까이 다가가자 강 회장이 반갑다는 듯 우빈을 번쩍 안아 들었다. 우빈의 몸이 허공으로 붕 떴다가 내려온다.

"어이쿠, 이놈, 실하구나. 자주 안아주지도 못하겠네."

만족스러운 강 회장의 말에 정 여사가 초를 친다.

"재욱이를 안 닮았네."

"아이가 아빠만 닮으란 법 있나."

강 회장이 정 여사의 말을 자르곤 우빈에게 은근하게 물었다.

"우빈아, 할애비랑 집 구경허까?"

"예."

우빈은 강 회장의 사투리를 정확히는 알아들을 수 없었지만 이해할 수는 있었다. 우빈의 대답에 강 회장이 우빈의 손을 잡고 정원으로 나갔다. 지수는 머뭇거리다 정 여사에게 인사를 하고는 이층으로 향했다. 방문을 열자 예전 모습 그대로였다.

침대에 앉아 손으로 쓸어 보았다. 이 방에서 참으로 행복했다.

앞으로도 행복해질 것이다. 앞으로도 행복해질 것이다. 지수는 최면을 걸 듯 자꾸만 되뇌었다.

재욱은 그날 이후로 정말 변했다. 더 이상의 폭력도 폭언도 없었다. 가끔씩 화가 나도 주먹을 움켜쥘 뿐이었다. 하긴 재욱은 의지가 강한 남자였으니까. 하고자 하면 뭐든 해낼 사람이니까. 이제 악몽은 끝났다고 지수는 생각했다.

한국에 돌아오니 엄마가 더 보고 싶었다. 당장에라도 엄마에게 달려가고 싶었지만 재벌가의 며느리는 그럴 수 없었다. 엄마 목소리라도 듣고 싶은 마음에 지수는 휴대폰을 들어 집에 전화를 걸었다.

[여보세요?]

반가운 엄마의 목소리에 지수의 감정이 복받쳐 올랐다. 그냥 눈물이 솟아났다.

"엄마……."

지수의 목소리를 알아들은 듯 휴대폰 저쪽에서 잠시 말을 잇지 못하더니 반가운 목소리가 터져 나왔다.

[지수니? 지수야? 이제 돌아온 거야?]

"어, 엄마."

[몸은? 몸은 괜찮아?]

"어."

[우빈이는? 집엔 언제 올 거야?]

전화기 너머로 시끄러운 소리가 들렸다.

"그런데 집에 누가 왔어? 시끄럽네."

[지은이 신랑감.]

"그래? 엄마, 보고 싶다."

[내가 가서 이사도 도와주고 싶은데.]

"그러게 엄마는 날 왜 이런 집에 시집보냈어?"

원망하는 듯한 지수의 목소리에 숙희는 발끈했다.

[무슨 그런 소리를 해? 내 인생에서 제일 잘한 일이 널 강 서방에게 시집보낸 건데. 돈 많지, 능력 있지, 너라면 끔찍하지. 내 친구들이 그런 사위 본 나를 얼마나 부러워하는지 알아?]

"……."

할 말이 없었다. 하긴 끔찍하긴 했다. 내가 얼마나 끔찍하게 당하고 살았는지 모르니까 하는 소리겠지.

[집에는 언제 올래?]

"아직 잘 모르겠어. 갈 때 전화하고 갈게."

전화를 끊고 나니 엄마가 더 보고 싶었다. 지금이라도 당장 달려가고 싶었지만 마음을 접어야 했다. 재벌가의 여자로 사는 것이 하나도 행복하지 않았다. 사돈댁이 어려워 친정 엄마도 마음대로 올 수 없는 집. 차라리 소박한 남자와 결혼했으면 더 행복했을 것 같았다. 처음으로 지은이 부러웠다.

"니 애비가 어릴 적 놀던 곳이다."

"애비가 뭐예요?"

처음 듣는 애비라는 용어에 우빈이 눈을 반짝이며 질문을 던지자 강 회장은 뭐라고 설명해야 할지 난감했다.

"애비란 말이지, 아버지를 뜻하는 말인데, 어…… 어른들이 자식 있는 아들을 부를 때 쓰는 말이다."

"어른들 앞에서는 나라는 말 대신 저라는 말을 쓰는 것하고 같은 거예요, 할아버지?"

똘똘한 우빈의 말에 강 회장은 호탕한 웃음을 터뜨렸다. 자식 사랑, 내리사랑이라고 하더니 강 회장은 우빈이 너무나 예뻤다. 우빈의 손을 잡고 정원으로 나간 강 회장은 재욱이 어릴 적 놀던 뒷마당으로 나갔다.

여기서 재욱이 제 어미와 외할머니, 외할아버지와 신나게 뛰어 놀곤 했었다. 자신은 끼어들 틈도 주지 않고선. 자신은 그저 창문으로 아래를 내려다볼 뿐이었다. 이젠 재욱 대신 우빈을 맘껏 안아줄 것이다. 그럴 것이다. 지난 시절 못 주었던 사랑을 맘껏 베풀 것이다.

출근하자마자 성질 급한 영희가 회사로 쳐들어왔다. 내가 전화할 때까지 기다릴 수 없었나 보다. 평소의 럭셔리녀 콘셉트를 버리고 검정 바지에 까만 라이더 재킷을 걸치고 워커까지 신은 채 전투적인 표정으로 들어왔다. 영희는 지은을 째려보는 지은의 짐을 챙기기 시작했다.

"너 왜 그래?"

지은이 짐을 챙기는 영희를 말리며 이유를 묻자 영희가 버럭 소리를 질렀다.

"몰라서 물어, 기집애야? 너 여기 더 있으면 안 돼! 그 인간 얼굴 매일 보니까 네가 마음 못 잡고 매달린 거 아니야? 당장 회사로 돌아가서 파견 근무 그만 한다고 그래! 만약에 회사 잘리면 내가 다른 회사 취직시켜 줄게!"

그리고는 다시 지은의 짐을 챙기기 시작했다. 난감했다. 개발2팀 직원들이 모두 호기심에 찬 얼굴로 쳐다보고 있었다. 지은은 영희가 단단히 오해를 하고 있다는 걸 깨달았다. 얼른 설명해야만 할 것 같았다.

"그런 거 아니야, 영희야. 내가 매달린 거 아니야. 해진 오빠가……."

직원들의 시선이 다시 느껴지자 지은은 말을 멈추었다. 파견 근무 나온 지 얼마 되지 않아 자신들의 젊은 사장을 꿰찼다고 여직원들의 시선이 곱지 않은 상황이었다. 몸으로 밀어붙였다느니 예전부터 아는 사이 같다느니 지은에 대한 말이 많았다. 지금 영희와의 이런 대화는 그런 소문에 불을 붙이고도 남았다.

"일단 나가자. 나가서 설명할게."

팀장에게 양해를 구하고 영희를 잡아끌었다. 영희도 사무실에서 할 얘긴 아니라고 느꼈는지 지은을 따라왔다. 지은은 영희를 휴게실로 데리고 왔다. 다행히 휴게실은 텅 비어 있었다.

"커피?"

"커피 필요 없고, 빨리 불어. 이놈의 회사, 잠시도 있기 싫다. 혹시 너 몸으로 밀어붙였냐? 아후, 무슨 여자가 자존심도 없어? 자존심도 없냐고! 그딴 남자가 뭐가 좋아서 매달려? 내가 좋은 남자 소개해 준다고 했잖아!"

"영희야, 내 말 좀 들어봐, 응? 영희야."

지은이 설명 하려고 했지만 영희는 화가 나서 씩씩거리기만 했다.

"누구 맘대로 지은이에게 남자를 소개시켜 줍니까? 그건 제가 용납 못하죠."

화가 난 듯한 해진의 목소리에 영희의 목이 휙 돌아갔다. 순간 영희의 미간이 확 좁혀졌다. 저 인간이 저렇게 멋지게 변했어? 지금껏 자기가 만나온 인간들보다 훨씬 잘난 건 인정해야 할 것 같다. 외모와 체격뿐 아니라 고급스러운 옷에서 풍기는 부유함과 눈에서 뿜어져 나오는 카리스마까지 칠 년 전과는 비교하기도 힘들 정도의 매력에 영희도 움찔 했다. 저 정도면 지은이 맛이 간 게 이해될 것도 같았다.

좀 전에 같이 출근해서 각자의 사무실로 헤어졌음에도 또다시 지은이 보고 싶었다. 화장실 간다는 핑계를 대며 사장실을 나온 해진은 영희를 붙들고 가는 지은을 보곤 걸음을 빨리해 휴게실 문을 열었다. 그 순간 화난 영희의 목소리를 들었다.

영희가 지은의 절친임을 알고 있기에 좋은 감정으로 대하려고 했었다. 하지만 그 말을 듣는 순간 울컥해 문을 열고 들어와 영희에게 따지고 말았다. 자신의 행복을 빼앗으려는 사람을 좋게 대할 수는 없었다.

"용납 못하면 어쩔 건데요? 한 대 치기라도 할 거예요?"

해진이 들어와 영희를 노려보며 한판 붙을 기세를 보이자 영희도 도전적으로 해진을 노려보며 물었다.

지은이 갑갑하다는 듯 한숨을 내쉬고는 두 사람에게 낮게 으르렁거렸다.

"정말 둘 다 이럴 거야?"

지은의 말에 두 사람이 머쓱해하자 지은이 일단 앉기를 권하고는 커피를 타서 두 사람 앞에 내려놓았다.

"설명해 보시죠? 이 사태가 어떻게 된 건지."

지은이 해진의 옆에 가서 앉는 모습에 영희는 불만스러운 표정을 짓더니 해진을 향해 사실을 털어놓으라는 듯 턱을 쳐들었다. 그 모습에 해진이 가소롭다는 듯 씨익 웃고는 손을 뻗어 지은의 손을 잡아 손등에 입을 맞추었다.

"간단히 설명하자면 내가 지은이에게 청혼했습니다. 더 이상 사랑하는 마음을 숨길 수가 없어서요."

하! 뭐라고? 기가 막힌다. 저게 칠 년 전 흔적도 없이 사라진 남자의 입에서 나올 말인가.

"어이 상실이네. 지금 그 말을 나보고 믿으란 말이에요? 지은이가 얼마나 찾아다닌 줄 알아요?"

"그건 미안하게 생각합니다. 사과했고 지은이가 받아줬습니다."

"그러니까 저 기집애가 등신이란 말이에요. 어떻게 바보처럼 당신 같은 남자를 또 믿을 수 있어요? 칠 년 전에 그렇게 당해놓고선."

"그땐 해진 오빠가 책임질 일 한 적 없어."

"지금은 있고?"

영희가 반문하자 지은이 얼굴을 붉혔다.

기도 안 막힌다. 저것들 하는 걸 봐서는 벌써 갈 데까지 갔다.

"야, 한지은! 너 미쳤어? 저 인간을 어떻게 믿고 일을 쳐?"

영희가 자리에서 벌떡 일어나 지은에게 삿대질을 하며 소리를 질렀다.

"영희야……."

"앞으로 지켜봐 주세요. 내가 지은일 얼마나 사랑하는지. 지은이가 나에게 얼마나 절실한 존재인지."

해진의 곧은 시선에 영희는 잠시 할 말을 잃었다. 옛날부터 저 남자의 눈빛엔 진심이 들어 있었다. 그래서 지은이 좋다고 난리칠 때 막지 않은 건지도 모른다. 그런데 정말 믿어도 될까? 그때도 그런 시선으로 보다가 사라져 버렸는데? 영희의 시선이 망설임으로 흔들리자 해진이 영희에게 감사의 인사를 전했다.

"영희 씨에겐 고맙게 생각하고 있어요. 지금껏 영희 씨가 지은이 보호자 노릇 한 거 알고 있어요. 이제 지은이에 대한 걱정은 모두 다 나에게 넘기고 그냥 친구로 재미나게 지내요. 지은이 보호자는 내가 될 테니까요."

"약속할 수 있어요? 앞으로는 절대 지은일 떠나지 않는다고?"

"그럼요. 약속해요."

"거참, 남녀 사이는 내버려 둘수록 더 잘 굴러가는 법인데, 아무리 절친이라지만 간섭이 좀 지나치네."

어느새 들어왔는지 여전히 듬직한 체격의 경철이 영희를 타박하였다. 영희의 눈에 쌍심지가 켜졌다. 쌍으로 놀고 있다.

"내가 이래서 S대생은 재수가 없다고 하는 거야. 말만 번지르르하고 진실성이 없어."

"박해진 진실성은 내가 보장하지. 내 진실성도 내가 보장하고. 어때, 너도 날 믿어볼 생각 없어?"

오랫동안 경철의 머리에서 지워지지 않던 여자였다. 지은에게 다시 연결해 달라고 부탁한 여자. 이제 눈앞에 나타났으니 망설일 것이 없었다.

경철이 영희의 위아래를 훑어보았다. 지은이와는 다르지만 매력 있는 여자다. 톡톡 튀는 맛도 있고 무엇보다 섹시한 매력이 넘쳤다. 칠 년 전 젖비린내 날 때와는 비교도 되지 않는 성숙한 매력이 뿜어져 나왔다. 의욕이 솟았다. 자신도 짝을 찾고 싶었다.

"그 얼굴로 나한테 작업 거냐? 난 못생기고 뚱뚱한 남자는 취급 안 해."

씨도 안 먹힐 소리 하지 말라는 듯 영희가 되받아쳤지만 경철은 전혀 아랑곳하지 않았다.

"외모를 커버할 만한 매력이 넘치니까 뭐 상관없지 않나? 이만한 학벌에 이만한 능력에 외모까지 완벽하면 내 아내 될 여자가 너무 피곤해지잖아. 따르는 여자가 많아서."

"착각도 자유시네. 댁이 말하는 그 매력, 나한테는 통하지 않으니 그 매력이 통하는 다른 여자에게나 들이대시지. 난 댁들 때문에 S대생하고는 미팅도 안 한 사람이야."

"오호, 우리가 그렇게 당신에게 중요한 의미를 지닌 사람이었어?"

"당신이라니? 당신이라니?"

영희가 핏대를 올리고 경철과 싸우려 들자 지은과 해진은 머리가 아파왔다. 저 성질 건드려 났으니 어쩔 것인가. 툭탁거리는 두 사람을 남겨두고 해진은 지은을 데리고 휴게실을 나왔다. 해진이 지은을 데리고 온 곳은 주차장. 다짜고짜 해진이 지은을 자동차에 태우자 지은이 황당하다는 표정을 지으며 물었다.

"아직 근무 시간이야. 어딜 가려고 그래?"

"우리 집."

짧게 대답하고 해진은 시동을 걸었다. 퇴근하고 같이 가려고 했다. 하지만 기다릴 수 없었다. 영희가 와서 소동을 일으키자 지은이 혹시라도 마음을 바꿀까 봐 겁이 났다. 아직도 자신이 믿음을 주지 못했을 수도 있다는 생각에 당분간 지은에게 올인해야겠다고 다짐했다. 그동안 죽어라 일만 했으니까 좀 쉬어도 될 것이다. 자신에게 휴가를 주자 생각했다.

"오피스텔에서 살 거 아니었어?"

"설마 그 삭막한 곳에서 너와 살겠어? 너 정원 딸린 집에서 살고 싶다고 했잖아."

그랬다. 지은은 정원이 딸린 집에서 살고 싶다고 노래를 불렀다. 자신의 아이들과 함께 맘껏 뛰어놀 수 있는 정원. 미끄럼틀도 하나 정도 들여놓고 그네도 달고 싶다고 했었다.

"그걸 기억하고 있었어?"

"당연하지. 내 꿈이기도 한걸."

해진도 꿈을 꾸었었다. 비록 좋아한다고 고백하진 못했지만, 지은이 미래의 집에 대해 얘기할 때 당연히 그 집엔 해진이 있었다. 지은과 함께. 지은과 해진의 아이들과 함께.

해준이 기숙학원을 그만둔 걸 알게 된 날 너무나 속상한 마음에 처음으로 지은에게 전화를 했었다. 목소리라도 들으면 위안이 될 것 같아 걸었는데 지은은 목소리뿐만 아니라 얼굴까지 보여주었다. 빨갛게 상기된 얼굴로 해진이 술잔을 기울이고 있는 포장마차로 뛰어나와 주었다.

"오빠······."

걱정이 가득 담긴 지은의 목소리를 듣자 해진의 마음이 편안해졌다. 해준을 향하던 분노도 슬며시 사그라졌다.

"앉아."

지은이 해진의 맞은편에 앉자 해진이 물었다.

"뭐 먹을래? 우동?"

"나도 술 마시면 안 되나?"

지은의 말에 해진이 기막혀하는 표정을 짓더니 이내 피식 웃고는 검지를 들어 올리며 더 이상은 안 된다고 못을 박았다.

"딱 한 잔이다."

"피, 나도 성인이라구요."

"아직 졸업 안 했잖아."

투정을 부려보았지만 돌아오는 대답은 간단했다. 범생이는 어딜 가나 표시가 난다.

"아줌마, 여기 우동 하나 주세요."

해진이 주인아줌마에게 주문하고는 소주잔을 가져다 지은에게 한 잔 따라주고 자기 잔에도 따랐다.

"자, 건배."

"건배."

해진이 술잔을 들자 지은도 술잔을 들어 해진의 잔에 부딪쳤다. 해진은 한입에 털어 넣곤 그 쓴맛에 이마를 찌푸렸다. 지은이 해진을 가만히 들여다보았다. 마음을 읽어보려는 듯. 지은의 시선에 해진이 슬며시 시선을 돌렸다.

"무슨 일 있죠? 아까 전화 목소리도 이상하고, 오빠가 이렇게 술 마시는 것도 이상해."

"……."

해진이 대답을 하지 않자 지은은 어깨를 으쓱하고는 상관없다는 투로 말했다.

"얘기하기 싫으면 안 해도 되고. 이렇게 같이 술이나 마시지, 뭐."

"……동생이 학원을 그만둬 버렸어. 이번엔 검정고시 꼭 합격시키려고 했는데……."

"몇 살인데?"

"열아홉. 너하고 동갑."

"근데 왜 학교를 안 다니고?"

호기심이 가득 담긴 지은의 질문에 해진이 망설이다 대답했다. 숨길 일이 아니었다. 만약에 지은이 자신에게 마음이 있다면 해준에 대해서도 알아야 했다. 해준은 해진에게 자식 같은 동생이니까. 평생을 지켜줘야 할 동생.

"고1 때 사고 쳐서 잘렸어."

"오빠한테 그런 동생이 있어요? 오빠랑은 다른가 봐? 근데 난 오빠 동생 조금 이해되는데."

놀랐다는 듯 눈이 동그래지며 해진을 보더니 뜬금없는 말을 했다. 지은의 말에 해진이 뜨악한 표정을 지었다. 그 표정을 보고는 지은이 어깨를 으쓱하고는 말을 이었다.

"오빠 같은 범생이들은 잘 이해 못하겠지만 나도 엄청 잘난 언니 때문에 상처 많이 받았거든요. 평범한 사람들의 비애죠. 그래서 나도 심통 많이 부렸어요. 엄마, 아빠 관심 끌려고."

해준을 이해한다는 지은의 말에 해진은 담담하게 자신의 이야기를 털어놓았다. 그날 참 많은 이야기를 했다. 지은의 이야기도 들었다. 아마 태어나서 그렇게 속 얘기를 많이 한 건 처음이었다. 누군가에게 위로받고 싶었는지 지은에게 투정이란 걸 부리고 있었다.

해진의 이야기를 들은 지은은 가슴 아파했다. 자기도 부모님 때문에 힘들게 살아왔다고 생각했는데 해진의 삶은 자기로서는 상상하기도 힘들다고 했다. 어떻게 부모도 없이 혼자 힘으로 동생까지 돌보면서 이렇게 반듯하게 자랄 수 있었냐고. 대단해 보인다고. 기특하다고. 잘했다며 지은이 해진을 꼬옥 안아주었다. 토닥토닥 등을 두드려 주면서. 그동안 고생했다고, 엄마 대신 동생 돌봐주느라 애썼다고. 지은이 자기보다 어린 동생이었음에도 불구하고 푸근히 안아주자 해진은 위로가 되었다. 엄마 품처럼 따뜻했다. 커다란 체격의 남자가 작은 여자 품에 안겨 있는 꼴이 우스웠지만 행복했다. 살면서 처음으로 느끼는 행복이었다.

"좋아해요, 오빠."

달콤한 지은의 목소리에 해진은 더 행복해졌다.

"난 있잖아요, 오빠. 나중에 정원이 딸린 집에서 살고 싶어요. 미끄럼틀도 하나 들여놓고 그네도 달아놓고. 거기서 내 아이들과 신나게 놀 거예요. 사랑을 듬뿍 줄 거예요. 편애하지 않고 골고루. 오빠도 거기서 같이 살면 좋겠는데……."

해진은 대답 대신 지은을 꼬옥 안아주었다.

"도착했어. 내리자."

해진이 먼저 내려 조수석 문을 열어주었다. 지은이 차에서 내려 주위를 둘러보았다. 예쁜 집이 많은 동네였다. 해진이 지은의 옆으로 와서 지은의 손을 잡더니 바로 앞에 있는 집을 가리켰다.

"이 집이야. 어때?"

"예쁘다!"

해진이 가리키는 집을 보는 순간 지은은 감탄이 절로 나왔다. 정말 예쁜 집이었다. 그림처럼 예쁜 집. 여자들이 꿈꾸는 집.

안이 들여다보이는 야트막한 대문을 열고 들어가자 탁 트인 넓은 정원이 보였다. 바닥에 잔디가 깔려 있어서 폭신한 느낌이 들었다. 정원 한편에는 감나무도 심어져 있었다. 가지 끝에 빨간 감이 아직도 달려 있는 감나무. 그 옆에는 티 테이블이 놓여 있었다.

지은은 이 집이 너무나 마음에 들었다. 언젠가 엄마 따라 한 번 가본 비싼 정원수가 가득하던 언니의 집 정원보다 훨씬 더 예뻐 보였다.

"마음에 들어?"

마음에 들다마다. 내가 이런 집에서 살게 되다니. 대답 대신 지은이 고개를 힘차게 끄덕였다.

"다행이다. 네 마음에 든다니."

해진이 정원을 가리키며 행복한 미소를 지었다. 상상만 해도 좋았다. 이 집에서 지은이와 살게 되다니. 아직도 그날 자신에게 고백하고 난 후 지은이 했던 말이 귀에 맴돈다.

그때 해진은 지은을 꼬옥 안으며 마음속으로만 대답했다. 그렇게 될 거라고. 조금만 기다리라고. 지금 개발 중인 프로그램만 성공하면 그 때는 꼭 같이 살자고. 하지만 이제는 소리 내어 말할 수 있었다.

"우리 이제 여기서 같이 사는 거야. 마음 같아서는 당장에라도 널 데려오고 싶지만 그건 안 되는 일이니까 결혼할 때까지 기다릴게. 네가 그랬지? 정원이 딸린 집에서 살고 싶다고. 미끄럼틀도 하나 들여놓고 그네도 달아놓고 싶다고. 우리 아이가 생기면 여기 그네를 달자. 미끄럼틀은 여기쯤 두면 되겠다."

아이가 생긴다면 자신이 그토록 받고 싶던 사랑을 전부 다 베풀어줄 것이다. 그네도 태워주고 자전거 타는 것도 가르쳐 주고 아이가 원한다면 모래사장도 만들어줄 것이다. 풀장이 필요하다면 풀장도.

아마 한 번도 따뜻한 가정을 가져보지 못해서 더 간절한 것이겠지. 한 손은 지은의 손을 잡고 다른 한 손으로 정원의 한 부분들을 가리키며 신이 난 얼굴로 해진이 앞으로의 계획을 늘어놓았다.

"오빠……"

지은은 말을 잇지 못하고 해진의 가슴에 안겨 버렸다. 자신이 한 말을 해진이 다 기억하고 있다니. 지은은 가슴이 벅차올라 눈물이 났다. 너무나 행복해도 눈물이 난다더니 그 말이 맞나 보다. 자신의 착각이 아니었다. 오빠도 그때 자신을 좋아하고 있었다. 오랜 기다림 끝에 느낀 행복감이라 감당하기가 힘들었다.

해진이 지은의 등을 토닥거려 주었다. 그 옛날 지은이 그랬던 것처럼. 지은의 눈물이 느껴지자 해진은 놀라 한 손으로 지은의 얼굴을 들어올렸다. 지은이 울고 있었다. 해진의 가슴이 덜컥 내려앉았다. 내가 잘못 한 건가? 괜히 옛날이야기를 꺼내서 지은일 속상하게 한 건가? 두려웠다. 목소리가 절로 떨려 나왔다.

"왜, 왜 울어?"

"너무너무 행복해서……."

다행이다, 행복하다니. 지은의 대답에 해진은 안도의 한숨을 내쉬었다. 해진이 손가락으로 지은의 눈물을 닦아주고는 눈꺼풀에 가만히 입을 맞추었다. 눈꺼풀에서 콧잔등으로, 콧잔등에서 다시 입술로 해진의 입술이 내려왔다. 가벼운 키스가 점점 뜨거워졌다. 해진은 더 이상 몸의 열기를 감당할 수 없었다. 이렇게 안고 있는 걸로는 만족할 수가 없었다.

"들어가자. 널 안아야겠어. 미칠 것 같아."

열에 들뜬 해진의 목소리에 지은은 대답 대신 해진을 안은 팔에 힘을 주고는 열렬히 키스했다. 이미 한 몸이 되어버린 두 사람은 현관문을 열고 안으로 들어갔다.

잘 꾸며진 인테리어도 두 사람의 눈엔 들어오지 않았다. 고급스러운 가구도, 소품도, 최신형 가전제품도 보이지 않았다. 침실 문을 열고 안으로 들어가자마자 해진은 지은을 침대에 쓰러뜨렸다. 우아한 아이보리색 침대 위로 지은이 몸을 눕히자 해진은 성급해졌다.

"지은아…… 지은아……."

"오빠…… 오빠……."

아무것도 생각나지 않았다. 그저 사랑하는 연인의 몸을 느끼는 것만이 중요했다. 말이 필요 없었다. 질문도 필요 없고 대답도 필요 없었다. 그저 느낄 수 있었다. 얼마나 서로를 사랑하는지, 얼마나 서로를 필요로 하는지.

격렬하고도 만족스러운 시간이 지난 후, 해진이 지은을 품에 꼭 안고 속삭였다.

"널 원하는 마음이 점점 더 커져가. 매일매일 눈덩이처럼 자라나. 이러다 빵 터질까 두려워."

"오빠······."

해진의 절절한 고백에 지은의 행복감은 절정에 달했다. 죽어도 여한이 없을 것 같았다.

"이렇게 가슴 벅찰 줄 몰랐어. 사랑이라는 것이. 어제보다 오늘 더 사랑하고 오늘보다 내일 더 사랑할게."

"믿어. 나도 그럴 거야. 어제보다 오늘 더 사랑하고 오늘보다 내일 더 사랑할 거야."

해진이 지은의 손에 깍지를 끼고는 그 손을 당겨 입을 맞추었다. 그러곤 지은의 눈동자를 향해 시선을 맞추었다. 마주하는 두 사람의 시선에서 다시 불꽃이 피어올랐다.

창문으로 햇살이 들어오고 있다. 초겨울 햇살이지만 봄 햇살보다도 더 따사로운 햇살. 햇살이 방 안을 두루두루 비추었다. 아이보리색 화장대에도, 아이보리색 침대에도, 그리고 침대 위에서 절정을 향해 다시 질주하는 연인의 나신 위에도······.

"그래, 니는 어떤 공부가 좋나?"

"전 컴퓨터가 좋아요. 벌써 프로그램도 짜봤어요."

"뭐라? 벌써로 프로그램을 짰다고? 일곱 살이?"

"별로 복잡한 건 아니구요."

"그라믄 이제 니 방에 가보까? 그 방엔 컴퓨터도 있는데."

"예, 할아버지."

우빈의 씩씩한 대답에 강 회장은 또 웃음이 나왔다. 성에 차지 않는 손주들만 보다가 똑똑하고도 반듯한 손주를 보니 기분이 썩 좋았다.

강 회장이 우빈의 손을 잡고 집 안을 돌아다니는 모습에 정 여사의 마음은 불편해졌다. 다른 손주들에게는 보여주지 않던 모습이었다. 자신이 봐도 우빈은 나이에 비해 훨씬 똑똑했다. 아무래도 강 회장이 우빈에게 흠뻑 빠진 것 같았다.

자신의 평범한 손자, 손녀들이 떠올라 정 여사의 마음은 씁쓸했다. 자신의 손주들에게 돌아갈 지분이 줄어들 것 같아 안달이 났다. 재욱이 미국에 가 있는 동안 정 여사는 여러 번 강 회장에게 재식과 재동에게 지분을 좀 넘겨주라고 은근히 부탁했지만 강 회장은 꿈쩍도 하지 않았다.

"여가 니 방이다. 어때, 맘에 드나?"

우빈의 손을 잡고 이층으로 온 강 회장은 방문을 열고 우빈에게 물었다. 재욱의 가족이 돌아온다는 말에 이층의 방 하나를 우빈의 방으로 꾸몄다.

"예, 할아버지. 감사합니다."

우빈이 꾸벅 고개를 숙였다. 우빈은 할아버지가 좋았다. 항상 자신을 차가운 눈으로 보는 아빠와는 달리 따뜻하게 대해주는 할아버지의 시선이 좋았다. 아빠는 제대로 안아주지도 않았는데 오자마자 덥석 안아주는 할아버지가 좋아져 버렸다.

밤늦게 재욱이 돌아왔다. 한동안 바쁠 것 같다고 했다. 지수로서는 고마운 일이었다. 바빠서 자신과 우빈이에게 신경 쓰지 않으면 좋겠다. 겉옷을 받아 옷걸이에 걸면서 지수가 재욱의 눈치를 보며 말을 꺼냈다. 말도 없이 친정을 다녀올 수는 없었다.

"여보, 내일 친정에 다녀왔으면 좋겠는데. 엄마도 보고 싶고, 지은이도 날 잡았나 봐요."

혹시라도 안 된다고 할까 봐 지수는 지은의 결혼 소식까지 흘렸다.

"그럼 갔다 와. 너무 늦게 오지는 말고."

어차피 한 번은 다녀와야 할 일이었다. 게다가 처제의 결혼 소식이 있다면 언니로서 한 번은 가봐야 할 일. 재욱은 마지못해 허락했다. 사실 재욱은 지수의 친정 나들이를 썩 좋아하지 않았다. 사위 노릇은 더 싫었다.

"당신 혹시 내일 잠시라도 같이……."

"바빠."

생각도 하지 않고 재욱이 대답하자 지수는 조금 섭섭했다. 칠 년 만에 귀국했으니 처갓집에 인사드리러 가는 게 당연했지만 재욱은 그럴 생각이 없는 것 같았다. 친정이 부실해서 이런 대접을 받는가 싶으니 더욱 속상했다.

대리부를 제안하면서 거절하는 지수에게 재욱이 그런 말을 했었다. 너와 결혼하기 위해 내가 얼마나 많은 것을 포기한 줄 아느냐고. 그러니 자신의 뜻에 따라 주라고. 포기해야 할 것은 포기해야 했다.

"알았어요. 엄마가 당신 보고 싶다고 해서 그랬어요."

"한가해지면."

한가해지면? 그런 날은 평생 오지 않을 것이다. 결혼하고 친정 나들이할 때 재욱은 한 번도 함께 가준 적이 없었다. 기사 딸린 차를 보내는 걸로 남편 노릇을 다 했다고 생각하는 사람이었다.

"알았어요. 우빈이와 다녀올게요."

"기사 보낼 테니 타고 가."

"내가 운전하고 가면……."

"기사 보낼게."

"알았어요."

말을 듣는 게 수다. 괜히 반항해 봤자 이기지도 못한다. 엄마에게 또 무어라 변명해야 하나. 지수의 속은 답답하기만 했다.

집으로 가는 길은 항상 들뜬다. 엄마도 보고 싶고 아빠도 보고 싶다. 빨리 가서 내 방에 누워 모든 것을 잊고 쉬고만 싶다. 재욱이 보내준 차를 타고 가는 지수의 마음은 이미 친정집에 도착해 있었다.

멀리 익숙한 아파트가 보이자 지수의 마음은 두근거리기 시작했다. 얼마나 오고 싶던 집인가. 시선이 아파트를 향하자 익숙한 얼굴이 보였다. 목을 빼고 자신을 기다리고 있는 그리운 얼굴.

"엄마……."

잠시도 기다릴 수 없는 마음에 차창을 열고 지수는 숙희를 불렀다.

"엄마!"

아파트 입구에 서서 들어오는 차를 살피며 지수를 기다리던 숙희는 지수의 목소리에 얼굴이 환해졌다. 너무나도 보고 싶던 딸이었다. 재벌가로 시집보낸 후 얼굴 보기가 쉽지 않던 딸.

한국에 살 때도 사돈댁이 어려워 찾아가기가 힘들었는데 미국으로 들어간 후에는 정말이지 얼굴조차 볼 수 없어 안타까웠다. 가끔씩 전화로 목소리를 듣는 것 말고는 방법이 없었다. 그럴 때마다 괜히 재벌가로 시집보낸 게 아닌가 하는 후회까지 들었다. 이럴 줄 알았으면 데릴사위를 구하는 게 나았을지도 모른다.

대학 시절 메이퀸을 할 정도로 미모가 출중하던 숙희는 당연히 재벌가의 남자와 결혼할 줄 알았다. 따라다니는 남자도 많았다. 하지만 숙희가 사랑에 빠져 결혼한 남자는 평범하기 그지없는 영석. 우아한 사모님 생활을 꿈꾸었지만 영석의 형편은 좋지 않았고 수입도 넉넉지 않아 숙희는 교사 생활을 할 수밖에 없었다.

그래도 영석이 직장을 다닐 때는 괜찮았다. 그때는 친구들을 만나도 자기만 사랑해 주는 남편을 자랑하며 당당할 수 있었다. 하나 영석이 또래보다도 더 일찍 명예퇴직을 당하고 백수 신세가 되자 숙희는 자신의 선택이 틀렸음을 깨달았다.

여자 팔자 뒤웅박 팔자라고, 자신보다 못난 친구들이 잘난 남자 만나 사모님 소리 들으며 유유자적 사는 모습에 속이 상했다. 그 친구들이 마사지 숍에 다니며 외모를 가꿀 때 숙희는 교사를 우습게 보는 학생들을 상대하며 열 받아야 했다. 선생님에 대한 존경심도 없는 아이들을 상대로 소리를 지르며 수업을 해야만 했다.

그중에 최악은 그 친구를 학부모로 만나 봉투를 전해 받을 때였다. 봉투를 거절하는 숙희에게 네 형편 다 아는데 무슨 거절이냐며 선심 쓰듯 거들먹거릴 때는 봉투를 그 친구의 얼굴에 집어 던지고 싶었다. 지수를 위해 참았다. 지수는 돈이 많이 드는 자식이었다. 너무나 잘난 자식. 부모가 밀어만 준다면 뭐든 해낼 자식이었다.

날씬한 몸매에 조각보다도 더 아름다운 얼굴. 두뇌도 뛰어났다. 한 번도 전교 일등을 놓친 적이 없었다. 공부뿐만이 아니라 예술에 대한 재능도 뛰어났다. 악기면 악기, 미술이면 미술 못하는 것이 없었다. 자연 레슨비로 돈이 많이 들었다.

아깝지 않았다. 재벌가의 남자를 만나기 위한 투자라고 생각했으니까. 지수가 재욱을 만났을 때 숙희는 자신의 꿈이 이루어질 것임을 깨달았다. 지수에게서 눈을 떼지 못하는 재욱을 보고 재욱이 자신의 딸 지수를 신데렐라로 만들어 줄 것임을 알았다. 계속 일하고 싶다는 지수를 달래 재욱에게 시집을 보냈다.

지수의 결혼식 날, 숙희는 자신을 안주 삼아 떠들던 친구들에게 승리의 미소를 보내며 그동안 바닥에 떨어져 있던 자존심을 일으켜 세웠다.

기사가 아파트 현관 입구에 차를 세웠다. 급한 마음에 지수는 문을 열어주기도 전에 차에서 내렸다. 지수가 보이자 숙희는 좀 전에 하던 데릴사위 생각은 저 먼 안드로메다로 날려 보내 버렸다.

지수는 여전히 아름답고 우아해 보였다. 꾸준히 관리 받은 뽀얀 피부가 빛을 발했고, 몸에 걸친 명품 옷은 지수를 품위 넘치게 해주었다. 자신처럼 삶에 찌든 때가 보이지 않았다. 다행이었다. 지수는 자신처럼 쪼들리고 살지 않아서 참 다행스러웠다. 지수의 뒤로 우빈이 차에서 내렸다. 숙희가 지수를 향해 빠르게 걸어왔다.

"엄마……."

지수가 숙희의 품에 안겼다. 숙희도 지수를 품에 꼭 안았다. 지수를 안는 순간 숙희는 지수의 몸이 바싹 마른 것을 알았다. 안고 있던 팔을 풀고 지수의 몸을 살폈다.

"왜 이렇게 말랐어? 외국 생활이 힘들었던 거야?"

숙희가 안타까운 얼굴로 지수의 얼굴을 들여다보았다. 표정도 어두워 보였다. 눈에 생기도 없었다. 가슴이 서늘해졌다. 무슨 일이 있는 것인가? 가끔씩 꿈자리가 뒤숭숭해서 전화를 걸어보면 통화가 잘 되지 않았다.

"무슨 일 있어? 얼굴이 왜 이래?"

엄마라는 동물은 자식의 상처를 본능적으로 알아본다. 숙희의 걱정 어린 질문에 지수는 참고 있던 눈물을 흘리고 말았다. 숙희의 가슴이 철렁 내려앉았다.

"엄마아⋯⋯."

"무슨 일이야? 왜 그래? 지수야, 무슨 일이야?"

숙희가 지수의 눈물을 닦아주며 물었다. 숙희의 걱정 어린 목소리에 지수는 모든 것을 다 털어놓고 싶었다. 모든 것을 다 털어놓고 친정으로 돌아와 마음 편히 살고 싶었다.

"엄마."

우빈이 지수의 팔을 잡고 부르자 그제야 숙희의 시선이 우빈을 향했다. 지수는 얼른 눈물을 닦고 감정을 추스르며 우빈을 숙희에게 인사시켰다.

"인사드려. 할머니셔."

"안녕하세요, 할머니?"

우빈이 의젓하게 인사하자 숙희는 우빈의 머리를 쓰다듬어 주었다. 정말 똑똑해 보이고 잘생긴 손주다. 어릴 적 지수의 모습을 그대로 빼박았다. 절로 정이 솟았다.

"그래, 니가 우빈이구나. 춥지? 어서 집에 들어가자."

숙희가 한 손에는 지수의 손을, 다른 한 손에는 우빈의 손을 잡고 엘리베이터로 향했다. 그 뒤로 재욱이 보낸 선물을 들고 운전기사가 따랐다.

"강 서방은 같이 안 왔어?"

숙희의 질문에 지수는 갑자기 짜증이 났다. 칠 년 만에 친정에 오면서 혼자 왔느냐는 힐난처럼 들려서 성질을 냈다.

"그 사람 항상 바쁘잖아. 엄마는 뻔히 알면서 그래."

어쩌면 자격지심인지도 모른다. 사위 노릇 할 생각조차 없는 재욱에게 사위 노릇을 기다리는 엄마에 대한 미안함일지도.

"그래, 강 서방 바쁜 건 대한민국이 다 아는 일이지. 내가 괜한 소리를 해서 네 기분만 상하게 했다. 미안하다, 우리 딸."

숙희의 사과에 지수는 미안한 마음이 들었지만 굳이 사과하고 싶지는 않았다. 엄마가 아니면 누구에게 불평을 한단 말인가? 엄마가 밀어준 사위인데. 엄마만 아니었으면 자신은 지금 기자 생활을 하며 행복하게 살고 있을지도 모른다. 같이 입사한 동기들이 아직도 자기 자리를 지키며 당당하게 살고 있는 모습을 보고 얼마나 부러웠는지 모른다.

지수의 얼굴이 딱딱하게 굳어졌다. 숙희가 죄인처럼 지수의 표정을 살폈다.

땡.

엘리베이터가 열렸다. 모두 말없이 엘리베이터에 올랐다.

카톡.

카톡 알람 소리에 해진의 손이 빠르게 휴대폰으로 향했다. 지은이다. 입꼬리가 절로 올라갔다. 반가운 마음에 휴대폰 화면을 눌러 카톡창을 열었다.

─언니가 집에 온다는데 점심시간에 잠시 같이 갈 수 있어요?

외국에 나가 있던 지은의 언니가 돌아왔다는 얘기는 들었다. 지은의 우상이기도 했다는 지은의 언니. 해진으로서도 무척이나 궁금했다.

　—당근.
　—그럼 12시에 주차장에서 봐요.^^

　통화를 하고 싶었지만 직원들의 눈치가 보여 지은은 카톡으로만 연락을 주고받았다.

　—사무실로 갈게.

　쉼 없이 오가는 카톡 소리에 직원들의 시선이 모이자 지은은 직원들의 눈치를 보며 다시 짧게 메시지를 넣었다.

　—그냥 주차장에서 봐요.

　"지은아~"
　지은의 메시지를 무시하고 해진은 개발2팀으로 와서 지은을 불렀다. 다정한 목소리로, 은근한 눈빛으로. 부러움이 섞인 여직원들의 시선을 느끼고 지은은 민망함에 해진을 나무랐다.
　"주차장에서 보자니까요."
　"우리가 몰래 만나야 하는 사이야? 난 이제 네 남편인데. 안 그렇습니까?"
　해진이 뻔뻔스럽게 신우에게 물었다. 해진은 아직도 신우가 마음에 걸렸다. 지은이 신우와 한 사무실에 있는 것만으로도 가끔씩 불안했다.

"그럼요. 어서 데리고 가세요. 싱글들 약 올리지 마시고."

신우가 쿨하게 대답했다.

신우에게 지은은 여전히 미안한 마음이 남아 있다. 하여 괜히 해진에게 어깃장을 놓았다.

"아직은 아니다, 뭐."

지은이 삐친 듯 뾰로통하니 내뱉자 해진의 눈썹이 불만스럽다는 듯 휘어져 올라갔다.

"뭐라고?"

뭐? 뭐라고? 아직은 아니라고? 결혼 날짜도 잡고 속궁합도 맞춰보고 이미 할 건 다 했는데 아직도 아니야? 아무래도 빼도 박도 못하는 혼수를 장만해야 할 것 같다. 오늘부터 집에 보내지 말아버려? 해진의 표정이 시시각각으로 변했다.

해진의 표정 변화에 지은이 재미있다는 듯 까르르 웃었다. 그 웃음소리가 듣기 좋아 해진의 눈썹이 스르르 제자리를 찾았다.

신우의 표정이 씁쓰름하게 변했다. 마음을 주었던 여자가 다른 남자와 행복해하는 모습은 상처가 된다.

해진이 그 표정을 보았다. 아직도 마음을 접지 못한 것이 보였다. 지은의 어깨를 감싸며 영역 표시를 했다.

"지은아, 가자. 어른들 기다리시겠다."

지은은 해진에게 끌려가다시피 사무실을 나섰다.

"오빠, 정말 왜 그래?"

지은이 몸을 빼며 이상하다는 듯 물었다.

"이 팀장 맘 접으라고 일부러 그런 거야."

치, 이 팀장에게 영역 표시 한 거구만. 욕심내지 말라고. 은근 질투가 심하다니까. 그래도 좋으니 어쩌겠는가? 지은은 더 이상 피하지 않고 해진의 품에 안기다시피 해서 엘리베이터를 향해 걸어갔다. 직원들이 웃으며 지나갔다. 조금 민망하긴 했다.

비밀번호를 누르고 지은과 해진이 집에 들어서자 거실에 모두 모여 있었다. 모처럼 숙희의 얼굴에도 화색이 돌고 있었다.

"저 왔습니다."

해진이 싹싹하게 인사를 건네자 모두들 밝은 얼굴로 맞아주었다. 지은이 고개를 돌려가며 반가운 얼굴을 찾았지만 보이지 않았다.

"언니는?"

"잠시 나갔다."

"네가 우빈이구나? 우빈아, 이모야."

지은이 우빈이에게 반갑게 인사하고는 우빈일 안아주었다.

"인사드려, 이모부야."

"안녕하세요?"

우빈이 공손하게 인사를 했다. 해진이 기특하다는 듯 우빈의 머리를 쓰다듬어 주었다. 누가 봐도 좋아할 만한 아이였다. 잘생기고 반듯해 보였다.

"똑똑하게 생겼네. 몇 살?"

"일곱 살이요."

Rrrrrr~ Rrrrrr~

그때 휴대폰 벨소리가 불길하게 들려왔다. 해준이었다. 또 무슨 사고를 친 건가? 어쩐지 불안한 느낌이 들었다. 전화를 받고 싶지 않아 우빈의 머리를 쓰다듬는데 점점 더 가슴이 답답해져 왔다.

"전화 안 받아요?"

의아해하는 지은의 목소리에 해진은 휴대폰 화면을 밀었다.

"여보세요?"

[형, 큰일 났어! 집으로 빨리 좀 와!]

"무슨 일인데? 무슨 일 생겼니?"

해준의 다급한 목소리에 해진은 또 가슴이 철렁 내려앉았다. 어머니가 사고를 치셨나? 해준이 사고를 친 건가? 아까 가슴이 답답하던 이유가 이 일 때문인 것 같았다.

[일단 와. 심각한 일이야. 빨리 와.]

심각한 얼굴로 해진이 전화를 받자 지은이 해진을 쳐다보았다.

"무슨 일 있어요?"

"미안한데 집에 좀 가봐야 할 것 같다. 해준이가 급한 일이라고 당장 오라 그러네."

"알았어요. 빨리 가봐요. 언니야 다음에 보면 되지."

"죄송합니다. 다음에 뵙겠습니다."

해진은 어른들에게 양해를 구하고 급하게 나갔다. 해진이 나가고 얼마 지나지 않아 얼굴이 하얗게 질린 지수가 들어왔다.

"언니!"

"어."

반갑게 자신을 부르는 지은에게 건성으로 대답하고 지수는 예전 자신의 방으로 향했다. 엄마에게 화를 내고 들어오자 집에 있기가 갑갑했다. 어른들께 인사만 드리고 바람 쐰다고 나갔었다.

아파트를 한 바퀴 돌고 들어오는 길에 얼핏 그 남자를 본 것 같았다. 우빈의 생부. 절로 몸을 피했다. 얼른 몸을 돌려 피한 다음 확인차 얼굴을 손으로 가리고 다시 몸을 돌리자 이미 그 남자는 사라지고 없었다.

그래, 잘못 봤을 것이다. 이렇게 만나질 리 없다. 비슷한 사람을 본 것만으로도 가슴이 두근거리고 다리에 힘이 빠져서 주저앉을 것만 같았다. 그랬으니 지은의 반가운 인사도 귀찮기만 했다.

반갑게 인사하는 자신을 본체만체하고 지수가 방으로 들어가 버리자 지은은 섭섭한 마음이 들었다. 바쁜 시간 쪼개서 언니를 보려고 온 것인데 이렇게 푸대접을 받을 줄 몰랐다. 하긴 언니가 언제 자신에게 동생 대접해 준 적이 있던가. 해진이 먼저 간 것이 오히려 다행스럽게 여겨졌다. 더 이상 해진에게 자신의 못난 모습을 보여주긴 싫었으니까.

방문을 연 지수의 이마가 찌푸려졌다. 자신의 방에 지은의 짐이 잔뜩 있었다. 이젠 집에 와도 자신이 쉴 곳이 없다는 생각이 들자 짜증이 치밀었다. 몸을 돌려 거실로 나와 숙희에게 따지듯 물었다.

"근데 왜 내 방에 지은이 물건이 있어?"

"어, 언니, 미안. 내가 할머니 방으로 옮길게."

"시집갈 때까지 그냥 그 방 써."

미안해하는 지은의 말에 영석이 단호하게 얘기하자 지수의 얼굴이 불만으로 가득 찼다.

"그럼 난 집에 와서 어디서 쉬어?"

"지은이 결혼 세 달도 안 남았다. 세 달 동안 네가 며칠이나 집에 오겠어?"

"이이는? 몇 년 만에 집에 온 애한테 무정하게 그게 무슨 말이에요? 얘가 그럼 친정에 와서 쉴 방도 없으면 친정 오고 싶겠어요?"

영석의 말에 숙희가 파르르 성질을 내며 따졌다.

"그냥 지은이가 신혼집으로 들어가라. 날 다 잡아놓은 거 미룰 거 뭐 있어?"

"여보!"

그게 말이 되는 소리냐는 듯 영석이 소리를 버럭 질렀다. 요즘 세상에 그게 뭐 대수라고. 동거도 하고 사는 세상인데. 숙희는 영석의 반응이 고까웠다.

액셀을 밟는 해진의 발에 힘이 들어갔다. 또 무슨 일이 생긴 걸까? 해준의 기준으로도 심각한 일이라면 도대체 얼마만한 대형 사고일까? 가슴에 돌덩이가 얹힌 듯 묵직해져 왔다. 부디 자신이 감당할 수 있는 일이기만을 바랐다.

급하게 차를 달려 어머니의 집에 도착한 해진은 입이 떡 벌어졌다. 거실 소파엔 해준과 붕어빵처럼 닮은 예닐곱 살 된 남자 아이가 앉아 있었다. 외모뿐 아니라 앉아 있는 폼과 하는 행동까지 영락없는 해준이었다.

거실 중앙엔 방수 앞치마를 두르고 뽀글이 파마에 화장기 없는 얼굴을 한 드센 표정의 여자가 서 있다. 딱 봐도 사십대에 가까운 얼굴이었다. 생선 냄새를 풍기며 한 손을 허리에 얹고 다른 한 손으로 해준을 향해 삿대질을 하며 소리를 질렀다.

"이제 니 새끼 니가 키워! 난 더 이상 감당 못 해!"

"얘가 어떻게 내 새끼야?"

해준도 지지 않고 여자에게 버럭 소리를 질렀다.

"이게 어디서 어른에게 대들어? 너 맛 좀 볼래?"

여자가 오히려 해준을 잡아먹을 듯 고개를 드밀며 다그쳤다. 해준은 답답하다는 듯 긴 한숨을 내쉬고는 연방 자기 가슴을 주먹으로 치고 있었다.

"무슨 일이야?"

심상치 않은 상황을 직면한 해진은 불안한 감정을 억누르고 해준에게 물었다. 여자의 시선이 해진에게 와서 꽂혔다. 구세주를 만난 듯 해준이 해진을 반갑게 맞았다.

"형!"

"무슨 일이냐니까? 이분은 누구셔? 저 아이는 또 누구고?"

"저, 그게 말이야……."

다급한 마음에 재촉했지만 해준은 쉬이 입을 떼지 못했다. 그것이 더 해진의 마음을 초조하게 만들었다. 해준에게 답을 들을 수 없자 해진은 결국 여자에게 물었다.

"누구십니까?"

"그건 알 필요 없고, 이 사람 S대 나온 거 맞아?"

자신의 질문에는 대답도 없이 여자가 해진에게 도전적으로 묻자 해진은 잠시 할 말을 잃었다. 그사이 해준이 손짓발짓을 하며 해진에게 거짓말을 해줄 것을 부탁했다. 저 자식이 또 무슨 사고를 친 거야? 해진이 대답을 못하고 있자 여자의 목소리가 더 올라갔다.

"이 인간 S대 나왔냐고?"

"아닙니다만, 무슨 일인지……."

원래 거짓말은 못하는 해진이었다.

"이, 이 사기꾼!"

해진의 말에 여자의 눈썹이 휘어져 올라가더니 콧김을 푹푹 뿜어내며 해준에게 달려들어 멱살을 잡아 쥐고 흔들었다. 여자가 다가오자 비린내가 더 진동했다. 역한 비린내를 감당할 수 없어 해준이 멱살 잡은 손을 풀려고 했지만 여자의 힘을 감당할 수가 없었다.

"아으, 냄새. 이거 안 놔! 놔! 놓으라고!"

해준이 소리를 질러대자 해진이 조용한 목소리로 여자를 달랬다.

"일단 앉으시지요. 애도 보고 있는데."

해진의 포스에 여자는 해준의 멱살을 놓고 해진을 쳐다보았다. 여전히 소파에 앉을 뜻은 없어 보였다.

"그쪽은 좀 인간 같네요. 저 애는 이 인간 애입니다. 난 이제 더 이상 감당 못하니까 여기서 책임지세요. 어떻게 사고를 치는지 아주 지긋지긋해요. 여기서 키우든지 보육원에 데려다 주든지 난 몰라요."

그러곤 아이를 향해 말했다.

"덕수야, 이제부터 여기서 살아라. 저 사람이 니 아빠다."

"야! 야! 무슨 소리야? 내가 어떻게 저 애 아빠야?"

"너 진짜 콩밥 먹을래? 사기로 처넣어줘? 너 같은 사기꾼새끼

씨 받으려고 우리가 그렇게 많은 돈을 준 줄 알아?"

그 말에 해준이 할 말을 잃고 서 있자 여자가 몸을 돌려 현관으로 향했다. 다급해진 해준이 다가가 여자의 팔을 잡았다.

"야! 그냥 가면 어떡해! 애 데리고 가!"

해준이 버럭 소리를 지르자 여자가 해준의 정강이를 발로 찼다. 해준이 고통에 찬 비명을 지르고는 바닥에 주저앉았다.

"니 인생이 불쌍해서 사기로 고소는 안 한다. 대신 덕수 잘 부탁한다."

해준과 여자의 대화를 듣고 있던 해진은 바닥에 주저앉고 싶었다. 그 옛날 그 남자가 해진을 협박할 때 해준에게 사기당한 여러 부부가 있다는 얘기를 했었다. 해준이 해진의 스펙을 팔아 여러 번 대리부 노릇을 했다는 것이었다. 그들에게 그 정보만 넘겨주면 해준은 사기죄로 고소당한다는 말을 들었었다. 그중에 한 사람이라는 생각이 들었다.

일단은 얘기를 나누어야 할 것 같았다. 아이 앞에서 할 얘기는 아니라는 생각에 집에 들어올 때부터 주방에 앉아 꼼짝도 안 하고 있는 순임을 불렀다.

"어머니, 애 좀 데리고 나가 계세요."

그제야 순임이 거실로 나와 안방으로 들어갔다. 해진의 인상이 찌푸려졌다.

"어디 가세요? 애 데리고 좀 나가 계시라구요."

"이 꼴로 어디를 가? 옷 갈아입고 나가야지."

"어머니!"

지금 상황 파악도 못하고 옷타령을 하는 순임이 한심스러워 해

진이 싸늘한 목소리로 불렀다. 아마 지금 이 상태로 안방을 들어
간다면 옷을 골라 입는 데 한 시간은 소요될 것이다.

"겉옷은 입어야 할 거 아니야!"

순임이 발끈해서 소리를 지르고는 안방으로 들어갔다. 순임이
아이를 데리고 나간 후 거실 소파에 여자를 앉히고 해준도 앉게
했다. 해진도 소파에 앉으며 해준에게 물었다.

"어떻게 된 거야?

해준의 인상이 찌그러질 대로 찌그러졌다. 오늘은 재수 옴 붙은
날이다. 드디어 자신의 인생을 맡길 만한 여자를 찾은 해준은 요
즘 날아갈 듯한 기분이었다. 자신의 인생을 역전시켜 줄 그 여자
가 회를 좋아한다기에 싱싱한 회를 사서 먹일 생각에 노량진 수산
시장까지 직접 나갔다. 싱싱한 횟감을 사서 돌아서는 순간 칼을
들고 자신의 팔을 낚아채는 저 여자를 보고 기겁했다.

칠 년 전, 저 여자에게 해진의 이력으로 대리부 노릇을 한 적이
있었다. 여자의 눈에서 이미 원망을 읽었다. 해준은 회고 뭐고 다
버리고 도망쳤지만 여자가 얼마나 빠르던지 결국엔 잡히고 말았
다. 경찰서로 가자는 여자의 말에 할 수 없이 해준은 여자를 데리
고 여기로 올 수밖에 없었다.

벌써 석 잔째다. 독한 위스키를 마셔도 갑갑한 속은 뚫리지 않
았다. 자신의 오피스텔로 돌아오자마자 해진은 재킷을 벗고 넥타
이를 풀어 젖힌 다음 장식장으로 가서 위스키와 잔을 꺼내 들었
다. 안주도 없었다. 빈속에 독한 술만 들이켰다. 그저 모든 것을
잊고 싶었다.

해진의 짐작이 맞았다. 해준이 자신의 이력으로 대리부 노릇을 한 당사자였다. 똑똑하고 잘난 아이를 위해 모든 것을 감수했던 그 여자의 남편도 아이가 사고를 치고 다니자 여자에게 다른 놈팡이 만나서 애 만든 거 아니냐고 의심했단다.

S대생의 아이가 이럴 리 없다고 하면서 주먹을 휘두르며 폭력을 행사하더니 결국엔 이혼을 요구했다는 것이었다. 더 이상 자기는 아이를 감당할 수 없다며 여자는 아이를 남겨두고 나가 버렸다. 해준에게 온갖 원망을 쏟아 부으면서.

혹시 자신의 아이도 돌아오는 것이 아닌가 하는 불안감이 가슴 밑바닥에서 스멀스멀 기어올라 왔다. 아찔했다. 숨이 막혀왔다. 답답한 마음에 해진은 벌떡 일어나 베란다 문을 열어 차가운 바람을 맞았다.

휘잉휘잉.

바람 소리조차 섬뜩했다. 해진의 얼굴에 닿는 겨울바람이 매섭다. 살을 엘 듯이 차가운 바람이었지만 해진은 추위를 느끼지 못했다. 와이셔츠 차림으로 그저 멍하니 창밖만 바라보았다. 창밖으로 바람에 흔들리는 나무가 보였다. 또 한 번 거센 바람이 지나가자 나뭇잎이 우수수 떨어지고 결국 앙상한 나뭇가지만 남았다.

나뭇잎을 다 잃은 나뭇가지는 쓸쓸하고 외로워 보였다. 생기를 잃은 것처럼 보였다. 해진은 두 손에 얼굴을 묻었다. 생각도 하기 싫지만 만약 오늘과 같은 사태가 자신에게 벌어진다면 자신은 지은을 잃고 말 것이다. 그렇다면 저 나뭇가지처럼 앙상하게 변해 버리겠지. 제발, 제발 자신에게는 이런 일이 생기지 않기를 해진은 빌고 또 빌었다.

Rrrrrr~ Rrrrrr~

휴대폰이 울렸지만 해진은 쉬이 자리를 뜨지 못했다. 그러는 사이 벨소리가 끊어지더니 잠시 후 다시 휴대폰이 울리기 시작했다. 해진은 베란다 문을 닫고 거실로 돌아와 재킷 주머니에서 휴대폰을 꺼냈다. 지은이다. 지금 당장 보고 싶은 얼굴이기도 하지만 피하고 싶은 사람이기도 했다. 반가운 마음이 더 커서 해진은 휴대폰을 받았다.

[무슨 일이에요? 안 좋은 일이에요?]

걱정이 담긴 지은의 목소리가 들렸다. 지은이 알게 해서는 안 되었다. 대리부의 대 자도 지은 앞에서는 얘기할 수 없었다.

"별일 아니야. 걱정 말고 푹 쉬어. 내일 보자."

보고 싶다고 여기로 와주면 안 되냐고 하고 싶었지만 해진은 자신의 감정을 눌렀다. 자기의 욕심만 챙길 수는 없었다. 오늘은 오랜만에 만난 언니와 오붓한 시간을 보내고 싶을 것이다. 종료 버튼을 누르고 해진은 소파에 털썩 주저앉았다.

자꾸만 걱정이 되었다. 전화를 받고 나가는 표정이 자못 심각해 보였다. 무슨 일일까? 진즉에 전화를 해보고 싶었지만 식구들 눈치를 살피게 되었다. 언니는 아직도 불만스러운 표정이었다. 엄마는 언니의 눈치만 보았다.

휴대폰을 들고 베란다로 나갔다. 단축 번호 1번을 길게 눌렀다. 신호가 가는데도 받지 않았다. 더 걱정이 되었다. 정말 무슨 일이 있는 건가?

다시 걸었다. 한참 후에야 그가 전화를 받았다.

"무슨 일이에요? 안 좋은 일이에요?"

걱정되는 마음에 질문부터 던졌다.

[별일 아니야. 걱정 말고 푹 쉬어. 내일 보자.]

그의 목소리가 들렸다. 지은을 안심시키는 목소리. 별일 없다고 했다. 걱정 말라고 했다. 다행이다. 안심이 된다. 그제야 지은은 온 가족이 모여 있는 식탁으로 향했다.

요리라면 질색하는 숙희가 지수가 온다는 말에 식탁 그득히 상을 차렸다. 평소라면 올라오지 않았을 옥돔까지 노릇노릇하게 구웠다.

아까의 다툼 때문인지 영석과 할머니는 아직도 기분이 언짢아 보였다. 숙희는 그런 두 사람의 기분 같은 건 안중에도 없었다. 우빈과 지수 사이에 앉아 생선살을 발라서 두 사람의 밥그릇에 올려 주느라 정신이 없었다. 무거운 식탁의 분위기도 바꿀 겸 지은이 말을 꺼냈다.

"참 언니, 나 결혼해."

"그래? 축하해."

진심이 담기지 않은 축하 인사만을 건네고 지수는 엄마표 떡갈비를 집어 먹었다. 지수가 좋아한다고 아침부터 만든 요리였다.

"엄마, 이거 맛있다."

"그래? 갈 때 싸줄까?"

"아니, 됐어. 실컷 먹고 가지 뭐."

싸가지고 가봤자 시어머니의 손에 의해 쓰레기통에 버려질 것이다. 수준이 너무나 다른 사람끼리 결혼하는 건 서로에게 상처라는 생각이 다시 한 번 들었다.

마음먹고 말을 꺼냈는데 지수가 너무 덤덤한 표정이자 지은은 섭섭한 마음이 들었다. 다른 집에는 동생이 결혼한다고 하면 언니들이 신랑감에 대해 꼬치꼬치 캐묻는다는데 너무하는 거 아닌가?

"언니는 우리 신랑 궁금하지 않아?"

섭섭한 마음을 감추고 밝은 목소리로 지은이 다시 물었다.

"어련히 알아서 골랐겠어?"

또 무심한 대답이 날아왔다.

할 말이 없었다. 서운했다. 섭섭했다. 그것도 많이. 언니는 나를 동생으로 생각지 않는 건가. 지은의 표정이 시무룩해지자 할머니가 지은의 마음을 풀어주려는 듯 입을 열었다. 말투엔 자랑스러움이 배어 있었다.

"지은이 신랑도 사장이야."

사장? 사장이란 말에 지수는 이마가 살짝 찌푸려졌다. 설마 재욱보다 더 나은 상대는 아니겠지? 한 번도 지은에게 밀려본 적이 없는 지수였다. 지은에게 밀린다면 무척이나 자존심이 상할 것 같았다.

"무슨 회산데?"

지수가 관심을 가지자 지은은 그저 좋았다.

"조그마한 프로그램 개발 회사야."

"잘됐네."

다행이다. 재욱보다 나은 남자만 아니면 된다. 제 남편보다 잘난 제부는 보고 싶지 않았다. 지수는 지은에게 특별한 애정이 없었다. 동생이라기보다는 그저 무수리 같은 느낌. 아마 친동생이 아니어서 그런 것 같다.

"그래도 우리 집 빚 다 갚아주고."

"어머니!"

숙희가 그만 하라는 듯 박 여사를 불렀지만 박 여사는 거리낄게 없었다.

"왜, 내가 틀린 말 했니? 혼수도 필요 없다, 지은이만 데리고 가게 해달라더니 지수 시집보내면서 대출 받은 돈까지 다 갚아주었잖아. 그걸 지가 왜 갚아. 마누라가 좋으면 처갓집 말뚝에 대고 절한다더니 우리 지은이 늦복이 터졌다."

할머니는 기특하다는 듯 지은의 엉덩이를 툭툭 두드려 주었다.

지수는 자존심이 상했다. 지금껏 이 집에서 지수와 지은의 존재가치는 지수가 당연히 우위였다. 그런데 돈 몇 푼 갚아주었다고 지은이 편을 들어?

"할머니……."

지은은 괜히 숙희와 지수의 눈치를 보았다. 유달리 자존심이 강한 지수라 지은은 조심스러웠다.

"니 남편은 처갓집에 인사도 안 온다니? 칠 년 만에 돌아와서도 처갓집에 딸랑 선물만 보내? 하여간 재벌이면 뭐 해? 인간성이 엉망인데. 손주사위라고 살갑게 인사를 하나 용돈을 한 번 줘보길 하나."

할머니가 본격적으로 지수에게 불만을 터뜨리자 숙희가 다시 박 여사를 불렀다. 이미 화가 난 목소리였다.

"어머니!"

"왜? 내가 못할 말 했니? 시어미 어려운 줄도 모르고 소리만 지르고. 하여간 넌 좋겠다. 너 같은 며느리 안 봐도 돼서."

박 여사와 숙희가 핏대를 올리자 지은이 난처해졌다.

"할머니, 왜 그래요? 그만해요."

지수는 이런 상황에 짜증이 치밀었다. 자신의 상황이 답답해서 쉬려고 친정에 왔는데 여기도 더 이상 편안하지가 않았다. 수저를 탁 내려놓고는 자리에서 일어났다.

"왜 그래? 더 먹어. 떡갈비 맛있다며?"

"입맛이 떨어졌어. 나 집에 갈래. 우빈아, 일어나. 가자."

지수의 말에 숙희는 아연실색했다. 고집이 만만치 않은 지수였다. 간다고 일어났으면 가고 말 것이다. 칠 년 만에 만난 딸을 이렇게 보내야 하는 아쉬움에 시어머니에게 원망의 눈빛을 보냈다.

지수가 간다고 일어나자 박 여사도 마음이 불편해졌다. 저 성질을 알면서 왜 건드렸나 싶었다. 지은이 얼른 일어나 지수를 붙들고 사정했다.

"언니, 이러지 마. 엄마가 언니 얼마나 기다렸는지 알아? 더 있다가 가. 어, 언니?"

지은이 사정했지만 지수는 앉을 생각을 하지 않았다. 할 수 없다. 공략 대상을 바꾸어야지.

"우빈아, 너도 외갓집에 더 있고 싶지?"

우빈이 고개를 크게 끄덕였다. 다정하게 얘기해 주는 이모가 정말 좋았다. 지수는 할 수 없다는 듯 다시 자리에 앉았다. 모두들 가슴을 쓸어내리며 다시 식사를 하기 시작했다.

10. 상견례

여직원이 커튼을 걷자 머리에 티아라를 쓰고 순백의 드레스를 입은 지은이 보였다. 어색한지 수줍은 미소를 띠고 있지만 해진에게는 세상 어느 여자보다 아름다워 보였다. 깔끔하게 머리를 틀어 올려 뽀얀 얼굴이 더 조그맣게 보였다.

해진의 시선이 예쁘게 쌍꺼풀 진 지은의 까만 눈으로, 오똑한 코로, 붉은 입술로 향하다 쇄골로 향하고 드러난 가슴 라인으로 내려왔다. 아찔해서 살짝 눈을 감았다. 보기만 해도 욕망이 일었다.

커튼을 걷자 까만 턱시도를 입은 해진의 모습이 보였다. 커다란 키에 균형 잡힌 몸매, 잘생긴 이목구비까지 너무나 멋졌다. 연예인들보다 더 멋졌다. 저 남자가 이제 내 남자가 되는구나. 좋아서 죽을 것만 같았다. 너무 좋아하는 것 같아 표정을 감추려고 어색한 미소를 지어 보였다.

근데 해진의 얼굴이 약간 해쓱해 보였다. 무슨 일이 있나 걱정이 되었지만 이내 자기와 같은 심정일 거라고 단정했다. 지은도 요즘 잠들기가 힘들었다. 잠을 자려고 누워도 해진의 얼굴이, 해진의 몸이 지은의 잠을 막았다. 자꾸만 생각나 휴대폰을 열어 해진의 사진을 꺼내 보곤 했었다.

해진이 눈을 감아버리자 지은의 가슴이 철렁 내려앉았다. 너무나 야하다 싶었다. 가슴이 깊게 파인 드레스는 싫다고 했는데 직원들이 정말 잘 어울린다며 강력 추천하는 바람에 입고 나왔다. 아무래도 아까 입어본 무난한 드레스로 해야겠다고 생각하던 찰나, 해진의 잠긴 듯 허스키한 목소리가 들려왔다.

"정말 예쁘다………."

지은의 표정이 순간 밝아졌다. 다행이다. 야해서 안 된다고 할 줄 알았는데 저렇게 칭찬을 해주다니……. 사실 가슴이 깊게 파인 것만 빼면 정말 예쁜 드레스였다. 튜브탑 스타일에 바디 라인을 따라 주름 장식 처리가 되어 있고, 힙 라인부터 핸드메이드의 꽃 모양 장식이 풍성하게 달린 귀여운 느낌의 드레스. 어쩌면 가슴이 파여서 더 예쁜지도.

여자에게는 자신의 몸매를 자랑하고픈 본능이 숨어 있다. 자신의 아름다움을 뽐내고 싶은 본능. 싫다고 튕기긴 했지만 사실 지은도 이런 과감한 스타일을 입어보고 싶었다. 일생에 단 한 번 아닌가.

"정말? 정말 이걸로 해도 돼?"

감탄의 눈빛으로 지은을 보던 해진이 고개를 끄덕이며 가까이 오라는 듯 손을 내밀었다. 지은이 시선을 맞추며 천천히 해진에게로 걸어갔다. 마음은 달려가 안기고 싶었지만 그 마음을 눌러가며 천천히 걸어갔다.

두근두근.

두 사람의 심장이 빠르게 뛰기 시작했다. 지은이 다가오자 해진의 눈빛이 점점 뜨거워졌다. 지은의 손을 당겨 손바닥에 감탄의 키스를 했다. 그러곤 지은의 귀에다 대고 가만히 속삭였다. 뜨거운 열기가 귓속으로 느껴졌다.

"둘만 있고 싶다."

허걱!

너무나 노골적인 해진의 말에 지은의 얼굴이 빨갛게 달아올랐다. 온몸이 간질거렸다. 누가 들었을까 봐 주위를 둘러보았지만 직원들의 표정으로는 알아챌 수 없었다. 갈수록 보채는 해진 때문에 난감할 때가 많았다. 며칠 전부터 더 심해졌다. 뭐가 그렇게 불안한지 한시도 떨어지려 하지 않았다. 지은은 해진을 살짝 흘기며 나무라는 투로 말했다.

"이러다 늦겠어요. 어른들 기다리시게 할 거예요?"

민망해서 눈동자를 돌리며 슬며시 해진에게서 몸을 빼냈다. 해진이 귀엽다는 듯 지은의 코를 살짝 쥐어흔들고는 지은을 놓아주었다. 서둘러야 했다. 상견례까지 채 한 시간도 남아 있지 않았다. 멀지 않은 거리라 늦지는 않겠지만 미리 가서 어른들을 기다려야 했다.

진즉에 했어야 할 상견례가 지수의 시간에 맞추느라 늦어졌다. 지수 내외와 함께 상견례를 하겠다는 숙희의 뜻 때문이었다.

며칠 전 친정에 다녀온 후 지수는 재욱에게 조심스럽게 지은의 상견례 날 함께할 수 없냐고 말을 꺼냈다. 지수의 표정에 간절함이 어려 있어 재욱은 비서에게 전화를 해 비어 있는 시간을 확인하고는 오늘로 시간을 잡아주었다.

　그날 지수는 참 행복했었다. 이젠 무섭게 굴지도 않고 자신의 부탁까지 들어주는 남편이 좋아서 재욱의 허리를 안고 단단한 재욱의 등에 얼굴을 묻었었다. 앞으론 좋은 날만 있으리라 희망을 가졌었다.

　오랜만에 남편과 함께 친정 식구들을 만나는 자리라 지수는 아침부터 신경을 썼다. 뷰티 숍에 들러 마사지를 받고 화장과 헤어까지 완벽하게 마무리했다.

　아이보리색 투피스를 입은 지수는 우아하고 품위 있는 여왕 같았다. 디자이너들이 감탄하며 칭찬해 주었고 지수가 보기에도 거울 속에 비친 자신의 모습은 아름다웠다. 나비넥타이를 매고 아동용 정장을 차려입은 우빈으로 인하여 지수가 더욱더 돋보였다. 나이답지 않게 조숙한 우빈의 모습은 사람들의 시선을 끌고도 남았다. 뿌듯했다.

　기사가 운전하는 차를 타고 집으로 돌아온 지수는 보석함을 열어 의상에 맞는 액세서리를 골랐다. 오늘의 의상에는 진주가 어울릴 것 같아 진주목걸이와 귀고리를 했다.

　만반의 준비를 갖추고 거실 소파에 앉아 지수는 재욱의 연락만 기다리고 있었다. 재욱을 기다리는 그 시간에도 우빈은 옆에서 책을 읽고 있었다. 저 애는 책이 저렇게 좋은지. 저러니 시아버지가 우빈이라면 사족을 못 쓴다는 생각이 들자 슬며시 미소가 지어졌다.

약속한 시간이 다가오자 지수의 마음이 초조해지기 시작했다. 손목을 들어 수시로 시간을 확인했다. 도착하면 전화한다고 준비하고 있으라고 했는데 설마 오늘도 약속을 어기는 건 아니겠지?

인간의 마음은 참으로 이상하다. 폭력과 폭언이 사라진 것만으로도 감사해야 함에도 지수는 자꾸만 욕심이 났다. 신혼 때처럼 다정하고 배려 깊은 남편을 원하는 마음이 생겨 버렸다. 어쩌면 행복하던 시절에 살던 집으로 돌아와서인지도 모른다. 우빈을 예뻐하는 시아버지 때문에 더 기가 살아난 건지도.

Rrrrrr~ Rrrrrr~

휴대폰이 울렸다. 액정을 보니 재욱이였다. 집 앞에 다 왔나 보다.

"아빠 오셨나 봐."

우빈이 책을 덮고 자리에서 일어났다. 지수가 소파 옆에 둔 핸드백을 집어 들고 일어서며 반가운 목소리로 휴대폰을 받았다.

"예, 여보. 다 왔어요?"

[회사에 급한 일이 생겼어. 기사 보냈으니 우빈이랑 다녀와.]

미안하다는 사과의 말도 없이 전화가 뚝 끊겼다. 갑자기 맥이 확 풀려 소파에 털썩 주저앉았다. 남편과 함께 친정 식구들을 볼 거라고 들떠서 아침부터 부산을 떤 것이 다 부질없는 짓이 되었다.

나도 가지 말까? 정말 가고 싶지 않았다. 남편 없이 우빈만 데리고 가기는 정말 싫었다. 엄마의 이해한다는 표정도, 아빠의 말

없는 질책도, 할머니의 못마땅한 시선도 마주하기 싫었다. 무엇보다 지은의 신랑감과 비교하는 할머니의 잔소리를 들을 자신이 없었다.

"엄마, 안 가요?"

어느새 우빈이 책을 덮고 일어나 지수를 기다리고 있었다. 어서 가자는 듯 또랑또랑한 눈으로 지수를 재촉했다.

"아빠 못 오신대. 우리도 가지 말까?"

"약속했잖아요, 가기로. 전 이모랑 이모부 보고 싶어요."

어제도 지은이 우빈에게 전화해서 내일 엄마 아빠랑 꼭 같이 오라고 했었다. 우빈은 자기에게 따뜻하게 웃어주는 이모와 그때 잠시 보았던 이모부가 참으로 좋았다. 다시 만나고 싶었다.

한편 해진과 지은은 서둘러 차를 타고 상견례장으로 향하고 있었다. 두 사람은 서로를 향해 수시로 미소를 보내면서 행복을 만끽했다. 신호에 걸리면 해진은 지은에게 살짝살짝 입맞춤을 했다. 저 남자가 내가 알던 그 사람이 맞나 싶었다. 다정하긴 했지만 뜨거운 남자는 아니었는데……. 그래도 좋았다. 그래서 좋았다. 사랑받고 있다는 느낌이 들었다. 더 이상 무얼 바라겠는가? 너무나 행복했다.

"전화해 봐. 어디쯤인지."

해진의 말에 지은은 아차 싶어 휴대폰을 꺼냈다. 잊고 있었다. 내 행복에 겨워 부모님도 할머님도 모두 잊었다. 드레스 고르느라 먼저 나와야 했기에 영희가 부모님과 할머님을 픽업해 상견례장으로 모셔오기로 했었다.

"어디야?"

상대가 전화를 받자 인사도 없이 지은이 질문을 던졌다.

"혜화동. 넌?"

[우리도 접어들었어. 어른들 잘 부탁해, 영희야.]

"내가 운전하냐?"

[그럼 누가 해?]

"니 신랑 친구 뚱땡이."

영희의 말에 운전대를 잡은 경철의 손에 힘이 들어갔다. 조금 살집이 있긴 하지만 뚱땡이라고 불릴 정도는 아니었다. 하지만 영희는 경철에게 굳건하게 뚱땡이라고 불렀다. 화를 낼 수가 없었다. 화를 냈다간 영희가 제 성질에 못 이겨 차에서 내릴지도 몰랐다.

오늘 상견례에 영희가 지은의 부모님과 할머님을 픽업한다는 얘기를 듣고 한 번이라도 영희의 얼굴을 더 보려고 자신이 하겠다고 자처했다. 싫다는 영희에게 사정사정해서 겨우 허락을 받아 영희를 태우고 지은의 집으로 가 어른들을 모시고 가는 길이었다.

자기가 아무리 성격이 좋아도 싫다는 여자에게 귀찮게 구는 스타일은 아닌데 아무래도 영희에게 반한 것 같았다. 하필이면 성질 더러운 여자에게 꽂힌 자신의 취향을 탓할 수밖에 없다. 조용히 호흡을 내쉬며 경철은 자신의 들끓는 마음을 달랬다.

우이동을 지나 한정식집 안으로 해진의 차가 들어섰다. 주차를 하고 내리니 잘 조성된 정원과 단층으로 지어진 건물들이 눈에 들

어왔다. 각 건물마다 궁의 이름을 붙인 한정식집은 무척이나 고급
스러워 보였다.

직원의 안내를 받아 상견례장으로 들어섰다. 널따란 창을 통해
밖이 환히 보였다. 경치가 아주 좋았다. 창을 통해 밖을 보는 사이
발자국 소리가 들렸다. 돌아보니 엄마와 아빠, 할머니, 경철, 영희
가 들어오고 있었다.

지은은 어른들을 향해 생긋 웃으며 인사한 후 얼른 할머니에게
다가가 팔짱을 꼈다. 경철에게도 감사의 인사를 전했다. 해진이
어른들에게 인사를 드리고 자리로 안내하자 곧이어 해준과 순임
이 들어왔다.

"처음 뵙겠습니다. 지은이 아빠 한영석입니다."

영석이 고개를 숙여 순임에게 먼저 인사를 건네자 다른 사람들
도 자기소개를 하며 인사를 나누었다.

"예단 잘 받았습니다."

인사가 끝나고 순임이 만족스러운 미소를 띠며 숙희에게 감사
의 인사를 전했다. 예단 잘 받았다니? 예단은 생략하기로 했는데
무슨 말이지? 설명을 요구하는 눈빛으로 숙희가 지은을 보자 지은
도 무슨 뜻인지 잘 이해가 되지 않는 듯 눈만 깜빡였다. 사실 지은
도 이해가 되지 않기는 마찬가지였다. 지은의 사정을 누구보다 잘
아는 해진이 예단은 생략하자고 하지 않았던가.

"어머니께서 장모님이 보내주신 모피코트를 아주 마음에 들어
하셨습니다."

지은과 지은의 가족들은 해진이 자기 돈으로 가족들에게 예단
을 했음을 알아챘다.

영석의 어깨가 축 처졌다. 정말 이렇게 아무것도 해주지 않아도 되는 것인지. 숙희와 싸우더라도 자신의 힘으로 뭐라도 해주어야 했다. 이렇게 무기력한 자신이 마음에 들지 않아 절로 이마가 찌푸려졌다.

이렇게 시집가서 지은이 고된 시집살이라도 하면 어쩌나 걱정되었다. 해진과 지은의 표정을 살피자 너무나 행복해 보여 한시름 놓이긴 했다.

지은의 가족들이 한쪽으로 앉고 맞은편에 해진의 가족과 경철, 영희가 앉았다.

"작은아드님도 참 인물이 좋습니다. 박 서방이랑 많이 닮았어요. 어머님을 닮아 저리 잘생겼나 봅니다. 오호호!"

몸에 맞는 고급 슈트를 입고 조용히 앉아 있는 해준을 보고 박 여사가 순임에게 칭찬을 건넸다. 순임의 얼굴이 활짝 피어났다. 유달리 예쁘다는 말을 좋아하는 순임이었다.

"아유, 어르신도 정말 고우세요."

해준도 박 여사에게 고맙다는 듯 환하게 웃으며 고개를 살짝 숙였다. 저런 모습의 해준은 정말 일등 신랑감이었다. 사고만 치지 않는다면 얼마나 좋을까. 얼마 전에도 해준이 무슨 사고를 쳤음이 분명한데 해진은 아무 일도 아니라고 했다. 굳이 알리고 싶지 않은 일을 파고들고 싶은 생각이 없어서 그냥 모른 체했다.

"언니는?"

지은이 살짝 묻자 숙희가 아차 하는 표정을 지으며 순임에게 사과의 말을 전했다.

"큰애가 좀 늦는다고 먼저 식사 시작하라네요. 사위에게 갑자기 일이 생겨서 좀 늦어진대요. 죄송합니다."

"아유, 사업하는 사람이 일이 우선이죠. 우리 해진이도 바쁠 땐 얼굴보기 힘들어요."

숙희의 말에 순임이 양해를 해주자 지은은 가슴을 쓸어내렸다. 지수 때문에 늦어진 상견례인데 오늘도 늦어져 혹시라도 시어머니와 해준이 싫은 기색을 하면 어쩌나 걱정되었다. 해준의 성질을 이미 알고 있는 바라 손에 식은땀이 날 지경이었다. 흘낏 해준의 표정을 살폈지만 별달리 불만스러운 표정은 보이지 않았다. 다행이었다.

곧이어 코스별로 줄줄이 음식이 나왔다. 최고급 재료로 만든 음식들은 하나같이 맛깔스러웠다. 활어도 싱싱했고 갈비찜도 부드러웠다. 분위기도 정말 좋았다. 사돈댁과의 초면이라 서로 어색할 법도 한데 서로 음식을 권하며 훈훈한 시간을 보냈다.

분위기가 어색해지면 간간이 우스갯소리를 해가며 분위기를 이끄는 경철의 덕도 컸다. 경철은 가족이 적은 해진을 위해 사회자 겸 친구의 자격으로 이 자리에 참석했다. 옆에 영희를 대동하고서. 숙희도 오늘은 지은에게 좋은 엄마 노릇을 하고 있었다.

"사부인, 우리 지은이 잘 부탁드립니다. 부족한 게 있더라도 이해해 주시고 잘 가르쳐 주세요."

"아유, 같이 살지도 않을 건데요, 뭘. 섭섭하시죠, 사부인? 이제 정말 얼마 안 남았네요."

"섭섭해도 축하해 줘야죠."

숙희는 환하게 미소를 지었다. 숙희는 하루라도 빨리 지은을 결혼시켜 자신의 인생에서 내보내고 싶었다. 결혼까지 시켜줬으면 내 할 도리는 다했다. 남의 자식 키워주는 게 어디 쉬운 일인가? 음식도 다 나와 가는데 지수 혼자 먹게 할 수가 없어 숙희는 천천히 먹었다.

시계를 들여다보니 지수가 도착하고도 남았을 시간이었다. 웬일이지? 혹시 사고라도? 불안한 마음에 얼른 휴대폰을 꺼내 지수에게 전화를 걸었다.

Rrrrrr~ Rrrrrr~

도착한 지 10분도 넘었다. 기사가 왜 안 내리나 하는 표정으로 뒤를 돌아보았다. 기사와 눈이 마주치자 지수의 이마가 찌푸려졌다. 남편도 없이 상견례장에 가기는 싫은데. 지금이라도 남편이 여기 오고 있다고 전화해 주면 얼마나 좋을까? 헛된 희망을 품고 있는데 휴대폰이 울렸다. 남편인가 해서 서둘러 액정을 보니 실망스럽게도 엄마였다. 한숨을 가볍게 내쉬고 전화를 받았다.

"어, 엄마."

[어디쯤이야?]

"주차장."

[알았어. 내가 나갈게.]

숙희는 부랴부랴 자리에서 일어났다. 여기를 못 찾아올 리도 없지만 자기가 가서 데리고 오고 싶었다. 주차장 입구를 향해 걸어가자 안으로 들어오는 지수와 우빈이 보였다.

"안녕하세요?"

우빈이 공손하게 인사를 해왔다.

"그래, 우리 우빈이 왔어?"

숙희가 우빈의 머리를 쓰다듬으며 인사를 받았다.

"강 서방은?"

"갑자기 급한 일이 생겼대."

이제 사과도 하기 싫었다. 툭하고 내뱉었다.

"많이 바쁜가 보네."

무슨 일이냐고 묻고 싶었지만 숙희는 참았다. 지난번에 한마디 했다가 지수가 짜증내지 않았던가. 속으로야 섭섭했지만 감정을 눌렀다.

"그렇지, 뭐."

또다시 변명해야 하는 것이 마음에 들지 않았다.

숙희가 알았다는 듯 고개를 끄덕였다. 다른 곳으로 대화의 방향을 돌리고자 지수는 숙희의 화사한 투피스를 만지면서 말했다.

"옷 예쁘네. 엄마한테 잘 어울린다."

"박 서방이 사줬어."

장모 옷까지 사주다니? 지은이 신랑은 참 처갓집에 잘한다는 생각이 들자 지수는 의기소침해졌다. 재욱과는 너무나 다른 사람이란 생각이 들었다.

화기애애한 분위기 속에서 문이 열리고 숙희와 함께 지수와 우빈이 들어왔다.

"언니!"

지은이 손을 들어 지수에게 반갑게 인사했다.

지은의 목소리에 경철과 얘기를 나누고 있던 해진이 일어서 미소를 머금고 고개를 돌려 입구를 보았다. 순간 해진의 얼굴이 하얗게 질리며 딱딱하게 굳었다.

그 여자다. 자신의 대리부 상대자. 만나고 싶지 않은 사람이었다. 두 번 다시 엮이고 싶지 않은 사람이었다. 그런데 언니라니? 설마 아닐 것이다. 저 여자가 지은의 언니여서는 안 된다. 그래서는 안 된다.

"늦어서 죄송합니다. 지은이 언니입니다."

여자가 지은의 언니라고 사람들에게 인사하자 운명의 잔인함에 해진은 눈을 질끈 감아버렸다. 감긴 눈 속으로 하늘이 빙글빙글 돌고 땅이 흔들렸다. 이런 일이 있을까 봐 요즘 그렇게 불안했던 것인가?

인사를 하고 고개를 들던 지수도 해진을 보았다. 인사를 하려는지 자리에서 일어나고 있었다.

그 남자다. 자신을 이런 지옥 속으로 몰아넣은 남자. 우빈의 생부. 자신을 알아보고 벌써 하얗게 질려 있다. 그런데 저 남자가 왜 여기에 있는 거지? 우린 다시 만나면 안 되는 사인데. 불안했다. 심하게 불안했다. 혹시? 혹시? 가슴이 심하게 두방망이질하기 시작했다.

"언니, 우리 신랑."

지은이 손으로 해진을 가리키며 소개까지 해주자 지수의 얼굴도 하얗게 질렸다. 갑자기 토악질이 올라왔다.

"으웩."

얼른 두 손으로 입을 틀어막고 돌아서 나가 화장실을 찾았다. 갑작스러운 지수의 행동에 사람들은 당황했다. 아무것도 모르는 숙희가 잠시 놀란 얼굴을 하더니 이내 이해된다는 표정을 지었다. 그러곤 뿌듯한 얼굴로 해명했다.

"아마 둘째를 가졌나 보네요. 첫째 때도 입덧이 심했거든요."

음식 냄새 때문에 입덧을 한 거라고 확신하는 듯한 숙희의 말에 모두들 고개를 끄덕였지만 해진은 지수가 저렇게 뛰쳐나간 이유를 알고 있었다. 해진은 기운이 몽땅 빠져버린 듯 의자에 털썩 주저앉았다. 답답한 현실에 두 손을 이마에 대고 얼굴을 묻었다. 온몸이 떨려오기 시작했다. 마음을 진정시키려고 주먹을 쥐어 봐도, 두 손을 맞잡아 봐도 떨림이 멈춰지지 않았다.

"야, 너 왜 그래? 어디 아파?"

해진의 상태가 심상치 않은 걸 느낀 경철이 해진에게 조용히 물었다. 지은의 언니가 들어오면서부터 해진의 표정이 심상치 않게 변한 걸 경철은 느끼고 있었다.

"괜찮아. 조용히 해."

해진은 경철에게 수선 떨지 말라는 듯 엄한 눈빛을 보냈다. 그 눈빛에 절망이 어려 있자 경철이 의아함에 두 눈만 깜박거렸다.

웩웩거리며 토악질을 하고 나오니 거울 속에 휑한 얼굴의 여자가 보였다. 넋이 빠져 껍데기만 남은 여자. 정신을 차리자 싶어 두 손으로 자신의 볼을 두드렸다. 볼을 두드리자 조금씩 핏기가 돌아오기 시작했다.

천만다행이었다. 남편과 함께 오지 않길 정말 잘했다. 그 남자의 존재만으로도 자신을 괴롭히던 남편이 그 남자가 동서가 된다는 걸 안다면 어떻게 나올지 안 봐도 뻔했다. 자신의 행복은 끝장이다. 겨우겨우 위태롭게 이어오던 자신의 평화가 깨지고 말 것이다. 무슨 수를 써서라도 이 결혼을 깨야만 한다. 지수의 눈빛에 독기가 서렸다.

상견례장을 어떻게 빠져나왔는지 모르겠다. 겉으로는 별일 아닌 것처럼 미소를 지었지만 가슴속엔 커다란 돌덩이가 얹힌 듯 숨을 쉴 수가 없었다. 지은과도 시선을 맞출 수가 없어서 어른들 모시고 가라며 집으로 보냈다. 해진의 상태를 걱정한 경철이 손수 운전해서 해진을 오피스텔에 데려다주었다. 혼자 있고 싶다고 돌아가라고 했지만 경철이 막무가내로 따라 들어왔다.

"무슨 일이야? 솔직히 말해봐."

"……"

경철이 다그쳤지만 해진은 차마 말을 할 수 없었다. 어떻게 얘기하겠는가? 지은 언니의 아이가 바로 자신의 아이라고. 처조카라고 예뻐하던 아이가 바로 자신의 아이라고. 대답도 없이 장식장으로 가서 양주병을 꺼냈다. 잔도 없이 병째로 독한 술을 들이마셨다. 잊고 싶었다. 아무 생각도 하고 싶지 않았다.

"너 정말 왜 이래? 너 지은이 언니 아는 여자야? 두 사람 이상했어."

"나중에, 나중에 얘기해 줄게. 지금은…… 머리가 터질 것 같다."

분명히 무슨 일이 있다. 해진의 지금 저 표정은 칠 년 전과 비슷했다. 모든 것을 포기한 듯한 표정. 무엇이 해진을 저렇게 절망으로 몰아넣은 것일까? 상견례를 하는 내내 행복해하던 해진이 지은의 언니가 나타나자마자 하얗게 질려 버렸다. 혹시? 아니다. 그럴 리가 없다. 세상이 그렇게 좁을 수는 없다. 해진에게 더 이상의 불행이 닥치지 않기를 경철은 진심으로 빌었다.

해진이 양주병을 들고 거실 소파에 앉았다. 테이블에 양주병을 올려놓고는 재킷을 벗었다. 차에 오르자마자 느슨하게 풀어놓았던 넥타이도 풀고 와이셔츠 단추도 몇 개 풀었다. 크게 심호흡을 해봤지만 답답한 속은 풀리지 않았다. 양주병을 들어 다시 마셨다. 경철이 양주병을 뺏었지만 해진이 다시 양주병을 낚아챘다.

"제발, 제발…… 오늘은 그냥 돌아가 줘. 정말 혼자 있고 싶다."

더 이상 고집을 부릴 수가 없었다. 해진의 표정이 너무나 단호했다. 경철은 간단한 안주와 얼음을 준비해서 테이블에 놓아준 뒤 오피스텔을 나갔다. 더 있어봤자 대답해 줄 해진이 아니었다. 차라리 혼자 있을 시간을 주는 게 나을 것 같았다.

창밖으로 어둠이 오고 있었다. 비까지 추적추적 내렸다. 겨울비치고 많은 비였다. 겨울비가 창을 때렸다. 해진은 몇 시간째 그 자리에 앉아서 술만 마시고 있었다. 그저 모든 것을 잊고 싶었다. 생각을 지워 버리고 싶었다.

Rrrrrr~ Rrrrrr~

휴대폰이 울렸다. 액정을 보니 지은이었다. 휴대폰을 든 손이 가늘게 떨렸다. 전화를 받아, 말아? 목소리라도 듣고 싶었지만 목소리를 들으면 이곳으로 부르지 않고는 못 배기리라. 둘이 도망이라도 가자고 매달리리라.

그럴까? 정말 그럴까? 그러면 또 어때? 유혹을 느꼈다. 그러다 이내 마음을 접었다. 무엇보다 지은을 볼 낯이 없었다. 어떻게 대해야 할지 감이 오지 않았다. 독하게 마음먹고 휴대폰 전원을 꺼 버렸다.

"지은아…… 지은아…… 지은아……."

보고 싶어 견딜 수가 없었다. 휴대폰을 켜서 동영상을 열었다. 서로의 마음을 확인하고 프러포즈하던 동영상. 보고 또 봐도 질리 지 않았다. 이 와중에도 미소가 지어졌다. 동영상이 무한 재생되 었다. 그것을 보면서 해진은 계속 술잔을 들이켰다.

그리고 아침이 왔다. 거실 창으로 들어오는 햇살에 눈을 뜨니 벌써 아침이었다. 씻지도 않고 술에 취해 널브러진 채 소파에 엎 드려 잠들었나 보다. 이제 비도 그쳤다. 바깥이 환했다. 기온은 어 떨지 모르지만 무척이나 화창한 날씨였다

머리가 깨어질 듯 아파왔다. 손바닥으로 이마를 눌러보지만 두 통은 쉬이 나아지지 않았다. 거실 탁자 위엔 비어 있는 술병이 그 득했다. 내가 저 술을 다 마신 건가? 습관처럼 휴대폰부터 찾았다. 전원이 꺼져 있다. 얼른 전원을 켜자 지은에게서 온 전화와 문자 가 줄줄이 뜬다.

—오빠, 오늘 너무 멋졌어. 그리고 나 정말 행복했어. ♥♥♥
—오빠, 자? 오늘 힘들었지? 사랑해. 또 보고 싶다~

'나도 보고 싶다, 지은아. 너무너무 보고 싶다. 미치도록 보고 싶다…….'

문자를 확인하고도 해진은 지은에게 답을 할 수가 없었다. 전화 도 할 수 없었다. 너무나 큰 충격에 지은에게 어떻게 해야 하나 판

단이 서지 않았다. 그래도 지은을 느끼고 싶어 문자만 자꾸 들여다보았다. 내 인생은 왜 이럴까? 왜 이리 늘 가혹할까? 하느님이 원망스러웠다.

출근도 하지 못하고 멍하니 누워 있는데 휴대폰이 울렸다. 낯선 번호였다. 하지만 누구인지 짐작이 갔다. 받고 싶지 않았지만 받아야 했다. 매도 빨리 맞는 것이 나으니까. 어쩌면 방법이 있을지도 모르니까.

"여보세요?"

[저 지은이 언니예요.]

"……네."

그래, 짐작이 맞았다. 지은의 언니였다. 조만간 연락이 올 거라고 생각했지만 예상보다 훨씬 빨랐다. 그녀가 무슨 말을 할지 몹시 초조했다.

[결혼, 안 되는 거 알죠?]

생각할 필요도 없다는 듯 단언하는 차가운 말이었다. 냉기가 뚝뚝 흘렀다. 칠 년의 세월이 여자를 차갑게 만든 것 같았다. 칠 년 전 두 손을 비벼가며 남편에게 눈물로 애걸하던 그 때와는 목소리가 달라져 있었다.

헤어지는 것이 당연하지 않느냐는 지수의 말에도 해진은 반격할 수가 없었다. 자신이 생각해도 안 되는 일이니까. 대리부였을 뿐이라고, 자신은 단지 정자제공자일 뿐이라고 해도 그 아이가 자신과 무관하다고는 주장할 수 없으니까.

그날 그 치욕스러운 일이 있고 6주쯤 지난 후 그쪽에서 연락이 왔다. 해진이 만나길 거부하자 해준을 통해 임신이 되었다는 말과 함께 잔금이 입금되었다. 거금이었다. 그래서 더 환멸이 느껴졌다. 자기도 자신을 버린 부모와 하등 다를 바가 없었다. 아니, 더 바닥이라고 해야겠지. 자신의 부모는 그래도 다섯 살까지는 키워 주었다. 아들인지도 알고 이름도 지어 주었다.

그런데 자신은 어떤가? 자신의 아이가 언제 태어날지, 아들인지 딸인지조차 모르고 평생을 살아갈 것이다. 그 아이가 행복한지 불행한지도 모르고 살아갈 것이다. 자기는 부모를 원망할 자격조차 없었다.

돈을 돌려주려고 했었다. 잘 키워만 달라는 부탁과 함께. 하지만 그쪽과는 더 이상 연락이 닿지 않았다. 지금껏 연락한 전화는 이미 사용이 정지되어 있었다. 그러고 보니 이름도 몰랐다. 자식을 팔았다는 생각에 괴로워 술에 젖어 살자 경철이 자신을 설득했다.

그 돈으로 열심히 공부해서 성공하라고. 넌 그 사람들을 찾을 수 없지만 저쪽은 너를 아니까 나중에 그 아이가 힘들어지면 찾아올 수도 있지 않겠느냐고. 네가 성공해야 아이가 오면 도울 수 있을 것이라고.

그래, 맞았다. 자기도 가끔씩 상상해 왔으니까. 부모님이 성공해서 자신을 찾아오는 꿈을 꾸곤 했었다. 이렇게 무너질 순 없었다. 어쩌면 그 아이에게 자신이 마지막 보루가 될 수도 있을 테니까. 그런 생각으로 살았다. 남들이 들으면 과한 책임감이라고 할 수 있겠지만 고아로 버려져 살아온 탓에 견딜 수가 없었다. 자신도 자식을 버렸다는 사실이 끔찍하기만 했었다.

세월이라는 것이 참으로 무서웠다. 절실하던 마음은 서서히 옅어져 갔고, 지은을 다시 만나면서 의도적으로 그 아이를 잊었다. 잊어야 지은을 만날 수 있었으니까. 지은이 다시 돌아왔을 때는 용서받은 줄 알았다. 자신의 잘못을 하늘이 용서해 준 줄 알았다. 하지만 용서받지 못했다. 용서받았다면 이렇게 엮이진 않았을 테니까.

[헤어져요.]

여자의 말이 다시 들렸다. 설명도 양해도 없었다. 그저 강압만이 있었다. 이렇게 속절없이 당하며 살기 싫어 그렇게 노력했건만 아직도 자기는 약자였다. 명령을 받는 자였다. 그래서 죄를 짓고 살면 안 되는 것이었다. 세상은 생각보다 좁고 잘못은 부메랑이 되어 내게로 돌아온다.

"일단 만나서 얘기를……."

[얼굴 마주하기 싫어요. 당신이란 존재 자체가 나에겐 치욕이에요. 그럼 헤어지는 걸로 알고 전화 끊을게요.]

"여보……."

해진의 말은 들을 가치도 없다는 듯 여자가 일방적으로 전화를 끊었다. 지은이에게는 뭐라고 한단 말인가? 결혼식은 채 두 달도 남지 않았는데……. 또다시 지은에게서 도망쳐야 하는가? 불과 어제 오후만 해도 세상에서 가장 행복한 연인이던 자신들이 헤어져야 하는 현실을 받아들이기 힘들었다.

어제 웨딩드레스를 입고 행복해하던 지은의 얼굴이 자꾸만 떠올랐다. 지은과 헤어질 수 있을까? 아마 칠 년 전보다 더 힘들 것 같았다. 누가 정신적인 사랑이 더 중하다고 했는가? 마음뿐 아니라 몸도 함께 나눈 지금 해진은 지은이 없는 삶은 상상하기도 싫었다. 그래도 헤어져야 한다면 무슨 핑계를 대어야 할까? 절망뿐이었다. 답답한 마음에 해진은 두 팔을 테이블에 올리고 두 손으로 얼굴을 가렸다.

통화를 하는 지수의 손이 부들부들 떨리고 있었다. 아무리 진정하려고 해도 쉽지 않았다. 목소리조차 듣기 싫었지만 이 결혼은 막아야 했다. 어제 상견례장에서 그 남자를 다시 본 이후로 평정심을 가질 수가 없었다.

어젯밤엔 한숨도 잘 수 없었다. 눈만 감으면 칠 년 전의 악몽이 떠올랐다. 남편의 폭력도 떠올랐다. 두려웠다. 무서웠다. 남편이 출근하자마자 지은에게 전화해서 그 남자의 폰 번호를 물었다. 궁금해하는 지은에게는 어제 미안해서 사과하려고 한다고 둘러댔다.

지은의 언니라는 자신의 말에 그 남자는 할 말이 없는 듯 겨우 대답했다. 그 남자도 알 것이다. 지은과 결혼을 할 수 없다는 것을. 우빈의 존재가 있는데 어떻게 지은이와 결혼을 해? 말도 안 된다.

아무런 대답이 없어 수긍하는 줄 알았는데 헤어지라고 하자 만나서 얘기하잔다. 헤어질 생각이 아니었어? 기가 막혔다. 뻔뻔하기 그지없다. 분노가 치밀어 올라 헤어지는 걸로 알겠다고 하며 전화를 끊어 버렸다. 전화를 끊고도 지수는 자신의 감정을 다스릴 수가 없어 한동안 숨을 거칠게 내쉬어야만 했다.

출근하자마자 지은은 개발2팀엔 들르지도 않고 사장실부터 찾았다. 어제 상견례장에서 헤어진 후 집에 도착해서 보고픈 마음에 밤새 전화를 했건만 해진과 통화가 되지 않았다. 서로 마음을 확인한 후 하루에도 수십 번씩 전화나 문자를 해대던 사람이 연락 두절 상태가 되자 뭔가 허전했다.

경철 오빠가 또 어디 끌고 갔나 싶어 섭섭한 마음을 달래고 잠을 청했다. 아침까지 통화가 되지 않자 지은은 해진의 휴대폰에 문제가 생겼다는 생각이 들었다. 분실했거나 고장이 났거나. 목소리를 듣지 못하니 뭔가 불안했다. 빨리 얼굴을 보고픈 마음에 다른 날보다 일찍 회사로 출근했다.

항상 남들보다 먼저 출근하는 사람이니까 이미 출근해서 일을 하고 있을 것이다. 자기와 노느라 밀린 일을 해진은 새벽에 출근해서 처리하곤 했었다. 사장실이 보이자 저절로 걸음이 빨라졌다. 사장실 앞에서 머리와 옷을 점검한 다음 노크를 하고 문을 열었다. 예상과는 달리 사장실은 비어 있었다. 아직 출근한 흔적이 없었다.

무슨 일이지? 해진의 휴대폰으로 전화를 걸자 통화 중이었다. 언니랑 통화 중인가? 출근하는 길에 언니에게서 전화가 왔었다. 해진 오빠의 휴대폰 번호 좀 가르쳐 달라고. 어제 일을 사과하고 싶다고 했었다.

언니가 이렇게 살가운 사람이었나? 외국 생활이 언니의 성격을 변화시킨 것 같았다. 이젠 가족도 챙기는 것 같아 기분이 좋았다. 통화 중이라면 조만간 출근할 것이다. 마음을 편히 먹고 지은은 사장실에서 나와 개발2팀 사무실로 향했다.

며칠 동안 제대로 일을 하지 못해서 오전 내내 바빴다. 전화할 틈도 없었다. 점심시간이 되자 겨우 시간이 났다. 같이 점심 먹자고 해진에게 전화를 걸었다. 하지만 해진은 여전히 전화를 받지 않았다.

이상했다. 정말 이상했다. 불안한 마음에 사장실로 달려갔지만 해진은 보이지 않았다. 가슴이 덜컥 내려앉았다. 어제 헤어질 때 안색이 좋지 않았는데 혹시 어디 아픈가? 또 혼자서 아픈 거 아니야? 어른들과 함께 집에 가라고 하더라도 오빠를 따라가는 건데. 후회가 되었다.

아마도 경철 오빠는 알 것이다. 어제 해진 오빠와 같이 갔으니까. 경철 오빠의 사무실로 뛰어갔다. 다행히 경철 오빠는 사무실에 있었다. 노크를 하고 문을 열자마자 지은은 다급하게 물었다.

"오빠, 해진 오빠 왜 출근 안 해? 어디 아픈 거야?"

걱정이 가득한 지은의 얼굴을 보니 경철은 뭐라고 해야 할지 막막해졌다. 경철도 해진이 걱정되어 출근길에 해진의 오피스텔에 들렀다. 옷도 갈아입지 않았는지 해진은 어제의 차림 그대로였다. 넋이 빠진 표정으로 휴대폰을 든 채 소파에 앉아 있었다. 거실 바닥에 빈 양주병이 그득했다. 자기가 마련해 준 안주엔 손도 대지 않고 술만 들이마신 것 같았다.

"안주도 없이 웬 술을 이렇게 마셨어?"

"......"

"얌마, 정신 차려. 지금 아침이야."

여전히 대답이 없었다.

"너 왜 이래? 무슨 일이야? 말해봐, 얼른."

해진의 무반응에 경철이 해진의 어깨를 흔들었다. 그제야 해진이 고개를 들어 경철을 보았다. 텅 빈 눈동자, 생기를 잃어버린 얼굴. 밤사이 해진은 딴사람이 되어버렸다.

"무슨 일이냐고?!"

두려움에 경철이 소리를 버럭 질렀다.

"경철아, 나 어떡하냐? 지은이와 헤어진단다. 난…… 지은이 없으면 못 살 것 같은데……."

해진의 목소리가 착 가라앉아 음울하게 들렸다. 절망만 남은 목소리. 목소리에 울음이 섞여 있었다.

"누가? 어떤 놈이 그런 소리를 해!"

경철이 화가 나 소리를 버럭 질렀다. 이제야 친구가 칠 년 전의 악몽에서 벗어나 사람처럼 살고 있는데 어떤 인간이 그딴 소리를 해? 앞에 있다면 가만두지 않았을 것이다.

"그 여자가."

"그 여자라니, 누구?"

"지은이 언니. 칠 년 전 그 여자가 지은이 언니였어."

경철도 거실 바닥에 털썩 주저앉고 말았다. 일어나서는 안 되는 일이었다. 혹시나 했는데 역시나였다. 어제 상견례장에서 두 사람이 하얗게 질려가는 걸 경철은 보았다. 다른 사람들은 잘 알아채지 못했지만 자신은 보았다. 하얗게 질려가는 해진을 보고 의아해서 해진의 시선이 닿은 곳을 본 순간 그 여자 또한 하얗게 질려가는 것을.

유독 해진에게는 왜 이리 운명이 가혹한지. 다른 놈들은 대리부 노릇하고도 희희낙락 잘만 살던데. 또다시 해진이 지옥 속에서 살게 될까 봐 두려웠다.

"안 되겠지? 지은이와 나, 안 되는 거지?"

억지라도 부려보고 싶었다. 안 되는 것을 알면서도 떼를 쓰고 싶었다. 왜 안 되느냐고! 자신은 죄가 없다고! 자신은 아이의 아빠가 아니라고! 단지 정자만 제공했을 뿐이라고! 하지만 안 되는 건 해진이 더 잘 알고 있었다. 지은과 그 여자는 자매다. 자매 사이를 갈라놓을 순 없었다. 그 여자가 엮이길 원치 않았고, 해진도 자신이 없었다. 그 아이 얼굴을 보면서 무심해질 자신이 없었다.

"차라리 지은이에게 사실을 얘기하면 어때?"

안 된다. 그건 절대로 안 된다. 지은이 그 사실을 알아서는 안 된다. 비명처럼 소리를 질렀다.

"미쳤어? 그건 절대 안 돼! 너 지은이에게 그 얘기하면 나 죽는다!"

"방법을 찾아보자. 뜻이 있는 곳에 길이 있다고 하잖아."

그렇게 얘기하면서도 경철은 뾰족한 방법이 떠오르지 않았다. 그저 절망에 빠진 친구에게 지푸라기라도 건네고 싶은 심정이었다.

"해진이 출장 갔어. 어제저녁 갑자기 미국에서 연락이 와 그대로 공항으로 갔어."

일단은 시간을 벌자고 해진을 달랬다. 방법이 있을 거라고. 우리 둘이 머리 터지게 생각해 보자고. 그렇게 궁리한 결과가 출장이었다.

"무슨 소리야, 오빠? 출장이라니? 갑자기 무슨 출장?"

이해가 되지 않았다. 상견례하고 저녁에 헤어졌는데 그사이 무슨 출장?

"중요한 계약 건이라 사장이 직접 가야 했거든. 너에게 연락 못 하고 간다고 나보고 전해달랬는데 내가 깜박 잊었다."

"그럼 휴대폰은 왜 안 받아? 요즘 로밍하면 세계 어디서나 터지는 게 휴대폰이야."

맞다. 지은의 말에 경철은 할 말을 잃었다. 뭐라고 핑계를 대야 하지? 겨울인데도 등에 땀이 바짝바짝 날 지경이었다.

"그, 그게 말이야, 맞아, 해진이 휴대폰 두고 갔어. 서두르다가 못 챙겨갔어."

"아깐 통화 중이던데?"

경철의 가슴이 철렁 내려앉았다. 아침에 그 여자와 통화했다더니 그때 전화를 했었나 보다. 모른 척 질문했다.

"언제?"

"아침에."

"아, 내가 잠시 통화했어. 해진이 집에 들렀다 왔거든. 해진이가 부탁한 게 있어서 말이야. 그리고 전원 꺼버렸으니까 해진이 올 때까지 전화하지 마. 아마 바쁜 일 끝나면 해진이가 전화할 거야. 해진이가 너 얼마나 사랑하는데. 출장 가면서도 니 걱정만 하더라."

"정말이야?"

지은의 얼굴이 그제야 환해졌다.

"그래. 그러니 지은아, 조그만 기다려 줘. 해진이 전화할 때까지. 어?"

경철이 지은을 달랬다. 혹시라도 지은이 해진의 오피스텔로 찾아가면 끝장이었다.

"정말 출장 간 거야?"

"그럼. 며칠 동안 정신없을 거야. 우리 일이 그렇잖아. 프로그램 하나 계약 따려면 준비할 게 많다는 거. 다 너하고 잘 먹고 잘 살기 위해서니까 이해해 주라."

지은은 경철의 표정을 살폈다. 뭔가 수상쩍었다. 하지만 회사 일이라면 자신이 관여할 부분이 아니란 생각에 고개를 끄덕였다. 지은이 자신의 말에 속아주자 경철은 한시름 놓았다. 하지만 이내 표정이 어두워졌다. 시간을 끈다고 해결책이 보일 리 만무했다.

※

하루하루가 살얼음판을 걷는 것처럼 조마조마했다. 그 남자에게 헤어지라고 통고한 지 벌써 이틀이나 지났건만 아직도 지은이 파혼했다는 소식이 없었다. 좀 전에도 엄마에게 전화를 걸어 확인해 봤지만 출장 갔다는 말만 들었다. 출장은 무슨 출장? 핑계일 것이다.

어쩌자는 거야? 설마 결혼을 밀어붙이는 건 아니겠지? 불안함에 지수는 엄지손가락을 입 안에 넣고 이빨로 손톱을 잘근잘근 깨물었다. 손톱을 깨무는 건 불안할 때 나오는 지수의 습관이다. 이틀 만에 지수의 엄지손톱은 끝이 뭉툭하게 잘려 나가고 없었다. 지수의 눈빛이 불안하게 흔들렸다.

결국 지수는 더 견디지 못하고 앉아 있던 침대에서 자리를 박차고 일어났다. 겉옷을 걸치지도 않은 채 방을 나가 계단을 걸어 내려갔다. 거실엔 아무도 없었다. 늦은 시각이라 다들 잠든 모양이었다.

지수는 현관문을 열고 밖으로 나왔다. 밤바람이 차가웠지만 지수는 차가움을 느낄 수가 없었다. 그저 몽유병 환자처럼 정원을 거닐었다. 넓고 잘 꾸며진 정원이 마치 감옥처럼 여겨졌다.

인적도 없는 어두운 밤. 자동차 헤드라이트 불빛이 다가오더니 대문 앞에서 멈췄다. 눈을 감은 채 뒷좌석에 기대앉아 있던 재욱이 눈을 떴다. 팔을 올려 시계를 보니 벌써 12시가 넘었다. 한국에 들어오고부터 밀린 일을 처리하느라 새벽에 나가서 늦은 밤에 귀가했다.

피곤했다. 많이 피곤했다. 하지만 사람들에게 피곤한 기색을 보이는 건 스스로 용납하지 못했다. 얼른 표정 관리를 했다. 기사가 차 문을 열어주자 재욱은 차에서 내려 대문 안으로 들어갔다.

정원을 올라가던 재욱의 걸음이 멈췄다. 정원 사이에서 하얀 형체를 발견했기 때문이다. 지수였다. 반가운 마음에 살며시 미소를 짓고는 그쪽으로 걸었다. 그사이 숨어 있던 달님이 고개를 내밀면서 하얀 형체가 제대로 모습을 드러냈다. 여전히 자신을 설레게 하는 모습으로. 새하얀 얼굴이 오늘따라 더 창백해 보였다. 재욱의 미소가 짙어졌고 걸음이 빨라졌다.

"여기서 뭐 해?"

지수에게로 다가가 어깨에 손을 올리며 묻자 지수가 화들짝 놀라 비명을 질렀다.

"악!"

어깨에 닿는 재욱의 손길에 놀라 지수는 그 자리에 주저앉을 뻔했다. 혹시라도 재욱이 눈치라도 챘을까 봐 걱정되었지만 그런 기색은 없었다. 다행이었다. 두려움으로 뛰는 가슴을 달래며 억지로 미소를 지었다. 어떻게 차 들어오는 소리도 못 들었을까? 그만큼 정신이 딴 데 가 있었다.

지수의 비명에 재욱의 눈이 의문으로 빛났다. 바빠서 제대로 챙기진 못했지만 지수가 요즘 이상하다고 느꼈다. 잘 자지도 못하고 정신을 딴 데 둔 사람처럼 허둥댔다. 아직도 자신이 지수에게 두려움의 대상인가 싶어 씁쓸해졌다. 조금 더 잘해줘야겠다는 생각에 목소리를 부드럽게 해 물었다.

"왜 나와 있어?"

"예? 아, 예. 좀, 좀 갑갑해서요."

"갑갑해? 날씨가 이렇게 추운데. 들어가지. 몸이 차다."

재욱이 재킷을 벗어 지수의 어깨에 걸쳐 주고 어깨를 당겨 안고 집 안으로 걸어갔다. 지수의 마음을 알 것도 같았다. 친정에 갈 때면 항상 투정을 하곤 했다. 혼자 가기 싫다고. 남편 없는 사람 같다고. 같이 가주면 안 되느냐고. 이번 처제의 상견례장에 또 혼자 갔다가 어른들께 잔소리를 들은 모양이었다. 자신이 너무 무심했다.

"미안하다. 상견례장에 같이 못 가서."

재욱의 입에서 상견례라는 말이 나오자 지수의 가슴이 철렁 내려앉았다.

"동서 될 사람은 어떤 사람이야?"

순간적으로 지수의 몸이 분노로 굳어졌다. 그 사람이 어떤 사람이냐고? 당신이 나보다 더 잘 알 텐데? 당신이 직접 고른 사람이니까. 당신이 고른 최고의 정자제공자. 당신만 아니었으면 이렇게 더럽게 엮이지 않아도 되었을 텐데. 원망하는 마음에 소리라도 지르고 싶었지만 참아야 했다. 들키면 안 되었다.

"어?"

지수의 마음속이 지옥에서 헤매는지도 모르고 재욱이 다시 물었다.

"나도 잘 몰라요. 잠시 얼굴 보고 헤어졌는데요, 뭘. 배 안 고파요?"

솟구치는 마음을 달래며 지수가 화제를 돌렸다. 생각 같아서는 파혼했다고 하고 싶지만 그랬다가 혹시라도 재욱이 친정에 전화라도 한다면 의심을 사게 될 것이다. 파혼 말은 그쪽에서 나온 다음에 해야 했다. 괜한 빌미를 제공할 필요는 없었다.

방으로 와서 재욱이 옷을 벗자 지수가 재욱의 옷을 받아 걸었다. 재욱이 샤워를 하러 들어가자 지수는 그제야 숨을 내쉬었다.

아무래도 내일 그 남자를 만나야 할 것 같았다. 이렇게 미적대다 간 재욱이 알게 되는 건 시간문제였다. 무슨 핑계를 대고 내일 외출을 하지? 자유가 없는 자신의 삶이 점점 더 싫어졌다.

"일어나요. 늦었어요."

지수가 흔들어 깨우는 소리에 재욱은 눈을 떴다. 오랜만에 사랑을 나누고 나니 피곤했나 보다. 이래서 나이는 속일 수가 없다고 하는가 싶다.

씻고 계단을 내려가 식당으로 들어가자 가족 모두가 자리에 앉아 있었다. 재욱을 본 우빈이 의자에서 일어나 공손히 인사했다.

"안녕히 주무셨어요?"

"음."

우빈에게 고개를 끄덕여 주고 자리에 앉으니 그제야 우빈도 자리에 앉았다. 누가 가르쳐서 저렇게 예의가 바른지 자기가 생각해도 이해가 되지 않았다. 지수나 자신이나 예의 바른 사람은 아닌데 말이다. 뻗어 나가려는 생각을 거두고 고개를 들자 강 회장이 생선을 발라서 우빈의 숟가락 위에 올려주고 있었다.

기가 막혔다. 어이가 없었다. 한 번도 보지 못한 모습이었다. 강 회장이 누군가에게 반찬을 챙겨주는 모습은. 맛있는 것이 있으면 뭐든 자기가 먼저 먹어야 할 만큼 식탐이 대단한 사람인데. 눈을 가늘게 뜨고 보자 그런 두 사람이 당연한 듯 다른 사람들은 아무렇지도 않은 태도였다. 자기가 없는 사이에 두 사람에게 무슨 일이 생긴 걸까?

"우빈이 오늘도 할애비랑 바둑 두는 기다."

강 회장이 다정한 목소리로 우빈에게 말을 건넸다.

"예, 할아버지."

우빈도 웃으며 대답했다.

"오늘은 내가 봐주지 않을 기다. 각오해라."

"예, 할아버지."

"허허허."

뭐가 그리 좋은지 연방 얼굴 가득 웃음을 담고 강 회장이 우빈이와 얘기를 나누었다. 아예 손주에게 홀딱 빠진 태도였다. 그런 모습이 보기 싫은 듯 정 여사가 얼굴을 찡그렸다. 불만이 그득그득 묻어났다.

"여주댁, 여기 냉수!"

혹시라도 날벼락이 칠까 봐 여주댁이 재빨리 시원한 물을 정 여사에게 대령했다. 정 여사는 냉수를 한숨에 쭉 들이켜고는 강 회장과 우빈을 노려보았다.

재욱은 돌아가는 판이 재미있었다. 저 아이가 누구 아인 줄 알고 저리도 챙기는지. 핏줄이라면 벌벌 떠는 사람이 아버지 강 회장이었다. 자신이 그때 그렇게 아버지에게 몰리지만 않았다면 우빈은 생기지 않았겠지.

남의 핏줄인지도 모르고 저렇게 챙기는 걸 보면 핏줄이라는 건 허상에 불과한 것 같았다. 핏줄이 당기니 어쩌니 하는 건 다 헛말이다. 피 한 방울 섞이지 않은 남의 핏줄을 어느 누구보다 예뻐하는 강 회장이라니.

그 아이러니에 슬그머니 실소가 떠올랐다. 고개를 들다 지수와 시선이 마주쳤다. 지수의 표정에 난감함이 떠올라 있다. 지수도 아마 자신과 비슷한 생각을 한 모양이었다. 두 사람 사이에 공범자의 쓸쓸한 미소가 어렸다.

＊

꼬박 이틀을 오피스텔에서 죽은 듯이 지냈다. 아무런 생각도 행동도 할 수 없었다. 자고 일어나면 모든 게 꿈이길 희망하며 오지도 않는 잠을 청하느라 침대에 누워 있었다. 짙은 벨벳 커튼을 쳐놓은 침실은 밤낮 구분도 안 될 만큼 어둠에 깔려 있었다.

딩동.

문자 들어오는 소리가 들렸다. 혹시나 지은인가 하는 마음에 침대에서 벌떡 일어나 휴대폰을 들여다보았다.

─형, 뭐 해? 나 좀 살려줘. 아줌마가 또 집에 덕수 데려다 났어.

해준의 투정 섞인 문자였다. 전화를 받지 않았더니 문자로 보낸 것 같았다. 지금 자신의 상황이 어떤지도 모르고 이런 문자나 보내다니? 얼굴이 절로 찌푸려졌다. 그러고 보니 그제 오후부터 지금까지 지은에게선 전화나 문자 한 통이 없었다. 이럴 리가 없는데.

혹시 그 여자가 지은이에게 얘기한 건가? 가슴이 철렁 내려앉았다. 불안한 마음으로 눈만 깜박이며 휴대폰만 멀거니 쳐다보고 있는데 액정 위쪽에 'f'라는 글자가 보였다. 페이스북의 새로운 소식이 오면 알려주는 글자 f. 화면을 문질러 페이스북을 여니 담벼락에 지은이 올린 글들이 주르르 도착해 있었다.

─오빠, 출장 간 일은 잘 해결됐어? 전화 좀 해줘. 목소리 듣고 싶어. 사랑해.

─오빠, 왜 전화도 안 해? 나 삐친다.

─오빠, 잘 지내지? 난 오빠가 너무 보고 싶다. 빨리 와. 오빠가 보고 싶어할 것 같아 내 사진 올려. 즐감하셈.^^

그 밑으로 휴대폰으로 셀카를 찍어 올린 듯 지은의 얼굴이 여러 장 올라와 있었다. 너무나 그리운 사람의 얼굴을 대하니 해진은 눈물이 왈칵 쏟아질 듯 반가웠다. 가슴이 저려왔다. 당장에라도 버튼을 눌러 목소리라도 듣고 싶었지만 참았다.

그전에 지은의 언니를 만나야 했다. 만나서 사정할 것이다. 애걸할 것이다. 한 번만 눈감아 달라고 무릎이라도 꿇을 것이다. 다시는 도망가지 않겠다고 지은이에게 약속까지 했는데 또 이렇게 무기력하게 포기할 순 없었다. 벌떡 일어나 커튼을 걷었다.

환한 햇살이 창을 통해 들어왔다. 이미 아침이 와 있었다. 해진의 세상이 무너지든 말든 태양은 제 할 일을 제대로 하고 있었다. 창문을 열어 환기를 시키고는 화장실로 걸어갔다. 샤워기에 틀어놓고 샤워 볼에 샤워 바스를 묻혀 온몸을 닦아냈다.

비누 거품이 몸을 타고 바닥으로 흘러내렸다. 비누 거품처럼 자신의 고민까지 몽땅 씻겨 내려가길 바랐다. 샤워를 하고 나와 해진은 통화 목록을 뒤져 지은 언니의 번호를 찾았다. 크게 심호흡을 하고는 번호를 길게 눌렀다.

재욱이 출근하고 우빈까지 유치원에 가고 나자 지수는 서둘러 2층 자기 방으로 올라왔다. 더 이상 미룰 수가 없었다. 어젯밤 재욱이 그 남자에 대해 물을 때 얼마나 놀랐던가? 하루라도 빨리 두 사람이 헤어지는 걸 확인해야만 했다.

휴대폰을 들어 번호를 찾는데 휴대폰이 울렸다. 그 남자다. 서둘러 전화를 받았다. 자연 목소리는 딱딱하게 나갔다.

"말씀하세요."

[뵙고…… 싶습니다.]

만나고 싶지 않았다. 두 번 다시. 꿈에서도 보고 싶지 않았다. 하지만 이렇게 전화상으로 할 얘기가 아니었다. 아래엔 시어머니도 계시고 일하는 사람이 올라와서 들을 수도 있었다.

"좋아요. 어디서 볼까요?"

마음이 급했다. 최대한 빨리 다녀와야 했다. 재욱은 지수가 허락 없이 나다니는 걸 좋아하지 않았다. 알았다가는 어떤 벼락이 떨어질지 몰랐다. 시어머니께 잠시 친정에 다녀온다고 하고는 지수는 집을 나섰다.

약속한 장소에 도착하니 그 남자가 이미 와 있었다. 멀리서 봐도 한눈에 알아볼 수 있을 만큼 잘생긴 남자였다. 원망을 담아 지수가 남자를 노려봤다. 그 시선을 느꼈는지 남자가 고개를 들어 지수를 보고는 자리에서 일어났다. 매너도 좋은 사람이군. 그때는 미처 몰랐는데 키도 무척 컸다. 남편만큼이나 컸다.

지수가 또각또각 하이힐 소리를 내며 다가갔다. 그 남자가 지수에게 고개를 숙여 인사를 하고는 맞은편 자리로 앉으라는 듯 손바닥을 펼쳐 보였다.

"앉으시죠."

대답도 없이 지수가 자리에 앉자 그제야 남자도 자리에 앉았다. 지수는 남자를 차가운 눈으로 샅샅이 살펴보았다. 칠 년 전 후줄근한 옷과는 비교할 수도 없을 만큼 고급 정장이었다. 네이비색 정장에 와인색 넥타이를 맨 남자는 근사해 보였다. 체격도 얼굴도 완벽했다.

과연 남편이 최고의 정자를 골랐다고 할 만했다. 남편과는 달리 인간성도 좋아 보였다. 그러니 할머니가 박 서방, 박 서방 하는 거겠지. 이런 남자와 헤어지게 해서 지은이에게 조금 미안한 생각이 들었지만 자기로서는 양보할 수 없는 문제였다. 남을 위해 자신을 희생하며 사는 건 어리석은 일이다.

"길게 얘기하고 싶지 않아요. 언제 지은이에게 얘기할 거예요? 헤어지자고."

지수가 해진을 싸늘한 시선으로 보며 딱딱한 목소리로 물었다.

"한 번만, 한 번만 눈감아 주시면 안 될까요? 얼굴 마주치는 게 싫으시면 우리가 떠날게요. 시골이든 외국이든 어디든 눈에 띄지 않는 곳에 가서 살게요. 저희 둘, 진심으로 사랑합니다."

"그건 안 돼요! 절대로 안 돼요! 우리가 자매라는 걸 잊었어요? 평생 안 보고 살 수 없는 사이라구요! 난 하루도 더 기다릴 수 없어요! 당장 헤어져요!"

지수의 언성이 점점 올라갔다. 분노로 몸이 부들부들 떨렸다. 자신은 하루하루가 지옥인데 뭐라고? 두 사람, 진심으로 사랑한다고? 그러니까 눈감아 달라고? 그러게 누가 그런 짓을 하라고 했어? 두 사람의 심각한 분위기에 서빙하는 직원이 다가오지 못하고 카운터로 되돌아갔다.

"제발, 제발 부탁드립니다. 지은이 없이는 제가 살 수 없습니다."

"그럼 지은이에게 제가 직접 얘기하겠어요. 우빈이 생부가 당신이라고. 그래도 되나요?"

"그건 안 돼요!"

해진이 펄쩍 뛰었다. 지은이 알게 할 수는 없었다. 그건 죽을 때까지 묻고 가고 싶은 비밀이었다. 아무리 상황이 나빴다고 해도 면죄부를 주기엔 너무나 큰 잘못이니까. 뭐라고 말할 것인가? 돈에 자식을 팔았다고? 그 아이가 바로 네 언니의 아들 우빈이라고? 그건 절대로 말할 수 없는 일이었다.

설사 지은이와 헤어진다고 하더라도 밝힐 수 없는 일이었다. 지은이가 이 사실을 알게 된다면 자신을 경멸할 것이다. 그건 지은이 아닌 누구라도 마찬가지일 것이다. 정자를 팔았는데 그 아이가 언니의 아이라면 어떤 여자가 받아들이겠는가?

단 한 번의 잘못이었다. 원한 것도 아니었다. 강제로 당한 것이나 마찬가지였다. 그래도 결국 책임은 자신이 져야겠지. 해진은 절망스러웠다.

지수도 지은이 아는 걸 원치 않았다. 우빈이 남편의 아이가 아니란 것을 다른 사람이 알게 하고 싶지 않았다. 재욱이 원치 않았고 자신도 마찬가지였다. 오죽했으면 엄마에게도 말하지 않았겠는가.

Rrrrrr~ Rrrrrr~

그때 지수의 휴대폰이 울렸다. 지수는 가쁜 숨을 들이켜며 액정을 보았다. 재욱이다. 공포가 몰려왔다. 설마 어딘가에서 지켜보고 있는 건 아니겠지? 불안한 마음에 주위를 둘러보았지만 재욱은 보이지 않았다. 다행이다. 하긴 재욱이 여길 어떻게 알고 찾겠는가? 친정 간다고 나왔는데. 가슴을 진정시키고 심호흡을 한 지수는 전화를 받았다.

"예, 여보."

[어디야? 처갓집 갔다고?]

"예. 지금 가는 길이에요."

[무슨 일 있어?]

"아뇨, 그냥."

[그럼 내가 퇴근하고 그쪽으로 갈게. 예비 동서도 오라고 해.]

무슨 소리? 당신과 그 사람이 만나는 순간 내게는 지옥이 시작되는데? 안 될 말이다.

[여보?]

대답이 없자 재욱이 지수를 불렀다. 뭐라고 해야 하지? 변명할 말이 생각나지 않았다. 그래도 생각해 내야 한다. 그래야 한다.

"……출장 갔대요. 그러니 올 필요 없어요. 나도 엄마 얼굴만 보고 돌아갈 거예요. 집에서 봐요."

지금 상황에 재욱이 친정에 오는 건 바라는 바가 아니었다. 얼굴은 보지 못하더라도 청첩장이라도 본다면……. 아찔하다. 청첩장엔 저 남자 이름이 있는데. 똑똑한 사람이니 그 이름을 기억할지도 모른다. 재욱이 온다고 우길까 봐 지수는 조마조마했다.

"남편이 알기 전에 당장 헤어져요. 내일까지도 지은이 파혼했다는 소리가 들리지 않으면 바로 지은이에게 얘기할 테니 그렇게 아세요."

재욱과의 전화를 끊은 지수는 더 말할 필요도 없다는 듯 딱 잘라 말하며 자리에서 일어났다. 여기서 미적거리고 있을 시간이 없었다. 마음이 급했다. 아마 조금 후면 자기가 친정에 온 것을 확인하려 재욱이 친정집으로 전화를 할 것이다.

급하게 돌아서 나가려는데 자신의 팔을 잡는 손이 느껴졌다. 고개를 돌리자 절박한 표정으로 자신을 보고 있는 남자의 얼굴이 보였다.

"잠시만, 잠시만 제 말 좀 들어주세요."

다급한 마음에 해진은 떠나려는 지수의 팔을 잡고 말았다.

"뭐 하는 짓이에요?"

"죄, 죄송합니다. 제가 너무 급해서 그만."

앙칼지게 소리치며 지수가 손을 뿌리치자 해진이 당황해하며 사과했다. 하지만 지수는 마음을 풀지 않고 해진을 노려보았다.

그 시선이 너무도 싸늘하여 해진은 심장이 얼어붙는 것만 같았다. 하지만 해진은 물러날 수 없었다. 지금 이 여자를 그냥 보내면 지은과는 헤어져야 할 것이다.

"제발, 제발 한 번만 눈감아 주세요, 예?"

"이게 눈감아 준다고 해결될 일이에요? 말해보세요? 예?"

안다. 해진도 알고 있다. 눈감아 준다고 해결될 일이 아니란 것을. 해진도 한 번쯤은 자신을 위해 억지를 부려보고 싶었다. 항상 자신에게 엄격하던 박해진이지만 한 번쯤은 자신을 위해 떼를 써도 되지 않을까? 털썩 바닥에 무릎을 꿇고 애원의 눈빛으로 지수를 바라보았다. 눈에는 눈물까지 어렸다.

"제발, 제발 한 번만……."

"뭐 하는 거예요?"

지수가 버럭 소리를 질렀다. 뭐 이런 남자가 다 있어? 여자와 헤어지지 않겠다고 사람들 다 보는 앞에서 무릎을 꿇다니. 지수의 상식으로는 이해가 되지 않는 일이었다. 게다가 저 눈에 어린 눈물이라니. 자기는 이런 사랑놀음에 끼어들 생각이 없었다. 자신에게는 생존의 문제였다.

"내일까지예요."

해진에게 차가운 경고의 말을 던지고 지수는 도망치듯 그 자리를 빠져나갔다. 남겨진 해진의 어깨가 조금씩 들썩거린다. 바닥에 굵은 눈물이 뚝뚝 떨어져 내렸다. 이대로 끝인가? 이대로 지은이와 헤어져야 하나?

해진과 헤어지자마자 지수는 차를 달려 친정으로 향했다. 그사이 재욱이 집으로 전화를 했을까 봐 속도를 늦출 수가 없었다.

전화를 끊은 재욱의 이마가 살짝 구겨졌다. 마흔에 가까운 나이지만 재욱은 여전히 카리스마 넘치는 매력을 발산하고 있었다. 오히려 나이가 들면서 남성적인 매력이 한껏 더 짙어졌다. 굳게 다문 입매엔 단호함이 서렸고 냉정하고 차디찬 눈빛은 사람들이 쉽게 범접하기 힘들게 만들었다. 게다가 일에 몰두할 때면 누구도 따라올 수 없는 추진력으로 일을 몰아붙였다. 귀국한 지 한 달도 되지 않았지만 벌써 회사는 강재욱 체제로 변해가고 있었다.

재욱이 의자에서 일어나 창가로 걸어가 블라인드를 올리자 환한 햇살이 창을 통해 들어왔다. 하지만 재욱은 햇살을 즐길 여유가 없었다. 아무래도 이상했다. 처갓집에 같이 안 가준다고 늘 불평하던 지수다. 그런데 오지 말라니?

그러고 보니 요즘 들어 지수가 이상하긴 했다. 정신이 다른 데가 있는 듯 멍하니 있다가 깜짝깜짝 놀라기 일쑤였다. 잠이 들지 못해 뒤척이다가 겨우 잠이 들면 악몽에 시달리곤 했다. 그 탓에 자기까지 잠을 설치곤 했다. 분명 무슨 일이 있다. 기분 나쁜 전율이 재욱의 등을 타고 흘렀다.

점심시간이 되자 지은은 습관처럼 단축 번호 1번을 눌렀다. 녹음할 준비를 하고 목을 가다듬는데 신호음이 갔다. 이상하다. 전원을 꺼놨다고 했는데? 오빠가 돌아온 건가? 반가운 마음에 해진의 목소리가 들리길 기다렸지만 긴 신호음이 지난 다음 고객이 전화를 받지 않는다는 멘트가 들려왔다. 경철 오빠가 가서 켜놓은 건가? 고개를 갸웃거리고 있는데 미소가 사악한 미소를 띠며 지은에게 다가왔다.

"지은 씨, 오늘은 지은 씨가 우리 팀 점심 사. 우리 잘난 사장님 채 간 벌이고 그동안 땡땡이친 벌이야."

사실 지은도 팀원들에게 미안했다. 파견 근무랍시고 나와서는 일보다도 연애하느라 시간을 더 보냈으니 미안할 수밖에. 언제 한번 거하게 사야겠다는 마음이 있었지만 해진과 시간을 보내느라 팀원들과 함께할 시간이 없었다. 다행히 오늘은 해진이 없으니 팀원들과 함께 해도 될 것 같았다.

"그래요. 내가 쏠게요. 뭐 먹을래요?"

"비싼 거 사야 하는 거 알지?"

"그럼요, 뭐든 말씀하세요."

호기 있게 얘기하는 지은의 말에 미소는 만족스러운 미소를 지었다. 지은을 바라보는 신우의 눈빛이 마음에 들지 않았지만 미소는 상관하지 않았다. 마음에 두고 있던 신우가 지은에게 관심을 갖자 미소는 얼마나 불안했는지 모른다.

자기에게 친절하기에 자신을 좋아하는 줄 알았다. 하지만 신우가 지은을 대하는 모습을 보고 알았다. 자신을 대한 건 단지 매너였을 뿐이라고. 지은이 사장과 결혼한다는 말에 가장 환호한 사람은 바로 미소였다. 속으로는 환호성을 지르며 펄쩍펄쩍 하늘을 뛰어올랐지만 겉으로 표현하는 어리석은 짓은 하지 않았다.

다른 여자가 접근하는 것을 막아야겠다는 생각에 미소는 옆으로 다가가 슬쩍 신우의 팔짱을 끼고는 사무실을 나섰다. 그 뒤로 다른 팀원들이 따랐다.

신우의 몸이 슬쩍 굳어졌다. 이 여자가 왜 이래? 요즘 들어 유난히 자기에게 친한 척하는 미소의 행동에 신우는 살짝 불쾌해졌다. 물론 신우도 미소가 자기에게 특별한 감정이 있다는 건 알고 있었다. 하지만 그렇다고 상대의 마음을 받아줄 순 없지 않은가?

땡!

엘리베이터 도착음이 들렸다.

신우는 미소가 민망해하지 않도록 슬며시 몸을 빼 미소의 곁에서 떨어져 나와 엘리베이터에 올라탔다. 나머지 팀원들도 우르르 올라탔다.

"아, 뭐 먹지? 점심때부터 고기 먹긴 좀 그렇고."

"스테이크는 어때? 간만에 칼질도 괜찮지 않아?"

"참치 먹으러 갈까? 이왕이면 비싼 데로 가자. 좀 있으면 사장

사모 되는데 이때 아니면 언제 얻어먹겠어?"

간만에 기회를 얻었다는 듯 떠들어 대는 직원들의 말에 지은은 아무래도 오늘 자신의 주머니가 확실히 털릴 것 같은 예감이 들었다. 어쩌겠는가? 원하는 대로 사줘야지.

엘리베이터가 다시 열리고 팀원들이 빌딩을 나설 때 신우가 옆에 서며 지은에게 장난스럽게 말을 걸었다.

"난 회 먹고 싶은데. 지은 씨, 나한테 무지 미안해해야 하는 거 알죠?"

지은의 얼굴에 빨갛게 달아올랐다. 신우에게는 늘 미안했다. 너무나 미안해서 얼굴을 들 수가 없었다.

"에이, 그렇게 미안하라고 한 말 아닌데. 그냥 비싼 거 사달라는 말입니다."

"우리 회는 어때요?"

지은에게 얘기한 후 신우가 다른 팀원들에게 묻자 만장일치로 팀원들도 회가 좋다고 동의했다.

"그럼 어디 출발할까요?"

신우가 지은의 어깨에 두 손을 올리며 앞으로 밀자 지은은 신우의 힘에 밀려 걸어 나갔다.

아직도 마음을 접지 못한 건가? 미소의 표정이 씁쓸름하게 변했다.

지수가 떠난 후에도 해진은 한동안 자리를 뜰 수가 없었다. 아득함에 두 손으로 머리를 잡고 고개를 숙인 채 망연히 그 자리에 앉아 있었다. 기대가 다 사라졌다. 세상이 무너져 내리는 것 같았다. 만나서 통사정을 하면 뭔가 방법이 있을 거라고 너무 쉽게 생각했던 것 같았다. 그 여자의 말이 다 맞았다.

지은과 그 여자는 평생 안 보고 살 수 있는 사이가 아니었다. 나하나 행복하자고 자매 사이를 갈라놓을 순 없었다. 마음은 아프지만 헤어지는 것이 맞는 것 같았다. 지은에게 너무나 미안했다. 헤어지자고 하면 상처가 클 텐데 어쩌면 좋단 말인가. 한 번도 아니고 두 번씩이나 지은에게 상처를 주게 된 자신이 너무나 싫었다.

그때 좀 더 모질게 밀어냈어야 했었다. 내 마음 같은 건 애당초 표현조차 하면 안 되었다. 순간적으로 내 마음을 다잡지 못해 결국은 지은에게 더 큰 상처를 주게 되었다. 나 같은 놈이 무슨 사랑을 한다고. 지나가는 개가 웃을 일이다. 자꾸만 헛웃음이 터져 나왔다. 자괴감도 몰려왔다. 가슴에 휑하니 찬바람이 스며들었다. 어떻게 해야 지은이 쉽게 받아들일 수 있을지 캄캄하기만 했다.

그래도 미룰 수만은 없는 일. 해진은 후들거리는 다리에 힘을 주고 자리에서 일어났다. 지은을 만나러 가는 길이 지옥에 들어서는 것보다 더 무서웠다. 거리로 나온 해진은 멍하니 지나가는 사람들을 쳐다보았다. 거리엔 수많은 사람들이 오가고 있었다.

저렇게 많은 사람 중에 지은이와 나는 왜 하필 이런 인연으로 만났을까? 왜 지은인 그 여자의 동생이고, 그 여자는 지은이의 언니인 것일까? 하느님이 너무나 원망스러웠다. 그런 상황을 만든 해준도 미웠다. 자신을 탐낸 그 남자는 더 미웠다.

12. 희망을 꿈꾸다

핸들을 잡은 해진의 왼손 손마디가 하얗게 변했다. 얼굴이 딱딱하게 굳었다. 꽉 쥐어 잡은 오른손 주먹이 부들부들 떨렸다. 주차장에 들어가기 위해 빌딩 앞을 지나는데 어떤 이끌림 때문인지 저절로 빌딩 문 쪽으로 고개가 돌려졌다. 반가운 얼굴이 보였다. 언제나 보고 싶은 얼굴, 지은이였다.

이별을 고하기 위해 여기까지 차로 달려왔지만 지은을 보는 순간 상황도 잊고 그저 미소가 그려졌다. 조수석 창문을 열고 이름을 부르려는 찰나 지은의 양어깨에 두 손을 올리고 뒤따르는 신우가 보였다.

가슴이 철렁 내려앉았다. 이틀 사이에 자신은 잊고 다른 사람과 환하게 웃고 있는 지은이 미웠다. 자신은 지금 지옥 속에서 살고 있는데 저렇게 다른 사람을 향해 화사하게 웃고 있다니. 그것도 자기를 좋아한다고 고백한 남자에게 어깨를 내어주고서.

분노가 일었다. 온몸에 피가 끓어올랐다. 질투심에 당장에라도 뛰쳐나가 신우를 때려눕히고 싶은 충동까지 느껴졌다. 질투라는 감정은 해진의 생각보다도 훨씬 파괴적이었다.

빵빵!

클랙슨 소리가 들려왔다. 지은을 향해 틀어진 몸을 바로 하고 해진은 차를 몰아 주차장으로 향했다. 주차장에 주차를 하고도 운전석에 그대로 앉아 있었다. 두 눈을 감고 이마에 오른손을 올린 채 운전석에 등을 기댔다. 자꾸만 신우에게 어깨를 내준 채 직원들과 환하게 웃고 있는 지은의 영상이 떠올랐다. 마음이 점점 허탈해졌다.

어쩌면 지은인 내가 자기를 좋아하는 만큼 나를 좋아하는 게 아닐지도 몰라. 그런 생각이 들자 가슴이 쥐어짜듯 아파왔다. 너무나 고통스러워 두 손으로 가슴을 부여잡았다. 이마가 절로 찌푸려졌다. 한편으론 다행스럽다는 생각도 들었다. 지은에게 우리의 이별은 자기만큼 고통스럽지 않을 것 같았기 때문이었다.

해진의 머릿속이 두 칸으로 나누어져 치열하게 싸우고 있었다. 지은을 다른 사람에게 줄 수 없다는 마음과 지은을 놓아줘야 한다는 마음. 그것이 어느 쪽으로 기우느냐에 따라 자신의 행보가 달라질 것이다.

"회 안 좋아해요?"

맞은편에 앉은 미소의 말에 지은은 고개를 들었다. 미소의 옆에 앉은 신우의 시선도 자신을 향해 있었다. 또 밥을 먹다가 정신을 놓은 모양이었다. 사람 마음이라는 게 참으로 오묘했다. 출장 간 첫날, 해진이 전화를 하지 않자 바쁜가 보다 하던 마음이 섭섭함으로 바뀌었고, 이제는 걱정이 되어 견딜 수가 없었다. 페이스북에 글을 올려도 답이 없었다.

뭔가 느낌이 좋지 않았다. 사람들하고 웃고 대화를 하고 있지만 마음은 해진에게 가 있었다. 너무나 그리워서일까? 이제는 헛것까지 보이는 것 같았다. 아까 빌딩을 나올 때 해진의 차를 얼핏 본 것도 같았다.

자꾸만 자신의 어깨에 손을 올리는 신우 때문에 몸을 피하다 클랙슨 소리에 반응이 늦어졌다. 뒤늦게 고개를 돌려 보니 주차장으로 들어가는 차가 보였다. 뒷모습이 어쩐지 해진의 차 같았다. 해진 오빠라면 도착하자마자 자기에게 전화부터 했을 것이다. 아직도 전화가 없는 것을 보면 헛것을 본 게 틀림없었다.

지은은 화사한 접대용 미소를 지으며 장난스러운 말투로 미소에게 대답했다.

"좋아해요. 미소 씨 많이 먹으라고 참고 있는데."

"에이, 사장 사모 될 사람이 너무 짜다. 부족하면 더 시키면 되지 먹고 싶은 걸 참아?"

"그래요. 지은 씨, 많이 먹어요. 얼굴이 조금 안됐어요. 어디 아파요? 돈은 내가 내도 되니까 실컷 먹어요."

신우가 지은을 걱정스럽게 보며 회를 집어 지은의 접시에 놓아주었다.

"참, 팀장님도. 지은 씨가 아파서 얼굴이 안됐겠어요, 보고 싶은 사람을 못 봐서 그런 거지?"

미소가 신우에게 통박을 주고는 지은에게 다시 물었다.

"사장님 언제 오신대요? 이달 전화 요금 장난이 아니겠다. 로밍해 갔다가 요금 폭탄 맞았다는 소문도 많이 들었는데."

요금 폭탄을 맞더라도 그의 목소리를 듣고 싶었다. 며칠 동안 그리운 사람의 목소리를 듣지 못해 지은은 애가 탔다. 혹시라도 전화가 올까 봐 손에서 휴대폰을 놓지 못했다. 뿐만 아니라 댓글이라도 올라올까 해서 페이스북도 계속 열어두고 있었다. 아직 통화도 못 했다면 말 많은 직원들 사이에 어떤 소문이 돌지 몰라 지은은 배시시 웃으며 답을 대신했다.

"어디로 출장 가셨대요? 오실 때 명품 가방 사오라고 했어요? 남자들에게 부탁할 때는 모델 넘버까지 적어줘야 하는데."

미소가 가르치듯 말했다.

"사장님이 어련히 알아서 사다 줄까 봐 미소 씨가 걱정이야?"

영일의 말에 미소의 입이 새초롬하게 변했다. 그래도 궁금증을 이길 수 없는지 다시 물었다.

"사장님하고는 언제 만난 거예요? 예전부터 알던 사이죠?"

사적으로 많이 들어간다는 생각이 들었지만 굳이 피할 필요는 없다는 생각에 지은은 살짝 미소 지으며 대답했다.

"칠 년 전에 잠시 알던 오빠였어요. 이번 프로젝트 계약하면서 다시 만났어요. 제 첫사랑이죠."

"오우, 첫사랑? 첫사랑은 깨진다던데, 그거 다 헛소린가 봐."

미소가 다시 초를 쳤다. 목소리엔 분명 빈정거림이 묻어 있었다. 지금 결혼 깨지라고 축원하는 거야, 뭐야? 그렇잖아도 해진의 전화를 못 받아 속이 상해 있는 지은은 미소의 말에 열이 치밀어

올랐다. 하지만 화를 내는 대신 속으로 화를 삭이며 접대용 미소를 지었다.

"그건 첫사랑과 결혼하지 못한 사람들의 푸념 같은 거 아닐까요? 미소 씬 첫사랑이랑 헤어졌죠?"

지금 한판 붙자는 거야? 미소의 시선이 잠시 신우에게로 향하더니 이내 지은에게로 향했다. 안 그래도 처음으로 자신의 마음을 앗아간 인간이 자기를 무시해서 열 받아 죽을 것 같은데 지금 염장 지르는 거야?

지은과 미소가 말싸움을 하려 하자 묵묵히 있던 윤영이 두 사람의 싸움을 말리고자 입을 열었다.

"결혼하면 어디서 살아요? 사장님 오피스텔로 들어가는 거예요?"

"일산에서 살 거예요. 해, 아니, 사장님이 일산에 집을 구하셨어요."

습관처럼 해진이라는 이름이 튀어나오려고 해 얼른 사장님으로 호칭을 바꾸었다.

"아파트? 아님 단독?"

"단독이요."

"정원도 있겠네?"

"네."

지은이 고개를 끄덕이며 대답하자 직원들이 부러운 시선을 보냈다.

"야, 진짜 부럽다. 이래서 신데렐라는 여성들의 로망이라니까."

신데렐라? 내가 신데렐라가 되는 건가? 난 신데렐라보다 평강

공주가 좋은데. 뭐가 되면 어때? 내가 해진 오빠랑 결혼한다는 사실이 중요한 거지. 그게 제일 중요한 거지. 지은이 직원들을 향해 만족스러운 미소를 지어 보였다.

"우리 집들이 거하게 해줘야 해요?"

—세상 단 한 사람, 운명 같은 내 사람.

직원들의 말에 대답하려는데 지은의 휴대폰이 울렸다. 액정을 보니 해진 오빠였다. 울컥 화가 났다. 애타게 기다린 만큼, 딱 그만큼 화가 났다. 왜 이제야 전화하는 거야? 어떻게 며칠씩 전화를 안 할 수가 있어?

섭섭한 마음에 수신 거절을 누르고 싶었지만, 마음과는 달리 손가락은 이미 통화하기 위해 액정을 밀고 있었다. 지은의 얼굴도 어느새 환하게 밝아져 있었다. 통화도 하기 전인데 벌써 같이 있는 듯한 느낌이었다.

"예, 오빠."

해진의 전화에 순식간에 화색이 도는 지은의 얼굴을 보고 신우는 마음이 아파왔다. 좋은 마음으로 보내줄 수 있으리라고 생각했지만 생각보다 지은에 대한 마음이 깊었던 것 같았다. 졸지에 맛을 잃어버렸다. 젓가락을 내려놓자 미소가 자신을 살피는 것이 느껴졌다. 할 수 없이 다시 젓가락을 들어 먹히지도 않는 회를 입으로 가져갔다.

[어디야?]

여전히 부드러운 목소리였다. 지은을 따스하게 데워주는 목소리. 휴대폰에서 해진의 목소리가 들려오자 지은은 안도의 숨을 내쉬었다. 내심 불안했던 것 같았다. 해진에게 무슨 일이라도 생긴 건 아닌지, 혹시라도 칠 년 전의 일이 되풀이되는 건 아닌지 해서. 직원들 앞에서 통화하기가 불편해 지은은 문을 열고 룸에서 나왔다.

[점심 먹고 있어요. 오빠 어디예요?]

휴대폰 너머에서 지은의 달콤한 목소리가 들려왔다. 바로 옆에서 속삭이는 것 같았다. 또 마음이 약해졌다. 이별을 고하려고 전화를 했음에도 지은의 목소리를 들으면 목소리가 절로 부드러워진다. 이래서야 이별을 말할 수 있을까? 굳게 결심을 하고 전화를 했음에도 자신이 없어진다.

"회사. 지금 도착했어."

헛것을 본 건 아니었구나. 아까 그 차가 오빠 차가 맞았구나. 조금만 있으면 해진의 얼굴을 볼 수 있다는 생각에 지은의 입이 슬며시 벌어졌다. 대책도 없이 고백이 흘러나왔다.

"보고 싶다……."

지은의 말에 우울하던 해진의 기분이 순식간에 밝아졌다. 산다는 것이 한 번도 녹록치 않았지만 지금처럼 답이 없긴 처음이었다. 어릴 적 엄마 손에 이끌려 해준과 함께 보육원에 버려졌을 때도, 해준이 사고 쳐서 거금의 합의금을 준비해야 했을 때도, 강제로 대리부 노릇을 한 때조차도 이렇게 막막하진 않았었다.

보고 싶다는 지은의 목소리가 해진에게 희망을 불러일으켰다.

어쩌면, 어쩌면 욕심을 부려도 되지 않을까? 희망을 가져도 되지 않을까? 헛된 희망일지라도 포기하고 싶지 않았다.

"나도. 나도 보고 싶다……."

저절로 본심이 흘러나왔다. 막을 수가 없었다.

[점심은요?]

"아직."

[나올래요?]

"가도 돼? 누구하고 있어?"

알면서 물어보았다. 지은이 신우를 어떻게 생각하는지 확인하고 싶은 마음이 컸는지도. 이래서 사랑을 하면 유치해진다고 하는 건가 보다.

[개발2팀 식구들하고 있어요. 잘난 사장님 채 간 벌이라고 점심 사달라고 해서요.]

그렇단 말이지. 나 때문에 사게 된 밥이라는 거지? 해진은 안심이 되었다.

"그래? 그럼 내가 가서 계산해 줘야겠네. 어디야?"

휴대폰을 끊으면서 해진은 결심했다. 이기적으로 살자고. 지은이 먼저 손을 놓기 전에는 먼저 놓지 않겠다고. 나쁜 사람이 되더라도 지은과 함께하겠다고. 지은이 뭐든 용서해 준다고 하지 않았던가? 어쩌면 지은은 자신과 같이 이 나라를 떠나줄지도 모른다. 일단 부탁이라도 해보자 싶었다.

일식집을 향해 걸어가는 해진의 발걸음이 점점 빨라지더니 종국에는 뛰기 시작했다. 조금이라도 빨리 지은을 보고 싶었다. 너무나 간절했다. 지은이 말해준 룸 앞에 도착한 해진은 두 손을 무룹에 대고 허리를 숙인 채 호흡을 가다듬었다.

문을 열고 들어가자 지은이 먼저 눈에 들어왔다. 발갛게 상기된 표정으로 문을 향해 고개를 돌리고 자신을 향해 미소 짓는 지은이. 생각할 틈도 없이 본능적으로 행동했다. 지은의 어깨에 손을 올리고는 고개를 숙여 볼에 가볍게 입을 맞추었다.

지은이 당황하여 동그래진 눈을 깜빡였다. 해진의 평소 행동이 아니었다. 이제 대놓고 애정 표현이었다. 사람들 있는 데서는 애정 표현을 삼가던 사람이 과하게 표현해 오니 적응하기 힘들었다.

"오빠……."

민망하여 고개를 들 수가 없었다. 지은은 붉어진 얼굴을 두 손으로 감싸며 열을 식혔다. 직원들의 야유가 터져 나왔다.

"어유, 닭살~"

쑥스럽긴 했지만 해진은 후회하지 않았다. 신우에게 지은은 자신의 여자임을 밝히고 싶었다. 아까 지은의 어깨에 손을 올린 것이 용서가 되지 않았다. 그 생각만 하면 아직도 피가 끓어올랐다. 아직도 지은에게 마음이 있는 것 같아 못내 마음이 편치 않았다.

"사장님, 너무 티 내시는 거 아니에요? 출장 끝나자마자 지은 씨 보러 온 거죠? 우리 회사 이러다 망하는 거 아냐? 오너가 여자에 빠져서 허우적거리면 회사가 위험한데……."

너무나 직설적인 미소의 말에 해진의 얼굴이 굳어졌다. 미소의 말이 맞았다. 자신은 지금 회사를 포기하려는 마음까지 가지고 있었다. 경철에게 모든 걸 맡기고 지은과 떠날 결심으로 온 자리였다.

"설마 우리 사장님이 그러시겠어. 넌 몇 년씩이나 보고도 우리 사장님을 그리 몰라? 일에 있어선 완벽주의자시잖아."

지은의 옆에 있던 윤영이 해진을 위해 자리를 옆으로 옮기며 미소에게 그만하라는 듯 눈치를 주었다. 해진은 죄의식을 느꼈다.

"오빠, 무슨 걱정 있어요? 출장 갔던 일이 잘 안 된 거예요?"

음식을 앞에 두고도 도통 먹지 않고 생각에 빠져 있는 해진을 본 지은이 걱정 어린 얼굴로 해진에게 물었다. 아무래도 출장 간 일이 잘 안 된 것 같았다. 저렇게 어두운 얼굴로 앉아 있는 걸 보면. 직원들은 이미 돌아간 지 오래였다. 지은에게 사장님 식사하는 데 같이 있어주라며 눈치껏 자리를 피해 주었다.

지은의 말에 해진은 생각을 멈추고 고개를 들어 지은과 눈을 맞추었다. 진심으로 신뢰를 보내는 지은의 눈동자가 해진을 향해 반짝이고 있었다. 말을 해야 하는데 차마 입이 떨어지지 않아서 해진은 지은의 시선을 외면하고 젓가락을 들어 회를 집어 들었다. 초고추장을 찍어 억지로 입에 집어넣었지만 아무런 맛도 느낄 수가 없었다. 결국 해진은 다시 젓가락을 내려놓았다.

"왜 이리 못 먹어요? 점심 안 먹었다면서요?"

해진이 대답을 회피하자 지은은 출장 건이 실패했다는 생각이 들었다. 중요한 계약이라고 하더니 계약이 깨져서 속상한가 보다. 그렇다고 이렇게 밥을 안 먹으면 어떻해? 며칠 새 얼굴이 반쪽이 되어서는. 지은이 더 속상했다. 이러면 조금이라도 해진에게 위로가 될까 해서 지은은 해진의 손을 따스하게 잡아주었다.

"그깟 계약 못 따면 어때요? 너무 속상해하지 마세요. 오빠 얼굴 보니까 내가 더 속상하다."

해진이 지은의 얼굴을 바라보았다. 지은이 해진에게 눈을 맞추며 다시 입을 열었다.

"난 오빠가 돈 못 벌어도 괜찮아. 내 옆에만 있어주면 돼."

"지은아……."

목이 콱 막혀왔다. 돈 못 벌어도 괜찮다고, 내 옆에만 있어주면 된다는 지은의 말에 감동이 쓰나미처럼 몰려왔다. 그래, 지은인 그런 여자다. 다른 여자들하고는 다르다. 지은이라면 자기를 믿고 따라줄 것이다. 이런 지은을 놓칠 수 없었다.

해진이 지은의 이름만 불러놓고 뒷말을 하지 않자 지은은 궁금함에 눈을 깜박이며 해진을 쳐다보았다.

"넌 다 먹었어?"

"그럼요. 점심 먹으러 온 지가 언젠데."

"그럼 나가자."

해진이 자리에서 일어나자 지은은 해진을 다시 잡아 앉혔다. 말도 안 된다. 저 얼굴을 봐라. 며칠 동안 제대로 먹지 않았음이 분명했다.

"안 돼요. 오빠 먹기 전엔 못 가요. 오빠 얼굴 지금 해쓱하단 말이에요. 며칠 동안 제대로 먹지 못했죠?"

"널 못 봐서 그래. 얼마나 보고 싶었는데."

해진이 지은을 안고 귀에 대고 속삭이자 지은의 볼이 빨갛게 달아올랐다. 며칠 사이에 이 남자가 이상해진 것 같았다. 해진이 지은의 귓불을 살며시 깨물고 귀에 뜨거운 바람을 불어넣자 지은이 진저리를 치며 해진을 밀어냈다.

"오빠 이상해, 오늘. 느끼남이 된 것 같아."

그래, 이상할 것이다. 이상하지 않을 수 없는 상황이 아닌가? 널 잃게 될까 봐 얼마나 불안한데……. 널 잃고 어떻게 살아갈까 불안해 미칠 것 같은데…….

"집에 가자. 널 느끼고 싶어."

해진이 지은의 입술에 키스하며 다시 보챘다. 해진의 눈동자에서, 몸에서 열기가 느껴지자 지은의 몸도 뜨거워졌다. 지은도 당장 해진과 함께 집으로 가고 싶었다. 집으로 가서 사랑을 나누고 싶었다. 하지만 안 된다. 지금 당장은 이 남자에게 뭔가를 먹이는 게 더 중요했다.

"그래도 안 돼요. 이거 다 먹기 전엔 못 가요. 어서 아~ 해요."

지은이 해진에게서 몸을 떼며 단호하게 말하고는 젓가락으로 회를 집어 해진의 입으로 가져갔다. 할 수 없이 해진이 입을 벌려서 받아먹었다. 지은의 고집을 꺾을 수 없다는 걸 알고는 해진이 젓가락을 들어 빠른 속도로 식사를 하기 시작했다. 지은은 안도의 한숨을 내쉬었다. 이렇게라도 먹일 수 있어서 다행이었다.

식사를 마치자마자 해진은 부리나케 지은의 손을 잡고 차에 올랐다. 집으로 향하는 차 안에서도 해진의 오른손은 지은의 손을 놓지 않았다. 꽉 잡은 손에서 조급함이 느껴져 지은은 피식 웃었다.

주차장에 차를 세우고 엘리베이터까지 향하는 시간도, 엘리베이터를 기다리는 시간도 너무나 더디게 갔다. 비밀번호를 누르고 오피스텔에 들어오자마자 해진은 지은에게 키스 세례를 퍼부었다. 입술을 놓아주지 않으며 옷을 벗기더니 드러난 어깨를, 쇄골을 빨아들였다.

"오, 오빠, 왜 이리 급해요?"

"나는, 나는…….."

이유를 설명할 수 없었다. 고작 이 말밖에는.

"지은아…… 사랑한다."

널 잃고는 살 수가 없어. 이렇게라도 느끼지 않으면 불안해서 미칠 것 같아. 해진은 지은을 번쩍 안아 들고 침실로 향했다. 침대에 지은을 눕히고는 순식간에 옷을 벗겨 버렸다. 자신의 옷도 벗어버렸다.

조금 열린 커튼 사이로 빛이 들어왔다. 너무 환했다. 자신의 알몸이 부끄러워 지은이 시트로 몸을 감싸고 자리에서 일어나려고 했다. 해진이 지은을 다시 눕혔다.

"오빠, 커튼."

지은이 울상을 지으며 말했다.

"보고 싶어. 다 보고 싶어. 너의 모든 것을 다 보고 싶어."

뜨거운 시간이 지난 후 해진이 달콤하게 유혹했다.

"지은아, 지은아, 우리 같이 살자. 한시도 너하고 떨어지기 싫다."

"그럴게. 그렇게 하자, 오빠."

달뜬 목소리로 지은도 동의했다. 언니가 집에 오던 날, 언니가 자기 방을 찾자 엄마가 그러지 않았던가? 나보고 신혼집으로 들어가라고. 날도 잡았는데 미룰 거 뭐 있느냐고.

날 떠나지 않을 거지? 날 버리지 않을 거지? 그렇지, 지은아? 해진은 자신의 품에 안긴 채 지쳐 잠이 든 지은을 바라보았다. 감당하기 힘들 만큼 지은을 몰아붙였다. 몇 번이나 사랑을 나눴는지 모른다. 지은이 사랑한다고, 떠나지 않을 거라고 맹세한 후에야 겨우 지은을 놓아주었다.

이제 지은을 집에도 보내지 않을 것이다. 내 옆에 둘 것이다. 지은의 머리칼을 쓸어 올리고 이마에 입술을 대어 꾹 눌렀다. 넌 내 거라고. 영원히 내 여자라고. 몸을 일으켜 침실에서 나온 해진은 거실로 나와 휴대폰을 들어 번호를 눌렀다. 신호가 몇 번 가자 전화기 너머로 박 여사의 목소리가 들려왔다.

"할머님, 저 박 서방입니다."

[그래, 박 서방. 어딘가?]

박 여사의 목소리에서 반가움이 묻어났다. 상견례가 끝나고 해진이 바로 출장 갔다고 지은에게 들었었다.

"집입니다."

[출장 갔다더니 다녀온 거야?]

"예, 할머님."

[지은인 집에 없는데.]

"알고 있습니다. 지은이 저하고 같이 있어요. 피곤한지 잠이 들었습니다. 지금 제가 집에 들러도 실례가 안 될까요? 말씀드릴 게 있어서요."

[뭔가? 다들 나갔는데.]

"저, 할머니, 죄송한데요, 지은이 오늘부터 저하고 같이 지내도 될까요? 가서 허락을 받아야 하는데 죄송합니다."

"아닐세. 지은이 잘 부탁하네."

[그럼 아버님께는 제가 전화 드리겠습니다. 전화번호 좀 가르쳐 주십시오.]

"그럴 필요 없네. 내가 얘기하겠네."

박 여사는 오히려 잘되었다는 생각이 들었다. 그렇잖아도 지은의 방이 없어져서 마음이 불편했다. 어쩌다 한 번씩 오는 지수 때문에 지은이 자신의 방으로 온 것이 못내 속상했는데 며느리에게 큰소리칠 입장이 아니었다.

잘못하다가 며느리가 입이라도 잘못 놀리면 지은이 상처받을 것은 자명한 일이었다. 며느리야 박 서방 집에 들어가서 살라고 했으니 달리 할 말은 없을 것이고 아들도 안 된다고 할 입장은 아니었다.

❅

다음 날, 재욱이 출근하자마자 지수는 해진에게 전화를 걸었다. 오늘까지 기한을 주었으니 내일까지는 기다려 주어야 했지만 기다릴 수가 없었다.

어젯밤 재욱이 동서 될 사람에 대해 관심을 표하기 시작했다. 재욱이 바빠서 저녁을 못 먹었다기에 지수가 저녁을 차리고 있었다. 식탁에 앉아 있던 재욱이 불쑥 말했다.

"조만간 시간 낼 테니 처제와 예비 동서하고 약속 잡아."

무슨 소리? 그런 일은 절대로 있어서는 안 된다. 순간적으로 지수의 몸이 굳어지며 손이 부들부들 떨리기 시작했다.

"앗, 뜨거!"

여주댁이 주는 국 쟁반을 들고 재욱에게로 가던 지수는 그예 쟁반을 떨어뜨리고 말았다. 국그릇이 바닥으로 떨어져 깨졌다. 사방으로 국물이 튀었다.

"괜찮아?"

"사모님, 괜찮으세요?"

재욱과 여주댁의 목소리가 동시에 들려왔다. 재욱이 어느새 지수에게로 다가와 지수를 살피기 시작했다.

"다친 데 없어?"

"괘, 괜찮아요. 손이 미끄러져서…… 죄송해요."

여주댁이 눈치껏 바닥을 치우고는 국을 떠서 식탁에 놓아주었다. 그사이 재욱은 지수의 손을 잡아 식탁에 앉혔다.

"당신 요즘 왜 그래? 무슨 일 있어?"

"무슨 일은요. 손이 좀 미끄러웠다니까요!"

지수는 신경질적으로 대답했다. 아무리 진정하려고 해도 진정이 되지 않았다. 여전히 손이 떨리고 있었다. 지수는 손 떨림을 진정시키려 두 손을 맞잡고 힘을 주었다. 더 미적거리다가 이상한 눈치라도 챌까 봐 재욱의 눈치만 살폈다. 다행히 재욱은 눈치채지 못한 것 같았다. 입 안이 바짝바짝 말라왔다.

"처제와 예비 동서하고 약속 잡으라고. 내일이나 모레 저녁이면 좋겠는데."

"그럴 필요 없어요!"

지수의 다급한 말에 재욱이 의아한 눈으로 지수를 보았다. 자신이 무심했다는 생각에 없는 시간을 쪼개어 약속을 잡으라고 했건만 지수는 전혀 반가워하는 표정이 아니었다. 이상했다. 뭔가 이상했다. 예전의 지수였다면 무척이나 좋아했을 일이었다.

"다, 당신 바쁘잖아요. 아, 그러니까…… 지은이, 지은이가 파혼한대요. 그러니 신경 쓰지 마세요."

재욱의 이마가 찌푸려지자 지수가 변명을 하기 시작했다. 불안해 죽을 것만 같았다. 말이 막 더듬거려졌다.

"결혼 두 달도 안 남았다며? 그런데 무슨 파혼? 무슨 문제 있어?"

재욱이 눈썹을 휘며 의아한 얼굴로 물었다.

"신랑에게 문제가 있나 봐요. 지은이가 모르고 있다가 얼마 전에 알았대요."

"무슨 문젠데?"

너 때문이야, 너 때문! 가슴이 들끓어 올랐지만 애써 다독거렸다. 말해봤자 나만 다친다. 들끓는 속과는 달리 목소리는 많이 떨리지 않았다.

"그건 나도 잘 몰라요. 두 사람 문제니까."

질문은 던졌지만 재욱도 굳이 파고들고 싶은 생각은 없었다. 어쨌든 사생활이니까. 파혼을 한다면 그럴 만한 이유가 있을 것이다. 회사 일만으로도 머리가 터질 지경이었다. 재욱이 더 이상 궁금해하지 않고 식사에 열중하자 지수는 가슴을 쓸어내렸다.

지은이와 같이 자고 같이 일어나는 시간이 좋았다. 모든 것을 함께 공유하는 시간. 출근하려고 일어나려는 지은을 해진이 붙들었다. 지은에게 자기 말고 다른 아무것도 생각하지 못하게 하고 싶었다. 아침부터 사랑을 나눈 후 거친 숨을 몰아쉬며 해진이 지은을 가슴에 안았다. 지은의 숨결이 해진의 가슴을 간질였다. 행복했다.

"우리…… 외국 나가서 살까?"

해진이 지은에게 조심스럽게 의향을 물었다.

"외국? 어디?"

달콤함에 젖은 목소리로 지은이 물었다. 지은도 이런 시간이 싫지 않았다. 이렇게까지 사랑받고 있다는 느낌에 행복하기만 했다.

H&K에 지사가 있었나? 어디지? 하지만 뭐 상관없었다. 해진과 함께라면 어디든 좋았다.

결혼 얘기가 나오면서 회사에는 사표를 냈다. 원래 프로그램 개발에 관심이 많던 지은이었다. 한시도 떨어져 있기 싫다며 해진이 H&K로 옮기라고 하자 지은은 선뜻 행동으로 옮겼다. 회사에서 많이 아쉬워했지만 붙들 수 없다고 느꼈는지 이번 프로젝트만 잘 마무리하는 걸로 얘기를 끝냈다.

"어디든. 너 가고 싶은 곳이면 어디든 좋아."

어디든 좋다고? 지사로 나가는 거 아닌가? 궁금함에 질문하려는데 협탁에 놓인 해진의 휴대폰 벨소리가 울렸다.

Rrrrrr~ Rrrrrr~

이른 아침에 누구지? 경철인가? 어젯밤 경철에게 전화를 걸어 회사를 부탁했다. 경철도 해진의 사정을 알기에 거부하지는 않았다. 해진의 행복을 진심으로 원하는 몇 안 되는 사람 중 하나니까. 오히려 어머니보다 더 해진의 행복을 기원했다.

떠나기 전에 처리할 일들을 최대한 빨리 알아봐 달라고 부탁했다. 급한 일만 처리하고 나면 경철에게 회사를 넘기고 지은과 떠날 것이다. 지은에게 아직 허락은 받지 못했지만 조금 전 지은의 반응으로 보아 지은도 싫다고 하진 않을 것 같았다.

손을 뻗어 휴대폰을 집어 액정을 본 해진의 이마가 찌푸려졌다. 지은의 언니였다. 이 아침에 전화를 한 걸 보면 또 헤어지라고 독촉할 모양이었다. 지은의 앞에서 받을 수가 없어 수신 거절을 눌렀다.

Rrrrrr~ Rrrrrr~

또다시 휴대폰이 울리기 시작했다. 아마 받을 때까지 계속 전화를 할 것 같았다.

"오빠, 전화 안 받아?"

"스팸이야."

해진이 잘라 말하며 휴대폰 전원을 아예 꺼버리고는 지은을 다시 품에 안았다. 불안함에 심장이 급하게 뛰기 시작했다.

[전원이 꺼져 있어 음성사서함으로 연결되며 삐 소리 후 통화료가 부과됩니다.]

수화기 너머에서 녹음된 여자의 목소리가 들렸다. 기가 막혀. 이젠 전화도 안 받아? 수신 거절을 하더니 아예 전원을 꺼버렸다. 분노가, 불안감이 지수를 벼랑 끝으로 몰고 갔다. 한 팔로 다른 팔꿈치를 괴고는 손톱을 깨물며 침실을 정신없이 왔다 갔다 했다. 그러다 다시 휴대폰을 들어 전화번호부를 뒤졌다.

[어, 언니, 아침부터 무슨 일이야?]

신호가 몇 번 가더니 행복에 젖은 지은의 목소리가 들렸다. 난 불안해 미치겠는데 넌 행복하니? 속이 부글부글 끓어올랐다. 내전화를 피한다면 회사로 찾아가면 될 일이다.

"너 남자친구 회사 이름이 뭐야? 니 형부가 묻네."

[H&K소프트.]

해진의 몸이 굳었다. 샤워하러 화장실로 들어가려는데 지은의 목소리가 들렸다. 언니? 언니라니? 언니라면 그 여자다. 조금 전에 자신이 수신 거절한 여자. 지금 우리의 행복을 방해하는 여자.

그 여자가 이 아침에 왜 지은에게 전화했을까? 아마 내가 전화를 받지 않으니 지은에게로 했나 보다. 이럴 줄 알았으면 내가 받는 건데. 후회해도 이미 늦었다. 혹시라도 지수가 무슨 소리라도 할까 봐 불안한 마음에 해진이 전화기를 달라는 듯 손을 내밀며 지은에게로 빠르게 걸어갔다.

"왜?"

지은은 휴대폰을 한 손으로 막으며 해진에게 물었다.

아무것도 모르는 천진한 눈이다. 무어라 대답할지 난감했지만 이내 변명거리가 떠올랐다.

"인사하려고."

인사는 무슨, 너에게 무슨 소릴 할까 봐 그렇지. 해진이 얼른 손을 뻗어 지은의 전화기를 빼앗았다. 지금 해진이 가장 두려워하는 것은 지은과 지수가 만나는 것이었다. 당연히 통화도 안 된다.

"안녕하세요? 박해진입니다."

지은이 이상하게 여길까 봐 굳은 마음과는 달리 부드럽게 인사를 건네고는 수화기를 들고 침실을 나왔다. 의아해하는 지은의 얼굴이 보였지만 어쩔 수 없었다. 지은이 대화 내용을 들을까 봐 조마조마했다.

지은의 휴대폰에서 그 남자의 목소리가 들려오자 지수는 기함을 했다. 이른 시간이다. 이 시간에 왜 두 사람이 같이 있는 거지?

"당신이 왜 지은이 전화를 받아요?"

[저희 같이 삽니다. 어른들께서도 허락하셨습니다.]

헤어지라고 했더니 같이 산다고? 하! 미칠 것 같다. 휴대폰을 들고 있는 손이 부들부들 떨렸다.

"당장 지은이 바꿔요!"

앙칼진 지수의 목소리가 해진의 귀청을 때렸다. 하지만 두려워
하지 않을 것이다. 이 사실이 들통 나서 곤란한 사람은 해진보다
는 그 사람들이다.

그때 그 남자가 분명히 그랬다. 누구도 모르게 자식을 갖고 싶
다고. 그래서 인공수정이 아닌 이런 방법을 쓰는 거라고. 이 사실
이 알려질 경우 절대로 가만두지 않겠다고. 그랬다면 소문이 나는
걸 원치 않는 건 자기보다도 그쪽이 더할 것이다. 전화상으로 더
얘기할 수가 없어 해진은 약속 장소를 정하고는 휴대폰을 끊었다.

언니가 변했다. 전화도 자주 하고 나에게 관심을 가져주었다.
지난번엔 전화해서 그의 폰 번호를 묻더니 이제는 회사까지 묻는
다. 우리도 다른 자매들처럼 사이가 좋아지는 건가? 기분이 좋아
진다. 이게 다 그와 결혼 얘기가 나오면서부터였다. 역시 그는 내
게 구원자였다.

지은이 옷을 챙겨 입고 침실을 나가자 해진이 소파에 앉아 두
손으로 머리를 감싸고 있었다. 무슨 일이 있나?

"오빠?"

지은의 목소리에 해진은 정신이 번쩍 들었다. 이러고 있으면 안
된다. 어두운 표정을 감추고 몸을 일으켜 지은에게로 걸어갔다.

"전화 끊었어? 나 좀 바꿔주지."

"바쁜 것 같던데? 급하게 끊더라고. 그리고 나 배고파, 지은아."

혹시라도 지은이 지수에게 전화를 할까 봐 해진이 배를 쓱쓱 만져가며 투정을 부렸다. 배고파 죽을 것 같다는 불쌍한 표정을 지어가면서.

이럴 땐 영락없는 어린애 같았다. 덩치만 큰 어린애. 어린애 다루듯 지은이 해진의 엉덩이를 손바닥으로 톡톡 두드렸다. 그러곤 아이를 달래는 듯한 목소리로 물었다. 웃음을 잔뜩 머금고서.

"배고팠어요, 우리 애기?"

"뭐어? 애기?"

애기라니? 이렇게 덩치 큰 애기 봤어? 해진이 어이없다는 표정을 지었다.

"어, 애기. 이런 표정 짓는 오빠 모습 애기 같아. 투정부리는 애기. 얼마나 귀여운데. 어릴 적 못 부린 투정 나한텐 다 부려도 돼. 내가 다 받아줄게."

정말로 다 받아주겠다는 듯 두 손까지 활짝 벌린다. 참내, 기가막힌다. 피식피식 헛웃음이 나왔다. 사랑하는 여자에게 애기 취급을 받다니. 어쩌면 지은의 말이 맞을 수도 있다. 어릴 적 못 받은 모성을 가끔씩 지은에게서 느끼곤 하니까. 그 생각을 하자 호칭을 바꾸어 불러보고 싶은 생각이 들었다.

"예, 엄마."

"어서 씻고 나와요. 엄마가 아침 준비해 놓을게요."

다시 해진의 엉덩이를 두드리며 사랑스러운 아들에게 하듯 지은이 말했다.

몸을 돌려 주방으로 향한 지은은 두 팔을 걷고 쌀을 씻어 밥을 안치고는 냉장고를 열었다. 생수와 맥주 캔만 가득하던 냉장고가 지은이 오피스텔에 들락거리면서 먹을 수 있는 음식들로 채워졌다. 무슨 반찬을 해줄까? 지은은 냉장고 안을 뒤적이며 행복한 고민에 빠졌다.

부지런히 식사 준비를 하는 지은을 보며 해진의 마음이 복잡해졌다. 저렇게 자신을 사랑해 주는 지은에게 고마우면서도 미안했다. 미안한 마음은 잊을 것이다. 미안한 만큼 더 잘해주고 위해줄 것이다. 마음을 다잡은 해진은 샤워를 하기 위해 화장실로 향했다.

만나서 얘기하자며 해진이 약속 장소를 말해주고는 전화를 끊어버리자 지수는 가슴을 들썩이며 거친 호흡을 내쉬었다. 같이 사는 걸 어른들도 허락했다고? 미쳤어, 미쳤어. 다들 미쳤어. 만만한 게 친정 엄마라고 지수는 성질을 담아 휴대폰 버튼을 눌렀다.

[어, 지수야.]

반가운 엄마의 목소리가 들렸지만 하나도 반갑지 않았다. 성질을 내며 따져 물었다.

"엄마 미쳤어? 지은이 그 남자랑 같이 산다며? 어떻게 그걸 허락할 수가 있어?"

[날 잡아놨는데 뭐가 어때? 너 쉴 방 필요하다며? 지은이 짐 할머니 방에 다 옮길 수도 없어서 그랬어.]

방 때문에 동거를 허락했다는 거야? 기가 막힌다.

"우리 시댁에서 알면 뭐라고 하겠어? 결혼도 하기 전에 동거부터 한다고 손가락질하지 않겠어? 난 그런 소리 듣기 싫어! 그리고 두 사람 결혼 안 돼! 절대 안 돼! 엄마가 반대해 줘!"

[무슨 소리야? 결혼식이 이제 얼마나 남았다고 반대를 해? 난

하루라도 빨리 내 집에서 지은이 내보내고 싶어.]

"내가 싫어! 내가 싫다고! 엄마는 내가 미치는 꼴 보고 싶어? 무조건 안 돼! 엄마가 이 결혼 막아!"

[무슨 일인데? 뭣 때문인지 이유라도 알아야 할 거 아냐?]

"그냥 싫어! 싫다고! 엄마가 책임지고 두 사람 갈라놔!"

바락바락 소리를 지른 지수가 전화를 끊어버렸다. 모든 게 맘에 들지 않아 거친 숨만 내쉬었다.

어안이 벙벙했다. 어제저녁에 들어오니 시어머니가 지은이 오늘부터 박 서방과 같이 사는 것을 허락했다고 했다. 못마땅해하는 남편의 표정이 걸리긴 했지만 자신으로서는 오히려 잘되었다고 생각했다. 이제야 큰 짐을 내려놓은 느낌인데 지수는 뭐가 불만인지 저렇게 펄펄 뛰는가? 이해가 되지 않았다.

게다가 결혼을 반대하라니? 지수에게 얘기는 못 했지만 사위로서 살가운 건 박 서방이 훨씬 나았다. 지수 남편은 백년손님, 아니, 상전 중에 그런 상전이 없는데 박 서방은 아들처럼 살갑게 대해줘서 얼마나 좋았는지 모른다.

어제 모임에 가서도 사위 잘 얻었다고 얼마나 칭찬을 듣고 왔는가? 당장 헤어지라고 하면 박 서방이 갚아준 대출금이며 예단으로 받아서 이미 써버린 돈은 다 어찌한단 말인가? 숙희는 머리가 아파왔다.

13. 사면초가

급하게 차를 몰아 약속 장소에 도착한 지수는 자신을 기다리고 있는 해진을 향해 빠르게 걸어갔다. 해진도 지수를 보고 자리에서 일어났다. 해진의 앞에 온 지수는 앉기도 전에 해진을 노려보며 따져 물었다.

"도대체 어쩔 작정이에요? 정말 결혼이라도 할 생각이에요?"

"일단 앉으시죠."

해진이 앉기를 권했지만 지수는 여전히 해진을 노려보고만 있었다. 해진이 다시 앉으라는 듯 손짓하자 지수는 이맛살을 찌푸리며 자리에 앉았다. 일단은 두 사람의 결혼을 필사적으로 막아야 하는 지수로서는 다른 방법이 없었다.

신경질적으로 자리에 앉는 지수를 해진은 가만히 바라보았다. 아무리 보아도 지은이와는 참 달랐다. 눈에 띄는 미모임에는 틀림

없었다. 고급스러운 옷을 입고 한껏 치장해서 사람들의 시선을 끌기는 했지만, 마음은 가난해 보였다. 지은이와는 달리 따스한 온기가 없었다.

해진도 따라 앉으며 지수의 질문에 대답해 주었다. 확고한 어조로 지수의 눈을 똑바로 보면서.

"예, 결혼할 겁니다. 대신 저희가 떠나겠습니다. 최대한 빨리 떠날 테니 그때까지만 모른 척해주십시오."

함께 지내는 시간이 길어질수록 해진은 지은과 헤어질 수 없다는 결론에 도달했다. 지금까지 이룬 모든 것을 다 잃는 한이 있더라도 지은인 잃을 수 없다는 게 지금 해진의 심정이었다. 아침 식사를 하면서 지은에게 같이 떠나줄 건지 물어보았다. 지은은 당연하다는 듯 고개를 끄덕였다.

이 남자가 도대체 뭐라는 거야? 결혼을 한다고? 왜 이리 당당한 거야? 이 남자는 자신 앞에서 이렇게 당당한 모습이면 안 된다. 자신을 불행에 몰아넣은 원흉이 아닌가? 지수의 두 주먹이 불끈 쥐어졌다.

"말도 안 돼요! 결혼, 절대로 허락할 수 없어요!"

"그전에 하나 묻죠. 우빈인 누구의 아이입니까? 제 아들인가요, 남편의 아들인가요?"

누구의 아들이냐고? 당연히 남편의 아이다. 세상이 그렇게 알고 있고 남편이나 자신도 그렇게 받아들였다. 대답도 없이 지수가 노려보자 해진이 이해했다는 듯 고개를 끄덕였다.

"그래요, 우빈인 언니 부부의 아이입니다. 저와는 상관없는 아이죠. 우리 그렇게 합의한 거 아닌가요?"

"그래서 이 결혼 밀어붙이겠다구요? 우빈이가 아무리 우리 부부의 아이라지만 이렇게 엮여 있으면 언젠가 들통 나고 말 거예요. 그건 절대로 용납할 수 없어요."

"그래서 저희가 떠나겠다는 겁니다."

"지은이가 허락하던가요?"

"예."

"말도 안 돼! 지은이에게 사실대로 얘기했어요?"

"아뇨. 아직 얘기 안 했고 앞으로도 얘기할 생각 없어요. 그 이야긴 지은이에게 평생 비밀로 가져갈 겁니다."

"내가 가만있을 줄 알아요? 그쪽이 못 한다면 내가 해요!"

"만약 지은이가 그 사실을 알게 된다면 저도 가만있지 않겠습니다. 이 비밀이 알려지는 게 두려운 건 저보다 언니 쪽 아닌가요? 전 지은일 잃는다면 무서울 게 없는 사람입니다. 그 말씀드리려고 보자고 했습니다."

협박 같은 건 하기 싫었지만 다른 방법이 없었다. 예상대로 소문나는 걸 원치 않는 듯 지수의 얼굴이 하얗게 질려갔다. 해진으로서는 무척이나 다행스러운 일이었다. 마음속으로 안도의 한숨을 내쉬었다.

연말 결산 보고가 속속 올라오고 있었다. 다행히 이 불경기에도 재성의 실적은 나쁘지 않았다. 난방이 잘된 덕에 재욱은 와이셔츠만 입은 채 보고서를 읽으며 내년도 사업 아이템에 대해 생각하고 있었다.

딩동.

문자 오는 소리에 재욱은 일을 멈추고 휴대폰 메시지를 확인했다.

　—사진 전송했습니다.

　재욱은 하던 일을 멈추고 메일을 열어보았다. 첨부 파일을 열자 지수가 웬 남자와 만나고 있는 사진이 주르르 열렸다. 아무래도 지수가 이상해서 사람을 붙여놓았는데, 정말 남자를 만나고 다녔단 말인가?

　기분 나쁜 전율이 심장을 타고 흘렀다. 더구나 남자의 얼굴이 눈에 익었다. 내가 아는 사람인가? 사진을 확대해서 자세히 들여다본 재욱은 낭패감에 얼굴을 엉망으로 일그러뜨렸다. 주먹이 불끈 쥐어지고 피가 끓어올랐다.

　이놈은? 그래, 바로 그놈이었다. 절대 잊을 수 없는 놈. 자신에게 열패감을 준 유일한 놈. 우빈의 정자제공자. 칠 년 전의 궁핍한 모습을 벗고 성공한 남자의 모습을 잔뜩 풍기고 있었다.

　자신이 그놈을 어떻게 여기는지 잘 아는 지수가 그놈을 만나다니? 혹시 두 사람이 계속 몰래 만나온 건 아닌지 의심이 몰려왔다. 아무래도 요즘 지수가 이상했던 건 다 이놈 때문이었나 보다. 설마 날 떠나려고 그런 건 아니겠지? 재욱은 불안한 마음에 휴대폰을 들어 지수에게 전화를 걸었다. 신호가 가는 와중에도 분노가 치밀어 올랐지만 감정을 억눌렀다. 혹시라도 도망갈 기회를 주면 안 되니까.

해진과 헤어진 지수는 차에 올라타서도 한참을 그대로 앉아 있었다. 이렇게 말이 안 통할 줄은 몰랐다. 설득이 되지 않았다. 하지만 손 놓고 있을 순 없었다. 지수는 이내 마음을 굳히고 지은에게 전화를 걸었다. 해진을 설득할 수 없다면 대상을 바꾸면 된다. 지금껏 지은인 지수의 말에 토를 단 적이 한 번도 없었다. 이번에도 그럴 것이다.

휴대폰 벨소리가 울리자 지은은 하던 일을 잠시 멈추었다. 액정을 보자 언니였다. 기분 좋은 미소를 지으며 지은이 반갑게 전화를 받았다.

"어, 언니."

[어디니? 좀 봤으면 좋겠는데.]

보자고? 언니가 나를?

"언제?"

[지금.]

"지금? 일하는 중인데?"

[잠깐만 시간 내. 사무실 앞으로 가면 돼?]

무슨 일 있나? 지수의 목소리가 딱딱하게 여겨져 지은은 걱정이 되었다.

"무슨 일 있어? 목소리가 이상하네."

눈칫밥 먹는 애는 눈치도 빠르다더니. 대답할 가치가 없었다. 지은의 질문을 무시하고 다시 물었다.

"사무실로 가면 되냐고?"

[어.]

"도착하면 전화할게."

전화를 끊고 나자 벨소리가 울렸다. 운전 중이라 상대를 확인하지 않고 핸즈프리로 전화를 받았다.

"여보세요?"

[당신 어디야?]

감정을 억누른 듯한 음산한 목소리. 남편이었다. 가슴이 철렁 내려앉았다.

"여, 여보……."

[어디냐고!]

"지, 지은이 좀 만나려고. 지은이가 의논할 게 있다고 해서."

얼른 지은이 핑계를 대었다. 사실 지은일 만나러 가는 길이기도 하지 않는가.

[당장 집에 가 있어! 당장!]

전화기를 타고 들려온 재욱의 목소리가 으스스했다. 무슨 일이지? 불안감이 지수의 심장을 짓눌렀다.

지은일 만난다고? 이젠 거짓말까지 해? 전화기를 내려놓는 재욱의 손이 부들부들 떨렸다. 배신은 용서할 수 없었다.

언제부터 만나온 거지? 혹시 예전부터 연락을 해온 건 아닐까? 그래서 계속 한국으로 보내달라고 했던 걸까? 나와 이혼하고 그놈이랑 합치려고? 그 생각을 하자 다시 피가 끓어올랐다. 분노로 주먹이 부들부들 떨렸다.

내가 요즘 얼마나 노력하고 있는데……. 자기 몰래 두 사람이 만나온 게 사실이라면 두 연놈을 죽여도 시원치 않을 것 같았다. 두 손을 허리에 얹고 거칠게 심호흡을 하다가 두 손으로 머리칼을 거칠게 쓸어 넘겼다. 이대로 있을 순 없었다. 당장 만나서 확인해야만 했다. 재욱은 오후의 일정을 모두 미루고 차를 몰아 집으로 향했다.

굳은 얼굴로 사장실을 나서는 재욱을 윤 비서가 걱정 어린 얼굴로 쳐다보았다. 한국에 돌아오자마자 회사를 자기 체제로 바꾸느라 휴일도 없이, 밤낮도 없이 일에 매진해 온 사장이었다.

그런데 조퇴라니? 혹시 또 사모님에게 무슨 일이 생긴 걸까? 지금껏 재욱이 계획된 일을 미룬 건 그의 아내가 자살 시도를 했을 때뿐이었다. 그때 처음 보았다. 강재욱이라는 남자도 일을 미룰 수 있다는 것을. 그 깔끔한 사람이 씻지도 않고 옷도 제대로 갈아입지 못한 채 병실에서 아내의 곁을 지켰다. 혹시라도 또 나쁜 마음을 먹을까 전전긍긍하면서.

그 당시 그가 얼마나 불안해했는지 옆에서 지켜보는 자기까지 그 불안감이 전해져 왔다. 그 이후로 폭력을 끊고 아내와 아들과도 관계가 나아진 걸로 알고 있는 윤 비서로서는 지금 재욱의 행동이 의아할 수밖에 없었다. 제발 이번엔 큰일이 아니기를 윤 비서는 진심으로 빌었다.

당장 집에 돌아가 있으라는 재욱의 전화에 지수는 지은을 만나지도 못하고 집으로 돌아와야만 했다. 재욱이 왜 그리 화가 났는지 짐작하지 못했기에 더 불안했다. 설마 벌써 그 남자의 존재를 알게 된 건 아니겠지? 아닐 거야. 그건 아닐 거야. 내가 얼마나 조

심했는데 그걸 알겠어. 아마 내가 허락도 없이 외출을 해서 화가
난 걸 거야.

초조하게 침실을 오가던 지수는 휴대폰 벨이 울리자 깜짝 놀라
며 휴대폰을 받았다. 남편이었다. 밖으로 나오라는 말에 집을 나
서자 대문 앞에 남편의 고급 중형차가 깜빡이를 켜고 대기 중이었
다.

운전석에 앉아 대문 쪽만 바라보고 있던 재욱은 지수의 모습이
보이자 운전석에서 일어나 밖으로 나갔다. 급한 걸음으로 지수에
게로 걸어간 재욱은 지수의 팔을 낚아채 조수석에 밀어 넣었다.

"여보, 왜 그래요?"

불안해하는 지수의 목소리가 들렸지만 설명해 줄 마음 따윈 없
었다. 여기서는 감정을 폭발하면 안 된다. 화는 안전한 장소로 옮
긴 다음에 풀면 된다. 끓어오르는 분노를 다스리느라 재욱은 주먹
을 여러 번 그러쥐어야 했다.

지수를 차에 태운 재욱은 아무 말도 없이 굳은 표정으로 차만
몰았다. 차가 시내를 벗어나고 시외를 향하자 지수는 점점 더 두
려워졌다. 차창으로 황량한 겨울 들판이 보였다. 벼도 다 베어져
텅 빈 겨울 들판. 길가의 가로수도 이미 잎을 다 잃고서 헐벗은 채
서 있었다.

"어딜 가는 거예요?"

"입 다물어!"

차가운 재욱의 말에 지수는 입을 다물었다. 재욱에게서 뿜어져
나오는 분노의 열기에 지수는 이미 제정신이 아니었다. 오죽하면
달리는 차에서 뛰어내리고 싶다는 생각까지 했을까. 지수의 마음

을 읽었는지 도어록이 잠기는 소리가 들렸다. 철컥. 지수의 몸이
불안으로 떨려왔다.

"언제까지 날 속일 작정이었지?"

음산한 목소리였다. 차가 양평 별장에 도착하자 재욱은 지수를
잡아끌고 별장 안으로 들어왔다. 지수가 소파에 던져졌다.

차가운 가죽 소파에 엎어진 지수는 자세를 바로 하고 재욱을 살
펴보았다. 가슴속에서는 불안이 몰아쳤지만 떨고만 있을 수는 없
었다.

"무슨 말이에요? 당신을 속이다니요?"

저렇게 천연덕스러운 표정을 짓다니? 가까이 있으면 지수의 몸
에 다시 손을 대고 말 것 같아 재욱은 한 걸음 뒤로 물러나 팔짱을
끼고 지수를 노려보았다.

"몰라서 물어? 언제부터 연락하고 지냈어?"

남편의 고함이 다시 귓가를 울렸다. 언제부터 연락하고 지냈느
냐니? 설마 그 남자 만난 걸 알게 된 거야? 그럴 리가 없는데…….
알면 안 되는데……. 목소리가 떨려 나왔다.

"누, 누굴 말하는 거예요?"

"그놈. 우빈의 정자제공자!"

"여, 여보."

쿵! 가슴이 내려앉았다. 이제 끝이구나. 남편이 알고 말았구나.

"언제부터 만났던 거야? 설마 그때부터 계속 만나온 거야? 그
래서 이혼해 달라고 했어? 세 사람 같이 살려고?"

아무리 진정하려고 해도 진정이 되지 않았다. 내가 얼마나 참으
며 살고 있는데. 세 사람이 다정히 서 있는 모습을 그리자 분노가

끓어올랐다. 끓어오르는 분노를 억누르려고 애썼지만, 분노는 점점 더 커져만 갔다. 두 눈에서 불꽃이 튀어나올 것 같았다. 비어 있던 별장엔 온기라곤 없었지만 추운 줄도 몰랐다. 코트와 재킷을 벗어 던졌다. 그리곤 벨트에 손이 갔다.

재욱의 손이 벨트로 가는 순간 지수는 눈을 질끈 감았다. 또다시 지옥이 시작되겠구나. 더 이상 지옥에서 살 수는 없었다. 몸을 던져 재욱의 손을 잡고 매달렸다.

"아냐, 여보! 그런 게 아니에요! 그 남자, 지은이 남자야! 지은이 신랑감이라고요!"

재욱의 몸이 그대로 굳었다. 뭐라고? 지은이 남자? 지은이 신랑감? 그럴 수는 없다. 아무래도 내가 잘못 들었을 것이다. 아무리 세상이 좁다고 해도 그렇게 만날 수는 없었다. 재욱은 허리를 굽혀 손가락으로 지수의 턱을 잡아 올리고 지수의 눈을 똑바로 마주하고 물었다. 거짓은 용납하지 않는다는 표정으로.

"다시 말해 봐! 누구라고?"

"지은이 남자. 지은이 예비 신랑."

지수가 이상해진 것이 상견례를 다녀온 후였으니 맞을 것이다. 지수가 바람피운 게 아니란 것은 다행이었지만 그 이상의 폭탄이었다. 그 남자와 처제의 결혼을 용납할 수 없었다. 그래서 지수가 파혼 얘기를 했나 보다.

"파혼하겠대?"

"아니. 그 남자는 못 헤어진대요."

"뭐? 그게 말이 돼?"

못 헤어진다니? 그 자식, 제정신이 아니다. 어떻게 결혼한다는 말을 해? 우리가 어떻게 엮인 사인데.

"외국으로 나가겠대요. 외국으로 나갈 때까지만 모른 척해 달래요."

그것도 용납할 수 없었다. 결혼을 한다면 가족으로 엮인다는 뜻이니까. 아무리 외국으로 나간다고 하지만 평생 안 보고 살 수는 없다. 바로 옆에 폭탄을 안고서는 살 수 없는 일. 끊어 내야만 했다.

"그래서? 그래서 허락했어?"

"아니. 난 안 된다고 했어요. 하지만 그 남자는 쉽게 포기할 것 같지 않아요."

재욱의 표정이 점점 더 굳어지자 지수가 다시 말을 이었다.

"하지만 내가, 내가 이 결혼 막을 수 있어요. 나한테 맡겨줘, 여보. 내가 지은이 설득할게요. 엄마한테도 반대해 달라고 부탁했어요. 어, 여보?"

재욱이 나선다면 일이 복잡해질 것이다. 그 남자를 설득하는 일은 포기해야만 했다. 그 남자가 그랬다. 만약 지은이 잃게 되면 무서울 게 없다고. 그 남자의 눈빛으로 보아 그냥 해본 소리가 아니었다. 지은일 설득해야 했다.

개발2팀 사무실은 막바지 작업에 박차를 가하고 있었다. 이제 지은이 할 일은 끝났다. 지은은 사무실을 나가 커피숍에서 맛있는 커피를 사다가 팀원들에게 돌렸다. 고맙다는 팀원들의 인사에도 지은은 그저 미안할 따름이었다. 아무리 파견 근무를 나왔다고 하지만 결혼 준비를 핑계로 툭하면 빠지는 직원이 좋게 보일 리 없었다.

해진도 바쁜 일이 있다며 회사를 비웠다. 정말 외국으로 나갈 생각인 것 같았다. 부모님이야 상관 안 하시겠지만 할머니는 많이 서운해하실 텐데……. 뭐라고 말을 꺼내야 할지 조금 걱정이 되었다.

지은은 시계를 들여다보았다. 언니가 오기로 한 시간이 이미 지나 있었다. 휴대폰을 들어 전화를 걸었지만 전화 연결이 되지 않았다. 무작정 기다리고 있을 수만은 없어서 집에 들어간다는 문자를 남기고 사무실을 나섰다. 빨리 가서 짐을 정리해야만 했다. 이삿짐 차량이 도착하기 전에 정리할 게 많았다.

퇴근 시간이 아니어서인지 버스 안은 한산했다. 비어 있는 좌석이 더 많았다. 휴대폰으로 카톡을 날렸다.

—오빠, 나 집 들어가는 중. 오빠는 어디?

바로 휴대폰이 울렸다. 해진이었다. 사람들 눈치를 보며 조용히 속삭였다.

"어, 오빠. 오빠 어디야?"

[나도 일 끝났어. 이제 오피스텔 가려고. 너 맞을 준비 해야지. 두 시간 후면 이삿짐 차량 갈 거야. 네 것만 챙겨와. 다른 건 다 있으니까.]

일산 집은 출퇴근이 멀어서 주중엔 오피스텔에서, 주말엔 일산 집에서 지내기로 했다.

"알았어, 오빠."

[아니다. 내가 집으로 갈까?]

"아니야. 오빠는 우리 집에서 기다리고 있어."

우리 집이란 단어가 주는 어감이 참 좋았다.

[알았어. 기다릴게. 보고 싶다.]

옆 좌석에 사람이 앉았다. 지은이 목소리를 죽이며 속삭였다. 마음이야 더 통화하고 싶지만 옆에 다른 사람을 두고 밀어를 속삭일 순 없지 않은가?

"나도 오빠. 전화 끊을게. 버스 안이야."

지은과의 통화가 끊겼다. 빨리 집에 가서 기다려야겠다. 그전에 마트에도 들러야 할 것 같았다. 먹을 것과 생필품을 사야 할 것이다. 지은이 우리 집이라고 말해주자 그 삭막하던 오피스텔이 따뜻하게 느껴졌다.

씩씩거리며 해진의 사무실에 도착한 해준은 텅 빈 사무실을 보고는 눈살을 찌푸렸다. 출장에서 돌아왔다는 소식을 들었는데도 해진과 통화가 되지 않았다. 하루 종일 사고를 쳐대는 덕수 때문에 속이 터질 것 같았다.

형에게 도움을 청할까 하고 왔더니 도대체 어디 간 거야? 여자가 생기니 동생은 안중에도 없다 이거지? 섭섭한 마음뿐이었다. 예전에는 형에게 자신이 최우선이었는데 이제는 밀려났다는 걸 인정해야 할 것 같았다.

개발2팀에 있겠거니 하여 개발2팀으로 가보았지만 지은도 이미 퇴근하고 없었다. 가봐야 좋은 소리 못 듣겠지만 경철에게라도 가서 형이 어디 있는지 확인해야만 했다.

똑똑.

노크 소리에 경철은 들어오라고 대답하고 고개를 들었다. 문이 열리고 해준이 들어왔다. 인상을 잔뜩 찌푸린 채. 경철의 인상도 같이 찌푸려졌다. 자연 말도 곱게 나가지 않았다.

"니가 여기 무슨 일이냐?"

"우리 형 어딨어?"

"왜? 또 뭐로 니 형을 괴롭히려고? 이젠 그만 해라. 니 형도 지금 사면초가다."

"사면초가? 그게 무슨 뜻이야?"

가방끈이 짧고 공부하고 담쌓고 산 해준이 사면초가란 말뜻을 알 리가 없다. 해준은 인정하지 않지만 덕수가 저렇게 사고치고 다니는 건 해준의 어릴 적과 꼭 같았다. 경철은 답답한 한숨을 내쉬고 설명해 주었다.

"상황이 최악이라고."

"왜? 우리 형한테 무슨 일 있어? 회사가 힘든 거야?"

해준의 목소리에 걱정이 어리자 경철은 깊은 한숨을 내쉬었다. 해진이 외국으로 떠난다면 해준도 알아야 했다. 이 모든 사달의 원흉이 저 자식 아닌가.

"일단 앉아. 얘기할 게 있어."

경철이 심각한 얼굴을 하며 자리를 권하자 해준도 어쩔 수 없이 자리에 앉았다.

"그냥 헤어지라 그래. 지금까지 형이 이뤄놓은 게 얼만데. 외국으로 간다면 그거 다 포기해야 하잖아."

경철의 말을 들은 해준은 별일 아니라는 듯 툭 내뱉었다. 해준으로서는 해진을 이해할 수 없었다. 세상에 여자는 많고 성공하기는 힘들다. 그깟 여자 하나 때문에 모든 걸 포기하는 형이 이해되지 않았다.

"너 해진일 몰라서 그래? 한 번 마음 주면 끝까지 가는 거."

"사귄 지 얼마 되지도 않았잖아? 그런데 무슨……?"

해준이 콧방귀를 뀌며 반문하자 경철이 해준을 원망스럽게 노려보았다.

"너만 아니었으면, 니가 칠 년 전에 벌여 놓은 그 일만 아니었으면 그 둘은 진즉 결혼했을 거야. 그 일이 있기 전까지 두 사람 서로 얼마나 좋아했는데. 해진이가 사라진 후 지은이가 얼마나 해진일 찾아다녔는 줄 알아? 하도 학회방에 들락거리며 귀찮게 해서 유학 갔다고 거짓말해서 지은일 떨쳐냈어. 그러다 칠 년 만에 다시 만나 불붙었는데 헤어지라고? 너라면 그렇게 말할 수 있겠어? 해진이가 지은이와 헤어지고 살 수 있을 것 같아, 이 망할 자식아?"

경철의 말에 해준의 고개가 푹 숙여졌다. 자기 때문에 형 인생이 꼬인 것도 알고 있고 그때 형이 힘들어한 것도 알고 있었다. 저러다 형이 완전히 망가지는 건 아닌가 싶어 해준도 애가 탔다. 그러면서도 자기에게 원망 한 번 쏟아내지 않은 형에게 늘 미안한 마음을 가지고 있었다.

속이 꼴리긴 했지만 형이 형수를 사랑하는 건 확실했다. 그렇게 환하게 웃는 형은 처음 봤으니까. 그렇게 행복해하는 형을 난생처음 봤으니까. 형수만 보면 절로 입이 찢어졌으니까. 외국으로 나가면 형을 보기 힘들겠지만 그래도 보내주어야겠지. 한 번 마음 주면 끝까지 간다는 경철의 말은 맞는 말이니까. 그렇지 않다면 사고뭉치 동생을 아직까지 보살펴 주지 않았을 테니까.

자기 사정도 딱하지만 형보다는 나은 것 같았다. 어째 형은 이리도 재수가 없는지. 우리 엄마 같은 엄마에 나 같은 동생, 하필이면 사랑하게 된 여자가 한때 대리부를 한 여자의 동생이라니. 더 이상 형을 괴롭힐 수는 없었다.

"다녀왔습니다."

현관을 들어서면서 지은이 인사했다. 어젯밤 허락도 없이 외박을 한 탓에 민망함을 가리려는 듯 더 씩씩하게 인사했다.

"어서 와."

숙희와 얘기를 나누고 있던 지수가 지은의 인사에 대답했다.

"어, 언니 왔네?"

"니가 집으로 들어온다고 해서 바로 왔지. 퇴근이 이르네?"

지은을 만나려고 전화했더니 집에 가는 중이라고 했다.

"이삿짐 싸야 해서. 오늘부터 우리 집에 들어가기로 했거든."

넌 이사 못 들어가. 결혼도 못 해. 환한 얼굴로 웃으며 대답하는 지은을 보며 지수는 속으로 대답했다. 그러곤 어서 얘기하라는 듯 숙희를 보았다.

"지은아, 언니하고도 좀 전에 얘기했는데 아무래도 결혼도 하기 전에 들어가는 건 아닌 것 같다. 니 아빠도 펄펄 뛰고 남들이 뭐라고 할지도 걱정되고. 니 언니가 자기 방 필요 없다고 그 방 계속 너 쓰래."

인심 쓰는 듯한 숙희의 말에 지은은 이해가 되지 않는다는 듯 눈만 깜박거렸다. 며칠 전에는 날도 잡아놨는데 미룰 거 뭐 있느냐고 하던 엄마가 갑자기 말을 바꾸자 지은으로서는 의아할 수밖에.

"나 그냥 들어가도 돼, 언니. 언니 집에 오면 쉴 방 있어야 하잖아? 어차피 결혼 얼마 남지도 않았는데, 뭐."

누구 맘대로 결혼을 해? 속에서는 천불이 일었다. 니가 결혼하면 난 지옥이야. 재욱의 폭력에서 겨우 벗어났다. 이 결혼을 책임지고 깬다는 약속을 하고서는. 반드시 지은을 설득해야 했다. 이 결혼을 깨야만 했다. 그러자면 일단 동거부터 막아야 했다. 들끓는 속을 달래며 지은에게 달래듯 말했다.

"난 내 동생 헤퍼 보이는 거 싫어. 결혼 전 동거, 아직 여자에게는 허물이야."

"그건 지수 말이 맞다. 아무리 세상이 변했다고 해도 혼전 동거는 좋아 보이지 않아."

지은의 인사를 듣고 안방에서 나온 영석까지 지수의 편에 서자 지은은 해진의 집으로 들어가는 것을 접을 수밖에 없었다.

"알았어요. 근데 언니가 날 이렇게까지 걱정해 주는 줄 몰랐어. 고마워, 언니."

자기를 걱정하는 지수의 말에 지은은 진심으로 감격했다. 언니도 원래 무심한 사람은 아닌가 보다. 언니의 진심도 모르고 그동안 속 좁게 군 자신이 부끄러웠다.

다행이다. 일단 급한 불은 껐다. 지은이 그 남자 집에 당장에라도 들어간다고 할까 봐 지수는 마음을 졸였다. 이렇게 시간을 벌어 놓고 두 사람을 갈라놓을 방법을 찾자. 서둘렀다가는 역효과가 생길 수도 있었다.

"내 동생 일인데 어떻게 무심해? 요즘 날 잡아놓고 깨지는 커플이 한둘이 아니던데. 너도 네 신랑 잘 알아본 거야? 뒤에서 딴짓하고 그런 남자 아니지?"

"그런 사람 아니야. 좋은 사람이야, 언니."

지수의 진심도 모르고 지은은 지수에게 배시시 웃으며 대답했다.

좋은 사람이라고? 너에겐 좋은 사람일지 모르지만 나에겐 지뢰 같은 사람이야. 옆에 두기엔 너무나 위험한 사람. 네가 절대적으로 믿고 있는 그 남자에 대한 신뢰를 내가 조금씩 깨뜨려 줄게. 네가 제풀에 나가떨어지도록. 지수는 입술을 깨물며 단단히 각오를 다졌다.

결국 지은은 이삿짐 차량을 취소시켜야 했다. 해진이 섭섭해할 생각을 하니 미안한 생각이 들었지만, 이해심이 많은 사람이니 이해해 주리라 믿었다.

한편, 이사를 못 온다는 지은의 전화에 해진은 실망이 컸다. 맥이 탁 풀렸다. 기대에 부풀어 장도 다 봐놨는데……. 지은이 먹이려고 맛있는 것도 사다 놨는데……. 오늘은 혼자서 어떻게 자나? 갑자기 오피스텔이 썰렁하게 느껴졌다. 얼굴이라도 보고 싶었지만 나오기 힘들다고 했다. 회사로 나가서 일이나 해야겠다.

시간은 잘도 간다. 공식적인 회사 업무는 완전히 끝났다. H&K 소프트에 의뢰한 프로그램 개발이 끝나 회사에 넘겨주고 담당자에게 인수인계까지 완전히 끝마쳤다. 시원섭섭했다. 그래도 3년 동안 몸 바쳐 일해 온 회사인데 미련이 없다면 이상하리라. 승진도 할 수 있었는데……. 해진 오빠를 만나지 않았다면 지금쯤 승진 축하 인사를 받고 있을 텐데 송별 인사를 받고 있다니.

"잘 가고, 결혼 축하해, 한지은 씨."

부장님이 축하 인사를 건네자 다른 직원들도 이어서 잘 살라는 덕담을 건넸다. 지은의 결혼 상대가 H&K의 CEO임을 알고 부러워하는 여직원도 많았다. 요즘은 취집이 대세라나 어쩌나 하면서. 비품까지 완전히 정리하여 박스에 담아 사무실을 나섰다.

거리엔 어느새 눈발이 날리고 있었다. 첫눈이다. 첫눈치고는 제법 많이 내렸다. 고개를 들어 하늘을 올려다보았다. 하얀 눈이 꽃처럼 떨어지고 있다. 너무나 예뻤다. 눈이 이렇게까지 예쁜 줄 몰랐다.

젊은 사람들은 다들 휴대폰을 들고 누군가와 통화를 하고 있었다. 행복한 표정을 지으면서. 아마도 사랑하는 사람들과 통화하는 거겠지. 택시에 올라탄 지은도 휴대폰을 꺼내 그에게 전화를 걸었다. 전화기에서 그의 목소리가 들려왔다.

[인수인계 잘 했어?]

"네, 오빠. 회사에서 나왔어요. 근데 오빠, 지금 눈 와."

[진짜? 잠시만. 진짜네. 진짜 눈이 오네. 우리 지금 만날까?]

만나고 싶은 마음이야 굴뚝같지만 해진 오빠가 외국으로 떠나기 전에 처리할 일이 많다고 했다. 오늘도 땡땡이친다면 그만큼 더 늦어질 것이다. 마음을 다잡아 먹었다.

"처리할 거 많다며? 나 벌써 택시 탔어. 집에 가 있을게. 퇴근하고 전화해요."

[싫어. 택시 돌려서 회사로 와. 아무리 일이 많아도 너 만날 시간은 있어.]

"짐도 있는데……."

[내 차에 옮겨 실으면 돼. 도착할 시간 되면 다시 전화줘. 주차장에서 기다릴게.]

거절할 여지를 주지 않았다. 알았다고 대답하고는 택시기사에게 목적지를 바꿔 달라고 부탁했다. 이렇게까지 고집을 부려줘서 고마웠다. 핑곗김에 한 번 더 보지, 뭐. 거의 매일 붙어 지내다 하루 못 봤더니 많이 보고 싶었다.

매일같이 붙어 지내던 지은이 없어서 그런지 일이 손에 잡히지 않았다. 오늘은 지은이 전 회사에 가서 완전히 인수인계를 마치는 날이었다. 오늘만 지나면 자기 사무실에 데려다 놓을 것이다. 같이 살지 못하는 것이 아쉽긴 하지만 부모님께서 반대한다는데 어쩔 것인가? 외국으로 떠나기 전 부모님과 함께 지내는 것도 나쁘지 않을 것 같았다. 자기야 앞으로 평생 같이 살 사람이니까.

빨리 일을 마무리하자는 생각에 컴퓨터를 들여다보는데 휴대폰이 울렸다. 지은이였다. 벌써 입꼬리가 올라가며 벙긋거린다. 표정이 환하게 살아난다. 아까부터 전화하고 싶었지만 애써 참았다. 인수인계하느라 바쁠 것 같았기 때문이다.

눈이 온다는 말에 휴대폰을 들고 자리에서 일어나 창 쪽으로 걸어갔다. 블라인드를 걷고 밖을 보자 진짜로 눈이 내리고 있었다. 그것도 펑펑. 마치 만나라고 핑곗거리를 주는 것 같았다.

알았다는 지은의 대답과 함께 휴대폰이 끊겼다. 지은을 만날 생각에 미친놈처럼 헤실헤실거리기 시작했다. 오늘은 또 어디로 가볼까? 일은 미뤄두고 데이트 장소를 검색하기 시작했다.

해진은 갑자기 분주해졌다. 컴퓨터를 끄고 휴대폰을 챙겼다. 지은이 곧 도착한다고 전화를 해왔기 때문이었다. 엘리베이터를 타고 주차장으로 향했다.

주차장으로 택시가 들어왔다. 지은이다. 안 봐도 알 수 있었다. 손을 번쩍 들어 자신의 위치를 확인해 주었다. 택시가 멈추고 지은이 박스를 들고 내렸다. 해진이 얼른 박스를 받아 들었다.

"이게 다야?"

"어."

그사이 택시는 다시 주차장을 빠져나갔다. 생각보다 박스의 부피가 작았다. 짐 때문에 못 만난다고 해서 짐이 아주 많은 줄 알았다. 트렁크에 박스를 싣고는 슬쩍 삐친 시늉을 해보았다.

"많지도 않은데 짐 핑계 댔어? 설마 나 만나기 싫었던 건 아니지?"

지은이 팔짱을 끼며 애교를 부렸다.

"오빠는? 내가 오빠 만나는 걸 왜 싫어해? 늘 같이 있고 싶지. 아직 퇴근 시간도 안 되었고, 오빠 바쁘다고 하니까……."

아유, 예쁜 것. 말도 어쩜 이렇게 예쁘게 하는지. 옹알거리는 입술이 너무나 사랑스럽고 탐스럽다. 쪽. 칭찬의 의미로 한 번. 쪽. 감사의 의미로 한 번. 지은이 볼이 발그레 달아오른 채 주위를 둘러보았다. 그런 모습이 더 사랑스럽다. 아~ 키스하고 싶다.

그 마음을 눈치챘는지 지은이 벌써 해진에게서 떨어져 조수석

옆으로 가 있다. 사장의 애정 행각이 지나치다고 회사에 소문이 자자한데 잘못하다간 또 가십거리가 생길 것 같았다. 다행히 사람들이 보이진 않았다. 휴~ 한숨을 내쉬었다.

해진이 자동차 조수석을 열어주자 지은이 냉큼 올라탔다. 더 버티다간 수위 높은 영화를 찍을 것 같았다. 해진도 돌아서 운전석에 올라탔다. 곧이어 자동차 시동음이 들리고 차가 주차장을 빠져나갔다.

서울 시내를 달리던 해진의 차가 지하로 들어갔다. 백화점에 가려는 건가? 난 둘이서 다정하게 데이트하고 싶은데……. 데이트하자더니……. 피이. 입을 삐죽거렸다.

"여긴 왜?"

"데이트하자고 했잖아?"

지은의 불퉁한 반응을 이해할 수 없어 해진이 물었다. 기껏 생각해서 데리고 왔더니. 인터넷을 뒤지다가 갑자기 생각이 났었다. 칠 년 전 지키지 못한 첫 데이트가.

"여기서 무슨 데이트를 해? 나 백화점 싫어. 눈도 오는데 둘이서 추억 만들고 싶단 말이야."

지은이 불평을 늘어놓았다. 처음 보는 투정인 것 같았다. 근데 그 이유가 추억 만들고 싶은데 백화점 왔다는 거야? 나도 추억 만들려고 왔어, 지은아.

"바보. 여기 백화점만 있어? 놀이동산도 있어."

"놀이동산?"

눈이 번쩍 뜨였다. 지은은 놀이동산을 무척 좋아했다. 무서운 기구라면 꼭 도전해 보곤 했다.

"그래, 놀이동산. 칠 년 전, 우리 여기서 데이트하기로 약속하지 않았나? 많이 늦긴 했지만 약속 지키려고 왔는데, 다른 데 갈까?"

"아니, 아니. 좋아. 여기 좋아."

지은이 얼른 대답했다. 이 남자, 하여간 약속은 칼같이 지키는 남자다. 어떻게 그걸 기억해 냈담.

눈을 반짝거리며 좋아하는 모습에 해진의 가슴이 또 뛰었다. 좋은 선택이었다.

아니, 좋은 선택이 아니었다. 놀이동산에서의 데이트는 지은만 즐거웠다. 해진에게는 고역이었다. 칠 년 전 못한 것들을 해야 한다며 지은이 이상한 머리띠를 씌우더니 해진을 끌고 다녔다. 지은도 똑같은 머리띠를 했다.

고급 정장 차림의 남자와 오피스 룩 차림의 여자가 동물 캐릭터의 머리띠를 하고 다니자 사람들의 시선이 쏠렸다. 지은은 재미있다고 깔깔거렸다. 지은이 웃으니 해진도 좋았다.

몇 가지 놀이기구를 탄 후 두 사람은 석촌호수로 향했다. 벌써 날이 어두워지고 있었다. 그 어둠 속에 아직도 눈이 내리고 있었다. 해진의 머리 위로, 지은의 머리 위로 살포시 눈송이가 내려앉았다. 하늘을 올려다보았다. 아직 별은 뜨지 않았지만 두 사람의 가슴속에는 수많은 별들이 반짝거리고 있었다.

지은은 영화에서 본 것처럼 두 손을 펼치고 빙글빙글 돌았다. 해진의 뜨거운 눈빛이 자신에게 꽂히는 것이 느껴졌다. 눈이 녹고 지은의 마음도 녹아내렸다.

분위기 좋은 곳에서 저녁까지 먹고 해진은 지은을 집에까지 데려다주었다. 올라가 인사하고 싶었지만 시간이 늦었다.

콧노래까지 흥얼거리며 좋은 기분으로 집으로 돌아온 지은은 거실에 앉아 있는 지수를 보고는 얼굴이 굳어졌다.

어제 만나자는 언니의 전화에 나갔다가 언짢은 소식을 들었다.

"너, 니 남편감 제대로 알아본 거니? 그 남자가 한때 호스트바에서 호스트 노릇 한 거 알고 있어? 나 참, 기가 막혀서. 어떻게 그런 남자랑 결혼하다고 그래? 당장 파혼해!"

어이없어하는 지은에게 지수는 계속해서 헤어지라고 설득했었다. 믿을 수 없는 사실을 믿으라고 강요하자 견디지 못하고 지은은 자리를 박차고 나와 버렸다.

"헤어지기로 했어?"

집에 들어서자마자 지수가 지은에게 다그쳤다. 좋았던 기분이 순식간에 나빠졌다. 지은이 퉁명스레 답했다.

"아니."

당연히 헤어졌다는 대답을 기대한 지수는 지은의 대답에 어이가 없었다. 애가 제정신이야? 여자에게 술 팔고 몸 팔던 남자라고 하는데도 끄떡도 안 해? 지수의 목소리가 앙칼지게 거실을 울렸다.

"그럼 호스트랑 결혼하겠다고?"

"언니가 무슨 상관이야? 내가 같이 살 남자야. 설사 그랬다 하더라도 난 상관없어. 난 오빠를 알아. 오빠가 그랬다면 마지막 선택이었을 거야. 다른 방법이 없었을 거라고!"

자신이 아니라면 믿어주어야 하건만 언니가 집안에까지 폭탄을
터뜨렸다.

"그, 그게 무슨 소리야? 누가 호스트라는 거야?"

놀란 가슴을 손바닥으로 누르며 숙희가 먼저 입을 열었다.

"누구긴 누구야, 지은이가 결혼하겠다는 남자지?"

"그게, 지수가 얘기한 그 호…… 뭔가 하는 게 뭐냐?"

박 여사가 불안한 눈으로 물었다.

"남자 접대부요. 여자들에게 술 팔고 몸 파는 남자가 호스트예
요, 할머니. 그런 남자를 지은이와 결혼시킬 거예요?"

지수의 말에 온 가족이 기함을 했다. 지은의 이마가 찌푸려졌
다. 온 가족의 시선이 지은에게로 꽂혔다. 뭔가 해명해 주기를 바
라는 시선. 믿기지 않는 듯 박 여사의 눈동자가 한없이 흔들렸다.

"정말 박 서방이 호스트였어? 지수 말이 맞아?"

숙희가 따져 묻자 지은은 답답하다는 듯 크게 한숨을 내쉬고 짧
게 대답했다.

"아니에요. 그럴 사람 아니야. 엄마는 그게 말이 된다고 생각
해? 해진 오빠 겪어보고도 몰라?"

"열 길 물속은 알아도 한 길 사람 속은 모른다고 했어. 아무 근
거도 없이 니 언니가 그런 소릴 하겠니?"

"난 세상 그 누구보다 해진 오빠 믿어. 언니가 다른 사람과 착각
했을 거야."

지은의 말에 영석과 박 여사는 안도의 한숨을 내쉬었다. 가슴이
내려앉는 줄 알았다. 박 서방이 남자 접대부라니? 지수의 말에 흔
들리지 않은 건 아니지만 그래도 박 서방의 됨됨이를 몰라볼 정도

는 아니었다. 얼마나 반듯한 사람인데.

"강남의 블루오션이란 호스트바였다던데. 인기 좋았다더라. 여자들이 줄을 이었다고 하던데?"

재욱으로부터 얘기를 들었다. 칠 년 전 그 남자의 동생이 그 남자의 이력으로 호스트 생활을 했지만 그 호스트바에서는 가짜임을 몰라봤다고. 그 호스트바가 생긴 이래 최고의 학벌에 최고의 외모라고 한때 손님들이 줄을 이었다고.

"그럼 그게 사실이라는 거야?"

못마땅하다는 듯한 숙희의 목소리가 다시 날아왔다. 지은을 노려보는 시선이 흡사 잡아먹을 듯 사나웠다.

이게 무슨 망신이란 말인가? 사돈댁에서 알면 지수의 입장이 또 얼마나 불편해지겠는가? 이런 이야기가 지은이에게 상처 될 것은 생각 안 하고 지수 입장만 살피는 숙희였다.

"아니라니까!"

"물어봤어?"

"물어볼 필요가 뭐 있어? 그 사람, 내가 장담해."

"장담한다고? 그럼 확인해 봐. 그 사람 맞는지. 네가 이럴 줄 알고 가지고 왔어."

지수가 봉투를 내밀자 지은은 그것을 받아 안으로 손을 집어넣었다. 언니의 말에도 해진에 대해 한 점 의혹도 가지지 않고 있던 지은이었다. 그만큼 그에 대해 자신이 있었다. 봉투 속에서 사진을 꺼내 보던 지은이 손을 덜덜 떨기 시작했다.

처음에 나온 사진은 익숙한 모습이었다. 칠 년 전 지은이 알고 있는 그의 소탈한 모습. 하지만 그 뒤에 나오는 사진은 여자에게 키스를 하고 있는 모습이었다. 정면으로 제대로 보이지는 않았지만 해진 오빠였다. 옷차림도 근사했다. 그때 자기가 알던 옷차림이 아니었다. 정말 이중생활을 했던 것일까?

지은의 얼굴이 창백하게 질리는 모습을 보고 지수는 안도했다. 그 남자의 사진이 아니었다. 그 남자 동생의 사진이었다. 둘이 너무 닮아 속이는 데 아무런 문제가 없었다. 이로써 모든 것이 해결될 것이다. 지은도 더 이상 결혼한다고 우기지는 못할 것이다. 대리부를 했다는 사실을 밝히지 않고 다른 이유로 결혼을 깨자면 이보다 더 좋은 이유가 없었다. 어젯밤 재욱이 넘겨준 자료를 들여다보며 밤새 궁리한 결과였다.

"블루오션에서 박해진 하면 모르는 사람이 없었다더라."

지수가 마지막으로 못을 박았다.

탕탕탕!

"……언니는 어떻게 알았어?"

지은의 목소리가 떨려 나왔다.

"내 친구가 만나던 호스트였어. 상견례 끝나고 그 남자 이상하지 않았어? 날 알아보고 그런 거야."

그랬었나? 상견례 끝나고 해진 오빠가 이상하긴 했었다. 출장 간다고 핑계 대고 한동안 잠수를 탔었다. 출장 다녀온 후의 행동도 이상했다. 우연찮게 그가 출장을 간 것이 아니라는 걸 알았지만 굳이 캐묻지는 않았다. 그럼 그때 잠수 탔던 게 자신이 호스트였던 것을 언니에게 들켜서 그런 거란 말인가? 하늘이 무너지는 것 같았다.

"아무래도 안면이 있어서 그 친구에게 연락을 했는데 통화가 잘 안 됐어. 어제야 겨우 통화가 됐는데 확실하다고 하더라. 그러니 헤어져. 난 그런 남자 제부로 인정 못 해."

"당장 그 자식 불러! 직접 확인해 봐야겠어!"

영석이 노한 얼굴로 소리쳤다. 그런 짓을 하고도 뻔뻔하게 지은과 결혼하려고 나서다니. 손발이 부들부들 떨렸다.

"아빠는, 그런 걸 어떻게 대놓고 물어요? 그냥 파혼하는 걸로 끝내요. 소문나서 좋을 것 없어요."

지수가 영석을 말렸다. 말이란 하다 보면 헛나갈 수도 있다. 되도록이면 안 보고 끝내야 했다.

"아이고, 지은아. 우리 지은이 불쌍해서 어째."

박 여사는 지은을 붙들고 아예 통곡을 하기 시작했다. 지은은 아무 생각도 할 수 없었다. 백지장처럼 하얗게 질린 얼굴로 서 있던 지은이 스르르 바닥으로 쓰러졌다.

14. 마취제

그로부터 며칠이 지났다. 그날 이후 지은은 무기력하게 방에 틀어박혀 나오지 않았다. 먹을 수도 잠을 잘 수도 없었다. 그저 세상이 무너지는 느낌이었다.

언니가 폭탄을 터뜨리고 난 후 아버지의 전화에 불려 온 해진은 참담한 표정을 지으며 그저 죄송하다는 말만 했을 뿐 부인도 변명도 하지 않았다. 지은을 똑바로 봐주지도 않고 시선을 피하기만 했다. 언니의 말은 사실이었을까? 그래서 그렇게 외국으로 나가자고 했던 걸까? 모든 것이 혼란스러웠다.

그래도 어떻게 전화 한 번을 안 할 수가 있어? 아버지가 헤어지란다고 넙죽 그러겠다고 해? 날 위해 잘못했다고, 용서해 달라고 할 순 없었을까? 섭섭한 마음에 또 눈물이 났다.

이제야 안심이 되었다. 좀 전에 엄마와 통화해서 두 사람의 관계가 완전히 끝났음을 확인했다. 그날 이후로 그 남자에게선 지은을 찾는 전화도 오지 않았고 지은은 아빠에 의해 금족령이 내려졌다고 했다. 지은도 굳이 나가려고 하지 않는다고 했다.

그날 지수가 호스트라는 폭탄을 터뜨린 후 불려 온 그 남자는 사실을 밝히라는 아빠의 질문에 아무런 해명도 하지 않았다. 지은에게 변명도 하지 않았다. 자신을 쏘아보는 남자의 시선이 느껴졌지만 미안한 마음도 들지 않았다.

내 코가 석 잔데 누구 걱정을 해? 오히려 그 남자를 몰아갔다. 그런 짓을 하고도 내 동생과 결혼하려고 했느냐고. 사실 호스트보다 더한 짓을 하지 않았는가? 그것을 밝히지 않은 것만 해도 감사해야 할 일 아닌가? 지수는 오랜만에 마음 편히 잘 수 있을 것 같았다.

똑똑.

노크 소리가 들리더니 박 여사가 쟁반을 들고 방으로 들어왔다. 며칠 사이 그녀의 얼굴에도 주름살이 깊어져 있었다. 해진의 멱살을 잡고 어떻게 그럴 수가 있냐며 통곡하던 할머니였다. 지은은 왈칵 눈물이 났다.

할머니…… 할머니……. 나 어떻게 해? 할머니 앞에서 또 눈물을 보이기 싫어 지은은 고개를 무릎에 박았다. 쟁반을 침대에 내려놓고 박 여사는 지은의 어깨를 잡고 달래기 시작했다.

"지은아, 조금만 먹자. 어, 지은아?"

지은이 대답도 없이 고개만 가로젓자 박 여사는 억장이 무너지는 것 같았다. 며칠째 밥 한술 뜨지 않는 지은 때문에 그녀의 속은 새카맣게 타들어가고 있었다.

"먹어야 살지. 일단은 먹고 기운 내자. 어, 지은아?"

"살고 싶지 않아, 할머니."

삶의 의욕을 잃은 지은의 목소리에 박 여사는 왈칵 두려움이 몰려왔다. 이제야 지은이 행복하게 살 거라고 믿었는데, 이제 자기의 도리는 다했다고 생각했는데 이게 무슨 날벼락이란 말인가? 부모 앞서 먼저 간 딸을 원망하며, 딸을 돌보듯 키웠다. 이러다 지은이마저 딸의 뒤를 따를까 불안해졌다.

"살고 싶지 않다니, 그게 무슨 소리야! 내가 널 어떻게 키웠는데……. 어떤 맘으로 키웠는데……. 이것아! 이 못된 것아!"

박 여사는 지은의 어깨를 두들겨 패며 결국 통곡하기 시작했다.

"할머니, 미안해……."

진심으로 미안했다. 지은도 알고 있었다. 자기를 키운 건 부모님이 아니라 할머니라는 걸. 할머니가 이렇게 때려주니 오히려 시원하고 고마웠다. 지은도 박 여사를 부둥켜안고 참고 있던 눈물을 흘리며 울기 시작했다.

"남들 생각할 거 없어. 니가 좋으면 결혼해."

설움을 한껏 토해낸 후 박 여사가 나지막하게 말했다.

결혼을 하라고? 혹시 다른 남자하고 결혼하라는 건가? 할머니의 진짜 의도가 무엇인지 가늠하기 위해 지은은 고개를 들어 박 여사를 보았다. 지은의 의도를 알아챈 박 여사는 고개를 끄덕이며 말을 이었다.

"이 나이까지 살다 보니 그런 생각이 든다. 나라고 죄 짓지 않고 살았겠냐? 너라고 흠 없이 살았겠냐? 사는 게 다 죄인 것을. 박 서방이 과거에 무슨 잘못을 했건 그건 다 지난 일이야. 그런 일이 없었다면 더 좋았겠지만 그런 일을 겪어서 지금의 박 서방이 있는 거라고 봐야지. 안 그러냐? 고아로 동생 돌보면서 컸다며? 오죽 힘들었으면 그랬을까 생각하니 난 마음이 아프구나."

맞다. 그때 오빠가 많이 힘들어했다. 말썽꾸러기 동생 사고 뒷수습해가며 공부하느라 몸이 부서져라 힘들게 산다고 경철 오빠가 그랬다.

"박 서방이 너에게 보여주는 것만 믿어. 나도 그러련다. 내가 본 박 서방만 기억할란다. 반듯하고 다른 사람 배려할 줄 아는 박 서방으로. 그러니 니가 하고 싶으면 해라. 난 너만 좋다면 괜찮다."

"진짜? 진짜 결혼해도 돼?"

흡사 동아줄이라도 되는 듯 지은이 박 여사의 말을 낚아챘다. 잊으려고 했다. 너무나 실망스러웠기에 포기하려고 했다. 그런데 점점 더 그가 보고 싶어졌다. 그리웠다.

"그래, 해. 대신 나쁜 맘 먹지 않는다고 이 할미랑 약속하는 거야. 어?"

지은은 대답도 못하고 고개만 끄덕였다.

그까짓 과거 좀 있음 어떤가? 그래도 자식은 없지 않은가? 남의 시선이 두려워 천금 같은 딸을 잃었다. 지은은 잃지 않을 것이다. 박 여사는 속으로 굳게 결심했다.

어쩌면 잘된 일이지도 모른다. 나중에라도 혹시 지은의 친부모에 대해 알게 되더라도 자신에게 흠이 있으니 지은을 구박하진 않을 것이다. 박 여사는 좋은 쪽으로 생각하기로 마음을 굳혔다.

할머니의 허락이 떨어지고 나니 그제야 지은은 생각이란 걸 할 수 있게 되었다. 할머니도 믿어주는 사람인데 내가 왜 오빠를 못 믿었지? 아무래도 이상했다. 할머니 말대로 해진 오빠 반듯한 사람이었다. 아무리 형편이 어려웠다고 해도 그런 일을 할 사람이 아니었다.

그 시절의 그는 언니보다 자신이 더 잘 알고 있었다. 설사 그런 일이 있었다고 해도 포기할 생각은 아니지만 사실은 알아봐야 했다. 만에 하나 거짓이라면 이렇게 오명을 쓴 상태로 내버려 둘 수는 없었다. 마음이 급해졌다. 지은은 자리에서 벌떡 일어났다.

똑똑.

노크를 하는 지은의 얼굴엔 화색이 돌았다. 해진의 결백을 증명하기 위해 백방으로 뛰어다녔다. 눈이 온 뒤라 길바닥이 질척거려 지은의 운동화는 순식간에 엉망이 되고 말았지만 지은은 신경 쓰지 않았다. 지금 당장은 그따위 것 신경 쓸 여력이 없었다.

블루오션이란 호스트바를 찾아갔지만 다들 몸을 사렸다. 화장기 하나 없는 얼굴로 사람을 찾으니 호스트 때문에 인생 망친 여자로 보였나 보다. 돈 주고 몸 주고 마음까지 줬건만 버림받아 미쳐 버린 여자. 사랑이란 미명하에 모든 걸 잃고 남자를 찾아 헤매는 여자.

그중에 인상이 좋아 보이는 한 호스트가 안타까운 눈빛으로 충고까지 해주었다. 호스트에게 여자에 대한 순정 따윈 없다고. 이제라도 정신 차리고 살라고. 그 남자에게 매달렸다. 칠 년 전 여기에서 박해진이란 사람이 일했는지 알고 싶다고 했다.

아쉽게도 그 사람은 일한 지 얼마 되지 않았다고 했다. 그러면서 이런 곳엔 가명으로 일하는 사람도 많고 잠시 스쳐 가는 사람들도 많다고. 그래도 포기할 수 없었다. 매달리고 매달리니 그 남자가 질기다는 듯 두 손을 내밀며 항복을 표했다.

그러곤 여기저기 물어보더니 지금 마담으로 활동하고 있는 사람이 한 명 있다고 했다. 연락처를 가르쳐 달라고 했더니 그건 절대 안 된다고 했다. 목마른 놈이 우물 판다고 지은은 마담이 출근할 때까지 기다렸다.

아래위를 쓰윽 훑어보는 남자의 시선엔 한심하다는 빛이 역력했다. 너같이 돈 없는 여자들이 올 데가 못 된다는 시선. 해진 오빠 정도의 나이였다. 잘생기고 비싼 옷을 입었지만 어쩐지 싸구려 냄새가 났다. 해진 오빠와는 눈빛부터가 달랐다.

정 알고 싶으면 룸을 잡으라는 말에 지은은 당장 룸을 잡았다. 룸에 들어와 앉자 곧이어 웨이터가 술과 안주를 가지고 들어왔다. 웨이터가 세팅을 하고 나가자 그 남자는 담배를 입에 물고 연기를 내뿜었다.

"알고 싶은 게 뭔데?"

양주를 따라 마시며 남자가 물었다. 약간 짜증 섞인 목소리로.

"혹시 박해진이란 사람 알아요? 칠 년 전에 여기서 일했다고 하던데."

"박해진?"

조급한 지은의 마음과는 달리 남자는 느긋했다. 기억을 더듬는 듯 소파에 등을 기대곤 눈을 감았다.

지은은 안달이 났다. 이 남자도 모르면 어떡하지? 기억하는 데 도움이 될까 하여 정보를 좀 더 넘겼다.

"S대 다닌다고 여자들이 줄을 이었다고 들었어요."

"아아~ 그 박해진?"

그제야 생각난다는 듯 남자가 인상을 찌푸리며 고개를 끄덕였다.

최고의 학벌에 최고의 외모로 당시 에이스이던 박해진. 그놈에게 자기 손님 빼앗긴 게 생각나자 남자는 새삼 화가 치밀었다.

"S대는 개뿔, 그 씨발 놈 때문에 우리 손님이 얼마나 떨어진 줄 알아?"

무슨 말인지 이해가 되지 않아 지은은 눈만 깜박거렸다.

"그 새끼, 지 형 팔아서 S대 다닌다고 사칭했다가 손님들한테 들통 나서 마담에게 흠씬 두들겨 맞고 쫓겨났지. 그 때문에 A급 손님들 다 떨어져 나갔거든. 스카우트되면서 받은 계약금 토해내느라 아마 피똥 쌌을걸."

형 팔아 S대 다닌다고 사칭했다고? 그렇다면 해준 씨가 호스트였단 말이야? 칠 년 전 학원 때려치우고 잠수 탔다더니 여기서 일했다는 거야? 해준 씨라면 그랬을 수도 있겠다는 생각이 들었다.

"그럼 여기서 일한 사람은 박해진이 아닌 건가요?"

"동생이라니까!"

남자가 성질을 벌컥 냈다. 다행이다. 그가 아니라서. 그런데 그는 왜 부모님 앞에서 진실을 밝히지 않았을까? 왜 그 오물을 뒤집어쓰고 죄인처럼 굴었을까? 아마 동생을 생각해서 그랬나 보다. 동생이라면 절절맨다고 들었으니까.

"근데 박해진은 왜 찾아?"

"고맙습니다. 정말 고맙습니다."

화사한 미소를 지으며 대답 대신 인사를 꾸벅하고 지은은 룸을 빠져나왔다. 당장 그가 보고 싶었다. 택시를 타고 한달음에 달려 해진의 사무실 앞에 섰다.

문을 열고 들어가니 해진이 보였다. 며칠 사이 얼굴이 해쓱해져 있었다. 마음이 아파왔다. 저런 바보. 사실대로 얘기했으면 이런 일도 없었잖아. 두 사람의 시선이 부딪쳤다.

지은을 보는 해진의 눈동자에 차가움이 서렸다. 지은의 가슴이 철렁 내려앉았지만 이내 당연하다는 생각이 들었다. 호스트라고 오해받아 비난이란 비난은 다 받았으니 섭섭할 수밖에. 지금은 화가 나 있지만 용서를 빌면 다 풀어질 거란 생각에 지은은 해진에게로 빠르게 걸어갔다.

"돌아가!"

차가운 목소리였다. 냉기가 뚝뚝 흐르는. 이런 목소리에는 적응하기 힘든데. 어찌해야 할지 몰라 가만히 서서 해진을 불렀다.

"오빠……"

"무슨 일이야? 아직도 할 말이 남아 있어?"

"미안해. 미안해, 오빠."

"뭐가? 뭐가 미안해?"

"오빨 믿어주지 못한 거. 오빠도 그래. 왜 사실대로 얘기 안 했어? 호스트는 오빠가 아니라 해준 씨였다고 말하면 됐잖아. 나 지금 블루오션에서 오는 길이야. 아무래도 믿기지 않아서 확인해 보러 갔었어."

"그래서 네 말은 내가 호스트가 아닌 걸 알았으니 이제 다시 만나자는 거야? 너만 괜찮다면 난 무조건 좋다고 해야 돼? 난 결정권이 없는 거야? 이젠 내가 싫어! 내가 너 싫어졌다고! 우린 끝났어. 이젠 내가 너 안 봐!"

왜? 왜 끝나? 우리가 왜 끝나? 단호한 해진의 말에 지은은 정신을 차릴 수가 없었다. 이런 그를 기대하고 여기까지 온 건 아니었다.

"오빠, 왜 그래? 미안하다니까."

"네가 미안해할 일 없어. 넌 날 사랑하기엔 부족한 여자야. 무슨 죄든 다 용서해 준다고 하지 않았나? 내 죄를 사해준다며? 뭐든 용서해 준다며? 그래서 시작했던 거야. 그런데 고작 호스트에 무너진 너, 내가 싫어. 그러니 돌아가! 우리 사인 이미 끝났어!"

눈물이 핑 돌았다. 자신이 알아오던 사람이 아니었다. 이렇게 차갑게 말하다니. 정말 자신을 잘라낼 생각인가 보다. 두려움이 왈칵 몰려왔다.

"난, 난 오빠 아니면 안 돼."

지은의 말에 해진은 잠시 흔들렸다. 마음속 악마가 다시 해진을 유혹했다. 미안하다잖아? 나 아니면 안 된다잖아? 그냥 지은의 마음을 받아들여. 하지만 이내 마음을 다잡았다. 자신이 너무나 쉽게 생각했었다. 외국으로 나가서 살면 괜찮을 거라는 자신의 생각은 틀렸다.

호스트였다는 걸로도 혼절을 하는데 자신이 대리부 노릇을 했다는 걸 알면 어떨지 안 봐도 뻔했다. 이대로 그냥 헤어지는 게 둘을 위해서 옳았다. 그날 지은의 아버지에게 불려가 혼절해서 침대에 누워 있는 지은을 보고 굳게 결심했다. 놓아주자고, 그게 지은이 일 위한 최선이라고.

"돌아가!"

"오빠!"

가지 않으려는 지은을 억지로 문밖으로 밀어낸 해진은 문을 잠그고 소파에 앉아 두 손으로 머리를 감쌌다. 잘한 거야. 정말 잘한 거야. 이대로 보내줘야 해. 마음이 아프지만 보내줘야 한다. 지은이 문을 두드리는 소리가 들렸지만 애써 외면했다.

"오빠! 오빠!"

문을 열려고 지은이 손잡이를 돌렸지만 문은 열리지 않았다. 이제 정말 끝인 건가? 이대로 끝나는 건가?

도저히 믿을 수가 없었다. 서 있기조차 힘들 정도로 온몸이 떨려왔다. 찾아갈 때마다 매몰차게 자신을 거절하긴 했지만 그의 진심이라고 생각하진 않았다. 다만 상처받은 자존심 때문에 골을 내고 있을 뿐이라고 생각했다.

그런데 지금 지은의 눈앞에 보이는 모습은 그에 대한 그녀의 믿음을 송두리째 뒤흔들어 놓았다. 그가, 내게 여자는 너뿐이라고 속삭이던 해진 오빠가 여자와 한 침대에 잠들어 있었다. 시트는 반쯤 벗겨져 두 사람의 벗은 상체가 드러나 있고, 바닥에 여기저기 떨어져 있는 옷은 간밤에 이 방에서 무슨 일이 있었는지를 말해주고 있었다.

언니의 손에 끌려온 길이었다. 여자와 같이 있다는 언니의 말을 믿지 않았다. 거짓말하지 말라며 오히려 언니를 몰아세웠다. 그랬더니 언니가 억지로 자신을 호텔까지 끌고 왔다. 직접 확인해 보라면서.

"누구세요?"

문소리에 깼는지 여자가 침대에서 일어나 시트로 몸을 가리며 물었다. 다 숨길 필요까지는 없다는 듯 목 위까지 올린 것이 아니라 어깨는 다 드러낸 채 가슴만 약간 가린 상태였다.

아름다운 여자였다. 남자들이 좋아한다는 풍만한 가슴을 가진 여자. 죄지은 것 없다는 듯 목소리엔 짜증이 묻어 있다. 왜 좋은 시간을 방해하느냐는 듯이.

옆에서 부스럭거리는 기척에 해진도 잠에서 깨어났다. 머리가 깨질 듯이 아팠다. 간밤에 술이 과했나 보다. 눈도 제대로 떠지지 않았다. 두통을 줄여보려고 손바닥으로 머리를 세게 누르며 억지로 몸을 일으켰다. 목이 말랐다. 물이라도 마셔야 할 것 같았다. 차가운 실내 공기에 벗은 몸이 춥게 느껴졌다. 내가 언제 옷을 벗었지? 생각이 나지 않았다.

"지은아!"

새된 여자의 비명 소리에 해진은 눈을 번쩍 떴다. 절대로 만나고 싶지 않은 여자의 목소리. 게다가 그 여자의 입에서 나온 이름은 어젯밤 자신을 술독에 빠지게 만든 그 이름이었다. 잊고 싶지만 잊을 수 없는 이름 지은이. 잊어야 하지만 잊을 수 없는 이름 지은이. 상처를 줄수록 자신에게 더 큰 상처로 다가오는 이름 지은이.

지은이 무너지듯 바닥에 주저앉고 있었다. 가슴이 철렁 내려앉았다. 지은이가 왜? 어디가 아픈 건가? 본능적으로 몸을 일으켜 지은이에게 다가가려는데 자신의 팔에 여자의 물컹한 젖가슴이 느껴졌다. 콧소리를 머금은 여자의 목소리가 들렸다.

"오빠~"

고개를 돌린 해진은 기함했다. 웬 여자가 벌거벗은 채 자신에게 밀착해 왔다. 이게 어떻게 된 일이지? 처음 보는 여자였다. 기억에 없는 여자였다. 이해되지 않은 상황에 이마를 찌푸리며 여자를 뿌리쳤다. 하지만 여자는 접착제라도 붙인 듯 해진의 몸에서 떨어지지 않았다.

빼도 박도 못할 상황이었다. 소름이 오소소 돋았다. 이것 때문이었구나. 지은이 무너진 것이. 설명해야 했다. 아니라고. 오해라고. 오해하지 말라고. 이대로 오해하도록 내버려 둔다면 그녀는 정말로 자신을 버릴 것이다. 그러고 싶진 않았다.

지은을 그렇게 거절하면서도 정말로 헤어질 생각은 아니었나 보다. 이렇게 변명하고 싶은 걸 보면. 그저 다시는 날 떠나지 않겠다고 매달려 주기를 바랐나 보다. 유치한 자존심이었다. 속 보이는 어리광이었다. 뭐라 얘기해야 할 것 같은 절박한 마음에 고개를 들어 지은의 눈을 보았다. 분노, 체념, 포기, 그리고 절망. 지은의 눈빛에 이 모든 감정이 들어 있었다.

그리고 그 옆에서 지은을 부축하고 있는 여자. 지은의 언니 한지수. 그 여자가 해진에게 경고의 눈빛을 보내고 있었다. 이쯤에서 포기하시지? 그렇지 않다면 앞으로 더 무슨 일이 생길지 장담 못해. 그 여자의 눈이 그렇게 말하고 있었다. 그제야 상황이 짐작되었다. 저 여자가 꾸민 일이구나. 함정에 빠졌구나.

해진은 지수를 노려보았다. 호스트 누명을 씌운 것으로도 부족해 호색한으로까지 만들어?

자신의 감정을 다스리기 힘든 지은은 두 사람의 불꽃 튀는 눈빛까지 알아챌 여유가 없었다. 그저 배신감만 느껴졌다.

"가자."

바닥에 주저앉은 지은을 일으켜 세우면서 지수는 회심의 미소를 지었다. 이제 끝났다. 더 이상 지은인 저 남자를 고집하지 않을 것이다. 호스트 생활을 했다면 나가떨어질 줄 알았는데 지은은 블루오션까지 찾아가서 저 남자의 누명을 벗겨주었다.

저 남자보다 잘난 남자를 찾아 소개시켜 주었건만 거들떠보지도 않았다. 세상에 남자가 저 남자 하나뿐인 듯 저 남자만 찾았다. 사랑한다고 하면서. 사랑? 사랑이라고? 웃기고 있어. 길어야 3년이면 스러질 호르몬의 장난을 가지고 우리 가정의 평화를 깨뜨리려고? 코웃음이 절로 나왔다. 사랑한다고 외치던 자신의 남편이 어떻게 변해가는지 직접 몸으로 체험한 지수였다.

"잠시만, 잠시만 언니."

자신을 부축해서 나가려는 지수에게서 몸에 빼내며 지은은 해진에게로 걸어갔다. 떨리는 다리에 억지로 힘을 주며 흔들리지 않고 걸어갔다. 이대로 갈 수 없었다. 변명이라도 들어야 했다. 왜 다른 여자와 함께 침대에 누워 있는지. 호스트 출신이라는 언니의 말에 잠시나마 흔들린 마음 때문에 미안해했는데 억울했다. 배신감을 느꼈다.

"어떻게 된 일이야? 설명해 봐! 변명이라도 해보란 말이야!"

변명하려던 마음은 이미 사라졌다. 그 여자의 경고의 눈빛을 보는 순간. 해진이 딱딱한 목소리로 말했다.

"변명을 왜 해야 하지? 난 분명 파혼하겠다고 했고, 그 이후에 만난 여자야. 너에게 미안해할 이유 없어."

"날 사랑한다고 했잖아! 나뿐이라고! 그런데 어떻게 그렇게 쉽게 마음이 변해?"

"난 그런 놈이야. 몰랐어? 칠 년 전에도 당하지 않았나? 돌아가 줘."

애써 차갑게 말을 내뱉었다. 지은이 자신에게 만정이 떨어져서 더 이상 상처받지 않기를 바라면서. 버티면 버틸수록 그녀와 자신 모두 더 큰 상처를 받을 것이다. 그래, 어쩌면 잘된 일인지도 모른다. 아무리 거절해도 지은은 자신을 포기하지 않았다. 이 상황에 대해 해명하지 않는다면 지은은 더 이상 자신을 귀찮게 하지 않을 것이다.

해진의 차가운 목소리에 지은은 고개를 떨구었다. 맞다. 칠 년 전에도 그에게 상처받았다. 그때는 이유도 모른 채 버려진 느낌이어서 오랫동안 잊지 못했지만 이번엔 다를 것이다. 잊어야 할 명분이 생겼다. 그에 대한 실망감 때문에 잊기 쉬울 것이다. 흔들리는 다리에 힘을 주고 허리를 꼿꼿이 세운 채 돌아 나갔다.

처지려는 어깨를 치켜 올리며 당당하게 걸으려고 애쓰는 지은의 뒷모습에서 해진은 눈을 뗄 수가 없었다. 가는구나. 이제 정말 끝이구나. 어깨에서 힘이 스르르 빠졌다. 동시에 모든 의욕을 잃어버렸다.

다행이다. 이번엔 지은이 고집을 피우지 않아서. 하긴 저런 모습까지 봤는데 무슨 말이 필요하겠는가? 꼿꼿이 걸어 나가는 지은을 따라 나가며 지수는 안도의 한숨을 내쉬었다. 오늘 아침 남편이 마지막 경고를 했다. 오늘까지만 기다리겠다고. 오늘까지 해결하지 못하면 자신이 나서겠다고. 남편 성격에 무슨 짓을 저지를지 모른다. 그건 막아야 했다.

지은의 마지막이라도 눈에 담으려고 해진은 그녀의 뒷모습을 지켜보았다. 문을 잡고 나가려던 지은이 갑자기 몸을 돌리더니 자신을 쏘아보았다. 원망을 가득 담아서. 그녀의 눈에는 분노가 서려 있었다.

그러더니 성큼성큼 걸어서 침대 앞까지 오더니 손을 들어 올렸다. 뺨이라도 때리려나 보다. 그래, 때려서 속이 풀린다면 몇 대라도 맞아주리라. 눈을 감고 뺨을 내밀었다. 예상과는 달리 뺨에는 충격이 오지 않고 시트가 확 벗겨졌다.

"이게 무슨 짓이에요?"

여자가 시트를 당겨 몸을 감싸며 날카롭게 소리쳤다.

술에 취한 남자의 옷을 벗기기는 쉽지 않았다. 얼마나 취했는지 축 늘어져서 여자가 만지는데도 아무런 반응도 보이지 않았다. 곧 도착할 거란 전화를 받고 겨우 상의만 벗기고 장면을 연출했다. 오해만 하게 해주면 된다고 했으니까. 그랬는데 시트를 걷어 버려?

문을 열고 나가려던 지은은 갑자기 억울해졌다. 내가 왜 이렇게 도망치듯 나가야 해? 잘못한 사람은 따로 있는데. 한마디 독설이라고 내뱉고 떠나야 할 것 같아 몸을 돌리고 그를 마주한 순간 지은은 그의 눈에 담긴 고통을 보았다.

지은은 멈칫했다. 왜? 무엇 때문에 그렇게 고통스러워하는 거지? 혹시? 어쩌면? 마음이 급해진 지은은 빠르게 걸어서 침대 곁으로 와 시트를 걷었다. 예상대로 두 사람 다 하의는 벗지 않고 있었다.

"같이 안 잤죠?"

"무, 무슨 소리? 같이 안 잤으면 이렇게 누워 있을 리 없잖아."

"무슨 섹스를 바지 입고 해요? 참 재주가 좋은가 봐?"

처음엔 하얗게 질려서 바닥에 주저앉던 지은이 빈정거리듯 말하자 여자의 인상이 확 찌푸려졌다. 여자가 고개를 들자 지수와 눈이 마주쳤다. 알아서 잘 하라는 눈빛이었다. 아직 잔금도 받지 않았는데. 이번 달 카드 값을 메우려면 그 돈이 꼭 필요한데. 우겨나 보자 싶었다.

"하고 다시 입었거든."

"그래요? 그럼 나랑 병원 가볼래요? 했다면 흔적이 있을 거 아니에요?"

뭐 이런 여자가 다 있어? 병원을 가보자니? 나보고 같이 병원 가서 섹스를 했는지 확인받으라고?

이제 지은의 목소리는 아주 느긋했다. 반면에 여자는 코너에 몰린 듯 버벅거렸다.

"코, 콘돔 썼어."

"어디 있죠? 버린 데가 있을 텐데?"

"화, 화장실."

"어디 화장실이요?"

"……."

"넌 지금 그게 중요하니? 지금 콘돔 타령 할 때야? 자고 안 자고가 뭐가 중요해? 여자랑 같이 호텔에 들어왔다는 게 문제지."

다 된 밥에 재 뿌릴 순 없는 일. 지수가 대뜸 나서서 지은을 다 그쳤다.

"언니가 이 사람을 몰라서 그래. 이 사람은 다른 여자랑 잘 수 있는 사람이 아니야."

"그게 무슨 소리야?"

그때 해진 오빠가 그랬다. 칠 년 전 죄를 지은 다음 여자를 안을 수 없었다고. 언니에게 일일이 설명하고 싶지 않았다.

"그런 게 있어. 하여간 난 오빠 믿어. 나가줄래요?"

더 들어볼 가치도 없다는 듯 지은이 여자에게 말하자 여자가 부리나케 옷을 챙겨 입고 나갔다.

"언니도 나가줘. 오빠랑 둘이서 얘기하고 싶어."

지은이 지수도 방에서 밀어냈다. 그러곤 '꽝' 하고 문을 닫아버렸다.

실패다. 오늘도 실패였다. 기가 막혔다. 여자와 한 침대에 누워 있는데도 믿는다니. 어쩌면 저렇게 맹목적으로 신뢰할 수 있는 거지? 지수의 상식으로는 이해가 되지 않았다.

아니, 그게 중요한 게 아니다. 이렇게 되면 결국 남편이 나선다는 뜻. 오늘 돌아가서 재욱을 만날 일이 두려웠다. 지수의 표정이 어둡게 변했다.

널, 널 어쩌면 좋으니? 나보고 어쩌라고. 이렇게까지 날 믿어주면 나보고 어떻게 널 포기하라고 그래? 그래, 지은은 이런 여자다. 용감하고 씩씩하고 집요하기까지 한 여자. 그냥 속아주면 좋았을걸. 저렇게 더러운 놈 잊고 만다, 그렇게 생각해 주면 좋았을걸.

"설명해 봐. 왜 이런 일이 생겼는지. 날 포기시키려고 그랬어? 그랬다면 좀 더 확실하게 하지 그랬어."

두 여자가 나가자 지은이 해진에게 따지기 시작했다. 속상했다. 정말 속상했다. 어떻게 이런 모습을 보이면서까지 날 밀어내려고 해? 나한테 그렇게까지 실망했던 거야? 내가 믿어주지 않아서 그렇게 미웠어?

"대답하고 싶지 않아. 보내줄 때 가. 나랑 같이 있으면 넌 진흙탕을 뒹굴게 되어 있어."

"내가 진흙탕에 뒹굴게 될까 봐 억지로 보내려고 한 거야? 그런 거야? 그렇다면 내 대답은 이거야. 진흙탕을 뒹군다 해도 난 오빠랑 같이 있을 거야. 내 마음 정말 몰라?"

미칠 것 같았다. 얼마나 마음을 억누르고 있는데 다시 흔들어? 왜 자꾸 희망을 가지게 해? 해진이 지은에게 버럭버럭 소리를 질렀다.

"알아! 아니까 그래! 아니까 널 보내려고 하는 거라고! 날 버려! 날 잊어! 제발 날 내버려 둬!"

상의도 입지 못한 채 해진은 창가로 걸어가 크게 심호흡을 했다. 벌써부터 회사엔 압력이 들어오기 시작했다. 굵직한 거래처들이 별 시답잖은 핑계를 대며 해약을 요구했다.

이 모두가 그 남자가 꾸민 것이라는 걸 알고 있었다. 이대로 간다면 조만간 회사는 파산할지도 모른다. 지은으로부터 그 남자가 얼마나 대단한 사람인지 알게 되었다. 재성그룹 사장. 그의 영향력은 이미 세계적이었다. 지은이와 외국으로 떠난다고 해도 힘들어질 게 뻔했다.

창을 보고 서 있는 그의 등이 보였다. 탄탄해 보이는 등인데도 왜 저리 쓸쓸해 보이는지. 왜 저리 외로워 보이는지. 위로라도 해줘야 할 것 같아 지은은 해진에게로 걸어갔다.

시선을 애써 밖으로 향하고 있지만 해진은 자기를 향해 걸어오는 지은의 발걸음을 느낄 수 있었다. 지은을 향해선 항상 귀가 열려 있으니까. 지은의 향이 해진의 코를 파고들었다. 자신의 허리를 감싸 안는 지은의 팔이 느껴졌다. 자기의 맨 등에 닿은 지은의 얼굴이 느껴졌다.

"오빠, 사랑해……."

온몸으로 따스한 기운이 퍼졌다. 기분이 좋아지고 하늘로 붕 떠오르는 듯 몸이 가벼워졌다. 온 세상이 내 것인 양 달콤했다. 마취제를 맞은 것 같았다. 프로포폴을 맞으면 이렇게 좋은 기분이 들까? 그래서 다들 중독이 되는 걸까?

아니다. 그걸 맞는다고 이렇게 좋은 순 없을 것이다. 사랑하는 여자로부터 듣는 사랑한다는 말은 그 무엇에도 비길 수 없었다.

결국 해진은 지은을 보내지 못했다. 이렇게 믿어주는 여자를 어떻게 보내? 이렇게 가슴 저리게 사랑하는 여자를 어떻게 보내? 지은이 안겨오자 해진은 아무런 생각도 할 수 없었다. 지금은 우리 둘만 생각하자. 다른 건 다 잊자. 그러고 나니 오랜만에 웃음이 지어졌다. 돌아서서 지은을 보고 웃어주었다.

"근데 언니는 오빠가 여기 있는 걸 어떻게 알았지? 이상하네."

지은의 질문에 해진의 가슴이 철렁 내려앉았다. 그 여자의 계략이라고 하면 이유를 물을 것이고, 이유를 밝히자면 자신의 추악한 과거도 밝혀야 했다. 이럴 땐 입 다물고 있는 게 수다. 대신 지은의 입술을 파고들었다. 내 마음을 알아달라고 마음속으로 속삭이면서.

✲

"아악!"

지수의 입에서 고통의 신음 소리가 터져 나왔다. 결국 재욱의 화가 폭발하고 말았다. 그 강하던 자제심도 소용이 없었다. 그렇게 시간을 줬는데도 해결을 못해? 지수로부터 실패했다는 말을 들은 재욱은 자신의 잠자고 있던 짐승을 깨우고 말았다. 한 번 깨어난 짐승은 야수로 돌변해 통제가 되지 않았다.

자신의 폭력에 널브러져 있는 지수와 우빈을 보자 재욱은 또 화가 치밀었다. 나의 짐승을 끄집어내게 한 그놈을 절대 용서치 않으리라. 그놈의 모든 것을 부숴 버리고 말 것이다. 재욱은 골프채를 바닥에 내동댕이치고는 방을 빠져나왔다.

"엄마, 엄마……."

재욱이 나가고 얼마 후 우빈은 침대에 널브러져 있는 지수를 흔들었다. 죽은 사람처럼 아무런 미동도 하지 않고 누워 있었다. 두려움에 우빈이 다시 지수를 세게 흔들었다.

"엄마, 엄마……."

삶의 의욕을 잃은 지수의 허한 눈이 우빈을 향했다. 우빈은 지수의 그 눈에서 불안을 느꼈다. 혹시 그때처럼 엄마가 또 혼자 죽으려고 하는 건 아닐까? 우빈의 눈동자가 심하게 흔들렸다. 엄마 없이 혼자 살고 싶은 마음은 없었다. 엄마가 간다면 자기도 따라

갈 것이다.

"엄마, 이번엔 혼자 가지 마. 절대 혼자 가면 안 돼. 나도 꼭 데려가야 해."

목소리 끝에 울음이 묻어 있지만 사뭇 비장했다. 아직 삶과 죽음이 무엇인지 잘 알지 못하는 나이지만 엄마와 함께 간다면 무섭지 않을 것 같았다.

온몸이 아파왔다. 골프채에 맞아 죽을 수도 있을 것 같았다. 끝이라고 생각한 폭력을 다시 당하자 지수는 이성을 상실하고 말았다. 아무런 생각도 나지 않았다. 아니, 어쩌면 올 게 왔다는 생각에 마음이 편해진 건지도 모른다.

이래서 폭력을 당하는 사람들은 무기력해져 가는구나. 점점 더 무기력해져서 언젠가는 의지가 있는 인간이라는 것도 잊고 살게 되겠지. 우빈이 자신을 부르며 몸을 흔들었지만 손가락 하나 까딱하기 싫었다.

"엄마, 이번엔 혼자 가지 마. 절대 혼자 가면 안 돼. 나도 데려가야 해."

우빈의 비장한 목소리를 듣는 순간 지수는 정신이 번쩍 들었다. 나는 혼자가 아니다. 우빈이 있다. 내 아들 우빈이. 가엾은 내 아들 우빈이까지 이 지옥에서 살도록 내버려 둘 순 없었다.

지금까지와는 다르다. 내 의지대로 아무것도 할 수 없었던 미국에서와는 달리 여기는 한국이었다. 부모님도 계시고 친구들도 있었다. 내가 마음만 먹는다면 이 지옥에서 벗어날 수 있으리라. 더 이상 당하며 살지 않으리라.

지수는 억지로 몸을 일으켜 우빈을 감싸 안았다. 가슴에 쏙 안

겨든 우빈이 바들바들 떨고 있었다.

"우빈아, 우리 외갓집 갈까?"

우빈의 고개가 번쩍 들렸고 눈은 희망으로 가득 차 반짝거렸다.

"그래도 돼? 그래도 돼, 엄마?"

지수는 고개를 끄덕였다.

"너도 꼭 필요한 것만 가방에 챙겨, 어서."

우빈이 자신의 방으로 가자 지수는 가방을 꺼내 짐을 싸기 시작했다. 온몸이 아파서 비명을 질러댔지만 서둘러야 했다. 재욱이 돌아오기 전에 집을 빠져나가야 했다. 다행히 지금 집에는 지수와 우빈 말고는 아무도 없었다. 시부모님은 외국으로 여행을 떠나셨고 일하는 사람들은 재욱이 들어오면서 다 내보냈었다.

당장 갈아입을 옷과 만약의 경우를 대비해 보석을 챙겼다. 급하면 돈이 될 수 있으니까. 돈 없이는 살 수 없으니까. 마지막으로 지갑과 자동차 키를 들고 방을 나섰다.

15. 새로운 국면

일산 집으로 가는 길이었다. 해진은 운전을 하면서도 오른손으로 지은의 왼손을 깍지 끼고 놓아주지 않았다. 오랜만에 행복한 시간이었다.

그때 지은의 휴대폰이 울렸다. 액정을 보니 언니였다. 전화를 받아야 하나 말아야 하나 망설이자 해진이 물었다.

"누군데?"

"언니."

해진의 얼굴이 굳어졌다. 언니라니? 그 여자가 이번엔 또 무슨 일로 전화를 한 거지? 또 무슨 훼방을 놓으려고? 지은이 전화를 받도록 내버려 둘 수 없었다.

"받지 마!"

말이 거칠게 나가자 지은이 의문을 담아 해진을 보았다. 해진은 슬그머니 시선을 피했다. 좋았던 기분이 순식간에 사라졌다.

처음 보는 해진의 격한 반응에 지은은 어안이 벙벙해 눈만 깜박거렸다. 지은의 반응을 보고 해진도 자신의 반응이 지나쳤다는 것을 인정했다. 이해가 안 되겠지? 그럴 거야. 그렇지만 어쩔 수 없었다.

딩동. 문자 들어오는 소리에 지은은 휴대폰을 들여다보았다.

—그 남자랑 같이 있지? 여기 **병원 607호. 그 남자랑 같이 와.

이게 무슨 뜻이야? 오빠랑 같이 오라는 얘기야? 왜? 아직도 감이 잡히지 않아 눈을 멀뚱거리며 지은이 해진을 보았다.

"왜? 무슨 문잔데?"

"언닌데, 사고 났나 봐. 병원이래. 근데 왜 오빠랑 같이 병원으로 오라고 하지?"

뭐? 병원으로 오라고? 혹시 친자 검사 결과라도 내미는 거 아니야? 해진의 속이 바짝바짝 타들어갔다. 이래서 죄를 짓고는 못 사는 건가 보다.

정말이지, 병원엔 오고 싶지 않았다. 그것도 지은이와는. 도대체 무슨 일로 병원에서 보자고 하는 거지? 정말 유전자 검사지라도 내밀면 어떡하지? 불안하고 초조해 죽을 것만 같았다. 하지만 지은이 혼자라도 가겠다고 하는 데는 막을 재간이 없었다. 어떻게 지은일 혼자 보내? 그 여자가 지은이에게 무슨 말을 할지 모르는데? 그 여자의 속셈을 지은이보다 해진이 먼저 알아야 했다.

병원으로 오는 내내 일부러 교통사고라도 내고 싶은 충동에 사로잡혔다. 그 마음을 다잡기 위해 핸들을 쥔 손에 힘을 주었다. 병원에 도착하여 해진은 지은에게 음료수라도 사오라고 말했다. 지은이보다 먼저 그 여자를 만나 얘기를 나눠야겠다는 생각에서였다. 그런 해진의 마음도 모르고 지은은 언니부터 봐야겠다고 우겼다.

엘리베이터를 타고 6층에 내려 607호를 찾아갔다. 똑똑 노크를 하자 '네' 라는 대답이 들려왔다. 해진은 지은 몰래 크게 심호흡을 했다.

병실은 넓었다. 2인실의 넓은 병실에 환자복을 입은 그 여자와 아이가 보였다. 아이까지? 아무래도 친자 검사를 한 게 틀림없었다. 정말 어디까지 가려는 거지? 절망감이 몰려왔다.

문이 열리고 지은과 그 남자가 들어섰다. 지은이 말은 꼬박꼬박 잘 듣나 보지? 자신과 우빈을 보고 남자의 얼굴이 하얗게 질려가는 것을 보자 지수는 속이 조금 시원해졌다. 그래, 잘 봐. 너 때문에 우리가 어떻게 사는지. 우릴 이런 지옥 속에 넣어두고서 너희들만 행복할 수 있는지.

집으로 가는 도중 지수는 마음을 바꾸어 병원으로 향했다. 이혼을 하려면 증거가 있어야 했다. 집에 들어가면 다시는 집 밖으로 못 나올 수 있다. 집 밖을 나서는 순간 재욱에게 붙들려 갈 수도 있으니까.

그길로 근처에 보이는 정형외과를 찾았다. 주차를 하고는 우빈과 함께 병원으로 들어갔다. 의사가 보고 놀랐다. 누가 그랬냐고 신고해 준다고 했다. 신고한다고 잡혀갈 사람인가, 그 사람이? 딱 봐도 가정 폭력의 결과물인지 아는 것 같았다. 맞은 곳이 울긋불긋 멍들어 있고 사진을 찍으니 뼈에 금도 가 있었다. 전치 8주라고 했다. 온몸이 욱신거리고 아팠다.

우빈이의 상태도 비슷했다. 어린것이 아프다고 신음도 흘리지 않았다. 의사가 혀를 끌끌 차며 당장 입원해야 한다고 고집을 부렸다. 누군 병원에 있을 줄 몰라서 그러니? 마음 편하게 병원에 누워 있을 수 없어서 그렇지. 이러고 있다가 남편이 찾아오면 모든 계획이 수포로 돌아갈 것이다. 다시는 그 지옥으로 들어가고 싶지 않다.

입원해야 된다는 의사를 뿌리치고 진료실을 나서려다 보니 지수는 억울한 생각이 들었다. 날 이렇게 고통에 빠뜨려 놓고 지들은 행복에 빠져 있겠지? 나만 당할 수 없다는 생각이 들어 과감하게 입원을 했다. 그 남자에게 전화를 걸었더니 받지 않았다. 할 수 없이 지은에게 전화를 걸었다. 지은도 받지 않았다.

그래? 받지 않는다 이거지? 그런다고 내가 포기할 것 같아? 문자를 보냈다. 병원에 있으니 그 남자랑 같이 오라고. 오지 않고는 배기지 못할 것이다. 지은인 마음이 약한 아이니까. 지수의 예상대로 지은인 그 남자를 대동하고 병원으로 달려와 주었다.

병실 문을 열고 들어가자 환자복을 입은 언니와 우빈이 보였다. 어딜 다친 거지?

"우빈아~"

지은이 걱정스러운 얼굴로 우빈에게 다가가 그를 안아주었다.

"아악!"

우빈이 자지러지게 비명을 지르자 지은이 놀라서 우빈일 살폈다.

"왜 그래? 어디 다쳤어?"

지은이 우빈의 옷을 걷자 우빈의 몸이 멍투성이였다. 이게 무슨 일이야? 애 몸에 웬 멍?

"언니, 무슨 일이야? 우빈이 몸이 왜 이래? 교통사고라도 난 거야?"

지은이 걱정을 담아 지수에게 다급하게 물었다.

"그게 교통사고로 난 상처 같니?"

멍청한 것. 교통사고로 난 상처와 골프채로 맞아서 난 상처도 구분 못 해? 자연 목소리가 뾰족하게 나갔다.

"그럼 어쩌다 이런 거야?"

"네 형부에게 맞았어."

지수의 목소리는 오히려 담담했다.

형부에게 맞다니? 사람이 사람을 때려서 이렇게 만들었다는 거야? 어떻게 이런 일이 일어날 수 있어?

"정말이야? 정말이야, 우빈아?"

도저히 믿을 수 없어서 지은은 우빈에게 물었다.

"엄만 더 많이 맞았어요. 그래서 입원했어요."

지은의 눈이 경악으로 동그래졌다. 그럴 순 없었다. 자신의 우상이던 언니가 형부에게 맞고 살다니. 믿을 수가 없었다.

"마, 말도 안 돼. 언니, 좀 봐봐."

지은이 지수의 옷을 걷으려고 하자 지수가 지은의 손을 때리며 막았다.

"나중에."

그제야 지은은 해진이 생각났다. 해진이 있어서 그러나 보다. 나중에 확인해야겠다고 생각하며 지수에게 재차 확인했다.

"정말 형부가 그랬단 말이야? 형부가 정말 언니하고 우빈일 때 렸어? 정말 그래?"

"그래."

"당장 이혼해!"

"그러려고. 그래서 저 사람 같이 오라고 했어. 도움 좀 받으려 고. 그래도 되지?"

지수가 고개로 해진을 가리켰다. 지은은 당연하다는 듯 고개를 끄덕였다.

"당연하지, 가족인데."

"그럼 우빈이 데리고 물리치료실에 좀 다녀와. 보다시피 내가 움직이기가 좀 힘들어서. 해줄 수 있지?"

지은은 목이 메어서 대답을 할 수가 없었다. 그저 고개만 끄덕 이고는 우빈을 데리고 병실을 나섰다. 지은이 나가자 해진을 보는 지수의 눈이 사납게 변했다.

"이제 속이 시원해요? 이게 다 당신 때문이야! 당신이 지은이와 헤어졌으면 이런 일 없었어! 당신이 계속 우리와 엮여 있으니까 남편이 다시 폭력을 쓴 거잖아!"

지수의 목소리가 올라갈수록 해진의 얼굴도 하얗게 질려갔다. 폭력이라니? 폭력이라니? 잘 사는 줄 알았는데 그게 아니었구나. 해진은 다시 자책감이 들었다.

"어, 언제부터?"

"그때부터."

생각하기도 싫은 그날, 칠 년 전 그날부터 이어져 온 폭력. 생각만 해도 끔찍했다.

해진은 눈을 질끈 감았다. 행복하게 사는 줄 알았는데. 원하는 아이를 얻어서 행복해할 줄 알았는데. 나만 지옥 속에서 살아온 것이 아니구나. 나 때문에 저 여자와 아이까지 고통을 받았구나.

해진이 고통스러워하자 지수의 마음이 조금은 풀어졌다. 이혼을 하기 위해서는 이 남자의 도움이 절실히 필요했다.

"이혼할 때까지 당신이 날 보호해 준다면 지은에게는 비밀로 해주겠어요. 그러니 나 좀 도와줘요."

"어떻게 도와드리면 되죠?"

원래 책임감이 강한 해진이었다. 자기 때문에 여자가, 아이가 맞고 산다는데 모른 척할 수 없었다.

"이혼 도장 찍기 전까지 숨어 있을 곳이 필요해요. 그리고 보디가드도요."

재욱을 떠올리자 지수는 몸이 오소소 떨리며 두려움이 몰려왔다. 재욱은 집요하고 무서운 사람이었다. 자기를 쉽게 놓아줄 리 없었다. 이혼청구서를 받는 순간 자기를 잡아들이려 할 것이다. 친정으로 갔다가는 붙들려 갈 게 뻔했다.

지은의 전화를 받고 병원으로 달려온 숙희와 영석은 지수와 우빈의 처참한 몰골에 기가 막혔다. 내 딸이, 금쪽보다 더 귀한 내 딸 지수가 맞고 살았다니? 도저히 있을 수 없는 일이었다. 눈에서 불이 켜졌다. 당장에라도 달려가 그놈을 씹어 먹어도 시원치 않을 것 같았다.

"내 이놈을 그냥!"

영석이 분노를 표하며 자리에서 벌떡 일어나자 지수가 영석의 손을 잡으며 막았다.

"아빠, 안 돼! 가지 마. 잘못하다간 이혼도 하기 전에 나 다시 그 집에 잡혀갈 수도 있어. 나 이혼해야 해. 다시는 그 집에 들어가기 싫어."

"그래, 이혼해!"

영석의 대답은 쉽게 나왔지만 숙희의 대답은 쉽게 나오지 않았다. 그 사위가 어떤 사위인데. 자기의 허영심을 채워준 사위인데. 손버릇만 고치게 할 수는 없을까? 고민은 길지 않았다. 지수의 망가진 몸을 보는 순간 숙희도 고개를 끄덕였다. 그까짓 돈이 뭐라고. 재벌이 뭐라고. 내 귀한 딸을 저 지경으로 만든 그놈을 절대 용서치 않을 것이다.

"아직도 어디 있는지 못 찾았단 말이야!"

사무실에서 재욱의 노성이 터져 나왔다. 윤 비서는 재욱의 앞에서 변명할 말도 없다는 듯 입을 꾹 닫고 서 있었다. 재욱은 자신의 감정을 다스리지 못하고 주먹으로 책상을 내려치더니 책상에 있는 서류를 확 쓸어버렸다. 바닥으로 서류가 후두둑 떨어졌다.

"나가서 다시 찾아봐! 돈은 얼마든지 들어도 좋아! 반드시 찾아 내! 반드시!"

재욱의 말에 윤 비서는 알았다는 듯 묵례를 하고 사무실을 나왔다. 윤 비서도 답답하긴 마찬가지였다. 정말 연기처럼 사라졌다. 친정으로도 가지 않고 카드 사용도 하지 않았다. 아무래도 누군가가 그녀와 우빈일 보호하고 있는 것 같았다. 그렇지 않다면 이렇게 흔적이 없을 리 없었다.

윤 비서가 나가자 재욱은 창가로 다가가 밖을 내다보았다. 답답했다. 넥타이를 느슨하게 풀었다. 그래도 답답했다. 창을 조금 열었다. 차가운 바람이 사무실 안으로 들어왔다. 따스하게만 보이던 바깥 날씨는 겨울 들판의 칼바람처럼 매서웠다. 와이셔츠 차림이라 추울 법도 하건만 재욱은 어깨도 웅크리지 않았다.

지수가 사라진 지 벌써 열흘이 넘었다. 도대체 어디로 사라진 걸까? 혹시라도 나쁜 마음을 먹었을까 봐 일에 집중할 수가 없었다. 그날 지수와 우빈일 그렇게 두고 나온 건 자존심 강한 지수의 성격상 다른 곳으로 가서 자신의 상황을 드러낼 사람이 아니라는 생각 때문이었다. 그 생각을 비웃듯이 다음 날 집에 들어가자 지수도 우빈이도 사라지고 없었다.

그래도 걱정하지 않았다. 처갓집에 갔나 보다 했었다. 아니면 호텔에서 조금 쉬다가 오든지. 재욱 자신이 생각해도 이번엔 심했던 것 같아 며칠 내버려 둘 생각이었다. 전화도 되지 않고 카드 사용 내역까지 없자 그제야 불안한 생각이 들었다. 이런 일이 있으면 백화점부터 가는 여잔데.

혹시 많이 다친 건가? 걱정이 되어 전화를 해봤지만 전원이 꺼져 있다는 멘트만 들려왔다. 맨 처음 찾아간 곳은 처갓집이었다. 열어주지 않는 문을 억지로 열고 들어가자 장인 장모의 노한 얼굴이 보였다.

"당장 나가! 여길 무슨 낯으로 찾아와?"

"어떻게 그럴 수가 있어? 어떻게 애를 그 지경까지 만들어? 이 천하에 나쁜 놈 같으니라고!"

영석과 숙희가 재욱에게 악담을 퍼부으며 달려드는 걸 봐서는 그가 지수와 우빈에게 한 짓을 알게 된 것 같았다. 노인네들이 어찌나 힘이 좋던지 윤 비서가 억지로 뜯어말려서 겨우 벗어났다.

재욱은 상황이 생각보다 훨씬 심각하다는 걸 깨달았다. 단 하나 다행스러운 것은 지수가 맨해튼에서처럼 나쁜 마음을 먹은 것 같지는 않다는 것. 처갓집을 나서면서 병원 기록을 찾아보라고 명했다. 장모님의 말에 의하면 지수와 우빈은 치료가 필요한 상태인 것 같았으니까.

지수는 전치 8주라고 했다. 그렇게나 많이 다쳤단 말인가? 그럼 입원을 했어야 했는데 이미 퇴원하고 없었다. 분명히 다른 병원으로 옮겼거나 어딘가에서 요양을 받고 있다는 뜻이겠지. 누가 도와주고 있는 걸까?

자신이 알기에 지수의 친정엔 그럴 만한 능력이 있는 사람이 없었다. 혹시 아버지가 도와주시는 걸까? 워낙에 우빈일 예뻐하셨으니까 그럴 수도 있겠다는 생각이 들었다. 그 생각도 이내 접어야 했다. 여행에서 돌아오자마자 아버진 우빈이부터 찾았다. 하여 외갓집에 보냈다며 거짓말까지 해야 했다.

Rrrrrr~ Rrrrrr~

인터폰이 울리자 재욱이 인터폰을 들고 신경질적으로 소리를 질렀다.

"뭐야? 아무도 연결하지 말라고 했잖아!"

"······저 사장님, 우편물이 왔는데요."

재욱의 격한 반응에 비서가 겁을 집어먹고 머뭇거리다 겨우 말을 꺼냈다. 이건 본인이 받아야 할 우편물이니까. 비서는 요즘 출근하기가 겁이 났다. 하루하루 버티기가 힘들었다. 언제 터질지 모르는 화약고를 안고 있는 기분이었다.

우편물을 꺼내본 재욱은 믿을 수 없어 눈만 깜박거렸다. 이혼조정신청서. 감히, 감히 나에게 이혼장을 내밀어? 나를 상대로 이혼을 하겠다고? 코웃음이 나왔지만 손은 분노로 부들부들 떨렸다. 표정이 잔인하게 변했다. 지수를 빨리 찾아야 할 이유가 하나 더 늘었다. 내 사전에 이혼이란 없다.

✻

몇 년 만에 맛보는 평화였다. 이 집에 온 지 벌써 열흘이 지났다. 이 집에 와서는 악몽도 꾸지 않고 편하게 잠들 수 있었다. 자궁 안에라도 들어온 듯 안온한 느낌이었다. 그런 느낌을 주는 집이었다. 지은과 그 남자가 결혼해서 함께 살 집이라고 했다. 집 안에만 있기가 답답해서 정원으로 나왔다. 바람은 차가웠지만 춥지 않았다.

마당엔 그네가 있었다. 아이가 생기면 달려고 했는데 우빈이 때문에 먼저 달았다고 했다. 우빈인 이 그네를 타고 노는 것을 좋아했다. 하긴 우빈인 이 그네에서 놀 권리가 있다. 이 집의 모든 것은 어쩌면 다 우리 우빈이 차지가 될 수도 있었는데. 우빈이에게 너무나 미안했다. 우빈인 지금도 지은이와 병원에 가고 없다. 학대로 인해서 우빈인 지금 정신이 병들어 있다고 했다.

지은은 유리창 너머로 우빈이 인형을 가지고 노는 모습을 지켜보고 있다. 놀이치료사와 함께 이야기를 나누며 가끔씩 인상을 찌푸리기도 했다.

아직도 우빈이 고양이를 학대하는 장면을 떠올리면 지은은 가슴이 철렁 내려앉았다.

이 집으로 오고 난 후 언니는 무기력하게 침대에서 잠만 잤다. 그것도 학대 받은 후유증이라고 했다.

우빈이 심심하겠다 싶어 찾아 나섰는데 보이지 않았다. 우빈을 찾아 뒷마당으로 간 지은은 깜짝 놀랐다. 우빈이 분노에 차서 고양이에게 위해를 가하고 있었다. 섬뜩했다. 정말 충격적이었다. 사랑하는 조카여서 더 그렇게 느껴졌는지도 모른다. 반듯한 행동만 보여서 더 그렇게 느꼈는지도.

언니에게 얘기하자 어쩔 줄 몰라 했다. 울상이 되었다. 우빈일 챙겨줄 여력이 없는 것 같았다. 지금 언니는 자신의 일을 감당하기에도 힘이 들 것 같아 자신이 알아서 하겠다고 했다. 해진 오빠에게 의논했더니 그가 의사를 소개시켜 주었다.

정말 좋은 사람이다, 해진 오빠는. 어떻게 처조카 일까지 이렇게 세심하게 신경을 써줄 수 있을까? 우리가 살 집을 언니의 도피처로 사용하게 해주고 보디가드까지 고용해 주었다. 가끔씩 오면 우빈이와 놀아주기도 했다. 고마운 마음뿐이었다.

밖에 나가길 두려워하는 언니 대신 지은이 우빈을 데리고 병원엘 다녔다. 병원을 오가면서 맛있는 것도 사 주었고 아이들이 놀

만한 데도 데리고 다녔다. 너무나 좋아했다. 그 모든 것이 처음이라고 했다. 케이크를 특히 좋아했다.

'외상후격분장애'. 우빈이의 병명이었다. 애가 이 정도 장애가 올 정도로 형부의 폭력이 장기적으로 이어졌단 말인가? 언니는 왜 지금껏 참고 살았을까? 옛날의 그 똑똑하던 언니를 떠올리면 있을 수 없는 일이었다. 그래도 참 다행이었다. 지금이라도 벗어날 각오를 했다니.

그의 도움을 받아 언니는 이혼 수속 중이었다. 조만간 이혼이 성립되겠지. 그럼 내가 더 잘해줘야겠다고 지은은 결심했다.

✻

드디어 찾았다. 지수는 그놈이 보호하고 있었다. 이혼 조정을 위해 변호사끼리 만난 자리에서 그 변호사를 의뢰한 사람이 그놈이란 걸 알았다. 방금 변호사로부터 그 정보를 전해 들었다. 온몸이 떨려왔다. 결국 이것들이 날 물 먹였다는 거지?

윤 비서에게 당장 차를 대기시키라고 하고는 사무실을 나섰다. 윤 비서가 뒤따르는 게 느껴졌지만 시선도 주지 않았다. 엘리베이터를 기다리는 와중에도 온 심장이 떨려왔다. 진정이 되지 않았다. 자꾸만 주먹을 불끈불끈 쥐게 되었다.

엘리베이터를 타고 내려 빌딩을 나서자 윤 비서가 차 문을 열어주었다. 재욱이 뒷좌석에 올라타는 사이 윤 비서는 조수석에 올라타고 내비게이션에 H&K 주소를 찍었다.

재욱의 급한 마음을 아는지 차는 순식간에 해진의 사무실 앞에 도착했다. 차가 멈추자마자 재욱은 급하게 내려 빌딩 안으로 들어 갔다. 여전히 재욱의 가슴이 들끓고 있었다. 노크도 없이 사장실 문을 쾅 열었다.

"이러시면 안 됩니다."

비서가 달려와 재욱을 말렸지만 해진은 담담한 표정이었다. 오 히려 기다리고 있던 것 같은 분위기까지 풍겼다. 해진이 자리를 비켜달라고 부탁하자 비서는 불안한 얼굴로 사장실을 나와 경철 의 사무실로 갔다. 모른 척하기엔 분위기가 너무나 심각했다.

"너, 너 이 자식! 지수와 우빈이 어딨어?"

재욱이 해진의 멱살을 잡으며 물었다. 해진은 자신의 멱살을 잡 은 재욱의 손을 잡아 떼어내며 냉소적으로 물었다.

"그렇게 걱정하는 사람이 사람을 그 지경이 되도록 때렸습니 까? 아이를 책임지고 키워주신다고 하지 않으셨습니까?"

재욱은 솟구치는 화를 참지 못하고 해진을 향해 주먹을 날렸다. 해진의 입술이 터졌다. 다시 재욱이 주먹을 날렸지만 해진을 치지 못했다. 해진이 팔을 뻗어 재욱의 팔목을 잡아버렸기 때문이다.

"한 대는 일부러 맞아준 겁니다. 증거가 필요해서요."

이, 이런. 머리 좋은 놈인 줄 알고 있었는데 이렇게 나올 줄은 몰랐다. 힘도 상당하다. 얼마나 세게 잡혔는지 해진에게 잡힌 재 욱의 팔에 마비가 오기 시작했다. 재욱의 팔이 부들부들 떨렸다. 윤 비서가 다가와 재욱의 팔목을 잡은 해진의 손을 풀었다.

"놓으십시오. 힘으로 해결하고 싶습니까?"

윤 비서의 말에 해진은 자신이 잡은 재욱의 팔목을 확 뿌리쳤 다.

"마음으로는 제가 더 때리고 싶습니다. 참고 있으니까 더 이상 절 자극하지 마세요. 그 어린애가 지금 무슨 병을 앓고 있는 줄 아십니까?"

"병이라니? 무슨 병?"

질문에 대한 답도 없이 해진이 강요했다.

"소문나서 좋을 것 없으니 조용히 이혼해 주십시오. 이혼에 필요한 서류는 이미 다 준비되어 있습니다. 진단서도 첨부되어 있고 우빈이 정신과 상담 기록도 첨부되어 있습니다."

"정신과라니? 그게 무슨 소리냐고?"

재욱이 다시 소리쳐 물었지만 해진은 대답하지 않았다. 문이 열리고 씩씩거리며 경철이 들어왔다.

"너냐? 여자와 애한테 골프채 휘두른 놈이?"

푸짐한 덩치로 경철이 따지고 들자 재욱과 윤 비서는 몸을 돌릴 수밖에 없었다.

약속 장소로 향하는 해진의 얼굴이 굳어 있었다. 마음을 주지 않으려고 했다. 자신은 어차피 떠날 거니까. 자주 얼굴을 대하면 자기도 모르게 감정이 표출될 수도 있을 것 같았다. 그래서 우빈과 되도록 얼굴을 마주치지 않으려 했다.

하지만 오늘은 그럴 수가 없었다. 재욱이 나타나 자신의 가슴을 마구 헤집고 가버리자 해진은 우빈에 대한 죄책감 때문에 사무실에 앉아 있을 수가 없었다.

이 시간이면 우빈은 정신과에서 놀이치료를 받고 있을 것이다. 해진은 매일 담당의사와 통화하며 우빈의 치료 상황을 전해 듣고 있었다.

생각보다 우빈의 상처가 컸다. 어릴 적부터 학대 받아온 것을 생각하니 다시 가슴이 쓰라렸다. 우빈은 아빠가 친아빠가 아닌 걸 아는 것 같았다. 엄마 대신 이모 손을 잡고 정신과에 치료받으러 다니는 자신의 아이를 어떤 눈으로 바라보아야 할지 해진의 마음 은 답답하기만 했다. 그래, 일단 만나보자. 해진은 지은에게 전화 를 걸었다.

[어, 오빠.]

휴대폰에서 지은의 목소리가 들려왔다. 해진은 작게 심호흡을 하고는 굳게 마음을 먹은 듯 비장하게 말했다.

"같이 점심 먹자, 우빈이랑 같이."

[정말? 오빠 시간 돼?]

이유도 모르고 목소리 톤까지 올라가며 반색하는 지은에게 해 진은 죄책감을 느꼈다.

병원을 나서니 익숙한 그의 차가 대기하고 있었다. 차만 봐도 반가웠다. 우빈의 손을 잡고 나오던 지은은 우빈에게 말했다.

"이모부 오셨네. 우빈이 뭐 먹고 싶어? 이모부가 사주신대."

"음……."

결정하기가 쉽지 않은 듯 우빈이 고개를 갸웃거리며 고민하는 표정을 지었다. 똘망똘망한 눈동자를 굴리며 손가락으로 이마까 지 짚어가며 생각하는 모습이 꽤나 심각해 보였다. 이럴 때 보면 영락없이 순수하고 맑은 어린앤데……. 자신도 이렇게 가슴이 아 픈데 언니는 오죽할까? 형부가 점점 더 미워졌다. 어떻게 인간이 그럴 수가 있을까? 그렇게 사랑한다고 해놓고선.

그가 차에서 내려 이쪽으로 성큼성큼 걸어오는 것이 보였다. 여전히 멋진 모습이었다. 보기만 해도 가슴이 두근거렸다. 근데 표정이? 오늘 언짢은 일이 있었나?

두 사람 앞에 도착한 해진이 두 손을 내밀어 우빈을 번쩍 안아 들었다.

"이, 이모부."

우빈이 당황했는지 버벅거렸다. 얼굴까지 빨개졌다. 아빠와는 너무나 다른 사람. 이런 사람이 아빠라면 얼마나 좋을까? 자신의 속마음을 들킬세라 우빈은 얼른 해진의 가슴에 얼굴을 묻었다. 따뜻했다. 좋은 냄새가 났다. 점점 더 해진의 가슴을 파고들었다.

"우리 우빈이 좋겠네. 이모부가 안아주고."

지은은 우빈에게 잘해주는 해진이 너무나 고마웠다. 얼굴만 잘생긴 것이 아니라 마음까지도 잘생긴 사람이었다. 우리에게도 아이가 생긴다면 저렇게 사랑해 주겠지? 아니, 더 잘해주겠지? 암, 그렇고말고.

상상만 해도 행복했다. 세 식구, 아니, 네 식구, 아니, 그 이상이 될 지도 모를 미래의 가족을 생각하며 지은은 미소 지었다.

우빈이 자신의 가슴을 파고드는 것을 느끼며 해진은 우빈의 엉덩이를 한 손으로 받쳐 안고 자신의 차로 향했다. 안아주기엔 묵직했지만 해진은 힘든 줄도 몰랐다. 이렇게라도 해서 마음의 짐을 덜 수가 있다면 하루 종일이라도 안아줄 수 있을 것 같았다.

"우빈이 뭐 먹고 싶어?"

"음……."

해진의 질문에도 우빈은 제대로 대답을 하지 못했다. 눈만 떼굴 떼굴 굴렸다.

"특별히 먹고 싶은 거 없어?"

해진이 다시 묻자 우빈이 작은 목소리로 대답했다.

"잘 모르겠어요."

우빈은 먹고 싶은 것을 결정하지 못했다. 분명 자기가 원하는 것이 있을 텐데 이렇게 요구하지 못하는 것 또한 학대 받아온 후 유증일 것이다. 자존감의 부족. 자신감의 부족. 깊이 생각을 말아야지 하면서 또 어느새 우빈이 생각에 매달려 있었다.

지은이 패밀리 레스토랑을 제안했다. 우빈도 좋다고 했다. 알았다고 고개를 끄덕이고 해진은 자동차를 출발시켰다. 지은이 혼자라면 조수석에 앉혔겠지만 우빈이 혼자 뒤쪽에 앉힐 수가 없어 둘다 뒷좌석에 타게 했다.

운전석에 올라탄 해진은 지은과 우빈이 눈치채지 못하게 한숨을 내쉬고는 룸미러로 뒷좌석을 살펴보았다. 우빈도 자기를 보고 있었는지 룸미러를 통해 눈이 마주쳤다. 우빈이 부끄러워하면서 얼른 시선을 돌리자 해진도 슬그머니 시선을 돌려 전방을 쳐다보았다.

자동차는 어느새 패밀리 레스토랑에 도착했다. 해진이 자동차를 세우자 우빈과 지은이 자동차에서 내렸다. 지은이 우빈의 손을 잡고 레스토랑 안으로 들어가자 해진도 뒤따라 걸어갔다.

패밀리레스토랑엔 평일인데도 가족끼리 온 손님이 많았다. 직원의 안내를 받아 자리에 앉자 직원이 메뉴판을 주고는 주문을 기다렸다.

"우빈이 스테이크 좋아해?"

뭐 먹고 싶으냐고 묻고 싶었지만 우빈이 결정을 쉽게 내릴 것 같지 않아 해진은 선택의 폭을 줄여주었다.

"예."

"그럼 우리 이거 먹자. 넌 이거, 이모부는 이거."

메뉴판을 짚어가며 맛있어 보이는 새로운 스테이크 요리를 가리키자 우빈도 좋다는 듯 '네' 하고 대답했다.

"지은인?"

"난 로브스터 주문해 줘요. 화장실 다녀올게."

지은이 자리를 비우자 해진은 우빈에게 물었다.

"우빈인 아빠랑 둘이서 꼭 하고 싶었던 거 없어?"

평생 아빠 노릇을 할 수 없는 처지지만 한 가지 소원 정도는 들어주고 싶었다. 그것도 해주지 못하면 평생 한이 될 것 같았다.

"……"

우빈이 대답을 하지 않고 가만히 해진만 쳐다보자 해진이 다시 한 번 물었다.

"없어?"

왜 없겠는가? 아빠가 얼마나 필요한 나인데……. 해진의 물음에 우빈이 조그마한 목소리로 대답했다.

"……있어요."

"뭔데?"

"낚시하고 싶어요."

보통의 아이라면 놀이동산이나 동물원 타령을 하는데 낚시라니? 조금 의외의 대답에 해진이 되물었다.

"낚시?"

"예. 유치원 친구가 아빠랑 배 타고 나가서 낚시했는데 이만큼 큰 물고기 잡았다고 자랑했어요."

"그랬구나. 그럼 우빈이, 이모부랑 같이 낚시 갈까?"

"정말요?"

해진이 고개를 끄덕였다.

"정말이죠?"

"그럼, 정말이지. 점심 먹고 당장 갈까?"

"네!"

우빈의 목소리가 우렁차게 울렸다. 우빈을 만나고 처음으로 들어보는 기쁨에 찬 목소리였다. 해진은 목이 메어왔다. 눈물이 나올까 봐 눈에 힘을 주었다. 처음 보았을 땐 곱게 자란 재벌가 아이였다. 그다음 보았을 땐 자기 아이인 줄 알고 있었지만 행복해 보여서 안심했다. 잘 키워준다는 약속이 지켜지고 있는 것 같았다. 그랬는데 실상을 알고 보니 고통 속에서 살고 있었다. 억장이 무너졌다.

그렇게 억지까지 쓰면서 아이를 만들었으면 최소한 행복하게는 해줘야지. 생각하면 할수록 그 남자가 원망스러웠다. 마음 같아서는 아이만 데려오고 싶었다. 하지만 그럴 순 없는 일. 그렇다면 지은이와의 이별을 생각해야 하는데 지은이와 헤어져서 살 자신이 없었다. 그 남자로부터 떼어놓는 것만으로 자신의 역할을 끝내고 싶었다.

이렇게 인간은 이기적인 존재다. 자신을 버린 부모를 원망했지만 자기 역시 자신의 행복을 위해 자식을 외면하는 나쁜 인간이 되고 말았으니까. 때론 사랑 때문에 인간들은 인간의 도리를 외면하기도 한다.

"이모도 같이 갈 거예요?"

"아니, 우리 둘만. 남자끼리만. 싫어? 우빈이가 원한다면 이모도 같이……."

"아니요! 남자끼리만 가요!"

해진의 말이 끝나기도 전에 우빈이 소리쳤다. 우빈은 정말 남자끼리만 가는 게 좋은 듯 눈을 반짝거렸다.

"어딜 남자끼리만 가자는 거야?"

화장실을 다녀온 지은이 묻자 우빈이 쪼르르 대답했다.

"이모, 이모부랑 나랑 둘이서 낚시 가기로 했다. 점심 먹고 바로."

며칠 병원에 같이 다니면서 지은과 우빈은 많이 친해졌다. 엄마와는 달리 장난도 잘 치고 짜증을 내지 않는 이모가 우빈은 좋았다. 지은이 무슨 말이냐는 듯 보자 해진이 슬그머니 지은의 시선을 피하며 대답했다.

"우빈이 아빠랑 낚시 가고 싶었나 봐. 그래서 남자 대 남자로 내가 같이 가주기로 했어."

"우리 오빠 짱! 역시 해진 오빠야!"

이유도 모르고 좋게만 봐주는 지은에게는 정말 미안한 마음뿐이었다. 죄책감이 더 커졌다.

"그래서 그러는데, 언니한테 허락 좀 받아줄래? 일박하고 올지도 몰라서 말이야. 아무래도 내가 얘기하는 것보다 네가 얘기하는 게 낫지 않을까?"

"알았어, 오빠. 내가 얘기할게."

지은이 대답하고는 지수에게 전화를 걸었다. 다행히 언니는 별다른 불평 없이 쉽게 허락해 주었다.

해진은 곧바로 여행 갈 준비를 했다. 비서에게 전화해서 예약을 부탁했다. 점심을 먹은 후 곧바로 지은과 우빈을 태우고 자신의 오피스텔로 향했다. 간단하게라도 짐을 챙겨야 했으니까.

가방을 챙긴 해진은 우빈과 지은을 태우고 다시 일산 집으로 향했다. 지은의 전화를 받고 지수가 우빈의 짐을 챙겨놓았다고 했다. 해진은 지은에게 우빈의 가방을 가져오라고 부탁했다. 잠시라도 그 여자와는 마주치고 싶지 않았으니까. 그렇게 해진은 우빈과 둘만의 여행을 떠났다.

제주공항에 내리자 공기부터 달랐다. 비릿한 바다 내음이 물씬 풍겨왔다. 그때 해진의 손에 자그마한 손가락이 느껴졌다. 고개를 돌려보니 우빈의 손이었다. 고사리처럼 가는 손가락. 낯선 지역이라 두려웠는지 우빈이 해진의 손을 조심스레 잡고 있었다.

마치 그 손을 놓치면 큰일이라도 날 듯 간절했다. 하지만 그 손놀림에는 두려움이 섞여 있었다. 이래도 되나 싶은 조심스러움. 대답 대신 해진은 우빈의 작은 손을 꼭 잡고 우빈의 어깨 정도까지 들어 올리며 우빈을 향해 씩 웃어주었다. 그제야 우빈도 안도의 표정을 지었다. 얼마나 학대받으며 살았기에 손잡는 것조차 이렇게 두려워하나 싶었다. 해진의 마음이 또다시 아파왔다.

우선 기사를 찾아야 했다. 휴대폰으로 비서에게서 받은 전화번호를 눌렀더니 공항 앞에 대기 중이라고 한다. 우빈의 손을 잡고 공항을 나서자 기사가 나와서 해진과 우빈의 가방을 받아 트렁크에 넣어주었다. 우빈을 뒷좌석에 먼저 태우고 해진이 그 옆에 올라탔다.

"어디로 모실까요?"

운전석에 올라탄 기사가 먼저 말문을 열었다. 관광객을 많이 상대하는지라 표준말을 썼다. 오늘 손님은 VIP라고 소개받았다. 돈은 신경 쓰지 말고 원하는 대로 다 해주라는 말에 기사는 기대가 컸다. 요즘 같은 불경기에 한밑천 잡을 수도 있기 때문이었다.

"이 시간에 낚시는 무리겠지요?"

"오래 할 거 아니면 가능하지요."

"그럼 낚시하는 곳으로 가주세요."

바다는 잔잔했다. 바람이 심하지 않아서 낚시하기엔 좋은 날씨라고 했다. 낚시 경험이 없다는 말에 기사는 낚싯대로 하는 낚시보다는 줄을 당겨서 끌어 올리는 다랑어 낚시를 하라고 조언해 주었다.

기사가 배까지 잡아주었다. 배를 타고 우빈이와 바다로 나왔다. 잔잔하긴 하지만 바다는 바다였다. 출렁이는 파도에 우빈이 쉽게 균형을 잡지 못하고 넘어질 듯 휘청거렸다. 해진이 우빈에게 구명조끼를 입힌 다음 우빈을 의자에 앉히고 자기도 앉았다.

갈매기가 끼룩끼룩 뱃전으로 몰려들었다. 새우깡이 있으면 좋을 텐데. 우빈은 신기한지 손을 들어 올려 갈매기를 만져보려고 했지만 갈매기는 얄밉게도 잡히지 않고 날아가 버렸다. 한동안 속도를 내던 배가 바다 한가운데로 가더니 속도를 늦추었다. 선장이 갑판으로 나오더니 장갑을 건네주었다. 장갑을 끼지 않고 줄을 당기다가는 손을 다치기 십상이라고 했다. 우빈에게 장갑을 끼워주려고 하니 혼자서도 할 수 있다고 했다. 기특했다.

잠시 후, 끈이 묵직해졌다. 물었나 보다. 해진이 끈을 잡아당겼다. 이런 맛을 손맛이라고 하는가? 살아 있는 것이 버둥거리는 느낌이 전해져 왔다. 이내 바다 속에서 끌려오는 다랑어가 보였다. 확 끌어올리자 선장이 다가와 솜씨 좋게 다랑어를 빼내고 미끼를 다시 바다로 집어 던졌다. 선장이 다랑어의 피를 뽑아내었다. 그래야 맛도 좋고 신선도가 유지된다고 했다.

"이모부, 여기, 여기!"

신이 난 우빈의 목소리였다. 우빈이 목소리에 고개를 돌려보니 우빈도 줄을 당기고 있었다. 혼자서는 힘이 달리는지 낑낑거리는 모습이 얼마나 귀여운지 절로 미소가 지어졌다.

"나 혼자 못 해요. 빨리요!"

해진은 자신이 잡아당기던 줄을 놓고 얼른 다가가 우빈과 같이 줄을 당겼다. 이런, 제법 무겁다. 큰 놈인가 보다. 두 사람이 당기는데도 쉽사리 끌려오지 않았다. 선장까지 합세해야 했다. 마지막 힘을 주어 끌어당기자 미끼를 문 다랑어가 연달아 올라왔다. 한 마리, 두 마리, 세 마리. 이러니 쉽게 끌려오지 않지. 추운 날씨임에도 땀깨나 흘려야 했다. 두 마리는 작았지만 한 마리는 제법 컸다.

선장이 기념사진을 찍어주었다. 우빈을 위해 준비한 시간이었는데 오히려 해진을 위한 시간 같았다. 너무나 즐거웠다. 해진 역시 즐기지 못한 어린 시절로 돌아가 동심을 즐기는 느낌이었다.

선장이 즉석에서 회를 떠 주었다. 자기가 잡은 고기라 그런지 우빈이도 잘 먹었다. 우빈의 코가 빨개졌다. 아무리 잔잔하다 해도 바닷바람이다 보니 매섭고 차가웠다. 더 있다가는 우빈이 감기 들 수도 있겠다는 생각이 들었다.

"이제 그만 가자."

우빈은 좀 더 하고 싶은지 대답이 없었다.

"내일 아침 일찍 또 오자. 일출도 보고."

"정말이요? 내일 또 올 거예요?"

"그럼. 내일 또 오자."

해진이 다정하게 말하자 우빈이 그제야 고개를 끄덕였다.

두 사람은 호텔로 돌아와 저녁을 먹고 목욕까지 마쳤다. 우빈의 눈에 졸음이 가득했다. 자식, 피곤했구나.

"들어가서 자."

"이모부는요?"

"난 조금 있다가 잘게."

"그럼 안녕히 주무세요."

해진의 말에 우빈이 고개를 숙여 인사하고는 방으로 들어갔다. 우빈이 방으로 들어가자 해진은 노트북을 꺼내 업무를 보기 시작했다. 처리해야 할 일이 많았다. 당장 한국을 떠날 생각이었지만 회사 상황이 쉽지 않았다. 그 남자가 일을 벌이는 바람에 여기저기서 컴플레인이 들어왔다.

별 시답지 않은 것들을 핑계로 계약 해지를 요구하는 것이 대부분이어서 문제될 것이 없었는데 최근에는 양상이 달라졌다. 바이러스가 침입해 들어와 프로그램에 문제를 일으켰다. 방어막도 뚫렸다. 실력 있는 놈이 장난을 치고 있는 것 같았다. 온 직원이 매달려 백신을 만드느라 여념이 없었다.

"아악!"

노트북을 두드리며 마무리 작업을 하고 있는데 비명 소리가 들렸다. 우빈이 자고 있는 방에서 들리는 소리였다. 놀라서 달려가 보니 우빈이 몸을 뒤척이며 비명을 지르고 있었다. 악몽을 꾸는 것 같았다.

"잘못했어요, 아빠. 잘못했어요. 제발, 제발…… 때리지 마세요."

우빈이 손까지 싹싹 빌어가며 사정하고 있었다. 눈물이 핑 돌았다. 머리가 돌 것 같았다. 자기가 벌인 일을 아이에게 화풀이를 해? 내 이놈을 당장! 당장 달려가 죽여 버리고 싶은 충동을 느꼈다. 하지만 지금은 우빈을 깨워야 했다.

"우빈아, 우빈아, 이모부야. 정신 차려."

해진이 깨우자 우빈이 천천히 눈을 떴다. 아직도 악몽 속인 듯 눈에서 눈물이 흐르고 있었다.

"꿈이야. 이제 우빈인 안전해. 아무도 우빈이 못 괴롭혀."

해진은 우빈을 품에 안고 토닥토닥 두드려 주었다. 우빈의 몸이 아직도 떨고 있었다.

"괜찮아. 이젠 괜찮아."

우빈의 떨림이 잦아지더니 다시 스르르 눈이 감겼다.

"더 자."

그 순간 우빈이 다시 눈을 번쩍 떴다. 자는 게 무섭다는 듯 내려오는 눈꺼풀을 밀어 올렸다.

"싫어요. 안 잘래요. 무서워요. 또 꿈꾸면 어떡해요?"

목소리에 짙은 불안이 배어 있었다. 우빈의 불안이 해진에게 그대로 전해져 왔다.

"내가 옆에서 잘게. 걱정 마."

우빈은 믿을 수 없다는 듯 고개를 들어 해진을 보았다. 해진이 고개를 끄덕여 주었다. 우빈은 해진의 얼굴에서 진심을 읽고는 고개를 끄덕였다. 해진이 우빈을 안고 침대에 눕자 우빈이 해진의 가슴을 파고들었다. 곧 긴장이 풀어진 듯 우빈이 스르르 눈을 감았다.

이래서 천륜이라고 하는 걸까? 몇 시간 만에 우빈은 해진에게 커다란 무게로 다가왔다. 지은이만 아니라면 우빈이와 같이 살고 싶었다. 우빈일 지켜주고 싶었다. 진심으로.

16. 사랑이라는 건……

쫓겨나듯 그놈의 사무실을 나온 순간 재욱은 솟구치던 분노가 스르르 사그라지며 자기혐오에 빠지고 말았다.

그때 그 방법을 쓰지 말아야 했던 건가? 그 일 때문에 모든 것이 엉망이 되고 말았다. 하지만 후회하기엔 재욱의 자존심이 허락하지 않았다.

회사로 향하던 차를 돌려 가끔씩 이용하던 바로 향했다. 대낮부터 술을 찾는 재욱을 윤 비서는 걱정 어린 시선으로 바라보았다.

걱정이다. 사모님이 집을 나간 후 재욱은 회사 일보다는 지수를 찾는 일에 더 매달렸다. 그 남자를 무너뜨리는 데 더 신경 썼다. 이대로 가면 회사도 타격을 입을 것이다. 하루라도 빨리 사모님을 집으로 데리고 들어가야 하는데……. 재욱을 위해 룸을 잡아주고 윤 비서는 전화를 걸어 사람들을 닦달하기 시작했다.

윤 비서의 도움을 받아 겨우 방으로 들어선 재욱은 옷도 벗지 않고 침대에 걸터앉았다. 축 처진 어깨가 평소의 재욱과는 많이 달랐다. 윤 비서가 옷을 벗겨주려고 재킷을 건드리자 재욱은 됐다는 듯 나가라고 손짓했다. 혼자 있고 싶은가 보다. 윤 비서는 알았다는 듯 묵례를 하고는 방을 나가서 방문을 닫아주었다.

윤 비서가 나가자 재욱은 침대에 벌렁 드러누웠다. 옆으로 팔을 뻗어보았지만 아무것도 만져지지 않았다. 재욱은 몸을 굴려 지수의 자리 쪽으로 엎드렸다. 지수의 베개에 코를 박고 숨을 들이쉬었다. 이젠 침대에서도 지수의 냄새가 잘 나지 않았다. 이상하게 얼굴도 잘 생각나지 않았다. 지수를 알고 지낸 순간들이 다 꿈만 같았다.

"지수야, 지수야……. 어디 있니? 보고 싶다."

분노도 원망도 그리움을 당해낼 순 없었다.

출근이 늦었다. 어제 술이 과한 탓인 것 같았다. 겨우 정신을 차리고 출근하니 책상 위에 가득 쌓인 결재 서류가 보였다. 예전 같았으면 출근하자마자 제일 먼저 집어 들었을 결재 서류. 하지만 재욱은 서류에는 손도 대지 않고 의자에 깊이 몸을 기댔다. 피곤했다.

어젯밤도 잠을 설쳤다. 지수가 떠난 후 재욱은 거의 잠을 자지 못했다. 결혼하고 출장 갔을 때를 제외하고는 지수와 다른 침대를 사용한 적이 없었다. 습관 때문인지 옆에 지수가 없으면 잠을 제대로 잘 수가 없었다. 그래서 출장을 가도 데리고 가거나 최대한 빨리 일을 마무리 짓고 돌아오곤 했었다. 그런데 벌써 열흘도 넘게 지수를 느낄 수 없으니 재욱으로서는 미칠 수밖에.

급한 노크 소리와 함께 문이 벌컥 열리고 윤 비서가 들어왔다. 요즘 재욱의 심사를 뒤틀리게 하는 놈 중 한 놈이었다. 어떻게 아직도 지수와 우빈일 못 찾을 수 있어? 넓지도 않은 나라에서? 화가 불쑥 솟았다. 눈썹이 확 치켜 올라가며 눈매가 매서워졌다.

"뭐야?"

"찾았습니다."

윤 비서의 말에 구겨져 있던 재욱의 미간이 순식간에 펴졌다. 반가움에 자리에서 벌떡 일어났다. 답변서 제출 기한 전에 무조건 지수를 찾아야 했다. 변호사와 얘기를 나눈 결과 자신에게 상당히 불리했다. 지수가 마음을 바꾸지 않는다면 이혼은 불가피했다.

재욱은 절대 이혼할 생각이 없었다. 어쨌든 재욱에게 지수는 유일한 여자이고 우빈은 유일한 자식이니까.

"어디야?"

재욱의 마음이 급했다.

"최근에 박해진이 일산에 매입한 집이 있습니다. 신혼집으로 준비한 곳이라고 하더군요. 그곳에 있는 것을 확인했습니다."

칠 년 만에 그놈을 만나고 난 후 그놈의 주변을 살펴보라고 명령을 내렸다. 분명히 그놈 주변에 있다는 확신이 들었다. 그렇지 않다면 지수와 우빈의 상태를 그렇게 잘 알 수 없을 테니까. 그 확신이 맞았다는 거지?

"당장 잡아와."

"알겠습니다."

윤 비서가 나가는 것을 보며 재욱은 회심의 미소를 지었다. 뛰어봤자 벼룩이다. 부처님 손바닥 안의 손오공. 느긋하게 앉아 기다리기만 하면 된다. 오늘 밤은 잠을 잘 수 있을 것 같았다.

지수는 점심을 먹고 거실 소파에 앉아서 지은과 커피를 마시고 있었다.

"언니, 커피 맛있다. 그치?"

지은이 말을 건넸지만 귀찮기만 했다. 대답도 없이 커피를 한 모금 마시는데 카톡 들어오는 소리가 들렸다. 패턴을 그려서 카톡을 확인하자 우빈이 보낸 동영상이었다. 얼른 열어보자 우빈이 보였다. 환하게 웃고 있었다. 목소리도 들렸다. 몹시도 신난 목소리였다.

"엄마, 엄마, 보여? 내가 잡은 고기야. 크지?"

무거운 듯 장갑을 낀 손으로 겨우 들어 올리는 우빈의 모습은 행복해 보였다. 정말 행복해 보였다. 처음 보는 환한 미소였다. 우리 아들 미소가 저렇게 환했구나.

"이모부, 우리 같이 찍어요."

우빈이 손짓하자 화면 속에 해진의 모습이 보였다. 우빈을 찍어주다가 우빈의 부탁에 셀카 모드로 바꾸어서 찍은 것 같았다. 해진이 우빈의 어깨를 감싸 안고 있었다. 재욱과는 한 번도 해보지 못한 다정한 포즈. 두 사람은 다정한 부자 사이처럼 보였다.

"이렇게 보니 우빈이랑 해진 오빠랑 닮은 것 같다. 그치, 언니?"

동영상을 들여다보며 사정 모르는 지은이 속없이 말했다.

당연하지. 우빈이 친아빠인데. 아들이 아빠 닮는 게 당연하지 않아? 갑자기 가슴이 갑갑해져 왔다.

"갑갑하다."

거의 집 안에서만 생활하는 지수였다. 혹시라도 사람들 눈에 띌까 봐 정원에도 나가지 않았다. 이혼 판결이 나기 전까지는 몸을 사려야 했다.

"정원에 나가자, 언니. 거기만 나가도 좋아."

"괜찮을까? 혹시라도 네 형부가 찾아오면."

지수의 목소리에 주저함이 묻어났다. 아직 불안한가 보다.

"경호원 있는데 뭐 어때? 우리 나가서 차 마시자, 언니. 우빈이가 없으니 나도 심심하다."

갑갑한 걸로 치면 지은이 더 심했다. 지금까지 내내 자유롭게 살아온지라 갇힌 생활을 견디기 힘들었다. 그나마 우빈이와 병원 다니면서 바람이라도 쐬었기에 견딜 수 있었다. 그런데 우빈마저 해진과 제주도로 여행을 떠나 버리자 혼자 있을 지수가 걱정되어 지은은 종일 지수 옆에 있었다.

보온병에 따뜻한 허브티를 담고 예쁜 컵 두 개를 준비해서 지은이 주방에서 나왔다. 지수도 두꺼운 카디건을 걸치고 방에서 나왔다. 지은이 쟁반을 들고 정원으로 나오자 지수도 따라 나왔다.

겨울이지만 햇살이 따사로웠다. 손을 올려 햇살을 느껴보았다. 따뜻했다. 하늘을 올려다보았다. 파란 하늘이 보였다. 흰 구름도 보였다. 태양이 눈부셔 눈을 찡그렸다. 참 오랜만에 만끽하는 자연이었다. 미소가 절로 지어졌다.

"언니, 이리 와."

지은이 티 테이블에 앉아 지수를 불렀다. 티 테이블 옆의 감나무 꼭대기엔 아직도 감이 매달려 있었다. 까치밥이라고 했던가?

지수가 의자에 앉자 지은이 입을 달싹거렸다. 물어도 되나? 상처만 건드리는 건 아닌가? 하지만 알아야 돕지.

솔직히 지은은 언니가 이혼하는 게 안타까웠다. 맞고 사는 건 싫지만 형부가 고칠 수만 있다면 굳이 이혼 같은 건 안 해도 되지 않을까 싶었다. 지은이 보기엔 형부가 언니를 정말 사랑하는 것처럼 보였었다.

사춘기 시절, 인간성 제로이긴 하지만 사랑에 있어 저돌적인 형부가 멋져 보이기도 했으니까. 남들은 신데렐라가 되었다고 지수를 부러워했지만 지은은 언니가 사랑받는 여자라서 부러웠다. 언니를 바라보는 형부의 시선은 늘 뜨겁고 다정했다.

"저, 언니……."

"왜?"

"근데 형부는 언니한테 왜 그런 거야? 언제부터 때렸어? 설마 결혼하자마자부터 때린 거야?"

언제부터 때렸냐고? 왜 때렸냐고? 그걸 어떻게 대답해. 지수의 속이 부글부글 끓어올랐다. 네 형부가 아이를 갖게 하려고 억지로 대리부를 구해와 잠자리를 하게 했다고. 그것을 지켜본 네 형부가 질투심에 폭력을 쓰기 시작했다고. 네 형부를 돌게 만든 그 대리부가 바로 네 남자라고. 대답하고 싶지 않아 지수는 대신 질문을 던졌다.

"넌 그 사람이 여자랑 침대에 누워 있는 걸 보고도 아무렇지도 않았어? 보통 그런 걸 보면 돌지 않아?"

정말 궁금했다. 남편은 결국 그것 때문에 포악한 짐승으로 변해 버렸는데 지은은 아무렇지도 않다는 듯 넘겨 버리니 지수로서는 궁금할 수밖에 없었다.

"사랑하니까 믿는 거지. 그리고 오빠가 어떤 사람인지 아니까."

지은의 사랑법은 그랬다. 사랑하면 믿는 것. 믿을 수 없어도 믿어주는 것.

흥! 코웃음이 나왔다. 네가 믿는 그 남자가 칠 년 전에 어떤 짓을 저질렀는지 아니? 지수는 지은에게 해진의 실체에 대해서 얘기해 주고 싶었다. 지수는 그 당시 해진이 남자들에게 끌려왔다는 사실은 기억에서 지워 버렸다. 도망갔다가 재욱에게 뺨까지 맞았다는 건 까맣게 잊었다. 단지 그 일 때문에 자기와 우빈의 인생이 엉망이 되었다는 것만 기억했다. 확 불어버려? 지수가 생각에 잠긴 사이 지은이 계속 말을 이었다.

"언니, 나 초등학교 때 언니 따라 성당 간 거 기억나?"

그런 적이 있었나? 잘 기억나지 않았다. 하여간 어릴 적 지은은 틈만 나면 지수를 졸졸 따라다녔다. 언니, 언니 부르면서. 그때 지은에게 붙들릴까 봐 귀찮아서 몰래 집을 빠져나가곤 했는데 하도 따라붙어서 데려갔나 보다.

"글쎄……."

4학년 때다. 그때도 지수는 지은을 데리고 다니지 않았다. 그날은 지은이 선수를 쳤다. 지수가 다니는 성당에 먼저 가서 기다렸다. 친구들이 있어서 그런지 지수는 지은의 손을 잡고 성당 안으로 들어갔다. 신부님의 말씀도 좋았지만 자신의 손을 잡아주는 지수가 지은은 더 좋았다.

그때 신부님이 그러셨다. 믿음과 소망과 사랑 중에 그중에 제일은 사랑이라고. 어린 맘에 그게 무슨 뜻인지 몰랐는데 자라면서 그 말이 이해되었다. 믿음이란 믿을 수 있을 때 생기는 감정이지만 사랑이란 건 믿을 수 없어도 믿어주고, 포기해야 함에도 포기하지 않고, 잘못이 있어도 용서해 주는 그런 감정이라는 것을 말이다. 그래서 아마 믿음과 소망과 사랑 중에 그중에 사랑이 제일이라는 거겠지.

"그때 신부님께서 그런 말씀을 하셨거든. 믿음과 소망과 사랑 중에 그중에 제일은 사랑이라고. 사랑하면 무조건 믿어줘야 하고 설사 상대가 잘못을 저질렀다 해도 용서해 주는 것이 사랑이라고. 난 오빠 사랑하니까 오빠 믿는 거야."

사랑? 사랑하니까 믿는다고? 사람들은 보통 그 사랑 때문에 의심하고, 그 사랑 때문에 질투하고, 그 사랑 때문에 망가지기도 한다. 그 산 증인이 바로 재욱이다.

"사랑은 네가 생각하는 것처럼 그렇게 너그러운 감정이 아니야. 사랑하니까 의심하고, 사랑하니까 질투하고, 사랑하니까 망가지기도 해. 사랑하니까 용서가 안 되는 거라고! 근데 넌 어떻게 그럴 수가 있어? 너 그 사람 사랑하는 거 맞아?"

아마 사랑하는 게 아닐 것이다. 그저 편하고 믿음직스러운 감정일 뿐이다. 지수의 목소리가 싸늘해지며 지은에게 다그치듯 물었다.

"그럼, 사랑하지. 사랑하기도 하고 오빠는 다른 남자하고 또 달라서……."

순간적으로 입을 막았다. 지수가 다그치자 순간적으로 그것에 대해서 털어놓을 뻔했다. 사생활이고 일종의 병인데 아무리 언니지만 얘기하고 싶지 않았다.

"뭐가 또 있는 거지? 그런 거지?"

지수가 다시 다그치자 지은은 잠시 망설였다.

"그럼 언니도 얘기해 줄 거야? 형부가 언제부터, 왜 폭력을 쓰기 시작했는지?"

지수가 고개를 끄덕이자 지은이 입을 열었다. 이젠 가족인데 뭐어때? 그리고 병도 다 나았는데. 언니 가족의 행복을 위한 일이니까 이해해 줄 거야.

"사실 해진 오빠, 여자한테 욕구를 잘 못 느껴. 칠 년 전에 무슨일이 있었나 봐. 그때부터 여자를 봐도 흥분되지가 않았대."

지은의 말에 지수의 사고가 정지되었다. 칠 년 전이라면 나와의일을 말하는 것이다. 그렇다면 그 일 이후 다른 여자를 안지 않았다는 얘기가 아닌가? 내가 첫 여자이자 마지막 여자라는 건가? 어쩐지 나를 기다리며 몸을 지켜왔다는 것처럼 들렸다.

"아, 지금은 아니고. 나 만나고 치료되었다고 하더라고."

지은이 계속 말을 했지만 지수는 아무런 말도 귀에 들어오지 않았다. 칠 년 전 이후 여자에 반응하지 않았다는 말만 지수의 귀에 맴돌았다.

윤 비서는 급하게 차를 달려 일산까지 왔다. 야트막한 담 너머정원에서 차를 마시고 있는 지수가 보였다. 화장기 없는 얼굴이지만 본가에 있을 때보다 훨씬 생기가 있어 보였다. 하긴 지옥에서탈출했으니 얼굴이 좋아지는 게 당연하지.

겨우 탈출한 지옥으로 다시 데려가야 하기에 죄책감이 느껴졌지만 자기도 살아야 하니 어쩔 수 없었다. 오늘도 못 데리고 간다면 재욱에게 어떤 질책이 쏟아질지 모른다.

주변을 둘러보니 그녀를 데리고 가는 건 별 무리가 없어 보였다. 그녀가 있는 곳을 찾기가 쉽지 않을 거라고 생각했는지 주변은 허술해 보였다. 담이 낮아서 뛰어넘기도 쉬워 보였고 경호하는 사람들도 두 명밖에 보이지 않았다. 아무래도 재욱의 정보력을 쉽게 본 모양이었다.

담 주변엔 이미 윤 비서가 일을 맡긴 사람들이 배치되어 그의 지시만 기다리고 있었다. 이런 일에 이력이 난 사람들. 혹시나 있을 저항을 생각해서 열 명을 부탁했는데 너무 과했나 보다. 윤 비서가 고개를 끄덕이며 지시를 내리자 그들이 순식간에 담을 넘었다.

담 너머로 지수와 눈이 마주쳤다. 하얗게 질려가는 그녀의 얼굴을 보면서 윤 비서는 그녀를 향해 묵례를 했다. 이젠 끝났다. 조금만 기다리면 그녀를 사장의 품으로 돌려보낼 수 있다. 그녀가 돌아가야만 사장은 자신의 페이스를 찾을 것이다. 다른 사람은 몰라도 윤 비서는 알고 있었다.

생각에 잠겨 있던 지수는 담벼락에서 들리는 소음에 고개를 돌렸다. 십여 명의 남자가 담벼락을 넘고 있었다. 소리 없이 움직였지만 칼날같이 예민한 감각이 위험을 감지한 것이다. 담벼락 너머로 윤 비서의 얼굴이 보였다.

나를 잡아가려고 왔구나. 여긴 어떻게 알았지? 하긴 이 나라에서 그 남자의 손이 미치지 않는 곳이 있긴 할까? 지수의 얼굴이 하얗게 질렸고 사시나무 떨 듯 몸을 떨었다. 지수와 눈이 마주치자 윤 비서는 지수에게 고개를 숙여 인사를 건넸다. 하지만 표정은 단호해 보였다.

지수의 얼굴이 하얗게 질리며 부들부들 떨자 지은도 지수의 시선이 향하는 곳으로 고개를 돌렸다. 그곳에는 담을 넘으려는 사람들과 막는 사람들 사이에 육탄전이 벌어지고 있었다. 지은의 얼굴에 놀라움이 어렸다.

"납치예요! 도와주세요! 납치예요! 도와주세요!"

온 동네가 떠나갈 듯 여자의 비명 소리가 울려 퍼지기 시작했다. 스피커를 이용한 듯 목소리가 무척 컸다. 여자의 비명 소리에 동네 사람들이 몰려나오기 시작했다. 윤 비서는 다급해져서 남자들에게 소리를 질렀다. 두 명밖에 보이지 않던 경호원이 어디서 나타났는지 여럿으로 늘어나 있었다.

"뭐 하는 거야? 빨리 서둘러!"

지은은 굳어서 꼼짝도 못하는 지수의 팔을 잡아끌었다.

"언니, 언니, 빨리 집 안으로, 집 안으로 들어가자."

그제야 정신을 차린 듯 지은의 손에 이끌려 지수가 집 안으로 뛰어가기 시작했다.

윤 비서의 표정이 굳어졌다. 이런 낭패가 있나. 쉽게 데려갈 수 있을 줄 알았는데 완전한 착각이었다. 게다가 경찰차가 사이렌을 울리며 다가오는 소리가 들리자 윤 비서는 결국 그 자리에서 철수할 수밖에 없었다.

커피잔이 와장창 날아갔다. 서류가 날아가고 명패가 날아갔다.

사무실 바닥엔 재욱이 집어 던진 물건으로 엉망이 되어버렸다. 윤 비서의 얼굴엔 무언가에 맞은 듯 피가 흐르고 있다.

"죄송합니다."

"죄송하다면 다야? 잡아왔어야지! 무슨 수를 써서라도 잡아왔어야지!"

소리를 버럭 질렀지만 재욱도 알고 있었다. 경찰까지 나타났다면 윤 비서도 어쩔 수 없었다는 것을. 다만 솟구치는 화를 참을 수 없어서 윤 비서에게 분풀이를 하는 것뿐이다.

"나가 봐!"

재욱의 명령에 윤 비서는 고개를 숙여 인사하고는 밖으로 나갔다. 윤 비서가 나가자 여 비서가 호들갑을 떨었다.

"어머, 이 피. 실장님, 어떡해요?"

"조용히 해!"

윤 비서는 여 비서에게 경고하고는 비서실을 나갔다. 여 비서는 불안해 죽을 것만 같았다. 요즘 들어 사장실 근무가 가시방석이다. 사표를 내야 하나 심각하게 고민 중이었다.

윤 비서가 나가자 재욱은 의자에 앉아 한 손을 이마에 올리곤 마음을 진정시키려 노력했다. 하지만 진정이 되지 않았다. 이번엔 실수가 없을 줄 알았다. 그런데 그 자식이 경호원까지 준비하고 있었다. 가만둘 수 없었다. 죽여 버리고 말리라. 재욱의 가슴은 분노로 벌겋게 달아올랐다.

Rrrrrr~ Rrrrrr~

분노를 삭이지 못하고 거칠게 호흡을 내쉬고 있는데 인터폰이 울렸다. 재욱은 스피커폰 버튼을 누르며 버럭 소리를 질렀다.

"뭐야? 연결하지 말랬잖아!"

[박해진 씨라고, 꼭 연결해 달라고 하는데요, 사장님.]

벌벌 떨리는 목소리로 여비서가 대답했다. 불벼락이 떨어질지 몰라서 통화가 안 된다고 했지만 부득불 고집을 세우며 물어봐 달라고 하는데 연결을 안 할 수가 없었다.

그놈이라고? 그래, 기다리던 바다. 내게 도전했다 이거지. 감히 나 강재욱에게. 내가 너에게 지옥을 선사해 주겠다. 재욱의 목소리가 음산하게 흘러나왔다.

"연결해."

해진은 지은으로부터 전화를 받았다. 그 남자가 언니를 잡으러 집으로 사람을 보냈다고 했다. 집요한 남자였다. 하긴 그 집요함은 칠 년 전 이미 알고 있지 않았던가? 해진을 대리부로 만들기 위해 치밀하게 조사해 해준에게 접근한 사람이었다.

그런 그를 알았기에 해진 역시 준비를 철저히 했었다. 보이는 경호원은 둘밖에 없었지만 별채에 베이스캠프를 설치하고 감시 카메라를 작동시켰다. 담벼락에 센서를 달아서 누군가가 담을 넘어 침입해 온다면 카메라 확인 후 버튼만 누르면 바로 경찰에 신고가 되도록 시스템을 깔아놓았다.

경찰이 오기 전 사람들의 이목을 끌기 위해 지은의 비명 소리를 녹음해 두었다. 버튼을 누르는 동시에 비명 소리가 울려 온 동네가 시끄러워지도록. 경찰이 오기 전까지는 별채에 있는 경호원들이 막아줄 거라고 믿었다.

다행히 해진의 계획대로 모든 것이 진행되었다. 하지만 이혼을 마무리하기 전엔 안심할 수가 없었다. 우빈을 그 악마로부터 떨어 뜨려 놓기 전엔 도저히 한국을 뜰 수가 없었다. 해진은 마음을 굳히고 그 남자에게 전화를 걸었다.

약속 장소로 나갔더니 차가 대기 중이었다. 칠 년 전의 그 남자가 차에서 내려 해진에게 차에 타기를 권했다. 이곳에서 할 얘기가 아니란 말이지? 순간 함정인가 하는 생각이 들었지만 피할 순 없었다. 두렵지 않은 것은 아니었지만 반드시 해야 할 일이었다. 그 모자를 지옥 속에 두고서 자기 혼자 행복할 순 없었다.

해진이 뒷자리에 타자 차가 출발했다. 차는 시내를 벗어나서 한적한 도로를 달렸다. 어디로 가는 거지? 가는 위치라도 알아야겠다는 생각에 고개를 돌려 바깥을 보았다. 늦은 시각이라 그런지 도로는 한산했다. 간간이 보이는 자동차로 인해 인적이 드문 곳으로 향하고 있다는 것을 알 수 있었다.

자동차 헤드라이트 불빛 사이로 어둠 속에 잠긴 들판이 보였다. 어둠이 마치 해진에게 어서 오라고 손짓하는 것 같았다. 가로등도 제대로 없는 어두운 시골길을 달려 마침내 자동차가 멈추었다.

전방에 잘 지어진 별장이 보였다. 별장 내부에서 흘러나오는 불빛에 검은 양복을 입은 사내들이 여럿 보였다. 잘못하다간 여기서 죽을 수도 있겠구나. 최악을 생각하는 버릇은 여전하군. 해진은 속으로 피식 웃음을 날렸다.

"내리십시오."

소리 나는 쪽으로 고개를 돌렸다. 그 남자가 운전석에서 내려 뒷좌석 문을 열고 해진이 내리기를 기다리고 있었다. 마침내 호랑이 굴에 들어왔구나. 해진은 크게 심호흡을 하고는 자동차에서 내렸다. 검은 양복의 사내 둘이 해진의 양쪽 팔을 붙들었다. 이런, 또 완력을 쓰겠다는 건가?

칠 년 전의 악몽이 밀려왔다. 또다시 무기력하게 당하는 건 아니겠지? 불안감이 몰려왔지만 해진은 불안한 감정은 숨기고 당당한 표정으로 싸늘하게 내뱉었다.

"이것 봐! 도망가지 않아!"

사내들은 해진의 팔을 풀어주지 않고 해진의 양팔을 옭아맨 채 걸음을 옮겼다. 뿌리쳐 보려고 했지만 두 사내의 힘을 감당하긴 힘들었다. 그래, 설마 죽이기야 하겠어? 미리부터 힘 뺄 필요 없지. 해진은 저항을 포기하고 두 사내가 이끄는 대로 발걸음을 옮겼다.

계단을 내려와 문을 열자 음습한 냄새가 해진의 코를 찔렀다. 오랫동안 묵힌 습한 내음. 잘 사용하지 않는 지하실 같았다. 지하실엔 이미 다른 사내들이 해진이 오기만을 기다리고 있었다. 주먹을 휘두르고 싶어 안달이 난 듯 가죽 장갑을 낀 손으로 주먹을 쥔 채 다른 손바닥을 툭툭 치고 있다. 각목을 들고 있는 사내도 보였다.

해진을 끌고 온 두 사내가 해진을 지하실 바닥에 내동댕이쳤다. 주먹과 발길질, 각목이 날아오기 시작했다. 퍽퍽! 폭력이 내는 소음이 지하실에 울려 퍼졌다. 고통이 몰려왔지만 해진은 비명을 지를 수가 없었다. 어린 우빈도 맞고 살았는데 어른인 내가 엄살을 부릴 순 없지 않은가? 그저 고통의 시간이 빨리 지나가기만을 바랐다.

"지하실에 가둬뒀습니다."

윤 비서의 말에 재욱은 마시던 양주잔을 테이블에 탁 내려놓고
는 벌떡 일어났다. 성큼성큼 걸어서 재욱이 지하실로 내려가자 사
내들에 둘러싸여 엉망이 된 해진이 보였다.

"다 나가 있어!"

재욱이 명령을 내리자 순식간에 사람들이 지하실을 빠져나갔
다. 재욱은 의자에 앉아 해진의 턱을 잡아 자신에게로 시선을 향
하도록 했다. 입술이 터지고 눈도 부어 있었다.

"이런, 잘생긴 얼굴이 엉망이 되었군 그래. 그러게 얌전히 살았
으면 이런 일은 없었을 텐데. 사람은 말이야, 자기 주제를 알아야
하는데 말이야. 이제 성공했다 싶으니까 뭐든 이룰 수 있을 것 같
은가? 하지만 건드려서는 안 되는 상대도 있어. 안 그런가? 내가
누군지 모르고 싸움을 걸어온 건 아니겠지?"

재욱이 느긋한 목소리로 비아냥거렸다. 해진이 재욱을 노려보았
다. 두 남자의 눈이 부딪쳤다. 서로를 죽일 듯이 노려보는 눈. 얼굴
은 엉망이 되었지만 눈빛은 살아 있었다. 이젠 남자가 되었군. 순수
하고 풋풋하던 모습은 사라지고 강한 눈빛의 남자가 재욱 앞에 서
있었다. 눈빛만 살아 있으면 뭐 해? 몸은 이미 엉망이 되었는데. 엉
망이 된 얼굴을 보니 조금은 속이 시원해지는 것 같았다.

"지수와 우빈이 돌려보내. 그럼 없던 일로 해주겠다."

마치 선심이라도 쓰는 듯한 목소리에 해진도 당당하게 맞섰다.

"그럴 순 없죠. 제가 이만큼 맞아드린 건 그래도 우빈일 키워준
보답이라고 해두죠. 하지만 더 이상은 참지 않습니다. 당하지도

않습니다. 하루라도 빨리 이혼해 주는 게 좋을 겁니다."

"이, 이 자식, 감히 누구한테! 감히 나 강재욱에게 도전하는 거야? 재성에 도전하는 거냐고! 내가 너! 쥐도 새도 모르게 죽여 버릴 수도 있어!"

해진이 피식 웃었다.

감히 나를 비웃어? 재욱의 분노가 배가되었다.

"제가 그 정도 준비도 없이 여길 왔으리라고 생각하십니까?"

해진이 손을 움직여 재킷 주머니에서 휴대폰을 꺼냈다. 버튼을 누르자 좀 전에 해진과 재욱이 나눈 대화 내용이 흘러나왔다.

[이, 이 자식, 감히 누구한테! 감히 나 강재욱에게 도전하는 거야? 재성에 도전하는 거냐고! 내가 너! 쥐도 새도 모르게 죽여 버릴 수도 있어!]

휴대폰에서 흘러나오는 자신의 목소리에 재욱은 아찔했다. 미디어의 능력은 충분히 알고 있었다. 인터넷은 정말 통제되지 않는 화약고였다. 어디서 어떤 형태로 튀어나올지 알 수 없었다. 자기로서도 완전한 통제는 불가능했다. 순식간에 온 세계에 자신의 목소리가 퍼져 나갈 수도 있었다. 자신은 형사 입건되고 회사는 위험에 처할 것이다.

재욱은 순식간에 해진의 손에서 휴대폰을 빼앗아 지하실 바닥에 던져 버렸다. 휴대폰이 산산조각 나서 사방으로 흩어졌다.

"어떡하지? 증거가 다 훼손되었으니. 아무래도 죽어줘야겠어."

재욱이 해진을 잡아먹을 듯이 노려보며 음산한 목소리로 말했다. 해진의 얼굴에서 시선을 떼지 않은 채 그는 휴대폰을 꺼내 눌렀다.

"와서 처리해."

곧이어 문이 열리고 사내들이 우르르 들어왔다. 이렇게까진 하고 싶지 않았는데. 재욱도 맘이 좋지는 않았다. 하지만 그냥 보내준다면 자신의 인생에 계속해서 태클을 걸 것이다. 살려두기엔 너무나 위험했다.

해진을 사내들에게 넘기고 지하실을 나가려는 순간 하얗게 질린 얼굴의 윤 비서가 지하실로 뛰어 들어왔다. 얼마나 급하게 뛰어왔는지 땀이 송골송골 맺혀 있었다.

"멈춰!"

윤 비서의 다급한 말에 사내들은 해진을 향하던 주먹을 멈추고 윤 비서와 재욱을 번갈아 쳐다보았다. 누구의 명령을 들어야 하나 갈피를 잡지 못하는 것 같았다.

"무슨 일이야?"

재욱의 눈썹이 불만스레 올라가며 싸늘한 목소리로 물었다. 하지만 윤 비서는 쉽게 입을 열지 못했다.

"무슨 일이냐고?"

재욱이 버럭 소리를 질렀다. 모든 게 불만스러웠다. 죽인다고 하는데도 눈 하나 깜짝 안 하고 자신 앞에 서 있는 이 자식도, 들어와 말리는 저 자식도 모두가 재욱의 화를 돋웠다.

"사, 사장님."

윤 비서답지 않게 말까지 더듬었다.

뭐지? 뭐가 터진 거지? 분명 뭔가 기분 나쁜 일이 벌어지고 있었다. 재욱의 이마가 점점 더 찌푸려졌다.

"다들 나가 있어!"

윤 비서가 사내들에게 명령을 내리자 그들이 재욱을 보았다. 명령에 따라도 되느냐는 무언의 질문이었다. 재욱은 윤 비서에게서 급박함을 읽었다.

"나가 있어!"

사내들이 나가자 재욱이 윤 비서에게 싸늘하게 물었다.

"무슨 일이야? 다급한 일이 아니라면 각오해야 할 거야."

"좀 전에 전화를 받았습니다. 당장 박해진과 연락이 되지 않는다면 이 영상이 인터넷에 퍼지는 것은 물론이고 살인교사죄로 형사 고발당할 거라고."

윤 비서는 조금 전의 아찔하던 순간이 떠올렸다. 재욱이 하는 일이 마음에 들지 않았지만 말릴 수도 없어서 무기력하게 별장에 앉아 있는데 휴대폰이 울렸다. 못 보던 번호라 의아해하며 전화를 받자 전화기 너머에서 화가 잔뜩 난 남자의 목소리가 들려왔다. 당장 박해진과 통화가 되지 않으면 경찰에 바로 신고할 거라는 말과 함께.

별장의 위치까지 다 알고 있었다. 박해진이 잡혀온 이유까지 다 알고 있었다. 다급해진 윤 비서가 재욱에게 전화를 걸자 통화 중이었다. 그래서 별실 지하실로 전속력으로 달려왔다. 그사이 무슨 일이 생기지 않기를 전심으로 빌면서. 초조하고 불안한 마음에 문을 여니 막 일이 벌어지기 직전이었다.

다급했다. 멈추라고 소리를 지르고 나서야 재욱에게 허락도 구하지 않고 행동했음을 깨달았다. 곧이어 불벼락이 떨어지겠구나. 그래도 늦지 않아 다행이라는 생각이 들었다. 윤 비서는 손에 들고 있던 휴대폰 버튼을 누른 다음 재욱에게 넘겨주었다.

윤 비서의 휴대폰에서 좀 전에 재욱과 해진이 나눈 대화가 흘러 나왔다.

이게 어찌 된 일이지? 분명 휴대폰은 망가뜨렸는데. 재욱은 설 명해보라는 듯 해진을 노려보았다.

"여기까지 아무런 대책도 없이 왔다고 생각하십니까? 제가 무얼 하는 사람인지 설마 잊으신 건 아니겠지요? 이미 그것들은 다 전송되었습니다. 그전에 납치하려던 동영상까지 모두 다."

"이, 이……."

말이 나오지 않았다. 올가미에 걸려 옴짝달싹할 수 없는 상태가 되어버렸다. 분노로 가슴이 터져 버릴 것 같았다. 그 옛날 양반가에서 씨내리들을 처리했듯이 칠 년 전 저 자식을 죽여 버렸어야 했었다. 그때 인정을 두는 것이 아니었다. 화근의 싹은 그때 도려내야 했었다. 재욱은 잡아먹을 듯 해진을 노려보았다.

Rrrrrr~ Rrrrrr~

윤 비서의 휴대폰이 울렸다. 액정을 보니 좀 전에 걸려온 번호였다. 전화를 준다고 했는데 그사이를 못 참고 전화를 건 것 같았다. 당장 받지 않으면 경찰에 신고할 것 같아 서둘러 전화를 받았다.

"여보세……."

[당장 박해진 바꿔!]

말도 끝나지 않았는데 전화기 너머에서 화난 남자의 고함 소리가 들려왔다. 윤 비서의 이마가 찌푸려졌다.

"잠시만 기다리십시오."

윤 비서가 휴대폰을 스피커폰으로 바꾸고는 해진에게 말했다.

"얘기하십시오."

"나야."

[너 괜찮아? 괜찮은 거야?]

전화기 너머로 걱정 어린 경철의 목소리가 들렸다. 이곳으로 오면서 경호팀에 연락했다. 한 시간 후에 자신과 통화가 되지 않으면 경철에게 연락하라고. 연락하면서 자기가 보내준 자료도 같이 보내주라고.

경철에게도 한 시간 후 거래처에서 중요한 전화가 올 거니까 기다리고 있으라고 했다. 미리 얘기했다간 경철이 못 가게 막을 것이 뻔했다. 그러면서 재욱과 윤 비서의 전화번호를 남겨놓았다.

"난 괜찮아. 걱정 마."

[일 다 저질러 놓고 걱정 마? 너 제정신이야? 너 혼자서 거길 왜 가!]

해진의 괜찮다는 말에도 경철은 소리를 버럭버럭 질러댔다. 경호팀에서 연락을 받고 경철은 얼마나 놀랐는지 모른다. 칠 년 전의 악몽이 되살아났다. 그때처럼 해진이 엉망이 되는 건 아닌지 불안해 죽을 것만 같았다. 떨리는 손으로 번호를 눌렀지만 강재욱의 폰은 통화 중이었고 다행히 다른 하나가 통화가 되었다. 당장 박해진과 통화가 되지 않으면 경찰에 신고하겠다고 협박했다.

"미안하다."

[미안하다면 다야? 왜 나에게 먼저 의논을 못 해? 나, 니 친구 맞아?]

해진의 말에 경철이 다시 소리쳤다.

"널 친구로 생각했으니까 널 믿고 내가 여기까지 왔지, 안 그랬음 내가 어떻게 여기까지 혼자 왔겠냐?"

[정말 괜찮은 거지? 나 지금 거기로 가고 있어. 경찰에 연락할까?]

경철의 질문에 해진은 재욱의 얼굴을 보았다. 윤 비서가 재욱의 귀에 대고 뭐라고 속삭였다. 아마 여기 위치가 노출되었다는 뜻일 것이다. 재욱의 얼굴이 일그러졌다. 더는 일을 벌이지 않을 것 같았다.

"그럴 필요 없어. 도착하면 전화해."

해진은 윤 비서의 부축을 받아 지하실에서 나왔다. 어디가 부러진 것 같지는 않았지만 제대로 걷기가 힘들었다. 그렇게 해서 재욱과 해진은 지금 별장 소파에 앉아 있다. 윤 비서는 두 사람을 위해서 자리를 피해 주었다.

"원하는 게 뭐야?"

이를 악물고 재욱이 물었다.

"이혼해 주십시오. 물론 적정한 위자료도 지급하셔야 할 겁니다. 만약 이혼을 해주지 않는다면 당신이 그동안 우빈이와 부인에게 한 모든 악행이 인터넷에 깔릴 겁니다."

해진의 말에 재욱의 얼굴이 점점 더 굳어갔다.

"그것만으로도 이혼 사유는 충분하겠지요? 배우자에게 심히 부당한 대우를 받았을 때 이혼이 가능하다고 하더군요. 벌써 프로그램 카운트는 시작되었습니다. 제가 멈추지 않는다면 48시간 후에 여기저기서 터지도록 프로그램을 짜놓고 왔습니다. 제 능력을 믿지 못하신다면 맘대로 하십시오. 벌써 한 시간 지났으니까 47시간도 채 안 남았군요. 그때까지 이혼 도장을 찍어주지 않는다면 인터넷에 당신이 그동안 한 짓이 낱낱이 까발려질 겁니다."

분노가 치밀어 올랐다. 이게 감히 나를 협박해? 재욱은 해진을 노려보며 으르렁거렸다.

"너에게도 도움이 되지 않을 텐데? 나만 당할 것 같아? 이게 터지면 너도 다쳐! 네가 칠 년 전 대리부 노릇을 한 것 역시 사람들의 입방아에 오르내린단 말이야! 너의 도덕성도 바닥으로 떨어진다고!"

"어차피 제 잘못으로 시작된 일이니까 제가 책임져야 할 부분이지요."

저 자식은 왜 저리 담담한 거야? 시종일관 목소리도 올리지 않고 차근차근 얘기하는 것이 정말 마음에 들지 않았다. 저 자식의 아킬레스건을 찾아야 했다. 그래야 이 위기에서 빠져나갈 수 있다. 해진을 노려보며 재욱의 머릿속은 빠르게 회전하고 있었다. 그렇지, 처제. 처제가 있었지. 저 자식이 결혼을 결심했다면 틀림없이 처제를 깊이 사랑하는 것이 틀림없었다.

"처제는 아나? 우빈이가 네 아들인 거?"

"……."

해진의 얼굴이 처음으로 흔들렸다. 고통스러운 표정이었다. 재욱은 속으로 회심의 미소를 지었다. 네 아킬레스건은 처제라 이거지?

"이혼은 안 해. 네 맘대로 해. 인터넷에 올리든 말든 상관없어. 대신 내가 이혼당한다면 너도 헤어지게 해주지. 나만 사랑을 잃을 순 없어. 안 그래? 처제가 너와 우빈이 사이를 알고도 너와 결혼할까? 언니와 네가 몸을 나눈 걸 알고도 너와 결혼해 줄까? 갑자기 궁금해지네."

"뭐, 뭐라고? 이 비열한……."

해진의 눈동자가 분노로 번득였다. 칠 년 전에도 자기의 삶을 온통 망가뜨려 놓더니 다시 그렇게 하겠다고? 주먹에 힘이 들어가면서 불끈 쥐어지더니 어느 순간 벌떡 일어나 재욱을 향해 주먹을 날리고 있었다. 재욱이 바닥에 나가떨어지자 어느새 윤 비서가 다가와 해진을 붙들었다.

"놔! 놓으라고!"

해진이 고래고래 소리를 질렀지만 윤 비서는 놓아줄 의향이 없어 보였다. 그사이 재욱은 손수건을 꺼내 터진 입을 닦으며 일어나 해진의 따귀를 힘껏 때렸다. 칠 년 전 그때처럼. 해진의 얼굴이 돌아갔다. 재욱이 비릿하게 웃었다. 이젠 재욱도 자신의 페이스를 찾았다.

"처제가 아는 건 싫지? 넌 여전히 내 상대가 못 돼. 지수와 우빈이 당장 돌려보내!"

우빈일 돌려보내라고? 그건 절대 안 된다. 제주도에서 악몽에 시달리던 우빈이 생각났다. 잘못했다며 빌어대던 내 아들 우빈이. 악몽에서 깨어난 후에도 다시 악몽을 꿀까 봐 자지 않겠다고 버티던 내 아들 우빈이. 내 행복을 포기하더라도 우빈을 다시 지옥 속으로 보낼 수는 없었다.

"우빈일 보내라고? 그 가엾은 아이를 보내라고? 어떻게, 어떻게 그 어린애에게 손을 대? 아이가 정신과 치료를 받는 건 알아? 잘 키워준다고 했잖아? 나보다 더 잘 키워준다고! 그러고도 니가 인간이야? 니가 인간이냐고!"

존대를 받을 자격도 없는 인간. 해진은 어느새 재욱에게 반말로 따지고 들었다. 재욱을 향한 해진의 분노는 하늘을 덮고도 남았다.

정신과 치료라니? 지난번에도 정신과 운운하더니 도대체 무슨 소리야? 이해할 수 없는 말에 재욱의 이마가 찌푸려졌다.

정신과 치료라는 말에 윤 비서도 놀랐다. 놀라서 해진을 붙잡은 팔을 풀었다. 해진도 더 이상 재욱에게 폭력을 쓸 생각은 없는지 더 이상 주먹을 휘두르진 않았다. 윤 비서는 자기라도 우빈의 상태를 알아봐야겠다고 생각하며 자리를 떴다.

"무슨 소리야? 정신과 치료라니? 우빈이가 왜?"

"몰랐어? 하긴 당신 같은 인간이 알 리가 없지. 설사 안다고 해도 달리 행동하지도 않았을 거고. 세상에서 당신만 중요하지? 다른 사람의 인생 같은 건 안중에도 없지? 그러니까 자식을 갖겠다고 아내를 억지로 다른 남자와 한 침대에 밀어 넣었겠지? 당신은 제정신이 아니야! 인간이 아니라고!"

재욱도 알고 있다, 그 방법이 정상이 아니라는 것은. 그때 자신의 결정이 잘못되었다는 것을. 하지만 그땐 그 방법밖에 몰랐다. 방법이 결정되면 그대로 실행하는 것, 그것이 재욱이 살아온 방식이었다.

"나라고 좋았는 줄 알아? 상황이 이렇게 된 건 네 책임도 있어. 내 말을 들어주었으면 좋았잖아! 그러게 왜 도망을 갔어? 도망만 안 갔다면 지켜볼 생각 따윈 하지 않았어!"

그랬다면, 그 장면을 자신의 눈으로 직접 보지 않았다면 어쩌면 우린 행복하게 살 수도 있었을지 모른다. 지수와 우빈일 볼 때마다 그때의 그 장면이 떠올라 미칠 것만 같았다. 폭력 충동을 억제할 수가 없었다. 그러니까 잘못은 자기보다 그때 도망친 이 자식에게 있었다. 죽어도 본인의 잘못은 인정할 수 없는 재욱이었다.

"왜 도망갔냐고? 당신 상태가 정상이 아니라는 걸 그때 이미 알았거든. 아마 이런 일이 있을 줄 예상했나 보지."

해진도 싸늘한 목소리로 맞받아쳤다. 정자제공만으로도 부담스러웠는데 육체적인 관계로 임신을 원한다는 말에 기함을 했었다. 상식적이지 못한 말에 본능은 이미 알고 있었나 보다. 그 일로 모두가 불행해 질 수 있다는 것을.

이 남자의 성격상 지은에게 얘기한다는 것도 단순한 협박이 아닐 것이다. 어쨌든 내 잘못으로 벌어진 일이니까 내가 책임을 져야 했다. 내 행복을 포기하는 수밖에. 지은은 좋은 여자니까 더 좋은 남자를 만날 수 있겠지.

"좋아, 내 결혼도 포기하지. 지은일 포기하겠어. 대신 난 내 아들을 찾겠어."

"그건 불가능할 텐데. 내가 친생부인의 소를 제기하지 않는 이상 우빈인 니 아들이 될 수 없어. 설마 정자제공자에겐 아무런 권리도 없다는 사실을 모르는 건 아니겠지?"

재욱이 느긋하게 말했다. 정자제공자에게 아무런 권리가 없다는 건 이미 알고 있었다. 자신이 놓아주기 전엔 우빈은 언제까지나 나 강재욱의 아들이었다. 영원히 내 아들. 그 아들을 갖기 위해 내가 무슨 짓을 벌였는데 내가 빼앗길 것 같은가? 말도 안 된다.

해진 역시 알고 있었다. 정자제공자에겐 아무런 권리도 의무도 없다는 것을. 내 자식이 피를 철철 흘리며 아파해도 도와줄 아무

런 힘도 없다는 것을. 내 자식이 폭력에 정신이 멍들어가도 막아
줄 아무런 힘도 없다는 것을.

그러나 뜻이 있는 곳엔 길이 있는 법. 찾다 보니 방법이 있었다.
해진이 재욱의 눈을 똑바로 하며 또박또박 말했다.

"방법은 찾으면 나오게 마련이지. 독초 옆엔 언제나 해독제가
존재하는 것처럼."

이 자식, 무슨 소릴 하는 거야? 방법이라니? 해독제라니? 내가
모르는 무슨 방법이 있는 건가? 불안감에 재욱의 몸이 멈칫 굳어
졌다. 소중한 것을 빼앗길 것처럼 불안해졌다.

"친자관계부존재 확인의 소라고 들어봤나?"

피식 웃음이 나왔다. 괜히 긴장했네. 친자관계부존재 확인의
소. 재욱도 알고 있다. 누가 소송을 걸어? 걸 사람이 없는데? 어디
맘대로 해봐. 재욱이 느긋하게 대답했다.

"누가 그걸 진행하는데? 넌 자격 없어! 지수도 자격 없어! 우빈
인 영원히 내 아들이야!"

"우빈의 외할머니라면 가능하지. 어차피 딸이 맞고 산 것 때문
에 그분도 이혼을 원하고 계시거든."

이런, 장모님은 언제나 내 편이었는데……. 자기 딸을 왕비로
만들어줘서 언제나 황송해했는데……. 장모님까지 이혼을 원하고
있다는 말에 재욱은 힘이 빠졌다. 이게 다 저 자식 때문이었다. 저
자식만 나타나지 않았으면 이런 일은 생기지도 않았다. 원망을 담
아 재욱이 해진을 노려보았다. 해진의 눈도 이글이글 불타고 있었
다. 해진의 이글거리는 눈빛을 보면서 재욱은 해진이 진심임을 알
아차렸다.

"그럼 내가 이혼해 주면 지수와 합칠 건가?"

그럴 리 없다고 생각했지만 재욱은 확인해야만 했다. 만약 그렇다면 절대로 이혼을 해줄 수 없었다. 설사 법정을 오가며 개망신을 당하는 일이 있더라도.

그 여자와 합치다니? 그 여잔 내가 사랑하는 여자의 언니다. 절대로 있을 수 없는 일이었다. 만약 상황이 나빠져서 지은과 헤어지더라도 그건 안 될 말이었다. 차라리 평생 혼자 살더라도 그 여자와 합칠 생각은 전혀 없었다. 비록 우빈이 끼어 있다고 하더라도.

"말도 안 되는 소리! 그걸 말이라고 해? 당신이 이혼만 해준다면 난 외국으로 떠날 거야, 지은이와 함께. 당신 아내가 내게 약속했거든. 당신과 이혼만 시켜주면 비밀은 평생 지키겠다고."

그래? 외국으로 나간다고? 이혼 도장만 찍어주면 저 자식은 외국으로 나간다 이거지? 지수와 우빈이 문제는 저 자식이 외국으로 나간 다음 해결하면 된다. 재욱은 그나마 다행이라는 생각을 하면서 당장은 이혼을 해주는 수밖에 없다는 결론을 내렸다.

당분간이다. 당분간만 이혼하는 거다. 당분간만 지수와 떨어져 사는 것이다. 저 자식이 외국으로 나가는 순간 지수와 우빈일 다시 데리고 올 것이다. 재욱은 주먹을 쥐며 속으로 굳게 다짐했다.

17. 그 여자의 흑심

계절은 아직 겨울이었지만 지은의 마음엔 이미 봄이 와 있었다. 결혼식이 얼마 남지 않았다. 딱히 결혼식이 중요하다는 생각은 들지 않았지만 사람들 앞에서 부부로 인정받는 것 같아 마다할 이유가 없었다.

호스트 건 때문에 그와의 결혼을 반대하던 아빠도 지수 언니 문제로 그의 도움을 받게 되자 대놓고 반대하지는 않았다. 하지만 여전히 해진에게 불신의 눈빛을 보내고 있었다. 호스트 전력은 언니의 오해라고 아무리 말씀드려도 믿어주지 않았다. 아니 땐 굴뚝에 연기 나는 거 봤냐면서.

그럴 때마다 그 사람이 아니라 시동생이 그 사람 이름을 팔아서 호스트 짓을 했다고 얘기하고 싶었지만 참았다. 그 얘길 하면 해진 오빠야 오해를 풀어서 좋겠지만 시동생을 우습게 볼 게 뻔했다. 아빠가 해준을 우습게 보면 해진 오빠의 마음이 아플 것 같았다.

사실 지은과 해진은 둘만의 결혼식을 올렸다. 얘기해 봤자 좋은 소리 들을 것 같지 않아 비밀로 하고 있었지만 엄연한 결혼식이었다. 둘이서 예물을 교환하고 사랑의 맹세도 했었다. 언니에게 끌려 호텔 방으로 가서 해진을 보던 날, 지은이 제안했다. 당장은 아빠 허락을 받기 힘드니까 둘만의 결혼식을 올리자고. 정식 결혼식은 아빠의 허락이 떨어지면 그때 하자고.

해진이 미안해했지만 지은은 그것만으로도 만족했다. 아빠도 조만간 그의 진가를 분명히 알아줄 거라고 굳게 믿었으니까.

창문으로 들어오는 햇살이 따사롭다. 지은은 거실 소파에 앉아 정원을 바라보았다. 정원에서 우빈이 그네를 타고 숙희가 우빈의 그네를 밀어주고 있다. 행복해 보이는 전경이었다.

"집이 참 좋아. 따뜻해."

고개를 드니 지수가 지은에게 머그잔을 내밀었다. 갓 내린 커피 향이 향기롭다. 언니가 날 위해 커피를 타주다니. 대박이다. 믿기지 않아 눈만 깜박거리고 있자 지수가 다시 머그잔을 내밀며 '안 마셔?' 라고 말했다.

"……아, 아니, 마셔. 고마워, 언니."

지은이 머그잔을 받으며 간신히 대답했다. 내가 너무 멍청해 보였나? 커피 한 잔에 감격해서 버벅대다니. 언니가 피식 웃는 것이 느껴져 얼굴이 살짝 달아올랐다. 하긴 대접도 받아본 사람이 받는다지 않던가? 지은이 머그잔을 두 손으로 감싸보았다. 따뜻했다. 언니의 마음도 이렇게 따뜻할까?

지수도 머그잔을 들고는 지은의 옆에 앉더니 커피를 한 모금 마셨다.

언닌 어쩜 커피 마시는 모습도 저렇게 우아할까? 슬쩍 언니를 훔쳐보며 따라 해보았지만 이내 고개를 저었다. 언니와 나는 격이 다른 사람이니까 굳이 언니를 따라 할 필요는 없었다. 그냥 내 식으로 마시자.

지은은 홀짝홀짝 커피를 마시며 지수를 보았다. 이혼을 한 후 언니의 얼굴이 많이 밝아졌다. 아직은 예전의 화사함을 다 되찾지 못했지만 조만간 되찾을 것이다. 언니가 이혼한 것은 안타까웠지만 요즘 세상에 이혼했다고 하늘이 무너지는 건 아니니까 언니도 새로운 삶을 살 수 있으리라. 언니는 여전히 아름답고 우아하니까.

무엇보다도 언니를 위해서라면 뭐든지 할 각오가 되어 있는 엄마가 옆에 계시니까. 며칠 전부터 엄마는 아예 이 집에 눌러앉았다. 언니의 먹을 것과 입을 것을 챙겨준다는 명목으로.

"그치? 나도 이 집 참 마음에 들어. 오빠가 처음 이 집에 데려왔을 때 나 얼마나 감동했는지 알아? 여기서 아이 낳고 행복하게 살자고 했는데…… 뭐 할 수 없지. 우린 외국에 나가야 하니까 언니가 이 집에서 살아."

지은의 말에 지수는 고까운 생각이 들었다. 감히 제 까짓게 나에게 선심 쓰듯 말해? 이 집은 당연히 내 것이다. 내 아들이 누릴 수 있는 곳. 아빠가 아들에게 이 정도 집도 못 준단 말인가? 현관문이 열리더니 얼굴과 코가 빨갛게 변한 우빈의 손을 잡고 숙희가 들어왔다.

"아우, 추워."

숙희가 추운지 몸을 웅크렸다.

"난 더 놀고 싶은데. 할머니, 좀만 더 놀면 안 돼요?"

우빈은 아직도 노는 데에 미련이 남은 듯 숙희를 졸랐다.

"그만 놀고 이제 공부해야지."

지수의 말에 우빈은 더 고집 피우지 않고 알았다고 대답하고는 씻으러 화장실로 들어갔다. 우빈의 표정이 한결 밝아져서 지은은 기분이 좋아졌다. 정말 잘생긴 조카였다. 데리고 나가면 어깨에 절로 힘이 들어갔다.

"박 서방 집에 와서 저녁 먹으라고 해라."

숙희의 말에 지은은 놀라 눈을 깜빡였다. 처음으로 해진 오빠를 박 서방이라고 불러주었다. 엄마가 그를 초대한 건 처음이었다. 아마 언니의 이혼을 해결해 주고 언니와 우빈을 보호해 준 덕분인가 싶었다. 처음으로 엄마에게 인정받은 것 같아 기분이 좋아졌다.

"결혼도 안 했는데 박 서방이 뭐야? 혼인신고 하기 전까진 아무도 모르는 거야!"

지수가 화를 벌컥 냈다. 모든 게 짜증났다. 이혼만 하면 모든 게 해결될 줄 알았다. 결혼하기 전 능력 있고 매력 있는 상태로 돌아가 내가 원하면 어디서든 일을 할 수 있을 줄 알았다. 하지만 현실은 달랐다. 아무도 자신에게 일을 주려고 하지 않았다.

어제 결혼 전 같이 근무한 기자의 전화를 받고 일을 주려나 해서 급하게 나갔더니 일보다는 기사를 제공해 달라고 했다. 그저 사람들은 강재욱과 왜 이혼했는지만 궁금해했다. 마치 자신에게 하자가 있어서 이혼한 것처럼 보는 사람들의 시선을 견딜 수가 없었다.

이런 것으로부터 자신을 보호해 줄 누군가가 필요했다. 그리고 그 끝에 그 남자가 있었다. 우빈의 생부. 그렇게 철저하게 보호해 줄 줄 몰랐다. 그날의 그 소동 이후 남편의 사람들은 얼씬도 하지 않았다. 그 무서운 남편으로부터 자신을 지켜주었을 뿐만 아니라 이혼 서류까지 받아다 주었다. 우빈과는 낚시 여행을 다녀오며 아빠 노릇을 해주었다.

완벽했다. 지은보다도 내게 더 완벽했다. 그 남자가 자꾸만 탐이 났다. 지은의 얘기를 들을수록 더 탐이 났다. 다정하고 따뜻하고 배려가 넘치는 남자였다. 지은에게 그 남자를 넘겨주기가 아까웠다.

지수의 말에 지은은 황당했다. 언니가 저렇게 화를 낼 일은 아닌데……. 하긴 요즘 언니의 마음이 마음이 아닐 것이다. 9년의 결혼 생활을 접었는데 매사에 짜증이 나겠지. 신데렐라에서 이혼녀가 되어버렸는데 어찌 짜증이 나지 않겠는가? 지은은 지수에게 한마디 하려는 마음을 접고 해진에게 전화를 했다.

해진은 요즘 정신이 없었다. 악성 코드와 디도스의 습격을 받아 자신의 거래처들 서버가 다운되는 바람에 그것을 복구하느라 숨 돌릴 틈도 없었다. 직원들에게만 맡겨놓을 수가 없었다. 게다가 결혼과 출국 준비로 바쁘다 보니 지은을 만날 시간도 낼 수 없었다.

지은을 회사로 불러 도와달라고도 했다. 아니, 그건 핑계인지도 모른다. 잠시라도 떨어져 있고 싶지 않은 마음이 더 컸으니까. 예전에 공부하던 가락이 있어서인지 지은은 조금만 설명해 줘도 잘 알아들었다. 오늘은 우빈과 병원에 다녀온다며 회사에 오지 않았다. 겨우 하루 보지 못했을 뿐인데도 많이 보고 싶었다.

바로 그때, 휴대폰이 울렸다. 액정을 보니 지은이였다. 이심전심이라더니, 반가워서 입꼬리가 올라갔다. 얼른 전화를 받았다.

"어, 지은아."

[오빠, 아직도 바빠?]

"그러네."

[엄마가 저녁 먹으러 오라는데, 올 수 있어?]

"장모님이?"

해진이 놀라서 물었다. 지금까지 해진에게 냉담하던 숙희의 초대이기에 믿기지 않았다.

[어. 오빠도 놀랐지? 나도 놀랐어. 올 수 있는 거지?]

"……."

당연히 온다는 대답이 나올 줄 알았는데 대답이 없자 지은은 실망스러웠다. 엄마가 처음으로 초대하는 건데……. 자신이 엄마한테 인정받으려고 얼마나 애를 써왔는지 모르진 않을 텐데……. 정말 일이 많이 바쁜 건가?

지은의 질문에 해진은 대답을 못 하고 잠시 머뭇거렸다. 일이 밀려 일산까지 가서 저녁을 먹고 오면 밤을 새워야 할 것 같았다. 아니, 그보다 그 여자와 우빈의 얼굴을 마주치는 게 더 부담스러웠다고 할까?

[많이 바빠? 못 오는 거야?]

지은의 목소리에 힘이 없다. 기대에 차 있다가 예상치 않은 실망감에 기운이 빠진 것 같은 목소리. 실망하는 지은의 목소리는 듣기 싫었다. 내가 조금 부담스럽고 불편하더라도 그건 싫었다. 해진은 서둘러 대답했다.

"알았어. 갈게. 기다려."

해진은 장모님을 위한 꽃다발과 우빈을 위한 케이크를 챙겨 들고 일산 집으로 향했다. 지은이라면 자기가 받는 것보다 엄마를 기쁘게 해드리는 걸 더 원할 것 같았다. 해진도 엄마에게 인정받고 싶은 지은의 마음을 잘 알고 있었다.

자신 역시 자길 버린 엄마를 받아준 밑바닥에는 엄마에게 칭찬받고 싶은 마음과 인정받고 싶은 마음이 숨어 있었다. 씁쓸하긴 하지만 그건 어쩔 수 없는 본능이었다. 자신을 낳아준 부모에게 인정받고 싶어 하는 마음은 부모에게 사랑받지 못한 사람들일수록 더 강했다. 아마 그래야 다시는 버림받지 않을 것 같아서 최선을 다하는 것인지도…….

벨을 누르자 재까닥 대문이 열렸다.

"이모부~"

대문을 밀고 들어서니 자신을 부르며 달려오는 우빈이 보였다. 급하게 달려와 넘어질까 봐 걱정스러웠다. 해진은 서둘러 우빈에게로 걸어가며 말했다.

"뛰지 마, 넘어져."

"이모부~"

그래도 우빈은 뛰는 걸 멈추지 않고 해진을 부르며 달려와 해진의 다리를 붙들었다. 그러곤 좋다며 해진의 다리에 얼굴을 비벼댔다.

제주도에 낚시 여행을 다녀온 후 우빈은 완전히 해진에 빠져 있었다. 가끔씩 이모부가 보고 싶었다. 그럴 때면 휴대폰에 저장된 동영상을 보며 그리움을 달랬다. 엄마도 우빈의 마음을 알았는지 '이모부 보고 싶어?'라고 묻곤 했었다.

해진은 양손에 든 아이스크림과 꽃다발을 바닥에 내려놓고 우빈을 안아 들었다.

"잘 지냈어?"

"예."

해진이 묻자 우빈이 고개를 끄덕이며 대답했다. 그리고 칭찬을 기대하는 듯 수줍게 말을 이었다.

"이모부가 준 책도 다 봤어요."

"벌써?"

우빈이 프로그램 개발에 관심이 있다는 얘기를 듣고 'C언어 첫걸음'이란 책을 사 주었다. 초등학교 고학년을 대상으로 만들어진 책이라 조금 어려웠을 텐데 벌써 다 읽었다니 대견하기만 했다. 하긴 지은으로부터 우빈이 영재교육을 받고 있다는 말을 들었었다. 영재라면 가능한 일이긴 하지.

"근데 좀 이해가 되지 않는 부분이 있어요."

기특해하는 해진의 표정에 우빈은 용기를 내었다. 미국에 있을 땐 따스한 사랑을 받지 못해서 모든 것에 자신이 없던 우빈이었다. 아빠와는 눈을 맞추고 다정한 대화조차 해본 적이 없었다.

겉으로 보기엔 어른스럽고 의젓해 보이지만 우빈도 다른 애들과 똑같은 아이였다. 부모의 사랑을 간절히 바라는 아이. 다른 사람들이 다 인정해 주어도 부모에게 인정받지 못하면 아이는 위축된다. 다른 사람들의 눈치를 살피며 불안해하게 마련이다.

한국에 돌아와서 할아버지의 사랑을 받고 외갓집에 와서는 할머니, 할아버지와 이모의 사랑을 받으면서 우빈은 점점 자신감을 찾아갔다. 그중에서 가장 의지가 된 사람은 이모와 이모부였다. 이모와 이모부에겐 뭐든 얘기할 수 있었다.

도움을 바라는 듯 간절한 눈빛으로 우빈이 바라보자 해진은 웃음 띤 얼굴로 대답했다. 이런 간절한 눈빛을 외면할 만큼 해진은 독하지 못했다. 그리고 해진의 가슴 저 아래에는 마지막까지 우빈에게 좋은 사람으로 기억되고 싶은 욕심도 있었다. 차마 아버지라고 나서진 못하지만 나쁜 사람으로 기억되고 싶지 않은 욕심.

"그럼 저녁 먹고 이모부하고 같이 공부해 볼까?"

"정말이요? 정말이죠?"

해진의 말에 우빈의 목소리가 날아갈 듯 올라갔다. 해진이 우빈을 향해 고개를 끄덕이고는 우빈을 내려놓았다. 그리고는 바닥에 내려놓은 케이크 상자와 꽃다발로 손을 뻗었다. 하지만 우빈이 케이크 상자를 먼저 집어 들었다.

"이건 제가 들게요."

"그럴래?"

케이크 상자는 우빈에게 맡기고 해진이 꽃다발을 집어 들자 우빈의 손이 해진의 손을 잡아왔다. 작고 따스한 손이 해진의 손안에 들어오자 죄의식과 미안함으로 해진의 마음이 무거워졌다.

"오빠!"

고개를 드니 지은이 현관문 앞에 나와서 해진을 향해 손을 흔들고 있었다. 지은을 향해 환하게 웃다가 고개를 돌리자 그 여자가 거실 창가에 서서 자신과 우빈의 모습을 지켜보고 있었다. 그 여자와 눈이 마주쳤다. 그 여자의 눈빛이 이상하게 빛나고 있었다. 왠지 가슴이 내려앉았다. 뭐지? 뭔가 불길한 기운이 전신을 타고 흘렀다.

지수는 해진이 집에 들어오는 순간부터 베란다에 서서 밖을 내다보고 있었다. 우빈이 누군가를 저렇게 따르는 것을 처음 보았다. 재욱은 고사하고 자기에게도 하지 않은 행동이었다. 스스럼없이 가서 안기고 웃고 부탁하고. 다정한 부자간의 모습이었다.

저래서 핏줄이 당긴다고 하는 건가? 지수는 그렇게밖에 받아들일 수가 없었다. 핏줄이 당기는 게 아니라면 저렇게까지 사이가 좋을 순 없었다. 정말 보기 좋은 모습이었다. 보기만 해도 마음이 흐뭇해졌다.

"어머님, 이거 선물입니다."

현관으로 들어온 해진이 꽃다발을 전해주자 숙희가 뜨악해했다.

"이거 나 주는 거야? 지은이 주는 게 아니고?"

"예, 어머님 드리는 겁니다."

숙희는 처음으로 해진에게 미안한 마음이 들었다. 지금껏 자기는 해진에게 늘 나쁜 모습만 보여줬는데 해진은 항상 변함이 없었다. 언제나 섭섭해하지 않고 웃으며 살갑게 다가왔다. 지은이 남자 하나는 잘 고른 것 같았다. 솔직히 말하면 재욱보다는 해진이 훨씬 더 나은 사윗감이었다. 지수도 저런 남자를 만났어야 했는데…….

"오빠, 나는?"

지은이 물었지만 기분 나쁜 말투는 아니었다. 오히려 해진의 귀에 대고 살짝 속삭였다.

"오빠, 고마워. 엄마한테 잘해줘서."

"네 어머니니까."

해진의 대답에 지은은 활짝 웃었다. 마누라가 좋으면 처갓집 말뚝에도 절을 한다더니 내가 좋긴 좋은가 보다. 엄마뿐만 아니라 우빈에게까지 저렇게 잘하는 걸 보면. 여전히 해진에게 매달려 있는 우빈을 보고 지은이 말했다.

"그러고 보니 오빠랑 우빈이 많이 닮았네. 꼭 부자지간 같아."

해진의 얼굴이 순식간에 굳어졌다. 가슴이 철렁 내려앉고 하늘이 샛노랗게 변하는 것 같았다. 혹시 지은이 뭔가 눈치챈 건 아닐까? 두려운 마음에 얼른 지은의 눈치를 살폈지만 다행히 그런 기색은 없어 보였다. 다행이다. 가슴을 쓸어내렸다.

"오빠 왜 그렇게 놀라? 농담이야, 농담."

해진의 얼굴이 굳어지며 새하얗게 변하자 아무것도 모르는 지은이 오히려 당황했다.

"그래, 정말 많이 닮았지? 진짜 부자지간 같지 않아?"

그때 지수가 진지한 목소리로 다시 말을 꺼내자 분위기가 순식간에 이상하게 변했다.

"언니까지 왜 그래? 농담이라니까."

지은이 너스레를 떨어보지만 분위기는 쉽게 바뀌지 않았다. 해진이 그만하라는 듯 지수를 노려보았다. 경고의 눈빛이었다. 더 이상 나가지 말라는 경고. 하지만 지수는 해진의 경고를 무시하고 살짝 미소를 지으며 그를 바라보았다. 뭔가를 원하는 눈빛으로.

재욱과는 너무나 다른 남자였다. 사랑이 무엇인지 아는 남자였다. 여자가 무엇을 원하는지 헤아릴 줄 아는 남자였다. 이상적인 남편감이었다. 무엇보다 우빈의 생부였다. 자신이 지은에게 양보할 이유가 없었다. 해진과 지수 사이에 이상기류를 느끼고 지은이 두 사람을 살피자 해진은 얼른 시선을 돌렸다. 자꾸만 불안해졌다. 자꾸만 두려워졌다.

✳

혼자라고 생각 말기 힘들다고 울지 말기
너와 나 우리는 알잖아
니가 나의 등에 기대 세상에서 버틴다면
넌 나의 지지 않는 꿈을 준 거야
우리라는 건 니가 힘이 들 때에 같이 아파하는 것

어디선가 노래가 들려오고 있었다. 지은이 틀어놓은 것 같았다. 지은이 좋아하는 노래다. 멜로디도 좋지만 가사가 너무 좋다며 지은이 가사를 뽑아 액자에 넣어 해진의 책상 위에 올려두었었다. 힘들거나 외로울 때는 자기를 생각하며 읽어보라고. 그러면 자기를 느낄 수 있을 거라며.

화장실에 다녀온다며 지은은 자리를 비우고 없었다. 오늘도 지은은 출근해서 해진의 옆자리에 앉아 일을 돕고 있었다. 하루하루가 불안하면서도 행복했다.

"오빠, 전화 안 받아?"

화장실에 다녀온 지은이 해진에게 말했다. 복도에서부터 들려온 벨소리인데 아직도 울리고 있었다. 전화를 건 사람도 어지간히 끈질긴 사람인 것 같았다.

전화? 지은의 말에 해진은 그제야 노래가 후렴구만 반복적으로 들리고 있다는 걸 깨달았다. 맞다, 내 전화지. 항상 고전적인 벨소리만 고수하던 내게 액자를 가져다주던 날 지은이 벨소리도 선물로 보내주었다. 이제 오빠 혼자가 아니라며. 내가 있다며.

뒤늦은 깨달음에 해진은 휴대폰을 들어 액정을 보았다. 그 여자다. 그날 이후 자꾸만 그 여자에게서 전화가 왔다. 계속해서 해진이 전화를 받지 않자 어제는 우빈의 전화로 걸어와 안 만나주면 지은에게 모든 걸 밝히겠다고 협박까지 했다. 할 수 없이 만났더니, 뭐? 지은과 헤어지고 자기와 결혼해 달라고 당당하게 요구했다.

기가 막혔다. 그게 말이 되느냐고 따졌더니 왜 말이 안 되느냐며 오히려 되물었다. 우리 사이엔 우빈이가 있다고 하면서. 이혼만 시켜주면 모든 걸 묻어주겠다더니 그 여자는 이제 와서 왜 자신을 괴롭히는 걸까? 해진은 도저히 이해가 되지 않았다.

화가 난 해진은 맘대로 하라고 하면서 만약에 지은이에게 얘기할 경우 더 이상 재욱으로부터 보호해 주지 않을 것이고, 그 일로 지은과 헤어지더라도 절대로 당신과는 결혼하지 않을 거라고 단언했다.

그랬는데도 아직 할 말이 남아 있는 것인지…… 은근히 질긴 여자였다. 지은이 눈치챌까 봐 불안해 얼른 수신 거절을 눌렀다.

아무래도 지은에게 사실을 얘기해야만 할 것 같았다. 그 여자의 입을 통해 듣게 할 순 없었다. 버림받더라도 어쩔 수 없었다. 해진이 입을 열어 말을 꺼내려는데 지은이 먼저 말했다.

"전화 왜 안 받아?"

"스팸이야."

또 거짓말이 튀어나왔다. 이래서 죄를 짓지 말라고 하는가 보다.

"돈 빌려 쓰라는 거야? 요즘 나한테도 무지 오더라. 우리 돈 빌려서 외국으로 뜨면 어떻게 되는 거야? 외국까지 받으러 오는 건가?"

지은이 농담을 건네며 웃어 보이자 해진은 고백하려던 마음을 접었다. 아직은 아니다. 좀 더 버텨보자. 자꾸만 미루게 된다. 그 여자도 생각이 있으면 쉽게 얘기하진 못할 것이다. 터뜨려 봤자 그 여자로서도 얻을 게 없으니까. 대신 키보드를 두드리는 손이 바빠졌다. 하루라도 빨리 떠나려면 일이 마무리되어야 하니까.

"당장 우빈이 데려와!"

강 회장의 목소리가 쩌렁쩌렁 울렸다. 이혼을 하건 말건 그건 상관없었다. 처음부터 성에 차지 않는 며느리였다. 그런데 자식 하나는 잘 낳아놓았기에 봐주고 있었더니 뭐, 양육권까지 넘겨받고 이혼을 해? 재욱이 막았는지 기사가 나지 않아 모르고 있었는데 재계 모임에 나갔다가 알게 되었다. 당장 재욱을 집으로 호출하고는 강 회장도 집으로 향했다.

소파 정중앙에 앉아 거친 호흡을 다스리고 있던 강 회장은 재욱이 현관을 들어서자마자 테이블에 놓여 있던 크리스털 재떨이를 재욱을 향해 집어 던졌다. 다혈질의 강 회장으로서는 그냥 넘어갈 수 없는 사안이었다. 재떨이가 재욱을 약간 비켜나 바닥으로 떨어졌다. 크리스털 재떨이가 산산조각 났다.

"당장 우빈이 데려오라고!"

강 회장이 다시 소리쳤다. 여행을 다녀와 우빈이부터 찾았으나 외갓집에 다니러 보냈다기에 기다리고 있었다. 여행 중에도 내내 우빈이가 보고 싶었다. 왜 이리 그놈이 보고 싶은진 잘 모른다. 다른 사람들은 우빈이 재욱과 닮지 않았다고 하지만 강 회장의 눈엔 재욱과 판박이였다.

어쩌면 우빈에 대한 강 회장의 간절한 마음은 젊은 시절 첫 자식에게 베풀 수 없어서 막아두었던 사랑이 터져 버렸기 때문인지도 모른다. 강 회장은 절대로 인정하지 않겠지만.

어느새 담담한 표정이 되어 강 회장의 맞은편에 앉은 재욱이 시니컬한 목소리로 대답했다.

"저희 가족 일입니다. 신경 쓰지 마십시오."

"신경 쓰지 말라고? 우빈인 내 손자야! 어떻게 양육권까지 넘길 수가 있어?!"

강 회장이 소리를 버럭버럭 지르자 재욱은 실소가 터져 나왔다. 손자? 당신의 핏줄이 아닌 걸 알게 되어도 이렇게 손자 타령을 할까. 그렇게 예뻐하는 우빈이 당신 핏줄이 아니란 걸 알게 되면 과연 어떤 얼굴을 할까? 볼만할 것 같았다. 붉으락푸르락 얼굴을 붉히며 당장 나가라고 소리 지르는 모습이 상상되었다.

"당신 손자 아닙니다. 제 아들일 뿐입니다. 언제부터 제게 아버지셨습니까? 전 아버지가 없다고 생각하며 살았는데요."

아버지가 필요하던 시절, 밖으로만 나돈 아버지에 대한 원망일까? 자신을 코너로 몰아 그 빌어먹을 일을 벌이게 한 것에 대한 원망일까? 재욱은 강 회장을 노려보며 자리에서 일어났다.

"그럼 이만 올라가 보겠습니다."

재욱이 2층으로 올라가자 강 회장은 테이블을 주먹으로 쾅 내려쳤다. 재욱의 말이 틀리지는 않았다. 아버지 노릇을 해본 적이 없었으니까. 기회조차 주어지지 않았으니까. 결국 재욱과는 평생 화해를 못 할 것 같은 불길한 생각마저 들었다.

거실이 조용해지자 그제야 안방 문이 열리고 정 여사가 나왔다. 자신에게 불똥이 떨어질까 봐 부자지간의 싸움에 끼어들지 않고 안방에서 귀를 쫑긋 세우고 있었다. 강 회장에게 재욱의 이혼 사실을 알린 것도 정 여사였다. 원래 그런 가십은 남자들보다 여자들이 빨랐다.

그렇잖아도 강 회장의 사랑이 우빈이에게로만 쏠리는 것이 불안하던 차에 재욱과 며느리의 이혼은 정 여사에게는 기회였다. 우빈이 없다면 자신의 손주들에게 득이 될 것 같았다. 첩이라며 본처에게 무시당하면서도 버틴 이유는 단 하나, 자식들에게 힘이 되어주고 싶은 마음 때문이었다.

이혼을 한 이유도 수상쩍었다. 칠 년 전에 잠시 이상한 소문이 돌기도 했었다. 재욱이 불임이라는 소문. 그랬는데 임신을 해서 잘못 들었다고 생각했다. 두 사람이 이혼을 하고 보니 자꾸만 그 말이 떠올랐다. 혹시 우빈이 재욱의 자식이 아닌 거 아냐? 그러다 이내 고개를 절레절레 저었다.

그랬다면 저 결벽증 심한 놈이 칠 년 동안이나 아빠 노릇하며 살았겠어? 정 여사는 강 회장의 눈치를 살피며 주방으로 가서 강 회장을 위한 얼음물을 준비했다.

요 근래 들어 그 남자는 이 집에 걸음하지 않았다. 우빈이 전화를 걸어도 오지 않았다. 지은을 바래다주러 집 앞까지 왔지만 절대로 집에는 들어오지 않았다. 며칠 전 따로 그 남자를 불러내 결혼을 취소하고 우빈이와 셋이서 살자고 했다가 일언지하에 거절당했다.

싸늘한 시선으로 약속을 지키라고 했다. 자신은 약속을 지켰다면서. 지은에게 얘기한다는 협박도 통하지 않았다. 그리고 그 이후로는 전화도 받지 않았다. 우빈의 전화도 받지 않았다. 어떻게 불러들여야 하지?

결혼식 날짜가 다가올수록 지수의 마음은 다급해졌다. 최소한 결혼식은 막아야 했다. 방법을 찾아야 한다. 방법을 찾느라고 머리가 아파올 즈음 시아버지에게서 전화가 왔다. 이혼한 걸 알았나 보군.

미국으로 가기 전엔 자신을 엄청나게 구박하던 시아버지가 미국에서 돌아온 후엔 어쩐지 부드러워졌다. 적은 양이긴 했지만 우빈에게 주식을 넘겨주기도 했다. 우빈에게는 극진했다. 이해되지 않은 일이었지만 불만은 없었다.

"여보세요?"

받고 싶지 않았지만 한 번은 부딪쳐야 했다. 더 이상 자신과 우빈을 찾지 말라고 얘기해야만 했다. 그렇지 않으면 계속 연락이 올 테니까. 아직은 우빈이 자기 핏줄로 알고 있으니까 무조건 데려가려 할 것이다. 핏줄이라면 절대로 포기하지 않는 사람이니까.

전화기에서 며느리의 목소리가 들려왔다. 재욱과 다투고 난 그다음 날 강 회장은 윤 비서를 닦달해서 이곳 주소를 알아냈다. 만사를 제쳐 놓고 일산으로 향했다. 며느리는 꼴도 보기 싫었지만 손자는 찾아와야만 했다. 며느리의 목소리가 들리자 속이 부글부글 끓어올랐지만 애써 눌렀다. 지금은 우빈일 데리고 가는 것만 생각할 때였다.

"나다."

[예.]

이혼까지 한 판국에 아버님 소리는 하고 싶지도 않았다. 미국으로 떠나기 전 시아버지에게 당한 것을 생각하면 지금도 피가 끓어오른다.

[거두절미하고, 우빈이 내보내라. 지금 집 앞이다.]

"양육권은 제가 갖기로 했는데요. 재욱 씨가 얘기 안 하던가요?"

[그게 무슨 개소리야? 강씨 핏줄을 니가 왜 키워? 당장 내보내!]

강씨 핏줄? 웃기고 있네. 우빈이가 강씨 핏줄이라면 이혼할 일 따윈 없었다.

"죄송합니다."

[사람 불러서 데려와야 해?]

순간 지수는 이것을 잘 이용하면 그 남자를 불러낼 수 있을 것 같은 생각이 퍼뜩 들었다. 나에겐 무심하지만 우빈인 달랐다. 같이 낚시 여행도 가고 우빈일 많이 위해주었다. 지수의 머리가 급하게 회전하기 시작했다.

　일을 하다 보면 시간이 훌쩍 가버렸다. 퇴근 시간도 벌써 지났다. 배달된 저녁을 먹고 컴퓨터에 매달렸건만 아직도 처리해야 할 일이 한가득이었다. 해진의 사무실에서 일을 돕던 지은은 시계를 보고는 자리에서 일어났다. 마음 같아서는 그의 일을 더 도와주고 싶지만 오늘은 집에 가야만 했다. 우빈에게 맛있는 케이크를 사주겠다고 약속했기 때문이었다.

　"오빠, 나 갈게."

　퇴근 준비를 한 지은이 해진의 어깨를 손가락으로 톡톡 두드리며 말하자 키보드를 두드리며 일에 빠져 있던 해진이 고개를 번쩍 들었다.

　"몇 시야?"

　"아홉 시."

　"벌써 그렇게 됐어? 어떡하지? 이거 오늘 꼭 마무리해야 하는데. 오늘은 집에 가지 말고 나 좀 도와주면서 같이 있자. 혼자 있기 싫다."

　지은이 간다는 말에 벌써 허전함이 느껴졌다. 지은이가 이 사무실에 온 지 얼마나 되었다고 벌써 이렇게 익숙해져 버린 건지. 익숙함도 문제지만 해진은 지은이 그 여자와 한 공간에 있는 것이 불안했다. 어쩐지 미덥지가 않았다. 지은을 화약고 옆에 두고 있는 것 같았다.

"안 돼. 가야 돼. 우빈이에게 케이크 사 간다고 약속했단 말이야."

지은이 저렇게 말한다면 아무리 졸라도 소용없다. 약속은 칼같이 지키는 지은이니까.

"그럼 좀만 기다려. 빨리 마무리하고 데려다줄게."

이 밤에 지은이 혼자 집에 보낼 수는 없었다. 택시 타고 가라고 해도 또 버스 타고 갈 것이 뻔했다. 가끔씩 좌석이 없어서 일산까지 서서 갈 수도 있었다.

"아냐, 오빠. 오빠는 일해. 그 일, 오늘 해결해야 하는 거 아는데, 뭘. 그럼 수고."

지은은 해진의 볼에 살짝 뽀뽀를 하고는 도망치듯 사무실을 빠져나왔다. 여유 부리고 있다간 또 해진에게 붙잡힐 수가 있어 선수를 친 것이다.

지은은 요즘 우빈에게 푹 빠져 있다. 물론 해진 오빠가 더 좋긴 하지만 회사에 와서도 그 귀여운 얼굴이 자꾸만 떠오르곤 했다. 자식, 또 보고 싶네. 빨리 서둘러야 했다. 잠이라도 들어 버리면 곤란했다. 사무실에서 나와 케이크가 맛있기로 유명한 베이커리로 갔다.

우빈이 좋아하는 티라미수와 엄마가 좋아하시는 생크림케이크를 사 들고 기쁜 마음으로 일산 가는 버스를 기다렸다. 퇴근 시간이 지나서 그런지 오늘은 자리가 있었다. 바래다주지 못하는 날엔 택시 타고 다니라고 해진이 닦달하지만 아직 지은은 일산까지 택시를 타고 갈 만큼 강심장이 못 됐다.

그 돈이면 온 가족이 맛있게 먹을 수 있는 케이크를 살 수 있는데 뭐하러 길바닥에 뿌리겠는가? 한 시간도 되기 전에 지은은 버스에서 내려 집으로 향했다. 우빈이 좋아할 표정을 떠올리자 벌써 기분이 좋아졌다.

"우빈아~"

지은은 현관문을 열고 들어서면서부터 우빈을 불렀다. 다른 때 같으면 대문 소리만 나도 뛰쳐나오며 이모를 부르던 우빈이 답이 없었다. 벌써 잠이 들었나? 시계를 보니 열 시가 넘었다. 우빈이 잠을 깨울까 봐 살금살금 조용히 걸어 우빈의 방문을 열었다. 우빈이 보이지 않았다. 언니 방에 있나? 언니 방에 노크를 하고는 문을 열었다. 거기에도 우빈은 보이지 않았다.

"언니, 우빈인?"

"할아버지가 데리고 갔어."

할아버지가 데리고 가다니? 애 혼자 그 지옥엘 보냈단 말이야? 지은은 와락 성질이 났다.

"미쳤어, 언니? 우빈일 거기 보냈단 말이야? 그것도 혼자?"

미쳤냐니, 네까짓 게 무슨 상관이야? 내가 내 아들도 맘대로 못 해? 그렇지 않아도 우빈을 혼자 보내놓고 마음이 불편하던 지수는 지은의 말에 벌컥 성질을 내고 말았다.

"네가 무슨 상관이야?"

지수가 성질을 내자 지은은 섭섭했다. 언니는 무슨 말을 저렇게 하나? 내가 우빈일 얼마나 예뻐하는지 뻔히 알면서. 그러면서도 지수의 마음이 다칠까 봐 조심스럽게 얘기했다.

"우빈인 내 조카잖아. 그런데 왜 상관 못 해?"

"신경 꺼. 나 쉬고 싶다. 나가줄래?"

지수의 말에 지은은 방문을 닫고 나올 수밖에 없었다.

침대에 누웠건만 잠이 오지 않았다. 시간은 벌써 새벽 두 시. 할아버지를 따라가면서 불안해하던 우빈의 얼굴이 떠올랐다. 내가 잘한 짓일까? 우빈을 혼자 사지로 보낸 것 같아 마음이 내내 불안했다. 도저히 누워 있을 수가 없어서 카디건을 걸치고 현관을 나섰다.

오늘도 엄마는 지수를 보고 넋두리를 했다. 이렇게 예쁜 내 딸, 이제 어떻게 사느냐고. 차라리 우빈일 아빠한테 주고 오지 그러느냐고 했었다. 애 딸린 이혼녀는 결혼도 쉽지 않다면서. 우빈이 할아버지 따라 집에 갔다는 말에 은근히 다행으로 여기는 표정이었다.

엄마는 왜 내가 독립적으로 사는 걸 원치 않는 걸까? 왜 여전히 재벌가의 안주인이 되기를 바라는 걸까?

현관을 나서니 차가운 밤바람이 지수의 어깨를 움츠리게 했다. 하늘을 올려다보았다. 칠흑 같은 어둠이 머리 위에 있었다. 오늘은 구름 때문인지 달도 별도 보이지 않았다. 달도 별도 보이지 않는 하늘은 어쩐지 미로 같았다. 빛 한 줌 들어오지 않는 미로. 움직일 수 있는 공간은 충분하지만 움직였다가는 길을 잃고 영원히 다시 돌아올 수 없을 것 같아 그 자리에서 꼼짝하지 못하는 미로. 빛과 함께 누군가가 들어와 끄집어내 주어야만 나갈 수 있는 미로.

지수는 그 미로 속에서 자신의 손을 잡아줄 누군가를 기다리고 있었다. 구름이 걷히면 달도 별도 나오듯이 지수를 따뜻하고 안전한 세상 속으로 데려다줄 그 누군가를. 지수는 미로 속에 갇혀 있는 자신을 상상하며 다시 집 안으로 들어왔다.

그때 방에서 휴대폰 울리는 소리가 들렸다. 이 시각에 전화라니?

한밤중에 걸려오는 전화는 항상 사람의 마음을 불안하게 한다. 한 달음에 방으로 달려왔지만 선뜻 휴대폰으로 손이 가지 않았다.

왜 이리 불안한 걸까? 낮에 우빈과의 통화에서 괜찮다는 말을 들었음에도 쉬이 안심이 되지 않았다. 아무래도 내일 우빈을 데리고 와야 할 것 같았다. 마음을 가다듬고 손을 뻗어 전화를 받으려고 하는데 전화가 끊겨 버렸다.

버튼을 눌러 액정을 확인하니 재욱이었다. 재욱으로부터 부재중 전화가 다섯 통이나 와 있었다. 잠시 정원을 나갔다 왔는데 그 사이 무슨 급한 일이 있어서 다섯 통씩이나 했을까? 우빈을 빌미로 집으로 들어오라는 협박 전화일까? 아니면 우빈이 다쳐서 병원에 입원했다는 전화일까?

불안한 마음을 안고 이런저런 생각을 하고 있는 사이 띠링 하고 문자 오는 소리가 들렸다. 역시 재욱으로부터 온 문자였다. 불안한 마음을 안고 문자를 열어보았다.

—일부러 내 전화 피하는 거야? 정말 급해. 혹시 우빈이 거기 갔어? 답장을 주든지 아니면 내 전화라도 받아.

가슴이 철렁 내려앉았다. 우빈이가 여기 왔느냐니? 무슨 일이 생긴 게 틀림없었다. 얼른 휴대폰을 눌러 재욱에게 전화를 걸었다. 손이 덜덜 떨려왔다.

Rrrrrr~ Rrrrrr~

[우빈이 거기 갔어? 거기 갔지?]

재욱의 말에 지수의 가슴이 철렁 내려앉았다. 할아버지 따라 집에 들어간 애를 왜 여기서 찾아? 그것도 이 한밤중에? 온몸이 떨려오기 시작했다. 목소리도 떨려 나왔다. 머리가 텅 비어가는 것 같았다.

"아, 안 왔어. 여기 안 왔어. 낮에 할아버지 따라 집에 갔는데, 거기 없어?"

[우빈이가 없어졌어. 집 어디에도 없어.]

우빈이가 없어지다니? 이 인간이 애를 또 때린 거야? 그렇게 혼자 보내는 것이 아니었다.

"우빈이에게 무슨 짓을 한 거야? 또 때린 거야? 우빈이 잘못되면 나 당신 절대 용서 안 해! 용서 안 한다고! 우빈이 찾아내! 빨리 찾아내라고!"

지수가 비명처럼 소리를 질러댔다. 악을 써댔다.

"언니, 무슨 일이야?"

자다가 지수의 비명을 듣고 지은이 지수의 방으로 달려왔다. 혹시라도 무슨 일이 생겼나 달려왔더니 지수가 휴대폰을 들고 벌벌 떨면서 소리를 지르고 있다. 지수가 불안에 흔들리는 눈으로 지은을 보았다.

"우빈이가…… 우빈이가 없어졌대."

"왜? 그러게 애를 왜 보내?"

왈칵하는 마음에 힐책을 하고 나니 후회가 되었다. 이미 지수의 얼굴은 사색이 되어 있었다. 내가 보탤 필요는 없었는데……. 일단 언니를 안심시켜야 했다. 쓰러질 듯 겨우 서 있는 지수를 침대에 앉히고 지은이 지수의 두 손을 잡았다.

"걱정 마, 언니. 우빈인 똑똑하니까 이 집 찾아올 거야. 걱정 말고 기다려."

"그렇겠지? 우리 우빈이는 똑똑하니까 엄마 찾아오겠지?"

"그럼. 우리 우빈이가 얼마나 똑똑한데."

지은의 말에 지수는 조금 안심이 되었다. 돌아올 것이다. 우빈인 돌아올 것이다. 나에게로, 이 엄마에게로 돌아올 것이다. 갑자기 지수가 벌떡 일어났다.

"언니 왜?"

"나가서 기다려야지. 우리 우빈이 올 텐데 불이라도 켜놔야지."

지수가 부리나케 방에서 나가 온 집안에 불을 켜더니 그대로 현관을 지나 밖으로 나갔다. 정원을 지나 곧장 대문을 향해 걸어가고 있었다. 추위도 느끼지 못하는 것 같았다.

지은도 현관을 나와 별채로 향했다. 아직 경호원들을 다 철수시키지 않아 다행이었다. 혹시나 해서 해진이 두 명은 남겨두었다. 지은은 경호원들에게 우빈이 집에 오는 중인 것 같다며 나가서 주변을 살펴줄 것을 부탁했다.

지수의 전화기로 지은의 목소리가 들리고 이내 전화가 끊어졌다. 재욱은 자리에 털썩 주저앉고 말았다. 그럼 우빈은 도대체 어디로 갔단 말인가?

우빈이 집에 왔다는 말을 듣고 재욱은 서둘러 퇴근했다. 같이 산 정 때문인지 우빈이가 왔다는 말을 듣자 일을 할 수가 없었다. 자꾸만 우빈의 얼굴이 어른거렸다. 우습게도 난생처음으로 우빈을 위해 케이크까지 사 들고 왔다. 비록 윤 비서에게 부탁해서 사 온 것이긴 하지만.

케이크를 건네주고 저녁을 함께 먹을 때까지는 좋았다. 아이들은 쑥쑥 자란다더니 한 달 정도 못 봤을 뿐인데 우빈은 예전과 달라 보였다. 많이 밝아진 것 같았다. 다행이었다. 그놈으로부터 우빈이 아프다는 말을 듣고 조사를 해봤더니 정신과 치료 중이었다. 외상후격분장애. 처음 들어보는 병명이었다.

궁금해서 담당의를 만났다. 그가 그랬다. 아버지의 폭력으로 인해 생긴 정신적인 병이라고. 폭력을 당한 후 격분을 참을 수가 없어서 다른 것으로 표출된 거라고. 지금은 동물을 학대하는 형태로 나타나지만 나중엔 사람에게도 위해를 가할 수 있다고 했었다.

그러면서 담당의는 재욱에게 충고했다. 아이가 더 망가지기를 원치 않는다면 더 이상의 폭력은 안 된다고. 그러면서 재욱에게도 상담을 받아보길 청했다. 화를 내야 했음에도 재욱은 화를 낼 수 없었다. 너의 고통을 알고 있다는 담당의의 따스한 시선에 당황하여 서둘러 그 자리에서 나왔다.

미안한 마음에 안 하던 짓도 했다. 생선을 발라 우빈의 그릇에 놓아주었다. 그 행동에 우빈이 놀라 재욱을 보자 재욱은 우빈을 향해 웃어주기까지 했었다.

우빈은 아주 드물게 보는 아빠의 웃음에 자기도 기쁜 듯 환하게 웃었다. 행복한 순간이었다.

다시는 우빈에게 손대지 않으리라. 아니, 우빈의 마음을 사서 지수까지 이 집으로 불러들이리라. 다시는 못난 짓 하지 않으리라.

그런데 그 결심은 오래가지 못했다. 생선을 먹으면서 우빈이 그놈과 낚시 갔던 얘기를 꺼내자 재욱의 얼굴에서 웃음이 사라지고 딱딱하게 굳어갔다.

뭐? 그 자식이랑 낚시를 가? 애비 노릇을 하겠다 이건가? 재욱은 화가 치밀어 올랐지만 꾹꾹 눌러 참았다.

식사를 마치고 아버지와 우빈이 그놈과 낚시하는 휴대폰 동영상을 보며 행복해하는 모습을 보니 속이 더 뒤집어졌다. 같이 있다가는 무슨 일을 저지를지 몰라 서둘러 2층으로 올라왔다. 서재에 들어왔지만 책이 눈에 들어오지 않았다.

다시 밖으로 나와 홈 바에 앉아 혼자서 양주를 마시기 시작했다. 혼자 마시는 술이라 그런지 빠르게 병이 비어갔다. 알코올이 재욱의 뇌를 잠식해 가기 시작했다.

재욱은 결국 폭발하고 말았다. 우빈이 2층으로 올라오는 모습을 본 재욱은 우빈에게 휴대폰을 달라고 해서 동영상을 열어보았다.

동영상에는 그놈과 우빈이 낚시를 하면서 행복해하는 장면이 고스란히 담겨 있었다. 자기에게는 보여주지 않는 환한 웃음을 우빈이 그놈에게는 보여주고 있었다. 핏줄이 당긴다 이거야? 처음엔 어이가 없었다. 그리고 허탈해졌다. 우빈에게 잘해주려는 자신의 노력은 아무런 효과도 없는 헛수고가 될 것 같았다.

노력하면 자신의 아들이 되어줄 거라는 희망도 부질없이 느껴졌다. 노력해서 자신의 아들로 만들겠다는 각오 같은 건 아무런 의미가 없어졌다. 아무리 노력해도 재욱은 우빈의 마음을 얻을 수 없을 것 같았다. 희망이 보이지 않았다. 그 실망감이 재욱에게 독이 되었다.

억울했다. 칠 년 동안의 노력이 한순간에 무너지는 느낌이었다. 잘해주진 못했어도 나름 노력했다. 친아들이 아님을 알면서도 정을 주려고 했다. 그랬는데 우빈은 친아버지를 보자마자 마음을 빼앗겼다. 그렇잖아도 알코올에 취한 뇌가 작동을 멈춰 버렸다.

동영상과 우빈을 번갈아 보던 재욱은 결국 휴대폰을 집어 던져 버렸다. 휴대폰이 바닥에 떨어지며 박살이 났다. 우빈이 벌벌 떨기 시작했다. 마음대로 했으면 벌써 폭력을 행했겠지만 재욱은 참았다.

취중에도 진단서 운운하면서 떠들어 대던 그놈이 생각났다. 더 이상의 빌미는 주면 안 되었다. 크게 심호흡을 하고 주먹을 쥐었다 폈다 하며 마음을 달래었다. 그래도 진정이 되지 않았다.

갑자기 야비한 생각이 들었다. 마음속 악마가 재욱을 꼬드기기 시작했다. 이런 자신이 정말 마음에 들지 않았지만 멈출 수가 없었다. 내가 나쁜 아빠였다면 그놈도 나쁜 아빠여야 했다. 자신만 나쁜 아빠가 되는 건 견딜 수 없었다.

"네 친아버지가 누군지 알아?"

재욱이 우빈의 얼굴에 가까이 들이대면서 스산한 목소리로 물었다. 무서운 표정도 짓지 않고 소리도 지르지 않았는데 우빈에게는 재욱이 악마처럼 보였다.

우빈의 얼굴이 하얗게 질렸다. 무서웠다. 다른 때보다 더 무서웠다. 엄마가 없어서 더 무서웠는지도 모른다. 당장에라도 계단을 뛰어 내려가 할아버지에게 도움을 청하고 싶었다. 몸을 돌려 뒷걸음질 치려 했지만 이내 재욱에게 어깨를 잡히고 말았다.

"궁금해? 가르쳐 줄까? 널 나한테 팔아먹은 네 친아버지 말이야."

우빈은 재욱에게서 도망칠 수 없음을 깨달았다. 이래서 이 집에 오기 싫었다. 엄마의 부탁이 아니었음 이 집에 오지 않았을 것이다. 할아버지를 따라 집에 다녀오라는 엄마의 부탁에 싫다는 말을 할 수 없었다.

우빈은 엄마에게 항상 미안한 마음을 가지고 있었다. 자기만 아니었다면 엄마는 불행하지 않을 수 있다는 걸 우빈은 알고 있었다. 그래서 항상 엄마에게 죄인이었다. 엄마가 원하면 해줄 수밖에 없었다.

"궁금하지 않아? 궁금할 텐데?"

재욱이 다시 나직이 물었다. 솔직히 궁금했다. 친아빠는 누구일까? 아빠는 친아빠가 돈에 자기를 팔아먹은 놈이라고 했지만 우빈은 그렇게 생각하지 않았다. 그래야만 우빈도 희망을 가질 수 있었으니까. 가끔씩 상상하기도 했다. 어느 날 친아빠가 나타나 자신을 구해주는 상상. 잘 떨어지지 않는 입을 달싹여 우빈이 겨우 질문했다.

"누…… 누구예요?"

"짐작 가는 사람 없어? 너랑 가까운 데 있는데 말이야. 유달리 너에게 잘해주는 사람이 없었어? 가령 같이 낚시도 가주고……."

느릿하게 뒷말을 이으며 재욱은 우빈을 관찰했다.

우빈의 눈이 커다래졌다. 말도 안 된다. 같이 낚시를 가준 사람은 이모부밖에 없었다. 어떻게 이모부가 친아빠일 수 있어? 이모부가 친아빠였으면 좋겠다는 꿈은 수없이 꾸었지만 그래서는 안 되었다. 그렇다면 이모부 역시 나쁜 사람이니까. 친아들인 줄 알면서도 아무 말도 안 했으니까.

"안 믿겨? 그렇겠지? 믿을 수 없겠지. 네가 그렇게 좋아하는 네 이모부가 친아버지란 사실이 믿기지 않지? 하지만 사실이야. 네 이모부가 네 친아버지야. 널 내게 팔아먹은 네 친아버지. 어땠어, 친아버지를 만난 기분이?"

"거짓말! 거짓말이야! 이모부는 내 친아빠가 아니에요! 날 팔아먹지 않았어요! 이모부는 좋은 사람이에요! 이모부가 그럴 리 없어요!"

"네 엄마한테 물어봐. 아님 네가 이모부라고 부르는 그 사람에게 직접 물어보든지. 만약에 그 사람들이 아니라고 말하면 나에게 다시 와. 친자확인검사 해줄 테니까. 넌 머리가 좋으니까 그게 무슨 검산지 알지?"

아빠가 거짓말하는 것 같지는 않았다. 문득 엄마의 말이 생각났다. 낚시 동영상을 보며 좋아하자 엄마가 그랬다. 우빈인 이모부가 아빠라면 어떻겠냐고. 내가 이모부를 좋아하니까 하는 소린 줄 알았는데 그게 아니었다.

진짜 친아빠였다. 친아빠가 아니라면 굳이 제주도까지 가서 낚시를 함께 해줄 필요가 없었다. 모두가 다 날 속였다. 이모부도 나쁜 사람이었다. 우빈의 표정이 일그러지자 재욱은 침실로 들어갔다.

자신의 방에 들어간 우빈은 방구석에 웅크리고 앉았다. 두 손으로 무릎을 감싼 다음 얼굴을 무릎에 박았다. 갑자기 눈물이 흘렀다. 자신이 너무나 불쌍했다. 난 왜 태어났을까? 이모부는 왜 날 팔아먹었을까? 모두가 미웠다. 날 팔아먹은 이모부도, 이 집에 혼자 보낸 엄마도, 그리고 자신에게 이런 엄청난 사실을 얘기해 주는 아빠도.

이모부가 나에게 잘해준 건 미안해서였다. 이모부도 이모와 결혼하면 외국으로 나간다고 했었다. 이모부도 나를 버린 것이다. 모두에게 버림받았다. 나 같은 건 태어나지 말았어야 했다. 어쩌면 엄마도 자기를 사랑하지 않는 건지 모른다. 사랑한다면 날 혼자 이렇게 이 집에 보낼 수 없었다. 그것도 고작 아빠가 쓰던 칫솔을 가져오라면서.

엄마 때문에 견디며 살았는데 이제 그럴 필요가 없을 것 같았다. 어둠 속에서 한참을 그렇게 울던 우빈은 조용히 일어나 집을 나섰다. 아무도 우빈이 나가는 것을 보지 못했다. 우빈은 그렇게 어둠 속으로 사라져 버렸다.

목이 말라 잠에서 깨어난 재욱은 침실을 나가서 정수기에서 냉수를 뽑아 벌컥벌컥 마시고는 머리를 좌우로 흔들었다. 이제야 조금 정신이 돌아오는 것 같았다. 술이 과했다. 홈 바의 의자에 앉아 멍하니 있는데 문득 토막토막 끊기는 영상들이 떠올랐다. 자신이 우빈을 다그치고 있었다.

이런, 내가 무슨 짓을 한 거지? 그 어린것을 붙들고 친아버지를 가르쳐 준다며 술주정을 했었다. 아이에게 감당하기 힘든 비밀을 털어놓았다. 우빈이 충격을 받아 하얗게 질려가던 모습이 떠올랐다.

"거짓말! 거짓말이야! 이모부는 내 친아빠가 아니에요! 날 팔아먹지 않았어요! 이모부는 좋은 사람이에요! 이모부가 그럴 리 없어요!"

"네 엄마한테 물어봐. 아님 네가 이모부라고 부르는 그 사람에게 물어보든지. 만약에 그 사람들이 아니라고 말하면 나에게 다시 와. 친자확인검사 해줄 테니까. 넌 머리가 좋으니까 그게 무슨 검사인지 알지?"

재욱의 얼굴이 일그러졌다. 이런 미친놈. 이제 정말 갈 데까지 가는구나. 애에게 무슨 말을 한 거야? 충격일 것이다. 그런 말을 듣고도 무던히 견디는 우빈이 안쓰러웠다. 자는 모습이라도 보려고 우빈의 방에 들어선 재욱은 우빈의 침대가 비어 있음을 발견했다. 화장실에도 가봤지만 없었다.

갑자기 불안한 생각이 들었다. 미국에서 지수가 손목을 그었을 때도 이렇게 침대가 비어 있었다. 두려움에 온몸이 떨려왔다. 우빈이 나쁜 생각을 하면 안 되는데……. 움직이지 않는 다리를 억지로 움직여 1층으로 뛰어 내려왔다. 불을 켜고 사람들을 깨워서 우빈을 찾았지만 우빈은 집 안 어디에도 없었다.

무서워졌다. 정말 무서웠다. 떨리는 손으로 지수에게 전화를 걸었다. 하지만 우빈은 거기에도 오지 않았다고 했다. 우빈을 찾아내라고 악을 쓰는 지수의 목소리가 먼 곳에서 들리는 환청 같았다.

"지은아! 지은아!"

사방을 뛰어다니며 목이 터져라 지은을 불렀다. 하지만 지은의 대답은 들려오지 않았다. 정말 순식간에 지은이 사라져 버렸다.

꽃이 만발한 들판이었다. 바람에 꽃향기가 날려 왔다. 지은과 함께하는 시간은 항상 즐거웠지만 유독 더 즐거웠다. 미소가 멈추지 않았다. 도시락을 나눠 먹으며 행복한 시간을 보낸 후 해진은 지은에게 꽃다발을 만들어준다며 자리에서 일어났다.

지은이 그냥 집에 가자고 졸랐지만 해진은 멈추지 않았다. 콧노래까지 흥얼거리며 꽃밭으로 들어가 예쁜 꽃으로만 골라 꺾었다. 꽃을 한 움큼 꺾은 후 지은에게 가려고 고개를 드니 그 여자와 우빈이 지은과 얘기하는 것이 보였다. 지은의 얼굴이 점점 하얗게 질려갔다. 무슨 얘기를 들은 거지?

설마? 설마 아니겠지? 아닐 거야. 그 얘길 하진 않았을 거야. 지은의 시선이 해진에게 와서 꽂혔다. 지은의 시선에는 원망이 가득했다. 그러더니 이내 몸을 돌려 달리기 시작했다. 붙잡아야 해. 이

대로 가게 내버려 둘 순 없어. 해진이 한달음에 지은에게로 달려 갔다.

그때 갑자기 하늘에 먹구름이 끼기 시작했다. 그러더니 온 사방이 어둠 속에 갇혔다. 한 치 앞도 보이지 않은 짙은 어둠 속.

잠시 후 어둠이 걷히고 다시 태양이 고개를 드밀었을 때, 지은의 모습은 어디에서도 보이지 않았다. 아주 잠깐이었는데 지은은 흔적도 없이 사라져 버렸다. 좀 전까지 해진을 향해 환하게 웃어주던 지은이 사라져 버렸다.

사방을 뛰어다니며 찾아보았지만 지은은 없었다. 해진은 망연히 서서 사방을 둘러보았다. 지은이 나를 두고 가버렸다. 나를 버리고 가버렸다. 지은이 가자고 할 때 갈걸. 꽃다발을 만들어준다고 왜 나서서는. 후회스러웠다.

그때 그 여자가 해진의 곁으로 와서 해진의 손을 잡았다. 소름이 끼쳐와 냉큼 손을 뿌리쳤다. 그랬더니 그 여자가 원망의 눈초리로 해진을 보더니 이내 해진의 목을 조르기 시작했다. 숨이 넘어갈 듯 고통스러웠다.

그때 어디선가 노랫소리가 들려왔다.

혼자라고 생각 말기 힘들다고 울지 말기
너와 나 우리는 알잖아
니가 나의 등에 기대 세상에서 버틴다면
넌 내게 멋진 꿈을 준 거야.

어디서 들려오는 거지? 지은이가 좋아하는 노랜데. 저 노래가 들리는 곳으로 가면 지은이 있을 것 같았다. 그래, 지은이 날 부르고 있어. 날 버리고 떠난 게 아니야.

해진이 노래가 들리는 쪽으로 몸을 옮기려 하자 그 여자가 목을 점점 더 조여왔다. 죽을 것 같은 고통 속에서 쳐다보자 그 여자가 해진을 사납게 노려보았다.

한기가 오소소 돌았다. 너무나 무서워 눈을 질끈 감았다가 떴다. 그 여자가 사라졌다. 목을 조르던 손도 사라졌다. 믿을 수 없어 해진은 자신의 목을 만져보았다. 여전히 노랫소리가 들려온다.

성급하게는 생각하지 말기
정말 잠이 올 때면 그 자리에 기대어
너무 지친 니 몸을 잠시라도 쉬게 해줘
혼자라고 생각 말기 힘들다고 울지 말기

해진의 휴대폰 벨소리였다. 해진은 그제야 꿈을 꾼 거라는 것을 깨달았다. 다행이었다. 그런데 선뜻 손이 가지 않았다. 언제 어디서 전화를 받아도 기분 좋은 상대였지만 어쩐지 두려워졌다. 나쁜 꿈을 꾼 후라 더 그랬다. 꿈은 꿈일 뿐이다. 해진은 마음을 다잡고 휴대폰을 받았다.

"어, 지은아."

[오빠, 미안해. 잠 깨웠지? 달리 부탁할 사람이 없어서 말이야.]

지은의 말에 해진은 몸을 일으켰다. 좀 전의 꿈이 생각났다. 뭐 안 좋은 일이 생긴 걸까? 해진의 목소리도 묵직하게 가라앉았다.

"무슨 일이야? 말해."

꿈은 꿈일 뿐이지 않았다. 꿈은 다가올 미래를 보여준 것이었다. 지은의 말이 이어질수록 해진의 얼굴은 점점 더 굳어져 갔다. 이미 자리에서 일어나 옷을 걸치고 있었다.

"주소 문자로 찍어줘."

화가 나서 견딜 수가 없었다. 인간이 아니다. 인간일 리가 없다. 그런 인간에게 아이를 맡긴 자신이 저주스러웠다. 그곳에 아이를 보낸 그 여자도 미웠다. 도대체 왜 우빈을 그 집으로 보낸 것일까? 그 남자로부터 보호하려고 얼마나 애를 써왔는지 뻔히 아는 사람이.

그 남자는 또 우빈에게 무슨 짓을 했을까? 무슨 짓을 했기에 우빈이 한밤중에 사라져 버렸을까? 근처의 병원과 경찰서는 이미 다 돌았다고 했다. 꿈과 뒤섞여 지금의 현실이 불안하기만 했다. 일단은 그 남자를 만나야 했다. 어떤 상황인지 알아야 애를 찾을 게 아닌가?

지은이 문자로 보내준 주소로 내비게이션을 찍고 차를 밟았다. 새벽인 데다가 쌩쌩 달려서인지 금세 목적지에 도착했다. 집에 불이 환하게 켜져 있었다. 대문도 열려 있었다. 해진은 대문 안으로 성큼성큼 걸어 들어갔다.

현관문을 열자 소파에 앉아 고개를 숙이고 있는 재욱이 보였다. 다른 사람들은 보이지 않았다. 아이가 없어졌는데도 무기력하게 기다리기만 하다니. 눌러 놓았던 화가 다시 치밀었다. 자기 아이가 아니라고 저러는 건가?

재욱은 이제나저제나 우빈이 돌아오기만을 기다리고 있었다.

가방도 그대로 둔 상태이고 엄마에게도 가지 않았다 하여 사람을 풀어 주변을 뒤지는 중이었다. 재욱도 찾아 나서고 싶었지만 혹시라도 연락이 오거나 지시할 일이 있을까 봐 소파에 앉아 있었다.

현관문 여는 소리가 들려 우빈인가 해서 얼른 고개를 돌렸다. 아니었다. 그놈이었다. 저놈하고만 엮이지 않았으면 지금쯤 우린 행복하게 살고 있었을 텐데…… 괜한 원망을 실어 그놈을 노려보았다. 그놈의 시선은 나보다 더 무서웠다. 죽일 듯이 재욱을 노려보며 성큼성큼 다가와 그의 멱살을 와락 잡았다. 손아귀 힘이 장난이 아니었다.

"어떻게 된 겁니까? 또 때린 겁니까?"

분노를 억누른 음산한 목소리였다.

"……."

대답도 하기 싫었다. 입을 굳게 다물고 그놈을 노려보며 멱살 잡은 그놈의 손을 잡았다. 그놈의 힘이 더 셌다. 떼어낼 수가 없었다.

두 남자는 서로 원망의 눈빛을 내보이며 대치했다.

"어떻게 된 거냐구요! 이유를 알아야 애가 어디로 갔는지 찾을 거 아닙니까!"

"이건 다 네 탓이야! 왜 이제 와서 아빠 노릇을 하려 해? 같이 낚시 다니며 그딴 동영상을 찍어 왜 내 속을 뒤집어?"

내 탓이라고? 기가 막혀 말도 나오지 않았다. 싫다는 사람 억지로 데려다 동침을 시켰으면서 내 탓이라고? 도망가는 사람 억지로 잡아다 아이를 만들었으면서 내 탓이라고?

"내 탓이라고요? 내 탓이라고요? 그게 어떻게 내 탓입니까! 난 싫다고 했습니다! 그런 짓은 하지 않겠다고 했어요! 싫다고 도망가는 나를 억지로 끌고 와 일을 저질러 놓고는 이제 와서 내 탓이라고요!"

해진이 바락바락 소리를 질렀다. 가슴이 터질 것 같았다.

"또 때렸습니까?"

"아니야!"

"그럼 왜요? 우빈이가 왜 한밤중에 집을 나갔습니까?"

"우빈이가 알았으니까. 네가 친아빠라는 걸."

재욱은 여전히 해진을 노려보고 있었다. 자기 탓이 아니라는 듯.

"뭐, 뭐라고?"

해진의 가슴이 쿵 내려앉았다. 하늘이 무너져도 이렇게 놀라진 않을 것이다. 전쟁이 터져도 이렇게 무섭진 않을 것이다. 재욱의 멱살을 잡은 손에 힘이 스르르 풀렸다.

"뭐, 뭐라고? 어떻게, 어떻게 알아, 우빈이가?"

"내가 말해줬으니까!"

재욱의 말에 해진은 자신의 가슴을 움켜잡았다. 심장이 떨어져 나갈 것 같았다. 충격을 받았을 것이다. 아직 마음의 상처가 다 치유되지 않은 상태인데 저 인간이 아이를 벼랑으로 몰았구나.

"그걸 얘기해? 우빈이에게 그 말을 해? 지금 우빈이 상태가 어떤지 몰라? 정신과 치료 받는 거 모르냐고!"

알고 있었다. 알고 있기에 참으려고 했었다. 술에 그렇게 취하지 않았으면 그런 말까진 하지 않았을 것이다.

"당신에게 우빈이 못 맡겨! 내 아들 내가 찾겠어! 무슨 수를 써서라도 찾겠어!"

해진이 소리를 버럭버럭 질렀다. 도저히 이 인간에게는 우빈을 맡길 수 없었다. 내 행복을 포기하더라도 우빈을 지킬 것이다.

"그게 무신 소리고? 우빈이가 누구 아들이라고?"

재욱이 뭐라 하려는 찰나 현관문이 열리고 강 회장의 호통이 날아왔다. 혈압이 올라 있는 듯 얼굴이 벌게져 있었다.

"우빈인 제 아들입니다. 이제 제가 제 아들 찾겠습니다."

해진은 강 회장을 향해 단호한 목소리로 말했다. 재욱의 표정이 일그러졌다. 사람들을 속이기 위해 대리부를 구해서 지수를 임신시켰다. 그리고 그 중심에는 강 회장이 있었다. 세상 사람 모두가 알더라도 알아서 안 되는 단 한 사람이 강 회장이었다. 이제 강 회장이 그걸 알았으니 모든 게 허사였다. 허탈했다. 칠 년의 고통을 참아온 결과가 이건가?

"그게 무신 말이고? 니가 말해봐라. 저 자슥 말이 뭔 소리냐고!"

강 회장이 재욱을 다그쳤다. 재욱은 더 숨길 수 없음을 깨달았다. 재욱의 입이 무겁게 열렸다.

"들은 그대롭니다. 제가 말씀드렸잖습니까? 우빈인 아버지 손자 아니라구요."

재욱이 인정하자 강 회장은 뒷머리를 잡고 쓰러졌다. 충격일 것이다. 핏줄이라면 벌벌 떠는 사람이 자기가 그렇게 애지중지 해온 손주가 자기 핏줄이 아니라는데 어찌 아무렇지 않을 것인가? 문을 빠끔히 열어놓고 밖을 살피던 정 여사가 뛰어나와 강 회장을 부축했다. 하지만 강 회장의 의식은 이미 멀어지는 중이었다.

"아버지!"

재욱이 강 회장을 부르는 소리를 뒤로하고 해진은 몸을 돌려 밖으로 향했다. 이 집 일은 이 남자가 해결할 일, 난 한시라도 빨리 우빈일 찾아야 했다. 해진의 발걸음이 빨라졌다.

우빈이가 사라졌다는 말에 강 회장은 우빈일 찾기 위해 직접 경찰서까지 찾아갔었다. 전화 한 통화로도 충분히 경찰을 움직일 수 있었지만, 우빈은 강 회장에게 특별한 손자였다. 한밤중에 경찰청장까지 불러내서 우빈일 찾는 데 만전을 기해줄 것을 부탁하고 집으로 돌아왔다.

그 순간 집 안에서 들리는 두 남자의 격한 목소리에 잠시 걸음을 멈추었다. 잠시 두 남자의 대화를 듣고 있던 강 회장의 얼굴이 붉으락푸르락 변해갔다. 친아들이 아니라는 이유로 재욱이 우빈을 학대해 왔다니. 오늘 사라진 것도 재욱이 우빈에게 친아버지의 존재를 밝혔기 때문이라니. 믿을 수 없는 사실에 문을 벌컥 열고 들어가 호통을 쳤다.

"그게 무신 소리고? 우빈이가 누구 아들이라고?"

같이 있던 사내가 자신이 우빈의 생부라고 얘기했지만 강 회장은 믿을 수 없었다. 재욱에게 다그치자 재욱이 순순히 인정한다.

"들은 그대롭니다. 제가 말씀드렸잖습니까? 우빈인 아버지 손자 아니라구요."

이런 어리석은 놈. 자기 자식도 못 알아보고 지금껏 우빈일 학대해 왔다는 말인가? 멀쩡한 자기 자식을 남의 자식으로 알고 지금껏 살아왔단 말인가?

하도 혼외자식을 많이 둔 강 회장인지라 아이가 태어나면 가장 먼저 하는 것이 친자 확인이었다. 우빈이도 예외는 아니었다. 태어나자마자 재욱이와 우빈의 친자확인검사를 했었다. 우빈인 재욱의 친자가 틀림없었다.

분통이 터질 듯 혈압이 오르더니 강 회장의 몸이 넘어가기 시작했다. 말해줘야 하는데…… 우빈인 네 자식이라고 말해줘야 하는데…… 저놈을 막아야 하는데……

입을 벙긋거려 말해보려 하지만 강 회장은 점점 의식을 잃어갔다.

아침이 될 때까지 우빈은 나타나지 않았다. 전화를 받고 달려온 숙희와 영석, 박 여사도 망연한 표정을 지을 뿐이었다. 지금으로써는 더 이상 찾아 나설 곳이 없었다. 재욱의 집에서 일산 해진의 집으로 오는 곳까지 사설 경호원뿐만 아니라 경찰까지 동원되어 샅샅이 뒤졌지만 우빈의 흔적은 어디에도 없었다. 택시기사들도 그런 애는 태운 적이 없다고 했다. 도대체 우빈은 어디로 갔을까?

또 아침이 왔다. 벌써 삼 일이 지났다. 사람들의 반응이 점점 회의적으로 변했다. 애가 이렇게 흔적도 없이 사라질 수는 없다고 했다. 막막한 가슴을 안고 해진이 일산 집으로 들어가자 온 가족이 모여 있었다. 해진을 보고 지수가 달려나와 해진에게 매달렸다.

"찾아줘. 우리 우빈이 좀 찾아줘. 제발 찾아줘. 네가 아빠잖아!"

"처형!"

지수의 말에 해진의 심장이 덜컥 떨어져 내렸다. 난감함으로 얼굴이 일그러졌다. 이렇게 터뜨릴 이야기가 아니었다. 이젠 지은이에게도 진실을 얘기해야 한다고 생각하고 온 길이었다. 기회를 봐서 얘기해야겠다고 생각했는데 이렇게 터뜨리다니……

나락으로 떨어지는 느낌이 들었지만 지금은 정신을 차려야 했다. 가슴속에는 불안이 요동치고 있었지만, 속으로는 불안해 죽을 것 같았지만 지금은 정신을 차려야만 했다. 딱딱한 얼굴을 한 채 지수를 외쳐 불렀다. 더 이상 얘기하지 말라는 경고의 시선과 함께.

지은은 잘못 들은 거라 생각했다. 말이 안 된다. 어떻게 해진 오빠가 우빈의 아빠일 수가 있어? 어젯밤 잠을 못 잔 탓이다. 유난히 요즘 들어 몸이 좋지 않았다. 졸리고 피곤하고 속도 체한 것처럼 답답했다.

"그게 무슨 소리야? 아빠라니?"

질문은 다른 데서 나왔다. 지수의 말에 숙희가 대뜸 질문을 던졌다. 숙희도 느끼고 있었다. 지수가 박 서방을 대하는 태도가 이상하다는 것을. 박 서방과 지은의 결혼을 결사적으로 반대한 것도 그렇고 가끔 박 서방을 이상한 시선으로 보는 것도 그렇고.

"엄마는, 내가 지금 제정신이겠어? 우빈이 때문에 넋이 나가서 말이 헛나갔지."

지수가 화를 벌컥 내며 말했다. 다행히 지수는 해진의 경고를 알아들었다. 마음 같아서는 지금 다 불어서 저 남자를 자신의 곁에 두고 싶었지만 참아야 했다. 지금은 저 남자를 자극해서 좋을 게 없었다. 지금 사실을 다 밝힌다면 저 남자는 우빈을 찾으려 하지 않을 것이다.

어떤 남자가 자기 발목을 잡으려는 자식을 애써 찾겠는가? 너무 경솔했다. 지금은 때가 아니었다. 우빈을 찾은 후에 사실을 밝혀도 늦지 않을 것이다. 지금 당장은 저 남자가 필요했다. 너무나 절실히. 저 남자의 도움이 없으면 절대 우빈을 찾지 못하리라.

재욱에게는 도움을 청하고 싶지도 않았다. 우빈을 벼랑 끝으로 내몬 그 인간은 꼴도 보기 싫었다. 치가 떨렸다.

해진은 안도의 한숨을 내쉬었다. 해진의 표정이 급격하게 바뀌자 지은은 뭔가 이상한 기류를 느꼈다. 언니와 해진 오빠 사이엔 분명 무언가가 있었다. 예전부터 느꼈지만 애써 무시했다. 하지만 지금 이 순간 무언가 확신 같은 게 생겼다.

"오빠, 나 좀 봐."

지은이 해진을 데리고 정원으로 나왔다. 지은이 정원의 티 테이블에 앉으려고 하자 해진은 지은의 팔을 잡고 고개를 저었다. 이젠 정말 더 이상 미룰 수가 없었다. 지은에게 얘기해 주어야 했다. 저 여자 입으로 듣게 해서는 안 되었다. 지은에게 얽혀 버린 이 관계에 대해 얘기할 생각을 하자 납덩이를 매단 듯 가슴이 무거워졌다.

"오피스텔로 가자. 거기 가서 얘기해 줄게."

사실 정원은 아직 추웠다. 얘기를 나눌 만한 공간이 못 되었다. 지은도 해진의 말에 고개를 끄덕이고는 해진을 따라 밖으로 나왔다. 안개가 잔뜩 끼어 있었다. 아니, 안개가 아니었다. 미세먼지였다. 목이 칼칼하게 아파왔다.

해진이 자동차 문을 열어주자 지은이 올라탔다. 해진의 차가 출발했다. 해진의 표정이 한없이 어두웠다. 지은은 고개를 돌려 운전을 하고 있는 해진의 얼굴을 가만히 바라보았다. 여전히 사랑하는 남자지만 요즘은 정신이 다른 데 가 있는 듯 조금 멀게 느껴졌다. 지금도 표정이 몹시 어두워 보였다. 처조카의 일이라고 하기엔 도가 지나쳤다.

"오빠, 있지, 난 속고 사는 거 싫어. 언니하고 무슨 관계야? 언니랑 오빠, 좀 이상해. 언니가 우리 결혼을 그렇게 막으려 한 것도 그렇고 아까 언니 말도 그렇고……."

지은은 오피스텔에 도착할 때까지 참을 수가 없었다. 당장 알고 싶었다. 자기가 잘못 들은 게 아니었다. 그랬다면 엄마가 그렇게 되묻진 않았을 테니까.

차마 얘기할 수 없었다. 뭐라고 이야기를 시작해야 하지?

"오빠아~"

지은이 다시 해진을 다그쳤다

"오피스텔 가서 얘기하자. 내가 다 얘기해 줄게. 어? 그러니까 그때까지만 조금 참아줄래?"

해진의 말에 지은은 더 이상 해진을 조를 수가 없었다. 대답 대신 손을 뻗어 CD를 켰다. 차 안에 누벨바그의 'In a manner of speaking'이 흘러나온다. 톤을 올리지 않으면서도 담담하게 부르는 여자 보컬의 목소리가 슬펐다.

가사 내용처럼 모든 걸 말해달라는 부탁과 아무 말도 하지 말아달라는 부탁을 번갈아 하고 싶은 마음이었다. 다 알고 싶으면서도 또한 알고 싶지 않은 마음. 해진 오빠가 저렇게 굳은 표정인 걸 보면 심각한 내용임에 틀림없었다.

지은은 답답한 마음에 차창을 열었다. 차가운 바람이 차 안으로 들어왔다. 추위에 어깨가 움츠러 들었지만 지은은 고개를 창 쪽으로 향해 차가운 바람을 맞았다.

침묵의 시간이 길었는지 오피스텔에 도착하니 지은이 창에 고개를 기대고 잠들어 있었다. 우빈이 때문에 며칠 잠을 설쳐서 그런가 보다. 가볍게 지은을 흔들어 보았지만 지은은 한잠이 들었는지 깨지 않았다. 할 수 없이 해진은 지은은 안아 들었다. 조금 무거웠지만 무거워도 좋았다. 무거움을 느낄 수 있어서 더 좋았다. 아직까지는 내 여자라는 증거니까. 아직까지 내 옆에 있다는 증거니까.

해진이 엘리베이터에 올라 현관을 열고 침실에 눕힐 때까지 지은은 깨지 않았다. 해진은 지은이 잠든 모습을 가만히 들여다보았다. 이마에 붙어 있는 머리칼을 떼어내고 가만히 볼을 쓰다듬었다.

내게 이런 시간이 얼마나 더 남았을까? 늘 행복하게 해주고 싶었다. 몸도 마음도 편안하게 해주고 싶었다. 그랬는데 잠시 후면 지은에게 지울 수 없는 상처를 주겠지? 잠에서 깨고 나면 얘기를 해야 할 텐데……. 조금이라도 고통의 시간을 늦추고 싶은 마음에 해진은 지은을 깨우지 않고 가만히 바라보기만 했다.

그런 얘기를 듣고도 내 곁에 있어줄까? 서로의 마음을 확인하던 그날이 생각났다. 그때 지은이 그랬는데……. 뭐든 다 용서해준다고, 절대 내 곁을 떠나지 않겠다고, 도망가지 않겠다고……. 그 마음 아직 변하지 않았겠지? 기대를 해본다. 희망을 품어본다. 그래도 불안하기만 했다.

드르륵.

휴대폰 진동음이 들렸다. 해진이 눈을 번쩍 떴다. 깜박 잠이 들었나 보다. 지은을 느끼고 싶어 잠시 안고만 있으려고 했는데 언제 잠이 들었지? 하긴 며칠 동안 잠을 설치긴 했다. 계속 진동이 울리자 해진은 혹시 지은이 깰까 봐 서둘러 침실을 나왔다.

거실로 나오자 아직 밖이 환했다. 액정을 보니 경철이었다. 얼른 휴대폰을 받았다.

"뭐? 정말이야?"

우빈이 경철이에게 전화를 했단다. 지금 만나러 가기로 했다며 해진에게 거기로 오라고 했다.

다행이다. 정말 다행이다. 제주도에 다녀오면서 해진은 우빈에게 경철의 전화번호를 가르쳐 주었다. 자신이 한국에 없을 때 혹시라도 도움이 필요하면 전화하라고 하면서. 비록 자기는 떠나지만 의지할 누군가는 만들어주고 가야 할 것 같았다.

그걸 기억하고 있었구나. 혹시나 하는 마음에 경철에게도 오는 전화는 무조건 받으라고 했었다. 우빈이 전화할지도 모른다고 하면서. 휴대폰을 끊고 다시 침실로 들어왔다. 지은은 여전히 잠들어 있었다.

잠시 고민했다. 지은을 깨워서 얘기하고 갈 것인가, 아니면 다녀와서 얘기할 것인가? 하지만 곤히 자는 사람을 깨울 수가 없었다. 잠시 미룬다고 별일 있을까 싶었다.

일단 우빈이부터 찾자. 찾고 나서 지은이에게 고백하자. 메모를 남기고 해진은 조용히 오피스텔을 나섰다. 그것이 얼마나 큰 실수였는지 깨닫는 데는 그리 오래 걸리지 않았다. 말이란 것은 진실을 완전히 다르게 포장할 수도 있다는 것도 그때는 몰랐다.

막상 경찰서 앞까지 왔지만 해진은 안으로 들어가지 못하고 서성거렸다. 우빈을 어떤 얼굴로 봐야 하는 거지? 죄지은 사람처럼 불안했다. 아니, 죄지은 사람이 맞았다. 아무리 강제적이었다고 해도 자기가 행한 일은 틀림없으니까.

게다가 우빈의 상황을 알면서 외면했었다. 자신의 행복을 위해서 아들의 불행을 책임지지 않았다. 마음이 천근만근 무거워도 일

단은 우빈을 만나야 했다. 만나서 사과도 하고 집에도 데려가야
했다.

해진은 답답한 마음에 한숨을 크게 내쉰 후 무거운 발을 떼서
경찰서 문을 열었다. 문을 열고 들어가니 우빈의 옆에 앉아 경찰
과 애기 중인 경철의 뒷모습이 보인다.

문이 열리는 소리에 우빈은 고개를 돌렸다. 그러다 경찰서로 걸
어 들어오는 해진과 시선이 마주쳤다. 이모부다. 아니, 내 친아빠
라고 했던가? 내가 얼마나 좋아했는데……. 닮고 싶은 사람이라고
생각했는데……. 그래서 배신감이 더 컸다. 다시는 보고 싶지 않
았다. 저 사람을 부르지 말라고 부탁까지 했건만.

우빈의 표정이 순식간에 굳어지며 원망을 담아 경철을 노려보
았다. 그러곤 잽싸게 몸을 일으켜 문을 향해 뛰었다. 보고 싶지 않
아, 친아빠 따위는! 나를 팔아버린 친아빠 따위는 절대로 보지 않
을 거야!

우빈이 경찰서를 뛰쳐나가자 해진은 사색이 되어 우빈을 따라
달려나갔다. 이번에 놓친다면 다시는 우빈을 찾지 못할지도 모른
다. 어린 게 얼마나 재빠른지 숨이 차올랐다. 그래도 포기할 수 없
었다. 아무리 그래도 아이는 어른의 발걸음보다 보폭이 짧다. 결
국 우빈은 해진에게 붙들렸다.

"싫어! 놔! 놓으라고! 필요 없어! 다 필요 없어! 다 필요 없다고!"

우빈이 고래고래 소리를 지르며 해진에게서 벗어나려고 발버둥
을 쳤다. 해진은 우빈을 놓아줄 수가 없었다. 우빈의 양손을 꼭 잡
고 놓지 않았다. 처음 보는 우빈의 모습이었다. 항상 예의 바르고
착한 우빈이었는데……. 우빈을 이렇게 만든 건 나다. 회한이 밀

려왔다.

"미안하다…… 미안해……."

"날 팔았다면서요?"

해진의 미안하다는 말에 우빈은 발버둥을 멈추고 해진을 노려
보며 물었다. 날 팔아놓고 이제 와서 웬 생쇼냐는 듯.

이를 앙다물고 주먹을 꼭 쥔 모습이 해진의 마음을 갈기갈기 찢
어놓았다. 그런 소리를 들었구나. 그래서 그렇게 집에서 도망 나
온 거구나. 가슴이 먹먹해지면서 눈에서 눈물이 흘러나왔다.

"아니야. 그런 게 아니야. 널 팔다니. 어떻게 사람을 팔아? 넌
돈으로 사고파는 그런 존재가 아니야. 넌, 넌 내가 준 선물이야.
선물을 달라고 그랬어. 너무나 간절히 원한다고……. 그래서 줄
수밖에 없었어."

변명이지만 그렇게 말할 수밖에 없었다. 내가 원한 게 아니라
고. 억지로 끌려가서 당했다고. 그렇게 말하는 것보다 이것이 나
을 것 같았다. 나도 원치 않았다는 말은 우빈에게 더 큰 상처가 될
것 같았다. 틀린 말은 아니었다. 윤 비서라는 사람이 자신을 그렇
게 설득했으니까. 대리부는 아이 없는 집에 주는 산타클로스 선물
같은 거라고.

"거짓말! 거짓말이야! 아빠가 그랬어! 친아빠가 날 팔았다고!"

"아니야, 우빈아. 난 널 팔지 않았어. 선물을 달라고 해서 선물
을 준 거야. 정말이야. 니 이모를 걸고 맹세해."

"돈을 줬다고 했어요!"

그런 말까지 했구나. 어린애에게. 그 남자에 대한 분노가 다시
치밀어 올랐다. 여기서 분노를 터뜨릴 순 없었다. 지금은 우빈을

달래는 데 전력을 쏟아야 했다. 해진은 마음을 다스리기 위해 크게 숨을 내쉬고는 우빈의 시선을 붙들고 또박또박 말했다.

"물론 니 아빠가 돈을 주긴 했어. 돌려주려고 했지만 찾을 수가 없었어. 하지만 그 돈, 고스란히 있어. 널 위해 남겨두었어. 혹시라도 네가 날 찾아오면 주려고 남겨두었어. 널 팔았다면 내가 그 돈을 왜 남겨두었겠니? 안 그래? 널 알고 나서 네 엄마에게 전해주었어. 널 위해 써달라고."

우빈의 눈동자가 흔들렸다. 믿을 수 없었다. 믿으면 안 된다. 하지만 믿고 싶었다. 선물이라는 말에 우빈의 상처는 이미 많이 치유되었다. 항상 태어나선 안 되는 존재로만 생각했는데 선물이라니……. 우빈의 눈동자가 흔들리자 해진은 무릎을 꿇고 앉아 우빈을 가슴에 꼭 안았다.

"잘못했다. 내가 다 잘못했다. 우빈아, 제발, 제발……. 날 용서 안 해도 돼. 날 미워해도 돼. 그래도 널 포기하면 안 돼. 내가 미워도, 키워준 아빠가 미워도 그 미움 때문에 널 포기하면 안 된다고. 네 세상의 중심은 너라고 얘기했잖아. 널 지켜줄 사람도 너라고 했잖아. 제발…… 잘못된 어른들 때문에 널 다치게 하지 마. 제발……."

"싫어…… 미워……."

우빈의 목소리가 점점 힘을 잃어갔다.

19. 폭탄선언

해가 지려는지 서녘 하늘이 빨갛게 물들어가고 있었다. 우빈의 눈자위도, 해진의 눈자위도 빨갛게 물들어 있었다. 우빈은 골목 한 귀퉁이에서 해진의 품에 안겨 있었다. 해진의 품에서 원망을 털어내고 있었다.

아니었다. 싫은 게 아니었다. 미운 게 아니었다. 사실은 너무나 좋았다. 이 따뜻한 품이 너무나 그리웠다. 원망이 깊은 만큼 너무나 그리웠다. 친아빠를 만나고 싶지 않다는 말은 거짓말이었다. 그 사람에게 연락하면 친아빠가 나타날 줄 알았다. 만약에 나타나지 않았다면 더 상처받았을 것이다.

그렇게 집을 뛰쳐나와서 그냥 죽으려고 했다. 어른들에게 보란듯이 죽어주려고 했다. 아빠도, 엄마도, 그리고 이모부라고 불리는 친아빠도 모두 원망스러웠다. 차도에 뛰어들려고 했는데, 그랬는데 차마 뛰어들 수가 없었다. 자기가 죽으면 울 것 같은 엄마가 생각났고, 그다음에 친아빠의 말이 생각났다.

동생과 함께 고아원에 버려져서 많이 힘들었다고. 죽고 싶다는 생각도 많이 했다고. 하지만 견디고 보니 좋은 날이 왔다고. 그러니 너도 힘이 들더라도 견뎌달라고. 다른 사람을 위해서가 아니라 너 자신을 위해서 견뎌달라고. 다른 사람 때문에 널 절대로 포기하지 말아달라고.

말은 없었지만 그때의 그 눈빛이 그렇게 말했다. 너를 너무 아낀다고. 너를 너무 사랑한다고.

"고마워, 우빈아. 이렇게 건강하게 살아줘서……. 이렇게 전화해 줘서 너무 고마워……."

자꾸만 눈물이 났다. 우빈의 눈물이 해진의 가슴팍을 흥건히 적셨다. 옷보다도 해진의 가슴이 더 젖어들었다. 심장이 찢어질 것 같았다. 아마 버림받은 상처를 알기에 더 아픈지도 모른다. 우빈의 울음이 잦아들자 해진이 두 손으로 우빈을 몸에서 떼어내고 시선을 맞추었다. 우빈의 눈에선 여전히 눈물이 흐르고 있었다. 해진의 얼굴에도 눈물이 흐르고 있었다.

해진은 엄지손가락으로 우빈의 눈물을 닦아주었다. 우빈도 손을 올려 눈물을 닦아주고 싶었지만 애써 참았다. 이렇게 쉽게 마음을 보여주기 싫었다.

"집에 가자. 다들 기다리셔. 엄마는 우빈이 걱정하느라 먹지도 못해. 자지도 못해. 어? 집에 가자."

이미 집에 가기로 마음을 먹었지만 우빈은 허락하고 싶지 않았다. 떼를 쓰고 싶었다. 칠 년 동안 못 부린 어리광을 부리고 싶었다. 친아빠니까.

"안 갈래요. 가기 싫어요."

"우빈아……."

"하지만 엄마랑 결혼해서 내 아빠가 되어준다면 집에 갈게요."

그렇게만 된다면, 정말 그렇게 살 수만 있다면 얼마나 좋을까? 엄마랑 친아빠랑 나랑 한 가족이 되어 산다면 그보다 더 행복할 수는 없을 것 같았다.

우빈의 말에 해진은 하늘이 무너지는 소리를 들었다. 한동안 대답도 하지 못하고 넋이 빠진 얼굴을 하고 멍하니 우빈만 바라보았다.

날이 조금씩 어두워지고 있었다. 거리엔 하나둘 간판 불이 켜지고 빌딩도 아파트도 불이 켜졌다. 바야흐로 밤이 시작되고 있었다. 이 밤만 지나면 모든 나쁜 일은 다 끝나고 좋은 일만 생길 것이다.

택시를 타고 집으로 향하는 지은의 입꼬리가 위로 올라가 내려올 줄을 몰랐다. 택시기사가 이상하다고 여길까 봐 표정 관리를 하려 했지만 쉽지 않았다. 또다시 입이 벌어졌다. 다른 것을 보면 이 감정에서 빠져나올 수 있겠지? 미친년처럼 실실거리는 걸 멈출 수 있겠지? 지은은 일부러 시선을 차창 밖으로 두었다.

차창 밖에는 사람들로 붐비고 있었다. 추운 날씨에 목엔 머플러를 감고 모자까지 뒤집어쓰고 눈만 내놓은 채 사람들이 빠른 걸음으로 걸어가고 있었다. 조금 우스꽝스러워 보이는 그 모습조차도 그렇게 아름다워 보일 수가 없었다. 역시 사람이란 상황에 따라 대상이 달리 보인다는 걸 실감했다.

"좋은 일이 있나 봐요?"

결국은 들키고 말았다. 나이 지긋한 택시기사가 룸미러로 지은을 보면서 물었다.

"예."

인정했다. 좋은 일이었다. 모든 것이 다 잘 풀렸다. 우빈일 찾았다. 우빈이가 돌아온다. 잘생기고 똑똑하고 예의 바른 내 조카 우빈이.

잠에서 깨어난 건 한 시간 전이었다. 잠에서 깨고 보니 그의 침대였다. 언제 잠이 든 거지? 언제 또 여기까지 옮겨졌고? 얼마나 깊이 잠들었으면 침대에 옮기는데도 몰랐지? 여기까지 안고 오려면 힘들었을 텐데. 깨우지. 하여간 해진 오빠는 매너가 좋아서 탈이야. 잘해주는 것도 죄라고 툴툴거리며 지은은 거실로 나왔다.

"오빠!"

해진을 불렀지만 대답이 없었다. 화장실에도, 다른 방에도, 베란다에도 그는 없었다. 어디 갔지? 얼른 휴대폰을 찾아 전화를 걸었더니 우빈을 찾으러 가는 중이라고 했다.

"정말? 정말 우빈이 찾은 거야?"

[경철이에게 전화가 왔대. 그러니 확실할 거야.]

다행이다. 정말 다행이다. 얼마나 걱정했는지 모른다. 아직도 마음의 상처가 다 낫지 않은 우빈이 나쁜 맘이라도 먹었을까 봐 내내 애를 태웠다. 마음이 급했다. 우빈이 오기 전에 나도 집에 가 있어야 했다. 우빈이 무사한지 확인해야 했다.

"알았어, 오빠. 나도 일산 집으로 가 있을게."

[아냐, 지은아. 넌 거기 있어. 우빈이 데려다주고 내가 갈게. 그럼 끊는다. 도착했어.]

그의 전화가 끊어졌지만 지은은 하나도 섭섭하지 않았다. 오히려 다행이라 여겼다. 아마 여기서 기다리라고 하는 것은 평소에 택시를 타지 않고 대중교통을 이용하는 날 알기에 힘들까 봐 그런 것이다. 그런 마음 씀씀이가 고마웠다.

우빈을 찾았다는 말을 듣고 나니 갑자기 배가 고팠다. 며칠째 우빈에 대한 걱정 때문에 제대로 먹지도 못했다. 우유라도 한 잔 마시고 가자는 생각에 냉장고 문을 여는데 냄새가 역하게 느껴지면서 갑자기 토악질이 올라왔다.

혹시? 혹시? 지은은 얼른 휴대폰을 열어 일정표를 확인했다. 생리가 늦어지고 있었다. 지난달에 표시된 날에서 이미 열흘이 지나 있었다. 가만히 있을 수가 없었다. 당장에 확인을 해야 했다. 시각을 확인하니 이미 일곱 시가 넘었다. 병원 문은 닫았겠지만 약국은 아직 열렸을 것이다.

지은은 서둘러 지갑을 챙겨 들고 오피스텔을 나섰다. 한달음에 약국까지 뛰어가 임신진단시약을 사서 돌아왔다. 곧바로 화장실에 가서 검사했더니 양성이었다.

아이라니? 아이라니? 해진 오빠가 얼마나 좋아할까? 혼수품 타령을 하더니 결국 혼수 목록에 넣게 되었다. 두 주먹을 불끈 쥐고 파이팅을 외쳤다. 좋아서 죽을 것만 같았다. 혼전 임신이라 처녀가 좋아할 일은 아니지만 결혼도 코앞이고 그가 간절히 원한 일이라 하나도 부끄럽지 않았다.

당장 연락하고 싶었지만 참았다. 전화로 얘기할 내용이 아니었다. 얼굴을 대하며 말하고 싶었다. 조금이라도 일찍 그에게 얘기를 전하고 싶은 마음에 서둘러 오피스텔을 나섰다. 오늘은 돈이 아까워도 택시를 타야겠다는 생각을 하면서.

"춥지? 일단 차로 가자."

우빈이 추위에 떠는 것을 보고 해진은 우빈을 안고 차로 향했다. 자동차 뒷좌석에 우빈을 앉힌 다음 운전석으로 와서 시동을 켜고 히터를 올렸다. 담배 생각이 간절했다. 다시 자동차 밖으로 나와 주머니를 뒤져 담배를 찾았지만 있을 리가 없었다. 답답함에 긴 한숨을 내쉬었다.

엄마와 결혼해서 아빠가 되어달라니? 우빈이 아무리 안타깝지만 그건 해줄 수 없는 일이었다. 어떻게 설명을 해야 우빈이 상처입지 않고 받아들일 수 있을까? 해진은 답답한 한숨을 내쉬고 하늘을 올려다보았다.

별이 총총 떠 있다. 별들은 캄캄한 밤하늘에서도 각자의 자리에서 빛을 발하고 있었다. 그래, 내 자리는 그 여자의 남편 자리는 아니야. 그건 하늘이 무너져도 안 되는 일이야. 우빈에게 아무리 미안해도, 우빈이 아무리 안타까워도 그건 안 될 일이었다.

해진은 굳게 마음을 먹고 자동차 뒷좌석에 올랐다. 우빈을 설득해야 했다. 우빈은 똑똑하고 심지가 곧으니까 날 이해해 줄 것이다. 해진은 우빈의 두 손을 가만히 잡고 두 눈을 응시했다.

"우빈아, 우리 제주도에서 사나이 대 사나이로 약속했지?"

그랬다. 제주도에서 해진과 우빈은 사나이 대 사나이로 약속했다. 아무리 힘든 일이 있어도 견뎌 달라고. 내가 견디며 살아온 것처럼 견뎌달라고. 대신 정말 도움이 필요할 때는 언제든 도와주겠다고 했다.

"안 돼요?"

해진의 말에 우빈은 벌써 자신의 부탁이 거절당했음을 알았다.

"그래, 안 돼. 너에겐 미안한데, 정말 미안한데, 난 네 엄마와 결혼할 수 없어."

"왜요? 왜 안 돼요?"

우빈의 목소리엔 절망감이 깃들어 있었다. 기대가 무너졌겠지. 하지만 어쩔 수 없다. 우빈 때문에 그 여자와 결혼할 수는 없으니까.

"난 네 이모가 아닌 사람하고는 결혼할 수가 없어. 알지? 내가 네 이모 많이 사랑한다는 거. 하지만 네 아빠는 되어줄게. 엄마와 결혼하지 않아도 네 아빠는 되어줄 수 있어."

"싫어요. 나도 엄마랑 아빠랑 사이좋게 살고 싶단 말이에요. 나도 다른 애들처럼 엄마랑 아빠랑 한 집에서 행복하게 살고 싶단 말이에요."

우빈은 결국 울음을 터뜨렸다. 아빠로부터 이모부가 친아빠라는 말을 들었을 때부터 꾸어온 소망인데 들어줄 수 없다고 했다. 엄마와는 결혼할 수 없다고 했다.

해진의 가슴이 미어졌다. 대답 대신 우빈을 가슴에 꼭 안고서 자신의 마음을 전했다. 미안하다. 정말 미안하다…….

여전히 기쁜 마음을 추스르지 못하고 벙긋거리며 택시에서 내리자 온 집과 정원에 불이 환하게 켜져 있었다. 아마 우빈일 기다리는 것 같았다. 비밀번호를 누르고 집으로 들어가니 거실 소파에 온 가족이 앉아 있었다. 다들 초조한 표정이었다.

"아직 우빈이 안 왔어?"

"그래, 오는 중이란다."

지은의 물음에 박 여사가 대답했다. 다행이다. 정말 다행이다. 우빈이가 맞았구나. 지은은 지수에게 다가가 지수의 손을 다정하게 잡아주며 그동안의 마음고생을 위로했다.

"언니, 정말 다행이야. 걱정 많이 했지? 앞으론 내가 더 신경 쓸게."

"네가 신경 쓸 필요 없어. 이제부터 우빈인 친아빠가 챙길 거니까. 그냥 너만 사라져 주면 돼."

지수가 지은의 손을 뿌리치며 차갑게 내뱉자 거실에 앉아 있던 사람들의 시선에 의아함이 어렸다. 숙희만 제외하고. 아까 낮에 지수의 입에서 해진을 향해 '니가 아빠잖아!' 라는 말이 나온 순간 숙희는 박 서방과 지수 사이에 흐르는 이상기류를 알아챘다. 해진이 지수를 부르며 노려보는 순간도.

지수는 말이 헛나갔다고 했지만 숙희는 속지 않았다. 아무리 오래 떨어져 살아도 내 배 아파 낳은 딸이었다. 그 속 하나 못 읽을 숙희가 아니었다. 지은과 해진이 집을 나간 후 숙희는 지수를 닦달했다. 지수도 굳이 엄마에게까지 숨길 생각은 아니었는지 숙희에게 해진이 우빈의 생부임을 밝혔다. 재욱이 불임이라 대리부를 썼다고.

처음엔 충격이었다. 하지만 이내 숙희는 지수를 위한 최선책을 찾았다. 지수 혼자 우빈을 키우며 어떻게 살아야 하나 걱정했는데 걱정할 필요가 없었다. 지수가 박 서방과 결혼만 하면 된다. 둘 사이에 자식이 있는데 어쩌겠는가?

지은이의 약혼자라는 게 걸렸지만 지수만 행복할 수 있으면 뭐가 걱정이겠는가? 외국으로 나가서 산다고 했으니까 지수와 우빈일 데리고 외국으로 간다면 사람들의 시선 같은 건 아무것도 아니었다. 그때부터 숙희의 표정은 점점 화색이 돌기 시작했다.

"어, 언니, 그게 무슨 말이야? 친아빠는 뭐고 나만 사라져 주면 된다니?"

지수의 반응에 놀란 지은이 반문했다. 무슨 말도 안 되는 소릴 하느냐고. 하지만 지수의 표정엔 변화가 없었다. 여전히 지은을 노려보며 자기의 권리를 주장했다.

"내가 얘기했지? 우빈인 정자를 제공 받아 낳은 아들이라고. 우빈의 정자제공자가 바로 박해진 씨야. 우빈인 그 사람 아들이라고!"

차마 합방한 것까지는 얘기하지 못했다. 지금도 얘기하고 싶지 않다. 우빈이 그 남자 아들이라는 것만 해도 지은은 당연히 물러날 것이다. 그래야 했다.

"말도 안 돼! 믿을 수 없어! 그럴 리 없어! 해진 오빠는 그럴 사람이 아니야!"

"말이 안 돼? 그럼 내가 확인시켜 주지. 잠시만 기다려."

지수가 소파에서 일어나 자기 방으로 들어가더니 이내 통장을 하나 들고 나와 지은이에게 툭 던졌다. 내내 멍한 시선으로 지수의 뒤를 좇던 지은은 덜덜 떨리는 손으로 통장을 펼쳤다.

"거기 봐. 누구 이름으로 된 통장인지. 박해진 맞지? 칠 년 전,

대리부의 대가로 네 형부가 건네준 돈을 하나도 쓰지 않고 모아뒀더라. 나중에 그 애가 나타나면 돌려주려고 했대. 우빈이가 박해진 아들이 아니라면 그 통장이 왜 나한테 있겠어? 이래도 안 믿겨?"

지은은 아무 말도 할 수 없었다. 정말로 통장은 박해진 이름으로 되어 있었다. 그럼 칠 년 전 해진 오빠가 지었다는 죄가 이것이었나? 그래서 필사적으로 외국으로 나가자고 했나? 그래서 언니는 우리의 결혼을 막으려고 그렇게 애를 써왔나? 온몸이 떨려왔다. 해진 오빠를 믿어야 했지만 점점 자신이 없어졌다.

"나 그 사람하고 결혼할 거야. 지은이 네가 그 남자 포기해."

가슴이 쿵 내려앉았다. 온몸이 떨려왔다. 아무리 우빈이 해진 오빠의 아이라고 해도 어떻게 언니가 해진 오빠랑 결혼한다는 말을 해? 나와 해진 오빠의 결혼이 얼마나 남았다고? 내가 그를 얼마나 사랑하는지 뻔히 알면서? 도저히 이해가 되지 않았다.

"그, 그래도 그건…… 설사 해진 오빠가 정자제공을 했다고 해도…… 아니, 하여간 정자제공자는 아이에 대한 권리도 의무도 없어. 알잖아? 정자제공자가 아이를 책임져야 한다면 어느 누가 정자를 제공하겠어? 어? 안 그래, 언니?"

말도 제대로 나오지 않았다. 더듬더듬 말을 내뱉었지만 말이 되는지 알 수도 없었다. 우빈이 해진 오빠의 정자를 제공 받아 낳았다는 건 충격이지만 그렇다고 그를 포기할 순 없었다.

분명히 기억하고 있다. 언니가 정자를 제공 받아 우빈을 낳았다는 것을 알고 난 후 지은은 회사 고문변호사에게 법률적인 자문을 구해보았다. 그랬더니 정자제공자는 생물학적인 아버지일 뿐 아이에 대해 아무런 권리나 의무가 없다고 했다. 그런데 언니는 어떻게 저렇게 당당할까? 어떻게 우빈일 핑계로 며칠 후면 제부가 될 남자와 결혼하겠다고 얘기할 수 있는 걸까?

"법적 권리와 의무가 없다고 해도 마음으로도 그럴까? 해진 씨가 우빈이 챙기는 거 보면 모르니? 이미 아들로 인정하고 있다고 생각지 않아?"

더 이상 말할 수가 없었다. 확실히 해진 오빠는 우빈을 챙겼다. 사람들에게 베풀고 사는 타입이지만 특히 더 유별났다. 그랬구나. 그래서 그랬구나. 지은은 점점 더 자신이 없어졌다.

임신했다는 기쁜 소식을 전하기 위해 택시까지 타고 한달음에 달려왔는데 이런 얘기를 듣게 되다니……. 해진 오빠가 우빈의 생부라니……. 해진 오빠와 헤어지라니……. 언니가 해진 오빠와 결혼하겠다니…….

하늘이 무너지는 것 같았다. 깊고 깊은 나락으로 한없이 떨어지는 것 같았다. 바닥에 털썩 주저앉고 말았다.

지수의 말에 온 가족이 기함을 했다. 우빈을 기다리는 도중 지은이 와서 지수를 위로하나 싶더니 정자 제공이니 박 서방이 우빈의 아버지니 이해 못할 말들이 오가고 있었다. 숙희는 이미 알고 있는 듯 무덤덤했지만 영석과 박 여사의 충격은 컸다. 그런데 결혼까지 하겠다니? 저게 제정신인가 싶었다.

"그게 무슨 소리야? 박 서방은 니 동생이 결혼할 남자야. 그런데 어떻게 니가 결혼한다는 소릴 해?"

박 여사가 말도 안 된다는 듯 버럭 소리를 질렀다. 저 이기적인 계집애는 애를 낳고도 헛소리다. 어떻게 자기 생각만 저렇게 하는지 제 어미랑 똑같다.

"우빈이가 그 사람 아들인데 지은이가 어떻게 그 사람이랑 결혼을 해요? 당연히 지은이가 물러나야죠. 그리고 내 동생은 무슨, 나도 다 알아요, 할머니. 지은이 내 동생 아닌 거. 그만큼 키워줬으면 보답해야 하는 거 아니에요? 할머니는 어떻게 친손녀인 나보다 지은일 더 예뻐해?"

내 동생은 무슨, 친동생이 아니라는 건 지은이가 이 집에 들어올 때부터 알고 있었다.

지은은 지수의 입에서 나온 말을 이해할 수 없었다. 처음엔 우빈이 해진 오빠의 아들이라더니 이젠 내가 동생이 아니라고?

박 여사와 영석, 숙희의 얼굴이 하얗게 질려갔다. 이건 숙희도 짐작 못 한 얘기였다. 지수의 말에 온 가족이 넋을 잃은 표정이 되었다. 특히나 할머니의 표정은 처참했다. 이제야 지은이 행복하게 사는가 했는데 이렇게 꼬여 버리다니. 먼저 간 딸에게 미안해서 죽을 것만 같았다.

"할머니, 언니 얘기가 무슨 소리야? 나 정말 엄마 아빠 딸 아니야?"

멍한 얼굴로 더듬거리며 울먹이는 목소리로 지은이 박 여사에게 물었다.

이런 말을 들으려고 달려온 게 아니었다. 이런 일을 겪으려고 택시까지 타고 온 게 아니었다. 우빈이 돌아온 걸 축하하고 임신한 것도 축하 받으려고 돌아온 자리인데 도대체 이게 무슨 날벼락이란 말인가? 언니가 해진 오빠와 결혼하겠다고 나서는 것만 해도 견디기 힘든 상황인데 내가 엄마 아빠의 친딸이 아니라니?

하늘이 무너지고 있었다. 지금껏 알아온 지은의 세상이 무너지고 있었다. 너무나 놀라서 눈물도 나오지 않았다. 숨도 제대로 쉴 수가 없었다. 해진 오빠가 우빈의 아빠라는 것보다 자신이 엄마 아빠의 딸이 아니란 것이 더 충격적이었다. 내가 언니보다 부족해서, 모자라서 편애를 받는다고 생각했지 한 번도 친부모가 아니어서 그렇다고는 의심해 본 적이 없었다.

박 여사가 머뭇거리고 있자 지은이 다시 박 여사에게 매달리며 애절하게 말했다.

"사실대로 얘기해 줘, 할머니. 어? 제발."

박 여사는 이러지도 저러지도 못하고 눈물만 흘리고 있었다. 사실대로 얘기해 줄 수도, 아니라고 우길 수도 없는 상황이었다. 답답해서 자기 가슴만 치고 있었다.

지은이 박 여사에게 매달리자 영석이 단호하게 말했다.

"넌 내 딸 맞아! 우리 딸이야!"

"그걸 믿으라고? 아빠, 그때 내 나이 일곱 살이야. 나 지은이 데리고 들어오던 날 생생히 기억해. 엄마는 배도 부르지 않았는데 어느 날 할머니가 아기를 데리고 왔어. 오늘부터 이 아기가 지수 동생이라고 그랬어."

지수가 말도 안 된다는 듯 따지고 들었다. 눈에는 독기가 가득했다.

"지수 너! 조용히 안 해? 내가 널 그렇게 키웠어? 그렇게 이기적인 애야? 어떻게 그런 말을 함부로 내뱉어? 상식이 있는 애냐고!"

"아빠까지 왜 그래? 어떻게 남의 자식 때문에 친자식인 날 몰아 세우냐고!"

영석이 지은의 편을 들자 지수가 발끈했다. 지수는 아빨 이해할 수 없었다. 부모라면 당연히 자기 자식이 우선 아닌가.

"그럼 너도 니 남편 원망할 것 없겠구나! 니 말대로라면 강 서방이 우빈이 학대하는 건 당연한 일 아니야? 안 그래? 강 서방이 피 한 방울 안 섞인 우빈일 학대하는 건 부당하고 니 엄마와 니가 지은일 무시하는 건 당연한 일이야?"

"아빠!"

지수가 소리를 빽 질렀다. 이게 무슨 말도 안 되는 소리인가? 남편이 우빈일 학대한 것이 당연하다니? 자기가 얼마나 지옥 같은 삶을 살아왔는데 아빠라는 사람이 어떻게 저런 소리를 할 수 있어?

자기가 잘못한 건 생각지 못하고 지수는 그저 분하고 원통했다.

영식과 지수가 서로를 노려보고 말싸움을 하자 숙희가 입을 열었다. 이렇게 된 이상 더 숨길 필요가 없었다. 차라리 잘되었다는 생각이 들었다.

"지은인 내 딸 아니다. 네 아빠 딸도 아니고."

"여보!"

영석이 그만 하라는 듯 소리를 버럭 지르며 무서운 눈으로 숙희를 노려보았다.

그랬구나. 그랬어. 내가 친딸이 아니라서 엄마와 아빠가 나를 편애한 거였구나. 난 이 집 가족이 아니었구나. 가슴이 찢어질 듯 아파왔다. 그럼 내 엄마는 누구일까? 난 왜 버려져서 이 집에 오게 되었을까? 하염없이 눈물이 흘러내렸다.

박 여사도 눈물을 흘리며 지은의 눈물을 닦아주었다. 손길에 안쓰러움이 잔뜩 묻어 있었다. 가엾은 내 새끼, 불쌍한 내 새끼…….

"여기서 그만둔다고 감출 수 있어요? 이제 지은이도 다 컸어요. 그 정도는 이해할 수 있는 나이라구요. 지수 말대로 이만큼 키워줬으면 보답도 할 수 있는 나이 아니에요?"

듣자 듣자 하니 심했다. 저런 마음으로 지은일 대해온 것인가? 영석은 숙희가 미워 죽을 것만 같았다.

"당신이 지은일 키웠어? 당신이 한 번이라도 지은이 보살펴 준 적 있어? 어머니가 다 키워주셨어. 우리 부부는 지은이에게 해준 게 아무 것도 없어. 그런데 무슨 보답? 보답으로 치자면 이미 넘칠 만큼 받았어. 사람이 염치라는 게 있어 봐. 학원 한 번 안 보내줘도 지 힘으로 공부해서 대학 들어간 애야. 대학도 지가 벌어서 다녔고. 졸업하자마자 취직해서 지 언니 결혼하면서 빚진 이자랑 생활비 대느라 옷 한 벌 제대로 못 사 입은 애라고! 결혼하는데 혼수는커녕 빚까지 다 갚아준 애라고! 그런데 뭐? 보답? 당신도 양심이 있으면 말을 해봐! 말을 해보라고!"

영석이 흥분해서 숙희에게 따지고 들었다. 영석의 말에 숙희도 할 말이 없는지 조용해졌다. 사실 따지고 보면 지은일 키우면서 돈이 들진 않았다. 그래도 자기 가족 외의 사람이 한집에 같이 사는 것만으로도 짜증스러웠다. 어쨌든 군식구가 아닌가.

"지은아, 아빠가 얘기해 줄게. 어? 진정해."

영석이 넋을 잃은 듯 멍하니 서 있는 지은을 두 손으로 잡고 부드럽게 말했다. 지은이 눈물이 그렁그렁한 눈으로 영석을 올려다

보았다. 이게 다 꿈이라면 얼마나 좋을까?

"넌 내 딸이야, 지은아. 하지만 생물학적으로 따지면 내 여동생의 딸, 내 조카야. 니 엄마가…… 내 여동생이 널 낳다가 죽었어. 차마 보육원에 데려다줄 수 없었다. 하나뿐인 내 여동생의 혈육을……."

옛날 생각이 나는지 영석의 목소리에도 물기가 배어 있었다. 눈가도 벌겋게 물들어 있었다. 감정이 복받쳐 말도 제대로 잇지 못하고 띄엄띄엄 말했다. 차마 엄마가 자살했다는 말은 할 수 없었다. 그렇잖아도 여러 가지로 충격이 클 텐데 그것까지 보태기 싫어 지은을 낳다가 죽은 걸로 얘기했다. 숙희도 다행히 그 부분에 대해서는 함구했다.

지은은 눈을 질끈 감았다. 언니의 말이 맞았구나. 난 엄마 아빠의 친딸이 아니었구나. 업둥이였구나. 자신의 처지가 너무나 가련했다. 눈물이 줄줄 흘러나왔다.

박 여사는 가슴이 찢어지는 것 같았다. 저 가엾은 것. 저것도 제어미처럼 목숨을 끊으면 어떡하나 하는 마음에 박 여사는 지은의 손을 놓을 수가 없었다.

"그, 그, 그럼 내 친아빠는?"

"그건…… 모른다. 니 엄마가 얘기해 주지 않았어."

지은이 아빠에 대해 묻자 영석은 긴 한숨을 내쉬며 대답했다. 그때 그놈을 알았다면 당장 죽여 버렸으리라. 하나밖에 없는 여동생을 건드리고도 책임지지 않은 그 나쁜 놈을. 영석이 지은에게 살갑게 대하지 못한 것은 지은을 보면서 얼굴도 모르는 그놈을 떠올렸기 때문이었다. 그것도 세월이 지나니 가물가물해져 잊고 있었다. 그저 지은도 원래부터 자기 딸처럼 여겨졌다. 오늘 이 사달이 나기 전까지는.

엄마는 미혼모였구나. 결혼도 하지 않고 아이를 낳다가 죽고 말았구나. 자기는 여기서 객식구였구나. 지은은 도저히 더 이 자리에 앉아 있을 수가 없었다. 비척거리며 자리에서 일어나자 박 여사가 지은을 붙잡았다.

"너, 너, 어디 가려고? 안 돼, 지은아. 너 잘못되면 이 할미는 못산다, 못 살아."

평소라면 할머니를 위로하고 안심시켜 드릴 지은이었지만, 지금은 아무 생각도 나지 않았다. 그저 이 자리를 피하고 싶었다. 가능하다면 오늘 이 집에서 있던 일은 다 잊어버리고 싶었다. 단기기억상실증이라도 걸리고 싶었다. 비척거리는 발걸음으로 일어나밖으로 나갔다. 여전히 눈에선 눈물이 흘러내리고 있었다.

영석이 다시 붙들었지만 지은은 그마저도 뿌리쳤다. 누군가가붙들 수 있는 분위기가 아니었다. 박 여사의 통곡 소리를 뒤로하고 지은은 쫓기듯 집을 빠져나왔다.

밤이 제법 늦었다. 우빈일 겨우 설득해서 일산 집으로 데리고오는 길이었다. 아직도 우빈이 훌쩍거리는 소리가 들렸다. 설득을하긴 했지만 여전히 마음이 무거웠다. 추위 때문인지 거리엔 사람들이 많이 보이지 않았다. 가로등만이 거리를 밝히고 있었다.

집에 불이 환하게 밝혀 있었다. 우빈이 온다는 소식에 모두들기다리고 있는 모양이었다. 지은이도 일산 집으로 온다고 했는데자꾸만 불안했다. 혹시라도 그 여자가 폭탄을 터뜨릴까 봐 두려웠다. 무서웠다.

마음 같아서는 지은이에게 전화해서 당장 오피스텔에 가 있으라고 하고 싶었지만 말을 들어줄 지은이 아니었다. 우빈이가 무사한지 확인하려고 할 것이다. 지은이 우빈일 얼마나 사랑하는지 해진이도 알고 있었다. 우빈이만 데려다주고 지은이와 다시 나와야겠다고 생각했다. 오피스텔에 가서 지은이에게 모든 걸 얘기하고 용서를 빌리라 생각했다.

마음이 급했다. 차를 세우고 집으로 들어가는데 통곡 소리가 들렸다.

"지은아! 지은아……!"

박 여사의 통곡 소리였다. 가슴을 쥐어짜는 목소리. 심장이 툭 떨어졌다. 무슨 일이 생겼다. 지은이에게 무슨 일이 생겼다. 지은이가 없어졌다. 말을 듣지 않아도 알 수 있었다. 설명을 듣지 않아도 저절로 알아졌다. 심장이 먼저 느꼈다.

심장이 쪼개지듯 아파오더니 그 자리가 텅 빈 듯 허전해졌다. 그 허전함을 믿을 수 없어 손을 가슴에 올려보았다. 무언가 있긴 한데 느낄 수가 없었다. 아마도 지은이 사라지면서 해진의 심장도 가져가 버렸나 보다. 그래도 확인해야 했다. 무거운 발걸음으로 집 안으로 들어섰다. 우빈이도 따라 들어왔다.

"우빈아!"

지수가 우빈을 보고 달려와 안았다. 우빈을 가슴에 안고 등을 쓸어내리는 지수의 눈에서 안도의 눈물이 흘렀다. 숙희도 다가와 우빈의 손을 쓰다듬으며 안타까워했다.

"우리 우빈이, 그동안 얼마나 힘들었어?"

해진의 눈은 지은이만 찾았다. 다른 사람은 눈에 들어오지 않았다. 아무리 찾아도 지은이 보이지 않았다.

"지은인요? 지은인 어딨어요, 할머니?"

해진이 떨리는 목소리로 물었다.

"지은아, 지은아……."

대답도 하지 않고 박 여사는 거실 바닥에 앉아 통곡하고 있었다. 영석의 눈동자도 붉어져 있었다. 사달이 나도 크게 난 것이 분명했다. 영석이 와락 달려들어 해진의 멱살을 잡고 따지고 들었다.

"니가, 니가 정말 우빈이 아빠야? 정말 그런 거야? 그런 거냐고!"

그 여자가 그예 터뜨리고 말았구나. 우빈을 찾자마자 터뜨렸구나. 원망은 되었지만 분노는 크지 않았다. 결국은 내 잘못이니까. 강압적이긴 했지만 결국은 내가 한 일이니까.

"어떻게 그럴 수 있어? 우리 지은인 어쩌라고? 우리 지은인 어쩌라고!"

박 여사가 해진의 몸을 주먹으로 때리며 원망의 말을 쏟아냈다.

"지은이, 지은이 어디 갔어요, 할머니?"

"갔어. 지은이가 가버렸어."

박 여사가 울먹거리며 말했다. 주체할 수 없는 추위가 몰려왔다. 실내로 들어왔는데도 밖에 있을 때보다 더 추웠다. 너무 추워서 온몸이 덜덜 떨려왔다. 계속해서 원망의 말이 쏟아졌지만 해진의 귀에는 아무것도 들어오지 않았다. 단지 하나, 지은이 떠났다는 것, 그것도 나 때문에 떠났다는 것, 그것만 인식될 뿐이었다.

내 잘못으로 내가 사랑하는 사람의 가슴까지 아프게 하고 말았구나. 내 목숨보다 더 귀한 사람에게 상처를 주고 말았구나. 내가 용서되지 않았다. 눈물이 가슴을 차고 올라 목으로 입으로, 코로, 결국은 눈동자까지 차올랐다.

'지은이는 날 떠나지 않아. 지은이는 날 버리지 않아.'

주문처럼 외웠지만 몸은 점점 더 떨려왔다. 하지만 떨고 있을 수만은 없었다. 지은일 찾아야 했다. 자기의 심장을 찾아야 했다. 지은이가 있어야만 자신도 살 수 있으니까. 인사도 제대로 하지 못하고 집을 뛰쳐나왔다. 혹시나 하는 마음에 차를 몰아 오피스텔로 향했다.

집을 뛰쳐나온 지은이 도착한 곳은 아이러니하게도 해진의 오피스텔이었다. 여기도 내가 올 곳이 아닌데 나는 왜 여기로 왔을까? 여기까지 무슨 이유로 왔을까? 여기서 쉴 수 있다고 생각한 것일까? 어둠 속에서 지은은 해진의 오피스텔을 올려다보았다.

여전히 지은은 눈물을 흘리고 있었다. 눈물이 멈추지 않았다. 너무 울어서 기운도 없었다. 언니에 이어 아빠에게 충격적인 얘기를 들은 후 생각나는 사람은 해진 오빠밖에 없었다. 그에게 위로받고 싶었다. 그의 따스한 목소리가, 따스한 품이 그리웠다. 그가 괜찮다고 말해주면 모든 것이 괜찮아질 것만 같았다.

친엄마가 날 낳다가 돌아가신 것도, 지금껏 부모라고 믿어온 사람들이 사실은 외삼촌 부부였다는 것도, 키워준 은혜에 보답하라며 언니가 나보고 떠나달라고 했던 것도 모두모두 잊을 수 있을 것만 같았다. 그가 내 곁에서 나를 안고 위로만 해준다면, 그가 괜찮다고 토닥거려 준다면. 하지만 이젠 더 이상 그 집으로 들어갈 수가 없었다.

오늘의 이 사달도 결국 해진 오빠 때문에 생긴 것인데……. 이젠 그와의 연결고리는 다 끊어야 했다. 그가 찾을 수 없는 곳으로 가야만 했다. 우빈이 그의 아들이라고 하는데……. 언니가 그와 결혼하겠다고 하는데…….

친자식도 아닌 나를 키워준 외삼촌 부부를 생각해서라도 지은은 해진에게 갈 수가 없었다. 언니의 요구대로 사라져 주어야 했다. 하지만 어디로 가야 하지?

자동차 한 대가 급하게 오피스텔로 달려왔다. 해진의 자동차였다. 주차장에 주차를 하고 엘리베이터를 올라타면서도 해진은 내내 초조하고 불안했다. 아직도 떨림이 멈추지 않았다. 오는 내내 기도했다. 제발 지은이 오피스텔에 가 있기를……. 자기와의 약속을 잊지 말기를…….

현관문을 벌컥 열고 들어가 '지은아! 지은아!' 하고 외쳐 불렀다. 이렇게 소리쳐 부르면 어딘가에서 지은이 나올 것만 같았다. 대답이 없었다. 실망하지 않았다. 잠들어 있을 수 있어. 잠들어 있을 거야. 해진은 최면을 걸었다.

한달음에 침실로 달려가 문을 열었다. 지은이 편안하게 잠들어 있었다. 고마워. 정말 고마워. 이렇게 여기 있어줘서 정말 감사해. 너무나 반가워 침대로 달려가 지은을 와락 껴안았다.

그런데 지은을 느낄 수가 없었다. 아니, 분명이 봤는데……. 지은이 누워 있는 걸 봤는데……. 고개를 들어 침대를 다시 보자 침대가 텅 비어 있었다. 아찔했다. 내가 잘못 본 거야? 환상을 본 거야?

아니야! 그럴 리 없어! 내가 본 게 틀림없어! 내가 본 게 틀림없다고! 지은은 여기서 자고 있는 거야! 해진이 다시 침대를 쓸어 보았지만 여전히 지은은 만져지지 않았다. 그래도 포기하지 않았다. 온 방 문을 열어 지은을 찾았다.

지은은 어디에도 없었다. 허탈했다. 허무했다. 기운이 쭈욱 빠졌다. 어깨가 절로 축 늘어졌다. 하긴 언제 하나님이 나의 기도를 들어준 적이 있던가? 세상이 내게 후한 적이 있던가? 언제나 세상은 내게 가혹했다. 허탈하게 서서 고개만 떨구고 있었다. 지은이 떠났음을 인정했다.

눈물이 넘쳐흘렀다. 더 이상 몸 안에 가두지 못하고 밖으로 넘쳐흘렀다. 어느새 어깨가 들썩이며 바닥으로 굵은 눈물이 후두두 떨어졌다. 울음이 터져 나와 멈춰지지가 않았다. 그렇게 해진은 절망 속에 빠져버렸다.

20. 또 다른 진실

　지수의 차가 병원 앞에 섰다. 가벼운 마음으로 차에서 내려 병원 안으로 걸어 들어갔다. 오늘은 유전자 감식 결과가 나오는 날이었다. 재욱과 우빈의 부자 관계를 끊기 위해 그 서류가 꼭 필요했다.

　우빈을 찾고 나서 지수는 재욱을 상대로 숙희를 내세워 친생부인의 소를 제기했다. 더 이상 우빈을 재욱의 아들로 둘 수 없었다. 언제 다시 재욱이 우빈에게 위해를 가할지 알 수 없었다. 불행의 씨앗이 될 일은 미리 잘라 버려야 했다.

　친자감식결과서를 첨부해야 했기에 지수는 재욱에게 머리칼을 요구했다. 재욱도 우빈의 가출이 충격이었는지 순순히 머리칼을 뽑아주었다. 그나마 다행이었다. 그것마저 거절하면 어쩌나 걱정되었다. 그 결과가 오늘 나온다.

　지수의 손이 부들부들 떨렸다. 도저히 믿기지 않아 두 눈을 부릅뜨고 유전자 감식 결과서를 들여다보았다. 그래도 결과는 똑같았다. 세상에, 우빈과 재욱이 친자 관계라니? 말도 안 된다. 그럴리가 없다. 그렇다면 칠 년 동안의 지옥 같던 시간을 무엇으로 보상받는단 말인가? 억울했다. 분했다.

당장 달려가 재욱을 죽이고 싶은 충동을 느꼈다. 조금만 기다려주었으면, 조금만 참아주었으면 누구보다 행복하게 살 수 있었는데……. 자기의 인생을, 우빈의 인생을 망쳐 버린 재욱을 용서할수 없었다. 죽어도 용서하기 싫었다.

이 소송이 끝나면 우빈을 핑계로 해진에게 결혼을 요구할 생각이었다. 어차피 지은이도 사라지고 없어 더 이상의 걸림돌은 없었다. 아빠와 할머니는 그런 지수를 인간 취급하지 않았지만 지난칠 년 동안 더한 대접도 받고 살아온 지수였다. 그까짓 무시 받는것 정도는 아무 것도 아니었다.

그런데 무언가 어긋나고 있었다. 지은에게 상처까지 주면서 벌인 일인데 모든 게 헛수고가 될 판이었다. 방법을 찾아야 했다. 우빈이 재욱의 아들이라고 해도 재욱에게 돌아가긴 싫었다. 다시는그 지옥 속으로 들어갈 수 없었다.

그 남자가 알아채기 전에 결혼을 해야만 했다. 볼수록 괜찮은남자였다. 탐나는 남자였다. 결혼만 한다면 그 남자는 우빈이 누구의 아들이든 상관없이 잘 키워줄 것이다.

아무 일도 할 수 없었다. 서류도 눈에 들어오지 않고 회의에도집중할 수 없었다. 답답한 마음에 손바닥으로 얼굴을 비비며 마른세수를 했다. 후~ 또 한숨이 나왔다. 자리에서 일어나 창가로 걸어갔다. 앞이 환하게 트여 있지만 여전히 답답했다. 주먹으로 가슴을 쥐어박았다.

며칠 전 겨우 의식을 차린 강 회장으로부터 재욱은 청천벽력 같은 소리를 들었다. 아직 성치 않은 몸으로 띄엄띄엄 전해주는 그 말은 재욱을 혼돈 속으로 몰아갔다.

우빈이 자신의 친자라니? 그럴 리가 없었다. 말도 안 되는 소리라고 소리쳤지만 마음 한편에서 일어나는 기대 또한 어쩔 수 없었다. 정말 우빈이 자신의 아들이라면 얼마나 좋을까 하는 생각을 하면서 살아왔으니까.

혹시나 하는 마음에 유전자 감식을 해보았다. 집에 우빈의 소지품이 아직 남아 있어 가능했다. 아버지 말씀이 맞았다. 우빈은 자기 자식이었다. 믿기지 않아 몇 번이나 해보았다. 그래도 결과는 똑같았다.

그럴 리가 없다. 그럴 리가 없어. 우빈이 내 자식이라니. 분명 의사가 자신은 무정자증이라고 했다. 재욱은 사실 확인을 위해 병원으로 달려갔다.

그곳에서 들었다. 무정자증은 정자 수가 적은 것이지 아예 없는 것은 아니라고. 기적적으로 임신이 되기도 한다고.

이런 어리석은 놈. 기적처럼 찾아온 자식에게 못난 콤플렉스를 폭발시키며 그렇게 학대했다니…….

가슴이 찢어질 것 같이 아파왔다. 지수를 포기할 때와는 비교할 수 없는 아픔이었다. 그때는 그것이 최고의 고통이라고 생각했지만 아니었다. 어떻게 해도 진정되지 않는 고통이었다. 이 고통엔 진정제도 없을 것 같았다. 생살이 찢기고 터진들 이렇게 고통스러울까. 자기 자식도 몰라본 자신의 어리석음을 탓하며 가슴을 치고 후회했지만 후회는 아무리 빨라도 늦는 법. 이제 와서 자기의 권리를 주장할 순 없었다.

며칠 전 친생부인의 소를 제기한다며 머리칼을 요구하던 지수가 생각났다. 지수의 전화를 받고 나간 재욱은 맞은편에 앉아 있는 지수를 넋을 잃고 바라보았다. 옷차림은 화사하고 얼굴엔 생기가 넘쳐흘렀다. 처음 만났을 그때처럼, 아이가 생기기 전 그때처럼.

보기 좋았다. 여전히 지수를 보면 자신의 심장이 뛰고 있음을 알았지만 이제 놓아주어야 했다. 정말로 포기해야만 했다. 더 이상 보지 못할 것이라 생각하니 더 눈에 담아두고 싶었다. 하릴없이 지수를 바라보고 있자 지수의 인상이 찌푸려졌다. 아직도 내가 무서운 건가? 얼른 시선을 피하고는 지수가 요구하는 대로 머리칼을 뽑아주었다.

지금쯤이면 내가 우빈의 친부임을 알았을 텐데……. 얼마나 지긋지긋했으면 결과조차 알려주지 않는 걸까? 우빈이 나의 친자임을 모르게 하고 싶은 걸까? 아버지만 아니었으면 자신도 확인하지 않았을 일이었다. 그리고 영영 자기 인생에 자식은 없다고 여기며 살았겠지.

당장에라도 지수에게 달려가 친자확인결과서를 내밀며 우빈을 돌려달라고 하고 싶었지만 그렇게 하기엔 너무나 부끄러웠다. 우빈이 친자임을 알게 되자 더 부끄러워졌다. 자식에게 부끄러운 아비가 되어버렸다는 사실이, 그 자식에게 지금껏 돈 주고 샀다며 온갖 핍박을 가했던 자신이 용서가 되지 않았다.

그저 지수와 우빈의 처분만 바랄 뿐이다. 하지만 아무리 기다려도 지수에게선 연락이 오지 않았다. 재욱은 그렇게 사랑하는 아내와 하나뿐인 자식에게 내쳐졌다.

지은이 떠난 후 숙희와 지수는 결혼을 종용했다. 해진은 허락하지 않았다. 자신과 결혼할 사람은 지은 말고는 없었다. 우빈에게는 미안했지만 그건 어쩔 수 없었다.

우빈도 이해한 일이었다. 지은이 돌아오지 않아 평생 혼자 살게 되더라도 다른 여자와 결혼할 수는 없었다. 지은의 언니와는 더더욱.

숙희가 해진에게 지수와의 결혼을 밀어붙이자 영석은 숙희와 이혼하고 말았다. 상식이 통하지 않는 여자와는 더 이상 살 수 없다는 말과 함께.

그래서 일산의 집은 영석과 박 여사가 지키고 있었다. 영석이 이 집에 들어오는 걸 극구 반대했지만 지은이 돌아올 때까지 이집을 비워두고 싶지 않다며 해진이 영석과 박 여사를 설득했다.

해진이 지수의 결혼 독촉에 시달리고 있을 때 재욱에게서 연락이 왔다. 만나기 싫었지만 부탁이라는 말에 해진은 재욱과 약속을 잡을 수밖에 없었다. 펑펑 쏟아지는 눈으로 인해 도로는 엉망이었다. 지은과 함께일 때는 데이트 건수 만들어줬다고 좋아했건만 지금은 귀찮기만 했다. 운전도 하기 싫어 택시를 탔다. 여전히 밖에는 눈이 쏟아지고 있었다.

회원제 바의 한 룸에서 해진을 맞는 재욱의 얼굴은 초췌해 보였다. 생의 의미를 잃은 것처럼 허허로워 보였다. 마치 자신의 모습을 들여다보는 것 같았다.

"미안합니다."

만나자마자 고개 숙여 사과하는 재욱의 모습이 낯설었다. 그 남자가 행할 행동이 아니었기에 더욱 그랬다. 그 뒤로 이어진 말은 더 충격적이었다. 나 때문에 인생이 꼬이게 만들어서 정말 미안하다고 하더니 우빈이 자신의 친자라고 밝혔다.

지수도 그 사실을 알고 있을 거라고 했다. 유전자 검사를 한다고 해서 재욱이 머리카락을 주었다고 했다. 이미 결과가 나왔을 거라고. 자기가 나설 일은 아니지만 우빈 때문에 지수와 해진이 결혼하게 된다면 해진에게 더 큰 죄를 짓게 될 것 같아서 전화했다고 했다.

화가 났다. 너무나 화가 났다. 이 남자의 착오 때문에 지금까지 여러 사람이 지옥을 헤맸단 말인가? 순간적으로 주먹이 나갔다. 입술이 터져 피가 났지만 재욱은 아무런 반응을 보이지 않았다. 그저 당연하다는 듯 고개를 숙이고 있었다.

더 이상 말할 가치를 느끼지 못하고 해진은 룸을 박차고 나왔다. 강남의 밤거리엔 사람들로 넘쳐났지만 해진이 보고픈 사람은 없었다. 사람들과 부딪치며 해진은 마냥 걸었다. 비척비척 걸었다. 해진의 머리 위로, 어깨 위로 눈이 쌓이고 있었다. 지은이 그리웠다. 지은이 보고 싶었다. 지금 이 순간 지은이 너무나 간절했다.

"어디 있니, 지은아? 너무나 보고 싶다. 우빈인 내 아들이 아니래. 니 형부 아들이래. 이젠 제발 좀 나타나 주면 안 될까? 나 좀 살려주면 안 될까, 지은아?"

하늘을 올려다보았지만 별조차 보이지 않았다. 그저 하얀 눈송이만 떨어지고 있었다. 팔짱을 끼며 지나가는 연인들을 해진은 그저 부러운 눈으로 쳐다보았다.

계약 때문에 외근을 다녀온 해진을 맞은 건 우아하게 차려입은 지수였다. 사장실 소파에 주인처럼 앉아 있었다. 마치 자기가 사장 사모나 되는 것처럼 회사를 들락거리고 있었다. 아무리 주의를 주어도 소용이 없었다. 끈질기고도 뻔뻔한 여자였다.

"누가 이 여자 여기 들이라고 했어? 출입 금지시키라는 말 못 들었어?"

해진이 문을 열고 나가 비서에게 날카롭게 힐난했다. 비서는 어찌할 바를 몰라 했다. 자기도 막았지만 저 여잔 막무가내였다. 비서라는 게 이럴 땐 정말 힘든 직업인 것 같았다.

"나가세요! 그리고 다시는 오지 마세요! 얼굴 보는 것도 끔찍하니까!"

해진이 싸늘하게 말하고는 지수에게 나가라고 문을 연 채 서 있었다. 지은이 떠난 후 해진은 점점 더 차가워졌다. 표정은 늘 굳어 있었고 목소리는 싸늘했다. 나가라고 했건만 지수는 일어나지 않고 소파에 느긋하게 앉아 있었다. 거기다 뭐?

"우리 이제 그만 지은인 잊고 결혼해요. 언제까지 우빈일 남의 자식으로 둘 거예요?"

결혼을 하자고? 내가 미쳤어? 약 먹었어, 너랑 결혼하게? 우빈이 내 자식이 아닌 걸 뻔히 알면서 나에게 청혼을 해? 지은을 그렇게 떠나게 만들어놓고 내게 청혼을 해? 분노가 치밀어 올랐다. 치가 떨린다. 이 여자의 뻔뻔함은 도를 넘었다. 자기가 용납해 줄 수 있는 범위를 넘어섰다.

지은이 사라지고 얼마 후 박 여사에게 얘기를 들었다. 지은과 지수는 친자매가 아니라 사촌 간이라고. 지은의 엄마가 아이를 낳으면서 죽어 이 집으로 데려온 거라고. 지은에게 비밀로 하고 있었는데 그날, 지은이 떠난 날 지수가 터뜨렸다고. 그 얘길 듣고 지은이 더 충격 받아 떠난 거라고.

그러니 해진으로서는 지수가 원망의 대상이 될 수밖에 없었다. 그래도 꾹꾹 누르며 참아왔는데 이젠 더 이상 참아줄 수가 없었다. 책상으로 걸어가 서랍을 열고 누런 봉투를 꺼내 지수에게 던졌다.

"언제까지 속일 작정이죠? 내가 모를 줄 알았어요? 우빈이가 내 자식이 아니라는 걸?"

봉투를 열어본 지수의 얼굴이 하얗게 질렸다. 우빈과 박해진의 친자확인결과서였다. 마지막 문구가 선명하게 눈에 들어왔다.

―박해진과 강우빈은 친자 관계가 성립하지 않음.

지수도 이미 알고 있는 사실이었다. 하지만 저 남자는 몰라야 하는데, 어떻게든 결혼 전까진 몰라야 하는데 도대체 어떻게 알았지? 그 순간 재욱의 얼굴이 떠올랐다. 혹시 재욱도 아는 거 아닐까? 어쩌면 그럴지도 모른다는 생각이 들었다. 가끔씩 우빈을 보러 온 재욱을 여러 번 봤으니까. 확인해야 했다. 재욱이 알고 있는지 아닌지.

"어, 어떻게 알았어요?"

"어떻게 알았냐고? 당신 전 남편이 친절하게 가르쳐 주던데? 우빈인 자기 친자라고."

그랬구나. 그 사람이 얘기했구나. 그런데 그 사람은 어떻게 알았지? 우빈이 친자인 것을? 그런데 그걸 알고도 이렇게 조용해?

이해가 되지 않았다. 우빈이 친자임을 알고도 가만있을 사람이 아니다. 무슨 수를 써서라도 우빈을 찾아갈 사람인데. 아들 하나 낳자고 그 끔찍한 일을 저질렀는데.

아마도 우빈이 친자라는 걸 알게 된 건 최근의 일인 것 같았다. 조만간 재욱이 자기에게서 우빈을 빼앗아갈 것 같은 두려움에 지수는 몸을 떨었다.

해진은 지수의 얼굴이 하얗게 질려가는 모습을 지켜보았다. 하나도 안타깝지 않았다. 오히려 속이 시원했다. 이제 더 이상 저 여자에게 시달릴 일은 없겠지?

지수는 해진을 쳐다보았다. 좋은 남자였다. 재욱과는 너무나 다른 남자. 사랑을 알고 기다릴 줄도 아는 남자. 저런 남자의 사랑을 받고 싶었다. 그래서 자꾸만 욕심이 났다. 그런데 이제 더 이상 이 남자에게도 매달릴 수가 없게 되었다. 들켜 버렸다.

지수는 덜덜 떨리는 몸을 추슬렀다. 아무렇지도 않은 듯 고개를 빳빳이 들고 해진의 사무실을 나왔다. 그 뒤로 문이 쾅 닫히는 소리가 들렸다. 그 남자의 마음이 닫히는 소리 같아 마음이 철렁 내려앉았다. 이제 나와 우빈인 어떻게 되는 거지? 앞날이 두려워졌다.

이후로 지수는 더 이상 해진에게 결혼을 요구하지 못했다. 하지만 해진은 우빈에게만은 냉정할 수 없었다. 그래서 가끔씩 우빈을 만나 아빠 노릇을 해주었다. 우빈인 말이 통하니까. 자신이 지수와 결혼할 수 없다고 했을 때, 지은을 너무나 사랑하기에 다른 여자와 결혼할 수는 없다고 했을 때 우빈은 이해해 주었었다.

아직 어린데도 해진의 마음을 이해해 주었다. 남자 대 남자로, 인간 대 인간으로. 물론 설득하는 데 몹시 힘들긴 했었다. 아직 우빈은 자기가 친아빠라고 알고 있지만 언젠가는 얘기해 줘야 했다. 우빈에게도 친아빠가 누구인지 알 권리는 있으니까.

　그렇게 삼 년의 세월이 흘렀다. 사는 게 사는 것 같지 않는 세월. 지은을 찾아 온 사방을 뛰어다녔지만 지은의 흔적은 어디에도 없었다. 그래도 포기가 되지 않았다. 지은이 떠난 것을 알고 해진에게 퍼부어대던 영희도, 다시는 발걸음을 하지 말라던 영석도, 갈 때마다 지은일 걱정하며 통곡하던 박 여사까지도 이제는 지은을 잊으라고 했다.

　하지만 그럴 수 없었다. 어딘가에서 지은이 자기가 찾아오기만을 기다리고 있을 것만 같았다.

　해진 또한 언젠가는 지은이 돌아올 것이라고 믿으며 하루하루 연명하고 있었다.

　　혼자라고 생각 말기 힘들다고 울지 말기
　　너와 나 우리는 알잖아
　　니가 나의 등에 기대 세상에서 버틴다면
　　넌 내게 멋진 꿈을 준 거야

　차에서 내려 주차장을 걸어가던 해진의 귀에 익숙한 노래가 들려왔다. 습관적으로 휴대폰을 들여다보았다. 여전히 저 노래만 들리면 지은으로부터 온 전화라고 착각하게 된다. 하지만 아니었다. 휴대폰 액정은 여전히 검은색이었다.

　하긴 지은의 번호는 없어진 지 오래였다. 그러니 내 휴대폰에서 이 노래가 들릴 리는 없었다. 그 벨소리는 지은에게서 올 때만 울리도록 지정되어 있었으니까. 지은이 떠난 후 해진은 항상 이 노래를 틀어놓고 살았다. 그래야 지은을 느낄 수 있었으니까. 지은이 옆에서 조잘대는 것 같았으니까. 지은을 찾지 못하고 애태우는 날들이 길어지고 있었다. 그래도 그리움은 옅어지지 않았다.

"여보세요?"

옆에서 한 남자가 휴대폰을 받으며 해진을 지나쳐 갔다. 전화를 받는 남자의 표정이 부드러웠다. 저 남자도 애인이 벨소리를 지정해 주었을까? 엉뚱한 생각을 하며 해진은 그 남자를 부러운 듯 쳐다보았다.

Rrrrrr~ Rrrrrr~

키보드 두드리는 소리만 들리는 사무실에 해진의 휴대폰이 울렸다. 시선은 모니터를 향한 채 해진은 휴대폰을 집어 들었다. 이제 회사는 예전보다 더 성장했다. 그 남자의 방해 공작은 완전히 사라졌고, 계약은 더 몰려들었다. 넘칠 만큼 돈이 쌓여갔지만 하나도 행복하지 않았다.

"네, 박해진입니다. 네? 정말입니까?"

전화를 받는 해진의 표정이 밝아졌다. 목소리도 떨려 나왔다. 지은일 찾았단다. 지은이가 살아 있단다. 너무나 기뻐서 입이 절로 벌어졌다. 이젠 만날 수 있겠지? 이젠 그만 그리워해도 되겠지?

"주소, 주소 좀 불러주세요."

마음이 급했다. 주소가 적힌 메모지를 들고 급히 사무실에서 나오다 화장실에 다녀오는 경철을 만났다. 경철의 모습은 3년 전과 많이 달라져 있었다. 우선 살이 빠졌다. 영희가 뚱뚱한 남자가 싫다고 해서 피나는 노력으로 살을 뺀 것이다.

"어디 가냐, 이렇게 급하게?"

"지은이 만나러. 지은이 찾았다고 방금 연락 받았어."

여전히 입가에 미소를 머금고 해진이 대답했다. 그러면서도 걸음을 멈추지 않고 빠르게 걸어갔다. 경철이 따라 걸으며 답답하다는 듯 혀를 끌끌 차며 초를 쳤다.

"그걸 믿냐? 그걸 믿어? 아직도 포기 못 했어? 벌써 몇 번째인지 이젠 셀 수도 없다!"

"이번엔 틀림없어. 확실하다니까. 어제 꿈이 좋았어."

연기처럼 사라져 버린 사람을 어디서 찾아? 또 헛수고만 하는 거지.

지은이 사라져 버린 3년 동안 해진이 지은을 찾느라고 뿌린 돈과 노력은 가히 상상도 못 할 정도였다. 산골 구석에서도 비슷한 사람을 봤다는 연락이 오면 해진은 그곳으로 한달음에 달려갔다. 한밤중이든 새벽이든 전화만 오면 달려갔다.

하긴 저놈이 포기할 놈인가? 그것도 지은일 찾는 일인데. 고개를 절레절레 흔들며 경철은 사무실로 발을 옮겼다. 가서 아닌 걸 알게 되면 실망은 되겠지만 갈 때까지는 꿈에 부풀어 있을 테니까 그것도 나쁘지 않았다.

순식간에 주차장까지 온 해진은 버튼을 눌러 시동을 걸었다. 부르릉! 시동 걸리는 소리가 경쾌하게 들렸다. 어쩐지 오늘은 지은일 만날 것 같은 달콤한 예감마저 들었다. 어젯밤 꿈에 지은을 보았다. 지은이 웃고 있었다. 행복하게 웃고 있었다. 아까는 지은일 떠올릴 노래까지 들었다.

[목적지에 도착했습니다.]

내비게이션의 멘트에 차를 세우고 해진은 차에서 내렸다. 메모지를 들고 주소를 확인하는데 저 만치서 지은이 나타났다. 먼 거리였지만 알 수 있었다. 걸음을 빨리해서 지은을 향해 걸어갔다. 정말 지은이었다.

순간 해진의 걸음이 우뚝 멈추었다. 지은인데, 분명 지은이가 맞는데 옆에 남자가 서 있었다. 남자가 아이를 안고 지은과 얘기하면서 걸어오고 있었다. 너무나 행복한 미소를 지으면서. 이런 모습의 지은을 보게 될 줄은 상상도 못했다.

더군다나 함께 있는 남자는 신우, 신우였다. 지은일 좋아했던 남자. 지은에게 구애했던 남자. 두 사람이 함께 있다니? 지은이 떠난 후 신우도 사직을 했었다. 그럼 그때부터 지은과 신우가 함께 했단 말인가?

충격으로 해진의 몸이 떨려왔다. 갑자기 다리에 힘이 풀렸다. 그동안 지탱해 오던 힘이 다 풀려 버렸다. 흐물흐물 녹아서 흔적도 없이 사라질 것만 같았다. 기다려 줄 줄 알았다. 날 용서해 준다고 했으니까. 날 떠나지 않는다고 했으니까. 착각이었다. 내가 한 짓은 생각지 않고 기다려 줄 거라고 믿어 의심치 않았다니.

지은을 찾으면서 보낸 삼 년의 세월 동안 혼자만 속 끓인 것 같아서 섭섭하고 원망스러웠다. 얼마나 찾아다녔는데. 얼마나 그리워했는데. 계절이 어떻게 바뀐 줄도 모르고 미친놈처럼 찾아 헤매고 다녔는데.

한편으로는 다행이라는 생각도 들었다. 내가 없는 시간에 혼자 힘들지 않아서. 다른 사람의 마음을 받아들이고 살아주어서. 다행이다. 정말 다행이야. 지금 지은인 행복해. 지은인 행복해. 내가 다시 지은의 행복을 망칠 순 없어.

두 사람, 아니, 세 사람이 점점 더 이쪽을 향해 오고 있었다. 해진은 얼른 몸을 피했다. 숨어서 세 사람을 지켜보았다. 신우의 품에 안긴 아이는 너무나 예뻤다. 인형처럼 예뻤다. 앙증스럽게 양옆으로 묶은 머리에 뽀얀 피부가 영락없이 지은과 똑 닮았다. 아이가 신우의 얼굴을 만지작거리며 신우에게 종달새처럼 종알거렸다.

"아빠, 아빠……."

아빠? 아빠라고? 신우의 아이가 맞구나. 아이가 신우의 품에서 지은에게 가겠다고 버둥거렸다.

"엄마, 엄마……."

엄마? 엄마라고? 지은이의 아이가 맞구나. 두 사람의 아이구나. 두 사람이 집 안으로 들어가고 난 후 해진은 밖으로 나와 지은이 들어간 집을 망연히 바라보았다.

"지은아, 행복해야 해……. 정말, 정말 행복해야 해……."

해진이 가만히 입을 열어 속삭였다. 해줄 말은 그 말밖에 없었다. 사랑한다는 말도, 기다렸다는 말도 해줄 수 없었다. 보고 싶었다는 말도, 그리웠다는 말도 해줄 수가 없었다. 그저 행복을 빌어줄 수밖에 없었다.

오랜만에 신우가 지은을 찾아왔다. 해은의 두 번째 생일을 축하해 준다는 명목이었다. 같이 식사도 하고 신우가 생일 선물도 사 주었다. 단독주택의 조그마한 원룸이었지만 지은에게는 해은과 함께 하는 가장 행복한 공간이었다. 이제 제법 자라서 가끔씩 뛰기도 하는 해은은 지은에게는 세상에서 바꿀 수 없는 가장 귀한 보배였다.

해진을 떠났지만 해진을 잊을 수 없어서 해진과 지은의 처음 글자와 마지막 글자를 따서 이름도 해은이라고 지었다. 아직 해은이 어린 탓에 출퇴근하는 일은 할 수 없어서 신우가 집으로 일거리를 가져다 주었다. 아빠가 없는 해은을 위해 가끔씩 찾아와 해은과 놀아주기도 했었다.

더없이 고마운 사람이었다. 여전히 지은을 향해 구애 중이었지만 지은은 거절할 수밖에 없었다. 마음은 다른 사람에게 주고 빈 마음으로 신우와 결혼할 수 없었다.

신우와 다시 만난 건 지은이 미혼모 시설에 있을 때였다. 그렇게 집을 나와서 돈도 없고 의지할 곳이 없던 지은은 인터넷을 뒤져 서울에서 멀리 떨어진 대전의 미혼모 시설로 들어왔다. 그곳에 머물던 지은은 어느 날 후원자로 온 신우와 만나게 되었다.

신우 역시 여기서 태어났다고 했다. 미혼모이던 생모가 신우를 낳고 입양을 보냈다고 했다. 양부모님은 공개 입양을 하셨지만 신우에게 너무나 커다란 사랑을 베풀어 주셨다고 했다. 그런 연유로 신우는 돈을 벌면서부터 이 시설에 후원을 하게 되었고, 가끔씩 이곳을 찾는다고 했다.

언제나 씩씩하고 밝아서 그런 아픔이 있는 줄 몰랐다. 그 후에 신우는 더 자주 시설을 방문했다. 아이용품도 사 오고 지은을 위한 영양제도 사다 주었다.

출산이 임박한 2년 전 가을, 신우는 정장을 차려입고 꽃다발과 반지를 들고 지은을 찾아왔다. 밖을 나가길 싫어하는 지은 때문에 신우는 정원의 벤치에 앉아 지은에게 청혼했다.

"난 부모 자식 간에 핏줄 같은 건 별로 중요하다고 생각지 않아요. 핏줄보다는 같이 살면서 가지는 끈끈한 유대감이 진짜 가족을 잇는 힘이라고 생각해요. 내가 그렇게 살아왔으니까요. 그래서 난 지은 씨와 가족이 되고 싶어요. 지은 씨의 남편이 되어 지은 씨의 아기도 내 아기처럼 키우고 싶어요. 아기가 태어나면 아빠가 필요하지 않겠어요?"

지은은 거절할 수밖에 없었고, 신우도 지은에게 결혼을 강요하지는 않았다. 지은에게 거절당했음에도 신우는 계속 지은을 찾아왔다. 아마도 지은에게서 생모의 모습을 엿보았기 때문일지도 모른다. 누군가가 도와주었다면 생모도 자신을 버리지 않아도 되지 않았을까 하는 아쉬움.

지은이 해은을 낳고 난 후 제일 먼저 찾아준 사람도 신우였다. 고마움이 컸지만 여전히 지은에게 신우는 남자가 아니었다. 사랑이 아니었다. 해은을 낳고 몸을 추스른 후 지은은 지금 살고 있는 이 집으로 이사했다.

아이를 낳기 전부터 신우가 집에서 할 수 있는 일을 지은에게 가져다 주었다. 능력이 있어야 혼자 아이를 키울 수 있다면서.

집에 들어오자마자 하품을 하더니 해은은 잠이 들었다. 오랜만의 외출이라 피곤했던 것 같았다.

잠든 해은을 들여다보고 있으면 해진의 목소리가 지은의 귀를 파고들었다. 착각에 불과하겠지만 지은의 귀에는 항상 해진의 목소리가 들렸다. 마치 지금처럼.

"지은아, 행복해야 해⋯⋯. 정말, 정말 행복해야 해⋯⋯."

"어, 오빠."

생각할 틈도 없이 대답이 흘러나왔다.

"뭐라고요?

신우의 질문에 지은은 눈을 깜박거렸다. 또 환청을 들었구나. 해진 오빠의 목소리를 들었는데⋯⋯. 바로 옆에서 말하는 것 같았는데⋯⋯.

"아, 아니에요. 잘못 들었나 봐요."

당황해하는 지은의 말에 신우의 인상이 찌푸려졌다. 아까 지은과 오는 길에 얼핏 해진을 본 것 같았다.

얼른 몸을 숨겼지만 얼굴은 알아볼 수 있었다. 자신과 지은 사이를 오해하고 숨은 것 같았지만 풀어주고 싶은 마음은 없었다. 어떻게 처신했기에 지은의 언니가 결혼하자며 회사까지 쳐들어오게 한단 말인가? 정나미가 떨어져서 사표를 내고 대전으로 내려왔다. 그리고 운명처럼 지은을 만났다.

해진에게는 양보할 생각이 없었다. 해진은 절대로 지은을 행복하게 해줄 수 없었다. 그래서 해진에게 보란 듯 지은에게 부부인 척 행동했었다. 그런데 지은의 지금 저 표정은? 아직도 박해진을 사랑하는 걸까? 아직도 박해진을 기다리는 걸까? 삼 년이라는 세월이 흘렀는데도⋯⋯.

어둠이 오고 있었다. 들뜬 마음으로 회사를 나갈 때만 해도 이런 상태로 돌아오게 되리라고는 생각조차 못했다. 오피스텔까지 운전을 해온 것만 해도 기적이었다. 온몸이 떨리고 오한이 났다. 이러다 사고가 나는 게 아닌가 싶어 정신을 바짝 차렸다. 나 죽는 것이야 아쉬울 것도 없지만 나 때문에 다른 사람까지 다치면 안 되었다.

오피스텔로 돌아온 해진은 옷도 벗지 않은 채로 침대로 올라왔다. 몸도 떨리고 열도 나고 무엇보다 추웠다. 얼른 쉬고 싶었다. 삼 년 동안 지은을 찾아 헤매느라 제대로 쉬어보지 못했다. 지은이 무사하고 행복한 걸 보고 나자 해진은 삶의 의욕을 잃고 말았다. 사르르 의식을 놓아버렸다. 휴대폰이 울려댔지만 해진은 더 이상 벨소리를 듣지 못했다.

벌써 밖은 어둑어둑해졌다. 가로등도 켜지고 사무실에도 조명을 켜야만 했다. 퇴근 시간이 지난 지도 한참 전이었다. 이 자식, 왜 아직까지 연락이 안 되는 거야? 벌써 갔다 오고도 남았을 시간이었다. 어디로 가는지 물어나 볼걸. 애꿎은 휴대폰만 눌러대고 있는데 해진의 휴대폰은 여전히 답이 없었다. 후~ 한숨이 절로 나왔다.

이번에도 아니었나 보다. 또 실망하고 어딘가에서 술을 퍼마시고 있겠지. 이럴 땐 친구를 불러야지 혼자 술이냐? 오지랖 넓은 경철은 일단 해진이 잘 가는 술집부터 전화를 돌렸다. 해진이 잘 가는 단골 술집엔 해진이 오지 않았다고 했다. 이상했다. 어디 갔지? 새로운 단골을 뚫었나?

Rrrrrr~ Rrrrrr~

이번엔 또 어디로 전화를 해서 해진을 찾아야 하나 생각하는 사이 경철의 휴대폰이 울렸다. 영희다. 지은일 찾느라 영희와 붙어 다니면서 경철은 꾸준히 영희에게 작업을 걸었다. 그동안 경철의 속을 무지 썩이던 영희가 얼마 전 드디어 경철에게 넘어왔다.

시간 끌다가 해진이 짝 날까 봐 속전속결로 결혼식을 해치웠다. 영희의 팔짱을 끼고 버진 로드를 걸을 때의 그 짜릿한 감동이라니. 해진에게는 미안했지만 자신의 행복은 스스로 찾아야 한다. 얼른 휴대폰을 밀어 전화를 받았다.

"어, 영희야. 어디긴, 지금 집에 들어가는 길이지."

영희의 전화에 경철은 집으로 향하고 말았다. 해진인 별일 없을 거라고 애써 자위하면서.

"해, 해진아……. 해진아!"

순임이 허공을 향해 손을 허우적거리며 해진을 부르다 잠에서 깼다. 아직도 생생했다. 해진이 슬픈 얼굴로 자신을 바라보더니 어둠을 향해 걸어갔다. 아무리 불러도 멈추지 않았다. 결국은 해진이 어둠 속으로 사라져 버렸다.

가슴이 서늘했다. 뭔가 불길했다. 두 손으로 가슴을 쥐어봐도 불안감은 멈추지 않았다. 벌떡 일어나 불을 켜고 시각을 확인했다. 새벽 3시. 휴대폰을 찾아 해진에게 전화를 걸었다. 받지 않았다. 다시 걸었다. 그래도 받지 않았다. 불안했다. 자꾸만 불안했다. 할 수 없이 해준의 방으로 가서 문을 두들겼다.

"해준아! 해준아!"

대답이 없었다. 다시 두드렸다. 마음 같아서는 문을 열고 들어가고 싶었지만 그래도 부부가 자는 침실에 마음대로 들어갈 수가 없었다. 해준은 얼마 전 덕수 엄마와 결혼했다. 다들 언니 동생으로 볼 정도로 나이 많은 며느리였지만 철없는 아들 데리고 살아주는 것만 해도 감지덕지라 순임은 별다른 말을 하지 않았다.

곤한 잠에 빠져 있던 해준은 문 두드리는 소리에 잠에서 깨었다. 어머니가 부르는 소리였다.

"해준아! 해준아!"

피곤해 죽겠는데. 귀를 막고 이불 속으로 파고들자 덕수 엄마가 '예, 어머니' 라고 대답하고는 옷을 걸쳐 입었다.

결국 해준은 순임의 성화에 졸린 눈을 비비며 해진의 오피스텔로 오고 말았다. 아무 일도 아니기만 해봐라 성질을 팍팍 부리면서.

비밀번호를 누르고 안으로 들어가자 센서 등이 켜지고 실내가 밝아졌다. 순임은 해진의 방으로 달려갔다. 침실 문을 열자 해진의 신음 소리가 들려왔다.

"으…… 으……."

순임은 한달음에 달려가 해진을 살펴보았다. 온몸이 땀범벅이고 열이 펄펄 끓었다. 가슴이 철렁 내려앉았다. 꿈속에서처럼 해진이 사라져 버리는 게 아닌지 불안해서 해진을 흔들어 깨웠다.

"해진아, 해진아."

해진은 의식을 차리지 못했다. 그저 신음 소리만 내고 있었다.

이 자식, 왜 이러는 거야? 또 혼자서 끙끙 앓은 것 같다. 내 자식이지만 도대체 이해가 되지 않는 놈이었다. 처음 해진이 자신과 해준을 버리고 외국으로 간다고 했을 때 순임은 무척이나 속상했다. 이제야 아들 덕 보고 사나 보다 했는데 자기 행복 찾아간다는 소리에 섭섭했던 것이다. 물주를 놓친다는 생각에 짜증도 났다.

해준이 자기를 믿으라고 했지만 믿기지 않았다. 정은 가지만 미덥지 않은 아들이었다. 반면 해진은 자식이지만 어려웠고 미더웠다. 한데 지은이 사라지고 해진이 점점 어두워지자 순임은 해진이 마음에 쓰였다. 어릴 적 보육원에 버리고 갈 때도 신경 쓰이지 않았는데 다 자란 아들이 신경 쓰였다. 아마 해진의 눈물을 봐서 그런 것 같았다.

어느 날 밤 목이 말라서 주방으로 나온 순임은 해진이 휴대폰으로 지은의 동영상을 보면서 울고 있는 것을 보았다. 어깨를 들썩이며 지은일 부르는데 그냥 목이 콱 막히면서 콧잔등이 시큰해졌다. 눈물이 절로 나왔다. 저놈이 저렇게 된 게 다 자기 탓인 것만 같았다.

'내 새끼…… 불쌍한 내 새끼……'

어둠 속에서 어깨를 들썩이며 우는 해진을 보고 순임은 달려가 해진을 껴안고 말았다. 다시 만난 후 처음으로 해진을 안아주었다. 둘이 껴안고 많이 울었다. 설명할 필요도 없었다.

투덜거리며 침실로 들어온 해준이 해진의 상태를 보곤 놀라서 해진을 흔들어 깨웠다.

"형! 형! 왜 이래, 형?"

해준이 깨워도 해진은 눈을 뜨지 못했다. 해준은 얼른 해진을 업고 현관을 나섰다. 순임도 해진을 뒤따랐다. 해진을 태운 차가 빠르게 출발했다. 응급실에 도착하여 의사가 해진을 살피자 그제야 해준은 기운이 쭈욱 빠졌다.

"왜 이렇게 정신을 못 차리는 겁니까? 아픈 데 없다면서요? 그런데 왜 안 일어나느냐고요!"

해준이 담당의를 향해 소리치며 따지고 들었다. 벌써 일주일째 해진은 병상에 누워 있었다. 그날 밤 의사의 처방으로 열은 떨어졌지만 약 기운이 떨어지면 다시 열이 올랐다. 모든 검사를 다 해봤지만 별다른 이상이 없었다. 다만 심장에 약간 이상이 있는데 원인을 알 수 없다고 했다.

담당의도 답답했다. 도대체 과학적으로 설명이 되지 않았다. 하도 답답해서 정신과 친구에게 슬쩍 물어보았더니 상실증후군이라는 것이 있다며 주변에 누군가가 죽었는지 물어보라고 했다. 아니면 연인과 헤어졌든지. 아주 드물지만 소중한 사람이 사라지면 삶의 의욕을 잃고 죽음과 같은 상태에 빠지는 경우가 있다고 했다.

"혹시 최근에 환자분이 소중히 여기는 사람이 죽거나 이별한 적이 있습니까?"

"예?"

의사의 말에 모두들 뜨악해했다. 소중한 사람이 죽거나 그 사람과 이별했다고 저렇게 모든 걸 놓다니, 믿기 힘든 이야기였다.

"정신과의사가 그러더군요. 아주 드물지만 그런 현상이 있다고. 소중한 사람을 잃으면 의식을 잃게 되고 심하면 죽기도 한다고요."

설마? 설마? 이 자식, 지은일 못 찾아서 그런 거야? 이런 일이 한두 번도 아닌데 왜? 경철의 표정이 굳어지자 해준이 경철에게 다그쳤다.

"형, 뭐 아는 거 있어? 지은 씨 문제야?"

"그날 지은이 찾으러 간다고 나갔어. 이번엔 확실한 것 같다고. 꿈도 꾸었다고."

경철이 띄엄띄엄 얘기했다.

"거기가 어디야?"

"몰라. 안 물어봤어."

"좀 물어보지 왜 안 물어봐?"

해준이 버럭 소리를 질렀다. 병실이라는 자각도 없었다. 경철도 해준 만큼이나 답답했기에 맞받아치지 않고 해준의 원망을 그대로 듣고 있었다.

지은의 흔적을 찾아 뒤진 결과 해준은 해진의 차에서 주소가 적힌 메모지를 발견하였다. 내비게이션에도 그 주소가 찍혀 있었다.

해준은 내비게이션에 찍힌 주소대로 무작정 가보았다. 해진이 의식을 놓고 있는 지금 이 주소가 마지막 희망이었다. 그곳에 가면 무언가 건질 수 있을 것 같았다. 만약 지은이 있다면 무릎을 꿇고라도 빌어서 데리고 올 것이다. 가엾은 우리 형을 위해서.

[목적지에 도착했습니다.]

내비게이션이 목적지에 도착했음을 알려주었다. 해준은 후다닥 차에서 내려 메모지를 들고 단숨에 201호를 향해 뛰어 올라갔다. 도착하자마자 손을 뻗어 초인종을 눌렀다.

"누구세요?"

귀여운 아기의 목소리가 들렸다. 잘못 찾은 건가? 실망으로 이마가 찌푸려졌다. 그런데 문이 열리고 나타난 사람은 지은이었다. 형이 그토록 애타게 찾아 헤맨 지은이. 형의 유일한 여자. 그런데 아이라니? 설마 형이 이 아이를 보고 충격을 받은 것인가?

컴퓨터 앞에서 코딩을 짜는 중이었다. 그래도 간간이 일이 들어와서 두 사람이 사는 데 큰 지장은 없었다. 일을 하는 틈틈이 해은이 블록을 가지고 노는 걸 살펴보며 작업하고 있는데 초인종 소리가 들렸다. 해은이 먼저 현관으로 걸어가며 앙증스러운 목소리로 물었다.

"누구세요?"

가끔씩 앞집 사는 해은이 친구가 놀러 왔기에 저리 반갑게 나가는 것이리라. 해은의 귀여운 목소리에 미소를 지으며 현관문을 연 지은은 순간 뜻밖의 방문객에 놀라서 입도 다물지 못하고 멍하니

서 있었다.

해준 씨였다. 해진 오빠의 동생 박해준. 해준 씨가 여길 어떻게? 혹시 해진 오빠에게 무슨 일이 생긴 걸까? 가슴이 철렁 내려앉았다. 요즘 꿈자리가 뒤숭숭했다. 제대로 잠도 자지 못했다. 정말 그에게 무슨 일이 생긴 걸까? 지은이 두려움에 떨며 해준만 멍하게 쳐다보는 사이 해은이 해준을 향해 안아달라고 팔을 내밀었다.

"아빠, 아빠……."

남자만 보면 아빠라고 매달리는 해은이었다. 아빠를 만들어주지 못해서 해은에게 늘 미안했다. 마음이 아팠다. 그럴 때마다 그가 더 생각났다. 자기 자식에게 얼마나 잘해줄 사람인데 이렇게 자기 딸이 태어난 것도 모르고 살고 있겠지?

생각은 항상 거기에서 멈춰 버렸다. 더 생각이 깊어지면 자신이 너무도 가엾어질 것 같아서. 자신을 가엾게 여기면 해은이까지 가엾어질 것 같아서. 그럴 때마다 해은일 더 많이 안아주었다. 아빠 몫까지 더 많이, 더 자주 안아주었다. 그래도 해은인 늘 아빠를 찾았다. 엄마의 사랑만으로는 부족한 것 같았다.

"해은아, 그럼 안 돼. 아빠 아니야."

해은이? 해은이? 해진이와 지은이? 설마 얘가 형의 딸? 눈치 하나는 빠른 해준이었다.

"아빠, 아빠……."

지은의 품에서 해은이 다시 해준을 향해 팔을 뻗으며 바동거렸다. 다른 때보다 더 유별났다. 핏줄이 당기는 것일까? 본능적으로 피의 끌림을 느끼는 걸까? 지은의 이마가 불만스레 찌푸려졌다. 이렇게 엮이기 싫었는데, 언니하고 이상한 사이로 엮이기 싫었는데……

"이리 와. 아빠 아니고 삼촌이야."

지은의 품에서 해은일 빼내서 안으며 해준이 말했다. 해은은 해
준의 품에서 좋다며 깔깔거렸다. 지은의 표정이 잠시 굳어졌지만
이내 담담해졌다.

"형 애 맞죠?"

뭐라고 해야 하나 잠시 고민했지만 지은은 바로 결정을 내렸다.
굳이 숨길 생각은 없었다. 해진 오빠라면 자기 딸이라고 해은을
나와 억지로 떼어놓진 않을 테니까.

지은이 고개를 끄덕이자 해준의 입에서 '하느님, 감사합니다'
하는 말이 절로 나왔다. 얼마나 고마운 일인가? 지은이 이렇게 건
강한 모습으로 살아 있으며 귀여운 조카까지 덤으로 생기다니.

들어오라는 지은의 말에 해준은 당장 자기와 함께 가야 한다고
우겼다. 지금 형이 사경을 헤매는데 여기서 차나 마시고 있을 수
는 없었다. 아무래도 멍청한 형이 자기 딸도 못 알아보고 형수에
대한 마음을 접은 것 같았다. 그리고는 마음의 병을 얻어서 저렇
게 깨어나지도 않고 있는 거지. 등신 같은 형, 바보 같은 형, 그래
서 더 가엾은 형.

해준이 해은을 안고 먼저 성큼성큼 계단을 내려가자 지은도 해
준을 따라 뛰어 내려갔다.

"어디 가는 거예요? 무작정 애를 데리고 가면 어떡해요?"

지은이 따져 물었지만 설명해 줄 시간이 없었다. 설명은 차를 타
고 가며 해도 늦지 않았다. 일분일초라도 더 빨리 형수와 해은일 형
에게 데리고 가야 했다. 그것만이 형을 살릴 수 있는 유일한 길이었

다. 자동차를 향해 걸어가는 해준의 발걸음이 점점 더 빨라졌다.

병상에 누워 있는 해진을 보는 지은의 가슴이 찢어질 듯 아파왔다. 그날 귀에 들려왔던 소리는 정말 해진의 목소리였던 것 같았다. 아직도 잊히지 않는 목소리.

"지은아, 행복해야 해……. 정말, 정말 행복해야 해……."

해준과 같이 차를 타고 오면서 지은은 해진이 그동안 자기를 찾아다닌 이야기를 들었다. 눈물이 날 만큼 감동적이었다. 언니와 결혼해서 우빈이와 잘 사는 줄 알았는데 아직까지 날 잊지 않고 찾아다니다니 역시 해진 오빠는 내가 사랑할 만한 남자였다.

우빈이도 해진 오빠의 아이가 아니라고 했다. 형부의 아이란다. 어이가 없었다. 형부는 자기 아들도 몰라보고 칠 년 동안 그 패악을 부린 건가? 형부가 다시 원망스러웠다. 그리고 이어진 말은 지은의 가슴을 더 아프게 했다.

나를 찾아온 날 새벽, 의식을 잃고 쓰러진 해진 오빠를 어머님과 해준 씨가 병원으로 데려왔단다. 그 이후 아직까지 의식이 없다는 것이었다. 의사가 상실증후군이라는 진단을 내렸다고 했다. 사랑하는 사람을 잃어서 생긴 병이라고.

나를 그렇게 사랑했으면 왜 나서지 않았을까? 원망하는 마음이 들었지만 이내 그날 신우와 함께 있던 것이 생각났다.

오해했구나. 나랑 신우 씨 사이를 오해해서 조용히 떠나 주었구나. 내 행복을 위해 떠나주었구나. 그러고는 삶의 끈을 놓아버렸구나. 가여운 사람.

지은이 해진의 왼손을 양손으로 감싸며 해진을 불렀다.

"오빠…… 오빠…… 나 지은이야……. 오빠, 들려? 내 목소리 들려? 나 오빠 찾아왔는데, 이렇게 누워 있기만 하면 어떻게 해? 우리 딸, 아빠 없는 아이로 만들 거야?"

그래도 해진은 움직임이 없었다.

"해은아, 아빠야. 해은이 아빠 보고 싶다고 했지? 이 사람이 해은이 아빠야. 아빠, 일어나세요 해봐."

"아빠, 일어나."

해은이 귀여운 목소리 말하며 해진을 흔들었다. 그래도 해진은 움직이지 않았다. 이러다 영영 못 일어나면 어떡하지? 삼 년을 못 보고 살았는데, 그때도 너무나 힘들었는데 앞으로도 못 보고 살게 되면 어떡하지? 눈물이 해진의 손으로 후두두 떨어져 내렸다. 끊임없이 떨어져 내렸다. 멈춰지지가 않았다.

"엄마, 왜 울어?"

해은이 고사리같은 작은 손으로 지은의 눈물을 닦아주면서 물었다. 엄마가 우니까 저도 눈물이 나는지 해은의 눈에도 눈물이 그렁그렁했다.

"좋아서…… 너무 좋아서……. 해은이도 아빠 만나서 좋지? 그렇지?"

"어, 좋아. 아빠, 아빠, 아빠, 아빠……."

그동안 부르지 못한 아빠를 부르려고 그러는지 해은은 계속해서 해진에게 아빠라고 불러댔다.

"오빠, 일어나. 나 왔어. 오빠 딸도 데리고 왔어. 이름은 해은이야. 해진이와 지은이의 첫 글자와 마지막 글자를 따서 지었어. 오빠가 일어나서 해은이 호적에 올려줘야지. 나랑 해은이 행복하게 해줘야지. 이렇게 누워만 있으면 어떻게 해?"

지은도 계속해서 울먹이는 목소리로 해진에게 말을 걸었다. 이렇게라도 하지 않으면 미칠 것만 같았다.

어둠 속에 갇혀 있었다. 아무런 의욕도 없었다. 배고픈 줄도 모르고 시간이 어떻게 가는 줄도 몰랐다. 그저 벽에 상체를 기대고 한 다리는 뻗고 한 다리는 세운 채 고개를 숙이고 멍하니 앉아 있었다. 누군가가 자꾸만 불러댔지만 대답도 하지 않았다. 아니, 대답하기가 싫었다. 여기 이렇게 숨어 있는 걸 들키고 싶지 않았다.

두 손을 올려 귀까지 막으려는데 어떤 목소리가 해진의 귀를 파고들었다. 멀리서 조그맣게 들렸지만 해진은 알 수 있었다. 알아듣기 전에 이미 느껴 버렸다. 지은의 목소리였다. 이건 틀림없는 지은의 목소리였다.

근데 뭐라고 하는 거지? 알아들을 수가 없었다. 귀를 쫑긋 세웠지만 알아들을 수가 없었다. 뭐라고? 뭐라고? 조금 크게 얘기해 봐, 지은아. 나 좀 알아듣게 조금만 더 크게. 어? 네 말을 알아들을 수가 없어. 그때 지은의 목소리에 섞여 다른 목소리도 같이 들려왔다. 이건 아가 목소린데? 넌 누구니? 넌 누구야? 그 목소리도 알아들을 수가 없었다.

"오빠, 나 지은…… 들려? 우리 딸……."

띄엄띄엄 들리던 목소리가 점점 더 커져 가더니 이제는 알아들을 수 있었다.

"아빠, 아빠, 아빠, 아빠……."

"오빠, 일어나. 나 왔어. 오빠 딸도 데리고 왔어. 이름은 해은이야. 해진이와 지은이의 첫 글자와 마지막 글자를 따서 지었어. 오빠가 일어나서 해은이 호적에 올려줘야지. 나랑 해은이 행복하게 해줘야지. 이렇게 누워만 있으면 어떻게 해."

지은이가 온 건가? 오빠 딸? 해진이와 지은이의 해은이? 말은 알아들었지만 아직 이해는 되지 않았다. 손등으로 축축한 무언가가 계속해서 떨어져 내렸다. 이건 또 무얼까? 생각을 해야 해. 돌아가서 물어봐야 해. 그게 무슨 뜻이냐고?

해진은 지은을 찾아갈 생각에 자리에서 벌떡 일어났다. 하지만 온 사방이 암흑이었다. 완벽한 어둠. 빛 하나 보이지 않았다. 그렇게 편안하던 암흑이 갑자기 두려움으로 변했다. 지은을 찾아서 무슨 뜻이냐고 물어봐야 하는데 이렇게 어두워서야 지은일 찾아갈 수 없다.

그래도 포기할 수가 없었다. 어둠 속에서 더듬거리며 출구를 찾아 나섰다. 온 사방이 막혀 있었다. 몇 발짝 걸어가다 보면 벽에 부딪쳤고, 방향을 틀어서 다른 쪽으로 가도 몇 발짝 걸어가면 여전히 벽이었다. 미로 속에 갇힌 듯했다.

어둠 속에서 정강이가 부딪치고 넘어졌지만 그래도 포기하지 않았다. 이젠 배도 고프고 기력도 떨어져 갔다. 이러다 지은일 만나지도 못하고 죽는 건 아닐까? 왈칵 겁이 났다. 절로 눈물이 흘렀다.

"지은아, 어디 있니? 어디로 가야 해? 나 좀, 나 좀 인도해 줘."

지은을 부르며 애원했지만 목소리가 밖으로 나오지는 않았다.

그래도 포기하지 않고 지은의 목소리가 들리는 쪽을 향해 계속 걸었다. 얼마나 그렇게 헤매고 다녔는지 모른다.

그때 갑자기 어느 한 곳에서 불이 환하게 밝혀졌다. 눈이 부셔서 손으로 눈을 가리며 그곳을 바라보자 지은이 거기에 서 있었다. 어서 오라고 손짓하고 있었다. 귀여운 여자아이의 손을 잡고서. 저 아이는 그때 지은일 찾아갔을 때 본 아인데? 저 애가 나보고 뭐라고 하는 거지?

"아빠! 아빠!"

아빠라고? 아빠라고? 그럼 그 아이가 내 아이였어? 그랬어? 갑자기 기쁨이 넘쳐흐르며 아이를 향해 손을 뻗었다. 그리고 눈을 떴다.

해진의 눈앞에 지은이와 아이가 보였다. 눈물에 젖은 눈을 하고서. 그러면서도 나를 향해 환하게 웃어주었다. 웃어주고 싶었지만 웃어지지가 않았다. 자꾸 눈물만 나왔다.

"깨어났어? 오빠! 나 알아보겠어?"

당연히 알아보지. 내가 널 왜 못 알아봐. 매일매일 그리던 얼굴인데, 매일매일 보고팠던 얼굴인데…… . 말을 하려고 했지만 목소리가 나오지 않았다. 겨우 고개만 끄덕였다.

그런데 지은이가 왜 여기에 있지? 신우와 있을 텐데…… . 저 아이는 신우와 지은의 아이였는데…… . 아아, 꿈이구나. 아직 꿈이구나. 꿈이 아니라면 있을 수 없는 일이라 해진은 다시 눈을 감아버렸다. 깨고 싶지 않은 꿈이었기에.

"오빠! 오빠! 오빠!"

그때 다시 지은의 울음 섞인 다급한 목소리가 들렸다. 팔을 흔드는 지은의 손도 느껴졌다. 지은의 울먹이는 목소리에 아이가 울음을 터뜨렸다.

"엄마, 엄마……."

해은의 울음소리에 지은은 몸을 돌려 해은을 안아 등을 토닥거려 주었다.

"괜찮아, 해은아. 엄만 괜찮아. 아빠도 괜찮을 거야. 어? 그러니까 울지 마……."

지은이 해은을 안고 달래자 해은의 울음이 잦아들었다.

"착하지, 우리 해은이. 이제 아빠 다시 불러보자. 아빠, 빨리 일어나세요 하자."

지은의 말에 해은이 고개를 끄덕이며 해진의 팔을 흔들었다. 고사리 같은 작고 앙증맞은 손에 해진의 팔이 흔들렸다.

"아빠, 일어나. 아빠, 아빠……."

다시 눈을 번쩍 떴다. 여전히 지은이와 아이가 눈앞에 있었다. 꿈이 아니었다. 팔을 흔드는 지은이의 손과 아이의 손이 느껴졌다.

"엄마, 아빠 눈 떴어."

아빠라니? 나보고 아빠라니? 여전히 이해가 되지 않아 눈을 깜박거렸다.

"오빠, 이제 정신이 들어? 나 지은이야. 지은이라고. 정신이 들어?"

"지은이……."

해진이 겨우 한 마디 내뱉었다. 아직 말하는 것이 쉽지 않았다.

"어, 오빠. 나 지은이. 그리고 이 아인 오빠 딸 해은이. 우리 딸 해은이."

정신이 번쩍 들었다. 내 딸? 우리 딸? 꿈속에서 들은 말들이 다 사실이란 말이야?

"해은이? 내 딸?"

"어, 오빠. 우리 딸이야. 그러니까 빨리 정신 차리고 일어나. 오빠 누워 있으니까 나 무섭단 말이야."

지은의 말에 해진의 몸이 반응하기 시작했다. 느리게 흐르던 혈액이 빠르게 온몸을 돌았다. 손끝, 발끝까지 피가 돌면서 심장이 뛰기 시작했다.

그렇게 해진은 빠르게 회복했다. 한나절도 되기 전에 일어나 지은과 해은을 가슴에 품어 안았다. 가슴이 벅차올랐다. 내 아내, 내 딸, 내가 지켜야 할 내 가족. 이제 다시는 놓지 않을 것이다. 다시는 힘들게 하지 않을 것이다. 늘 행복하게 해줄 것이다.

해은이 배고프다고 하자 모두가 해은을 데리고 병실을 나갔다. 아마 두 사람만 있게 해주려는 배려인 것 같았다. 사람들이 나가자 해진이 지은을 품에 안았다. 이제야 자신의 심장이 제자리를 찾은 것 같았다.

"미안해. 정말 미안해. 널 아프게 해서 미안하고 널 힘들게 해서 미안해."

"오빠 탓 아닌 거 알아. 그러니까 미안해하지 마. 그냥 사랑만 해 줘."

"그럴게. 사랑만 할게. 영원히 사랑만 할게. 여전히 사랑해."

해진의 고백에 지은은 그동안의 고생이 보상되는 느낌이 들었다. 오늘의 행복을 위해 그 힘든 날이 있었나 싶었다. 혼자서 해은이 낳으면서 힘들었던 일, 해은이가 아빠를 찾을 때마다 가슴 아팠던 일······. 너무나 힘이 들 때면 프러포즈 동영상을 꺼내서 보았다. 그러면 다시 기운이 났다.

"나도, 나도 사랑해, 오빠."

얼마나 듣고 싶던 말인가? 혹시나 꿈인가 해서 해진은 자기 팔을 꼬집어보았다. 아팠다. 정말 아팠다. 비명을 속으로 삼키고 해진은 지은의 얼굴을 감싸고 찬찬히 들여다보았다.

예쁜 눈, 오뚝한 코, 새침한 입술······. 해진은 지은의 예쁜 눈에, 오뚝한 코에, 새침한 입술에 차례차례 입을 맞추었다. 입술을 가르고 혀를 밀어 넣었다. 이 느낌, 이 감각, 예전 그대로다. 아니, 이젠 성숙한 여인의 향기까지 났다. 두 사람의 키스가 짙어졌다.

식사를 마치고 사람들이 초밥을 사서 돌아오자 해진은 벌써 자리에서 일어나 걷고 있었다. 일주일 동안이나 의식을 잃고 아팠던 사람으로 보기 힘들 정도로 건강해져 있었다. 마치 아팠던 게 아니라 깊은 잠에서 깨어난 사람처럼 순식간에 훌훌 털고 일어났다. 혈색도 좋아졌고 무엇보다 표정이 밝았다.

보는 사람들은 어이가 없었다. 일주일째 사람 애간장을 태우며 의식도 못 찾던 사람이 지은이 나타나자 저렇게 생생해지다니. 당장 퇴원한다고 설치는 것을 보고는 다들 허탈한 웃음을 지었다. 그러면서도 천만다행이라는 표정들이었다.

해가 저물고 있었다. 석양이 지며 아주 잠깐 세상을 붉게 물들이고 있었다. 그 붉은 빛에 하얀 집이 불그스름하게 보였다. 정원의 감나무도 그대로였다. 정원의 그네도 그대로 있었다. 일산 집에 도착한 지은은 벌써 눈에서 눈물이 차올랐다. 아직 이 집을 가지고 있구나. 벌써 정리했을 줄 알았는데…….

"엄마, 여기가 어디야?"

해은의 질문에 해진이 대신 대답했다.

"우리가 살 집. 해은이 집."

"정말? 예쁘다."

해진의 눈에는 집보다 지은이와 해은이가 훨씬 더 예뻐 보였다. 그래, 예쁜 집이긴 하지. 이 집에서 참 행복했는데……. 결혼의 꿈에 부풀어 행복하던 그때가 생각났다. 절망에 빠졌던 그날도.

지은의 표정이 시무룩해지자 해진의 표정이 굳어졌다. 아차, 이 집은 우리의 신혼집이기도 하지만 지수의 폭탄선언 때문에 지은이 도망치듯 떠난 집이기도 하지. 괜한 상처를 건드린 것 같아 마음이 불편했다.

"이 집 싫어? 그럼 어른들께 인사드리고 내 오피스텔로 가자."

"어른들이라니?"

"할머님과 아버님, 여기에 사셔."

"할머니? 할머니가 여기에 사셔?"

"어."

"정말? 정말 여기 사신다고?"

"어."

해진의 말에 지은은 얼른 대문을 열고 현관을 향해 뛰어갔다. 마음이 급했다. 해진이 정신을 차리자 제일 먼저 할머니가 생각났다. 항상 보고 싶었다. 입덧 때문에 먹고 싶은 게 있을 때도 할머니가 보고 싶었고 해은이를 낳고도 할머니가 보고 싶었다. 너무나 보고파서 울기도 많이 울었다.

하지만 전화를 할 수가 없었다. 전화를 해서 목소리를 들으면 마음이 약해져서 버틸 수가 없을 것 같았다. 그렇게 참았는데 여기 계시다고? 급한 마음에 해은이까지 버려두고 현관을 향해 달렸다.

"할머니! 할머니!"

벌써 지은의 목소리는 할머니에 대한 그리움에 울먹거리고 있었다.

오늘도 똑같은 하루였다. 나이가 들면 시간이 빠르게 간다는데 지은이 사라진 후 박 여사에게 시간은 너무나 더디게만 지나갔다. 아침에 일어나면 가까운 절에 가서 지은의 무사안일을 위해 기도하면서 하루 일과를 시작했다. 그것이라도 하지 않으면 견딜 수가 없었다.

오늘도 그냥 이렇게 또 저무는구나. 오늘도 지은이 소식 하나 못 듣고 지나가는구나. 죽기 전에 지은이 소식을 들을 수나 있을는지……. 멀거니 대문을 바라보고 있는데 익숙한 얼굴이 보였다. 박 서방이 또 왔구나. 이젠 오지 말라고 해도 저렇게 오는 것이 부담스러웠다. 내 손녀를 기다려 주는 건 고맙지만 너무나 긴 기다림이라 미안하기까지 했다.

그런데 같이 온 저 여자는 누구지? 고개를 돌리고 있어서 얼굴이 보이지 않았다. 설마 우리 지은이 잊고 새로 만나는 여자인가? 가슴이 철렁 내려앉았다. 이제 우리 지은인 누가 찾아 나설까?

사람 마음이란 건 참 간사했다. 다른 여자 만나라, 지은인 잊으라 하면서도 막상 다른 여자와 있는 것을 보게 되자 마음이 불편했다. 당장에라도 집을 비워줘야겠다고 생각하며 자리에서 일어나는데 익숙한 목소리가 들렸다. 매일매일 듣고 싶던 목소리. 지은이의 목소리.

"할머니! 할머니!"

이게 누구 목소리야? 지은이 목소리 아니야? 방문이 열리며 영석도 거실로 뛰어나왔다. 지은의 목소리였다. 분명히 지은의 목소리였다. 아무리 세월이 흐른다고 잊을 수 있을까?

"어머니, 누가 왔어요? 지은이 목소리 같은데?"

영석의 목소리가 기대감에 살짝 떨리고 있었다.

"너도 들었니?"

"예, 어머니."

"할머니! 할머니!"

다시 목소리가 들렸다. 확실히 지은의 목소리였다. 두 사람의 얼굴이 환하게 피어났다.

"맞아요. 지은이 목소리예요. 지은이가 틀림없어요."

박 여사와 영석이 현관문을 열자 눈물범벅이 된 지은이 현관 앞에 서 있었다.

"아이고, 이 무정한 것아. 이 무정한 것아……."

박 여사가 지은을 부둥켜안고 통곡을 했다. 영석은 지은을 안지도 못하고 멀거니 서서 넘쳐나는 눈물을 다시 안으로 집어넣으려는 듯 고개만 쳐들었다. 눈물은 이미 얼굴을 타고 흘러내리고 있었다. 그 눈물은 슬픔의 눈물이 아니라 기쁨의 눈물이었다. 감사의 눈물이었다. 이렇게 건강하게 살아줘서 고맙다는 눈물. 이렇게 나타나 줘서 고맙다는 눈물.

해진이 해은의 손을 잡고 들어오자 영석의 시선이 해은에게로 향했다. 누구냐는 듯 해진을 보자 그가 환하게 웃으며 대답했다.

"저희 딸입니다, 할머님, 아버님. 지은이가 낳았대요."

"해은아, 인사드려. 왕할머니, 할아버지셔."

"안녕하세요?"

해은이 두 손을 모으고 고개를 숙여 배꼽 인사를 했다. 행동은 얼마나 귀엽고 또 목소리는 얼마나 앙증맞은지.

"뭐? 지은이 딸이라고? 아이고, 내 새끼!"

할머니가 해은이에게 달려들었지만 해은인 영석이 먼저 안아 든 후였다. 두 손을 겨드랑에 넣고 번쩍 들어 가슴에 폭 안았다. 따스한 기운이 스며들었다. 이제 이 집에도 따스한 온기가 살아 숨 쉬겠구나. 이제 웃을 수 있겠구나. 이제 다리 쭉 뻗고 잘 수 있겠구나.

매일매일 대문도 잠그지 않고 현관문도 열어놓고 선잠을 잤다. 혹시라도 밤에 지은이 돌아올까 해서. 혹시라도 왔다가 문이 잠겨서 들어오지 못하고 그냥 돌아갈까 봐. 이제 그 기다림도 끝이구나. 마침내 돌아와 주었구나. 돌아온 탕아를 환영하는 아버지처럼 영석과 박 여사는 그저 감사할 따름이었다. 물론 지은이 탕아는 아니었지만.

식탁에 반찬이 그득했다. 할머니가 차려준 밥상이었다. 맛있다. 눈물이 날 만큼 맛있다. 그립고 아련한 맛.

"할머니, 나 해은이 가졌을 때 이거 정말 먹고 싶었어."

할머니표 빈대떡을 먹으며 지은이 말했다. 그 말에 박 여사는 또 눈물을 찍어냈다. 해진의 고개도 푹 숙여졌다. 영석의 눈도 다시 붉어졌다. 식사를 하고 난 후 다섯 사람은 거실에 앉아 지은이 살아온 이야기를 들었다.

시간은 잘도 갔다. 벌써 열 시가 넘었다. 처음 만난 아빠와 떨어지지 않으려 해진의 다리 위에 앉아 얼굴을 주물럭거리던 해은도 피곤했는지 해진의 품에 안겨 이미 잠이 들었다. 해진이 그런 해은을 팔에 안은 채 안쓰러운 눈으로 내려다보고 있었다. 꼭 감긴 눈 아래엔 기다란 눈썹이 그늘을 만들고 있었다. 그 밑으로 아이답지 않게 오뚝한 코, 앵두같이 빨간 입술.

해진은 손을 들어 해은의 얼굴을 가만히 쓸어 보았다. 눈에 넣어도 아프지 않을 만큼 예쁘다는 말이 이런 말이구나. 이런 감정이구나. 신기했다. 이상했다. 이런 마음을 느끼게 해준 지은에게 고마우면서도 그 힘든 시기를 혼자 겪게 해서 너무나 미안했다.

박 여사가 그런 해진을 보고 자리에서 몸을 일으키며 말했다. 좀 전에 해진이 병원에 입원했다가 퇴원하고 바로 이곳으로 왔다는 말을 들었었다.

"이리 주게. 자네 아직 환잘세."

박 여사가 해은을 안아 들려고 하자 지은이 얼른 박 여사를 말렸다.

"할머니 힘들어. 애가 얼마나 무거운데."

"제 가지에 치여 죽는 나무 없다. 내가 아무리 늙었기로 어린 증손녀 하나 못 안을까? 해은인 내가 데리고 잘 테니 두 사람도 어여 들어가 자. 박 서방 많이 피곤해 보여."

박 여사의 말에 지은은 해진의 얼굴을 살펴보았다. 아직도 혈색이 나빠 보였다. 하루 더 있자고 고집을 부릴 걸 그랬나 걱정이 되었다.

"그래라. 얘기는 내일 또 해도 되니까."

온화한 미소를 지으며 영석이 말했다. 지은을 향한 시선은 부드러움 그 자체였다.

"그럼 해은인 제가 데려다 눕힐게요."

영석까지 거들자 해진은 해은을 안은 채 자리에서 일어나 성큼성큼 박 여사의 방으로 향했다. 해은이 태어난 후 한 번도 떨어져 자본 적이 없는지라 지은은 슬머시 걱정되어 해진을 따라갔다.

"괜찮을까? 한 번도 나랑 떨어져 자본 적이 없는데……."

박 여사의 침대에 누운 해은을 보고 지은이 걱정스레 말했다.

"걱정 마. 자다가 울면 데려다줄게. 어여 들어가서 자. 둘 다 피곤하겠다."

박 여사가 염려할 것 없다는 표정으로 지은과 해진을 방에서 쫓아냈다. 거실로 쫓겨 나온 지은이 여전히 걱정 어린 표정으로 박 여사의 방문만 쳐다보자 해진이 지은을 침실로 이끌며 지은을 안심시켰다.

"널 키워주신 분이야. 네가 떠난 후 한결같이 널 위해 기도해 주신 분이고. 그러니 걱정하지 마. 너보다 더 잘 보살펴 주실 테니. 근데 좀 섭섭하네. 이제 한지은에게 박해진은 뒷전인 것 같아서. 난 너하고 둘이만 있고 싶은데 넌 아닌가 봐?"

해진이 지은의 볼을 살짝 꼬집으며 말하자 지은의 얼굴이 달아올랐다. 왜 자기라고 둘만 있고 싶지 않겠는가? 그렇지만 조금 놀려주고 싶은 마음에 살짝 고개를 돌리며 마음에도 없는 소리를 했다.

"그럼, 난 해은이만 있으면 돼. 삼 년 동안 오빠 없이 잘 살았는데 뭘 새삼."

"뭐? 난 필요 없다는 얘기야?"

지은의 말에 해진의 말투가 뾰족해졌다. 얼굴엔 섭섭함이 가득 찼다. 아무리 여자는 자식을 낳으면 남편은 뒷전이라지만 이건 아니지 않는가? 내가 자기를 찾으며 얼마나 많은 시간을 힘들게 기다려 왔는데. 자기만 생각하고 삼 년을 수절하고 살아왔는데. 아니지, 그전의 칠 년까지 합하면 도합 십 년이었다.

해진은 화가 나서 성큼성큼 침실로 걸어 들어가 버렸다. 에구에구, 삐쳤구먼. 남들에게는 어른 노릇을 다 하면서 가끔씩 자기에게만 어리광을 부리는 건 여전하다는 생각을 하며 지은이 해진의 뒤를 따라 침실로 들어갔다. 그사이 해진은 욕실로 들어가고 없었다.

침실을 둘러보는 지은의 표정에 감회가 서렸다. 자신이 떠나기 삼 년 전의 모습 그대로였다. 침대에 앉아 손으로 침대를 쓸어 보았다. 여기서 오빠와 사랑을 나누곤 했는데……. 그땐 정말 행복했는데……. 고개를 돌려 방을 둘러보았다.

"하나도 안 변했네, 여기는."

시트도, 침대도, 화장대도, 심지어 옷장에 걸린 옷까지 그때 그대로였다. 샤워하러 들어간 해진의 옷을 꺼내기 위해 침대에서 일어나 붙박이장을 열었을 때 지은은 알았다. 해진이 지은의 흔적을 하나도 지우지 않고 기다리고 있었음을. 가슴에서 뜨거운 감정이 올라왔다. 여전히 사랑받고 있다는 느낌이 들었다.

집에 들어오자마자, 아니, 병원에서 의식이 돌아오자마자 이렇게 지은과 단둘만의 시간을 기다렸는데 지은이 무덤덤하게 굴자 해진은 속이 상했다. 삼 년의 시간 동안 자신은 지은을 향한 사랑을 점점 더 키워왔는데 지은은 아니었나 보다. 지은이 해은이 걱정되어 눈을 떼지 못하는 것을 보자 살짝 질투까지 났다.

삼 년 만에 찾은 사랑스러운 딸에게조차 질투를 느끼는 자신이 한심스러워하면서도 해진은 섭섭함을 표했다. 투정 부릴 상황이 아니었음에도 투정을 부리며 지은의 볼을 살짝 꼬집었다. 나 좀 봐달라고. 이젠 나만 좀 봐달라고. 그랬는데 뭐? 해은이만 있으면 된다고?

순간적으로 울컥하는 마음에 먼저 침실로 향해 욕실로 들어왔다. 얼굴을 대하면 섭섭한 감정이 그대로 전해질 것 같아서 일단 자리를 피했다. 샤워를 하면서 생각하니 피식 웃음이 나왔다. 자기가 생각해도 한심하기 이를 데 없었다.

네가 지금 행복에 겨워 투정이란 걸 하고 있구나. 살아 있는 것만 알아도 좋겠다고 기도하던 일이 언제인데. 제발 어디 있는지만 알게 해달라고 기도하던 때가 얼마나 되었다고. 이렇게 내 눈앞에, 내 집에서 내가 부르면 대답할 수 있는 곳에 있는데 이 무슨 어리광인가 싶었다.

토라져 들어와 버려 지은이 속상해할지도 모른다. 빨리 씻고 나가서 지은의 마음을 달래줘야겠다고 생각하며 서둘러 거품을 씻어 내리는데 욕실 문이 열리며 지은이 들어왔다. 놀라서 눈이 화등잔만 하게 커졌다.

"등 밀어줄까?"

게다가 지은의 입에서 나온 말은 해진을 들뜨게 하기에 충분했다. 절로 고개를 끄덕이며 샤워 볼을 내밀었다.

"화난 거 아니지?"

샤워 볼로 해진의 등에 거품을 내면서 지은이 물었다.

당근 아니지. 내가 너한테 어떻게 화를 내? 말도 안 된다.

"화난 거 아니야. 그냥 조금 속상했어. 너한테 내 존재감이 너무 약해져서."

해진의 부드러운 말에 지은은 안도의 한숨을 내쉬었다.

"그런 거 아니야. 오빠는 언제나 내게 일 순위인걸?"

"정말? 해은이보다 더?"

'해은인 영순위지.'

해진이 반색하며 묻자 지은은 속으로만 대답하고는 당연한 소리를 한다는 듯 고개를 끄덕이며 상큼한 미소를 지어주었다. 해진의 입꼬리가 하늘을 향해 치솟을 태세다.

"넌 내가 씻겨줄게."

"됐어. 내가 할게. 먼저 나가 있어."

여전히 근사한 해진의 몸매를 외면하며 지은이 말했지만 이미 해진은 지은의 옷을 벗기고 있었다. 뭐, 내숭은 지은에게 어울리지 않는다. 어깨를 으쓱하고는 해진이 하는 대로 내버려 두었다. 옷을 벗기자 지은의 뽀얀 몸이 드러났다. 해진은 마음이 급해졌다. 자꾸만 손이, 입술이 지은의 몸을 더듬었다.

"오빠아~"

지은이 살짝 몸을 빼자 해진의 마음이 더 조급해졌다. 기다려야 하는데, 조금 더 참아야 하는데 참을 수가 없었다. 안 되겠다. 이러다 여기서 일 치르겠다. 해진은 서둘러 지은의 몸을 씻겨내고 수건으로 닦아준 후 지은을 번쩍 안아 들었다. 지은은 반사적으로 해진의 목에 팔을 감았다. 두 사람의 눈빛이 짙어졌다. 두 사람의 몸이 서서히 달아올랐다.

"사랑해, 지은아."

해진의 속삭임이 지은의 귀를 두드렸다. 해진의 입술이 침대에 누운 지은의 이마로, 코로, 입술로 내려왔다. 쇄골에 고개를 묻고 숨을 깊게 들이쉬었다. 이 냄새, 이 느낌, 정말 오래 기다렸다. 이젠 절대로 놓지 않으리라.

해진의 손길에 지은은 온몸에 전율이 일었다. 가느다란 신음이 새어 나왔다. 두 손으로 해진의 등을 어루만지며 열정에 사로잡혔다. 온 방이 사랑의 열기로 가득 찼다. 하늘에 별이 총총 떠올랐다. 두 사람의 재회를 축복해 주는 듯.

아침이 밝아왔다. 정원의 감나무에도 햇살이 쏟아졌다. 빨갛게 물든 단풍잎 색깔이 오늘따라 더 예뻤다. 어느새 가을이 물씬 다가와 있었다. 바람에 나뭇잎이 간지럽다는 듯 몸을 뒤틀었다.

평소 같았으면 벌써 일어나 움직였을 시각이지만 해진은 침대에 누워 일어날 생각을 하지 않았다. 잠들어 있는 것도 아니다. 한 팔로 머리를 괴고 모로 누워 시선을 지은에게로 향한 채 만족스러운 미소를 지으며 지은을 하염없이 쳐다보고 있었다.

어젯밤 뜨거웠던 지은이 매혹적이라면 천사처럼 잠들어 있는 지은은 사랑스러웠다. 깨물어주고 싶을 만큼 사랑스러웠다. 지은을 밤새 괴롭혔기에 참아야 한다고 다짐했지만 만지고 싶고 안고 싶은 마음을 쉬이 누를 수가 없었다. 결국 본능에 졌다. 손등으로 볼을 쓰다듬고 입술을 내려 하나하나 인장을 찍었다. 반듯한 이마에 쪽, 긴 속눈썹이 매달려 있는 눈두덩에 쪽, 오뚝한 코에 쪽.

해진의 입맞춤에 지은이 눈도 뜨지 못한 채 화사한 미소를 지으며 다정하게 인사했다.

"우리 해은이 일어났어?"

지은의 목소리에 잠기운이 어려 있었다. 해진을 안으려는 듯 지은이 팔을 뻗었다.

아니, 이게 무슨 소리야? 해은이라니? 하, 실소가 터진다. 그러니까 지금 옆에 누워 있는 나를 해은이라고 착각하고 있다는 거지? 아직도 남자의 향기를 못 느꼈다는 거지?

오해는 깨도록 도와줘야 진정한 배우자라 할 수 있다. 무슨 말도 안 되는 소리냐고? 지은이 나타나는 순간부터 해진에게는 말도 안 되는 일들이 일어나고 말았으니 따질 것도 없었다. 해진은 미처 인장을 찍지 못한 지은의 입술로 얼굴을 가져갔다.

달큰한 숨결이 새어 나왔다. 또 몸이 반응했다. 하체로 피가 쏠리며 단단해졌다. 지은을 바로 눕히고 그 위로 올라갔다. 고개를 내려 아랫입술을 살짝 머금고 이내 입술을 가르고 들어갔다.

지은의 눈이 번쩍 뜨였다. 뭔가 이상하긴 했다. 자신의 얼굴을 만지작거리고 뽀뽀를 하는 사람이 해은이인 줄 알았다. 습관처럼 해은을 안으려고 손을 뻗었는데 사이즈가 달랐다. 느낌이 달랐다. 말랑말랑한 아기 피부가 아니라 탄탄한 성인 남자의 감촉. 눈앞에 그가 보인다. 해진 오빠. 내 남자. 살짝 미소가 지어졌다.

뭐라고 할 새도 없이 해진이 지은의 입술을 파고들었다. 해진의 혀가 지은의 입 안을 샅샅이 맛보았다. 아침부터 키스가 너무 격하다.

"흐응~"

살짝 신음을 흘리자 해진이 입술을 떼어낸다. 지은이 거친 호흡을 내쉬었다. 숨 막혀 죽을 뻔했다. 살짝 눈을 흘기자 해진이 확인하듯 묻는다.

"아직도 내가 해은으로 보여?"

의기양양해하는 모습이었다. 어린애가 고집부리는 것 같았다. 역시 해진인 지은 앞에서만은 아이가 되어버리는 것 같다.

"해은이보다 더 아기 같아."

지은이 눈을 흘기며 핀잔을 주었다.

뭐야? 아기가 키스를 어떻게 해? 좋아, 그렇다면 내가 아기가 아님을 보여주지. 해진이 손을 뻗어 지은의 가슴을 움켜잡고 키스를 시도했다.

지은도 해진의 목에 팔을 감고 화답했다. 두 사람의 혀가 이내 얽혀들었다. 서로의 타액이 오가고 몸이 후끈 달아오른다.

"엄마, 엄마……."

바로 그때 거실에서 해은의 목소리가 들렸다. 울먹이며 엄마를 찾는 목소리.

"엄마 잔다니까. 할머니랑 놀자."

"싫어. 엄마한테 갈래. 엄마 어딨어?"

박 여사의 달래는 목소리가 들렸지만 해은은 더욱 울먹거리며 엄마를 찾았다. 태어나서 한 번도 떨어진 적 없는 엄마가 보이지 않자 두려운 모양이었다.

"해은아, 엄마 여기!"

얼른 대답하고는 벌떡 몸을 일으켜 침실을 나갔다. 졸지에 해진은 버림받은 강아지 꼴이 되고 말았다. 그래도 좋다고 주인을 따라 쫄래쫄래 따라 나갔다.

침실을 나가자 밖은 이미 환했다. 거실 안까지 햇빛이 들어오고 있었다. 이렇게 늦잠을 자다니? 어제 사랑이 너무 과했던 것 같았다.

"엄마……."

지은을 본 해은이 뿌르르 지은에게로 와서 안겼다. 지은이 해은을 가슴에 안아준 다음 몸을 떼어내고 달콤한 목소리로 물었다.

"우리 해은이 잘 잤어?"

"어, 엄마. 근데 엄마가 없어서 놀랐어."

앙증맞은 목소리로 해은이 종알거렸다. 그러다 지은을 따라 나온 해진을 보고는 어떻게 해야 할지 고민하는 듯 눈을 내리깔고 입술을 오물거린다. 어제 처음 본 아빠가 어색하기도 하고 반갑기도 한 것 같았다. 그 모습이 여간 귀여운 게 아니었다.

보기만 해도 좋았다. 자동으로 눈꼬리가 휘며 입술이 벌어졌다. 허리를 숙여 해은에게 고개를 들이밀었다. 해은이 멈칫하는 게 느껴졌다. 놀랐나? 괜히 겁을 준 것 같아 미안하다. 머리를 긁적이며 민망한 표정을 짓고 달콤한 목소리로 물었다.

"아빠한테는 인사 안 해?"

해은이 어떡해야 하나 묻는 듯 지은을 보았다. 아직은 아빠가 어렵다. 지은이 인사하라는 듯 고개를 끄덕이자 해은이 지은의 품에서 빠져나와 두 손을 배꼽에 올리고 공손하게 인사를 했다.

"아빠, 안녕히 주무셨어요?"

"그래, 우리 해은이도 잘 잤어?"

"예."

조그마한 입술을 움직여 대답하는 해은이 예뻐 죽을 것만 같았다. 해진은 두 팔을 해은의 겨드랑이에 넣어 번쩍 들어 올렸다.

"꺅!"

갑작스러운 해진의 행동에 비명을 질렀지만 이내 행복한 웃음소리를 내었다. 까르르. 웃음이 없던 집에 해은의 맑은 웃음소리가 울려 퍼지자 소파에 앉아 신문을 보던 영석도, 박 여사도 그런 세 사람의 모습에 흐뭇한 미소를 지었다.

"할머니, 아빠, 안녕히 주무셨어요?"

지은이 인사를 하자 해진 또한 해은을 안고서 어른들께 인사를 드렸다.

"그래, 니들도 잘 잤어? 좋은 꿈 꾸었고?"

잠을 잤어야 꿈을 꾸지. 꿈꿀 시간이 어디 있었겠는가? 지은이 해진을 살짝 노려보자 알 만하다는 듯 영석과 박 여사가 웃었다.

거리는 온통 노랑 축제였다. 가로수의 은행나무에 노란 은행잎이 빼꼭히 달려 있었다. 마치 노란 물감으로 칠한 것 같았다. 하늘은 높고 파랬다. 구름 한 점 없었다. 노란 은행잎과 파란 하늘이 몹시도 어울리는 그런 가을날이었다.

결혼 시즌이긴 했지만 오늘따라 유달리 사람들이 한 호텔로 몰려들었다. 고급 외제차가 계속 밀려들고 있었다. 다들 얼굴을 들이밀려고 야단법석이었다. 누가 결혼하기에 이처럼 몰려드는 것일까?

오늘은 바로 지은과 해진의 결혼식. 해진과 눈도장이라도 한번 찍고 싶은 사람들로 호텔이 붐볐다.

간절히 원하면 이루어진다고, 결혼 시즌이라 비어 있는 결혼식장이 없었음에도 해진은 호텔에 예식장을 잡았다. 그만큼 결혼식에 대한 해진의 의지가 강했다는 반증이었다.

조용한 결혼식을 원한 지은과는 반대로 해진은 지은과의 결혼을 온 세상 사람들에게 알리고 싶었다. 그래서 신문 기사가 나가는 것을 막지 않았다. 오히려 두 사람 사진까지 넘겼다. 지은을 자신의 여자라고 만방에 공표하고 싶었다.

청첩장을 받지 않았음에도 신문 기사를 보고 온 사람들로 예식장이 넘치자 경철은 피로연 장소를 추가로 마련해야만 했다. 예나 지금이나 경철은 해진의 일이라면 물불을 가리지 않았다.

신부대기실. 지은이 새하얀 웨딩드레스를 입고 여신보다 더 아름다운 자태로 부케를 들고 서 있었다. 머리는 단아하게 틀어 올렸다. 가는 목선과 쇄골이 드러나 여성적인 매력을 한껏 뽐내고 있었다. 그 모습을 영희가 뿌듯한 얼굴로 쳐다보고 있다.

아침부터 영희 역시 바빴다. 지은의 들러리 역할을 하기 위해 눈 뜨고부터 지금까지 내내 지은을 따라다녔다. 영희의 오늘 콘셉트는 향단이었다. 춘향의 수발드는 향단이. 물론 외모는 현대의 매력적인 여성이지만.

노크 소리와 함께 문이 열리고 박 여사와 영석이 들어섰다. 박 여사는 한복을 곱게 입었고 영석은 고급스러운 양복 차림이었다. 가슴엔 꽃이 꽂혀 있었고 품에는 해은이 안겨 있었다.

해은 역시 새하얀 미니 드레스 차림이었다. 지은이 드레스 입은 것을 보고 자기도 입고 싶다고 샘을 내서 부랴부랴 마련한 드레스였다. 아기 천사가 따로 없었다.

"정말 예쁘다, 우리 지은이. 이제 이 할미는 죽어도 여한이 없다."

박 여사가 눈물을 글썽이며 말했다. 이제 죽어서 딸을 만나도 떳떳할 것 같았다. 그동안 죽은 딸에게 얼마나 미안했던지.

지은의 눈에도 눈물이 가득 차올랐다. 힘든 날들을 생각하니 절로 눈물이 흘렀다. 혼자서 해은을 낳고 키우던 날들, 할머니가 그리워도 찾아갈 수 없던 날들, 무엇보다 그리운 해진을 볼 수 없어서 마음 아팠던 날들.

"울지 마. 화장 지워져."

영희가 손수건으로 지은의 눈물을 닦아주며 나무라듯 말했다. 하지만 영희의 눈동자도 붉어져 있었다.

"엄마, 예뻐. 천사 같아."

해은이 앙증맞은 목소리로 말하자 모두들 고개를 끄덕이며 수긍해 주었다.

오늘의 지은인 정말 예뻤다. 가슴이 약간 드러난 튜브탑 스타일의 드레스. 삼 년 전 그때의 드레스와 티아라를 해진이 그대로 보관하고 있었다.

해은을 낳았음에도 지은의 몸매는 별로 달라지지 않았다. 해진이 새 드레스를 맞추자고 했지만 지은은 그 드레스가 좋았다. 자신을 기다려온 해진의 마음이 오롯이 담겨 있기 때문이다. 순임과 덕수 엄마도 와서 결혼을 축복해 주었다. 앞으로는 마냥 행복하기만 하라고.

결혼식장에는 하객들로 가득 찼다. 단상에 주례가 서 있고 지은의 부모석에는 영석과 박 여사가 앉아 있었다. 해진의 부모석엔 순임만이 앉아 있었다. 순임 역시 고운 한복 차림이었다. 해은은 맨 앞자리의 해준과 덕수 사이에 앉아서 신기한 듯 주변을 둘러보고 있었다.

해진이 단상 앞에 서서 긴장된 얼굴로 입구를 바라보았다. 하얀 와이셔츠에 새까만 턱시도 차림의 해진은 오늘 따라 더 멋져 보였다. 하얀 얼굴과 짙은 눈썹, 우뚝 솟은 콧날, 날렵한 턱선. 원판도 잘생겼는데 전문가의 솜씨를 거쳤으니 오죽하겠는가? 여자 하객들의 침 넘어가는 소리가 사방에서 들려왔다.

"자, 이제 신부 입장이 있겠습니다. 신부 입장!"

사회자 경철이 마이크에 대고 말했다. 현악 사중주가 시작되었다. 바그너의 결혼행진곡.

영석의 팔짱을 끼고 지은이 해진을 향해 걸어왔다. 천천히, 천천히……. 해진의 시선이 지은에게 꽂혔다. 눈처럼 새하얀 드레스를 입고 자신을 향해 걸어오는 내 신부, 내 여자, 내 유일한 사랑. 약간 고개를 숙이고 걸어오는 지은의 모습에 가슴이 또 일렁거렸다. 오늘따라 더 예쁘다.

지은아…… 지은아, 어서 와. 어서 와서 내 손을 잡아줘. 내 손을 잡고 이젠 아무 데도 가지 마. 항상 옆에 있어줘. 천천히 걸어오는 지은의 걸음이 성에 차지 않아 해진이 몇 걸음 앞으로 다가갔다. 그 잠시의 시간도 기다리기가 힘들었다.

"어머, 신랑이 급했나 봐."

하객들의 웃음소리가 들렸지만 그까짓 것, 아무렴 어때. 영석에게서 지은을 인계받았다. 영석이 부탁한다는 의미로 해진의 어깨를 토닥거리자 해진은 알았다는 듯 고개를 끄덕이며 '네'라고 대답했다. 지은이 해진의 팔짱을 끼려고 손을 밀어 넣자 가슴속이 따뜻해졌다. 가슴이 벅차올랐다. 고개를 돌려 지은과 눈을 맞추며 가만히 입 모양으로 속삭였다.

"사랑해."

"나도."

지은도 대답해 주었다. 해진이 환하게 웃었다. 그 웃음이 눈부셨다. 지은도 마주 보고 웃어주었다. 하객들의 웃음소리가 짙어진다. 그래도 두 사람은 마냥 좋았다.

어쩌면 사랑은 신이 인간에게 내린 최고의 선물이 아닐까 싶다. 그 사랑이 있어서 힘든 고비도 견뎌낼 수 있고, 그 사랑이 있어서 이렇게 웃을 수 있으니까.

그 모습을 숨어서 지켜보는 사람들이 있었다. 한때는 가족이었지만 더 이상 나설 수 없는 사람들. 지수와 숙희. 둘 다 안도의 한숨을 내쉬었다. 다행이다. 정말 다행이다. 저렇게 행복해서 다행이었다.

신문에서 두 사람의 결혼 기사를 보고 연락이라도 해보고 싶었지만 차마 할 수가 없었다. 정신과 진료를 다니며 폭력으로 인한 상처가 조금씩 치유되면서 지수는 자신이 많이 부끄러웠다. 이기적인 자신 때문에 해진과 지은을 힘들게 했다는 생각에 죄의식을 느꼈다.

숙희 역시 마찬가지였다. 지수와 우빈의 상처가 드러날 때마다 자기 죄인 것만 같았다. 재욱이 두 사람을 학대한 것이 자신이 지은을 자기 자식으로 받아들이지 않고 차별한 탓인 것만 같았다.

"엄마, 가자."

지수의 말에 숙희는 쓸쓸히 돌아섰다. 축 처진 그들의 어깨가 가엾다.

　"이로써 두 사람은 부부가 되었음을 선포합니다."

　주례의 성혼선언문이 끝나자 해진이 지은을 가슴에 당겨 안았다. 지은의 눈에서도 해진의 눈에서도 기쁨의 눈물이 흘러내렸다.

　"울지 마."

　"오빠도 울면서."

　"난 좋아서 그래."

　"나도 좋아서 그래."

　서로의 눈물을 닦아주며 속삭이자 짓궂은 하객들이 주문을 하기 시작했다.

　"키스해! 키스해!"

　잠시 머뭇거리던 해진이 지은의 두 볼을 잡고 입술을 내렸다. 가볍게 시작된 키스는 뜨겁게 뜨겁게 이어졌다. 하객들의 박수 소리가 예식장을 메웠다. 카메라 셔터 누르는 소리가 연방 터졌다.

나지막한 울타리 너머로 노란 나비 한 마리가 나풀거렸다. 그네 위에 앉아 나풀거렸다. 아니, 나비가 아니었다. 나비보다 더 예쁜 아이였다. 노란 원피스를 입고 노란 머리끈을 한 귀여운 아이. 해은이었다. 해은일 태운 그네가 허공을 가르고 오르내렸다.

"까르르까르르!"

행복에 겨운 해은의 웃음소리가 정원을 가득 채웠다.

"오빠, 더 세게, 더 세게 밀어줘."

이제 여섯 살이 된 해은이 조르자 우빈이 그네를 밀어주었다.

"이만큼?"

"아니 더."

"이만큼?"

"더, 더……"

해은이 요구대로 우빈은 그네를 밀어주었다. 세게, 더 세게. 그러면서도 혹시라도 그네에서 떨어질까 눈을 떼지 못했다. 이제 중학생이 된 우빈은 해은이라면 사족을 못 썼다. 삼 년 전 해은일 보자마자 반해 버렸다. 너무나 작고 귀여운 동생 해은이. 내가 믿고 의지하는 이모와 이모부의 딸.

가끔씩 아빠가 자기를 보러 온다는 것을 우빈은 알고 있었다. 그때 이후로 재욱은 한 번도 우빈에게 다가오지 않았다. 그저 먼 발치에서 우빈을 바라보다 돌아갈 뿐이었다. 그래도 우빈은 재욱을 볼 때마다 가슴이 철렁 내려앉았다. 그런 날이면 우빈은 해진을 찾았다. 해진을 만나고 나면 그런 불안감이 사라졌다.

그날도 하굣길에 재욱을 보고는 마음이 불안해서 해진을 찾았다가 병아리보다도 더 귀여운 해은을 보게 되었다. 그날부터 해은은 우빈의 여동생이 되었다. 그것도 몹시 사랑스러운.

해은이 어느새 그네에서 내려 미끄럼틀로 올라갔다. 정원엔 미끄럼틀이 설치되어 있었다. 그 옛날 해진이 지은에게 약속한 미끄럼틀. 우빈도 해은의 뒤를 따랐다. 같이 올라가서 미끄럼틀을 타는 대신 아래에서 해은을 기다렸다. 혹시라도 다칠까 염려하면서.

정원의 티 테이블엔 지은이 앉아 있었다. 해진은 지은 뒤에 서서 지은의 어깨를 주물러 주고 있었다. 두 사람의 시선은 해은을 향해 있었다. 행복한 미소를 머금은 채.

"아!"

갑작스레 지은이 비명을 지르자 해진의 얼굴이 하얗게 질렸다.

"왜? 왜 그래?"

이래서 아이를 가지고 싶지 않았다. 아이가 싫은 건 아니지만 지은이 아픈 건 싫었다. 이젠 정말 지은이 없이는 살고 싶지 않았다. 걱정 가득한 얼굴로 해진이 묻자 지은이 코를 찡그리며 웃었다. 뭐야? 아픈 게 아니었어? 그래도 안심이 되지 않아 다시 물었다.

"괜찮아? 정말 괜찮은 거야?"

"선물이가 발로 찼어. 이 자식, 아들인 거 아냐? 발길질이 장난 아닌데?"

지은이 행복한 미소를 지으며 자신의 배를 만졌다. '선물'은 해은의 동생 태명이었다. 자식 욕심이 많던 해진이었지만 지은일 힘들게 하기 싫다는 이유로 피임을 했다. 하지만 지은인 아기를 더 낳고 싶었다. 이 집에서 그와 자신의 아이들이 뛰어노는 것이 보고 싶었다.

그래서 해진에게 협박 아닌 협박을 했다. 해은이 가졌을 때 당신에게 임산부 대접을 못 받아서 억울하다고. 남편 노릇 못 해준 남편과는 더 이상 살기 싫다고. 지금이라도 아이를 가져서 그때 못 받은 것까지 다 받아야만 용서할 수 있을 것 같다고.

제법 화난 표정으로 쏘아붙였기에 해진은 긴장했다. 혹시라도 지은이 떠날까 봐 불안해진 해진은 당장에 둘째 만들기에 힘을 쏟았고, 그 결과 지은은 지금 '선물'이를 선물 받았다.

지은의 임신을 확인하자마자 해진은 바빠졌다. 지은의 협박이 무서웠는지 아니면 진심인지 해진은 그때부터 먹을 것, 입을 것 가리지 않고 매일같이 사다 날랐다. 오죽하면 지은이와 박 여사로부터 더 이상 사 오면 대문을 열어주지 않겠다는 말을 들었겠는가? 그래도 해진은 꿋꿋이 사다 날랐다. 뭐가 아깝겠는가? 내 아내가 먹는 것이고 내 아이의 것이 될 것인데.

사실 해진도 지은의 임신이 너무나 반가웠다. 항상 해은일 가져서 힘들었을 시간을 혼자 겪게 한 것이 마음에 걸렸다. 또한 안타까움도 있었다. 자기도 느껴보고 싶기도 했었다. 내 아이가 태어나는 기쁨, 첫 옹알이 할 때의 감격, 첫걸음 뗐을 때의 뿌듯함, 처음 말을 할 때의 감동까지 느껴보고 싶었다. 단지 지은이 힘들까봐 참았을 뿐인데 지은의 협박으로 임신을 하게 되니 너무나 좋았다.

"뭐? 발로 차?"

해진이 신기한 듯 묻자 지은이 해진의 손을 잡아 자신의 배로 이끌었다. 해진의 손바닥이 지은의 동그란 배 위에 놓였다. 아무런 반응이 없었다. 잔뜩 기대했는데……. 실망스러웠다.

"뭐야? 안 움직이잖아?"

해진이 툴툴거렸다.

"조금만 기다려 봐. 곧 발길질할 거야."

지은의 말에 해진은 한쪽 무릎을 바닥에 대고 앉아 손바닥과 얼굴을 지은의 배에 가져다 대고는 아기가 움직이기만을 기다렸다.

"아가야, 아빠가 널 느끼고 싶다네. 움직여 볼래?"

지은이 자기의 배에다 대고 속삭였다. 지은의 말에 배에서 움직임이 느껴졌다. 진동이 크진 않았지만 분명히 느껴졌다. 정말 움직였다.

"아~ 정말이야! 정말 움직였어. 선물이가 움직였어. 나 여기 있다고 얘기하는 것 같아."

감동이 밀려왔다. 내 아이가 지금 나에게 말을 걸고 있구나. 눈물이 날 것 같았다. 이런 감동을 느끼게 해준 지은이 고마웠다. 고마운 마음에 살그머니 지은의 입술을 머금었다.

"아빠, 나도 나도……."

어느새 해은이 다가가 해진에게 얼굴을 내밀며 졸랐다. 쪽. 해은의 볼에도, 해은의 입술에도 해진은 뽀뽀를 마구마구 해주었다. 해은의 맑은 웃음소리가 정원에 다시 울려 퍼졌다.

〈끝〉

작가 후기

대리부라는 소재로 시작한 소설이 이제 끝이 났네요. 이 소설은 대리부에 대한 고발 프로그램을 보고 떠올린 이야기입니다. 이 소설에서야 어쩔 수 없이 대리부를 하게 되었지만, 현실에서는 아무런 죄의식 없이 쾌락과 돈벌이로 대리부를 하더라고요. 대리부를 하는 사람이나 대리부를 원하는 사람이나 이해가 되지 않았습니다.

그들에 대해 경종을 울리기 위해 쓴 소설이지요.

자식은 부부에게 소중한 존재입니다. 저 역시 결혼 초 임신이 되지 않아 힘들어한 기억이 있습니다. 그래도 이 말은 하고 싶습니다. 잘못된 방법으로 자식을 갖게 되면 마냥 행복하지만은 않다는 것. 그것이 비수가 되어 되돌아올 수 있다는 것. 부모나 자식에게나 말입니다.

신록이 푸르른 계절입니다. 독자님들의 몸도 마음도 신록처럼 푸르기를 바랍니다. 아울러 늘 행복하시길……. 읽어주셔서 정말 감사합니다.

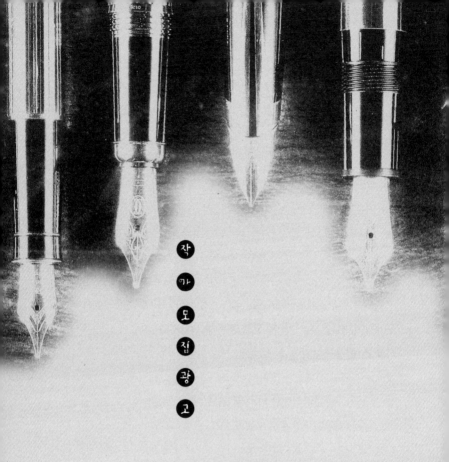

작
가
모
집
광
고

도서출판 청어람의 문은 항상 열려 있습니다.
실력있는 작가 분들의 많은 관심 부탁드립니다.

TEL:032-656-4452 • FAX:032-656-4453
http://www.chungeoram.com
e-mail:chungeorambook@daum.net